개작과 검열의 사회 · 문화사 (1)

이 저서는 2019년 대한민국 교육부와 한국연구재단의 지원을 받아
수행된 연구임(NRF-2019S1A5A2A03045339).

개작과 검열의 사회 · 문화사 (1)

초 판 인 쇄   2022년 03월 29일
초 판 발 행   2022년 04월 05일

저   자   김영애 · 강영미 · 강진호 · 김소영 · 김준현
               문한별 · 유임하 · 장영미 · 홍창수
발 행 인   윤석현
발 행 처   박문사
책 임 편 집   최인노
등 록 번 호   제2009-11호

우 편 주 소   서울시 도봉구 우이천로 353
대 표 전 화   02) 992 / 3253
전   송   02) 991 / 1285
홈 페 이 지   http://jncbms.co.kr
전 자 우 편   bakmunsa@hanmail.net

ⓒ 김영애 외 2022 Printed in KOREA.

ISBN 979-11-92365-01-5   94800   정가 37,000원
       979-11-92365-00-8   (Set)

개작과 검열의 사회 · 문화사
(1)

김영애 · 강영미 · 강진호 · 김소영 · 김준현 ·
문한별 · 유임하 · 장영미 · 홍창수

박문사

'개작과 검열의 사회 · 문화사'는 한국 근현대 문학작품의 개작 양상에 대한 실증적인 탐색을 통해 검열과 개작의 상관관계를 사회 · 문화사적 관점으로 규명하려는 목적으로 2년 간 수행한 공동연구이다. 여기서 '사회 · 문화적 접근'은 검열성 개작이 이루어지는 문학 장(場) 내의 사회 · 문화적 조건들을 입체적으로 조망하는 것을 의미한다. '개작'은 문학작품의 출판과 유통 이후 이루어지는 수정 및 새로운 판본의 생산을 일컫는 개념이다. 많은 작가가 개작을 통해 작품의 여러 판본을 지속적으로 생산해 왔음에도 불구하고, 이에 관한 연구는 미흡해서 그 규모와 의미가 과소평가되어 왔다.

지금까지 잘 알려지지 않았지만 대부분의 작가들은 여러 가지 방식의 개작을 통해 작품의 여러 판본을 지속적으로 생산해 왔다. 개작이 이루어지는 원인이나 동기도 매우 다양하다. 시대에 따라 변화하는 출판시장 및 독자의 요구에 부응하기 위해 이루어지는 개작부터, 정치 · 사회적 상황 변화에 따라 다양한 형태로 이루어지는 사후검열을 통과하기 위해 이루어지는 개작까지, 수많은 이유를 거론하여 유형화할 수 있다.

본 연구진은 '개작과 검열의 상관관계'를 키워드로 삼고, 이 관련성이 명확하게 드러나는 텍스트와 사례들을 대상으로 삼아 개작과 검열의 사회·문화사적 맥락을 검토하고자 했다. 이는 다양한 의미로 해석될 수 있는 개작의 양상을 시대적, 사회·문화적 배경과의 유기적 연관성 하에서 적극적으로 의미화하고, 개작에 나타나는 특징이나 경향을 통시적으로 일별하고 유형화하려는 목적과 닿아 있다. 검열은 작가가, 당대의 사회·문화적 배경이 요구하는 조건에 자신이나 자신의 작품을 부합시키는 과정이다. 그리고 이러한 검열에의 대응은 이미 출판되어 판본이 생겨난 작품인 경우 모두 개작의 형식을 통해 이루어질 수밖에 없다.

개작한 사실이나 그 동기가 작가에 의해서 직접적으로 천명되는 경우는 드물다. 그리고 작가 스스로가 개작 사실 자체에 대해 숨기는 경우도 많다. 특히 검열성 개작의 경우에는 더욱 그러하다. 때문에, 개작의 의미를 명확하게 판가름하기는 쉽지 않은 일이다. 어떤 작품의 개작이 과연 예술적 완결성을 높이기 위해 이루어진 것인지, 아니면 검열을 통과하기 위해 이루어진 것인지를 명확하게 분간하는 것은 매우 정밀한 증명의 과정을 요구한다.

기존 연구에서 개작은 '개별 사건'으로 다루어진 경향이 다분하다. 그러나 검열과 개작의 관계성을 강조하면, 개작은 당대에 존재하는 여러 층위의 조건 및 권력이 적극적으로 개입하는 사회적인 사건의 연쇄라고 할 수 있다. 따라서 작가들의 개작은 개별성보다는 시대적인 공통점과 경향성을 드러내는 경우가 많으며, 이러한 개작의 양상을 면밀히 파악하고 고찰하면, 당대의 사회적 환경이 개작의 주체들, 즉 작가들에게 요구했던 사항들이 무엇인지를 역으로 추론하는 것이 가능하다. 본 연구진은 개작의 경향적 양상을 통해 당대 문학 환경을 더욱 더 실체에 가깝게 재구성할 수 있으리라 기대했다.

본 연구진은 단편적인 차원에서 산발적으로 이루어졌던 개작 연구의 차원을 끌어올려 유기적인 연구 성과를 제출하고, 개작과 검열의 상관관계를 통해 개작의 사회·문화사를 일관성 있게 구성할 수 있는 관점을 제시하여, 연구 대상 시기 사회·문화사를 개작·검열의 양상을 통해 좀 더 구체적이고 실체적으로 재구할 수 있는 실마리를 마련하고자 했다. 지난 2년 간 '개작과 검열의 사회·문화사'라는 과제로 여러 공동연구원들이 해당 주제의 연구를 진행해왔으며, 이 책은 그러한 연구의 결실이라 할 수 있다. 이미 학술지에 게재된 논문을 단행본 체제에 맞게 일부 수정하고 보완하여 한국현대문학의 개작과 검열 연구에 기여할 수 있도록 기획했다.

이 책은 모두 2권으로 구성되었다. '총론'은 개화기부터 최근까지 문학 검열의 흐름과 개작의 양상을 각 장르별 대담 형식으로 간명하게 제시했다. 1권은 해방 이전까지, 2권은 해방 이후부터 지금까지 이루어진 장르별 검열과 개작의 구체적인 양상과 특징을 논구한 각론들을 수록했다. 1권은 총 3부로 구성되었으며 검열·개작 연구의 흐름과 양상을 주제로 한 대담, 검열과 개작의 작용과 반작용 및 근대 교과서의 검열과 통제에 관한 연구논문을 수록했다. 일제강점기 도서과의 소설 검열과 작가들의 대응 방식, 검열에 의한 개작과 작가의 정체성, 카프 해산 이후 문인들의 검열인식, 윤석중 문학의 개작

7

과 검열 양상, 김동인 역사소설의 개작과 검열 양상, 극작가 김송의 자기검열과 예술활동, 강신명의 『아동가요 삼백곡집』의 불온성과 검열 양상, 최서해의 개작과 자기검열 등 8편의 검열·개작 관련 논문과, 근대 국어과 교과서의 검정과 검열, 통감부시기 교과서 검정 제도와 독본교과서 검정 청원본 분석, 일제강점기 초기 교과서 검열을 통해 본 사상 통제의 양상 등 근대 교과서 검열과 통제에 관한 논문 3편을 수록했다. 또한 책 말미에 '『조선출판경찰월보』 수록 문학 작품 검열 목록' 및 '해방 이전 개작·검열 연구 목록'을 부록으로 수록해 후속 연구를 위한 토대와 방향성을 제시하고자 했다.

2권에는 '해방 이후 문학 검열과 개작의 메커니즘'을 중심으로 한 12편의 각론을 수록했다. 1부는 소설 분야의 연구, 2부는 시, 희곡, 비평, 아동문학 분야의 연구로 구성했다. 박영준 소설 『일년』의 검열과 개작, 이무영 소설 『향가』의 개작과 검열, 1949년 황순원의 검열과 개작, 『카인의 후예』 개작과 자기검열, 이병주 소설 속 반공의 규율과 자기검열의 서사, 조해일의 『겨울여자』의 개작 방향과 검열 우회의 의미 등 해방 이후 소설 장르에서의 검열과 개작에 관한 논문을 수록했다. 2부는 채동선 작곡집의 판본 비교를 통한 정지용 시의 검열 연구, 단정수립 후 문학 장의 변화와 이헌구의 문단 회고, 납·월북 동요 작가 작품의 개사 양상, 마해송 소설의 검열과 개작, 극작가 오태영의 검열 전선과 탈주 등 해방 이후 문학 장르 전반에 걸쳐 이루어진 검열과 개작의 다양한 양상을 한자리에 모았다. 또한 부록으로 한국문화예술위원회 아르코예술기록원에서 제공한 심의대본 목록과, 해방 이후 개작·검열 연구 목록을 추가했다.

연구 개시 후 급작스러운 covid-19 확산으로 인해 공동연구 활동에도 물리적인 제약이 생겼고, 이에 본 연구진 또한 애초 계획했던 방식을 대폭 수정할 수밖에 없었다. 예를 들면, 전 연구원이 모여 개최하고자 했던 각종 세미나, 학술대회, 강연, 자료수집을 위한 출장 등은 그 규모를 축소하거나 방식을 전환해야 했다. 전염병 확산은 삶의 형태를 완전히 바꾸어가고 있고 연구의 영역 또한 예외가 아님을 절감할 수 있었다. 이렇듯 공동연구가 처한 외부의 위협에도 불구하고 연구와 토론을 지속해온 끝에 그 결과물을 책으로 출간하게 되었다. 코로나 확산은 분명 위기의 시작이었으나, 한편으로 새로운 연구의 방법과 가능성을 확인할 수 있는 기회이기도 했다. 연구원들의 노고와 적극적인 참여에 경의를 표하며 한국연구재단, 고려대학교 한국어문교육연구소의 지원에 깊이 감사드린다. 귀중한 논문이 이 책에 수록될 수 있도록 흔쾌히 허락해주신 여러 선생님과 책 출간을 맡아주신 박문사 윤석현 대표님께도 감사의 말씀을 전하고 싶다.

2021년 7월
저자 대표 김영애

목차

책머리에 / 5

제1부 총론

제2부 검열과 개작의 작용과 반작용

제3부 근대 교과서의 검열과 통제

부록

제1부

총론

| 대담 |

개작과 검열의 사회 · 문화사

일시 ; 2021년 9월 11일

장소 ; 고려대학교 한국어문교육연구소

대담 ; 강영미, 김영애, 김준현, 문한별, 유임하, 장영미, 홍창수

사회 ; 강진호

사회자   오늘 어렵게 자리를 마련해서 대담을 갖게 되었습니다. 코로나로 모임 인원이 제한되어 그간 거의 만날 수 없었는데, 상황이 조금 호전되어 이런 자리를 갖게 되었습니다. 이 자리는 지난 2년간 우리 연구팀이 공동으로 연구한 연구내용을 개관하고, 연구의 대상과 목적과 의미를 살펴보고자 마련되었습니다. '개작과 검열의 사회 · 문화사'라는 주제는 그간의 '검열' 연구에다 '개작'을 덧붙여서 행한 검열 연구의 일환입니다. 검열 연구를 심화하고 확장한 형태로, 특히 문학 작품에서 빈번하게 목격되는 개작(改作)의 문제를 검열과 연결해서 연구한 것입니다. 문학 분야의 검열 연구인 셈입니다. 먼저 '검열 연구'란 무엇인지 정의하면서 이야기를 시작해 보죠.

검열 연구의 의미, 식민지 검열 제도와 기구

문한별 '검열'이란 크게 두 가지 의미를 담고 있습니다. 일반적으로 '검열'이라고 하면 특정한 제도나 법령을 통해 국가 권력이나 기관 등이 어떠한 물리적인 대상에 대해 가하는 통제를 떠올리기 쉽습니다. 한 국가나 사회가 통치의 방향성이나 사회·윤리적 측면에서 관리하고 조절해야 하는 것들에 대해 표현 수위나 내용 등을 당대 사회나 국가의 분위기나 정서, 추구하는 통치 담론 등에 적합한가를 판단하는 행위를 우선 생각할 수 있습니다. 가령 우리가 다루는 일제강점기나 해방 이후의 군정 상황, 군사 독재 하에서의 사상 통제 등이 여기에 해당하겠지요. 하지만 이 같은 특수한 정치적 사회적 상황에서만 검열을 통한 통제가 이루어지는 것은 아닙니다. 요즘도 청소년 유해 매체를 관리하는 여성가족부의 모니터링이나 방송통신심의위원회, 간행물윤리위원회, 영상물등급위원회 등에서 유해물에 대한 검열을 진행하고 있기 때문이지요. 어느 시대나 사회에서도 이러한 검열은 존재했고, 사회적인 순기능도 적지 않다고 할 수 있습니다.

하지만 이 같은 제도와 기구에 의한 검열은 시대적·정치적 상황에 따라 그 의미가 크게 달라질 수 있습니다. 가령 일제강점기의 경우, 제국 일본에 의해 식민지로 전락한 조선의 입장에서 총독부에 의해 검열되는 수많은 매체들은 자신의 목소리를 제대로 낼 수 없었고, 그것은 철저하게 통제자의 입장에서 판단되는 폭력성을 지니게 됩니다. 우리가 검열을 통제와 탄압으로 이해하게 되는 특정한 시대가 있는 것이지요. 우리의 연구는 그래서 주로 이 같은 억압과 탄압의 부조리한 시대에 맞추어질 수밖에 없습니다.

이와 같이 제도와 법령에 의해 통제되는 시대에 행해진 폭력적이고 직접적인 검열도 존재합니다만 다른 의미에서의 검열도 존재합니다. 그것은 사상과 표현의 자유가 억압되는 암울한 시대 · 사회 분위기 때문에 자발적 혹은 비자발적으로 진행되는 자기 검열의 측면입니다. 일제강점기와 같은 억압된 시대 상황하에서 언론인이나 작가들은 자신이 저술하는 것에 대해 그것이 물리적인 처벌이나 통제의 대상이 되지 않는가에 대해 끊임없이 고민했을 것입니다. 물론 한 작가가 자신의 모든 생각을 글로 자유롭게 표현한다는 것까지 말한다면 물리적인 강압의 분위기가 없는 시대라 하더라도 자기 검열은 존재할 수밖에 없습니다. 사유를 언어로 표현한다는 것은 무엇인가를 선택해야 하는 것이기 때문이겠지요. 정해진 언어와 낱말의 선택에 이르기까지 좁은 의미의 자기 검열은 항상 존재할 겁니다. 하지만 식민지 상황과 같이 특수한 통제와 탄압의 시기를 살았던 조선인 작가들과 저작자들에게 던져진 자기 검열의 필연성은 써야만 하는 것과 쓰고 있는 것 사이의 간극을 더 크게 만들었을 것입니다. 돌려 말하거나 고도의 비유를 선택하는 방식, 검열을 피하는 안전장치를 고려한다든지, 개작을 통해 최초의 생각을 보완하거나 부정하는 다양한 자기 검열도 존재했던 것이지요.

검열과 개작 사이의 연구가 필요한 것은 사실 이 지점입니다. 물리적으로 선명하게 확인되는 제도와 기구에 의한 검열, 그리고 그 결과물로서 왜곡되어버린 여러 문학과 예술 작품들의 실체를 확인하는 것도 필요하고, 자기 검열에 의해 작품의 내용이나 표현 등이 변형된 것들이 어떤 변화한 의미망을 드러내고 있는지를 함께 연구해야만 하는 것이지요. '개작과 검열의 사회·문화사 연구'는 이 두 가지를 아울러서 그 이면의 의미를 찾는 데 의미가 있다고 할 수 있습니다.

사회자 예, 검열의 개념에서 검열 연구와 개작의 문제 등을 다 말씀해 주셨네요. 그러면 검열 연구의 대상과 시기에 대해서 이야기해 보죠.

문한별 검열에 의한 통제를 본격적으로 다루기 위해 일제강점기로 범위를 좁혀서 이야기를 해보자면 먼저 물리적인 힘을 적용하는 검열 주체에 대해 논해야 합니다. 사실 1910년 국권 상실 이전에도 제도에 의한 검열과 통제는 존재했습니다. 이는 대한제국 시기의 법령에도 명시되어 있습니다. 하지만 근대 이후 조선의 언론, 출판, 저술, 문화예술 작품들에 대해 본격적인 검열이 진행된 것은 검열의 근거가 되는 '출판법'과 '신문지법' 등이 만들어진 이후부터입니다. 1907년 친일 이완용 내각에 의해 만들어진 '신문지법'과 1909년의 '출판법'

은 일제강점기 내내 식민지 조선의 사상 검열의 근거가 되었습니다. 일본의 경우 메이지유신 직후부터 언론과 출판물에 대한 법령이 만들어졌고, 수차례 수정 · 보완되었습니다. 하지만 궁극적으로 제국 일본과 식민지 조선의 언론 출판물에 대한 검열과 통제에서 차이를 보이는 것은 '신고'와 '허가'라는 말에 응축되어 있습니다. 제국 일본의 경우에는 납본과 출판이 모두 선행된 후에 신고를 하면 되지만, 식민지 조선은 납본을 제출하고 검열을 받은 후 허가를 받아야만 출판할 수 있었습니다. 이 과정에서 검열은 매우 집요하고 꼼꼼하게 진행되었고, 출판금지나 삭제, 차압 등의 행정처분을 받아야 했습니다. 언론과 출판 시장이 급격하게 축소될 수밖에 없었던 것이지요.

식민지 초기부터 일본의 패망 전까지 이 같은 검열에 의한 통제와 탄압의 기조는 변한 적이 없습니다. 법령은 강화되었고, 처분의 강도도 전쟁기에 이르러서는 매체 폐간이나 형사처벌 등으로 높아졌지요. 저는 일제강점기를 아울러서 검열에 의한 사상 통제의 시기를 구분한다면 대략 셋 정도로 나눌 수 있다고 봅니다. 강점 초기에는 검열과 관련한 세부적인 표준이 선명하지 않았고 검열의 주체도 분산되어 있었습니다. 지방 행정 관청이나 지역 검찰청에 의해 진행되던 검열의 행위는 1920년대 중반까지 지속되었습니다. 이 시기에도 검열에 의한 여러 행정처분들이 있었지만 그것이 장기적인 식민 통치를 위해 정리되거나 규격화되지는 않았던 것

으로 보입니다. 그러다가 1926년 4월에 조선총독부 산하 경
무국에 검열을 전담하는 '도서과'가 생겨나면서 검열 행위
는 체계화됩니다. 검열의 근거가 되는 검열 표준도 상세하게
만들어지고, 검열의 결과물도 비밀문서로 만들어져 정리되
기 시작합니다. 대표적으로 강점기에 가장 오랜 기간 생산된
『조선출판경찰월보』(1928.09~1938.12.)도 도서과가 주체가 되어
정리한 것입니다. 이 같은 검열의 체계화기가 지나고 나서
1930년대 말부터 해방 전까지는 전쟁기에 해당하고, 이때 검
열의 주체가 경무국에서 '군'으로 옮겨가기 시작합니다. 이
시기에는 검열 등에 의해 행정적인 것보다 직접적이고 물리
적인 형사처벌이 빈번하게 진행됩니다.

　대략적으로 검열의 개념이나 일제강점기의 검열제도나
주체 등에 대해 말씀드렸습니다만, 이 주제와 대상에 대한
연구는 각 분야별로 보다 세밀한 접근이 필요합니다. 법령과
제도에 대해서는 언론학과 법학의 지식이 필요하고, 사상 통
제의 시대적 흐름과 관련해서는 역사학의 지원도 필요하지
요. 문학이나 예술 등의 검열과 통제에 대해서는 현대문학
분과는 물론 음악, 미술, 영화 등을 전공하는 연구자들이 필
요할 것입니다.

　우리가 이 모든 것을 다 밝혀낼 수 있을 것으로 기대하지
는 않습니다. 다만 특정한 시기에 이루어진 물리적인 사상
탄압, 그리고 그 통제와 탄압의 근거로 작용했던 검열과 그
결과물에 대해 문학과 문화예술 분야에서 조금 더 심도 있는

고찰이 가능하리라는 점에서 의의를 찾을 수 있을 것입니다. 일제강점기에는 제도와 법령에 의한 검열이 주가 되므로 그 지점부터 시작해서 작가와 예술가들이 통제와 탄압의 상황에 어떻게 대응해 왔는가를 주로 살피게 되겠지요. 그 가운데에는 선명하게 확인되는 작품의 개작이라는 행위가 존재합니다. 우리 연구팀이 일차적으로 집중한 연구 주제였지요.

사회자   그래요. 개작은 작가들이 통제와 탄압에 대응하는 하나의 방법으로 볼 수 있지요. 그동안 작품 개작에 대한 연구는 적지 않았지만, 그것을 검열과 연결해서 살핀 경우는 거의 없었고, 그걸 이 연구팀에서 수행하고자 하는 것이지요. 그럼 먼저 그간의 연구 상황에 대해 이야기해 보죠. 사회학이나 문화 분야에서의 검열 연구는 어떠했는지 말씀해 주시죠.

사회과학과 문화 분야의 검열 연구

문한별   지금까지 일제강점기를 전후로 한 검열연구는 관점에 따라 두 방향 정도로 나누어지며, 분야에 따라서도 몇 갈래로 구분될 수 있습니다. 먼저 검열 연구의 관점을 가지고 기존 연구를 분류하자면 검열의 근거가 되는 '법령과 제도에 관한 연구'와 '검열 행위에 따른 결과물의 성격'에 대해 집중하는 연구로 나누어집니다.

21

일제강점기의 검열에 대한 연구는 사실 상당히 많은 논점과 대상을 포함하고 있습니다. 검열의 근거에 해당하는 법령에 대한 것부터 검열의 주체에 해당하는 조직과 기관에 대한 연구, 통치의 방향성을 살피는 정치적이고도 외교적인 관점, 검열 강화의 배경이 되는 시대적이고도 사회적인 이슈와 사건들, 통치 담론의 변화에 따라 함께 추동되는 검열 기준의 변화까지 제도의 영역에서 다루어야 할 연구 관점은 매우 다양합니다. 또한, 검열 행위에 따른 결과물의 성격에 집중하는 연구의 경우에는 작게는 개별 작가의 작품들에 대한 검열 결과에 대한 영향 연구나 작품이나 저작이 수록된 언론이나 출판 매체에 대한 통제 결과에 대한 연구, 사상성이나 방향성에 따라 구분되는 잡지나 신문 등의 존립과 관련된 연구까지를 포함합니다. 특히 개별 작가들이 검열에 의해 작품을 발표하지 못하거나 삭제나 압수 등의 조치를 당한 경우를 고려한다면 이후 이루어진 개작 등의 행위를 밝히는 것도 연구의 주요한 주제가 될 수 있습니다.

이 같은 큰 줄기의 연구 성과들 가운데 제도와 법령에 주목한 연구가 가능해진 것은 검열연구 1세대 학자들의 공헌이 큽니다. 정근식, 정진석, 최경희, 한만수, 박헌호, 한기형, 이혜령 등의 연구자들에 의해 그 이전에는 다루어지지 않았던 검열 문건에 대한 접근이 가능해졌고, 본격화되었기 때문에 그렇습니다. 특히 정진석 선생님의 경우 언론학자로서 일제강점기 총독부의 검열 문건을 발굴하여 소개한 공이 크고,

정근식 선생님은 검열의 근거가 되는 검열 표준에 대한 미시
적인 접근부터 식민지 대만의 검열까지 그 연구의 폭을 크게
확대한 바 있습니다. 한만수 선생은 검열에 의해 삭제된 글
자들을 과학적 방법을 통해 복원하는 데에까지 나아갔습니
다. 검열 연구가 2000년대에 이르러 본격화된 것은 이분들에
의해 검열 표준이나 법령, 검열 기구의 성격 등에 대해 집중
적으로 연구가 진행되었기 때문에 현재와 같은 검열 연구의
세부적인 방향성이 생겨났다고 할 수 있는 것이지요.

　검열의 근거가 되는 법령에 대해 관심이 있는 분들은 김창
록의 「일제강점기 언론출판법제」(2006)라는 논문을 참조하시
면 많은 도움이 될 겁니다. 제국 일본과 대한제국, 식민지 조
선의 출판 관련 법령을 매우 세밀하게 정리한 성과입니다.
사회과학 분야에서 검열과 관련된 연구는 이처럼 법학의 관
점에서 보거나 언론사적 관점에서 본 연구 등이 주목됩니다.
많은 연구 가운데 특히 이민주 선생님의 연구를 주목할 필요
가 있습니다. 이분은 1세대 검열 연구자이신 정근식 선생님
의 제자로, 일제강점기 검열과 통제에 대해 제도와 법령, 언
론의 대응 등을 통시적으로 살펴보고 있습니다.

　검열 연구의 다른 한 줄기는 문학과 예술 각 분야의 실제
검열 내역을 추적하고 이를 의미화하는 것입니다. 상당히 다
양한 분야의 연구가 전개되었는데요. 문학 작품에 대한 검열
연구는 이상경, 문한별, 김정화 등의 논문을 참조하면 좋을
것입니다. 이들은 주로 소설 작품의 검열과 통제에 대해 미

시적인 복원을 시도했습니다. 문화예술 분야의 검열과 관련
하여서는 강점기 음반 검열에 대해 주목한 문옥배, 김수현 등
의 연구, 미술 분야의 검열과 관련해서는 정형민, 공성수 등의
연구에 대해서도 주목할 필요가 있습니다. 현재까지 검열연
구에서 두드러진 성과를 보여주는 분야는 한국현대문학과 영
화 분야가 아닌가 합니다. 영화분과의 경우 한국영상자료원
한국영화사연구팀의 연구 성과부터 한상언, 이승희, 이화진,
엄진주 등의 연구를 주목할 수 있고, 한국현대문학 분야는 본
공동연구팀의 성과를 주목해보시면 좋을 것 같습니다.

   또한 최근에 주목되기 시작한 검열 연구의 한 분야는 근대 초
기 및 일제강점기 교과서 및 교육제도와 관련한 것입니다. 강
진호 선생님을 포함한 근대 초기 교과서 연구자들에 의해 시작
된 것으로 검열 연구의 새로운 지점이라고 할 수 있겠습니다.

사회자   그래요. 실로 다양한 분야에서 검열 연구가 이루어졌지요.
특히 1세대 연구자들이라 할 수 있는 정진석 선생님 등의 노
고는 기억해야 할 것입니다. 이제 이들의 연구를 이어받아
보다 심화하고 확장해야 할 시점이지요. 아직도 연구되어야
할 시기와 대상이 많다고 생각해요.

문한별   예. 많은 연구가 이루어졌음에도 불구하고 구체적인 성과
를 보자면 생각만큼 흡족스럽지는 못합니다. 그것은 연구의
기초 자료가 되는 총독부의 검열 문건들이 '일본어'로 표기

되어 있기 때문에 연구자들이 쉽게 접근하기가 어렵다는 점에 기인합니다. 예를 들어 가장 방대한 검열 문건인『조선출판경찰월보』에 수록된 검열 사유의 분량만 원고지로 17,000매 이상이기 때문에 이를 모두 번역해서 분석하기는 쉽지 않아요. 최근에 번역이 이루어지고 있는 걸로 아는데, 아직 공개되지는 않았죠. 좋은 성과가 있을 것으로 기대됩니다.

제도 영역은 물론이고 개별 분과별 검열 연구 역시 많은 미답지를 갖고 있어요. 개별 분야별 연구의 경우, 단적인 예로 검열 사유로 정리된 것들만『조선출판경찰월보』에 3천 8백여 건이 넘고, 여기에는 역사학, 한문학, 철학, 경제학, 문학, 지리학, 문화 예술 분야의 도서 및 자료들이 다양하게 수록되어 있습니다. 이것들의 가치와 의미를 파악하려면 검열 연구의 스펙트럼이 지금보다 훨씬 넓어져야 하고, 각 학문 분야 전공자들의 관심과 협업도 필수적이겠지요.

문화예술 분야에 한정해서 생각하더라도 제도에 의한 검열 외에 개별 작가들의 자기 검열이나 개작에 대한 연구도 지속적으로 진행되어야 합니다. 현재 검열과 관련한 구체적인 자료가 남아 있는 경우에는 그 검열의 전후에 대비하여 연구할 수 있는 지점들이 있지만, 개별 작가들이 진행한 자기 검열이나 개작은 논리적인 유추를 통해서만이 그 의미를 파악할 수 있기 때문입니다. 이를 위한 연구는 작가의 개인사는 물론 작품의 흐름, 서지에 대한 정확한 정보, 출판이나 발표 외적인 요인 등을 모두 고려할 때에만 가능합니다. 지난하고 난이도가 높은 연구가 될 것입니다. 그래도 반드시 필요한 연구의 방향이겠지요.

미발굴된 검열 자료들이 아직도 상당히 많을 것이라 봅니다. 미국 국회도서관에 소장된 검열 자료부터 일본 내에서 확인되는 검열 관련 자료까지, 살펴보아야 할 것들은 무궁무진합니다. 어렵지만 미래에 반드시 확인해서 연구해야 하는 대상들입니다.

사회자　맞는 말씀입니다. 우리가 일어를 자유롭게 구사할 수 있다면 이런 문제는 한층 수월할 것입니다. 그러면 좀 더 세부적으로 들어가서 현대소설 분야의 연구 현황에 대해 말씀해 주시죠.

현대소설 분야의 연구 현황과 성과

김영애　네, 식민지시기 검열은 주로 조선총독부 산하 '출판경찰'의 주도로 이루어졌으며 이는 소설이나 시, 희곡, 영화 같은 문예작품뿐만 아니라 창작 및 출판 관련 모든 분야를 대상으로 한 것이었습니다. 식민체제가 공고해질수록 검열 작동의 범위와 방식도 더욱 확대되고 교묘해졌습니다. 선행연구에서 식민지시기 검열 진행 과정과 방법에 관한 다양한 연구가 도출되었으며 주로 작가론과 작품론의 형태로 수행되어 왔

습니다. 물론 이 시기 검열 문제를 총체적으로 다룬 연구도
적지 않습니다만, 그 정체성을 명확히 규명하고 다양한 문학
장르를 포괄적으로 아우르기에는 부족했다고 하겠습니다.

소설 장르에서 검열과 개작에 관한 연구는 크게 '검열'과
'개작'으로 구분해 살필 수 있을 것입니다. 검열연구회 중심
의 검열연구는 주로 식민지시기에 발표된 작품에 가해진 외
부 검열의 양상과 특징을 깊이 있게 다루었다고 평가할 수
있습니다. 일제치하 검열 기구와 검열관의 변동, 식민지 출
판경찰의 체계화, 문학 검열과 인쇄자본, 신문과 잡지 수록
텍스트 검열 양상에 관한 고찰 등이 검열연구회의 성과라 할
수 있습니다. 개작에 관한 연구는 상대적으로 더 다양하게
축적되어 있는데요, 강진호, 문한별, 류동규, 박용규, 이경재,
이금선, 최현주 등을 중심으로 해방 이전 작품들에 대한 연
구가 활발하게 이루어진 것을 확인할 수 있습니다. 이광수,
이태준, 채만식, 이기영, 김동인, 한설야, 김기진, 염상섭 등
식민지시기를 대표하는 소설가들의 대표 작품에 대한 미시
적인 차원의 개작 연구가 활발하고 다양하게 이루어졌습니
다. 다르게 말하면, 해방 이전 검열성 개작 연구는 일정한 한
계를 드러냈고, 그것은 주로 연구 대상의 편중성과 연구 주
제의 단편성으로 요약할 수 있을 것입니다.

소설 장르에서 이루어진 우리 연구팀의 1년차 연구는 최
서해, 김동인, 이태준, 박영준, 이무영 등 개별 작가의 개작
양상에 관한 접근뿐만 아니라 식민지시기 전반에 걸친 검열

의 변동 추이를 반영한 연구들입니다. 최서해의 개작과 자기 검열, 김동인 역사소설의 검열과 개작의 양상, 이태준 소설의 검열·개작과 작가의 정체성 문제, 카프 해산을 둘러싼 자기 검열, 일제강점기 도서과의 소설 검열과 작가들의 대응 방식 등 다양한 결과물이 산출되었습니다. 이는 개별 작가론이나 작품론을 초월해 식민지시기 검열의 구체적인 작동 방식 및 개작의 다층적인 양상을 분석하고 논증하고자 노력한 결과라 하겠습니다.

그런가 하면 해방과 한국전쟁 이후, 식민지시기 대표 작가들의 작품이 정전으로 고착되는 과정에서, 친일 요소나 식민주의적 요소를 제거하는 방향으로 개작이 이루어진 경우가 많았습니다. 식민지시기를 건너 남한 문단에 정착한 대부분의 소설가들이 이러한 방향의 검열성 개작을 단행하게 된 것은 이러한 시대적 분위기 때문이라고 할 수 있습니다. 이태준, 박영준, 이무영, 김동인, 이광수, 채만식, 염상섭 등은 이러한 과정과 방식으로 원작을 개작한 대표적인 경우입니다. 정치적 기준에 따라 작품을 개작한 것이 이 시기의 특징 중 하나라 할 수 있습니다.

개작이 이루어지는 이유와 조건은 다양하게 존재합니다. 따라서 원본이 생성된 시기와 개작이 되는 시기의 편차는 상당히 클 수 있습니다. 가령 황순원의 1950년대 작품은 1980년대에 와서 크게 개작되었으며, 박완서의 경우는 1970년대 작품이 1990년대에 개작되었습니다. 따라서 1972년 유신 체제와

관련되는 검열과 개작을 다룬다고 하더라도, 사실상 1990년
대, 혹은 그 이후의 판본까지 함께 검토해야 할 필요가 있습니다.

사회자   자연스럽게 이야기가 해방 후로 넘어갔네요. 해방 이후에
서 최근까지의 검열에 대해 좀 더 상세하게 살펴보도록 하죠.

김영애   예, 해방 이후의 검열연구는 대체로 연대기별로 진행되어온
경향이 있습니다. 해방기, 1950년대, 1960년대, 1970년대, 1980년
대 등 각 시기별 검열의 특징과 양상에 관한 심도 있는 논의
가 진행되었습니다. 이봉범, 임유경, 임경순 등을 중심으로
해방 이후 검열시스템 변화와 소설 텍스트 개작의 상관관계
를 따지는 연구가 다수 제출되었습니다. 이들은 국가에 의한
검열제도뿐만 아니라 민간 검열기구의 보편화를 통해 광범
위하게 이루어진 '자율심의'의 문제를 전면화하여 검열 연
구의 새로운 지평을 개척했다고 볼 수 있습니다. 개작에 관
한 연구는 저작권 및 검열과의 관련성을 중심으로 한 다양한
연구가 이루어졌습니다.

　　소설 분야의 2차년도 연구는 1차년도와의 연속성을 고려
하여 개별 작가와 작품을 포괄하는 방향으로 이루어졌습니
다. 구체적으로 황순원, 이무영, 박영준. 이병주, 조해일 등
을 중심으로 반공 이데올로기에 의한 검열성 개작의 양상을
다룬 다양한 연구 성과가 도출되었습니다. 황순원의 『카인
의 후예』의 개작과 자기 검열, 이무영 소설 『향가』의 개작과

검열, 박영준의 『일년』의 개작과 검열 양상, 이병주의 소설에 구현된 반공의 규율과 자기 검열의 양상, 1950년대 문단 회고와 자기 검열의 양상 등 다양한 작가와 작품에 대한 실증적인 논의와 더불어, 이를 당대 검열 기구의 변동 양상과 결부시킨 연구가 제출되었습니다.

다른 장르 연구도 마찬가지겠으나, 소설 분야의 경우 미시적인 차원의 개별 연구를 통시적이고 거시적인 차원으로 통합하고 승화하려는 노력이 무엇보다 중요하다고 봅니다. 개작과 검열의 사회 · 문화사적 맥락과 의미를 추출하기 위해서는 개별 작가의 창작 행위가 지니는 의미를 초월한 시대적 의미를 발견하는 것이 중요합니다. 작가별로 이루어진 각론들 또한 당대 검열제도의 자장 안에서 그 시대적 보편성의 양상으로 수렴될 수 있습니다. 또한 선행연구 결과를 계승하고 확장한 점에서 새로운 연구의 지평을 개척했다고 할 수 있을 것입니다. 특히 개작과 검열의 상관관계를 깊이 고려하지 못한 점, 대상 작가와 작품을 지나치게 편협하게 한정한 점, 시대적 연속성 및 사회 · 문화사적 맥락을 반영하지 못한 점 등 선행연구의 문제점을 극복하기 위해 노력한 점은 높이 평가할 수 있습니다.

사회자　　검열과 개작 연구가 일제강점기 이후 최근까지도 다양하게 이루어졌군요. 그러면 현대시 분야에서는 어떤지, 연구 동향과 성과를 들어보죠.

현대시 분야 연구 동향과 성과

강영미 네, 일단 현대시, 동요, 동시 분야는 해방 전에는 별다른 개작이 이뤄지지 않은 것으로 보입니다. 일부 검열에 걸려 삭제 처분을 받은 경우는 개작이나 개사를 하기보다는 작품 자체를 삭제하는 방법을 취했기 때문입니다. 현대시 분야의 개작은 대부분 초고를 퇴고하는 과정에서 특정 단어, 구절 등을 수정하는 방식인 경우가 대부분이며, 개작에 대한 연구 역시 신문잡지 발표본, 시집 출판본 등의 판본 상의 변화를 추적하는 연구가 대부분이었습니다. 동요 분야의 경우 강신명이 『아동가요곡선 삼백곡』을 편찬하여 1936년에 평양의 농민생활사에서 발간했는데, 1937년에 출판법에 저촉되어 벌금 30원 형을 받게 됩니다. 이에 농민생활사 측은 금주 금연 등의 절제가 류의 노래와 조선을 환기하는 단어가 들어간 노래를 삭제하는 방식으로 1938년에 재판본을 발간하여 경무국의 출판 승인을 받습니다. 1940년에는 강신명이 동경으로 건너가 재판본에서 삭제한 곡 대다수를 복구하는 방식으로 '증보 수정본'을 편찬합니다. 식민지시대 검열에 의해 삭제된 일부 동요의 경우 그 원본을 확인하기 어려운 경우가 다수인 반면, 강신명의 『아동가요곡선 삼백곡』은 재판본에서 삭제된 노래를 초판본과 증보 수정본을 통해 확인할 수 있습니다.

1945년 해방된 이후 1948년 남한 단독정부가 수립되기까지의 미군정 체제 아래에서, 그리고 1953년 분단된 이래 1988년 월북 문인 해금 조치가 이뤄지기까지 시인들은 국가 체제와 이데올로기, 공간적 귀속성, 미적 지향 등에 따라 부침 현상을 겪었습니다. 이데올로기에 의한 부침 현상은 1947년 임화의 시집 『찬가』의 검열 사건에서 보이기 시작해 1948년 국가보안법을 제정해 좌익 문인을 축출하고 1949년 국민보도연맹을 조직해 전향 문인을 관리하면서 본격화되었습니다. 그 과정에서 월북, 납북, 재북 시인은 남한 문단에서 유령처럼 존재하게 되었습니다. 식민지시기에 활동했음에도 불구하고 분단 후 제도적 검열 과정을 통해 남한 시선집에서 점차 사라지게 됩니다.

국가보안법은 내전적 상황에서 제정된 법으로, 사상을 매개로 외부의 적과 내부의 적을 규정하고 이들을 적대적으로 배제했습니다. 그리고 1949년 창설된 보도연맹은 좌익 성향의 문인을 보호하고 지도한다는 명분 아래 문인을 통제 관리하는 제도적 작업을 시작합니다. 남로당과 민전 산하 단체에 대한 등록을 취소하고 전향공작을 실시하여 남한 문단을 재정비했습니다. 당시 어중간하게 처신하여 늘 마음이 편하지 않았다던 김기림은 더 이상 그런 신경을 쓸 필요가 없어져 차라리 잘된 것 같다고 진술한 바 있습니다. 시집 『응향』 사건에 대한 남한 문인의 대응이 남한 민족문화 진영의 결속을 공고히 하는 계기가 되었다는 구상의 진술도 같은 맥락에서 이해할 수 있습니다. 당시 남한에서는 월북 문인을 배제하고

남한에 남은 문인들의 성향을 통제 관리 통일하는 방식으로
순수문학을 구축했기 때문입니다.

　1949년부터는 중등 국어 교과서에 실린 월북 시인의 시를
일괄 삭제하도록 지시했습니다. 국가 이념에 위배된다는 이
유로 박아지, 박팔양, 정지용, 이용악, 오장환, 김기림, 신석
정의 작품을 교과서에서 삭제했습니다. 연이어 전향 문필가
의 집필을 금지하고 원고를 심사하고 사전 검열을 하는 방식
으로 문인과 출판사를 압박해 제도적 검열 이전에 심리적 검
열을 하도록 유도했습니다.

　1951년에는 공보부가 월북 작가 명단을 공개해 문필 활동
금지 및 발매 금지 조치를 했습니다. 이 과정에서 박세영, 박
아지, 박팔양, 이찬, 오장환, 임화, 조벽암 등을 월북 시인으
로, 김기림, 정지용 등을 납치 및 행불 시인으로 공표했습니
다. 월북 시인이 쓴 서문을 삭제하는 현상도 나타납니다. 윤
동주의 『하늘과 바람과 별과 시』(정음사, 1948)의 초판에 있던
정지용의 서문이 1955년의 재판에는 삭제되었습니다. 『한하
운 시초』(정음사, 1949)의 초판에 있던 이병철의 서문 「한하운
시초를 엮으면서」는 1953년 재판에는 조영암의 「하운의 생
애와 시」, 박거영의 「하운의 인간상」, 최영해의 「진행자의
말」로 대체되었습니다. 초판 목차 앞에 밝힌 "장정 정현웅"
도 재판에서 지웁니다. 한하운의 시 「데모」는 제목을 「행렬」
로 바꾸고 일부 구절을 삭제합니다. 「데모」의 "쌀을 달라! 자
유를 달라!"는 구절뿐만 아니라 이병철과 정현웅이 월북한

것을 문제 삼았기 때문입니다. 이후 한하운은 월남한 후 시집에 얽힌 일을 일절 이야기하지 않았음에도 월남을 했다는 이유로 북한에서는 반동이라는 낙인이 찍히고, 서문을 쓴 이병철이 월북을 했다는 이유로 남한에서는 불온한 시집을 낸 시인이라는 이중의 낙인이 찍힙니다. 이처럼 월북, 납북, 재북 시인과 관련한 제도적 검열은 일상으로 침투해 점차 내면화되고 이들에 대해 이야기하는 것은 금기시되었습니다. 그 결과 월북한 카프계 시인은 남한 문단에서 그 존재가 사라지게 되었습니다. 따라서 이들 작품에 대한 개작 자체가 진행될 수 없었습니다. 이와 같은 월북 시인에 대한 금기는 우리가 냉전 이데올로기에 포획되었음을 보여 주는 단적인 지표였습니다.

사회자 해방 이후 남한과 북한이 분단으로 고착되면서 이념적인 검열과 통제가 엄청나게 이루어졌지요. 교과서에서 월북과 재북 시인들이 삭제된 것은 익히 알고 있었는데, 시집의 서문까지 삭제·조정되었다는 것은 처음 듣는 말입니다. 참 답답한 시절이었죠.

강영미 예 그렇습니다. 그런데 1960년대 이후도 한층 심각해지죠. 반공법으로 인해 대대적인 개작이 나타나는데 이 경우는 대부분 월북 시인의 시로 만든 가사가 그 대상이었습니다. 정지용, 윤복진, 박팔양 등의 월북 시인의 가사로 만든 노래는 작사자를 교체하는 방법을 취했습니다. 윤복진, 신고송, 이정구 등 월북작가의 동요 가사를 재남 작가인 윤석중, 박목월, 이태선 등이 새로 쓰는 작업도 진행했습니다. 월북 시인의 가사는 배제하고 재남 시인의 가사는 보존하는 방식으로, 배제와 선택의 논리를 단선적으로 적용한 것입니다. 예컨대, 정지용의 〈향수〉, 〈압천〉, 〈고향〉, 〈다른 하늘〉, 〈또 하나 다른 태양〉, 〈바다〉, 〈풍랑몽〉으로 만든 채동선 가곡의 가사를 이은상이 〈추억〉, 〈동백꽃〉, 〈그리워〉, 〈또 하나 다른 세계〉, 〈나의 기도〉, 〈갈매기〉, 〈동해〉로 고쳐 썼습니다. 1929 · 1933년에 발간한 홍난파의 『조선동요백곡집』에 수록된 100곡의 동요 중 납·월북작가 윤복진, 신고송, 이정구, 박팔양이 창작한 21편의 동요 가사를 윤석중이 일괄 개사했습니다.

이처럼 납·월북 작가의 가사를 재남 작가의 가사로 바꾸게 한 것은 작곡가를 향한 일종의 연좌제라고 볼 수 있습니다. 납·월북 작사가의 가사를 재남 작가의 가사로 교체한 것은 납·월북 작가에 대한 검열을 우회하려는 유족과 음악계 인사의 자체 검열이었다고 할 수 있습니다. 고향, 현실, 역사, 노동에 대한 다양한 노래가 있었음에도 불구하고, 그 노래의 작시자가 납·월북했다는 이유로 가사를 접할 기회 자체를 차단한 것입니다. 이러한 관행은 분단 이후 남한 노래의 흐름을 전통 서정시인의 작품 중심으로 형성하는 결정적 계기가 되었습니다.

앞으로는 식민지 시기부터 해방기까지 공유한 또 다른 결의 노래가 존재했음을 밝힐 필요가 있습니다. 검열을 통한 배제 정책에 의해 납·월북작가의 작품을 본인의 동의도 없이 다른 이가 새로 쓰는 작업이 진행되었으며, 이러한 작업을 통해 식민지 시대의 풍부한 시적, 음악적 자산 중 일부만이 선택적으로 문단, 음악, 교육계에 보존되었기 때문입니다. 이러한 역사적 맥락을 살피는 작업은 분단 이후 남한의 검열정책에서 파생된 부정적 영향력을 줄이는 길이 될 것입니다.

사회자   좋은 말씀입니다. 식민지 시대의 풍부한 유산이 검열로 인해 사라지거나 왜곡된 것은 비단 현대시 분야만은 아니죠. 소설이나 희곡의 경우도 이데올로기적 대립으로 인해 왜곡되거나 삭제 혹은 변형된 경우가 많지요. 그럼 희곡 분야에 대해서 좀 말씀해 주시죠.

희곡 분야의 연구 성과 및 과제

홍창수   희곡 분야 검열에 대한 연구는 2000년대 접어들면서 시작되었지만 극히 드물었고, 2010년을 전후한 시점이 되어서야 본격적으로 전개되었습니다. 희곡 검열이 공연 금지와 같은 연극 검열과 독립시켜서 논의할 수 없다는 점에서 연극 검열을 다룬 연구도 함께 언급해 보겠습니다. 희곡 검열에 대한 연구 대상은 주로 일제강점기와 1970~1980년대 독재정권

시기입니다. 연구 동향을 몇 가지로 정리해보겠습니다.

첫 번째는 지면에 발표되지 못했거나 공연이 금지된 희곡들을 분석하면서 의미와 의의를 부여하는 연구입니다. 희곡사에는 거의 언급되지 않은 극작가 엄한얼의 금지 희곡들, 1970년대 신춘문예 당선 희곡들 중 공연이 금지된 희곡들이나 1980년대 공연예술윤리위원회에 의해 '반려'된 희곡들을 다룬 연구가 대표적인 사례입니다. 검열의 시대에 '불온한 텍스트'로 낙인찍힌 희곡들이 역설적으로 독재 체제의 사회와 부정적인 현실에 대한 비판과 문제의식을 담고 있다는 점과 기성 보수 세대와는 다른, 사회 비판적인 젊은 세대 작가들의 새로운 등장을 주목한 점에서 검열을 배제했던, 기존의 희곡사와 연극사의 영역에서 새롭게 평가해야 한다는 것을 강조하고 있습니다. 텍스트가 희곡은 아니지만, 자서전의 자료를 통해 반공주의 시대를 의식하여 자신의 과거 행적을 왜곡 · 은폐한 작가 김송의 철저한 자기검열 문제를 밝힌 연구도 있는데요. 이 연구는 지배 이데올로기와 작가의 생존이라는 검열의 근본 갈등 문제를 여러 면에서 생각하게 합니다.

두 번째는 연극과 관련하여 검열 당국에 의해 만들어진 검열제도와 정책을 살핀 연구입니다. 우선 주목할 연구는 한국 근대 공연예술에 대한 검열의 역사를 다룬 저술인데요. 이것은 노래 음반과 영화를 포함하여 공연 분야 전체를 통사적으로 접근한 가운데 공연 분야의 검열을 제도와 정책의 측면에서 다룬 겁니다. 많은 관련 자료들을 통해서 검열 규제의 변화 과정을 꼼꼼히 살피면서 시기에 따라 바뀌는 검열기구와 기관의 특성 및 활동을 일목요연하게 정리하여 검열에 관한 후속 연구에 중요한 기초가 되었습니다.

　다음으로 일제강점기 1920년대에 제정된 「흥행병흥행장 취체규칙(興行竝興行場取締規則)」을 분석하고 이 연극 검열이 식민지 조선에서 어떻게 작동하고 있는지를 분석한 연구가 있는데요. 이 연구는 「취체규칙」이 일본제국주의에 식민지 조선을 편재하기 위한 문화전략으로 보면서 연극 검열이 소인극 공연을 금지시키고 대중물이 생산되는 주형(鑄型)의 구조화 현상을 밝히고 있습니다. 그리고 1970년대 연구에 발족된 한국예술문화윤리위원회의 자율심의기구로서의 존재와 성격, 활동과 한계를 다루어 국가권력에 의해 법적인 공공기구로 변모할 수밖에 없는 추이를 살핀 연구도 흥미롭습니다. 또한 연구 시기를 1970년대로 특정하여 박정희 정권의 정치적 상황과 관련된 각종 문화정책들을 구체적으로 살피면서 지배 이데올로기에 반하거나 비판적인 연극들을 통제한 양상을 살핀 연구도 주목할 만합니다. 검열 연구가 주로 남한을 대상으로 다룬 반면에, 한국전쟁기 북한희곡의 검열 방식을 고찰한 연구도 있습니다. 북한 문학의 비평 장치 혹은 사후 검열제도인 '합평회'를 중심으로 살피면서 당대 북한 극문학의 흐름과 맺는 관련성을 조명하였는데, 앞으로 북한 희곡과 연극의 검열을 연구하는 길을 열었다고 봅니다.

▲ 「흥행병흥행장 취체규칙」(〈조선총독부 관보〉, 1927.2.15.)

　세 번째는 검열된 원작과 개작을 비교 · 분석하면서 시대와 상황의 변화 등 여러 조건과 요인에 따라 원작이 어떻게 개작되고 변화하는지를 다룬 연구들이 있습니다. 흔히 학계에서 개작을 논할 때, 일제강점기 유치진의 〈대추나무〉(1942)를 먼저 언급합니다. 〈대추나무〉는 일제강점기 국책연극이었던 '국민연극'의 대표적 작품입니다. 일제의 만주개척정책에 따른 분촌운동을 노골적으로 선전 · 선동한 작품인데, 두 편의 개작 〈불꽃〉(1952)과 〈왜 싸워?〉(1957)에선 생경함이 줄고 극작술이 세련되었다는 평가를 합니다. 1960년에 발표된 박현숙의 〈사랑을 찾아서〉는 남과 북을 세 번 월경한 정애와, 사상을 회의하는 인민군 오영식을 중심으로 체제 '월경'에 대한 공포와 '전향'의 억압을 극화하고 있습니다. 개작 〈여

수)(1956)와의 비교 연구에서는 원작에 비해 월경 체험과 반공 이데올로기의 긴장 관계가 허물어지며 반공 이데올로기의 요소가 강화되었는데, 여기에는 제3공화국 시기의 반공주의 이데올로기가 강화되는 사회적 맥락이 작용하고 있다고 봅니다.

1970년대에 문예지에 발표된 오태영의 〈난조유사〉는 아버지 학갑이 부당한 수단 방법을 써서 아들을 왕위에 올라 나라를 통치하는 희곡입니다. 당시의 국가의 법적인 검열기관인 공연예술윤리위원회로부터 두 차례나 '반려'되어 공연금지를 당했다가 1985년에 〈임금알〉이란 제목으로 개작되어 공연되었습니다. 두 작품의 비교 연구를 통해 개작본에서 원작의 모호성을 없애고 왕과 왕의 통치에 대한 풍자를 더욱 강화하였는데, 무엇보다도 작가와 극단이 공연 성사를 위해 검열기관에 제출하는 심의통과용 대본과, 실제 공연 대본을 따로 만들어 검열을 통과한 점을 높이 평가하였습니다.

원작과 개작을 비교·분석한 연구들은 검열과 개작의 상관관계를 사회문화사적 맥락에서 접근하는 경우도 있지만, 대개는 작가 개개인의 개별적인 사건으로 파악하는 경우였습니다.

사회자　그렇군요. 그럼 향후의 연구과제는 무엇인가요?

홍창수　네, 희곡 및 연극 분야 연구는 아직도 다룰 과제들이 많습니다. 단순히 검열 당국과 작가, 검열자와 피검열자, 작가와

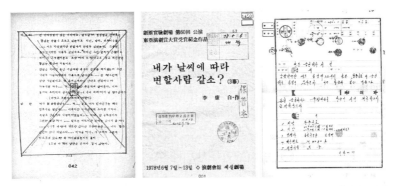

▲ 한국문화예술위원회가 2021년 3월 10일 공개한 공연심의 대본, 좌로부터 「카사블랑카여 다시 한번」대본, 「내가 날씨에 따라 변할사람 같소?」의 표지, 「청춘신호」공연허가서.

작품의 관계에 국한되지 않습니다. 국가가 주도하고 예산을 지원했던 문화정책들, 검열을 둘러싼 문단과 예술계의 문화권력, 검열에 협력한 협력자들과 피해를 입은 피해자/작가들의 존재와 구체적인 피해 양상, 무엇보다도 검열로 인해 한국의 희곡사와 연극사에서 조명 받지 못했고 자리매김되지 못한 많은 문제작들이 있습니다. 2021년 3월 11일 한국문화예술위원회 아르코예술기록원은 1960~1990년대의 공연예술 검열대본을 공개하였습니다. 공개한 분량도 많아 연구에 활력을 불어넣겠지만, 원작들을 검열당한 상태 그대로 볼 수 있다는 점에서 검열연구에 대한 기대가치가 매우 높습니다. 이 분야의 연구가 시작된 지 10여 년이 되었지만, 이제 겨우 한 지점을 지났고 새로운 길에 접어들었다고 봅니다.

사회자   한국문화예술위원회에서 공개한 자료를 저도 본 적이 있습니다. 1960~80년대에 군과 정부에 대한 소재는 금기였었죠. 사회에 부정적 영향을 줄 수 있다고 기관이 판단한 이야기는 물론이고 이를 은유적으로 표현한 문구조차 검열로 통제되었죠. 이강백의 희곡 〈내가 날씨에 따라 변할 사람 같소?〉(1978)에서는 극 중 '퇴역 장군'이란 인물이 등장하는데, 당시 심의위원은 군 출신이라는 이유만으로 대본 속의 인물을 새로 바꾸라는 지시를 내렸다고 하죠. 대중 가수 '트위스트 김', '하춘화', '나훈아' 등 유명 가수들의 공연도 사전에 대본과 악보를 제출했다고 하죠. 가사나 곡, 창법이 저속(?)하다는 이유로 금지 조치를 당하면 해당 노래는 공연에서 아예 부를 수 없었지요. 이런 검열은 이루 말할 수 없어요. 아동문학 분야도 예외는 아니겠지요?

아동문학 분야의 연구 성과

장영미   네, 전통적으로 한국 아동문학은 역사와 현실에 긴밀히 결합하기보다는 정치 현실과 결합된 희생과 헌신을 일깨우는, 계몽성이 강한 특징을 갖고 있습니다. 검열은 정권 이데올로기에 부합하는 작품만을 창작하게 함으로써 아동문학을 정치화하였고, 한편으로는 순수한 동심을 왜곡하는 문학을 만들어내기도 했습니다. 이데올로기와 무관해 보이는 아동문학조차도 사실은 사회·문화적 환경에 따라 이데올로기를 강렬히 내장하고 있습니다. 이러한 이데올로기 강화를 위해 필연적으로 작동하는 것이 검열입니다. 아동문학은 검열과 더불어 시작되고 전개되어왔다고 봐도 과장이 아닙니다. 가령, 식민지 시기 방정환은 활동 기간 내내 검열의 통제를 받으면서 많은 글들이 삭제되거나 압수당하였습니다. 물론 아동문학의 검열은 식민지시기뿐 아니라 해방 이후 1970, 80년대에도 행해졌고, 거기에 대한 다양한 연구들이 발표되었습니다.

먼저, 일제강점기는 다른 어느 시기보다도 개작과 검열에 관한 연구가 활발하게 이루어졌는데, 우선 검열 제도 연구와 자료 연구를 들 수 있습니다. 『조선출판경찰월보』가 소개되면서 일제의 검열이 광범위하고 체계적으로 이루어졌음이 확인되었습니다. 문한별 선생은 『불온소년소녀독물역문』과 『언문소년소녀독물의 내용과 분류』, 『불허가출판물병 삭제 기사개요역문』을 소개하면서 아동물에 대한 검열의 실상을 밝혔습니다. 다음으로, 검열로 삭제된 텍스트가 복원되고 검열에 대한 작가들의 대응방식이 규명되었습니다. 대표 연구로 류덕제, 최미선, 이정석 등의 연구를 들 수 있습니다. 이들은 『별나라』의 성격과 방향 전환의 특성을 살폈고, 1920년대 『신소년』의 작품 경향을 검열을 중심으로 고찰했으며, 『어린이』와 『학생』지의 탄압 양상을 규명했습니다. 이들 연구는 식민지시기 『어린이』, 『신소년』, 『새벗』, 『별나라』, 『소년조선』, 『소년세계』, 『학생』 등의 잡지는 모두 검열이라는 여

과장치를 통과해야 간행될 수 있었다는 것을 규명하여, 아동
문학의 특수한 생산과 유통 방식을 보여주었습니다.

한편, 해방 이후 아동문학을 억압한 것은 반공주의였죠.
먼저 해방기는 해방이 되고 일제강점기의 친일 행위와 친체
제적 것들을 부정하거나 변형하려는 욕망이 강렬했던 시기
입니다. 대표적으로 이원수는 1941년 「니 닦는 노래」를 해방
된 1946년에 동일한 제목의 「이 닦는 노래」로 재발표하는데
요, 성전에 나가 건강한 황국신민으로 목숨을 바쳐야 한다는
내용의 원작을, 이를 잘 닦는 아이의 아름다운 모습에 관한
내용으로 개작한 것입니다. 해방 이후 수많은 아동문학 작가
들이 식민지체제를 벗어난 이후 자신의 작품을 다양하게 개
작합니다. 즉, 사회·문화적 환경에 의한 자기검열성 개작이
빈번하게 이루어졌지만, 이에 대한 연구는 거의 진행되지 못
한 게 아동문학 분야의 실상입니다.

한국전쟁 이후 분단된 현실은 한국 사회를 냉전의 희생양
으로 전락시켰고, 반공주의라는 사회적 금기를 낳으면서 아
동문학을 검열하였습니다. 월남 작가들은 남한 사회에서 삶
의 터전을 마련하기 위해 자신이 공산주의와 관계없음을 증
명하고자 반공주의를 의도적으로 이용했고, 한때 좌익에 동
조했던 작가 이원수와 이주홍 역시 전후에는 반공주의를 견
지할 수밖에 없었습니다. 선안나는 아동문학사에서 금기시
되었던 반공과 검열의 문제를 본격적으로 논한 최초의 경우
입니다. 그는 1950년대 아동문학적 특징을 드러내기 위해 반

공주의를 호명하고 검열 문제를 파헤쳤습니다. 그리고 박금
숙은 강소천의 동요/동시, 그리고 동화의 검열과 개작 양상
을 연구하여, 한국전쟁으로 인해 월남한 그가 해방 이전에
창작했던 작품들을 전쟁 이후 남한의 이념과 체제에 부합하
는 방향으로 개작한 것을 고찰했습니다. 박명옥은 백석의 아
동문학 작품의 개작을 논하면서 검열과의 관련성을 언급했
습니다. 박금숙과 박명옥의 연구는 강소천과 백석 작품의 개
작 양상을 자기검열(미적검열/정치적검열)과 관련지었다는 점에
서 주목할 수 있습니다.

아동문학과 검열과 개작 관련 연구는 각 시기별로 검열 제
도와 양상, 사상을 비롯해 작가의 대응을 중심으로 이루어
졌습니다. 기존 연구는 아동문학과 검열을 사적 관점으로 서
술하여 검열이 구체적으로 어떻게 아동문학에 적용되고 (아
동)문학적 현상을 야기했는지를 살핀 점에서 의미를 갖습니
다. 하지만, 한국 아동문학은 식민지체제 아래서 태동했고
오랜 시간 검열과 더불어 전개되어 왔음에도 불구하고 그에
대한 연구 성과는 양적/질적으로 아직 미흡해 보입니다. 기
존 연구는 통합적 시야를 확보하지 못하였고, 개작과 검열을
유기적 관계 속에서 살피지 못한 아쉬움이 있습니다. 향후
검열을 둘러싼 문제를 문학사 서술의 차원에서 살피는 데서
멈추지 않고, 사회 · 문화적 조건 및 배경과 검열이 가지는
유기적인 관계 등의 연구를 통해 아동문학에 가해진 억압과
왜곡의 실상이 샅샅이 밝혀지기를 고대합니다.

사회자 　예, 아동문학 분야에 대한 검열 또한 지금까지 알려진 것
　　　　에 비해 더 광범위하게 이루어졌음을 확인할 수 있었습니다.
　　　　그렇다면 대중문화 전반에 걸친 검열 연구의 성과를 정리해
　　　　볼 필요가 있을 것 같습니다.

대중문화 검열의 연구 성과

김준현 　대중문화 검열에 대한 연구는 참으로 흥미로운 분야이면
　　　　서, 또 여러 난점이 있는 분야기도 합니다. '대중문화'의 기
　　　　준을 어떻게 정하느냐에 따라 사실 문학도 포함될 수도 있지
　　　　요. 다만 문학, 희곡 및 극의 검열 연구에 대한 논의가 이미
　　　　되었으니, '대중문화' 중에서 이들을 제외한 것을 대상으로
　　　　한 연구들에 대해 말씀드리겠습니다. '대중문화'의 개념을
　　　　이렇게 좁힌다고 해도 '음악', '무용', '영화' 등 상당히 이질
　　　　적인 분야들을 아우를 수밖에 없습니다. 그만큼 연구에 얽
　　　　혀 있는 관점과 방법론이 다양할 수밖에 없지요. 그걸 감안
　　　　하고 들어주시면 좋겠습니다.

　　　　모든 검열 연구와 마찬가지로, 대중문화에서의 검열 연구
　　　　도 초기 상태에 머물러 있다고 하겠습니다. 검열 연구는 검
　　　　열을 시행하는 검열주체의 의도와 전략, 제도를 논구하는
　　　　것에서 출발하는 경우가 많습니다. 하지만 아시다시피 연구

결과가 축적되면 검열을 당하는 대상, 즉 작품을 만들어내는
작가/예술가와 출판/유통자들의 검열 관련 대응 양상을 재
구한 성과들이 제출되기 시작하지요. 경계를 설정하기 쉽지
않은 '대중문화 검열 연구'도 대략 그러한 관점으로 접근하
면 분류가 가능합니다.

가령 1960년대 박정희 정권의 반공이데올로기와 관련한
대중문화 검열 사례를 살핀 연구들은 '검열주체'에 초점을
맞춘 유형에 속하겠지요. 가령 송현민의 「박정의 정권의 금
지곡을 둘러싼 「감시와 처벌」(2013), 박선영의 「1960년대 후
반 코미디영화의 '명랑'과 저속」(2016)은 당대 음악과 영화 등
전방위에서 이루어진 검열 제도와 양상을 살핀 사례들입니
다. 이런 음악과 영화와 관련된 검열 연구는 아무래도 이 시
대의 사례들에서 좀 더 많이 나오는데요. 이 시대 못지 않게
일제강점기에도 음악과 영화 검열이 이루어졌지만, 아무래
도 사례에 대한 접근성 문제가 연구 축적의 속도와 연관이
있을 것 같습니다. 박순애, 「조선총독부의 대중문화정책 : 대
중가요를 중심으로(2011), 이인호 외, 「일제강점기 시대의 대
중음악 검열」와 같은 연구들이 일제강점기의 대중문화 검열
양상을 검열 주체의 입장에서 다룬 소중한 성과들입니다.

다음으로 검열주체보다는 검열대상에 주목하거나, 혹은
검열을 사이에 두고 주체와 대상의 교호 관계에 관심을 둔
연구들입니다. 검열주체가 검열 제도를 만들어 시행했다고
해서, 검열대상들이 그것을 단순히 수동적으로 받아들이는

것은 아니지요. 이 과정에서 다양하고 복잡한 사회문화사적 의미소들이 발생합니다. 그리고 검열주체와 검열대상 사이의 중간자라는 존재가 이 과정에서 드러나기도 하지요. 원용진의 「일제 강점기 조선 음반계의 중심 인물인 문예부장에 관한 연구(2015)는 이런 관점에서 재미있게 읽혔습니다. '조선인 문예부장'은 대중들의 취향 뿐 아니라 검열의 제도적 원리까지 알아야 하는 존재입니다. 신문이 검열주체와 검열대상의 역할을 동시에 취했듯이, 음반사와 거기에 속한 문예부장이 그 비슷한 역할을 수행한 셈입니다.

최은주, 「'일본군 위안부'와 '팡팡':전전과 전후의 위안부들－GHQ의 검열과 대중적 욕망에 주목하여－」(2015), 박유희, 「'검열'이라는 포르노 그래피」(2015)는 이런 식으로 검열주체와 검열대상이 교호하면서 그 결과로 만들어진 복잡한 현상을 논구하는 성과들입니다. 검열의 시행과 대응을 통해 새로운 표현 양식이 만들어져 새로운 장르까지 형성되는 과정, 또 검열과 우회를 통해 검열과 관련된 대상(예를 들어 위안부나 에로물의 주인공)에 대한 인식과 이미지까지 변화하는 과정을 드러냈습니다.

이처럼 검열 주체와 대상의 교호 관계를 살피는 것은 대중문화 연구에서 상당한 기여를 할 수 있을 것으로 보입니다. 복잡하게 존재하는 대중의 인식, 대중문화의 양식을 살필 수 있는 좋은 창구이기 때문이지요. 하지만 그렇다고 해서 검열주체와 대상 중 어느 한쪽에 초점 맞춘 연구들을 낡은 시각이나 방법론이라고 평가하면 곤란합니다. 일단 대중문화의 검열 연구의 축적 정도 자체가 일천하거든요. 어떤 관점을 가진 논문이든, 일단 지속적으로 축적되어 검열 연구의 장을 두텁게 만드는 것이 필요합니다.

사회자　검열이 우리의 문화와 예술 전반에 엄청난 해악을 끼쳤지요. 분야별로 연구 동향과 성과를 들어보니 그 정도가 생각보다 엄청났다는 것을 알겠습니다. 그러면 앞으로의 연구과제는 무엇인지 이야기해 보지요. 향후 검열 연구의 과제는 무엇인가요?

검열 연구의 과제

문한별　검열 연구는 지난 2000년대 초반부터 본격적으로 진행되어 20여 년의 시간이 지났습니다. 길다면 길고 짧다면 짧은 이 기간동안 제도와 법령, 매체, 문학 및 예술 작품, 개별 작가 등등 검열과 관련된 많은 연구가 진행되었습니다. 검열과 통제라는 것이 어떤 특정한 분야에만 집중되는 것이 아니라 인간의 삶과 생활, 사고방식에 모두 적용되는 것이기에 거의 전 분야가 협력하여 진행하지 않는 한 그 실체를 총체적으로 밝히는 데에는 앞으로도 엄청난 시간과 공력이 필요할 것입니다.

하지만 지금까지의 연구 성과들은 향후 검열 연구가 나아가야 할 지점을 선명하게 보여주기도 합니다. 그 가운데 앞으로 주목해야 할 연구들의 방향을 몇 가지로 정리해서 말씀드리겠습니다. 먼저 검열 사유의 큰 두 줄기 흐름과 관련한 것입니다. 일제강점기에 한정하여 본다면 조선총독부는 검열의 사유이자 근거를 크게 '치안방해'와 '풍속 괴란'이란 용어로 정리하고 있습니다. '치안방해'란 말 그대로 사상적인 측면, 즉 민족주의적, 사회주의적 맥락과 같은 정치 사상적인 담론을 근거 삼아 검열하고 통제하는 것을 의미합니다. 지금까지 활발하게 전개된 연구는 이 같은 사상 검열에 집중되었습니다. 반일이나 반제국, 반계급 등과 같은 선명한 사상의 흐름은 비교적 선명하기도 하며, 분석하거나 의미화하는 것도 상대적으로 명료하다는 특징을 갖습니다. 하지만 이 같은 사상 검열 연구의 경우 그 명료함에서 더 나아가 사회 · 문화사적인 측면을 설명하기에는 일정한 한계가 존재합니다. 이분법적인 해석의 딜레마나 정해진 결론 이상으로 나아가기가 어려운 것이지요.

이에 비해서 '풍속 괴란(壞亂)'이라는 또 다른 틀은 연구자들에게 고민거리를 던져줍니다. 단지 외설적이거나 미풍양속을 해치는 작품만을 검열했는가 하면 꼭 그렇지 않은 지점도 있기 때문입니다. 사상 검열과 달리 풍속 검열은 특정한 민족 혹은 언중의 정서적인 지점뿐만 아니라 사유와 세계관, 감정과 감각의 복합체를 검열하고 통제한다는 점에서 문제적입니다. 여기에 식민지 조선의 출판 시장, 대중문화와 상업적 침탈까지를 고려해야 한다면 매우 복합적인 통제의 메커니즘이 작동하는 것이지요. 사상 검열처럼 풍속 검열 역시 시대와 사회, 정치적 상황에 따라 명명되는 방식은 물론 처리되는 방법과 수위까지 달라졌습니다. 이는 비단 식민지시기만의 특징이 아니라 그 이전 시기에도, 그 이후 시기에도 여전히 유사한 명칭으로 불리며 사람들의 감정과 생각을 통제했습니다.

앞으로의 연구에서 우선 강화되어야 할 지점은 무엇보다도 이 같은 풍속 검열과 관련한 것이 아닌가 합니다. 물론 맹점이 없는 것은 아닙니다. 일제강점기의 조선총독부의 검열 문건에는 풍속 검열과 관련한 기록이 사상 검열에 비해 10%에 불과하기 때문입니다. 이는 제국 일본의 자국 검열에서의 풍속 검열 비중인 40% 내외에 비해 현저하게 적은 것입니다. 하지만 식민지 조선의 상황에서 이 같은 비중이 단순히 풍속과 관련해서는 덜 검열을 받았다거나 풍속 관련 매체나 글, 예술 작품들이 적었다고 단순화하여 받아들이는 근거가 될 수는 없습니다. 왜냐하면 풍속 검열의 이면에는 풍선효과를 통해 강화되거나 느슨해진 통치의 방향성과 출판문화 시장이 존재하기 때문입니다. 그렇기에 향후 진행되어야 할 풍속 검열 연구는 검열 자체에만 집중하는 것이 아니라, 그 외적인 요인들에 대해 살펴보고 분석하는 접근 방식이 필요합니다. 이를 시대가 요구했던 건전성이라고 이름을 붙인다면,

불온과 건전이라는 이중적인 방향성을 밝힐 수 있어야만 오
롯이 그 의미를 파악할 수 있다는 말이기도 합니다.

또한 앞에서도 말씀드린 바와 같이 검열 연구가 궁극적으
로 지향해야 하는 지점을 여러 학문 분야를 망라하여 전망하
고 협의할 필요도 있습니다. 발굴과 해제, 그것을 의미화하
는 연구에서 더 나아가 결국 일제강점기의 통치 담론, 문화
통제 담론의 의미와 방향성을 밝혀내는 것으로 진척되어야
합니다. 이는 검열과 통제, 탄압이 비단 일제강점기에만 존
재한 것이 아니기 때문에 그러합니다. 실제로 검열의 근간이
되는 출판법이나 신문지법은 해방 이후는 물론 군사·권위
주의 정부 시절에도 큰 변화 없이 적용된 바 있습니다. 일정
한 학습효과라고 해야 할지는 모르겠지만 근대 법령에 투영
된 이 같은 식민지 통제 법령의 근간은 해방 후에도 자국민
의 사상과 풍속을 통제하고 탄압하는 데에도 유사하게 적용
되었습니다. 그 연계성을 고려한 연구가 필요한 것입니다.

사회자 그렇다면, 향후 검열 연구는 보다 복합적으로 이루어져야
겠군요. 통시적으로는 해방 이후 군정 체제하에서의 검열과
사상 통제의 지점을 살펴보아야 하겠고, 이후 권위주의 정권
으로 이어진 시대적 변화와 검열의 관계에 대해서도 함께 논
의해야겠네요. 물론 이때에도 불온과 통제에만 집중할 것이
아니라 건전과 허용이라는 대척점에 대해서도 함께 이야기
할 수 있어야 하겠지요.

문한별　예 그렇죠. 그리고 마지막으로 근대시기의 검열 연구는, 특히 일제강점기를 전후로 한 검열 연구는 식민지 조선의 상황만을 살펴본다고 그 전체가 설명되지는 않을 것입니다. 검열 체제의 모태가 되는 제국 일본의 검열 관련 제도와 법령, 검열의 결과물, 그리고 또 다른 식민지 대만의 검열 사례 등을 공시적으로 살펴볼 필요가 있습니다. 그 안에는 생각보다 많은 수의 조선과 조선인 관련 자료들이 담겨있기 때문입니다. 최근 들어 근대 초기 중국의 출판 검열에 대한 연구도 관련 전공자들에 의해 진행되고 있는 것으로 알고 있습니다. 검열 연구는 향후 근린국인 중국은 물론 근대로 접어들면서 서구 열강의 지배를 받았던 수많은 제3세계 국가들의 경우도 대상이 될 수 있을 것입니다. 궁극적으로는 검열 연구가 지향해야 하는 방향은 결국 통치와 통제, 대응에 대한 문화사적이고 문명사적인 지점이 될 수밖에 없을 것입니다.

사회자　예 잘 정리해주셨습니다. 하나 덧붙이자면, 해방 이후의 군정 체제하의 검열 연구는 매우 저조합니다. 일본에서 GHQ 시절의 검열 연구에 집중하여 성과를 내고 있는 것에 비해 많이 부족합니다. 향후 이 시기에 대한 연구가 본격화되기를 기대해 봅니다. 그러면, 이제 이 검열 연구의 성과라든가 의의를 이야기해 보죠.

한국문학을 보는 시각의 조정과 반성

유임하   저는 검열을 공부하면서 제 자신이 지녀온 근대 이후 한국 문학에 대한 시선이 크게 달라졌다는 것을 말씀드리고 싶습니다. 저는 우리 작품 속 모호한 표현 관습이 검열 체제의 금압에서 유래한 전략적 서술의 한 특징이거나 주름 혹은 상처에 해당한다는 점, 구한말 검열의 족쇄를 일제가 관리하면서 제국 경영이라는 틀 안에서 마련한 심급들이라는 점 등을 절감하였고 제 문학관과 연구방식이 얼마나 소박했는지를 새롭게 인식하게 되었습니다. 식민 지배라는 문화적 조건과 한국 근대문학의 형성은 떼려야 뗄 수 없는 연관을 맺고 있다는 점에서 우리에게 남겨진 문학이라는 유산의 형성 조건들을 다시 한번 찬찬히 살펴보아야 하지 않을까 하는 생각입니다.

게다가 검열이라는 법적, 제도적 감시통제의 기제가 한국 근현대문학에 미친 악영향과 저항성을 감안하지 않고서는 논의 자체가 성립할 수 없다는 점도 절감했습니다. 이 말은 곧, 오늘날 유통되고 기억되는 우리 문학 텍스트는 극히 일부라는 것, 좁혀 보면 검열체제가 허용하는 범위 안에서 산출된 것이지만, 가능성의 차원을 넓혀 보면 검열체제에 맞서 작가가 고안한 기법과 효과들을 축적한 문화적 소산들을 수렴하지 않고서는 우리 문학의 실체는 불완전해 보인다는 뜻입니다. 그런 측면에서 검열과 개작의 문화사적 연구는 텍스트 중심주의와는 별개로 텍스트의 성립 요건에 대한 문제도 섬세하게 살피는 탐사의 노력을 필수적으로 장착해야 한다는 생각입니다. 여기에는 개작 문제를 살피기 위한 판본 대조의 실증적 탐사, 검열이라는 정치 · 사회적 시야와 문화적 탐사가 서로 연동된다는 것, 이 두 가지를 중첩시킬 때 연구의 지점은 무한히 확장될 수 있으리라 생각합니다.

사회자   그렇다면, 제반 문화적 조건들을 고려할 때 어떤 점에 유의하면서 어떤 관점에서 어떤 방식으로 새로이 시작되어야 할까요?

유임하   프랑코 모레티가 「문학의 도살장」에서 백년 전 영국문학의 유산 중 오늘날 우리에게 남은 작품은 불과 1/2000, 곧 2000편의 작품 중 한편만 살아남는다는 걸 실증했죠. '문학의 도살장'이라는 표현처럼, 평론가들에 의해 선별된 소수의 작품들만이 백년 뒤 독자들에게 유통되는 엄연한 현실을 감안할 때, 이 적자생존이라는 생물학적 법칙 이전에 문학의 문화적 생태계에 대한 이해는 필수적이라 생각합니다. 검열과 개작의 문화사적 연구도 이런 '문학의 역사학'과 생물학을 가미한 모레티의 관점에서 많은 시사점을 얻을 수 있다고 봐요. 오늘날 교과서 안에 정전으로 남은 작품들 말고도 검열로 인해 사라진 작품들과 훼손된 작품들을 발굴하려는 노력과 재구에 공들이기 같은 노력이 부가되어야 하고, 나아가

근현대문학에 검열기구와 내 안에 자리 잡은 자기검열 기제를 어떻게 활용했는가라는 탐문도 있어야 한다고 봅니다.

'개작과 검열'이라는 관점에서 보면, 한국문학의 역사는 단순히 텍스트 창작과 그것의 미적 성취의 역사로만 귀결되지 않습니다. 한국문학이라는 텍스트 바깥에는 많은 조건들이 가로놓여 있었음을 고려해야 한다는 거죠. 한국문학이 문학인들의 창작을 위한 고뇌와 성취라는 단선구도로만 논의가 가능할 것이라는 텍스트 중심주의로는 불투명한 텍스트의 의미조차 모두 헤아리기 어렵다는 점입니다. 일례로 사회주의 사상을 보급·전파하는 한편, 많은 문학작품을 유통시킨 근대 종합잡지 『개벽』만 해도 1922년 5월부터 1925년 6월까지 대략 3년을 넘기지 못했습니다. 수많은 잡지와 동인지들의 명멸 또한 거대한 식민권력의 탄압이라는 현상에서 비롯된 것이죠. 이 또한 일면에 지나지 않습니다.

저는 이번 연구를 통해 임화가 말한 '근대문학사는 명치·대정 문화의 이식'이라는 표현의 함의가 다른 방식으로 이해되는 측면이 있다고 봤습니다. 임화의 발언은 제국−식민지 조선의 도식에 따른 근대지 수용이 일본 문화의 참조와 밀접하게 연계된 문제를 가리키는 것으로 볼 여지도 충분하다는 것입니다. 임화의 문학사적 명제를 이식−수용이라는 단선구조, 일방적 관계로만 보는 것은 찬성하지 않습니다. 제국의 미디어와 온갖 종류의 독물(讀物)들을 참조하며 이를 나름대로 전유하려는 식민지 조선의 문학장이 가진 복합성은 문화사적 시각 없이는 제대로 포착할 수가 없다는 생각입니다. 가령, 식민지 조선인으로서 살아가야 할 삶의 일상적 조건, 곧 일본인이 아닌 이등국민으로서 일제의 식민정책과 제도적 환경, 배우고 익히지 않으면 안되는 일상적 제도적 관습이 가로놓여 있습니다. 이 점은 일제강점기 한국문학을 고려할 때 간과해서는 안될 삶의 조건이자 제도적 조건이었던 것이죠.

하지만, 적어도 1923년 동경대진재를 전후로 한 시기에 한국문학은 놀랍도록 사상적 · 문화적으로 선회합니다. 1892년 동학혁명, 1894년 개항과 사회개혁, 1905년 외교군사권 침탈, 1910년 강제합병, 1919년 3.1운동, 1923년 동경대진재와 사회주의사상의 전파, 문화 변동, 전근대의 고삐에서 풀려나온 감정, 연애 열풍과 개인의 감정 표현 등등에 대한 정치, 경제, 사회, 문화의 변동 상황을 고려하지 않은 문학텍스트의 독해는 문자주의적 해석일 뿐이라는 생각이 듭니다.

사회자　이제 개작과 검열의 문화사적 연구가 어떤 점을 고려하고 무엇을 지향해야 할지, 그 윤곽을 대략적으로나마 알게 되었습니다. 마지막으로, 문학 연구를 위한 사회문화연구의 조건과 필요성을 언급하면서 긴 논의를 마무리하겠습니다. 주지하듯이, '검열'은 해방 이후 최근까지 우리 사회에 지배했던 통제와 규율의 방식이었지요. 문화예술 분야의 검열은 1996년 10월 헌법재판소가 영화 사전검열에 대해 위헌 판결을 내리면서 사실상 폐지되었지요. 하지만 검열의 관행과 규율은 내면화되어 아직도 우리가 자기 검열에서 완전히 벗어났다고는 할 수 없습니다. 해방과 분단에 따른 이념과 체제의 대립은 혹독한 검열로 나타났고, 전쟁이 끝난 이후 본격화된 반공주의는 한층 가혹하게 검열을 가동시켰습니다. 김수영의 시 한 구절이 떠오르는군요.

> 모두 별안간에 가만히 있었다 / 씹었던 불고기를 문 채로 가만히 있었다 / 아니 그것은 불고기가 아니라 돌이었을지도 모른다 / 신은 곧잘 이런 장난을 잘한다 // (그리 흥겨운 밤의 일도 아니었는데) / 사실은 일본에 가는 친구의 잔치에서 / 이토츄(伊藤忠) 상사(商事)의 신문광고 이야기가 나오고 / 곳쿄노 마찌 이야기가 나오다가 / 이북으로 갔다는 나가타 겐지로 이야기가 나왔다가 // 아니 김영길이가 / 이북으로 갔다는 김영길이 이야기가 / 나왔다가 들어간 때이다 // 내가 나가토[長門]라는 여가수도 같이 갔느냐고 / 농으로 물어보려는데 / 누가 벌써 재빨리 말꼬리를 돌렸다… / 신은 곧잘 이런 꾸지람을 잘한다
>
> ─「나가타 겐지로」[1]

---

1 '나가타 겐지로'는 김영길이라는 재일교포 테너 가수로 1960년에 북송되었다. 곳쿄노 마찌(國境の町, 국경의 거리)는 1934년 발표되어 크게 유행한 노래 제목이다.

　수선스러운 술자리에서 별안간 침묵이 흐르고 씹던 불고기가 돌연 돌로 느껴진 것은 '북'과 관련된 이야기가 '나왔다가 들어간' 데 있지요. 모두들 '돌'을 씹은 듯이 얼어붙은 긴장의 순간에 개입된 것은 그 자리에 존재하지도 않지만 어딘가에서 영향력을 행사하는 감시자의 시선, 이 감시의 시선은 "그리 흥겨운 밤의 일도 아니"었던 특별하지 않은 때, 자연스럽게 일상에 침투해서 이렇듯 사소하고 허망한 방식으로 작동하고, 그것을 김수영은 '신의 장난'이라고 일컬었지요.

　김수영은 의용군으로 끌려갔다가 도망해서 거제 포로수용소에서 2년 가까운 시간을 보냈는데, 이 체험은 그를 평생토록 '레드 콤플렉스'에 시달리게 했지요. 5 · 16이 일어나자 대엿새 동안 행방을 감췄다가 머리를 중처럼 깎고 나타났고, 북쪽에서 돌아오는 포로들을 다룬 「조국에 돌아오신 상병포로 동지들에게」나 의용군 체험을 담은 미완의 소설 「의용군」은 써놓기만 하고 아예 발표를 하지 않았죠. 군사 정권에 대한 공포와 두려움, 의용군에 복무한 사실이 드러날지도 모른다는 데 대한 불안이 그를 내면에서 규율한 것이지요. 이런 상황은 적어도 1990년대까지 지속되었다고 할 수 있습니다. 검열 연구는 이 실상을 텍스트와 작가에게서 파악해야 하고, 또 한편으로는 이런 마음속의 감옥을 걷어내는 일을 해야겠지요. 검열은 개인의 자유를 억압하고 유린하는 장치라는 점에서 그에 대한 자각은 철저할 필요가 있습니다. 상상과 사상의 자유가 없는 곳에서 문화와 예술은 꽃필 수가 없습니

다. 자유로운 창작은 심리적 억압과 사회적 금제에서 벗어
나 다원적 가치가 존중되는 풍토에서나 가능한 일입니다.

긴 시간 동안 좋은 말씀, 감사합니다.

제2부

검열과 개작의 작용과 반작용

제1장

일제강점기 도서과의 소설 검열과
작가들의 대응 방식

출판 검열 체계화기(1926-1938) 검열 자료를 중심으로

문한별(선문대학교)

1. 문제제기

일제강점기 식민지 조선 작가들의 작품들은 국권상실 이전부터
제정된 신문지법(1907)과 출판법(1909)의 적용을 받아야 했다. 출판물
로 발행되기 전 검열을 거친 후 허가를 얻어야 출판할 수 있다는 법
령의 골자에 따라 조선에서 발행되는 모든 조선어 작품들은 총독부
의 허가를 얻기 위해 여러 차례의 검열을 통과해야만 했다. 신문에
연재되었다가 단행본으로 출간되는 소설 작품의 경우에는 신문지법
에 의해 1차 검열을 당했고, 출판법에 의해 2차 검열을 당했다. 여기
에 법에 명시된 치안방해와 풍속괴란의 기준을 피하기 위해 작가들
이 진행했을 자기검열까지 고려한다면, 식민지 시기 조선의 문학 작

품들은 작가의 의도가 그대로 반영된 온전한 형태로 독자에게 도달되기 어려웠을 것이다.

총독부의 출판물 검열은 광범위하고 지속적이었을 뿐만 아니라 강점기를 관통하면서 점차 검열의 기술적인 부분도 자기 발전을 거듭하고 있었기 때문에 작가들의 대응도 이에 맞추어 변화해야만 했다. 검열 표준이 정립되기 이전인 1910년대 초중반에도 1930년대와 유사한 검열 제도가 적용되고 있긴 했지만 검열의 주체도 일원화되지 않았고 검열 결과와 행정처분에 대한 기록도 단순했다. 1920년대 중반 이후 검열 체제가 체계화된 이후에는 검열의 사유가 출판 경찰의 문건에 세밀하게 기록되었으나 그 이전에는 관보에 행정처분 결과만이 공시되는 정도에 그쳤던 것이다.

1926년 4월 총독부 경무국 산하에 검열을 담당하는 도서과가 신설된 것은 이 같은 출판물 검열의 양상이 변화하기 시작되었다는 것을 의미한다. 분산되어있는 검열의 주체들이 하나로 통합되고, 검열 표준도 정비되어서 적용되기 시작했으며, 무엇보다도 검열 및 행정처분 결과를 정리한 문건들이 체계화되어 만들어지기 시작했기 때문이다. 예를 들어 『언문소년소녀독물의 내용과 분류』[1](1927.12~1928.08), 『불온소년소녀독물역문』(1926.10~1927.10), 『이수불온문서기사개요』(1926.11~1927.11) 등은 도서과가 독립되어 설치된 이후 본격적으로 생산된 체계화된 검열 문건의 시초에 해당한다. 이 문건들은 검열의 형식과 내용면에서 통일성을 만들어내었고, 이후 강점기 동안 가

---

1 이 자료들의 연도 표기는 출판물의 정리 기간을 의미한다.

장 오래 정리된 검열 문건인 『조선출판경찰월보』(1928.09~1938.12)의 토대가 되었다.

　본고에서는 이 같은 일제강점기 출판물 검열 문건들을 활용하여, 검열의 표준이라는 것이 어떻게 시기별로 변화하였고, 그 과정에서 검열 체제는 어떻게 체계화의 과정을 거쳤는가를 주요 문건에 수록된 실제 검열 사유를 바탕으로 확인하고자 한다. 또한 변화하는 검열 표준과 검열 체제가 작가들의 작품 생산과 발표에 미쳤을 영향을 검열 자료의 통계와 사례를 중심으로 살펴봄으로써 식민지 조선 작가들의 소설들이 검열에 어떻게 대응하고 있었는가를 추론해 보고자 한다.

2. 『조선출판경찰월보』의 검열 통계표

　『조선출판경찰월보』는 일제강점기에 가장 오랜 기간 동안 정리된 출판물 검열 관련 비밀 행정 문건이다. 1928년 9월부터 1938년 12월까지 11년에 걸쳐 생산된 이 문건에는 단행본은 물론 잡지류, 신문, 삐라 등의 정기 및 부정기 간행물에 대한 행정 처분 기록이 상세하게 기록되어있다. 특히 출판법과 신문지법의 적용을 받는 조선 내에서 조선인에 의해 발행된 출판물은 물론 출판규칙과 신문지규칙의 적용을 받는 조선에 이수입[2] 되거나 조선 내 일본인에 의해 발행된 것

2 　일본에서 들어온 것은 이입, 외의 외국에서 들어온 것은 수입으로 구분하였다.

까지 망라하여 기록되었다는 점에서 이 시기 식민지 조선의 출판 및 검열 현황을 살펴보는 데에 가장 중요한 자료이다.

　망실되어 현존하지 않은 결호[3]를 제외하고 이 자료에 수록된 출판물 관련 일반 현황을 소개하면 다음과 같다.

〈표 1〉『조선출판경찰월보』 수록 출판물 납본 통계

	종별	출판물 납본 수	종별	출판물 전체 납본 수
출판법	단행본	8,011	단행본	15,703
	잡지	7,636	잡지	54,417
	기타	535	기타	4,908
	합계	16,182	합계	75,028
출판규칙	단행본	7,692	출판출원 허가	18,416
	잡지	46,781	출판출원 불허가	524
	기타	4,373	출판출원 취하	76
	합계	58,846	합계	19,016

　〈표 1〉은 1928년 10월부터[4] 1938년 12월까지『조선출판경찰월보』에 기록된 조선 내의 출판물에 대한 통계를 정리한 것이다. 이 통계의 대상은 신문지법 및 신문지 규칙에 적용을 받는 잡지를 제외한 정기 간행물의 총 수량은 제외된 것이며, 단행본 및 잡지에 해당하는 출판물의 통계이다. 먼저 출판법의 적용을 받는 조선 내 조선어 출판

3　한국사데이터베이스(http://db.history.go.kr/)에서 망실 등의 이유로 정리되지 않거나 존재하지 않는 (1호(1928.08), 13호(1929.09), 14호(1929.10), 27호(1930. 11), 32호(1931.04), 33호(1931.05), 38호(1931.10), 85호(1935.09), 109호(1937.09), 110호(1937.10), 111호(1937.11), 112호(1937.12), 113호(1938.01))를 통계에서 제외하였음.

4　본고에서는 한국사데이터베이스에 정리되어 제공되고 있는 2호부터 통계로 반영하였다.

물은 11년 동안 총 16,182종이 납본되었으며, 조선에 일본에서 이입되거나 타국에서 수입된 이수입 출판물 및 조선 내에서 일본인 등에 의해 발행된 것은 58,846종이 납본되었다.

이 둘을 합하여 동일 기간 동안 납본된 출판물의 수는 75,028종에 달한다. 이 모든 출판물(신문 제외)이 총독부 경무국 산하 도서과에 의해 출판 허가를 받기 위해 검열되었다고 보면 된다. 〈표 1〉의 오른쪽 아래에 놓인 '출판출원' 관련 통계는 전체 납본된 출판물 가운데, 새롭게 출판을 위하여 총독부에 허가를 얻기 위해 제출된 것을 말하는 것이며, 기존에 허가를 받은 경우에는 이 통계에서 제외되므로 납본 수와는 차이를 보인다. 11년 동안 출판출원이 제출된 것은 19,016건이며, 이 가운데 실제로 허가를 받은 것은 18,416건이었다.

〈표 1〉의 비중을 통해서 확인할 수 있는 정보는 다음과 같다. 우선 1928년부터 1938년 사이의 식민지 조선의 조선인 관련 출판 시장은 일본 및 외국에서 유입된 것에 비하여 현격하게 규모가 작았다는 점이다. 출판법 적용 출판물은 21.56%에 불과하였고, 출판규칙 적용 출판물은 78.44%에 달하였다. 그렇다면 1930년대 초반과 1930년대 후반의 조선어 출판물과 그 외의 출판물의 납본 비율은 어떤 식으로 변화가 있었을까. 다음의 통계를 통하여 차이를 확인해보도록 한다.

〈표 2〉 1930년대 초반과 1930년대 후반 출판물의 납본 양상

호수	법령구분	단행본	잡지	기타	계	호수	단행본	잡지	기타	계
21호 (1930.07)	출판법	156	89	0	245	118호 (1938.07)	74	54	0	128
	출판규칙	36	253	0	289		122	681	4	807
22호 (1930.08)	출판법	102	71	5	178	119호 (1938.08)	44	48	0	92
	출판규칙	43	230	65	338		65	797	19	881
23호 (1930.09)	출판법	61	98	0	159	120호 (1938.09)	64	56	0	120
	출판규칙	58	236	0	294		109	729	15	853
24호 (1930.10)	출판법	95	76	0	171	121호 (1938.10)	64	64	0	128
	출판규칙	44	213	0	257		79	541	19	639
25호 (1930.11)	출판법	93	42	0	135	122호 (1938.11)	60	54	0	114
	출판규칙	41	243	0	284		103	595	48	746
26호 (1930.12)	출판법	87	142	0	229	123호 (1938.12)	115	57	0	172
	출판규칙	242	25	0	267		67	577	40	684
전체 합계		1058	1718	70	2846		966	4253	145	5364

〈표 2〉는 『조선출판경찰월보』에 통계로 기록된 출판물의 양상을 시기별로 대비해본 결과이다. 왼편의 통계는 1930년 7월부터 1930 년 12월까지 6개월간, 출판법과 출판규칙에 적용받은 납본의 수량 이며, 오른편의 통계는 1938년 7월부터 같은 해 12월까지 6개월간의 납본 수량이다. 이를 보면 1930년대 초반에 비하여 1930년대 후반에

는 전체적인 출판 종 수가 2,846종에서 5,364종으로 53.06% 정도 늘어났음을 알 수 있다. 그렇다면 출판물의 증가 수만큼 출판법과 출판규칙이 적용되는 비율도 유사하게 증가했을까. 먼저 1930년대 초반, 출판법을 적용받는 조선어 관련 단행본과 잡지의 수는 1,117종이며, 이는 전체 수량 대비 39.25%의 비중을 차지하고 있었다.

이에 비해 1930년대 후반의 동일 조건의 비율은 14.05%에 불과하다. 비율상으로는 2배 가까이 증가해야 하지만, 조선 내 조선어 출판물의 발행은 -2.79배 이상 비중이 줄어들었던 것이다. 이는 곧 1930년대 후반으로 갈수록 조선어 출판물의 출판 시도가 크게 줄어들고 있으며, 조선의 출판 시장 규모가 축소되고 있었다고 평가할 수 있는 것이다. 상대적으로 출판규칙을 적용받은 조선 내 이수입 및 일본인 관련 출판물은 60.8%에서 86.0%로 크게 확대되고 있었다.

그렇다면 이 같은 시기별 출판물의 전체적인 증가와 조선어 출판물의 축소는 실제 검열과 행정처분에 어떤 영향을 미치고 있었을 것인가. 다음은 시기별 검열 후 출판물의 행정처분 양상을 살펴보기로 한다. 다음의 표는 『조선출판경찰월보』의 전체 시기별 행정처분 건수를 통계표로 정리한 것이다.

〈표 3〉『조선출판경찰월보』 행정처분 통계

구분	행정처분	건수	행정처분 근거	전체 건수
출판법	차압	304	출판법 치안	5,220
	삭제	3,856	출판법 풍속	71
	주의	884	출판규칙 치안	10,820
	불허가 (65호 이후)[5]	167	출판규칙 풍속	315
	풍속	70	전체 계	16,426
	풍속 불허가 (65호 이후)	1		
	계	5,282		
출판규칙	차압 조선 내	163		
	차압 이수입	9,196		
	삭제	895		
	주의	566		
	풍속	315		
	계	11,135		

〈표 3〉은 신문을 제외한 출판물의 행정처분 통계를 정리한 것이다. 이를 전체 납본수와 대비하여 처분 비율을 살펴보면 다음과 같다. 전체 기간 동안 출판법 적용을 받는 조선 내 조선어 출판물의 전체 납본 수는 16,182종이었으며, 이 가운데 검열에 의해 행정처분을 받은 수는 5,282건이어서 32.64%의 비중을 차지하고 있다. 이에 비해 출판규칙에 적용을 받는 출판물 납본 전체 수는 58,846종 중 11,135건이어서 18.92%의 비중이다. 출판법에 적용을 받는 출판물들이 보다 강도 높은 행정처분을 받았음을 수치로도 확인할 수 있는 것이다[6].

---

5 『조선출판경찰월보』 65호부터 불허가 항목을 독립적으로 구분하여 통계표에 반영하기 시작하였다.

결국 대등한 수를 가정하여 검열된 것을 추정할 때 조선 내에서 조선인이 발행한 출판물은 일본이나 외국에서 발행되거나 조선 내에서 일본인이 발행한 것에 비해 배 가까운 검열 후 행정처분을 받은 셈이다.

그렇다면 이 같은 많은 비중의 검열 후 행정처분이 식민지 조선 내 조선어 출판물에 집중되는 상황에서 문학 텍스트에 대한 검열은 어떤 양상으로 전개되었을까. 다음 장에서는 이에 대하여 자세하게 살펴보도록 한다.

3. 검열 문건들에서 확인되는 소설 검열의 실태

앞 장에서는 주로 『조선출판경찰월보』에 수록된 출판물 관련 통계들을 바탕으로 검열 후 행정처분의 양상이 강점기 중후반에 걸쳐서 어떤 방식으로 전개되고 있었는가를 살펴보았다. 이번 장에서는 도서과의 설치 이후(1926.04~) 생산된 검열 문건들을 포함하여 문학 작품에 대한 검열, 특히 소설 작품에 대한 검열은 어떤 방식으로 진행되었는가를 살펴보기로 한다. 『조선출판경찰월보』와 함께 살펴볼 자료는 소설 작품의 검열 사유가 기사요지 형태로 수록된 『언문소년소녀독물의 내용과 분류』(1928.09[7]), 『불온소년소녀독물역문』(1927.12)이다.

---

6 물론 납본 대비 행정 처분 건수에는 동일한 출판물에 수록된 여러 개의 글이 처분을 받았을 가능성을 내포하고 있는 것이므로 정확한 종 수 대비 건 수라고 판단할 수는 없다. 다만 비율 변화를 통해 이해를 돕기 위한 것임을 밝혀둔다.
7 두 자료의 연도는 정리된 시점을 의미한다.

『언문소년소녀독물의 내용과 분류』는 1927년 12월부터 1928년 8월까지 도서과에서 사상 통제를 목적으로 집중적으로 관리하고 있었던 88종의 출판물에 대한 검열 사유가 수록된 것이며,『불온소년소녀독물역문』[8]는 1926년 10월부터 1927년 10월까지 검열에 의해 행정처분을 당한 아동출판물 24종의 갈래별 분류와 사유가 수록된 것이다.

3.1. 『언문소년소녀독물의 내용과 분류』,『불온소년소녀독물역문』

• 『언문소년소녀독물의 내용과 분류』에 수록 소설 작품 검열 양상

먼저 이 자료에 수록된 소설에 대한 검열 기록은 8건이 확인된다. 문건의 특성상 아동 및 청소년을 대상으로 창작된 소설들을 검열한 것이어서, 동화나 동시, 희곡 등도 다수 포함되어있다. 전체 88종 중 8종은 많은 비중을 차지하는 것은 아니지만, 비교적 자세하게 소설의 내용이 요약 제시되어있거나 원문을 그대로 일본어로 번역한 것이기에 주목된다. 수록된 8종의 소설들의 목록은 아래와 같다.

① 단행본『처녀의 애상(處女ノ哀傷)』/「悲歌(소설)」/ 1927.12.07.

② 朝鮮少年 제2권 5호 /「눈물의 工課(단편소설)」/ 1928.05.28.

③ 별나라 6월호 /「눈물의 선물」제5회(어둠의 빛과 밝은 빛) / 1928.

---

8 일본어로 된 이 자료의 완역 내용과 분석은 다음 논문을 참조하기 바란다.
조영렬·문한별,「일제하 출판 검열 자료『불온소년소녀독물역문(不穩少年少女讀物譯文)』(1927.11) 연구」,『현대문학이론연구』77, 현대문학이론학회, 2019.06, 180-207쪽.

06.14.

④ 朝鮮少年 제2권 제6호 / 「눈물만 남은 福實」 / 1928.07.19.

⑤ 無窮花 3월호 / 「투쟁과 사랑(소설)」 / 1928.02.17.

⑥ 少年朝鮮 제8호 / 「龍成의 꿈」 / 1928.07.25.

⑦ 新少年 제6권 제8호 / 「少年小說 俊善의 죄」 / 1928.08.21.

⑧ 無窮花 제3권 제4호 / 「愛情 깊은 勞動 소년」 / 1928.03.17.

위의 목록에 수록된 소설들은 모두 검열에 의해 삭제 처분을 당한 것이어서 현재는 원문을 확인할 길은 없다. 다만 각 작품별로 행정처분의 사유가 된 기사요지가 수록되어있어서 대략의 내용은 파악할 수 있다. 가령 ①번 항의 「비가」라는 작품은 "위정자 내지 그 시설에 대해 반감의 도를 고조시키는 것"이라는 이유로 삭제 조치되었으며, 그 내용은 다음과 같다.

어느 날의 일. 가족이 둘러앉아 화기애애한 점심식사 중이었다. 새까만 옷을 입은 **XX**들(형사)과 칼을 찬 **XX**들(巡査)은 남편을 捕縛하고, 집 구석구석을 수색했다. 이때 슌 가족은 엄마나 놀랐을까. 남편은 **XX**主義者라는 혐의로 경찰에 끌려가고, 우리 남편을 뺏기지 않겠다고 자취를 逐X⁹ 갔던 有實은 哀怨하던 끝에 경찰서 앞에서 기절해버렸다. 그 뒤, 10년이라는 세원이 흘렀다. 살아서 갔던 남편은 죽어서 돌아오고, 부모는 비탄한 결과 溺水自殺, 형제와 友人은 憤死했

---

9 '추적하다, 쫓아가다'라는 뜻의 글자로 추정된다.

으며, 주택은 부서지고, 일가는 파멸했다. 환락과 행복을 어디에 가
서 찾을 수 있을까.[10]

복자 표기가 되어있지만, 복자에 들어갈 내용은 쉽게 추정이 가능
하다. 형사와 순사를 수식하는 표현은 대상을 비속어로 표현하였을
것이며, 작품 속 남편은 '민족'주의자[11] 등으로 해석이 가능하기 때문
이다. 중요한 것은 이 자료의 경우 검열 후 행정처분의 사유가 매우
구체적으로 분류되어 수록되었다는 점이다. 이 문건의 제일 앞에는
서문에 해당하는 도서과 검열관의 말이 전제되어있는데, 그 내용[12]
은 다음과 같다.

소년 소녀 독물은 그 수나 양에서 근래 현저하게 증가했고, 그 내용
에서도 결코 가벼이 간과할 수 없는 것이 많다.
이 같은 이유는 저 주의자들이 직접적 운동 내지는 현실의 처지에
대해서, 활동의 여지가 줄어들고, 일반 사람들도 이제는 저들의 경
박한 언동에 의해 그다지 움직이지 않게 되었으므로, 저들 주의자는
이제까지의 운동방책에, 소위 막다른 길에 왔음을 느끼고 있는 것이
사실이다.

---

10 각각의 작품의 삭제 사유는 분량 상의 이유로 모두 언급하지는 않는다. 추후 다른
　　논문을 통하여 완역된 내용을 발표할 예정이다.
11 민족주의적 독물, 사회주의적 독물, 양자 모두 해당하는 독물 등으로 상위 항이
　　구분되어있으며, 이 작품은 민족주의적 독물에 배치되어있다.
12 본고가 인용한 기사요지 및 글들은 모두 일본어로 작성된 것을 번역한 것임을 밝
　　혀둔다.

그래서 그 전개책이 필요했고, 아울러 장래 활동을 위한 근저를 만들고, 중심인물의 양성을 꾀하고, 널리 주의적사상의 보급을 기도하여, 보통교육이 점차 보급되는 데에 따른 독서열의 향상을 이용한 것이 이 '언문소년소녀독물'이고, 여기에는 시, 노래, 극, 소설, 산문 등이 있고, 그 쓰는 풍도 정면으로부터 노골적으로 쓴 것도 있고, 비꼬는 말투도 있고, 은어나 반어 등도 있어서 실로 다방면에 종종의 형식에 의해 그 주의·사상을 선전하고 있는 것이다. 이들이 언문소년소녀독물의 경향이 되고, 조선학생의 중심이 되어 책동하고 있다. 저 동맹휴교 또는 그것과 유사한 단체적 학생운동은 그 표면, 그 형식상에서는 아무런 명료한 특수한 관계가 없다고는 하나, 그 사상이나 주의의 근저에는 일맥상통하고 표리는 서로 관련된 것이라 믿을 수 있다.

지금 1927년 12월부터 1928년 8월까지의 언문소년소녀독물의 삭제한 부분 88개 기사를 통독해보면, 그 간에 민족주의를 고취하는 것과, 사회주의를 선전하는 것 크게 둘로 나뉘는 것은 명료하다.

지금 편의상 분류하여 보면 다음과 같은 표가 된다.(끝의 수자는 기사의 수임)

一. 민족주의적 독물 34건

　　1. 조선의 역사적 인물의 상양 1건

　　2. 조선의 위대성을 보이는 것 2건

　　3. 외국인이면서 그 조국을 위해 희생되거나 또는 진력한 것을 상찬하는 것 10건

　　4. 조선인이라는 처지를 비관하고 절망하게 만드는 따위의 것 8건

　　5. 위정자 내지는 그 시설에 대해 반감의 도를 고조시키는 것 13건

　二. 사회주의적 독물 27건

　　1. 계급의식을 환기시키는 것 9건

　　2. 현대 사회조직이 불합리하다고 주장하는 것 11건

　　3. 은밀히 혁명운동을 장려하는 것 7건

　三. 그 주의를 명시하지 않아 양자 어느 것으로도 이용할 수 있는 독물 27건

　　1. 단결은 미덕이니 아무튼 단결하자고 하는 것 5건

　　2. 소년 소녀는 크게 자각하고 노력하는 게 필요하다고 하는 것. 22건

　밑줄 친 부분을 보면 이 문건이 생산된 이유를 구체적으로 확인할 수 있다. 글쓴이에 따르면 당시 민족주의 혹은 사회주의 운동을 하는 조선인들의 활동이 증가하고 있는데, 출판 저작자들이 조선인 아동들에게 널리 '주의적 사상의 보급'을 추진하는 목적을 위해 '독서열의 향상을 이용'하는 방법으로 문제적 글들을 발표하고 있는 상황이라는 것이다. 또한 이 글들 중에는 '노골적으로 쓴 것도 있고, 비꼬는 말투도 있고, 은어 반어 등'으로 서술된 것이 있다고 지적하고 있다. 이 문건에 수록된 글들이 모두 문학 작품은 아니지만, 비꼬거나 은어와 반어 등으로 표현한 것들은 문학 작품에 더 가까울 것이라는 점은 명확하다. 즉 직접적으로 주제의식이 도출되는 글이 아니더라도 풍자적이거나 비유적인 것들을 검열되어 행정처분 되었던 것이다.

이 문건에서 무엇보다 주목해야 하는 점은 이 같은 문제적 요소의 글들을 삭제하는 과정을 통해 그 결과를 도서과의 검열관들이 3항 10목으로 체계화하여 분류하고 있다는 점이다. 가령 민족주의적 독물의 아래에는 '조선의 역사적 인물의 상양', '조선의 위대성을 보이는 것', '외국인이면서 그 조국을 위해 희생되거나 또는 진력한 것을 상찬하는 것', '조선인이라는 처지를 비관하고 절망하게 만드는 따위의 것', '위정자 내지는 그 시설에 대해 반감의 도를 고조시키는 것'이라는 구체적인 분류 기준이 제시되어있다. 이는 이 문건의 대상 분류가 단순히 검열한 내용을 정리하는 차원을 넘어 검열의 이유를 제시하고, 이를 기준으로 삼기 위한 목적임을 알 수 있는 점이다. 즉 이 문건을 통하여 제시된 기준을 다른 글들을 향후 검열하는 기준으로 삼아 행정처분하기 위한 선제적인 목적을 드러내고 있는 것이다.

▪ 『불온소년소녀독물역문』에 수록 소설 검열 사유

少年界 3월호(追加) / 「吉龍의 悲哀」 / 처분연월일 - 1927년 4월 9일 / 처분要領 - 不許可

길룡은 아버지와 함께 좁쌀미음을 먹으면서, 긴장된 소리로 아버지를 불렀다. '저 김참봉(지주)만 없었다면, 우리 같은 사람은 몇 백 명이 생활할 수 있다'고 말했다.

아버지는 의외로 이런 이야기를 듣고 나서, 한참 침묵하더니, '그렇

다. 그 집의 재산이라면…. 그러면 우리가 능히 생활할 것을, 그가 모두 소지했구나.'

'그렇다. 세상일은 이처럼 불공평하다. 우리가 이렇게 굶는 것은 그들 때문이다.'

'3년치 양식을 1년 동안 경작했다. 그런데도 그들에게 주고 나면 남지 않는다. 왜 줘야하느냐[13], 무엇 때문에.' 길룡은 3년 치 양식을 만들어, 그들에게 빼앗기고 먹을 것이 없어 아사하게 되었다는 이야기를 들으면서, 매우 분개했다. 그리고 무심결에 지껄였다.[14] 그러자 아버지는 '지주이기 때문'이라고 말했다. '네가 뭘 알겠느냐. 주지 않으면 경작할 만한 토지를 주지 않는 거야.'

그들은 토지를 소유하여 놀고먹는 것이다. 그들은 우리들의 피를 빨아 놀고먹는 것이다.

길룡은 무슨 생각을 했는지 몰래 외출했다.

그리고 무언가 결심하고 소리쳤다.

'그들 때문에 우리가 굶는다. 그 놈 한 명이 없으면 백 명이 능히 살 수 있다.' 그는 성냥을 가지고 밖으로 나갔다. 길룡은 읍내 김참봉 댁에 갔는데, 돌연 김참봉 댁 처마에는 화염이 일었다. 그리고 또 한쪽 구석에서 누굴 부르는 소리가 났다. 소방하러 온 사람은 모두 가서 보았다. 그러자 김 참봉은 머리를 만지고 있었다. 보았더니 검은 피가 흐르고 있었다.

'저 놈을 잡아, 어린아이야 어린아이' 김참봉은 분개하여 외쳤다.

---

13 원문 '遺る(のこる、남기다)'은 '遣る(やる, 주다)'의 誤記인 듯.
14 입술을 떨며 말했다, 로도 보임.

아! 화재가 나서 김참봉의 머리가 부서졌다. 이 비밀을 모든 이에게 알게 했다. 그것은 길룡을 연상하기에 어렵지 않았다.

'다수의 생명을 포로로 만든 자여. 너는 죽어라. 그리고 우리의 생활을 열어라.' 길룡의 그림자는 다시 앞으로 다가온 검은 산로에서 사라져버렸다.

이 문건에 수록된 24종의 글 가운데 소설에 해당하는 것은 위의 작품 「길룡의 비애」 한 편이며, 출판 불허가 처분을 받은 것으로 보아 현재는 그 실제 내용을 확인할 길은 없다. 다만 내용에서 지주인 김참봉의 착취에 불공평을 깨달은 길룡이라는 소년이 지주의 집을 방화하고 징벌하는 장면을 통해 이 작품이 계급적인 맥락의 사유로 행정 처분을 받았을 것을 쉽게 추정할 수 있다.

이처럼 『조선출판경찰월보』 이전에 생산된 도서과의 문건에는 상당수의 소설 작품이 검열에 의해 삭제 및 불허가 처분을 받은 것이 확인된다. 그렇다면 일제강점기에 가장 오랜 기간 생산된 검열 문건인 『조선출판경찰월보』에 수록된 검열 후 행정처분의 사례에는 어떤 것들이 있는가. 다음 절에서 살펴보도록 한다.

3.2. 『조선출판경찰월보』(1928.09–1938.12.) 수록 소설 검열 양상

앞서 언급한 바와 같이 『조선출판경찰월보』는 강점기 동안 가장 오래 생산된 도서과의 비밀 검열 문건이다. 출판물만을 기준으로 보았을 때 수만 건에 달하는 검열이 진행되었음을 확인할 수 있고, 구체적인 검열 사유가 기록된 '기사요지'의 수만 3,877건에 달한다. 물론 이 사유의 수량은 전체 출판물 검열 수인 75,028건이나 행정처분 수인 16,426건에 비하면 각각 5.1%, 23.6%에 불과하다. 그러나 앞서 살펴본 다른 검열 문건의 생산 의도처럼, 이 문건 역시 검열 사유를 '기사요지'로 따로 정리한 이유가 이 '요지'들을 활용하여 향후 다른 출판물의 검열에 적용할 기준으로 삼을 수 있었다는 점에서 주목해야 한다. 『조선출판경찰월보』의 기사요지 가운데 소설 작품에 대한 검열 내역을 목록으로 제시하면 다음과 같다.

〈표 4〉 『조선출판경찰월보』 수록 소설 검열 사유 '기사요지' 목록

no	출판물명		작품 제목	발행인명/주소
	처분일시	처분내역	근거	권호수
001	용광로(鎔鑛爐)		1. 용광로 2. 군중정류	송무현(宋武鉉) /고양군 은평면
	1928년 10월 3일	차압	미기재	002
002	조선소년(朝鮮少年) 제2권 제8호		친구의 죽음	박윤원(朴潤元) /의주군(義州郡)
	1928년 11월 20일	불허가	치안	003
003	새벗(新友) 제5권 1호 추가분		맹세	고병돈(高丙敦) /경성(京城)
	1928년 12월 6일	삭제	치안	004
004	소년문예(少年文藝) 제5호		비스토르(소설)	김형석(金亨錫) /신의주(新義州)
	1929년 2월 16일	삭제	치안	006
005	영원한 눈물		영원한 눈물	노익환(盧益煥) /경성(京城)
	1929년 2월 25일	삭제	치안	006
006	다정(多情)의 눈물		다정의 눈물	노익환(盧益煥) /경성(京城)
	1929년 2월 26일	삭제	풍속	006
007	중앙일보(中央日報) 소설민족혼		소설민족혼	남경(南京)
	1929년 2월 18일	차압	치안	006

008	조선소년 임시호(朝鮮少年 臨時號)	일본교촌 (一本橋村)	박윤원(朴潤元) /의주군(義州郡)
	1929년 3월 8일　　불허가	치안	007
009	장한의 청춘(長恨의 靑春)	장한의 청춘	송완식(宋完植) /경성(京城)
	1929년 3월 12일　　불허가	치안	007
010	경성잡필(京城雜筆) 제121호	1. 한단 영화의 꿈 2. 어느 미망인	송본 무정(松本武正) /경성(京城)
	1929년 3월 2일　　차압	풍속	007
011	세계명작단편소설집 (世界名作短篇小說集)	음매부(淫賣婦) (소설)	노익환(盧益煥) /경성(京城)
	1929년 4월 2일　　삭제	치안	008
012	문예공론(文藝公論) 창간호 추가	1. 내일(소설) 2. 여명(소설)	방인근(方仁根) /경성(京城)
	1929년 4월 20일　　삭제	치안	008
013	반도소년(半島少年) 창간호	내 친구 영칠이	정이경(鄭利景) /순천군(順川郡)
	1929년 5월 8일　　불허가	치안	009
014	새벗 제5권 제8호	효복(孝福)의 고백 (소설)	고병돈(高丙敦) /경성
	1929년 6월 19일　　삭제	치안	010
015	어린이 제7권 제6호 추가	과자와 싸움 (소설)	방정환(方定煥) /경성(京城)
	1929년 7월 8일　　삭제	치안	011
016	인도(人道) 제3호	방화(放火) (소설)	김은동(金殷東) /경성
	1929년 8월 27일　　삭제	치안	012
017	조선강단(朝鮮講壇) 제2호 추가	K변호사(소설)	신림(申琳) /경성
	1929년 11월 20일　　삭제	치안	015
018	별나라(星ノ國) 제5권 제2호	미기재	안준식(安俊植) /경성(京城)
	1929년 12월 16일　　불허가	치안	016
019	명성황후실기(明成皇后實記)	명성황후실기	강범형(姜範馨) /경성(京城)
	1930년 2월 25일　　불허가	치안	018
020	「소년세계(少年世界)」 제5호	어린이날 (소설)	이원규 /경성
	1930년 4월 25일　　삭제	치안	020
021	『대조(大潮)』 제4호 추가	배회	전무길 /경성
	1930년 6월 9일　　삭제	치안	022

022	신소년(新少年) 제8호		무서운 노래(소설)	신명균(申明均) /경성
	1930년 7월 15일	삭제	치안	023
023	신소년(新少年) 제8권 제9호		2인의 선생 (소설)	신명균(申明均) /경성
	1930년 9월 2일	삭제	치안	025
024	군기(群旗) 제1권 제1호		세 명	양창준(梁昌俊) /경성
	1930년 10월 27일	삭제	치안	026
025	임진록(壬辰錄)		임진록	황한성(黃翰性) /경성
	1930년 12월 27일	불허가	치안	028
026	등대(燈臺) 신년호		복수	이영한(李永漢) /평양
	1930년 12월 2일	삭제	치안	028
027	별탑 제3집		찢어진 상의	강영환(姜永煥) /신의주
	1930년 12월 24일	삭제	치안	028
028	동아일보(東亞日報) 1930년 12월 6일		미기재	송진우(宋鎭禹) /경성
	1930년 12월 5일	차압	치안	028
029	서해단편소설집(曙海短篇小說集) 홍염(紅焰)		미기재	최학송(崔鶴松) /경성
	1931년 2월 21일	삭제	치안	030
030	신여성(新女性) 제6권 제10호 추가		강제 귀착(歸着)	차상찬(車相瓚) /경성
	1932년 9월 21일	불허가	치안	049
031	역사소설(歷史小說) 추산(秋山) 이항묵(李恒默)		미기재	박현실(朴玄實) /경성
	1932년 9월 30일	불허가	치안	049
032	기독신보		혁명(50) 발사하는 탄환(2)	기독신보 /경성
	1932년 10월 19일	불허가	치안	050
033	숭실활천 12호		농촌의 점경	숭실학교 지육(智育)부 / 경성
	1932년 10월 21일	불허가	치안	050
034	범죄공론(犯罪公論) 제3권 제5호		장편소설 미정(眉情)	동경문화공론사 (東京文化公論社) /동경
	1933년 4월 5일	차압	풍속	056
035	괴청년(怪靑年)		괴청년	방인근(方仁根) /경성
	1934년 2월 5일	불허가	미기재	066

036	형상(形象)		S의 아버지(소설)	이동치(李東治)/경성
	1934년 2월 23일	불허가	미기재	066
037	(매일신보부록)월간매일((每日申報附錄)月刊每日) 1934년 6월 1일		범죄 실험관(정인택) 난륜(亂倫)	매일신보사/경성
	1934년 5월 26일	차압	미기재	069
038	조선일보(朝鮮日報) 1934년 11월 21일		창작(創作) 생명(生命)(2)	미기재
	1934년 11월 20일	삭제	미기재	075
039	천하기걸 허생과 홍총각(天下奇傑許生と洪總角)		총홍각(總洪角)	이원규(李元珪)/경성
	1934년 11월 9일	불허가	미기재	075
040	조선일보(朝鮮日報) 1934년 12월 4일		광인기(10)	미기재
	1934년 12월 3일	삭제	미기재	076
041	동아일보(東亞日報) 1934년 12월 7일		인간문제 (人間問題)(106)	미기재
	1934년 12월 6일	삭제	미기재	076
042	동아일보(東亞日報) 1934년 12월 14일		인간문제 (人間問題)(114)	미기재
	1934년 12월 13일	삭제	미기재	076
043	동아일보(東亞日報) 1935년 1월 19일 석간		이민열차(2)	미기재
	1935년 1월 18일	삭제	미기재	077
044	조선일보(朝鮮日報) 1935년 2월 5일		소설 석립(7)	조선일보사/경성
	1935년 2월 4일	차압	미기재	078
045	군상(群像) 삼봉이네 집		군상(群像) 삼봉이네 집	한규상(韓圭相)
	1935년 5월 29일	불허가	미기재	081
046	소설 폭풍전야(暴風前夜)		폭풍전야	함대훈(咸大勳)/경성
	1935년 7월 9일	불허가	미기재	083
047	성모(聖母)		성모	이태준(李泰俊)/경성
	1936년 4월 7일	불허가	미기재	091
048	동양실업(東洋實業) 제1권 제6호		장한(長恨)의 월미도	함효영(咸寧英)/경성부 남대문정 5정목 74번지
	1936년 11월 28일	일부삭제허가	미기재	099
049	비련소설 기생의 눈물 (悲戀小說 妓生의 淚)		미기재	신태옥(申泰玉)/경성부 종로 3정목 141
	1937년 1월 12일	삭제	미기재	101

050	백광(白光) 제2집		#이 내리는 밤과 그 여자	전영택(田榮澤) /경성부 염리정 108
	1937년 1월 21일	일부삭제허가	미기재	101
051	천안삼거리(天安三巨里)		미기재	강의영(姜義永) /경성 종로 2정목 84
	1937년 2월 5일	삭제	미기재	102
052	대북신보(大北新報) 1937년 5월 24일		미기재	미기재 /하얼빈
	1937년 5월 24일	불허가	풍속	105
053	사랑은 눈물인가(戀ハ淚力)		미기재	조준향(曺俊鄕) /경성(京城)
	1937년 5월	불허가	풍속	105
054	조선문학(朝鮮文學) 7,8월 합호		동경연애	정영택(鄭英澤) /경성
	1937년 6월	삭제	미기재	106
055	현대소설(現代小說) 봄을 맞이하며		미기재	미기재
	1937년 6월	불허가	미기재	106
056	호남평론(湖南評論) 7월호		기차	
	1937년 6월	삭제		106
057	장편소설(長篇小說) 인생문답(人生問答) 전1책		미기재	
	1937년 6월	불허가		106
058	인정소설(人情小說) 시들은 황국(黃菊)		미기재	미기재
	1937년 7월	불허가	미기재	107
059	천일약보(天一藥報)		소설 상해	미기재
	1937년 7월	삭제	미기재	107
060	현대조선문학전집단편집 (상) (現代朝鮮文學全集 短篇集, 上)		1. 동업자 2. 노파 3. 방황	방응모(方應謨) /경성
	1938년 2월 2일	불허가	치안	114
061	풍림(風林) 제7집 추가		개와 고양이 (단편소설)	김형(金馨) /경성부 가회정170-4
	미기재	미기재	풍속	116
062	파경(破鏡)		미기재	엄흥섭(嚴興燮) /경성부 신교정30
	1938년 7월 8일	삭제	치안	119
063	신개지(新開地)		미기재	고경상(高敬相) /경성부 관훈정 121번지
	1938년 9월 30일	삭제	치안	121

064	아리랑상(峠)		미기재	노익형(盧益亨) /경성부 종로 2가 86
	1938년 9월 15일	삭제	풍속	121
065	소설가 구보씨 (小說家仇甫氏)의 일일(一日)		미기재	김연만(金鍊萬) /경성부 서소문정 36
	1938년 10월 6일	삭제	치안	122

『조선출판경찰월보』에 수록된 3,877건의 검열 사유는 앞서 이야기한 것처럼 전체 검열 수나 행정 처분 수에 비하면 크게 적은 편이다. 그러나 다른 문건을 통해서 확인할 수 있는 것처럼 이 같은 일부의 검열 사유가 따로 기록된 이유가 단순히 무작위로 예시를 들기 위함이 아니라 이 '기사요지'들을 검열의 또 다른 추가된 기준으로 사용하기 위해서라면 문제적일 수밖에 없다. 특히 위에 〈표 4〉에 정리한 소설 작품 65편의 '기사요지'[15]들은 직설적인 주제의식이 드러나는 경우도 있으나 대부분 은유적이고 풍자적으로 서술되어서 그 의도를 검열관이 심도 깊게 파악해야 한다는 점에서 문학 작품의 새로운 '검열 표준'의 예시로서 기능토록 기록된 것이다. 그렇다면 이 같은 부가적인 검열 예시가 필요했던 이유는 무엇일까. 몇 가지 특징적인 기사요지의 사례를 통해 확인해보기로 한다.

---

15 65편의 '기사요지'는 모두 번역을 완료한 상태이다. 모두 하여 원고지 350매 정도의 분량이며, 경개역, 원문 발췌, 요약, 간단한 논평 등 다양한 방식으로 정리되었다. 본 발표문에서는 지면상 일부만 논거를 위해 제시하고 향후 정리하여 발표하기로 한다.

출판물명	저자명	발행인명/주소	주소	처분일시	처분내역	근거	언어
현대조선문학전집단편집 (상) (現代朝鮮文學全集 短篇集, 上)	미기재	방응모 (方應謨)	경성	1938년 2월 2일	불허가	치안	조선문

－이유

<u>전편을 통하여 현대조선의 사회제도를 저주하여 조선인의 비애를 강조하기 때문.</u>

1. 동업자(초역)

<u>어떤 학교에서 교편을 잡고 있던 홍 선생은 그 학교가 총독부 지정 학교로 되었기 때문에 쫓겨나게 되어버렸다. 아무리 실력이 있다고 해도 교원면허장이라고 하는 1매의 종이쪽이 없으면 선생이 되지 않는 것이다</u>(중략)

활동의 변사! 부모로서는 자신이 있었다. 그러나 막상 하려고 하면 그곳에도 면허장이 필요했다. 경부보? 순사의 전력이 있을까 그렇지 않으면 법학교의 졸업증서가 필요하다.

자동차의 운전수 면허장이 필요. 대서업도 소 도살장도 이발 직인에까지 면허장이 필요하다.

무엇이든지 면허장, 허가증, 인가증! 수레꾼, 도살자, 빙수 가게.

왜 사람이 살아가는 데 나아가서 생활허가증이라든지 생활면허가 생기지 않는 것인가로서 그런 증서가 없는 자에는 사형에 처하지 않는 것인가. 왜 먹는데 먹는 면허장을 만들지 않는가. 왜 걸어가는 데 가는 면허장을 주지 않는 것인가. (중략)

그러나 조선에서는 아직 돈이 돈을 낳는 것은 불가능하다. 돈의 천원을 벌려면 신문에 열심히 써댄다. 조선이라면 정서? 병합 당시는 정서를 팔아서 돈이 되는 시대이기도 하였다. 재능? 기술? 저작? 용기? 돈이 되는 것은 하나도 아니 된다면? "면허증이다" 매월 몇 십 원인가의 돈이 된다고 하는 것은 (그것이 무언가 되는 면허증이었어도) 면허증밖에 없는 상태로 같은 모습의 추론으로 조선인의 최고 희망은 매월 몇 십 원인가의 월급에 있고 조선인의 최대목적은 면허장을 따는 것이라고 하는 것이다 (중략)

그러나 조선의 빈궁한 장소 어디에도 관헌의 압박과 간섭이 있는 것이다. "희한한 기계로 만병을 치료하는 고명한 의술" 홍 선생의 이름이 세상의 구석구석에까지 울려 퍼지는 때에 관헌의 압박과 간섭이 시작되었다. "어떠한 자격으로 병인을 보는 건가?", "그 기계(전기안마기)의 사용에는 자격이 필요하지 않은가?", "무슨 자격으로 투약을 하는가?" "치료자의 자격에!" "의사나 의생(醫生)의 면장(免狀)이 있는가?", "없을 필요도 없다", "30원의 벌금…." 간단한 결론이다. 그러나 피할 수 없는 명령이다! (중략)

면허장을 요구하는 관헌도 없고 의사도 부족한 만주에 커다란 희망을 품고 건너간다.

조선인이 처한 현실을 비관적으로 보고, 통치 제도에 대해 비판적인 시각을 드러내는 것은 비록 그 대상이 소설이라 할지라도 예외는 없었다. 치안방해를 근거로 출판 불허가 조치를 받은 위의 작품은 검열 체제가 가장 고도화되었을 1938년에도 여전히 출간이 시도되었고 검열되어 사라져야만 했다. 아래의 표는『조선출판경찰월보』의 생산 시기별 검열 후 행정처분 내역을 정리한 것이다.

〈표 5-1〉 출판법 적용 출판물의 시기별 검열 후 행정처분 통계

구분	치안 차압	치안 삭제	치안 주의	치안 불허가	풍속 차압	풍속 삭제	풍속 주의	풍속 불허가	합계	평균
1928년 ~1930년	139	424	41	0	0	0	0	0	604	201
1931년 ~1934년	110	1,948	212	27	1	14	0	0	2,312	578
1935년 ~1938년	55	1,493	631	140	0	55	0	1	2,375	594

〈표 5-2〉 출판법 적용 출판물의 치안과 풍속을 합한 행정처분 통계표

구분	치안	풍속	치안 연간 평균	풍속 연간 평균
1928년~1930년	604	0	201	0
1931년~1934년	2,297	15	574	4
1935년~1938년	2,319	56	580	14

〈표 5〉의 1과 2는 조선 내 조선인이 발행한 출판물, 즉 출판법의 적용을 받은 것들의 행정처분 통계를 정리한 것이다. 앞서 언급한 것처럼『조선출판경찰월보』가 생산되는 기간 가운데 후기로 갈수록 조선인들의 출판물 발행과 유통 시장은 크게 축소되고 있는 중이었는데, 검열되는 수는 줄어들고 있지 않고 더욱 많아지고 있음을 확인할 수 있다. 특히 치안방해를 근거로 하는 불허가의 수는 뒤로 갈수록 급증하고 있으며, 삭제 역시 1920년대 후반보다 크게 증가하였음을 확인할 수 있다.

특징적인 것은 1920년대에는 보이지 않았던 풍속 관련, 즉 풍속괴

란을 근거로 행정처분을 받는 수 역시 상대적으로는 적지만 증가하고 있다는 점이다. 그렇다면 풍속과 관련한 검열 사유는 어떤 것이 있었을까. 다음의 소설 기사요지를 보도록 한다.

출판물명	저자명	발행 인명	주소	처분일시	처분 내역	근거	언어
인정소설(人情小說) 시들은 황국(黃菊)	미기재	미기재	미기재	1937년 7월	불허가	풍속	미기재

-금지이유

남녀의 성욕 갈등을 선정적으로 기술하기 때문에 금지

그리하여 두 명의 청년 남녀의 숨결은 혹은 가벼워지고 혹은 무거워지면서 실내는 말없이 가라앉고 있었다. 잠시 후에 창수는 일어났다. 영숙은 부끄러운 듯 웃음을 띠면서 속치마를 고쳐 입고 흐트러진 머리를 손으로 어루만졌다.

풍속괴란을 이유로 출판 불허가 조치를 받은 작자 미상의 『시들은 황국』이라는 작품의 기사요지를 번역한 것이다. 앞서 언급한 것처럼 식민지 조선의 문학 작품 가운데 풍속괴란을 사유로 행정처분을 받은 것들은 1930년대 중반 이전에는 매우 적었다. 그러나 1930년대 후반으로 접어들면서 이 같은 사례들이 빈번하게 등장하는데, 이는 소설 작품의 내용이나 전개 방식이 이전과는 차이를 보이기 시작했다는 사실을 간접적으로 시사하는 것이다. 통속적이거나 자극적인 성애의 내용들이 본격적으로 소설 작품에 반영되는 것은 식민지 조선의 소설 출판 시장이 생존을 위해 선택한 출구 전략 가운데 하나였을 것이다.

4. 예거주의와 검열 사유의 관계

4.1. 검열 표준과 예거주의

일제강점기 조선 총독부의 식민지 조선 출판물에 대한 검열 표준은 1917년에 구체화되기 시작하였다[16]. '내훈 갑2호'로 각 도에 통첩되었다는 최초의 검열 표준은 현재 그 내용이 전해지지 않지만 이후 1926년 판 『신문지요람』 및 1927년 판 『신문지출판물요항』, 1929년 판 『조선에서의 출판물개요』 등으로 넘어오면서 5항 14목 83사례에서, 19항 30항목 105사례, 19항 31항목 120사례로 증가했음이 확인된다. 본디 신문지법과 출판법 등에 명시된 출판 검열 관련 사항[17]은 신문지법 제11조에 "皇室의尊嚴을冒瀆ㅎ거나國憲을紊亂ㅎ거나或國際交誼를阻害홀事項을記載홈을不得홈", 제21조 "條內部大臣은新聞紙가安寧秩序를妨害ㅎ거나風俗을壞亂ㅎ者로認ㅎㄴ時ㄴ其發賣頒布를

---

16 정근식, 「식민지 검열과 '검열표준' - 일본 및 대만과의 비교를 통해서」, 『대동문화연구』79집, 대동문화연구원, 2012,09, 14쪽.
17 언론 출판 법제에 대해서는 다음의 논문에 잘 정리되어있다.
    김창록, 「일제강점기 언론출판법제」, 『한국문학연구』30, 동국대학교 한국문학연구소, 2006,06, 239-317쪽.

禁止ㅎ야此를押ㅎ며又는發行을停止或禁止홈을得홈" 등이 있었으며,
1909년 공포된 출판법에는 제11조, 12조에 국체와 국헌을 문란하게
하는 경우나 외교와 군사, 안녕질서 방해와 풍속괴란 등으로 거시적
으로 구분되어있었다.

  이처럼 법령에 명시된 거시적 검열 기준은 실제 출판 검열 과정에
서 도서과에 의해 세밀한 '검열 표준'으로 정의되는 과정을 거쳤다.
정근식은 이를 '예거주의(例擧主義)'라는 표현을 통해 설명한 바 있다.
여기에서 '예거주의'란 "그때그때의 검열 항목과 구체적 결과를 함께
정리하면서 재구성 되"는 것을 말하며, "검열 당한 사례를 나열"하여
구체화하는 방식을 말하는 것이다[18]. 결국 검열 기준은 거시적인 틀
에서 존재하되 세부 검열 과정은 도서과에서 검열하는 과정에서 만
들어진 사례 중심으로 구체화되어 적용되고 있었음을 알 수 있다.

        朝圖秘 제2234호
        1927년 11월 10일
        朝鮮總督府 警務局長
        地方法院檢事正殿

        不穩少年少女讀物譯文 送付의 件
        최근 소년·소녀의 諺文 雜誌·童話·童謠集 등의 내용으로서, 혹은
        이름을 외국의 愛國美談을 구실삼거나, 혹은 평이한 비유에 託하여

---

18 정근식, 같은 논문, 13쪽.

서 <u>獨立思想</u> 또는 <u>社會主義</u> 사상 등을 주입하려 하는 따위 <u>不穩 記事</u>가 많기 때문에 削除, 또는 不許可 처분을 받는 것이 증가하는 경향이 있다. 그 譯文 別添 印刷物로서 정리했는데, 지금 <u>민족 및 사회주의자 단체에서도 소년·소녀의 所謂 敎養문제에 着目</u>하고 있는 때이므로, 앞서 말한 인쇄물 일부 무언가 <u>參考가 될까하고 送付한다.</u>

위의 예시문은 앞서 살펴본 『불온소년소녀독물역문』의 서문이다. 여기에는 검열하여 정리한 이 문건의 내용이 각 지방 법원의 검사정에게 "무언가 참고가" 되기를 바란다고 명시되어있다. 즉 검열의 사례를 제시하니 각 지방의 실제 검열 및 취체 업무에 종사하는 자들은 이를 기준으로 삼으라는 말인 것이다.

그런 의미에서 보았을 때, 『언문소년소녀독물의 내용과 분류』, 『불온소년소녀독물역문』, 『조선출판경찰월보』 등에 수록된 검열 사유, 즉 '기사요지'는 향후 또 다른 출판물 검열 과정에 적용될 수 있는 '예거'에 해당한다. 각각의 문건에 수록된 문학 작품의 '기사요지' 8건, 1건, 65건은 단순히 검열 내역을 정리하는 과정에서 무작위로 추출된 것이 아니라 특정한 목적성, 즉 문학 작품을 검열하기 위해 정리된 '예거'의 기능을 하고 있는 것이다.

그렇기에 3,877건의 '기사요지'에 불과 65건의 소설 검열 사유가 담겨있다는 것이 문학 작품의 검열이 느슨했다는 점을 증명하는 것은 아니다. 실제 『조선출판경찰월보』의 통계표에서 확인되는 행정처분 내역 16,426건 가운데에는 '기사요지'로는 정리되지 않은 수많은 문학 작품의 검열 사례가 충분히 존재할 수 있기 때문이며, 65건

은 검열 표준을 보완하는 구체적은 '예거'로서 대표성을 가지고 제
시된 것[19]이기 때문이다.

그렇다면 검열 표준에 대한 예거의 추가 필요성이 발생한 것은 무
엇 때문이었을까. 이는 문학 작품이 가지고 있는 특수성이 신문 기사
를 대상으로 한 기존의 검열 표준의 예거들과는 다른 성격을 지니고
있었기 때문이었을 것으로 추정할 수 있다. 『조선출판경찰월보』
1928년 10월호에는 「諺文少年少女讀物의 傾向」[20]이라는 도서과 직원
의 글이 수록되어있는데, 여기에서 필자는 아동 문학 작품이 다른 기
사문들과는 달리 저자의 본래의 의도를 행간에 숨기거나 비유함으
로써 간접적으로 치안을 방해하고 선동하는 것에 대해 구체적인 예
를 통해 지적하고 있다. 이는 기존의 검열 표준에 새로운 예거, 즉 문
학 작품을 검열할 때의 추가된 시각의 필요성을 언급하고 있는 것이
라 할 수 있는 것이다.

4.2. 기사요지를 통한 검열 표준의 확장

『조선출판경찰월보』의 통계표에 기록된 정보 가운데 신문과 관련
된 내용은 전체 납본 수 대신 행정처분 기록만이 남아있다. 매일 발

---

19 문학 작품 이외의 다른 사유들도 다른 출판물들의 검열을 위한 예거로서 기능했
   을 것이라 추정된다.
20 이 자료의 해석과 의미에 대해서는 다음의 논문을 참조하기 바란다.
   문한별·조영렬, 「일제강점기 문학 검열의 자의성과 적용 양상-아동 문학 검열
   의 방향성을 중심으로-」, 『Journal of Korean Culture』48호, 한국어문학국제학
   술포럼, 2020.02, 129-156쪽.

행되는 신문의 특성상 출판물에 비해 그 검열된 수는 훨씬 많을 것으
로 추정되나 행정 처분된 기록만으로도 그 적지 않은 규모를 확인할
수 있다. 특히 신문 검열의 경우, 기사문 외에도 연재된 소설 등에 대
한 것도 포함되어있을 것으로 추정되어 추후 발행된 신문에 대한 철
저한 검증이 추가되어야 한다. 현재 확인되는『조선출판경찰월보』
에 명시된 신문지 행정 처분 건수는 아래와 같다.

〈표 6〉『조선출판경찰월보』신문지 행정처분 건수표

법령	행정처분	건수	법령	처분 사유	건수
신문지법	치안 차압	383	신문지법	치안	1,704
	치안 삭제	1,161		풍속	6
	치안 주의	160	신문지규칙	치안	20,559
	풍속	6		풍속	571
신문지규칙	치안차압 조선내	640			
	치안차압 이수입	16,507			
	치안 삭제	762			
	치안 주의	2,650			
	풍속	571			

조선 내 조선어로 발행된 신문의 경우 신문지법의 적용을 받았으
며, 이에 대한 11년간의 행정 처분 내역은 〈표 6〉과 같다. 일본과 국
외, 조선 내 일본인이 발행한 신문의 경우 보다 느슨한 신문지규칙의
적용을 받았으며, 그 수는 신문지법의 적용 사례보다 월등히 많다.
조선어 신문의 발행 규모가 철저하게 통제되고 있음을 확인할 수 있
다. 조선 내 조선어 신문의 차압은 발행 후 압수되는 처분이었으며,
삭제는 문제가 된 내용을 제외하는 처분을 의미한다. 그러므로 풍속

까지 포함하여 세 처분을 포함하였을 때, 1,550건의 차압 및 삭제 조치가 처해졌던 것으로 확인된다. 여기에 조선 내 출판물 검열 후 삭제 이상 조치가 취해진 4,398건을 합하면 5,948건의 강력한 조치가 취해졌음을 알 수 있다.

소설 작품에 대한 검열 사유의 연도별 변동 추이는 검열 표준에 예거들이 추가되는 양상을 살펴볼 수 있다는 점에서 주목해야 한다. 일반적으로 검열 표준은 1927년에 한 번, 1936년에 두 번째로 28개 항으로 크게 정리된 것으로 알려져 있다[21].

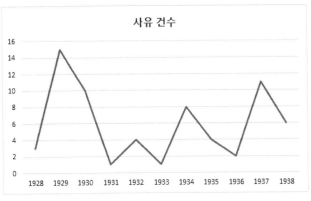

〈그림-1〉 연도별 소설 작품의 검열 사유(기사요지) 기록 추이

〈그림 1〉은 『조선출판경찰월보』에 '기사요지'로 기록된 소설 검열 사유의 건수를 그래프로 나타낸 것이다. 1927년 1차 검열 표준이 체계화된 이후 1936년까지 건수는 차츰 줄어드는 추세를 보이다가

---

21 정근식 외, 『검열의 제국-문화의 통제와 재생산』, 푸른역사, 2016, 105-111쪽.

1937년을 기점으로 다시 늘어나는 것을 볼 수 있다. 이는 검열 표준을 보완하는 '예거'의 추가 필요성을 보여주는 것으로 판단할 수 있다. 최초 1927년에 체계화된 검열 표준과 예거들은 주로 신문 기사 중심으로 만들어졌기 때문에 문학 작품에 대한 사례는 지속적으로 추가될 수밖에 없었다고 판단할 수 있다.

⟨표 7⟩ 1928년 10월과 1938년 12월의 조선 내 조선어 출판물 행정 처분 내역[22]

		행정 처분	당월	전월	누계
1928.10.	치안	차압	6	0	6
		삭제	18	0	18
		주의	2	0	2
	풍속	풍속	0	0	0
	계		26	0	26
1938.12.	치안	차압	0	1	12
		삭제	14	21	218
		주의	20	13	189
		불허가	6	6	36
	풍속	차압	0	0	0
		삭제	2	0	4
		주의	0	0	0
		불허가	0	0	1
	계		42	41	460

⟨표 7⟩을 통해서 확인되는 바와 같이 검열 표준이 2차례 체계화된

---

22 『조선출판경찰월보』의 전체적인 검열 통계와 의미에 대한 분석은 다음의 논문을 참조하기 바란다.
22 박헌호·손성준, 「한국 근대문학 검열연구의 통계적 접근을 위한 시론-『조선출판경찰월보』와 식민지 조선의 구텐베르크 은하계」, 『외국문학연구』38, 외국문학연구소, 2010.05, 193~224쪽.

이후에도 출판물에 대한 검열 건수는 지속적으로 유지되었다. 이는 몇 가지 가능성을 고려하게 한다. 하나는 검열 항목의 체계화 및 세분화에 따른 현미경식 검열이 후대로 갈수록 심화되었을 가능성이며, 다른 하나는 검열 표준 및 과정에 대해 작가들을 포함한 저자들이 선명하게 이해하고 있었음에도 이를 일방적으로 회피하지 않고 글을 쓰고 있었을 가능성이다.

한만수는 이에 대해 "1930년대는 통일되고 체계화된 검열기준이 확정되어 적용되기 시작한 시기였으며 이 기준 중 상당부분이 일반에 널리 알려지는 시기"[23]라고 지적한 바 있다. 그는 언론사 편집자들을 대상으로 한 총독부의 간담회, 잡지 기사 등을 통하여 검열 기준이 일반 대중들에게 상당 부분 고지되었음을 밝혔다. 이 같은 정황을 고려해보면 직접 글을 써야 하는 작가들이 이 같은 검열 기준 혹은 표준에 대해서는 보다 민감하게 숙지하고 있었을 것으로 생각할 수 있다.

> 去勢되어가는 論調
> ―그리고 본 즉 朝鮮신문이란 結局 民族主義를 표방 않고는 成功키 어렵다는 것이 하나, 또 民族主義를 표방햇자 반드시 成功할 수는 없는 것이 하나 이러케 觀察함이 틀림없을까.
> ―勿論 그러치. 그게야 어느 나라를 가보든지 政府機關紙보다는 政府反對紙가 잘 팔리는 것이 예사거든, 그러나 朝鮮新聞紙의 民族主義라

---

23 한만수, 『허용된 불온 - 식민지시기 검열과 한국문학』, 소명출판, 2015, 105쪽.

는 것도 漸漸 去勢가 되어 가는 것이 事實일세. 인제 말한 것처럼 左
傾色彩가 淸算된 것도 그리고 싶어서 그런 것이 아니라 當局에서 눌
르니까 自然 그러케 되엇지. 新聞을 아니한다면 모르거니와 <u>新聞의
生命을 維持할 것을 前提로 한다</u> 하면 當局의 檢閱標準에 依해서 차
차 <u>去勢될 밖에 별 수가 잇겟나.</u> 지금 10年전의 東亞日報를 펴놓고 보
면 앗질 앗질한 글이 많이 실려 잇고 紙面이 騷亂하기 짝이 없지마는
그 때는 그것도 無事通過햇단 말이야. 그러나 東亞日報가 세 번 停刊
을 겪고 朝鮮日報가 두 번 中外日報가 한 번 停刊의 맛을 본 今日에 와
서는 그 水準이 天壤之差가 잇네. 10年 前에는 한 달에 10回 以上의 押
收가 잇기를 예상사로 알고 事實 압수 많이 當하기를 競爭한 것처럼
뵈드니 요새 와서는 아주 딴판으로 한달 가도 押收안당하는 달이 많
지. <u>이런 것이 다 古今의 感을 주는 것일세.</u>

- 신문경영자들이 웨 다 그 모양인가.

- 여보게 그것은 경영자를 책망할 것이 아닐세. 問題는 신문을 해 가
느냐 그만 두느냐 하는 두 가지에 달렷단 말이야. 누구나 新聞을 말
아먹고 말겟다는 생각이 잇다면 모르거니와 그러치 아니하고 新聞
을 살려가겟다는 前提 下에서 行動할 때는 <u>別수 없이 水準을 따라 갈
수 밖에 없네. 當局者는 押收, 停刊, 發行禁止 等의 絶對 行政權利를 가
젓고 그 뿐 아니라 잘못하면 新聞紙法, 保安法, 制令委遠反, 治案維持
法, 名譽毁損罪 等等으로 司法處分</u>에 걸려들기 일수일세 그려. 今日
新聞社長 某某氏 等이 다 신문 때문에 징역달이나 하고 나온 친고들
이 아닌가. 징역이야 살고 나오면 되지마는 停刊을 當하면 당장 손해
가 數萬圓이요 벌서 二三次 停刊을 지냇으니 다음에 걸리면 發行禁止

라는 豫想이 잇으니 어찌 조심상스럽지 안켓나.[24]

위의 인용문은 1931년 잡지 『동광』에 수록된 신문 발행과 검열 표준 관련 기고문 가운데 일부이다. 밑줄 친 부분을 통해서 당시 신문 발행인, 편집자들의 입장을 확인할 수 있는데, 이미 이 당시의 언론인들은 당시의 검열 표준에 대해 숙지하고 있었던 것으로 보인다. 그들은 압수 처분을 당하지 않기 위해 "별수 없이 수준을 따라"가야 한다는 것을 말하고 있는데, 이는 검열 표준에 해당하는 부분을 피하여 신문의 내용을 조절하는 방법을 이미 적용하고 있었음을 간접적으로 보여주는 것이다.

사실 예거가 지속적으로 추가되어야만 했다는 것은 단순히 검열이 강화되었기 때문만이 아니라 기존의 검열 표준으로 설명하지 못하는 예외적이고도 새로운 사례가 계속 늘어나고 있었다는 사실을 반증하는 것이기도 하다. 물론 검열 표준, 즉 검열의 체제가 식민지 지배의 시간이 지날수록 고도화되어가는 이유도 분명하게 있었을 것이다. 하지만 무엇보다도 주목되는 것은 검열 표준이 체계화된 이후에도 여전히 조선 내의 조선어 출판물들을 검열하고 통제하는 사례가 줄어들지 않았고, '기사요지'와 같은 예거들이 계속 새롭게 만들어져 기록되고 있었다는 점이다. 이를 고려한다면 식민지 조선 작가들이 탄압에 굴하지 않고 자신의 생각을 반영한 작품을 지속적으로 발표하고 있었다는 점에서 검열에 대한 대응의 양상으로도 볼 수

---

24 無名居士, 「朝鮮新聞界縱橫談」, 『동광』 제28호, 1931.12, 77쪽.

있을 것이다. 이 같은 대응에는 앞장에서 살펴본 것처럼 단지 사상적인 이유만이 아니라 통속화된 대중소설을 발표하는 것도 포함된다.

일제강점기 후반으로 갈수록 전시체제로의 진입 등에 의해 사상통제는 더욱 강화되고 검열의 결과는 단편적인 행정 처분의 차원을 넘어 언론 매체의 폐간, 통폐합, 형사적인 처벌로 이어졌다. 본고는 조선의 출판 시장이 1920년대에 비하여 30년대 후반으로 갈수록 더욱 축소되었음을 첫 머리에 밝힌 바 있다. 그럼에도 검열된 작품 수가 줄어들지 않고 있다는 것은 무엇을 의미하는 것일까. 그것은 작가들이 검열될 것을 미리 숙지하고 있었음에도 사상 통제에 일방적으로 타협하지 않고 이를 우회하거나 정면으로 마주하려고 했던 결과라고 역설적으로 말할 수 있는 것은 아닐까[25]. 향후 이에 대한 보다 면밀한 추가 분석이 필요한 시점이다.

---

25 강점기 후반 절필이나 전향적인 방향으로 태도를 정한 작가들이나 검열에서 비교적 자유로운 대중문학으로 방향 잡은 경우, 적극적인 친일로 변화한 경우를 모두 동일한 조건으로 볼 수는 없을 것이다. 그러나 자기검열에서부터 시작하여, 연재물에 대한 검열, 단행본에 대한 검열 등 여러 차례의 사상 탄압 과정을 거친 결과임에도 여전히 많은 수의 '기사요지'들이 확인되는 것은 출판 및 언론장의 축소를 고려할 때 보다 적극적인 해석이 가능하다고 생각한다.

제2장

개작의 미적 행로와
자기검열의 글쓰기
최서해 소설의 정치성

유임하(한국체육대학교)

1. 검열의 사회문화사와 최서해 다시 읽기

근대의 제국주의가 구축한 검열체제는 피식민국가와 민족, 사회를 통제하고 관할하는 헤게모니의 관철을 넘어 주체의 호명까지도 가능한 국가 이데올로기 장치다.[1] 근대 이후 검열체제의 최종 지향은 국가시스템이 호명하는 주체의 창출에 있었다. 그런 측면에서 일제의 검열체제는 식민지적 주체의 의도를 검열하는 수준을 넘어, 제국의 호명에 응답하는 주체, 스스로를 검열하는 개인 주체를 만들어

---

1 3.1운동 후 헌병경찰제도가 폐지되고 경무 총감부가 경무국으로 개편되면서 1919년 8월부터 1926년 4월 도서과 출범에 이르는 경과는 일제 검열기구의 가시화를 기술한 경우로는 정근식, 「일제하 검열기구와 검열관의 변동」, 『식민지 검열, 제도 · 텍스트 · 실천』, 소명출판, 2011, 25쪽 이하.

내고자 했다. 일제 강점기 내내, 총력전 체제로 진입하기 전까지 신
문과 잡지에서는 '생존과 순치를 교환하며' 검열체제로의 순응을 거
부하고 저항하는 글쓰기가 엄연히 존재했다.[2]

검열의 완강한 장벽은 검열관에 따라 처분이 달라지는 자의성과
그에 따른 검열 기제의 불투명성에서 연유한다. 이 때문에 작가들은
검열이 작가의 생존과 직결된다는 것을 체감하며 검열장치를 돌파
할 기술적 요소를 경험적으로 파악하고 대처해야 했다. 그런 까닭에
식민권력의 가시적인 위협과는 별개로, 검열을 효과적으로 우회하
고 무력화할 저항의 글쓰기를 탄생시킨다. 텍스트의 문면에는 정형
화되고 의례적인 표상들이 고착되고 반복되지만, 텍스트를 구성하는
이는 검열을 어떻게 통과할 것인가를 놓고 다양한 서술전략과 장치
를 고안하고 이를 가동하는 것이다. 이렇듯, "지배하는 자와 지배받
는 자의 권력 차이가 크며 클수록, 그리고 권력이 보다 자의적으로 행
사될수록 피지배집단의 공식 대본은 정형화되고 의례화된 모습을 띠
는 경향"과 함께 "권력이 위협적일수록 가면이 더욱 두꺼워"[3]진다.

반면 자기검열은 "스스로에게 제한을 두는 자유로만 작동한 것"
만은 아니다. "실질적인 검열의 위험 앞에서 내린 결정"이 자기검열

---

2 일제의 검열체제는 제도적 자의성과 불투명성의 기초 위에서 운영되었는데, 구
한말 제정된 신문지법(1907)과 출판법(1909)에 근거해 있었다. 검열후 허가를 얻
은 후 출판이 가능하도록 통제 관리해온 일제는, 검열지침의 법적 근거가 모호한
상태를 유지하면서 검열처분 조치를 내렸기 때문에 잡지 편집자나 출판업자들
에게는 제도적으로 부당한 행위로 비추어졌고 검열에 맞서는 사태를 야기했다.
한기형, 「식민지 검열장의 성격과 근대 텍스트」, 『민족문학사연구』34, 민족문학
사학회, 2007, 419쪽.
3 제임스 C. 스콧, 전상인 역, 『지배, 그리고 저항의 예술-은닉대본』, 후마니타스,
2020, 29쪽.

의 현실적 판단이며, 이는 "역사적으로 볼 때 국왕, 국가, 종교 등이
억압과 입막음을 강제했을 때"[4] 출현한다. 검열에 저항하는 글쓰기
의 차원과 자기검열[5] 사이에 놓인 글쓰기의 길항이야말로 이야기의
정치적 사회문화적 맥락을 만들었고 검열관의 시선을 의식하며 감
시의 눈길을 벗어나려는 상호작용의 관계망을 만들었던 셈이다. 이
국면이야말로 일제강점기를 거쳐 지금껏 온존해온 문학 및 사상 검
열의 조건을 가시화할 통로이자 한국근대문학사를 새로이 해석해
줄 미답의 지평이다. 검열과 자기검열이라는 상충되는 기제작동과
심리적 현실의 문제는 일제 강점 초기인 1920년대 한국 근대소설의
면모를 다시 읽어볼 여지를 마련해준다.

검열 문제와 관련해서 서해 최학송(1901~1932)은 여러 면에서 표본
이 되는 작가의 한 사람이다. 그는 검열에 저항하는 글쓰기, 자기검
열과 관련해서 유의미한 사례이기 때문이다. 최서해는 근대 초기 작
가들처럼 잡지편집자, 신문기자를 겸한 언론인 작가였다.[6] 그는 『조
선문단』『현대평론』 등의 잡지를 편집했을 뿐만 아니라 『중외일보』
정치부장, 『매일신보』 학예부장으로 재임하며 창작을 병행했다. 그
의 문학적 사회적 활동은 일제 검열체제와 길항했고 소설 창작 또한

---

4 에마뉘엘 피에라, 권지현 역, 『검열에 관한 검은 책』, 알마, 2012, 88쪽.

5 이 글에서는 검열에 직접 맞서는 저항적 글쓰기와는 달리, 자기검열의 의미를
   '검열의 강고함에서 비롯된 정신적 위축과 회피심리', 서술의 불온성을 최대한
   보존하려는 글쓰기의 양상에 한정한다. 이 글쓰기는 서술의 선명성을 배제하고
   그 대신 암시와 생략, 내용 분할, 맥락의 변경 같은 서술의 불투명성을 무기로 한
   '가면'과 '포장술'을 효과적으로 활용하여 텍스트의 생존을 도모하는 글쓰기 전
   략과 기제를 통칭한다.

6 박용규, 「식민지시기 문인기자들의 글쓰기와 검열」, 『한국문학연구』 29집, 동국
   대 한국문학연구소, 2005.

검열장과 무관할 수 없는 위치에 있었던 셈이다.

1924년 처녀작 「토혈」(『동아일보』, 1924.1.23~2.4)과 추천 데뷔작인 「고국」(『조선문단』 1호, 1924.10)부터 장편 『호외시대』(『매일신보』, 1930.9.20~1931.8.1.)에 이르기까지, 대략 8년 동안 동화, 번안, 번역소설을 제외하고 60여 편의 소설을 발표했는데, 「살려는 사람들」(『조선문단』 7호, 1924.4)처럼 게재 금지 처분으로 서문만 있거나 원고를 압수 당한 사례는 8편에 이른다.[7] 검열 피해는 1924년(1), 1926년(2), 1927년(3), 1928년(2) 등으로 나타나고 있어서 활발한 작품활동 시기와 겹친다.

최서해 문학연구는 곽근의 전집 발간 이후 전환점을 마련한다.[8] 최근 최서해 연구의 경향에서는 문화사적 접근이 두드러진다. 그 중에서도 대중문화의 관점을 제안한 천정환의 논의,[9] 비문해자 출신 작가의 문화적 배경을 살핀 유승환과[10] 대중지성의 담론장인 연설

---

7 「살려는 사람들」(『조선문단』 7호, 1924.4, 게재금지), 「그 찰나」(『시대일보』, 1926.1, 미완, 게재금지), 「농촌야화」(『동광』 4호, 1926.8, 게재금지), 「가난한 아내」(『조선지광』 64호, 1927, 미완), 「이중」(『현대평론』 4호, 1927.5, 게재금지), 「박노인 이야기」(『신민』, 1927.5, 압수), 「폭풍우시대」(『동아일보』, 1928.4.4-12, 미완, 게재중지), 「용신난1」(『신민』 40호, 1928.8, 미완, 게재중지) 등 모두 8편에 이른다. 검열과의 연관이 불분명한 미완작은 「가난한 아내」를 제외하고, 게재금지(게재중지 포함)된 작품이 6편, 압수 1편 등으로 검열의 피해를 입었다.

8 곽근, 「최서해연구사의 고찰」, 『반교어문연구』 22집, 반교어문학회, 2007. 연구사 개관에서 곽근은 최서해 연구가 본격화된 것은 1960년대 홍이섭의 역사학적 논증을 거쳐 1970년대 이후라고 본다. 그는 이해성과 김기현의 실증연구가 초석을 다졌으며, 전집 상하권 간행과 1994년 『호외시대』 간행 이후 최서해 연구가 활성화된 점을 일목요연하게 정리해 놓으면서 심화된 성과의 하나로 『최서해 문학의 재조명』(국학자료원, 2002)을 거론하고 있다. 곽근의 전집 간행과 함께, 최서해 문학 입문서 구실을 하는 경우는 1920년대 신경향파문학에 대한 문학사적 안목과 적확한 작품 독해를 보여준 박상준의 『한국근대문학과 신경향파』(소명출판, 2000)이 있다.

9 천정환, 『대중지성의 시대』, 푸른역사, 2008, 153-329쪽.

10 유승환은 최서해의 소설을 통해 비문해자 출신의 작가의 출현 배경을 회령 일대

회, 좌담회 등의 신체성에 주목한 신지영의 논의가 주목된다.[11] 이 문화사적 관점은 1920년대 문단과 미디어장치의 맥락 속에 근대소설의 신체성과 미디어의 연관을 해명해온 이경돈·박현수·최수일 등의 논의가 주요한 성과로 꼽힌다.[12] 최서해 소설에서 '가난' 모티프에 주목한 안용희,[13] 프로문학에 대한 해명에 감정론을 도입한 손유경,[14] 분노의 이성/감성, 집단/개인의 위계를 해체, 재구성하며 새로운 해석을 시도한 한수영[15] 등의 논의도 주목된다.

최서해 문학을 검열과 관련된 대목을 발굴, 검토한 김경수와 배정상의 논의도 주목되는 최근 성과이다. 김경수는 1927년 조선총독부가 발행한 『朝鮮の言論と世相－調査資料 第21輯』의 검열기록에서 윤기정의 「빙고」, 최서해의 「이중」(『현대평론』, 1927.5)과 「박노인 이야기」(『신민』, 1927.5) 등을 발굴한 바 있다.[16] 배정상은 연재장편 『호외시대』

의 청년회활동과 노조경력 등에 주목하는 한편 비제도권의 근대지 습득 경로를 세밀하게 재구해낸 문화사적 접근방식을 보여준 바 있다. 유승환, 「1923년의 최서해－빈민 작가 탄생의 문화사적 배경」, 『한국현대문학연구』 52, 한국현대문학회, 2017.

11 신지영, 「한국 근대의 연설·좌담회 연구－신체적 담론공간의 형성과 변화」, 연세대 박사논문, 2009; 신지영, 『부/재의 시대－근대계몽기 및 식민지 시기 조선의 연설·좌담회』, 소명출판, 2012.

12 이경돈, 「최서해와 기록의 소설화」, 『반교어문연구』 15집, 반교어문학회, 2003; 이경돈, 「『조선문단』에 대한 재인식」, 『상허학보』 7집, 상허학회, 2001; 박현수, 「최서해 소설의 승인과정과 에크리튀르」, 『반교어문연구』 26, 반교어문학회, 2009; 최수일, 「『개벽』 소재 '기록서사'의 양식적 기원과 분화」, 『반교어문연구』 14집, 2002.

13 안용희, 「그늘에 피는 꽃, 최서해 소설의 아포리아」, 『민족문학사연구』 57, 민족문학사학회, 2015.

14 손유경, 『고통과 동정-한국근대소설과 감정의 발견』, 역사비평사, 2008.

15 한수영, 「분노의 공과 사-최서해 소설의 '분노'의 기원과 공사 인식을 중심으로」, 『한국문학이론과비평』 68, 한국문학이론과비평학회, 2015.

16 김경수, 「일제의 문학작품 검열의 실제－1920년대 압수소설 세편을 중심으로」,

를 매체(친일신문인『매일신보』)와 공간(식민지조선), 소재와 양식(야학을 소재
로 한 대중서사)이라는 차원에서 다루는 한편, 그가 발표한 대표작 대부분
이『조선문단』·『신민』·『동광』등의 잡지나,『시대일보』(후신은『중외
일보』)·『동아일보』·『조선일보』등 주로 민족 계열 미디어에 수록된
점도 고려해야 한다고 주장했다.[17]

　이러한 선행연구 성과와 함께, 이 글에서는 검열 관련 연구(정근식,
최경희, 한기형, 한만수, 박헌호, 이혜령, 박광현, 문한별),[18] 언론사의 논의(정진석,
박용규, 이민주) 등을 참조해 보고자 한다[19]. 그 중에서도 검열기구와 검
열관의 특성을 살핀 정근식, 최경희, 한기형, 한만수, 박광현, 문한별
등의 논의가 참조된다. 이들의 연구는 일제 검열체제의 역사적 사회
문화사적 실증, 검열제도와 인적 구성, 한국 근대문학의 역사와 원전

　『서강인문논총』39, 서강대 인문과학연구소, 2014; 배정상,「"호외시대" 재론－
　『매일신보』신문연재로서의 특성을 중심으로」,『인문논총』71-2, 서울대 인문학
　연구원, 2014.

17　배정상은『호외시대』가 비상한 시국에 대한 인식에서 대중서사 안에 저항적 글
　쓰기의 측면을 내장한 것으로 보았다. 그는 총독부 기관지라는『매일신보』의 매
　체 특성을 감안하면서 대중성을 전제로 삼았으나 검열체제를 의식하면서도 계
　급적 대중적 인식을 포기하지 않았다는 근거를 '야학활동'에서 찾고 있다. 반면,
　윤대석은『호외시대』를 신문연재소설의 특성을 감안하여 시대 조감에서 풍속을
　담아내는 데 그친 작품을 본다. 윤대석,「'시대정신'과 '풍속개량'의 대립과 타협－
　"호외시대"」,『문학사와비평』9, 2002, 155-176쪽.

18　검열연구회,『식민지 검열, 제도·텍스트·실천』, 소명출판, 2011; 동국대 한국
　문학연구소 편,『식민지시기 검열과 한국문학』, 동국대출판부, 2010; 한만수,『허
　용된 불온』, 소명출판, 2015; 정근식 외 공편,『검열의 제국－문화의 통제와 재생
　산』, 푸른역사, 2016; 문한별,『검열, 실종된 작품과 문학사의 복원』, 고려대 민족
　문화연구원, 2017; 한기형,『식민지 문역』, 성균관대출판부, 2019 등.

19　정진석 편,『일제시대 민족지 압수기사모음(1, 2)』, LG상남언론재단, 1998; 정진
　석,『극비 조선총독부의 언론검열과 탄압』, 커뮤니케이션북스, 2008개정판; 정진
　석,『언론총독부』, 커뮤니케이션스북스, 2005; 박용규,「식민지시기 문인기자들
　의 글쓰기와 검열」,『한국문학연구』29집, 동국대 한국문학연구소, 2005; 이민주,
　『제국과 검열-일제하 언론통제와 제국적 검열통제』, 소명출판, 2020 등.

연구의 텍스트성에 대한 검열의 가시성과 불가시성에 대한 복합적 독해를 요구하는데, 그 참조점으로는 정치경제적 차원과 함께 법률과 제도, 일제의 근대국가 장치, 신문잡지의 매체를 비롯한 다양한 사회문화적 현실을 고려하여 작품의 문화사적 함의를 재해석해야 한다는 점을 제안하고 있다. 식민지 법역에 조응되는 이중시장의 성격을 '식민지 문역'이라는 개념으로 접근하기를 제안한 한기형,[20] 복자처리된 작품의 복원, 검열 우회를 위한 서술기법을 거론한 한만수, 검열장치가 배제시킨 작품의 발굴과 복원을 시도한 김경수 등이 그러하다. 이들 선행연구는 근대의 출발에서부터 일제의 식민체제를 경험한 한국 근대문학의 복잡다단한 실체와 일본 내지와 한반도 사이에 조성된 중간지대(재조일본인사회와 재일조선인사회)를 아우르는 연구영역의 수준 제고와 확장된 논의를 촉발시켰다. 검열에 저항하거나 검열을 내면화하면서도 그것을 넘어서려는 글쓰기의 사례에 주목하며 식민지 '조선문학'의 정체성을 되묻는 질문은 자연스럽고 또한 필연적이다.

이런 문제의식을 통해 이 글은 최서해 소설을 사례로 삼아 개작과 검열 문제를 살펴보고자 한다. '개작'과 '검열(자기검열)' 문제는 문학의 제도사, 사회문화사에서 따로 다루어도 족할 만큼 포괄적이면서도 논의의 범주가 넓다. 그런 까닭에 이 글에서는 '개작'과 '검열(또는 자기검열)'을 중심으로 최서해 소설의 행로와 검열과 자기검열의 글쓰기 양상에 한정시켜 논의해 보고자 한다. 효율적인 논의를 위해 이

---

20 한기형, 『식민지 문역』, 성균관대출판부, 2019.

글은, 먼저 최서해의 개작 양상에 주목하여 문화정치의 자장 안에서
개작에 담긴 글쓰기의 특징과 함의를 살펴보고자 한다. 그런 다음 이
글은 작가의 자기검열 기제를『혈흔』(1926)과『홍염』(1931) 두 작품집
의 선별기준을 해명하는 한편, 압수본의 사례를 통해 검열에 대응
한 구체적인 흔적을 찾아보고, 이를 토대로 검열에 대한 그의 생각
과 소설세계 전반에 남아 있는 검열과 자기검열의 흔적을 짚어보고
자 한다.

2. 개작의 윤곽과 지향

최서해가 등단한『조선문단』은 동인지 시대를 마감하고 신문학
사상 첫번째로 등장한 대중문예지였다.[21] 대중문예지를 표방한『조
선문단』의 동인들에게 최서해는 창간 취지에 걸맞는 신진작가의 한
사람이었다.[22] 그는 체험과 감상을 근대소설의 양식으로 변전시키
며 당대에 가장 주목받는 작가의 한사람이 되었다. '감상'「탈출기」를

---

21 이경돈은 동인지 시대와 완연히 다른『조선문단』의 특징으로 '문학의 폐쇄성과
    자족성을 벗어나 문학의 대중적 정체성'을 시도한 점, '대중문예잡지라는 선언'
    과 '흥미중심적 편집' '신진작가 등용' 등을 꼽았다. 이경돈, 「『조선문단』에 대한
    재인식」,『상허학보』7집, 상허학회, 2001, 64-68쪽.
22 조은애는 유학생 출신이 주축이 되어 순문예지를 표방한『조선문단』에서 이광
    수의 언어관과 글쓰기를 논의하고 있는데, 이광수의 유학시절 일기와「혈서」를
    통해 조선문학 건설과 조선의 참된 예술을 지향하며 문학어로서의 조선어 정립
    과 조선어문학, 세계문학의 지방문학으로서의 '국민문학'의 성립 문제를 다루고
    있다. 조은애, 「이광수의 언어공동체 인식과『조선문단』의 에크리튀르」,『비평
    문학』34집, 한국비평문학회, 2009, 308쪽.

'소설' 「탈출기」로 개작했듯이, 「토혈」이 「기아와 살육」으로 개작하
며 신예작가의 입지를 다져 나갔다.

 이경돈은 이 일련의 개작 행보를 '체험수기에서 기록서사로 이행
하는 과정'이자 '근대소설의 육체'를 구비하는 과정이라 표현했다.[23]
'기록의 소설화'를 위한 최서해의 개작과정에서 그 내적 동력만큼이
나 외적 견인력을 부여한 동기는 『조선문단』이라는 순문예지의 공
론장을 주도한 유학생 출신 동인들이었다. 『조선문단』의 동인들 중
이광수가 내건 '추천소설' '입선소설'의 기준 하나는 '민족 재현의 리
얼리티'였다.[24] 최서해는 『학지광』 『청춘』 시절부터 이광수와 서신
을 주고받으며 사숙했으며, 『조선문단』 합평회에 가담하며 신참작
가에서 잡지 편집자, 유망작가로 발돋움할 계기를 마련했다.[25] 이 과
정에서 그는 개작을 통해 작가의 입지를 확보할 수 있었다. 최서해의
개작은 '감상(문)'[26]이라는 체험기록을 재맥락화하여 근대소설의 양

---

23 이경돈은 1920년대 중반 리얼리티를 기조로 한 소설의 육체성을 성립시키는 과
   정에서 최서해의 경우를 감상문의 개작과, 경험기록의 산물을 소설의 육체 성립
   의 대표적인 사례로 꼽았다. 이경돈의 「최서해와 기록의 소설화」, 『반교어문연
   구』 15집, 반교어문학회, 2003, 124-138쪽 및 이경돈, 「1920년대 기록서사와 근대
   소설」, 『상허학보』 8집, 2002, 134-138쪽 참조.

24 조은애, 같은 논문, 309쪽.

25 『조선문단』과 『삼천리』의 합평회를 정리해놓은 신지영의 작업을 참고할 만하
   다. 신지영, 앞의책, 489-496쪽 부록 참조. 신지영이 '사건일지'로 정리해놓은 춘
   파 박달성의 글 「다사한 계해 경성 일월을 들어(시골 게신 M형에게 부치노라 1월
   22일)」, 『개벽』(1923.1)의 내용은, 신문과 잡지사 편집부의 궁상과 건강을 잃어가
   는 K군을 다룬 최서해의 소설 「같은 길을 밟는 사람들」(『신소설』 1호, 1929.9)과
   상당부분 겹친다. 신문 잡지의 경영자들의 방만한 일상과 월급도 제대로 못받는
   사원들의 울분과 탄식이 연상되기에 충분하다. 신지영, 같은책, 135-137쪽,
   138-218쪽.

26 『조선문단』 창간호, 52쪽. 최서해의 '감상' 「여정에서」, 「탈출기」 등 두편이 '선외
   (選外) 가작'으로 기재돼 있다.

식을 충족시켜 나가는 방식을 압축적으로 보여준다.

「토혈」 개작과, 「탈출기」의 '감상(문)'에서 근대소설로 개작되는 과정과 그 소설사적 의의에 관해서는 선행연구에서도 이미 충분히 거론했다.[27] 선행연구를 참조하면서 최서해의 「토혈」 개작 양상을 다시 살펴보면, 서사구도 자체는 차이가 없지만 작품분량, 서술전략과 효과는 크게 차이난다는 점을 재확인하게 된다. 개작의 윤곽은 표면적으로는 시점과 배경과 인물 변경이 주를 이루지만, 개작내용을 살펴보면 이경돈의 지적대로 1인칭 세계인식이 가진 여러 강점들이 약화되고[28] 대사회적 전언이 부각되고 있음을 보게 된다. 「토혈」은 분량상 38자×250행, 9500자 내외로 200자 원고지 기준 약 48매, 「기아와 살육」은 38자×354행, 13,450자 내외로 200자 원고지 기준 67여 매에 해당한다. 「기아와 살육」에서는 200자 원고지 기준으로 대략 30매의 분량이 늘어났으나 축약과 내용의 대체가 일어난 점을 감안하면 분량상으로만 개작의 범위를 예단하기 곤란하다.

〈표 1〉에서 보듯, 「토혈」 서두의 회상 장면은 「기아와 살육」에서 대부분 삭제되고 3인칭 관찰자 시점에서 인물의 행동과 내면의 세부묘사로 대체되면서 서술 자체가 의미를 달리하는 내용의 확장을 보여주고 있다.

---

27 김기현, 「최서해의 처녀작-단편 「토혈」을 중심으로」, 『국어국문학』 61호, 국어국문학회, 1973. 이경돈은 「토혈」(『동아일보』, 1924.1.28, 2.4)의 표제를 '소설'로 소개했으나 최서해가 개작하여 「기아와 살육」으로 발표한 점을 두고 편집자가 임의로 붙였을 가능성을 배제하지 않는다(이경돈, 같은 논문, 134쪽). 그 시기의 이광수는 『동아일보』 편집국장으로 있었기 때문에 그러한 개연성이 충분하다.
28 이경돈, 「최서해와 기록의 소설화」, 『반교어문연구』 15집, 반교어문학회, 2003, 134쪽.

〈표 1〉 개작과 서술상 변화1—삭제된 회상 대목과 추가된 세부묘사

	토혈(『전집 상』, 111쪽)	「기아와 살육」, 『조선문단』, 27쪽
서술 양상의 비교 (회상 대목의 삭제, 땔감을 마련하고 산을 내려오는 경수의 세부묘사, 심리적 현실이 추가됨)	이월의 북국에는 아직 봄빛이 오지 않았다. 오늘도 눈이 오려는지 회색 구름은 온 하늘에 그득하였다. 워질령을 스쳐오는 바람은 몹시 차다./ 벌써 날이 기울었다.(밑줄은 삭제된 공간 시간 배경 묘사 부분) 나는 가까스로 가지고 온 나뭇짐을 진 채로 마루 앞에 펄썩 주저앉았다. 뼈가 저리도록 찬 일기건마는 이마에서 구슬땀이 흐르고 전신은 후끈후끈한다. 이제는 집에 다 왔거니 한즉 나뭇짐 벗을 용기도 나지 않는다./ 나는 여태까지 곱게 먹고 곱게 자랐다. 정신상으로는 다소의 고통을 받았다 하더라도 육체의 괴로운 동작은 못 하였다. 그런데 나는 형제도 없고 자매도 없다. 아버지는 내가 강보에 있을 때에 멀리 해외로 가신 것이 우금(于今) 소식이 없다./ 그러니 나는 이때까지 어머니 덕으로 길리었다. 어머니는 내가 외아들이라 하여 쥐면 꺼질까 불면 날을까 하여 금지옥엽같이 귀여워하셨다. 또 어머니는 여장부라 할 만치 수완이 민활하여 그리 큰 돈은 못 모았어도 생활은 그리 군좋치 않았다. 그래 한님 두닙 모아서 맛있는 것과 고운 것으로 나를 입히고 먹였다. 나는 이렇게 평안하게 부자유가 없이 자라났다. 이렇게 나뭇짐 지는 것도 시방 처음이다. 지금 입은 이 남루한 옷은 이전에는 보기만 하였어도 나는 소스라쳤을 것이다.(밑줄은 삭제된 회상 대목)	I. 경수는 묶은 나뭇짐을 짊어졌다./ 힘에야 부치거나 말거나 가다가 거꾸러지더라도 일기가 사납지 않으면 좀 더하려고 하였으나 속이 비고 등이 시려서 견딜 수 없었다./ 키 넘는 나뭇짐을 가까스로 진 경수는 끙끙거리면서 험한 비탈길로 엉금엉금 걸었다. 짐바가 두 어깨를 꼭 조여서 가슴은 뻐그러지는 듯하고 다리는 부들부들 떨려서 까딱하면 뒤로 자빠지거나 앞으로 곤두박질 할 것같다. 짐에 괴로운 그는/ "이놈 남의 나무를 왜 도적해가니?"/하고 산 임자가 뒷덜미를 집는 것같아서 마음까지 괴로웠다. 벗어버리고 싶은 마음이 여러 번 나다가도 식구의 덜덜 떠는 꼴을 생각할 때면 다시 이를 갈고 기운을 가다듬었다./ 서북으로 쏠려오는 차디찬 바람은 그의 가슴을 창살같이 쏜다. 하늘은 담북 흐려서 사면은 어득충충하다./ 오리가 가싸운 집까지 왔을 때, 경수의 전신은 땀에 후질근하였다. 몸을 움직일 때마다 의복 속으로 쾨지근한 땀 냄새가 물신물신난다. 그는 부엌 방문 앞에 이르러서 나뭇짐을 진 채로 평덩 주저앉았다. (밑줄은 표현이 바뀌었거나 서술이 첨가된 부분)

「토혈」 개작의 핵심은 「기아와 살육」에서 서술전략의 변화에 따른 서술내용의 변화로 귀착된다는 데에 있다. 「토혈」에서 집안 내력

111

과, 모친의 사랑과 근검한 생활상을 강조하다가 가장이 된 지금 궁핍한 처지로 전락했다는 서두의 회상 부분은, 「기아와 살육」에서 대부분 삭제되고 경수의 행위를 따라가며 청년가장의 무게를 힘겨워하는 심리적 현실이 초점화되어 세부묘사가 강화된다. 그 결과 경수의 행동을 객관적 시선으로 좇아가며 그의 내면을 엿보는 방식의 서술은 일관성과 통일성을 동시에 확보한다. 이는 서사의 구도와 별개로 서사의 전개가 경수의 행위와 내면으로 집중됨을 의미한다.

「토혈」과 개작된 「기아와 살육」의 내용을 비교해 보면 제목에서부터 그 지향과 효과의 차이를 보다 명확하게 파악할 수 있다. '토혈'이라는 제명은 '1인칭 화자가 피를 토하듯 토로하는 빈궁상과 좌절'을 초점화한 명명이지만, '기아와 살육'이라는 제명은 '기아'의 현실과 '살육'의 환상으로 확장시켜 개인의 차원이 아닌, 사회적 연계와 확장성을 지닌 다른 이야기임을 드러내고자 한 명명이다. 「기아와 살육」에서 시점과 인물명 변경은 그런 의도에 걸맞는 표면상 변화인 셈이다. 표2)에서 보듯, 두 작품 간 심리적 현실의 서술차는 확연하다. 환상의 서술양상이나 효과 또한 크게 다르기 때문이다.

〈표 2〉 개작과 서술상 변화2―삭제와 축약, 구체화된 환상 장면

1. 심리적 현실의 서술차-삭제와 축약	「토혈」, 『전집 상』, 112-113쪽	「기아와 살육」, 『조선문단』, 30-31쪽
	나는 그만 몽주를 어머니에게 보내고 목침을 베고 누웠다. 눈을 꼭 감았다. 배가 아프다. 나는 수년 되는 복통이 지우금 낫지 않았다. 그러나 나는 아픈 모양을 보이지 않았다.(삭제된 부분-밑줄 필자) **악독한 마귀가 염염한 화염을 우리 집으로 향하여 뽑는다. 집은 탄다. 잘 탄다. 우리 식구도 그 속에서 타 죽는다. 나는 몸살을 치며 눈을 번쩍 떴다. 그것은 한 환상이었다.** (삭제된 환상 대목-강조, 밑줄 필자)/ 나는 다시 눈을 감았다. 마음이 진정되지 않는다. 머리맡에 있는 오랜 신문을 집어들고 읽어 보았다. 그러나 그것도 의식 없이 읽었다. 온갖 생각이 뒤숭숭한 머리로는 이해할 수 없었다. 나는 그 신문으로 낯을 가리우고 눈을 감았다. 처의 신음소리가 점점 높아진다.(삭제된 부분-밑줄 필자) 모두 죽었으면 시원하겠다고 나는 생각하여 보았다. 어머니도 죽고, 처도 죽고, 몽주도 죽고……. 만일 그렇다 하면 그 모든 시체들을 땅에 넣고 돌아서는 나는 어찌 될까? 모든 짐을 벗었으니 자유롭게 행동할까? 아! 아니다, 아니다! 그네들도 사람이다. 생을 아끼는 인간이다. 그네의 생명도 우주에 관련된 생명이다. 내가 내 생을 위한다 하면 그네들도 나와 같이 생을 석(惜)할 것이다. 그네들도 인류로서의 권리가 있다. 왜 죽어? 왜 죽으라 해? 나는 부지불식간에 주먹을 부르쥐었다. (삭제된 부분-밑줄 필자)	그는 학실이를 보고 "내가 자겠다. 할머니 있는 데로 가거라" 하면서 부엌에서 불을 때는 어머니를 가리켰다. 그리고 그는 그냥 드러누웠다. 그는 이 생각 저 생각 끝에, 모두 죽어라! 하고 온식구를 저주했다. 모두다 죽어주었으면 큰짐이나 벗어놓은 듯이 시원할 것 같다. '아니다. 그네도 사람이다. 산 사람이다. 내가, 내 삶을 아낀다 하면 그네도 그네의 삶을 아낄 것이다. 왜 죽으라고 해! 그네들을 이땅에 묻어? 내가 네리고 이 북만주에 와서 그네들을 여기다 묻어놓고 내 혼자 잘 살아가? 아아 만일 그러라 해보자! 무덤을 등지고 나가는 내 자곡자곡에 붉은 피가! 저주의 피가 콜작콜작 괴일 테니 낸들 무엇이 바로 되랴? 응! 내가 왜 죽으라고 했을까? 살자! 뼈가 부서져도 같이 살자! 죽으면 같이 죽고!' 그는 무서운 꿈이나 본듯이 눈을 번쩍 떴다가 다시 감으면서 돌아누웠다.\n\n*서술이 축약되고 계급적 관점이 삭제됨. 환상 장면은 두 문장이었으나 삭제됨. 저주의 내용 축소, 생에 대한 의욕을 부가함.

2. 구체화된 환상	「토혈」, 『전집 상』, 116-117쪽	「기아와 살육」, 『조선문단』, 35-36쪽
	집으로 돌아온 나/아내의 물음/ 차마 약을 지어오지 못했다고 말 하지 못함/ 아내의 상태를 묻고 어머니의 행방을 물음/ 아내는 나와 함께 외출했으나 아직껏 오 지 않았다고 답함/ 마음이 쓰이 는 나/ 몽주는 어미 곁에서 잠들 어 있음/ 왼손을 동여맨 까닭을 묻는 아내/ 아내의 물음에 그 이 유는 드러나지 않고 낮에 다쳤다 고만 대답함/ 밖에서 이웃의 이 씨가 나를 찾음/ 정신 잃은 어머 니를 들쳐 방에 눕힘. (환상 대목 없음)	집에 돌아온 경수/ 희미한 집안 풍경과 아내 곁에 앉는 경수/ 약 을 지어오지 못한 것을 차마 알리 지 못함/ 아내에게는 지금 약을 짓고 있다고 거짓으로 답함/ 아 내는 돈 없다고 무시하지 않더냐 고 반문함/ 흥, 하며 가슴이 막힌 경수(밑줄은 아내의 반문과 구체 화된 내면 심리)/ 어머니의 늦은 귀가에 불안해 하는 경수/ 부뚜 막을 노려보는 경수/ 괴물 환상 —"그는 모들뜬 눈을 점점 똑바 로 떠서 부뚜막을 노려보고 있다. 그의 눈에는 새로 보이는 괴물이 있다. 그 괴물들은 탐욕의 붉은 빛이 어리어리한 눈을 날카롭게 번쩍거리면서 철관(鐵管)으로 경 수 아내의 심장을 꾹 찔러놓고는 검붉은 피를 쭉쭉 빨아먹는다. 병인은 낯이 새카맣게 질려서 버 둥거리며 신음한다. 그렇게 괴로 워할 때마다 두 남녀는 피에 물든 새빨간 혀를 내두르면서 '하하 하' 웃고 손뼉을 친다. 경수는 주 먹을 부르쥐면서 소름을 쳤다. 그는 뼈가 째릿째릿 하고 염통이 쏙쏙 찔렸다. 그는 자기 옆에도 무엇이 있는 것을 보았다. 눈깔 이 벌건 자들이 검붉은 손으로 자기의 팔다리를 꼭 잡고 철관으 로 자기의 염통 피를 빨면서 홍 소를 친다. 수염이 많이 나고 낯 이 시뻘건 자는 학실이를 집어서 바작바작 깨물어 먹는다. 경수는 악 소리를 치면서 벌떡 일어섰다. 그것은 한 환상이었다. 그는 무서 운 사실을 금방 겪은 듯이 눈을 부비면서 다시 방안을 돌아보았 다. 불빛이 어스름한 방안은 여 전하다.(밑줄은 구체화된 환상 대목)

「토혈」에서는 1인칭 서술자 시점에서 생활고와 심리적 현실이 주를 이룬다. 표에서 보듯 「기아와 살육」에서는 계급적 관점이 삭제되고 불과 두 문장이었던 '환상-꿈' 장면은 뒤로 옮겨진다. 이 과정에서 아내의 반문이 삽입되어 표현이 한층 강화되는 한편('무시하지 않더냐'라는 아내의 반문과 거짓말 하는 경수의 좌절감은 심리적 격차를 고조시키는 효과를 초래한다-필자 주), '환상-꿈' 장면에는 괴물이 등장하여 이미지는 더욱 구체화된다. 환상 속 괴물은 병든 아내의 심장을 철관으로 찔러 피를 빨아먹고 아이를 씹어먹는다. 이 감각화된 환상은 한층 구체화된 이미지를 형성하며, 방안의 절망적 분위기를 부각시키고 가족이 죽었으면 하는 심리적 가학성을 보다 적극적으로 장면화한다.

「기아와 살육」에서 환상의 장면화는 빈궁의 비극상을 고조시키는 일종의 심리적 현실을 부각시키는 장치에 가깝다. 이 장치는 심리적 동요, 좌절의 깊이를 효과적으로 재현하기 때문이다. 그런 점에서 환상은 가난과 궁상이 개인적 무능력이 아닌 구조적 현실의 외재성을 환기하는 효과를 확보하며, 아내와 모친, 아이의 죽음이 심리적 현실로 그치지 않고 사회적 현실 차원으로 확대되는 효과를 확보하는 데 성공한 예다. 환상 장면이 5장 끝부분으로 옮겨진 것이 인물의 행위와 심리적 현실에 대한 일관성, 통일성을 획득하는 서술의 조정이었다면 환상 장면의 구체화는 비극의 사회적 국면이라는 효과를 낳았다는 점에서 개작의 '선택과 집중'을 잘 보여주는 국면이다.

이경돈의 언급대로, 1인칭에서 3인칭으로의 시점 변경, 구체적인 지명 삭제, 인물명 변경('명주'에서 '학실'로) 등은 '완성도와는 별반 관련 없는 요소'이다.[29] 3인칭 관찰자 시선으로 개작되면서 배제된 것은 1

인칭 시점이 발휘하는 생생한 현장성과 인물 내면에 미만한 절망과 분노의 역동성이지만,[30] 이러한 감소된 서술효과를 상쇄시켜주는 가치와 동력은 과연 무엇이었을까하는 의문이 당연히 생겨난다. 그 의문은 1920년대 중반 제기된 '문학'과 '예술' '소설'의 정체성과 관련하여 최서해 소설이 갖는 개작의 문화사적 맥락을 되묻는 물음이기도 하다.

원본의 부재로 인해 추론의 수준을 넘지 못하지만 '감상' 「탈출기」를 '소설' 「탈출기」로 개작하는 것이나, 「토혈」을 「기아와 살육」으로 개작하는 과정에서 발견되는 글쓰기 특징은 앞서 보았듯이 '감상(문)'에서 '소설'로 이행하는 가장 뚜렷한 면모이다. 개작을 거치면서 일관된 서술과 통일성, 서술의 축약과 내면의 세부 묘사를 통해 심리적 현실을 감각화하며 표현의 구체성은 한결 선명해진다. 이들 특징이야말로 최서해가 지향했던 '근대소설 양식'의 형식적 조건이자 내용이었던 셈이다. 그의 개작은 '1920년대 문화정치'라는 시대 변화와 함께 '예술의 창작' '참된 예술'을 표방한 『조선문학』의 문화 이념과 기획이 추구한 '조선적 현실의 재현'에서 대표적인 사례에 해당한다. 그의 개작은 1910년대 계몽적 논설 대상에서 근대지를 습득하고 '정치화된 대중'의 출현과 함께하는 맥락을 담고 있을 뿐만 아니라 1920년대 기록서사와 신경향문학, 국민문학이 한데 중첩된

---

29 이경돈, 같은 논문, 134–135쪽.

30 이경돈은 리얼리티의 문제를 픽션과 논픽션을 동일 장르로 이해하는 것은 매우 위험한 일탈이긴 하지만, 최서해의 경우는, 상상적 허구의 영역이 아니라 경험을 실사한 기록의 영역이 존재한다는 점에서 우리의 소설 개념 성립과 소설 형성과정이 만들어낸 독특한 일면이라고 본다. 이경돈, 같은 논문, 138쪽.

지점에 놓인다. 최수일은 이경돈의 논의를 참조하여 「토혈」을 개작한 「기아와 살육」이나, '감상문' 「탈출기」 또한 1인칭 시점의 기록서사에 가까운 서간체소설 양식을 구축한 것으로 추정하면서, 『개벽』에 소재한 기록서사가 1910년대 계몽적 논설을 거쳐 박달성의 기록서사 같은 사례를 거쳐 1920년대 중반 최서해의 신경향문학, 프로문학과 연결된다고 보았다.[31] 이런 관점에서 1920년대 중반 전성기를 구가한 최서해 소설은 근대소설 양식의 충족이라는 형식적 요건 외에도, 내용적 측면에서 일제의 검열체제와 마주서는 일은 필연적이었다고 보아야 한다. 「토혈」의 개인적 서사가 「기아와 살육」에서처럼 3인칭 시점으로 맥락화될 때 거기에는 계급과 제도에 대한 각성이 '기입되는/기입되어야' 했기 때문이다.

최서해의 체험서사는 이렇게 '세상'을 향한 적의(완화시킨 표현으로 '반항 심리')를 드러내며 현실 재현의 핍진함을 넘어 정치성을 획득한다. 정치성의 획득은 필연적으로 검열기구와 마주서는 일이기도 했다. 그런 측면에서 잡지 편집과는 별개로, 최서해는 창작과 개작에서 지향했던 근대소설의 민족적 현실(그의 표현대로라면 '조선적 현실'), 곧 '민족 재현의 소설화'를 통해 검열장으로 들어섰고 그에 따라 검열을 의식하는 '자기검열의 차원'을 불러왔다 해도 그리 틀리지 않는다.

---

31 최수일, 「『개벽』 소재 '기록서사'의 양식적 기원과 분화」, 『반교어문연구』 14집, 424-425쪽.

3. 작품집 수록작의 선별 기준과 검열의 연관

최서해는 8년간의 문학적 생애에서 작품집『혈흔』(1926)과『홍염』 (1931)을 간행했다. 두 작품집은 그가 성취한 소설세계의 정점을 보여 준다.『혈흔』이 그의 초기 대표작 10편을 망라한 신경향파 소설의 우 뚝한 정점이었다면 두번째 작품집『홍염』은 작은 정점이었다.

『혈흔』에 수록된 작품(「탈출기」,「향수」,「기아와 살육」,「보석반지」,「박돌의 죽 음」,「기아」,「매월」,「미치광이」,「고국」,「13원」 등)을 일별해 보면 평판작 위주로 선별했다는 점이 두드러진다.「탈출기」,「향수」,「기아와 살육」,「박돌 의 죽음」,「미치광이」,「고국」 등은 간도와 북방지역 일대를 유랑하는 민족 유랑의 일화라는 점에서, 앞서 살핀 '민족 재현의 리얼리티'와 '근대소설로의 도정'에 해당한다. 물론, 계층차로 인한 낭만적 사랑 의 좌절을 그린「보석반지」나, 여성의 신분적 한계와 절망을 다룬 「매월」, 노동조직 속 연대감을 소재로 한「13원」처럼 '신경향'으로만 포괄하기 힘든 작품도 있다.

『홍염』(1931)은 첫 소설집『혈흔』과는 여러 모로 대조적이다. 표제 작「홍염」(『조선문단』18호, 1927.1)[32]과「저류」(『신민』18호, 1926.10),「갈등」 (『신민』33호, 1928.1) 등 단 3편만 수록한 이 두 번째 작품집은, '단편집'이 라는 표제처럼 단출하지만 1928년 후반 이후 문학장에서 배제되었 던 점을 감안할 때 의미심장하다. 우선, 작품집의 선별기준은 소설세 계의 연속성을 강조하려는 의도로 읽혀지기에 충분하다.「홍염」은

---

32 「홍염」은 창작일자가 '1926.12.4 오전 6시작'으로 부기돼 있다. 곽근,『탈출기―
   최서해단편선』, 문학과지성사, 2004, 428쪽.

이도백하를 배경으로 중국인 지주와 소작인인 문서방 일가의 갈등
이 딸을 빼앗기고 아내가 병들어 죽은 뒤 지주를 도끼로 살해하는
비극으로 끝나는, '최서해식 신경향'에 속한 작품이다. 이 작품은
「기아와 살육」「박돌의 죽음」「이역원혼」 등과 같은 계열이라는 점
에서 그 자신의 작가적 정체성을 부각시키고자 했다. 하층민에 대한
연민과 자기성찰을 보여주는 「갈등」, 아기장수설화로 환담을 나누
는 농촌의 저녁 일상을 스케치한 「저류」는 자기 소설에 대한 지속과
변화를 담아내려 한 의도로 읽힌다.

　　그러나 최서해가 두 권의 작품집에 선별 수록한 작품수가 모두 13
편에 그친다는 것은 검열과의 관련도 추정해볼 수 있다. 전체 작품
이 60여 편이고 작품집 수록작 13편은 20%에 불과하다는 점은 검열
과 연관이 있을 개연성이 크다. 불가항력의 홍수와 해산후 병든 아내
를 다룬 「큰물 진 뒤」(『개벽』64호, 1925.12), 활극적 요소가 강한 「설날밤」
(『신민』9호, 1926.1), 경수의 항일운동과 모친의 귀향을 다룬 「해돋이」(『신
민』11호, 1926.3)[33], 간도이주와 중국인 지주와의 갈등 속에 살해된 재만
조선인의 비극을 다룬 「이역원혼」(『동광』7호, 1926.11)나 서울살이의 팍
팍함을 전하는 서간체의 「전아사」(『동광』9호, 1927.1), 상조회 활동과 노
동자의 가난한 서울살이를 다룬 「먼동이 틀 때」(『조선일보』, 1929.1.1~2.26
연재), 월급도 제대로 못받아 밀린 월세로 참담한 잡지사 직원의 일상
을 그린 「무명초」(『신민』52호, 1929.8) 등은 평판작임에도 불구하고 작품

---

33 「해돋이」가 작품집에서 배제된 것은 검열로 인한 주인공의 만주에서의 활동과
　　투옥을 다룬 부분에서 복자가 많은 점에서 보듯 검열로 인한 부담 때문으로 추정
　　된다. 「해돋이」, 『전집 상』, 207-209쪽.

집에는 수록되지 못했다.[34] 이런 측면은 최서해 자신의 선별 기준 외에 검열 통과 여부가 작용했을 개연성을 보여준다.

작품 선별의 기준 하나는 '신경향'으로 통칭되는 자신의 '작가적 위상'을 구축한 1924~1926년 사이의 평판작을 1차 대상으로 삼았을 가능성이다. 이를 문단과 세평에 호응한 것으로 볼 여지는 별로 없다. '게재금지'를 당한 「살려는 사람들」(『조선문단』7호, 1924.2)의 사례는 시사적이다.

검열 문제를 작품집에 수록할 작품을 결정하는 외부적 요인의 하나로 삼는 까닭의 하나는 검열기구의 변화와 검열의 시대적 추이,[35] 검열관의 업무가 가진 이중삼중의 감시체계 등에서 연유한다.[36] 우선, 작품을 신문이나 잡지에 발표, 게재하는 현실과, 작품집으로 발

---

34 최근 곽근이 편집한 문학과지성사판 한국문학전집의 『탈출기-최서해 단편선』에는 「고국」, 「탈출기」, 「박돌의 죽음」, 「기아와 살육」, 「큰물 진 뒤」, 「백금」, 「해돋이」, 「그믐밤」, 「전아사」, 「홍염」, 「갈등」, 「먼동이 틀 때」, 「무명초」 등 13편을 수록해 놓았다. 곽근은 가족과 하층민에 대한 일관된 시선을 중심으로 삼되 최서해의 시야가 신경향의 요소를 초과하는 부분까지 포착하려 했다고 본다.

35 1924년 한해 동안 언론계는 '언론압박탄핵회'를 내걸고 항일 언론투쟁을 전개했다. 그해 4월부터 언론계는 친일단체를 규탄하면서 언론탄압 사례를 조사하고 총독부의 과도한 언론탄압을 탄핵하는 대규모 민중집회를 계획했으나 일제 경찰의 강제해산 조치로 무산되었다. 언론투쟁의 발생 배경과 경과에 관해서는 정진석, 『언론총독부』, 커뮤니케이션스북스, 2005, 112-126쪽; 한기형, 『식민지문역』, 성균관대 출판부, 2019, 5장 '대중매체의 허용과 문화정치의 통치술' 153-194쪽 참조. 정진석은 다치다(立田淸辰)의 저작을 참조하여 일제의 언론 통제가 '감정적 독립 갈망시기(1920-1924)', '이론투쟁시기(1924-1929)', '합법적 논쟁시기(1929년 이후)'를 거쳐 '친일강요시기(1931년 이후)'로 나누어 기술하고 있다. 정진석, 『극비 조선총독부의 언론검열과 탄압-일본의 침략과 열강세력의 언론통제』, 커뮤니케이션북스, 2008개정판, 39쪽.

36 한만수는 단행본 검열과정에서 납본 검열, 교정쇄 검열 업무를 수행하는 검열관 자신들도 이중삼중의 감시체제하에 있었으며 검열 중 단행본이 가장 강력한 규제를 받았다는 점을 언급한 바 있다. 한만수, 『허용된 불온』, 소명출판, 2015, 87쪽, 226쪽.

행하는 현실이 전혀 다르다는 점을 고려해볼 만하다. 신문 잡지는 작품 수록 여부보다 중도에 게재 중단되는 사전, 사후 검열의 병행방식이나, 작품집은 납본을 통해 검열 통과 여부가 불투명할 때 작품집의 생존 자체가 위협 받는다. 검열의 자의성과 불투명한 검열 기준에 대한 노림수 하나는 일제의 검열 장치를 통과할 만한 작품을 선별하거나, 정치성을 배제한 '예술로서의 소설'이라는 선별기준을 충실히 지키는 것이다. 이런 측면에서 보면, 최서해의 두 작품집은 애착을 보인 평판작이라는 선별기준 외에 '검열 통과'라는 기준도 중요한 고려사항의 하나임을 추론해볼 수 있다.[37]

두 권의 작품집에서 암시되는 선별 기준 중 '최서해식 신경향'의 지속이라는 최소 요건은 비교적 잘 나타난다. 하지만 계급적 시야의 확장이라는 충분조건은 고려 대상에서 잘 포착되지 않는다. 이 불균형과 형용모순은 '참된 예술의 이념'에 충실한 '조선어와 조선문학'이라는 필요조건과 함께, 신경향문학으로서 작가적 입지를 공고하게 해준 작품들을 선별하는 한편, 검열 통과에 충족될 '공식대본'[38]을 선별하는 자기검열에서 연유한 것으로 보아도 그리 틀리지 않는다.

---

37 실제로 작품집 『홍염』에서 '김이라는 자가 자식의 병을 낫게 하기 위해 인육을 먹였다는 문구'가 삭제된 사실이 있다. 『조선경찰월보』30, 18쪽.

38 '공식대본(public Script)'이라는 개념은 지배자와 피지배자 사이의 공개된 상호작용을 기술하기 위한 일종으로 약칭이다. 이 말은 권력관계를 호도하지는 않으나 모두 말하지는 않는다는 전제 아래 스콧은 허구적 진술이 권력관계에서 공모하는 형태를 띤다는 점을 적시해놓고 있다(제임스 C. 스콧, 같은 책, 28쪽). 이런 측면에서 보면 검열이라는 제도는 검열관과 검열기구가 출현하면서 지배자인 권력자와 피지배자의 관계가 형성되며, 검열을 통과한 텍스트가 '공식 대본'이며 검열에서 배제되거나 삭제된 텍스트는 비공식 대본이 된다.

4. 최서해의 검열 관념과 검열 피해상

최서해가 검열에 관해 언급한 경우는 거의 없지만 그렇다고 전혀 없는 것은 아니다. 그가 검열을 명시적으로 언급한 것은 단 한번, '문인 앙케이트'인 「문단 제가(諸家)의 견해」(『중외일보』, 1928.8.2.)에서였다.[39]

> 당면한 중대 문제는 한두 가지가 아니외다. <u>생활 문제도 중대문제이요 검열 문제도 중대 문제이요 수양 문제도 중요문제외다.</u> 이 여러 가지 문제는 모두 중대하여서 어느 것이 더 중대하고 어느 것이 중대치 않다고 할 수 없습니다. 생활 문제가 해결되었더라도 수양이 부족하면 역시 그 꼴이 그 꼴이 될 것입니다. (생활이 안정되었다고 반드시 수양에 힘쓰는 것은 아닙니다. 어떤 경우에는 도리어 타락되는 수가 많습니다.) 또 설사 <u>생활이야 안정되고 수양이 충분하여 훌륭한 작품을 낳았다 하더라도 검열이 잔혹하면 그 작품은 무참한 주검이 되고 말 것입니다.</u> 그러니 모든 문제는 똑같이 현하 조선의 문단이 전체적으로 당면한 중대문제라고 생각합니다.(밑줄 강조-인용자)

그가 서술한 '당면한 중대문제'란 자신에만 국한된 것이 아니라 식민지 조선 문단 전체가 당면한 현안이라는 육성에 유의해볼 필요가 있다. 최서해는 '문단이 당면한 중대문제'로 '생활(생계)'과 '검열'

---

39 최서해, 「제재 선택의 필요」, 『중외일보』 1928.8.2, 곽근 편, 『최서해전집 하』, 문학과지성사, 1987, 344쪽. 설문은 1항 '당면과제의 중대문제', 2항 '창작의 제재 문제', 3항 '대중 획득의 문제', 4항 '추천도서' 등이었다. 이하 표기는 『전집 하』 등으로 표기함.

과 '(작가의) 수양' 등 세 가지를 꼽았다. 첫 번째로 '생활 문제'를 꼽은 것은 그를 끊임없이 괴롭힌 가난과, 생계수단이 되지 못하는 열악한 원고료에 매달려야 했던 궁벽한 형편을 떠올려준다. 그는 생활 다음으로 검열 문제와 작가의 수양(이 대목은 이광수의 「문사와 수양」을 연상시킨다 – 인용자)를 거론하였다. 검열을 두 번째 항목에 배치하고 있어서 논지에서 비껴난 듯하나 생활과 문사의 수양 사이에 '검열'이라는 문구를 끼워놓은 것은 매우 의도적이라는 인상을 준다. 생활과 수양 문제에 이어지는 표현에서 검열의 폭력을 강도높게 비판하기 때문이다.

최서해는 '생활이 안정되고 수양이 충분해서' '훌륭한 작품을 만들어낸다고 한들' '검열이 잔혹하면 그 작품은 무참한 주검이 되고 말 것'이라 쓰고 있다. 아무리 생활 향상이나 수양 문제가 충족된다고 해도 검열이 존재하는 한 뛰어난 작품 생산이 불가능함을 표명하고 있는 것이다. 검열의 가혹함을 떠올리기에 족한 이 표현은 검열에 관한 최서해의 평소 생각이었다고 해도 그리 틀리지 않는다. 그는 작품을 '무참하게' '주검', 곧 '죽은 텍스트'를 만들어 버린다는 지적을 넘어 '검열이야말로 조선문단이 당면한 가장 중대한 문제'라고 밝히는 셈이다.

실례로 최서해가 받은 검열의 피해는 작품집 『홍염』의 검열과정에서도 확인된다. 「홍염」 중 특정 문구가 치안방해 혐의로 삭제 처분을 받았다. 일제의 대표적인 검열자료의 하나인 『조선출판경찰월보』에는 「홍염」 중 "김이라는 부호가 자신의 자식의 병을 치료하기 위하여 고용인을 죽여서 그의 인육을 약으로 사용하였다고 하는 문구"가 1931년 2월 21일 '치안방해' 혐의로 '삭제' 처분을 받았다는 기록이 기술돼 있다(〈그림 1〉 참조). 이는 작품집 선별기준에서 자신의 문학적 특성을 수렴하는 기준만큼이나 검열 저촉 여부가 문제라는 추론을 뒷받침한다.

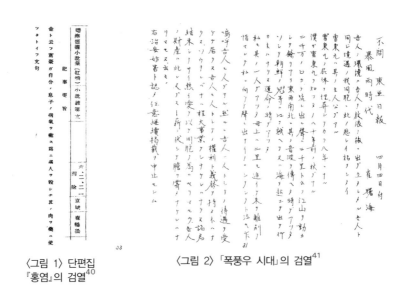

〈그림 1〉 단편집   〈그림 2〉 「폭풍우 시대」의 검열[41]
『홍염』의 검열[40]

또한 김경수의 연구에서도 확인되었듯이 『현대평론』(1927.5)에서 원고를 압수당한 윤기정의 「빙고(氷庫)」와 최서해 「이중(二重)」, 『신민』(1927.5)에서 원고를 압수당한 「박노인 이야기」는 인쇄 직전 압수된 경우로, 목차와 본문, 편집후기에도 전혀 언급되지 못한 채 투고자들에게 양해를 구한다는 내용만 기술되어 있다.[42] 김경수가 소개한 검

---

40 『조선출판경찰월보』 30집, 1931.3, 8쪽.

41 조선총독부 경무국 도서과, 『언문신문불온기사개요』, 1928, 31, 33쪽(부분).

42 김경수는 『현대평론』에서 「빙고」가 19혈, 「이중」이 15혈 삭제된 것으로 적은 것을 바탕으로 200자 원고지로 「빙고」가 약 92매, 최서해의 「이중」이 약 73매 분량

열자료 『朝鮮の言論よ世相』[43]에는 요약된 방식이긴 하나 작품의 대강을 파악할 수 있다. 한강의 얼음 채취를 둘러싸고 조선인 인부들과 일인사업자들이 벌이는 임금 투쟁을 소재로 한 윤기정의 「빙고」, 재조일본인 전용 목욕탕에 조선인을 입장시키지 않는 세태에 분개하는 최서해의 「이중」, 의식 있는 조선청년이 일본인 행세를 하던 양복신사를 응징하며 민족적 각성을 촉구한 「박노인 이야기」는 '배타(排他)' 항목 중 '반일감정 조장' 혐의로 삭제 처분된 경우다.[44] 연재가 중단된 「폭풍우시대」(『동아일보』, 1928.4~12)도 『언문신문불온기사개요』에서는 '치안방해' 혐의로 게재중지하였음을 밝히고 있다(〈그림 2〉 참조). 이렇게 최서해는 만주 일대와 북방에서 전개된 사회운동과 야학활동(「폭풍우시대」), 재조일본인과의 갈등(「이중」), 일본인 행세를 질타하고 민족의식을 고취시킨 점(「박노인 이야기」), 열심히 일해도 소용없다는 농촌의 절망과 탄식을 다룸으로써(「농촌야화」) 검열의 직접적인 피해를 입었다.

검열 피해에 따른 자기검열의 양상은 검열의 결과 여부와는 상관없이, 저항의 피력과 은폐에 걸쳐있어서 다양한 스펙트럼을 보인다. 1920년대 중반 근대소설에서 가장 활발한 활동을 했던 그는 단순히 '신경향'으로 포괄되지 않는 폭넓은 소설세계를 보여주는 점에서 확인되듯,[45] 검열의 폭력은 근대 국가장치에 대한 침묵과 결여된 서술

이며 「박노인 이야기」도 그에 준하는 분량으로 추정하고 있다. 김경수, 같은 논문, 11-12쪽.

43 朝鮮總督府 官房文書課, 『朝鮮の言論よ世相-調査資料集 21輯』, 大海堂, 1927.10.

44 김경수는 1926년 『동광』 8월호 수록할 예정이었던 「농촌야화」 또한 삭제 처분을 받은 경우로 소개하고 있다. 김경수, 같은 논문, 11쪽.

(침묵 또는 부재처리), 순응과 우회 같은 자기검열의 글쓰기를 낳은 요인이었음을 충분히 가정할 수 있다. 「폭풍우시대」에서 보듯, 만주와 북방 일대의 사회운동을 의욕적으로 서술하려 했으나 개인의 회상에 그치고 만 서술상 특징은 검열과 관련해서 유념해서 살펴야 할 사례의 하나다. 검열의 자의적이고 불투명한 특성은 사건의 치밀한 재현을 방해하고 사건을 축약해서 언급하도록 강제하는 제도적 심리적 심급으로 작동하는 심리기제를 가동시킨 셈이다.

그의 소설이 식민지조선인의 생존과 직결된 제도적 모순과 가난을 전면화했음에도 불구하고 방화와 살인, 죽음과 투옥으로 귀결되는 서사 양상이 미적 완결성을 확보하는 방향으로 진전되지 못한 데에는 검열과 관련된 다양한 조건과 사회문화사적 맥락이 있다고 보아야 한다. 두 권의 작품집과 수록되지 못한 여타작품 사이[46]에 가로놓인 간극에는 사회적 평판과 작품의 미적 완성도를 전제로 한 검열

---

45 박상준은 『혈흔』과 그의 소설 전반을 조감하면서 서해문학의 폭과 갈등 형상화에 주목한 바 있다. 그는 '자연주의 소설의 시초'를 보여주고 극단적 행위의 저변을 동시대 소설과 비교 대조하면서 자연주의와 비자연주의 사이에 사회주의적 자연주의 소설과 알레고리 소설에 이르는 폭넓은 범역을 보여준다고 보았다. 박상준, 『한국 근대문학의 형성과 신경향파』, 소명출판, 2000, 328-395쪽, 455쪽.

46 제1계열과 2계열로 분류한 경우는 채훈, 「최서해연구-소위 제2계열의 작품을 중심으로」(『논문집』 18권, 숙명여대, 1978, 304-307쪽, 전체 303-321쪽)이다. 그는 제1계열에는 「토혈」「고국」「탈출기」, 「기아와살육」, 「홍염」, 「폭풍우시대」, 「십삼원」「형수」「살려는 사람들」「박돌의 죽음」「큰물 진 뒤」 등, 주로 데뷔 직후 자전적 체험을 바탕으로 한 경우와, 그 외의 것을 2계열로 나누고 있다. 그는 제2계열에 1. 결혼생활 제재(금붕어」, 「부부」「8개월」「갈등」「아내의 자는 얼굴」 등), 2. 작가 기자 생활을 제재로 한 작품(「5원 칠십오 전」「서막」「같은 길을 걷는 사람들」「전아사」 등) 3. 잡다한 제재(「매월」「그믐밤」「보석반지」「누이동생을 따라」「기아」, 「이역원혼」(미치광이」「무서운 인상」, 「저류」 등)로 나누었다. 그의 논의는 최서해 연구가 본격화되는 초기의 것임을 감안할 필요가 있다.

통과 여부 등이 한데 결합된, 작가 자신이 상상적으로 구획한 검열과 자기검열의 분할선이 희미하게 보인다. 설문조사에서 그가 피력했듯이, 가난과 수양과 검열 문제가 모두 그 자신과 조선문단 전반에 걸쳐 있는 대단히 절실하고 불리한 조건이었던 셈이다. 이러한 점을 상기해 보면, 검열과 자기검열이라는 문제는 식민지조선의 구조적 모순과 절대권력으로 군림하는 제국의 검열기제가 유일한 원인이 아니며 미적 완결성의 결여를 유발하는 문화환경과 정치경제적 조건이었던 것이다. '문인 기자'로서의 태부족인 작가 수양과 가난이라는 사회경제적 요인도 그의 소설적 한계로 지적되는 구조적 완결성 결여, 소품화 경향, 작품 소재의 반복성과 연계된 문제이나, 검열로 인한 창작 중단, 검열로 인한 게재중지나 원고 압수 등으로 인한 미완작의 속출도 중요한 조건으로 고려해야 한다는 뜻이다.

본래, 「살려는 사람들」은 『조선문단』 7호(1925.4)에 수록될 예정이었으나 검열로 게재금지 조치를 받아 서문만 남은 작품이다. "오늘은 갑자 11월 15일" 환갑을 맞은 모친을 기리기 위해 "이 소설(「살려는 사람들」)을 붓을 잡았다."(『전집 상』, 119쪽)라는 서문 내용은 「해돋이」를 게재 금지된 동일작이라 추론해볼 근거의 하나이다. 「해돋이」 말미에 부기된, "어머니 회갑 갑자 11월 15일 양주 봉선사에서"라고 부기된 내용과 창작일자(곽근 편, 『전집 상』, 223쪽)가 「살려는 사람들」 서문에 명기된 창작일자와 내용이 일치한다. 이를 토대로 「해돋이」는 게재 금지로 유실된 「살려는 사람들」의 동일작으로 추정된다. 창작일자 부기나 서문 내용이 앞뒤로 뒤바뀌어 배치된 점은 검열에 통과되지 못한 작품을 다른 매체에 수록한, 작품을 살리려는 생존술에 가

깝다는 사실을 말해준다.[47]

『조선문단』 수록작 「살려는 사람들」의 게재금지 단서는 「해돋이」에서 복자처리된 부분의 불온성으로부터 추론이 가능하다. 작품은 두 개의 이야기 구도를 가지고 있다. 어머니 김소사와 손자 몽주가 동행한 귀환담이 액자의 바깥이야기다. 액자 안쪽 이야기는 작품 3-7장의 아들 만수의 행로이다. 사회운동과 투옥, 출옥후 간도로 건너갔다가 일본 경찰에 다시 체포, 압송되는 만수의 행로를 담은 액자 내부 이야기는 1926년 『신민』에 수록되면서 집중적으로 복자처리된 5장만 피해를 겪은 뒤 검열을 통과했던 셈이다. 서문만 남은 「살려는 작품」의 존재를 「해돋이」와 관련지어 보면, 제목을 바꾼 뒤 작품 말미에 창작일자와 모친의 환갑일을 명기함으로써 작가 스스로 '동일작'임을 암시했을 개연성이 높다.[48]

창작일자를 부기해둔 최서해의 행위는 작품의 생존 여부를 쉽사리 판단하기 어렵다는 현실적인 복선이었고, 최서해 자신의 검열관과 자료 유실에 대한 우려에서 비롯된 것으로 보인다. 창작일자 명기는 저작자 개념을 넘어 검열로 산실될 우려가 상존하는 현실을 상정하기 때문이다. 검열로 게재되지 못한 작품을 훗날 제목을 바꾸어 다

---

47 한만수, 같은 책, 4부 '검열 우회로서의 1930년대 텍스트'(297-424쪽)에서 이를 통칭하여 '검열우회'로 지칭한다. 그는 '검열우회'의 양상을 거부, 우회, 수용 등으로 구분하고 그 주체를 인쇄자본의 외적 검열과, 작가의 내적 검열로 나누어 설명하는 방식을 취한다.

48 덧붙여 언급하면 최서해의 작품 중 「탈출기」와 함께 선외 가작으로 부기된 '감상' 「여정에서」의 개작된 소설이 「살려는 사람들」일 개연성이 높다. 선외 가작 '감상'의 개작인 소설 「탈출기」가 수록된 시기와 멀지 않다면, '여정'을 담은 작품은 「살려는 사람들」이 가장 가능성이 높기 때문이다.

른 매체에 수록하는 데 성공한 케이스는 검열관의 자의적인 검열 처분을 비롯하여 개작을 비롯한 다양한 가능성을 염두에 둔 작가의 기록습관이었던 셈이다. 「살려는 사람들」과 「해돋이」는 그런 측면에서 잡지편집자, 문인작가였던 최서해의 경우, 작품 생존을 도모하려한 사례이자 검열에서 살아남은 동일작일 개연성이 높다.[49]

5. 검열과 주름, 저항적 글쓰기: 「저류」와 은폐된 정치성

최서해 소설이 전유한 '조선적 특수성'은 민족집단의 유랑성과 궁핍한 사회경제적 면모로 수렴되지만 그 서사적 현실은 최저계층의 일상에 범람하는 가난과 궁상에 집중되고 있다. 하지만 그의 소설세계는 가난과 궁상을 구체적으로 재현하는 대신 그 대척점에 놓인 파괴적 힘은 전혀 언급하지 않거나 불가항력적인 것으로 표기할 뿐 침묵해 버린다. 언급 자체가 생략되는 현상은 홍수와 같은 자연 재난의 국면만이 아니다. 재난의 국면에서도 '제도의 희생자'들이 겪는 일상의 면면만 재현될 뿐 재난과 불행을 초래한 구조적 현실에 대한 형국은 언급 자체가 미약할 뿐만 아니라 지나쳐 버린다. 최서해 소설

---

49 박광현은 이태준의 「오몽녀」처럼 『조선문단』 문예응모 입선작으로 뽑혔으나 『시대일보』로 발표된 점에 주목하여, 신문과 잡지의 검열 기준이 서로 달라 허가, 불허 판정의 근거가 불확실한 점, 검열 원칙이 지적 생산물인 문학작품에 균등하게 적용되었기보다는 다양한 해석의 가능성 때문에 검열관의 기분, 환경, 컨디션 등에 좌우되었다고 본다. 그는 岸加四郎의 글 「出版檢閱餘滴」(『국민문학』, 1941. 11)에서 그러한 사례를 들었다. 박광현, 「검열관 니시무라 신타로에 관한 고찰」, 『한문국문학연구』 32집, 동국대 한국문학연구소, 2007, 98쪽.

이 관심을 보이지 않고 생략하듯 지나쳐버리는 대목은 근대문물과 근대의 국가장치다.

「탈출기」에서 연명조차 힘든 일가족의 비참한 일상은 경제라는 근대국가의 장치에서 배제된 현실에서 비롯된다. 산주인이 고발하면 불문곡직하고 수색과 구타로 일관하는 경찰 또한 국가장치의 일상적 본질 자체가 폭력적이라는 점을 환유한다. "호소할 곳이 없"(「탈출기」, 전집 상, 22쪽)고 '말할 수 없는 주체'가 바로 이들의 지위이자 현실인 셈이다. 이들이 힘겹게 살아가는 일상의 공간은 남루하고 궁핍한 문간방이며(「탈출기」, 「기아와 살육」, 「큰물 진 뒤」, 「보석반지」, 「갈등」, 「부부」 등), 이와 대척점에 놓인 공간은 신작로 공사 현장이나 경찰서, 병원과 약국(「향수」, 「기아와 살육」, 「박돌의 죽음」), 시장통(「박노인이야기」)이다. 등장하는 우체국, 기차역과 항구(「전아사」, 「무서운 인상」, 「해돋이」), 재조일본인 주거지역 목욕탕(「이중」), 잡지사와 신문사(「서막」, 「전기」, 「같은 길을 밟는 사람들」 등)와 같이 주로 근대의 국가장치가 작동하는 정치경제의 공간이다.

최서해의 소설에 가한 검열의 깊은 상처와 주름은 결과적으로 이들 '근대의 국가 장치'를 세심하게 관찰하고 이를 재현하지 못하게 차단했던 셈이다. 데뷔작 「토혈」로부터 연재장편 『호외시대』에 이르는 서사의 세계에서 근대장치들의 공간은 「고국」이나 「향수」에서처럼 '만주의 찬바람을 맞는 모친에게 바람에 익숙해져야 한다'는 주인공의 자신감과는 무관하게 곁을 내주지 않는 형국이다. 가난에 기댄 체험서사의 주인공들은 한결같이 혹독한 자연 환경보다는 중국인 지주나 경찰, 일본인들에게서 배제되고 희생되며 죽음을 맞기 일쑤다. 차별과 폭력은 경제적 수탈방식의 본질인만큼 간도와 북방 지역은 고스란히 식민체제를 환유하는 공간이다. 국가장치는 서술 지평에서는 물러나 있어서 부재나 침묵의 방식으로 존재하지만, 대신 일상의 국면에서는 가난과 궁상의 격렬한 풍경들로 가득하다. 이들 서발턴은 몰래 나무를 하다가 경찰에 고발당해도 항변조차 못하고(「탈출기」), 절박한 처지에도 인류와 가족 사이에 주저하며(「기아와 살육」), 사랑마저 보석반지에 팔려가는 것을 감내할 뿐 자본을 축적하거나 이를 대체할 능력이 없다(「보석반지」). 이들은 약값조차 없어 치료받지 못한 채 죽어가며(「박돌의 죽음」), 끼니 때문에 아이를 부유한 집 대문 앞에 갖다놓으며 먹을 걱정 없는 삶을 기원하고(「기아」), 신분의 한계 때문에 상전의 추근거림에 죽음으로만 저항이 가능한 처지로 내몰리며(「매월」), 끼니를 잇지 못해 순사들의 성화에 눈 치우는 시늉을 하며 힘없이 쓰러진다(「고국」).

이러한 세계에서는 서발턴의 재현 자체가 저항의 함의를 갖는다. 「토혈」을 개작한 「기아와 살육」에서처럼 저항의 윤곽은 개인과 사회의 차원에 걸쳐 있다는 점에서, 개작으로 선명해졌으나 정치성의 획득에 이르는 재현은 여전히 결여되어 있다. '철관' 이미지에서 보듯,[50] 이 경로에서는 환상을 꿈의 차원으로 머물지 않고 계급적 각성과 현실적 공포를 동시에 체감할 수 있도록 하는 장치가 활용되고 있다.

「기아와 살육」에서 강화된 환상에 등장하는 '괴물의 철관(鐵管)'은 병든 아내와 자신의 피를 빨아먹는 도구, '식민지근대의 수탈경제'

---

50 이 글 2장의 표2) 참조.

131

라는 장치를 환유하는 매개물이다. 환상은 저항성을 담지만 직접 서술 대신 꿈과 이미지로 된 애매성ambiguity의 영역에 밀어넣어 검열을 우회하거나 통과하는 데 활용된다. 하지만, 꿈과 환상은 재현되지 못한 근대 국가 장치를 대체하기는 어렵다는 점에서 치명적인 약점을 안고 있다. 꿈과 환상 너머에 있는 근대 국가장치는 침묵과 잉여의 지점으로 처리되면서 이야기의 구조적 결함을 야기하기 때문이다. 최서해 소설에서 서사의 구조의 취약함 또는 균형상실은 반복되는 강도와 살인, 방화와 같은 극단적인 행위의 표출에서 보듯, 개인의 절망과 극한적 분노, 파탄으로 귀결되면서 절규 그 이상의 의미를 획득하지 못하는 형국이다. 환상은 그런 맥락에서 검열의 불투명하며 비가시적인 장벽에 맞서는, 정치경제적 수탈을 '절망과 분노와 공포'로 반죽하여 감정-꿈으로 재현해낸 저항의 유력한 서술전략이긴 하지만 그 효과는 제한적이다.

'항일/친일, 예술성/통속성의 이분법적 구도' 대신 검열의 장에서 최서해 소설을 다시 읽어 보면,[51] 『호외시대』는 자기검열의 글쓰기를 보여준 사례임을 절감하게 된다. 배정상은 간도 일대에서 사회운동과 야학활동을 감행한 세 청년의 이야기인 「폭풍우시대」(『동아일보』, 1928.4.4~12)가 검열로 게재금지된 점에 착안하여, 같은 야학활동을 제

---

51 배정상, 같은 논문, 143쪽. 배정상은 1930년 2월 『매일신보』의 개편과 함께 정식 사원이 된 최서해는 비난에 가까운 세평과는 달리, 사회조망력을 확보한 장편 연재를 시작한 점에 주목하면서 소품 「쥐 죽인 뒤」가 『매일신보』에서 16회에 이르는 단편으로 개작되면서 인물의 심리를 섬세하게 다루고 가난한 일상을 계급적 차원으로 끌어올리는 한편 에로틱한 분위기를 담아 대중성도 확보하는 특징에 주목한다. 이러한 점은 최서해가 문인기자로서 대중성을 구비했고 신문 연재에 대한 의욕을 보인 것이라 본다(150-151쪽).

재로 삼은『호외시대』와의 연관에 주목하고 대중서사를 검열의 회피전략으로 활용했다고 보는 입장이다.『호외시대』에서 양두환이 활동했던 '삼우회'에 대한 설명 부재만이 아니라 이 장편에는 홍재훈이 거액을 신문사 투자나 자본가의 몰락을 초래하게 된 경과, 정애 아버지의 신원 등에 대한 설명 부재도 검열을 의식한 결과로 본다.[52] 서술의 결핍은 신문연재라는 특성상 검열로 인한 연재중단 사태를 방지하려는 자기검열의 전형에 해당하지만, 야학활동에 매진하며 자본에 유린되는 청년들의 재현을 크게 제약할 뿐만 아니라 사건의 지평을 제약하며 대중서사로 내모는 직간접적 요인으로 작용한다.

사회운동 내용이 '치안방해'로 게재중지된 미완작「폭풍우시대」나「용신난(1)」에서 보듯, '마르크스레닌주의'나 '공산주의' '민족' '혁명' '해방' 같은 특정 금제어들이 복자 처리되는 양상은 텍스트상에서 검열의 상흔이나 훈장이 아니라 사상에 대한 공포와 금제의 효과를 동시에 노린 식민권력과 검열자들의 책략에 가깝다. 이런 점을 감안할 때 검열장에서 소설은 '무엇을 은폐하려 했는가'라는 관심과 별개로, 작가는 검열을 우회하며 무엇을 (어떻게) 보여주려고 했는가(혹은 생존시켰는가)가 중요한 고려대상이 된다.[53] 그러한 사례 하나가

52 배정상이 주목한 것은 신문연재라는 특성과 검열의 연관이다. 그는『호외시대』에서 특히 식민지조선을 배경으로 삼고 있으나 '야학활동'만 다룰 뿐 식민지배에 관한 문제를 철저히 배제, 함구한 점, 작품 속 식민 주체인 일본인과 식민 지배 시스템의 재현 자체를 찾기 어려운 점을 두고, 검열을 의식한 자기검열, 검열을 우회하는 글쓰기의 구체적인 증거로 지목한다. 배정상, 같은 논문, 155-157쪽 참조.
53 최경희,「출판물로서의 한국 근대문학과 텍스트의 불확정성」,『식민지 검열체제의 역사적 성격」, 성균관대 동아이사학술원 연례학술회의 발표문, 2004, 66-67

『홍염』에 수록된 「저류」(1926)다.

「저류」는 가뭄 속 농민들의 탄식과 웅얼거리는 대화만으로 된, 최서해 소설에서는 자주 애용되어온 서간체 양식과는 확연히 구별되는 작품이다. 작품에는 뚜렷한 사건 전개가 없다. 작품에서 주목해야 할 부분은 담화가 빚어내는 언어적 풍경이다.[54] 「저류」는 "모깃불 가에 민상투바람으로 모여 앉아 담배를 피우며 끝없는 이야기"(「저류」, 전집 하, 27쪽)를 나누는 장면으로 이루어져 있다. 백석의 시 「모닥불」을 연상시키는 작품 분위기는 한가롭게 대화를 나누는 농민들을 등장시켜 심상한 듯 가뭄을 걱정하며 일상적 대화를 나누는 평온한 풍경을 연출해낸다.

김도감 영감이 무릎에 앉힌 잠든 손자를 안고, "간도로 멀찍하니 ○○가는 게 해롭지 않지… (한참을 끊었다가) 어서 빨리 ○○이 뒤집히구 ××이 나야 하지……."하는 발언이나, 신틀과 삼던 신을 밀어놓고 담뱃대를 털며 모깃불에 다가앉으며 "괜히 시방 젊은 아이들은 철을 모르고 덤비지만 세상이 바루 돼두 때 있는 게지 어디 그렇게 됨메?"(전집 하, 29쪽)하는 대꾸는 그 안에 민감한 당대의 저항을 슬쩍 터치하듯 담아낸 정치성과 함께 설화를 내세운다. 이렇게 함으로써

쪽, 한기형, 「식민지 검열장의 성격과 근대 텍스트」, 435쪽 재인용.

54 『홍염』에 함께 수록된 「갈등」은 '어멈'을 들이면서 이들 하층민과 구별짓는 자신을 성찰하며 그들의 행색과 일치하지 않는 계급적 위선을 대상화하는 수작에 해당한다. 이 작품은 최서해의 사회경제적 안정 속에 소설 지평의 확장 가능성을 보여준 징후적 사례이나 이른 죽음으로 가능성만 남긴 채 정지된다. 그러나 이같은 점은 개작을 포함한 최서해의 글쓰기가 검열의 피해를 받았으나 검열을 우회하는 방식을 스스로 체득하며 소설사적 과제에 나름대로 부응해 나가는 구체적인 증거라는 여지를 제공해준다.

작품은 서술의 표면에 의미를 모두 드러내지 않는 불투명한 맥락으로 풍부한 암시를 함유하는 효과를 확보한다.

'홍길동과 소대성 같은 장수도 다 때를 기다렸다'는 말과 함께, "시방두 충청도 계룡산에는 피난가는 사람이 많다는데……. 정도령이가 언제 나오나?"(29쪽)하는 유랑의 혹독한 현실을 언급하는 대목과 함께 등장하는 이야기가 아기장수 설화이다. 이야기 와중에도 소여물을 주라는 노인의 성화가 이어지고, 주고받는 대화 속에서 김서방은 드에 붙은 모기를 쫓아내는둥, 일상의 소소한 소음들이 개입하며 텍스트를 오염시킨다. "아 그 ○○놈들이 장쉬 나는 곳마다 쇠말뚝을 박아서 못 나오게 하는데……. 저 설봉산에서두 땅속에서 장쉬 나거라구 밤마다 쿵쿵 소리나더라오. 그런 거 ○○놈들이 말뚝을 박았다 빼니 피 묻었더라는데……."(31쪽)하고 말을 건넨다. 쇠말뚝이 일제의 측량행위에 대한 불안을 드러내는 매개물이고 설봉산이 도도한 민족정기를 은유하는 것이라면 「저류」의 대화 장면은 전형적인 '놀이(play)'로서의 담론의 특징과 정치성을 은폐하는 글쓰기 전략의 전형 하나를 보여주는 셈이다.[55]

「저류」는 아기장수 설화를 대화의 장 안에서 조금씩 쪼개서 드러내는 방식을 취하는 한편, 신성가치를 부여받은 영웅의 탄생이 좌절되는 서사구도를 비틀어 가뭄과 궁상맞은 농촌의 팍팍한 현실에서 미래를 소망하는 정치성을 '절합(切合)'하며 전망을 암시하기에 이른

---

55 란다 샤브리는 모든 문학 텍스트가 완전함에 도달할 수 있다는 고전주의적 개념에서 무질서와 과잉의 징후들을 고발하는 임무와 즉흥적이고 우연한 생각, 스토리라인의 상실 같은 현상에 주목하는 것이 담화 전략의 결과라고 보는 입장이다. 린다 샤브리, 이충민 역, 『담화의 놀이들』, 새물결, 2003, 10쪽.

다. 그 정치성은 "허허, 동경 근처는 말이 아닐세! 이거 참 세상이 다시 개벽할라나? 이렇게 큰 지진은 말도 못 들었지."(「13원」, 『혈흔』, 전집상, 104쪽)하며 신문을 보면서 툭, 내던지는 K의 불온한 웅얼거림을 닮아 있다.[56] 대화의 형국에서 일탈을 가장한 아기장수 설화의 문제적 측면은 '다시 개벽'을 꿈꾸는 K의 불온한 발언처럼, 이야기를 잘게 나누어 새로운 세상을 염원하는 민중의 소망과 기대를 문맥으로 활용한다는 데 있다. "그래서 인재(人材)라는 인재는 다 죽이고……. 이 늠의 나라이 안 망하구 어찌겠음메 글쎄!"(「저류」, 전집 하, 35쪽)라는 농민의 탄식에다, 아기장수가 원님을 죽이고 옥에 가둔 부모를 구해내는 이야기로 바꾸어놓으며 의미심장한 장면 하나를 덧붙인다. "이메 보오마는 때는 꼭 있을게요"(「저류」, 36쪽)라며 말하는 김서방의 빛나는 눈과, 달을 쳐다보는 노인들의 눈길이 바로 그것이다. 부가된 장면은 아기장수 설화의 중의성을 미래의 어떤 현실을 환유하는 정치성으로 증폭시키고 있는 것이다.

이처럼 「저류」는 '옥문을 깨뜨리고 새로운 질서를 구현하는 장수의 전설이 가진 함의'와 이를 은폐하는 '능청스러운 대화'를 결합하여 농민들의 집단심성을 재현한 사례다. 앞서 거론했던 「노농대중과 문예운동」(『동아일보』, 1929.7.5~10)에서 '오늘날 조선의 무산 문예'의 소임을 강조하며 제시한 '생에 대한 욕망', '신세계의 동경', '반항 등의 심리'를 담아 '노농대중'에게 '빛나는 생과 새로운 세계와 줄기찬 힘'

---

56 동경대지진(1923.9.1)에 대한 최서해의 발언이 새삼 주목되는 것은 소설 속 언급 자체가 검열의 한 항목이었을 만큼 통제의 대상이었기 때문이다. 이에 관해서는 강덕상·야마다 쇼지, 『관동대지진과 조선인학살』, 동북아재단, 2013; 성주현, 『관동대지진과 식민지조선』, 선인, 2020 등 참조.

을 제시해야 한다는 언급을 자연스레 떠올려준다.

이처럼 최서해의 소설세계는 서발턴의 삶에 주목하며 '제도' 자체를 언급하지 않는 대신, 희생되는 서발턴의 대척점에다 근대문물과 국가장치에 대한 적대감을 소략하게 피력하고 있다. 「저류」처럼 정치성을 기입해 놓으며 담화의 풍경으로 은폐하는 글쓰기 양상은 확실히 새롭게 평가해야 할 대목이다. 이는 저항적 글쓰기와 적극적인 자기검열, 검열 우회를 위한 전략이 한데 어울린 세계이기 때문이다. 또한 이 지점은 "노한 바다 소리같이 우-하고 서북으로부터 쓸려내려올 때면 지진 난 것처럼 집까지 흔들흔들하다는 듯하였다."(「향수」, 『혈흔』, 40쪽, 『전집 상』, 26쪽)라는 구절처럼, '동경대진재'의 맥락을 민중의 저항심리로 전유하는 방식, 검열체제를 한껏 비틀며 검열에 적응하며 검열장을 벗어난 글쓰기의 효과를 연출하고 있기 때문이다. 이러한 글쓰기의 특징은 시장통에서 일본인 행세를 하며 시골노인을 닦아세우던 청년의 기개가 '삭제'된 이야기(「박노인 이야기」)의 운명을 반복하지 않으려는 작품 생존술, 자기검열의 한 국면을 잘 보여준다.

6. 결론: 최서해 문학연구와 문화사적 지평

지금까지 이 글은 최서해의 소설을 중심으로 개작과 검열의 다양한 국면을 검토했다. 먼저 '개작의 윤곽과 지향'에서는 최서해라는 비문해자 출신 작가의 출현이 갖는 문화사적 의미를 선행연구를 참조하여 정리하는 한편, 「토혈」의 개작에 주목하여 작품의 서술전략과 환상이라는 장치가 거둔 성취를 살폈다. 특히 그의 개작 과정은 서술의 일관성과 통일성, 인물 서술의 효율화, 환상의 구체화를 통해『조선문단』이 지향하는 문학 이념과 1920년대 근대소설의 신체성을 확보하며 '최서해식 신경향'을 창출해냈다는 점을 살펴보았다. 또한 두 권의 작품집 간행에 담긴 수록작 선별기준에 주목하여 평판작과 검열 통과를 위한 자기검열이 작동한 점을 살펴보았다. 두 권의 작품집 발간에 담긴 작품선별 기준의 함의를 추론하며 당대 문학장에서 작가의 자기정체성과 검열체제를 의식한 자기검열의 작동 흔적을 논의했다. 이 과정에서「살려는 사람」과「해돋이」가 동일작이라는 개연성을 바탕으로 검열 장치를 통과하기 위해 창작일자를 명기하여 작품명을 바꾼 작품생존술의 한 사례로 지목했다. 이러한 논의를 바탕으로 검열에 관한 최서해의 관념은 어떠했는지, 그의 소설세계 전반에서 검열의 피해는 어떠했는지 짚어보는 한편, 그의 소설에서 뚜렷하게 결여된 서술과 근대장치에 대한 서술 부재가 갖는 함의가 무엇인지를 살펴보았으며,「저류」를 사례로 삼아 자기검열과 검열 우회의 글쓰기 양상을 살펴보았다.

　　지금까지 이 글은 최서해 소설의 정치성을 개작과 검열이라는 관점에서 살펴보았다. 최서해라는 작가는 1920년대 문화정치와 검열이라는 장 안에서 표본적 사례로서 논의할 여지는 여전하다고 판단된다. 그의 사회적 활동과 소설세계는 1920년대 신문잡지의 미디어 영역에 놓여 있어서 민족진영과 친일 신문, 다양한 잡지와 국내외 사회운동에 걸쳐 있어서, 작품활동을 비롯한 글쓰기 자체가 '신경향'의 문학사적 범주를 벗어나 있어서 사회 문화사적 논의의 여지를 남기고 있다.

　잘 알려져 있듯이 그는 1928년 카프 탈퇴 이후 문단에서 배제되었다. 그러나 그는 죽기 전까지도 농촌과 야학 등 조선의 현실에 관심을 피력했다.[57] 기생의 사회적 발언을 위한 잡지 『장한』 발간에 관여한 것 역시 젠더정치를 지원하는 문화적 실천으로 볼 여지도 충분하다. 1930년대 이후 다채롭고 풍요로운 성과를 제출해 나간 식민지 조선 문학의 경로에서 보면, 그의 문학은 서발턴에 대한 일관된 관심 속에 새로운 모색을 시도하는 도중에 생을 마감했던 셈이다. 이런 측면에서 그의 문학은 비난에 가까운 세평이나 신경향으로 주목받았던 문단의 증언에 일방적으로 기대는 방식을 벗어나 '단편적 징후들의 퍼즐맞추기를 통한 문화사적 복원'이 여전히 필요해 보인다는 것이 이 글의 결론에 해당한다. 최서해의 소설이 가진 하층민에 대한 일관된 시선이 가진 정치성 문제, 검열에 대응하는 '드러난 국면'과 '은폐된 국면'에 대한 해명, 드러난 정치성과 정치성 부재라는 일견 모순되기까지 한 국면 등이야말로 사회문화사적 맥락 안에서 세심하게 가려내야 할 과제임을 말해준다.

---

57 「모범 농촌 순례」, 『매일신보』, 1930.8.29-22.

개작과 검열의 사회 · 문화사 (1)

제3장

카프 해산 이후 문인들의 검열인식

김준현(서울사이버대학교)

1. 서론 − 검열의 균열

이 글은 1930년대 문인들의 검열인식에 중요한 역할을 끼쳤던 카프 해산 이후 발견되는 문건들을 통해 당대 문인들이 실제로 검열을 어떻게 인식·파악하고 있었는지를 살피는 데 목표를 둔다.

이는 '당대 검열이 어떻게 작동하였는가', 혹은 '(문인과 출판 주체들이) 검열에 어떻게 대응하였는가'를 살피는 작업과는 구별된다는 점을 명확히 하려고 한다. 그보다는, '당대 문인들은 검열이 어떻게 작동한다고 인식했는가', '당대 문인들은 검열 기준을 어떻게 상정하였는가'에 대해 논의하는 것에 가깝다. 당대의 검열 실재가 아니라, 검열 인식을 살피는 연구의 일환이다. 이는 '검열은 균열되어 있고, 검열의 주체나 문인들은 그 검열을 있는 그대로 인식할 수 없다'

라는 명제를 전제로 하여 성립되는 문제의식이기도 하다.

예컨대 "1930년대에 일제는 사회주의와 독립사상을 담은 문건들을 검열을 통해 탄압하였다."는 명제는 언뜻 확실하고 객관적인 것으로 들린다. 거시적인 관점에서 보면, 이 명제는 자명하다고도 할 것이다. 하지만 우리는 이 명제가 당대에 어떻게 작동하였는지에 대해 얼마나 구체적으로 알고 있는가? 기존의 연구나 논의들에서 구체적으로, 그리고 인식과 실재 양면에 있어서 어떤 양상으로 검열이 이루어졌는지 충분하게 논의했는지에 대해 반성할 필요가 있다.

'사회주의적 레아리즘'이라는 기호를 발화하는 것, 또는 이것을 조선에서 구현하는 일에 대한 고민을 천명하는 행위는 카프가 해산했던, 즉 전시 동원 체제 이전에 일제의 검열이 가장 가시적으로 드러났던 1935년 전후라는 시기에 검열·삭제를 면할 수 있었는가? 검열이 실제로 작동되고 실천되는 양상은 우리의 생각과는 사뭇 달라서, 임화는 카프가 해산한 직후인 1936년에 주요 일간지인 〈동아일보〉 지면에서 '낭만주의는 사회주의적 레아리즘이라고 불르는 문학의 불멸의 내용'[1]이라고 선언하고, 또 그 근거로 레닌의 발언을 '직접 인용'하기도 한다. '1930년대 일제는 사회주의를 검열을 통해 탄압하였다'라는 명제가 참이라고 한들, 이것이 '사회주의의 어떤 면이 탄압되었고 어떤 면은 용인되었나'하는 질문에 대한 충분한 답을 주지 못한다는 사례는 이처럼 어렵지 않게 찾을 수 있다.

본 연구는 일본이 식민지에 설치한 총독부를 포함한 국가기관(그

---

1 임화, 「위대한 낭만적 정신 (하(下))」, 동아일보, 1936. 1. 4.

중에서도 1930년대 조선총독부는 그 가장 대표적인 검열 주체라고 할 수 있을 것이다)의 검열이 균열을 내포하고 있다는 전제에서 시작한다. 이 균열은, 당대의 검열인식[2]을 복잡하게 만드는 중요한 조건으로 작용한다.

검열은 개작의 중요한 조건이 된다[3]. 하지만 '검열 회피를 위해 개작을 수행한다'는 단순한 과정만을 상정하면 양자의 관련성에 대한 논의의 한계는 명확하다. 검열을 회피하기 위해 무언가를 수행하기 위해서는, 작가가 검열의 실체를 파악하는 작업이 선행되어야 한다. 그리고 그에 입각하여 검열의 기준을 판단할 수 있어야 개작이 실질적으로 진행될 수 있을 것이다.

하지만 문제는, 검열, 그중에서도 당대의 검열이라는 것이 온전하게 파악할 수 없는 실체라는 점에 가로놓여 있다. 여러 가지 이유에 의해서, 검열의 기준은 불명확하게 제시된다. 명확한 기준이 있음에도 불구하고 정치적인 이유에 의해 그것이 제시되지 않을 수도 있지만, 애초에 기준이 명확하게 정립되는 것이 불가능한 일이기도 하기 때문이다. 이에 대해 상술하며 이 글의 논의를 본격적으로 시작하도록 하겠다.

---

2 '검열인식'은 실재로서의 검열과 비교하기 위한 인식론적 개념의 성격을 지닌다. 검열의 실제 기준, 정책이 아니라, '검열의 기준이 이러할 것이다/이러했을 것이다'라는 인식을 의미한다. 실제 기준과 정책에 의해서만이 아니라, 당대 문인들의 이러한 인식에 의해서도 검열은 작동할 수 있다. 예컨대, A라는 기호가 실제로 검열 당국에 의해 검열 대상이 되는 리스트로 오른 적이 없지만, '당연히 A는 검열 대상일 것이다'라는 인식이 존재하여 실제로 A라는 기호가 발화되지 않는 상황이 있을 수 있다. '검열인식'은 일차적으로 이런 상황에 접근할 때 유용성을 획득한다.
3 '개작'은 수정이 이루어진 시기에 따라 두 가지로 정의할 수 있을 것이다. 가령, 이 문제에는 탈고와 발표(출판) 사이에 이루어진 수정을 개작으로 볼 것인가의 여부가 결부되어 있다. 본 연구에서 개작은 주로 후자의 의미로 사용된다.

　일제의 사상 탄압이 실천되는 제도 중 가장 전면에 드러나는 것이 '검열'이라고 할 수 있을 것이다. 그처럼 강력하게 작동한 것이었다면 이 검열에 균열은 존재하지 않았던 것일까. 검열은 대중이 언뜻 생각할 수 있는 바와는 반대로, 그 기준이 명확할 때보다는 불명확할 때 오히려 그 효과가 강화된다.[4] '이것은 검열되고 저것은 검열되지 않는다'는 기준 제시가 명확할수록, 그 검열을 회피할 수 있는 난이도는 역설적으로 낮아진다. 그렇기 때문에라도 검열의 기준은 대부분 명확하게 공표되지 않는다. 오히려 이것은 검열 주체의 입장에서 매우 효율적이면서 기본적인 전략이기도 하다. 검열을 맡은 실무자도 그 덕분에 우왕좌왕하게 되지만, 그것은 검열의 기준이 모호하게 남아 있을 때 얻을 수 있는 검열 강화 효과에 비하면 사소한 문제로 보이기도 한다. 오히려 그 우왕좌왕은 역설적으로 창작/출판 주체의 검열 회피를 더욱 어려운 것으로 만들게 된다.

　따라서 검열 주체는 역으로 검열 기준을 애매하게 만들어 그 효과를 강화하는 '묘'를 터득하기도 한다.[5] 하지만 검열 기준이 애매하게 되는 것은 이처럼 전략적인 맥락에 의한 것만은 아니다. 1930년대 일본이라는 거대한 제국이 작동하는 과정에서, 애초에 무엇은 되고 무엇은 안 되는 기준을 균일하게 만들어내는 것은 근본적으로 불가능한 작업이기도 했다. 기존 연구에서는 "이처럼 검열원칙은 총론적

4　이에 대해서는 심희기, 「한국법의 상위 개념으로서의 안보이데올로기와 그 물질적 기초」, 『창작과 비평』, 1988. 3. 이 박정희 정권의 반공주의가 이와 같은 성격을 십분 활용한 것을 예로 든 이후 많은 후속 논의들이 이루어진 바 있다.
5　앞의 각주에서 언급한 심희기의 논문이 근거로 사용한 박정희 집권 직후에 이루어졌던 검열/검거는 이러한 법칙을 상당히 충실하게 따른 사례이다.

인 것일 뿐, 그 총론만으로는 모든 텍스트의 운명을 순간순간 측정할 수는 없었다. 검열관 개인의 감각, 검열당국의 정책의도 및 그 의도의 시간적 변화—특수한 사건의 발생으로 인한 강조점의 이동, 그러한 변화에 대응하는 텍스트 주체의 노력 등이 만들어내는 다양한 양상은 '입체적인 유동성'을 특징으로 하는 고유의 매개공간을 창출했다."[6]로 당대 검열원칙이 총론적 수준에 머물렀음, 그리고 '예거주의'[7]나 검열관의 자의적인 해석에 의해 검열이 실질적으로 진행되었음[8]을 이미 지적한 바 있지만, 이 글에서는 이러한 상태를 모든 검열이라면 어쩔 수 없이 가져야 하는 일반적인 한계라고 생각하는 것은 물론, 그 구체적인 원인과 효과를 오히려 전제로 삼아 논의를 진행하도록 한다.

이처럼 검열의 기준이란 불명확하게 존재할 수밖에 없다. 그 맥락에서 '자기검열'은 다른 논의에서보다 더 큰 중요성을 획득한다. 자기검열은 검열의 기준을 스스로 상정하여 그에 따라 작품의 내용을 조정하는 것을 의미한다. 공적 주체에 의한 검열 자체가 분열되어 있을 때, 자기검열의 역할은 더 커질 수밖에 없을 것이다. 자기검열과 구별되는, 국가나 기관에 의해 이루어지는 검열을 '공적검열'이라고 할 수 있을 텐데, 기준의 객관성/주관성의 문제에서 접근할 때 자기

6 박헌호, 「식민지 검열장의 성격과 근대 텍스트」, 『식민지 검열, 제도, 텍스트, 실천』, 소명출판, 2011, 294쪽.
7 정근식의 논의에서 사용된 용어로, 검열이 이루어졌던 상황을 예거로 하여 검열 기준과 정책을 판단/수행하는 것을 의미한다(정근식, 「식민지 검열과 '검열표준'」, 『대동문화 연구』 74, 2011.).
8 문한별, 조영렬, 「일제강점기 문학 검열의 자의성과 적용 양상」, 한국어문학국제학술포럼, 48, 2020. 2.

검열과 공적검열 사이의 경계가 명확하지 않은 상황까지 발생한다. 자기검열은 주관적으로 작동하는 것이 당연하지만, 공적검열 또한 상기한 이유로 주관성의 영역을 상당하게 유지하고 있음을 간과하지 않도록 조심할 필요가 있다.

이 맥락에서 기존 한국 문학 연구 장에서 이루어졌던 일제 강점기 후반의 검열 연구 성과를 되짚어 볼 필요가 있다. 대략 2000년대 중반, 소위 '사회문화사'적 연구 방법론이 본격적으로 문학 연구에 적용되면서, 검열에 대해서도 괄목할만한 논의들이 제출된 바 있다. 그중에 본 연구와 연관성이 높은 몇 가지 성과들을 언급하기로 한다.

박헌호의 연구[9]는 당대의 '기관'과 '신문'이 외면적으로 드러나는 대로 '검열 주체와 검열 대상'의 관계가 아니라, '검열 주체의 역할을 공유하던' 관계의 성격을 일부 가지고 있었다는 사실을 논하였다. 한만수[10]는 2006년~2007년에 걸쳐 일제 강점기 검열에 대한 실증적인 연구 성과를 제출한다. 비슷한 시기에 이루어진 두 연구자의 일련의 작업을 통해 당대 검열이 명확한 기준과 체계를 갖고 이루어지지 않았다는 사실, 또한 그 검열 주체의 존재 양식도 명확하지 않았다는 사실에 대한 실증적 정리는 대체로 이루어졌다고 평가할 수 있다. 요컨대, 검열의 주체가 확실한 자기일관성과 완전성을 가지고 존재하지 않았으며, 또 검열 주체와 대상의 관계가 정권 vs 출판사와 작가

9 박헌호, 「'문화정치'기 신문의 위상과 반−검열의 내적 논리」, 『대동문화연구』 50, 2005. 6.
10 한만수, 「1930년대 검열기준의 구성원리와 작동기제」, 〈동악어문학〉 47, 2006. 8./ 한만수, 「식민지시기 검열의 드러냄과 숨김」, 〈배달말〉 41, 2007. /한만수, 「1930년대 문인들의 검열 우회 유형」, 『한국문화』 39, 2007.

가 아니라 정권/신문 vs 작가의 관계 등 복잡하게 존재했다는 사실들이 2000년대 중반의 연구들을 통해서 드러난 것이다.

그런데 이러한 괄목할 성과들이 멈춘 지점 또한 존재한다. 그리고 그 지점이 바로 본 연구의 출발점이기도 할 것이다. 그것은, 바로 검열주체의 균열 뿐아니라, 검열대상[11], 혹은 검열을 피해야 하는 처지에 놓인 작가나(박헌호의 검열 주체로서의 역할을 나누었던 신문을 포함한―신문은 검열 주체와 대상의 역할을 동시에 수행해야 하는 위치에 있었다) 출판 주체들의 균열을 같이 보아야 한다는 문제의식이다.[12] 그리고 이 문제의식은 균열을 마주한 검열 대상(작가/출판 주체)들의 대응이 어떠했는가를 보아야 한다는 지점까지 나아간다.

이 과정에서 이 연구의 키워드 중 하나인 '검열인식'이 제출될 필요성이 대두된다. 검열 주체의 균열 때문에, 따라서 불완전한 균열 때문에 필연적으로 검열에 대처해야 하는 작가와 출판 주체들의 균열도 생각보다 복잡한 양상으로 나타날 수 있다. 가령, 검열 주체가 아닌 검열 대상의 일련의 행위(자기검열, 개작 등)가 무조건 검열을 피해야 하는 데 초점이 맞추어져 있다고 확신하는 것이 가능할까? 2000년대 중반의 연구들을 보면, 검열 주체는 그 존재와 실천에서

---

11 '검열대상'은 관점에 따라 작품/텍스트를 일컬을 수도 있지만, 기존 연구에 따라서는 검열대상을 작가/출판 주체를 일컬을 때도 이 기호를 사용한다. 따라서 본 연구에서도 검열과 관련한 작가/출판 주체를 '검열대상'이라고 지칭하기로 한다.

12 사실 이 문제의식은 실재보다 인식을 중요하게 보는 인식론적 관점의 일환이기도 하다. 검열을 예로 들면, 당대 검열이 실제로 어떻게 존재했는지를 명확하게 알 수 있는 이는 없다. 검열 주체도 명확하게 그것을 파악하지 못했던 '당대 검열'은, 사실상 존재하지 않았던 원칙이나 원리보다는 당대 사람들이 '어떻게 인식했는가'의 문제가 사실상 검열을 작동시켰을 가능성이 큰 것이다.

흔들리고 있지만, 검열대상들은 매우 흔들림 없는, 일관된 목표와 그것을 위한 전략을 수행하는 주체들처럼 그려지곤 했다. 하지만 검열대상들의 검열인식이 저마다 달랐음은 물론이고, 이 복잡한 인식이 여러 가지 복잡한 사정들을 야기했음도 자명하다. 따라서 본 연구는 기존 성과들이 논의한 '검열 주체의 균열'을 발판으로 삼아 그로 인한 검열대상들의 인식을 살피는 것을 목표로 한다고 정리할 수 있겠다.

지금까지 서술한 바를 바탕으로 이 연구의 방법론을 서술하면 다음과 같다. 이 연구의 대상이 되는 시기는 1931년에서 1935년까지이다. 물론 이 시기는 카프에 대한 가시적인 탄압과 카프의 해산계 제출이 걸쳐 있는 시기이다. 물론 이러한 물리적인 조건도 있지만, 일제의 검열기조가 '전시동원체제'로 바뀌기까지의 한 기간을 이룬다고 본 것도 시기 설정의 이유이다. 당시에 정기간행물을 통해 발표된 문건 중 검열인식을 추론할 수 있는 것들을 살피고, 또 그것을 바탕으로 하여 당대 문인들이 공유했던 '검열인식'을 재구해 보는 방법을 사용하여 연구의 목표를 달성하기로 한다. 이 논문의 가설은, '카프 해산을 통해 당대 검열인식이 변화하였다/강화되었다'와는 약간 결이 다르다는 것을 밝힌다. 대신 "검열인식이라는 것이 존재하여 검열의 작동에 실제로 기여한다. 검열인식은 상징적인 사건에 의해서도 형성되는데, '카프 해산'은 상징적 사건과 검열인식의 작동 관계를 살필 수 있는 좋은 사례이다." 1930년대와 카프가 연구 대상이 된 것은 검열인식이라는 개념을 제시하는 데 유용하다는 이유도 존재한다. 이는 본 연구의 목적이 검열 연구에서 '인식'에 대한

연구가 병행되어야 함을 역설하고자 하는 데에도 닿아 있는 사실과
연관된다.[13]

2. 검열의 균열과 검열인식의 문제 – 覆字와 검열인식

주지하는 것처럼, 검열을 구체적으로 행하는 방식에는 삭제, 원고
몰수, 필자/출판사의 사법처리 등 있다. 이중에서 삭제처리가 대체
로 가장 온건한 검열이고, 또 이중에서 복자(覆字)는 글자 단위로 삭제
를 가하는 것이기 때문에 (문장이나 문단을 삭제하는 것에 비해) 그
중에서도 온건하다. 온건한 검열이기 때문에 그 결정에 대한 정치적
부담은 상대적으로 줄어든다. 그에 따라 복자의 대상을 선정하는 기
준은 좀 더 과감할 수도 있을 것이다. 그럼에도 불구하고 어떤 글자
가 구체적으로 복자대상이었는지에 대해서는 생각보다 추론하기
쉽지 않다.[14]

가령, 일제의 검열 제도에서 '독립'이라는 기호는 복자 처리 대상

---

13 따라서 1930년대의 검열인식의 역할이 1920년대의 그것보다 더 컸다는 것을 증
    명하는 작업은 이 논문에서는 수행되지 않는다. 다만, 다음과 같은 기존 연구의
    결과에서 그 가능성을 점칠 수는 있다.
    "흥미로운 것은, 인쇄된 지면에 삭제된 흔적이 시각적으로 드러나는 것에 별로
    개의치 않았던 검열당국이 1930년을 전후한 시점부터는 주요 '잡지'들에 검열의
    '흔적'을 남기지 않을 것을 지시하기 시작했다는 점이다."(이민주, 「검열의 '흔적
    지우기'를 통해 살펴본 1930년대 식민지 신문검열의 작동양상」, 『한국언론학보』
    61(2), 2017. 4., 37쪽.)
14 복자처리 대상 어휘를 구체적으로 정리하는 것은 처리된 글자를 실증적으로 지
    시할 수 있는 방법론적인 어려움에도 불구하고, 시도될 가치가 있는 중요한 연구
    과제라고 할 수 있다.

이었던 시기를 찾는 것은 쉽지 않다. 근본적으로 일본의 군국주의가 민족주의를 근간으로 하고 있고, 소위 '독립사상'과 민족주의를 완전히 분리할 수 없기 때문이기도 하다. 하지만 또한 한반도에서 두만강을 넘어가면 바로 펼쳐지는 만주에 통치권을 행사하면서 일본은 다시 '오족협화'라는 기호를 동원하여 각 민족의 자립과 자치를 강조하기도 하기 때문에 사정은 꽤 복잡해진다. 한반도와 만주를 통치하는 제도와 전략은 달랐으나, 또 양자는 매우 가까운 관계였기 때문에 만주 통치의 슬로건 '오족협화'와 조선 통치의 슬로건 '내선일체'의 간극과 길항 사이에는 '독립'이라는 기호에 대한 승인/묵인이라는 구체적인 현상이 자리하고 있었던 것이다.

복자의 존재는 물론 일차적으로 검열의 가장 분명한 표지이다. 하지만 다음의 용례들을 보면, 복자의 역할에도 '균열'이 존재했음을 확인할 수 있다.

> 1) 삭제된 것은 여백으로 남기지도 못하고 '삭자'의 기입도 못하게 하며 <u>복자도 사용치 못하게 하야</u> 전후 문구가 부합치 않게 만드니 이것을 개정할 것[15]
>
> 2) 逢戰死者 不知其數 斬X將 七級餘X...(중략)...<u>(복자는 기자)</u>와 같이 쓰시엇다.[16]
>
> 3) 그리고 이곳에서 다시 말하지 않으면 아니 될 것은 그림은 다른 문자적 원고와 달라서 미리 검열을 안 받는 관계상 차라리 발표가

---

15 「잡지업계가 奮起(분기), 검열 개선을 요구」, 《동아일보》 1931. 3. 12.
16 「이충무공 고토 참배기」, 《조선일보》 1931. 5.22.

더 부자유한 것이다. 그것은 마치 신문지법에 의한 잡지가 <u>미리부터</u> <u>주저해서 복자를 안 써도 조흡적한 곳에 왕왕히 쓰이고 마는 폐단이</u> 있는 거와 마찬가지로 그림 역시 여간해서 검열에 통과되엽즉한 것이라도 미리부터 주저해서 본 뜻을 이루는 일이 많다.[17] (밑줄-인용자)

위의 세 인용문에서 확인할 수 있는 점은, 오히려 필자나 출판 주체 등의 검열대상이 검열에 우회적으로 대응하기 위해 적극적으로 복자를 활용하고 있었다는 사실이다. 1)을 보면, 오히려 검열대상들이 검열주체에게 '복자를 허할 것'을 요구하는 아이러니한 상황이 있었음을 확인할 수 있다. 물론 이는 (삭제 사실조차 알리지 않는) 완전 삭제보다는 오히려 복자가 온건한 검열 방법이기 때문에 일어나는 현상이기는 하다. 하지만 다음 2)와 3)의 '복자 인식' 사례를 보면 1) 도 나름의 상징성을 갖고 있는 지점이라고 할 수 있을 것이다.

2)는 인용문 본문에 밝혀 있는 것처럼 필자인 기자가 스스로 '복자'를 사용한 경우이다. 「이충무공 고토 참배기」라는 제목을 갖고 있는 이 글은, 충무공의 무공을 직접적으로 묘사하고 있다. 이 과정에서 'X將'과 같이 복자 처리한 표현이 여럿 발견된다. 여기서 기자가 스스로 복자 처리한 글자는 '倭'라는 것을 어렵지 않게 유추할 수 있다. 그런데 조금 더 생각해 보면, 이것이 검열을 피하기 위한 것이라면, 아예 처음부터 표현을 '왜장' 대신 '적장'으로 하는 게 더 자연스러운 방편이었을 것이다. 따라서 이 글의 필자는 오히려 검열 도구인

---

17 이주홍, 「아동문학 수년간(8)」, 〈조선일보〉, 1931. 2. 20.

복자를 이용하여 대부분의 한글 독자들이 유추할 수 있는 '왜'라는 표현을 복자 처리를 통해 역설적으로 강하게 전달할 수 있는 소기의 효과를 누린 것이라고 해석할 수 있다. 2)는 꽤 이례적인 경우이지만, 3)을 통해 이와 같은 '스스로에 의한 복자 처리'가 꽤 일반적인 현상으로 퍼져 있었다는 사실을 확인할 수 있다. 결국 이 '스스로에 의한 복자 처리'는 '자기검열'의 일종이라고 할 수 있다. 이 자기검열이 문자 텍스트에서는 복자 처리에 의해 다소 유연하게 이루어지는 것에 비해, 복자 처리가 없는 그림 텍스트에서는 오히려 더 보수적이고 방어적으로 이루어진다는 지적이다.

이러한 사례들을 통해, 복자라는 검열방식이 검열주체와 검열대상의 상호관계 하에서는 상당히 복합적인 역할을 수행했었다는 사실을 확인할 수 있다. 이 복자를 둘러싸고 검열이 다양하게 작동하는 양상을 살피는 과정에서, 자연스럽게 '자기검열'이라는 기호가 대두되는 것은 물론이다. 이 자기검열은 결국 더 나아가 검열대상의 '검열인식'을 그 전제로 드러낸다는 점에서 중요하다. 'A라는 기호는 검열될 것이다'라는 명제가 있다고 가정하면, 실제로 존재했던 검열의 기준은 추상적이고 주관적이었기 때문에, 검열관에 따라 이 A라는 기호는 검열되었을 수도 있고, 그렇지 않을 수도 있다. 이 경우 반례들이 다양하게 존재하기 때문에, 이것만으로 해당 기호의 검열이 창작과 유통에 영향력을 발휘하는 중요한 조건이었다는 것을 증명하기 어렵다. 하지만 오히려 당시 문인들이 자기검열을 통해 A라는 기호를 자진해서 삭제하거나 다른 기호로 대체했다면, A라는 기호에 대한 '검열인식'은 실제 검열보다 훨씬 더 확실하게 존재했던 셈이 되고, 오히려 더 강력한 검열로 작용했다고 서술할 수 있다. 위에 인용한 사례들은, 사실상 검열주체에 의한 검열의 양상보다는, 검열 대상의 '검열인식'과 그 결과로서의 행동 양식을 드러내 주는 것들 이다.

결국 'A는 검열되는 기호였다'는 전제로 하여, '따라서 작가는 A 라는 기호를 쓰지 않음을 통해 검열을 회피했다'는 논증을 진행하는 것은 단순한 사실 확인에 그칠 수 있다. 하지만 'A라는 기호의 회피' 라는 결과를 전제로 하여 'A는 실제 검열 기준이 있든 없든 검열 대 상으로 인식되는 기호였다'는 순서로 논증을 진행하는 것은 오히려 더 의미 있는 작업일 수 있다.

3. 카프 탄압기(1931~1935)의 검열과 검열인식

1925년 8월 결성한 카프에 대한 탄압은 1931년부터 본격적으로 이루어져서, 결국 1935년 6월 김기진이 「카프 해산계」에 서명·날인 하면서 강제해산으로 귀결되었다. 이 10년간 일제의 문화정책과 기 조는 역동적으로 바뀌었으며, 사실상 이에 따라 검열 기준이 최소한 도로 정비되고 공표될 시간을 갖지 못하고, 기준 확립보다 실천이 앞 서는 상황이 이루어졌다. 그리고 그것은 전술한 바와 같이 오히려 검열 당국에는 득으로 작용했고, 반대로 해산된 카프의 문인들, 그 리고 그 검열과 해산 과정을 거쳐가면서 '구체적 검열 경험들의 일 반화'라는 불확정한 추론을 통해 검열 기준을 가늠해야 하는 당대

153

문인들에게는 더욱 어려운 조건을 제공하였다.

주지하는 바와 같이, 1937년 중일전쟁을 거쳐서 일제 정부에 의한 문화정책은 이전 시대와는 달라진다. 전시동원체제가 확립되어가는 과정 속에서 문인들은 카프와 인연이 있었든 없었든, 카프 문인들이 겪은 일을 일종의 본으로 삼아 자신들의 문학 활동에 자기검열을 가미해야 하는 필요가 생긴다. 요컨대, 카프 사태는 카프와 관련 없는 문인들의 검열인식에도 영향을 미친 사건이었다.

사실 1935년 카프 해산은 매우 상징적인 사건이기는 하지만, 1930년대의 시작과 함께 정착되었던 일본의 검열 정책과 문인들의 검열인식을 극적으로 바꾼 계기는 아니었다. 기존 논의를 참고하면, "1935년에서 1937년까지의 문학장 내부에서는 여전히 사회주의를 지향하는 평론들이 발표되었다."[18] 따라서 카프 해산은 1931년 만주사변을 일으킨 일제가 파시즘을 강화하는 과정에서 같은 해 7월에 실시한 카프 1차 검거를 전후해서 형성된 검열기의 정점이라고 보아야 할 것이다.

1931년 만주사변/1932년 오족협화/만주국 수립/1932~1934년 일본/소련 151회 무력충돌(국경)/1937년 내선일체 주창/1939년 독일/소련 불가침 조약/1940년 일본/소련 협상

---

18 채호석, 「검열과 문학장 : 1930년대 후반 한국문학에서의 검열과 문학장의 관계
    양상」, 『외국문학연구』 27, 2007. 8.

카프 검거와 해체를 둘러싼 일제의 검열 기조와 맥락을 파악할 수 있는 대외적 사건들을 연대순으로 정리하면 위와 같다. 일본이 만주에 대한 침략 야욕을 드러내면서 겉으로는 중화민국 정부와의 충돌이 부각되었다. 하지만 이 과정에서 소련과의 국경 문제가 불거지면서 32년부터 34년 사이의 3년간 151회에 걸친 무력충돌이 일어났다. 1939년 독일과 소련이 불가침조약을 맺고[19] 이듬해 1940년 일본과 소련의 협상이 이루어지면서, 만주사변으로 촉발된 소/일 갈등은 새로운 국면으로 접어들었다. 이와같이 당대 조선의 검열기조는 대중관계뿐 아니라, 소련, 독일 및 기타 열강과의 다면적인 외교 관계를 복잡하게 반영하고 있다.

카프의 1차 검거는 31년으로 만주사변, 2차 검거는 34년으로 소련과의 무력충돌과 그 시기가 겹친다. 제국주의 사회에서 사회주의 탄압은 자연스러운 일이겠으나, 소위 '문화통치'로 일컬어졌던 1920년대와 '만주침략기'로 일컬을 수 있는 1930년대에 일본이 사회주의 문건을 다루는 태도는 구체적으로 현격한 차이가 존재한다. 물론 1920년대 중반부터 복자처리와 몰수 등 검열은 지속적으로 시행되어 왔으나, 기존 연구에 의하면 사회주의 계열 잡지가 폐간되는 시기가 주로 이 카프 1차 검거~해산 시기와 맞물려 있음이 드러난다.[20]

---

19 독일과 동맹 관계였던 일본은 이 일로 이후 소련과의 협상 진행으로 노선을 변경한다.

20 〈노동운동〉(27.5~31.10), 〈조선지광〉(22.11~32.2), 등이 그 중 대표적인 사례이다. 발간주체들이 당시 폐간의 이유로 재정, 검열, 원고난을 언급한 만큼, 당대 잡지들의 폐간에 검열이 큰 영향을 했던 것으로 볼 수 있다. 김문종, 「일제하 사회주의 잡지의 발행과 지국 운영에 관한 연구」, 한국언론정보학보, 40, 2007. 11.

20년대와 30년대의 검열 강도를 단순 비교하는 것은 쉽지 않은 일이 겠으나, 잡지들이 폐간된 시기를 자료로 보면 하나의 유의미한 경향 성이 도출되는 것이다. 이를 통해 20년대보다는 30년대 초반에 검열 주체가 '사회주의'와 그 관련 문건이나 기호에 더욱 적대적으로 되 었다고 판단할 수도 있다. 그리고 사회주의 관련 검열이 강화된 것은 당시 일/소의 관계가 악화된 것과도 연관성을 찾아볼 수 있다.

그리고 이렇게 사회주의 관련 검열이 더욱 강화되는 이유는 소련 과의 갈등뿐 아니라, 만주국을 수립하고 그 통치 이념으로 동원하는 '오족협화'에서도 그 실마리를 찾을 수 있다. 서론에서 언급한 것처 럼 '독립'이라는 기호는 1930년대에 복자 처리 대상이 아니었는데, '민족주의'나 '독립정신'과 관련된 기호들은 만주국 수립 이후 복잡 하게 작동할 수밖에 없었다. 왜냐하면 '오족협화'는 단일민족으로 구성된 조선과는 다른 사정을 지닌 만주국을 통치하는 과정에서 각 민족의 독립성과 자치성을 보장해주는 외연을 가지고 주창되었던 슬로건이었기 때문이다. 만주국은 한인, 만주인, 몽골인, 조선인, 일 본인이라는 최소 5개의 민족으로 구성되었던 다민족 국가였다는 점 과 관련 있음은 물론이다.[21]

문제는 만주와 조선의 당대 심상지리적 거리는 분단 이후에 형성 된 인식 속의 상호 거리보다 훨씬 더 가까웠다는 데에 있다. 그렇기 때문에 오족협화는 조선인들의 만주행을 결심하도록 하는 몇 가지 중요한 요인 중 하나로 작동하였고[22][23], 따라서 이는 문인과 대중들

---

21 〈만선일보〉의 간행사에도 이러한 이념은 명확하게 드러나며, 염상섭과 안수길의 만주행은 이와 같은 맥락으로 설명되는 경우가 많았다.

의 일제 통치 기조에 대한 감각, 나아가서 검열인식에까지 영향을 미쳤을 것이라는 가설이 도출된다.

> 그러하거늘 현하 조선의 출판법규는 실로 엄청나게 시대에 뒤떠러져 잇서 문명한 정치하에 존재한다기에는 수치라고 할 수 있다. 신문지의 발행은 당국의 허가가 잇서야되고 단행본의 출판은 원고의 검열을 받어야 된다. 월단의 잡지 같은 자는 그 존재까지도 법규상으로는 인정을 받지 못하고 '단행본의 계속'이란 형식으로 이름을 허하고 있다.[24]

1920년대에도 검열은 존재해 왔지만, 신문 등 조선 언론의 검열에 대한 문제제기는 좀 더 가시화되어, 인용문과 같은 글들이 지속적으로 발표되었고, 특히 연극/영화계에서는 이 문제가 좀 더 강조되었는지, '각본 검열 통계'[25], '영화검열'[26] 등의 통계자료가 지속적으로 신문지면을 메웠다. 특히 1932년 신춘문예 선후평에서는 급기야 다음과 같은 선후평이 제출되었다.

---

22 "오족협화의 기치하에서 조선민족도 당당한 민족단위를 들건마는 그래도 실제는 탐탐치 못하야 가옥생활, 우거신세 곤궁하니 이곳이 하도 떠나지 말라고 만류할 아무 밑천이 없는지라, 가게 되면 갈 수밖에는 도리가 없으려니와"(「횡설수설」, 동아일보, 1935. 4. 13)
23 사실 염상섭과 안수길의 만주행을 이와 같은 내러티브로 해석한 사례들이 많은 것을 보면, 당대 문인들에게 오족협화가 매력적인 만주행의 동기였을 가능성을 부인하기 어렵다.
24 「조선의 출판자유- 시대착오적 법규를 개정하라」, 동아일보, 1931. 3. 13.
25 「각본 검열 통계」, 동아일보, 1932. 3. 14.
26 「7월 중 영화 검열」, 동아일보, 1933. 8. 27.

응모작품의 구할이 계급투쟁을 테마로 한 것이었다. 그 스토리에 잇서서 모도가 너무도 혹사하고 붓에 탄력이 없서서 결과는 조치 못한 데다가 <u>검열에는 무슨 패스를 못하겠기에 제외해버리기는 하였지만</u> 응모작품 의 구할이 계급투쟁을 테마로 한 것이라하는 것은 주목을 하지 않을 수 없다.[27] (밑줄-인용자)

이 인용문은 이 논문에서 주목하고자 하는 '검열인식'이 유효한 개념이라는 것을 증명해주는 단적인 사례라고 할 수 있다. 이 사례는 사실 엄밀히 구분해 보자면 '기관검열'에도 해당하지 않고, '자기검열'에도 해당하지 않는다. 사실상 검열 주체가 아닌 문인이 심사위원의 입장에서, 자기 자신의 작품이 아닌 다른 사람(투고자)의 원고를 검열한 사례이니, 이는 '검열'이 아니라 '검열인식'이라는 기호가 아니면 설명하기가 힘든 사례인 것이다.[28]

이와 같은 검열인식이 작용하는 사례는 신춘문예 등 심사위원이 작품을 선정하는 과정에서 많이 찾을 수 있다. "「이민열차」는 검열 관계에까지 퍽 머리를 쓴 것으로 보아 만히 발표해 본 사람의 작품인가 싶으나 너무 소극적이었고 표현에 잇서서도 대담한 데가 없다. 이것은 검열에 너무 사로잡힌 까닭이었든가 싶다.[29]"는 앞의 인용문과

---

27 「신춘문예 소설 선후언」, 동아일보, 1932. 1. 15.
28 이는 물론 앞서 소개했던 박헌호의 (신문이 검열 주체로서의 역할을 나눠 가졌다는 논의)를 뒷받침해주는 사례이기도 하다. 본 연구에서는 이 사례를 통해, '검열 주체'의 역할을 실제로 수행했던 신문의 필진들이 문인들 중 한 명이었으며, 그들은 또 나름의 주관적인 '검열인식'을 갖고 주체로서의 역할을 분담하였음을 강조하고자 한다.
29 「신춘문예선후감」, 동아일보 1935. 1. 10.

는 같으면서도 세부적으로 구별되는 사례라고 할 수 있다. 심사자가 작가의 '자기검열'이 과도함을 지적하고 있는 문제이기 때문이다.

이러한 사례를 보면, 자기검열의 기준으로 다른 사람의 작품을 검열하는 경우, 다른 사람의 자기검열의 기준이 과도함을 지적하는 경우 등, 1930년대 초중반 문인들의 검열인식이 실재한다는 인식이 사회적으로 공유되고 있다는 점을 어렵지 않게 확인할 수 있다. 흥미로운 점은, 이러한 검열인식이 검열당한 경험뿐 아니라, 검열에 대한 조직적 항의와 그 언론 보도를 통해서도 강화될 수 있다는 사실이다.

인식의 문제에 있어서는, 검열을 당한 직/간접 경험이나, 검열에 항거한 직/간접적 경험이나 동일한 작용을 하는 면이 있다. 일제의 검열이 극적으로 도입된 1920년대 중반과 1930년대 중반의 경우 이 '검열'이라는 기호 자체가 보도의 대상으로 적극 호명되는데, 이것이 검열 사실을 알리는 것이든, 그 사실을 비판하는 것이든 대중의 검열인식을 강화하는 데는 동일한 효과를 발휘한다는 의미이다.

1931년에서 1935년으로 향해 가면서, 이와 같은 맥락에서 검열에 대한 보도의 성격은 점진적으로 변화하는 성격을 띤다. 다음의 예문은 앞에서 소개한 예문과는 다른 각도에서 서술되고 있는 문건이다.

한동안은 사회주의적 사상을 배경으로 한 이데오로기 영화가 유행하는 한편 불건전한 유희적 연애를 취급한 불순한 영화가 혹은 한갖 남녀의 열정을 도발함과 같은 비외한 화면을 주로 한 소위 에로틱

영화가 유행하야 이것이 조선대중의 사조와 생활에 적지 않은 영향을 미쳤는데 작년에는 소위 '비상시'를 반영하는 영화가 만헛다.[30]

인용문의 제목은 「최근 영화 검열 상황」으로 , 제목만 보면 앞서 언급된 당대 영화 검열 관련 기사들과 거의 비슷한 내용(통계나 사례)을 담고 있을 것이라 예상하게 된다. 하지만 그 내용은 사뭇 다른데, 인용된 부분에서 확인할 수 있다시피, 검열에 대한 태도가 판이한 차이를 드러낸다. 사회주의 사상 영화에 대한 직접적인 논평을 하지는 않았지만, 그것을 '불건전한 유희적 연애'를 다룬 영화와 함께 묶어서 서술함으로써, 검열이 이러한 것들을 막을 수 있었던 장치인 것처럼 선전하는 효과를 노리고 있다고 해석할 여지가 생긴 것이다.

따라서 1930년대 신문지상에서 찾을 수 있는 문건들은 당대 사회주의 관련 검열이 강화되었음을 드러내는 논거이면서, 동시에 이에 따라 문인과 대중의 검열인식이 사회주의 관련 검열에 집중되었음을 드러내는 근거이기도 하다. '검열수난자(이는 검열 피해자라는 인식론적 대상을 새롭게 환기시킨다)'라는 기호[31]는 이때 등장하였으며, 이 기호 역시 당대 문인들의 검열인식이 이전 시대에 비해 매우 강화되었다는 것을 보여주는 하나의 사례라고 할 수 있다. 카프가 당한 검열이 그

---

30 「최근 영화 검열 상황」, 동아일보, 1935. 1. 11.
31 자기는 정히 쇼(버나드 쇼) 이상의 검열수난자다. 이번의 「빅토리아레지나」로 말하더라도 빅토리아 여왕에 대한 이야기로 삼십개의 연쇄촌극으로 맨들어가지고 내대신 크로나 경에게 문의하였든바 여왕의 따님 세 분이 아직도 존명중인즉 좀 더 연화시킬 방법은 없느냐 하므로 부득이 개작한 것이다, 하면서 기염을 토했다.(「쇼 이상의 검열수난자」, 동아일보, 1936. 5. 7.)

러한 효과를 문인 및 대중에게 발휘하였다고 보는 것도 따라서 무리
가 아니다.[32] "그러면 우리는 우리의 기관지를 어떠케 획득하며 외
계의 구속인 검열을 어떻게 극복하며 대중에게 섭취될 만한 예술의
어떠한 형태를 통하야 우리의 시가를 제작함으로서 당면적 미조직
대중을 조직케 하며 미의식 대중의 의식을 환기시키는데 일익적 임
무를 다할 것인가.[33]"는 식의 인식이 카프 문인 당사자들에게 공유된
것과는 별개로, 카프의 검거와 해산은 검열인식을 심어주는 하나의
중요한 본보기로 작용한 것이다.

이에 따라 "이번에 결성될 문예단체는 첫재 검열수준과 문예, 둘
재 쩌날리즘의 집필가독점과 문단분열 등 문예가로서 당연히 항쟁
해야 할 제문제가 부과되어 있는 이만치 그 결성의 필요, 또는 가능
성이 업지안흠을 모르는 까닭이라고 우리는 본다.[34]"는 서술에서 확
인할 수 있듯이, 검열체제와의 투쟁은 1935년 이후 문단 사업의 중
요한 과제로 부과되었으며, 1937년 전시 동원체제가 정착되면서 이
판이 깨지기 전까지 검열인식을 강화하는 담론과 또 그에 대항하는
담론 간의 투쟁이 각축된 역동적이고 모순적인 시기가 형성된다.

지금까지 이 장에서 논의된 바를 정리하면, 만주사변 이후 사회주
의 관련 검열이 조선 내 검열의 주를 이루었으며, 이 검열은 비객관

---

32 "그러나 만일 작가 여러분만을 책하는 것은 너무 과한 일이겠다. 검열 그 타(他)의
객관적으로 보아 극도로 불리한 정세는 말할 것도 없거니와, 근자에 인테리 전군
을 업습한 위기라든가 작자의 생활상곤궁이라든가 노동자농민과의 접촉의 길이
아주 끊어진 것이라든가 그 외에도(후략)" 황욱, 「국외자로서 최근 캅프에 대하
야 1」, 1934. 4. 20.
33 박완식, 「푸로레타리아 시가의 대중문화제 소고 3」, 동아일보, 1930. 1. 9.
34 「문예가 단체 결성의 필요」, 동아일보, 1935. 8. 11.

성, 비균질성을 가진 기준에 의해 이루어졌다. 또 검열 비판/보도 문건들이 복잡한 양상을 띠고 언론의 지면을 메우면서, 문인과 대중들의 '검열인식'이 강화되는 조건이 마련되었다. 그리고 이에 따라 검열인식이 작동하는 지점은, 기관검열과 자기검열이라는 기호로는 구분할 수 없는 중간 영역에도 존재한다.

4. 카프 문인들의 비평활동과 검열인식의 문제

이 장에서는 카프 문인들의 비평활동에서 검열인식이 작용하는 양상을 다룬다. 그리고 그 사례로서 비평의 문건의 내용들과 비평문의 개작을 주된 텍스트로 삼아 논의를 진행할 것이다.

이와 관련하여, 기존 논의에서는 당대 비평이 검열을 내면화하는 양상이 있다는 사실을 서술하였다.

> 둘째, 비평에서 검열은 내면화되는 모습을 보여준다. 부분적으로는 강박적으로 지배이데올로기를 추종하는 모습을 보인다. (중략) 여덟째, 소설적 현실로 구성되는 세계는 이전 세계에 비해 현저하게 좁은 모습을 보여준다. 이는 한편으로 전망의 상실과 연관되고 있기는 하지만 또 다른 한편으로는 자기 검열의 발현으로 이해될 수 있다.[35]

---

35 채호석, 앞의 글, 331쪽.

　인용된 논문은 임화를 비롯한 여러 카프 계열 비평가들의 자기검
열 양상을 기록하고 있지만, 마르크스나 엥겔스를 '위대한 선배'나
'위대한 철학자'[36]로 부르기 시작했다는 점 등을 근거로 사용하고 있
다. 이러한 사실도 중요하게 지적되어야 할 부분이지만, 이를 바탕으
로 이 당시 자기 검열에 대한 좀 더 맥락화된 고찰이 필요하다는 사
실을 환기시키는 부분이 있다.

　이 논문에서 주목의 대상이 되는 텍스트는 임화를 둘러싼 '기교주
의' 논쟁이다.

> 임씨(임화)는 "우리 시단일방의 가장 왕성한 주류로서 수삼년래 번
> 영하고 있는 소위 '기교파의 시'를 발견할 수 있다"고 하고 "지금 새
> 삼스러웁게 까다롭게 기교주의라고 불려지는 시단의 유령"이라고
> 하여 기교주의라는 명사를 이미 일반적으로 통용되는 한 개의 자명
> 한 개념으로 취급하고 잇지마는[37] // 그러나 씨는 '기교주의'라는 명
> 사를 김기림 씨와 같이 엄밀한 규정 아래 사용하지 안코 그가 소위
> '쁘루주아 시의 현대적 후예'라고 생각하는 모든 시인을 이 명사로
> 개괄하러 드는 것이다.[38]

　인용문은 박용철의 글로, 임화의 기교주의가 김기림의 그것처럼
'엄밀성'을 갖고 있지 못한 채 서술되었다는 점을 지적하며 그의 비

36 　같은 글, 315쪽.
37 　박용철, 「시단시평 1 - 기교주의설의 허망」, 동아일보, 1936. 3. 18.
38 　박용철, 「시단시평 2 - 기교주의설의 허망」, 동아일보, 1936. 3. 19.

평의 요지를 비판한다. 그런데 사실 이 부분에 대해 '검열인식'과 관련하여 생각해 볼 지점이 존재한다.

임화가 '기교주의'에 대해 느슨한 접근을 보이는 것은 양주동, 김기림이 1928년경부터 천착해 왔던 이 개념과 그 관련 논의들에 대한 몰이해의 결과라고 해석하는 것은 일견 단순한 관점이라는 점에서 이 논의는 출발한다. 사실 마르크르스를 '위대한 선배'라고 간접적으로 지칭하는 것은, 임화가 1936년에 레닌의 실명을 직접거론하여 검열을 통과한 사례로 볼 때, 굳이 필요 없는(마르크스라고 지칭해도 검열을 통과할 수 있었다는 점에서) 우회 행동을 수행한 해프닝으로 볼 수도 있지만[39], 앞장에서 서술했던 '검열인식'으로 접근하면 그렇지 않다.

임화는 1935년 이후에도 여전히 '사회주의 레아리즘'의 현현 문제에 대해 천착하고 있으며, '(소)브루주아 문학'에 대한 적대감을 표출하고 있다. 인용문 후반에서 보이듯이, 임화에게 '기교주의'란 매우 외연이 넓은 개념으로, '쁘루주아 시의 현대적 후예'라고 할 수 있는 모든 시를 지칭할 수 있다. 그런데 이 논쟁을 촉발한 문서인 「담천하의 시담 1년」은, 제목에서도 알 수 있듯이, 그리고 "지난해의 잠자리에서 눈을 부비고 창문을 열었을 때 올해의 시대적 하늘의 빛깔이란 매우 심상치 않다. 지난해 수십 명의 시인, 작가, 비평가의 일단 위에 내린 무서운 뇌우"[40]로 서술되는 글의 앞머리에서도 알 수 있듯이, 대체로 '우회적인 서술'이 특징적인 글이라고 할 수 있다. 사실

---

39 사실 '맑스', '마르크스'라는 인명은 1930년대 신문지상에서 지속적으로 노출된다. 즉, 복자 처리 대상이 아니었다.
40 임화, 「담천하의 시단 1년」, 〈신동아〉 1935. 12.

임화가 이 글에서 쓴 '기교주의'의 대척 지점에 놓은 대상은 이 글의 앞머리에서는 '모든 종류의 양심 있는 문학'이라고 애매하게 표현되어 있다. 김기림이나 임화가 이전에 보여줬던 개념 설정에 비해 '기교주의'라는 개념이 지나치게 성기게 설정되었다는 지적들이 많은데, 사실 그 대척 개념조차 저런 식으로 설정되어 있는 것이다. 이러한 '느슨한 개념 설정', '우회적인 표현'을 통한 검열회피라는 의도가 비평 문건 작성에 개입되었다고 보는 시각은 어떨까? 이런 해석의 온당성 자체를 주장하기보다는, 이러한 비평적 '검열인식'이 당대에 존재하였다는 사실을 서술할 필요는 존재한다.

이와 관련한 카프 계열 문인들의 검열인식이 구체적으로 드러나는 문건들을 인용의 형식으로 제시하면 다음과 같다.

> 1) 제씨는 로동 대중 잡지 〈전선〉을 발간코저 원고편즙을 마치어 당국에 검열허가원을 제출하얏든바 최근에 드디어 원고 전부를 압수 당하는 동시에 불허가되엇는데 잡지 〈군긔〉는 '반캅푸'사건 이후 발행되지아니하얏다한다.[41]
>
> 2) 그럼으로 우리는 창작의 '테마'와 기술 문제를 고려하지 아니치 못할 것이다. 아모리 훌륭한 주제의 소설이라도 지금의 검열 수준을 뚫고 나오지 못하면 그 능률이 적을 것이다. (중략) 나는 금년 4월 이후로 창작과 평론 등 십여 편을 쓴 일이 잇스나 그것은 대개가 죽고 말았다. (중략) 최대한도까지 이용해야 될 것을 깨다럿다 이에는 무

---

41 동아일보, 1931. 7. 1.

엇보다도 기술 문제이다. 그렇다고 검열 '파스(패스 - 인용자)'의 기술 문제에만 치중하면 그것도 잘못이다. 이기영의 「서화」도 여기에 치중하노란고 잘못되었는지는 모르겠다.[42]

3) 검열 통과를 위하야 역과 소개에 본의와 본문을 다소 변경하기도 하고 생략하기도 하는 때[43]

4) 이들 동반자 작가 수씨의 일군은 저널릿즘과 검열의 관문을 교묘히 통과하도록 노력하면서 그들의 활동은 그나마 계속될 것이다.[44]

인용문 1)은 당시 '카프 사건' 이후 검열이 강화가 이루어졌다는 인식이 문인과 대중들에게 폭넓게 공유되고 있었음을 보여주는 문건이다. 이는 결국 '검열이 강화되었다는 인식'의 강화로 작용하고, 이는 1930년대 문인들이 당대를 2)와 3)의 사례처럼 '(이전 시대에 비해) 적극적으로 검열 우회를 수행해야 하는 때'라고 인식하는 현상으로 이어진다. 그것이 사실이든, 사실이 아니든, 복수의 문건에서 당대 문인들이 검열과 관련된 1930년대 초중반을 다음과 같은 시기로 인식했음이 확인된다. "카프 해산과 함께 검열은 강화되었고, 그 검열의 칼끝은 사회주의를 정면으로 향하고 있으며, 이를 교묘히 우회해야만 작품 활동 지속이 가능하다."는 인식이다.

이러한 인식이 존재하고 있었음을 여러 문건을 통해 확인하는 것은 그것 자체로 논의의 끝이 될까? 그렇지는 않다. 이 인식이 존재했

---

42 박승극, 「창작의 기술 문제 - 이기영의 「서화」를 계로」(3), 조선일보, 1933. 9. 6.
43 정인섭, 「32년 문단 전망(19)」, 동아일보, 1932. 1. 21.
44 함대훈, 「현하정세와 조선문학의 위기(3)」, 1935. 6. 19.

다는 사실은 그것 자체로 또 다른 문제를 파생한다. 김남천의 다음 문제제기는 그러한 맥락에서 의미를 가진다.

> 그곳에서 그(박승극 – 인용자)는 나어린 김남천의 〈서화〉 평에 망외의 아량을 보이시면서 그 실 예술적 방법의 문제를 검열제도에 대한 기술상 문제로 환원하고 말엇다. 이것은 진실로 놀래일만한 곡예이였다[45]

인용된 김남천의 글은, 사실 바로 앞서 소개된 인용문 3)의 필자 박승극을 정면으로 겨냥하고 있다. 박승극은 위의 인용문 3)에서 이기영의 「서화」를 논하는 맥락에서도 보였던 것처럼, 김남천의 「물」에 대한 비평 및 논쟁을 수행할 때도 '검열 패스'라는 변수가 작용했음을 지속적으로 거론하였다. 김남천이 비판적으로 지적한 것은 바로 그 점이었으며, 김남천은 '검열 패스'를 거론하며 '예술적 방법'에 대한 본격적인 논의를 우회하는 박승극을 비열하다고 '용기를 왜 갖지 못하는가' 운운하며 비난한 것이다.

소설이나 비평에 포함된 내용에 대해서, '이는 필자의 오산이다'라고 생각하는 것과, '이는 필자의 의도가 아니라 검열 우회를 위한 것이다'라고 판단하는 것은 상당한 차이가 있다. 이에 따라 소설이나 시를 대상으로 하는 비평 활동이든, 비평을 대상으로 하는 메타비평 활동이든, 검열 우회가 창작 방법에서 중요한 위치를 점하고 있다고 가정하는 '검열인식'이 존재했던 당대의 비평 장은 복잡한 양

---

45   김남천, 「문학적 치기를 웃노라(2)」, 조선일보, 1933. 10. 11.

태로 존재할 수밖에 없다.

　카프의 해산을 전후하여, 문인들과 매체 간행 주체들이 검열을 강하게 의식하고 있고, 그 기준을 주관적으로 상정하고 있음을 드러내는 문건들을 거론하였다. 검열인식이 발화를 통해 드러나는 사례들인데, 1930년 이후 쉽게 찾아지는 이러한 예들은 검열인식을 통해 문인들의 자기검열이 작동된 양상을 보여주는 데 그치지 않고, 비평활동에서도 이 인식이 전제로 작용했던 정황을 보여주는 데까지 나아간다. 이는 당대의 비평 활동에서 중요한 변수로 작용하였던 사례들을 남기고 있으며, 이러한 검열인식을 전제로 하여 당대 비평들을 좀 더 폭넓게 재독해야 할 필요성을 환기하고 있다.

5. 결론

　이 글은 카프 검거 및 해산이라는 상징성을 지니는 사건과 검열인식의 관계를 논하였다. 검열인식은 어느 시기에나 존재한다. 그리고 여러 가지 요인에 영향을 받아서 사회 성원들의 머릿속에 불규칙하게 내재되어 있다. 하지만 카프 해산이라는 상징적 사건과 당대 식민 주체 일본의 복잡성과 팽창성 때문에, 검열실재와 검열인식은 어느 때보다도 분명하게 그 간극을 드러낸다. 이 글이 이 시기의 검열인식을 연구 대상으로 삼은 것은 1930년대 검열에 대한 관심도 있지만, 동시에 이 시기가 '검열인식'이라는 것이 실제 검열 작동에 큰 역할을 한다는 것을 논의하는 데 적합한 때문이기도 하다.

검열과 검열 주체가 분열되어 존재한다는 사실은 이 연구의 중요한 전제가 된다. 검열의 기준은 애초부터 명확한 기준에 의해 완전하게 존재하지 않고, 따라서 공표되지도 않는다. 1930년대는 그러한 검열의 불완전성이 더욱 전면에 드러나는 시기였다. 이에 따라 문인들의 검열인식이 발화되는 사례들이 늘어난다. 실제 검열의 불명확성이 드러나는 시기에, 검열인식이 검열 작동 과정에서 맡는 역할은 늘어난다. 따라서 이 시기 '검열인식'과 '자기검열'은 창작에 있어서 중요한 변수로 작용한다.

카프 해산은 카프 출신 문인들뿐 아니라, 당대 문인들에게 중요한 검열인식의 형성 기준으로 작용하였다. 카프 해산은 이러한 점에서 상징적인 사건이었으며, 이는 사회주의 문학을 하는 사람들뿐 아니라 그 외의 문인들의 문필 활동에도 검열의 요인으로 영향을 미쳤다. 그리고 그 검열인식은 매체의 간행자, 문학상의 심사위원들도 불완전하지만 폭넓게 공유하는 분명한 실체를 가진 대상으로 자리매김하고, 문학 장에 속한 사람들의 '자기검열'과 '개작'을 촉발하였다.

이에 따라, 실제 검열의 대상이 아닌데도 미리 문인들의 자기검열에 걸려 표현되지 못하는 표현들이 생겨난다. 또, 검열에 걸릴 것을 예상하여 편집자나 심사위원이 미리 검열 행위를 수행하는 경우도 일어난다. 이는 일차적으로 검열 자체가 아니라 검열인식이 검열이 수행되도록 기여한 경우다. 그런데 이렇게 검열인식의 문제는 검열이 수행되는 차원에 그치지 않는다는 점에서 복잡성을 더한다. 검열인식은 자기검열을 발동시키는 데 그치지 않고, 어떤 문건이나 표현을 보았을 때 '이러한 표현은 자기검열의 결과다'라는 가정을 하는

독법을 만들어낸다. 이는 검열인식이 자기검열의 차원을 넘어 비평
활동의 변수가 되는 단계까지 나아가는 것을 의미한다.

　검열이 불완전하게 수행되었다는 사실은, 검열의식이 여러 부면
에서 다양한 성격을 지닌 변수로 복잡하게 작용하도록 하는 조건이
다. 검열인식은 검열 회피를 위한 수단으로서만이 아니라, 검열을 역
이용하거나, 검열을 공격하고, 차원을 달리해 비평의 관점을 구성하
는 등 다양하게 작동한다.

제4장

식민 권력의 통제,
우회 전략으로서의 개작

『아동가요곡선 삼백곡』을 중심으로

강영미(고려대학교)

1. 서론

『兒童歌謠曲選 三百曲』은 小竹 姜信明(1909~1985)이 주일학교 교안용으로 편찬한 동요선집이다. 식민지시기 동요를 가장 많이 수록한 동요선집임에도[1] 기독교계 자료라는 종교적 선입견, 평양의 농민생활사에서 발행한 지역적 제약성, 필기등사본으로 만든 제작 방식의 취

---

[1] 조선동요연구협회에서 편찬한 『조선동요선집』에는 92명의 동요 가사 180편을 수록하고, 가사와 악곡을 함께 수록한 홍난파의 『조선동요백곡집』에는 55명의 동요 100곡을 수록한 데 비해, 강신명이 편찬한 『아동가요곡선 삼백곡』에는 90여 명의 337곡을 수록했다. 『아동가요곡선 삼백곡』은 필기등사본이기에 작사가 및 작곡가 이름을 정확하게 파악하기 어려운 경우가 많아 해당 숫자에서 제외했다.

약성, 원본 텍스트를 입수하기 어려운 점 등이 연구의 제약으로 작용해 왔다. 강신명이 목회 활동에 주력하고 동요계에서 활동하지 않은 것도『아동가요곡선 삼백곡』에 대한 관심이 적은 데 영향을 끼쳤다.

　최근 주일학교 노래 연구의 맥락, 동요운동의 맥락, 유년교육의 목적에서『아동가요곡선 삼백곡』을 살핀 연구가 속속 나오고 있다. 김광은『아동가요곡선 삼백곡』의 구성 및 주일학교 편 노래를 분석하여 연구의 발판을 마련했고[2] 최윤실은『아동가요곡선 삼백곡』의 서지 사항과 음악적 특징을 분석하는 종합적 접근을 했으며[3], 박인경은 유년 교육에 초점을 두고 주일학교 동요집인『아동가요곡선 삼백곡』에 주목했다[4]. 이 세 편의 학위논문을 통해『아동가요곡선 삼백곡』의 서지사항, 수록곡, 작사가 및 작곡가의 면면, 음악적 특징, 판본별 차이 등을 대략적으로 파악할 수 있다. 그러나 주일학교 편에 수록된 노래만을 집중적으로 분석하거나 일부 노래만을 살폈기에『아동가요곡선 삼백곡』의 전모를 살필 수 없고 초판본과 재판본, 증보수정본이 발간된 맥락을 헤아릴 수 없는 아쉬움을 남긴다.

2　김광, 「강신명의 아동가요곡선 300곡에 관한 연구: 주일학교 노래를 중심으로」, 장로회신학대학교 석사학위논문, 1999. 김광은『아동가요곡선 300곡』의 주일학교 편에 수록된 노래 가사를 분석하여 주일학교 노래의 성격을 규명하고 있다.『아동가요곡선 300곡』의 구성 및 편집 방식의 특성을 학계에 최초로 소개한 의의가 있으나 주일학교 편만을 연구했기에 그 외의 아동가요를 다루지 않은 아쉬움을 남긴다.

3　최윤실, 「근대 아동잡지와 주일학교 노래집을 통한 한국 동요 재조명」, 이화여대 박사학위논문, 2019. 최윤실은 식민지시기의 아동잡지와 주일학교 노래집을 토대로 동요운동이 전개된 양상을 살피는 과정에서『아동가요『곡선 300곡』에 수록된 주일학교 노래를 면밀하게 분석하고 있다.

4　박인경, 「1930년대 유년문학의 형성과 전개에 관한 연구」, 인하대 박사학위 논문, 2021.

이 연구에서는 강신명이 편찬한 『아동가요곡선 삼백곡』의 세 종의 판본을 비교하여 일제의 검열을 우회하기 위해 일부 노래를 삭제하고 다시 수록하는 재귀적 과정을 살피고자 한다. 기존 연구에서 각기 다르게 밝힌 수록곡 수를 정확하게 밝히고, 2년 단위의 시차를 두고 세 종의 판본을 발간하게 된 맥락을 당시의 검열 체제와 관련지어 살필 것이다. 조선총독부 경무국 도서과에서 발간한 『조선출판경찰월보』를 통해서는 아동문학 분야에 적용된 검열의 큰 틀은 확인할 수 있으나[5] 개별 동요 작품에 적용된 검열의 실제는 살피기 어렵다. 따라서 1936년 발간한 『아동가요곡선 삼백곡』의 세 종의 판본을 대상으로 하여, 초판본의 24%를 삭제하는 방식으로 1938년에 재판본을 발간하고 초판본 삭제곡의 81%를 되살리는 방식으로 1940년 증보수정본을 발간하는 과정에 나타난 검열의 작동방식 및 검열 회피 과정에 나타난 특징적 현상을 구체적으로 살피고자 한다.

강신명이 발간한 『아동가요곡선 삼백곡』의 세 종의 판본은 "검열을 통한 식민지 권력의 통제와 이에 맞서거나 우회하려는"[6] 노력의 산물이었다는 전제 아래, 각 판본의 삭제곡을 통해 강신명이 원래 수록한 노래, 일제의 검열을 의식하며 기독교 관련자가 자체 삭제한 노래, 시공의 차이 속에서 편찬자 강신명이 직접 되살린 노래의 특징

---

5 이정석, 「일제강점기 '출판법' 등에 의한 아동문학 탄압 그리고 항거」, 『한국아동문학연구』 36, 2019; 문한별·조영렬, 「일제강점기 문학 검열의 자의성과 적용 양상-아동 문학 검열의 방향성을 중심으로」, 『Journal of Korean Culture』 48, 2020.2.
6 한만수, 「일제 식민지시기 문학검열과 원본 확정」, 『대동문화연구』 51, 성균관대학교 대동문화연구원, 2005, 106쪽.

을 추적하고자 한다. "검열에 의해 망실되거나 실종된 작품들을 존재하지 않는다고 판단하고 한국 문학사의 연구 대상에서 제외해버리면 식민지 상황에서 창작된 수많은 문학 작품들의 본래적인 의미는 밝힐 수조차 없"[7]게 되므로 원본을 복원하는 작업이 중요하다. "총독부의 탄압과 통제의 대상이 된 작품들은 제국의 시각에서 보면 불온한 것이었겠지만, 우리 시각에서는 문학을 통한 적극적인 저항과 항거의 중요한 근거가 되기 때문"[8]이다. 『아동가요곡선 삼백곡』 초판본 수록곡을 재판본에서 삭제하고, 재판본 삭제곡을 증보수정본에서 복구하는 재귀적 과정에 주목하는 이유다.

2. 판본별 구성 방식

『아동가요곡선 삼백곡』은 1936년에 초판이, 1938년에 재판이, 1940년에 증보수정판이 발간된다. 판본마다 악보의 순서와 배치, 표기법이 바뀌지만 필체와 그림체는 유사하다. 초판본과 재판본의 표지는 다음과 같다.

---

7 문한별, 「『조선출판경찰월보』 수록 아동 서사물의 검열 양상과 의미」, 『우리어문연구』 64, 우리어문학회, 2019, 64쪽.
8 문한별, 같은 곳.

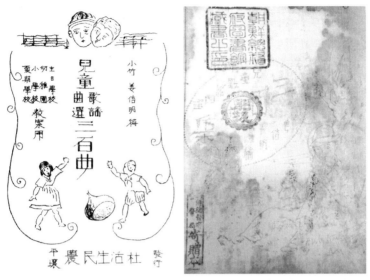

초판본   재판본

〈그림 1〉 초판본과 재판본의 표지

    초판본의 표지에는 "主日學校 幼稚園 小學校 夏期學校 校案用"으로 "小竹 姜信明"이 편찬한 "兒童歌謠曲選 三百曲"을 "平壤 農民生活社"에서 발행한 사실을 밝혀 놓았다. 다음 면에는 『아동가요곡선 삼백곡』을 "朴泰俊 先生게 드리나이다"라고 써 놓았다. 박태준은 강신명이 계성중학교 재학 당시 음악 교사였다. 이 표기는 초판본에만 보인다. 다음 면에는 5면에 걸쳐 목차를 제시한 후 「兒童歌謠曲選 三百曲을 내여 놓으면서」라는 제목으로, "一九三六·一·十" "柳京 一隅에서 강신명 識"[9]으로 써 놓았다. 뒷면의 판권지에는 발행소는 평양의

---

9 류경(柳京)은 평양의 다른 이름이다.

農民生活社, 인쇄일은 1936년 1월 10일, 발행일은 1936년 1월 15일, 인쇄인은 姜信明·姜文求, 편집 겸 발행인은 尹山溫, 정가는 이원팔십전으로 표기해 놓았다.

재판본의 표지에는 "姜信明 編" "兒童歌謠曲選 三百曲集"만 표기해 놓았다. 조선총독부 도서관 직인과 함께 "朝鮮總督府 警務局 寄贈本"[10]이라는 도장이 찍혀 있다. 표지 다음 면의 상단에 초판본의 머리말 「兒童歌謠曲選 三百曲을 내여 놓으면서」를 그대로 수록하되 서력 표기를 일본 연호 표기인 "昭和 十一年 一月 十日"로 바꾸었다. 하단에는 재판본의 머리말인 「再版에 際하야」를 "昭和 十三年 十月 一日 農民生活社長 柳詔 識"이라고 써 놓고 다음 면에 목차를 제시했다. 뒷면의 판권지에 발행소는 평양의 農民生活社, 인쇄일은 1938년 10월 1일, 발행일은 1938년 10월 10일임을 써 놓았다. 인쇄인은 朴允三, 편집 겸 발행인은 柳詔로 교체하고 정가는 이원으로 내렸다. 인쇄, 편집, 발행인을 교체하여 재판본을 출간했으나 표지와 본문의 글씨체와 그림체가 초판본과 동일한 점으로 미루어, 강신명이 직접 글씨를 쓰고 악보를 그렸음을 알 수 있다.

증보수정본의 속지 상단에는 초판본의 머리말을 서력 날짜까지 복원하여 그대로 배치하되 "원고 등사 맞이기는 1935.12.20."을 괄호 안에 추가해 넣었다. 초판본에서는 인쇄일, 발행일만 밝혔으나 증보수정본에서는 초판본의 원고 등사를 한 해 전에 끝냈음을 따로 밝히

---

10 국립중앙도서관은 총독부 도서관의 장서를 그대로 이어받아 출범하였기에, 소장 자료에 총독부 도서관 장서 도장이 찍혀 있다. 한만수, 「일제 식민지시기 문학검열과 원본 확정」 51, 『대동문화연구』, 성균관대학교 대동문화연구원, 2005, 58쪽.

고 있다. 하단에는 「增補訂定版을 내여 보내면서」를 함께 수록하되 날짜는 일본 연호 "昭和 十五年 六月 十五日(二女 昇天 紀念日)"로, 글 쓴 곳은 "東京 一隅"라고 표기하여 강신명이 1940년 동경신학교에 머물며 머리말을 썼음을 밝혀 놓았다. 특이한 점은 날짜 다음에 괄호로 "二女 昇天 紀念日"[11]이라는 사적인 기록을 남긴 것이다. 증보 수정본을 공공의 자료로서뿐만 아니라 개인적인 기록의 차원에서 정리해 놓은 것임을 짐작케 하는 대목이다. 머리말 하단에는 "내용 목차"를 따로 배치하여 수록곡의 분류 기준을 안내하고 있다. 초판본과 재판본에서 내용 목차를 따로 배치하지 않고 목차의 소제목으로만 제시한 점과 차이를 보인다. 뒷면의 판권지는 없다. 이에 대해서는 후술한다.

세 종의 판본에는 다음 세 가지 변화가 보인다. 첫째, 초판본과 증보수정본에만 책의 용도를 설명해 놓았다. 초판본 표지에는 『아동가요곡선 삼백곡』이 교회의 "주일학교, 여름학교, 유치원, 소학교" 교사들의 "교안"으로 만들었음을 표기하고, 증보수정본에는 목차 하단에 "이 책을 어린이들을 위하여 수고하시는 또 할 님들에게 밫임이다"라고 밝혀 놓았으나 재판본에는 이 사실을 밝히지 않았다. 강신명이 직접 편집, 발행에 관여한 초판본과 증보수정본에만 『아동가요곡선 삼백곡』이 주일학교, 소학교를 비롯한 각종 학교 교사용 지침서임을 밝혀 놓았다. 재판본에서 삭제한 『아동가요곡선 삼백곡』의 용도를 증보수정본에서 강신명이 을 주일학교 교사용 교안으로

---

11 강신명은 1927년 1월 4일 이재림의 딸 이영신과 결혼했다. 둘째 딸은 10세 전후에 세상을 떠난 듯하다.

쓸 것을 재차 강조하는 방식으로 노래책의 성격을 밝히고 있다.[12]

둘째, 날짜 표기 방식을 바꿨다. 초판본의 머리말을 쓴 날짜는 서력으로 써놓았으나 재판본에서는 초판본과 재판본 머리말의 날짜를 일본 연호로 바꿨다. 증보수정본에서는 초판본 머리말의 날짜를 서력으로 돌려놓고, 증보수정본 머리말의 날짜만 일본 연호로 썼다. 초판본의 서력 표기를 재판본에서는 일본 연호로 바꿨으나 증보수정본에서는 서력 표기로 복원했다. 날짜 표기 방식에도 검열을 의식하는 정도가 예민하게 반영되고 있다. 앞서 밝힌 바 강신명이 동경에 머물며, 재판본에 삭제된 노래를 증보수정본으로 복원하는 과정이 개인적 차원에서 진행된 것임을 짐작케 하는 대목이다.

셋째, 인쇄 및 발행인을 바꿨다. 초판본의 인쇄인은 姜信明・姜文求였으나 재판본에서는 朴允三[13]으로 바꿨다. 초판본의 편집 겸 발행인은인 윤산온(尹山溫, G. S. McCune)이었으나 재판본에서는 유소(柳詔, D. N. Lutz)로 바꿨다. 105인 사건에 가담하고 3・1운동에 협조한 이력 등으로 반일 인사라는 낙인이 찍힌 윤산온 대신 농민생활사의 사장 유소가 발행을 담당하고 재판본의 머리말도 직접 썼다.

---

12 증보수정본에 "이녀 승천 기념일"이라는 사적인 기록을 추가해 놓은 점, 목차와 달리 본문의 147쪽 이하에 악보를 수록하지 않은 채 미완의 상태로 마무리한 점, 1955~1979년까지 새문안교회의 담임목사로 활동하면서도 정식 출간을 하지 않은 점 등은 강신명이 증보수정본을 사적인 기록 차원에서 따로 정리해 놓은 것임을 짐작케 한다. 현재 국립중앙도서관에 소장된 것은 조선총독부 경무국의 직인이 찍힌 재판본이라는 것은 당시 유통된 것이 재판본이었음을 시사한다.

13 박윤삼(朴允三, 1915.3.14.~1992.3.22.)은 평남 평양시 출생으로 평양 보통학교, 숭실중학교, 숭실전문학교를 졸업하고, 평양 성경구락부 교사(1936.4~1939.3), 숭신여학교 음악 강사(1938.4~1939)로 활동하던(최윤실, 앞의 글, 177쪽) 당시 재판본 발간에 참여한 것으로 보인다.

　이처럼 초판본의 인쇄인과 발행인을 교체하고 수록곡의 일부를
삭제하는 방식으로 농민생활사는 재판본을 발간했다. 불온 창가라
는 낙인을 떼어내기 위해 출판 관련자를 교체하는 우회로를 택했음
은 머리말에서 확인할 수 있다. 초판본의 머리말은 재판본과 증보수
정본에 세 차례 반복 수록하는데, 증보수정본에서는 초판본의 내용
을 구체화하는 방식으로 괄호를 열어 부연 설명을 해 놓았다. 각 판
본 머리말의 일부를 보면 다음과 같다.

① 초판본 머리말

學窓에 잇는 우리가 이것이라도 만드러 놓기는 쉬운 일이 아니었읍
니다. 이제 이것을 完全하다고 할 수 없지만은, 學生의 뷘 주머니를
가지고 後援도 別로 없이 資料을 엇기에는 때 아닌 땀방울이 적지 않
게 흘렀읍니다. (중략) 우리가 들어야 할 또한 바처야 할 그 노래는 우
리가 주어야 하겠읍니다. 대게 그들에게는[어린이─地上 天使─들] 노래
가 끊어진 까닭이외다. 우리는 이 要求에 應하랴고 그들이 불러야 할
노래 三百四十餘曲을 추리여 이 책을 내놓는 것이외다.

姜信明, 「兒童歌謠曲選 三百曲을 내여 놓으면서」,

一九三六.一.十. 柳京一隅에서

② 재판본 머리말

數年 前에 本書를 刊行하야 兒童 音樂에 助力하여 왔으며 賣盡되매 이
제 다시 各界에 本書의 再出現을 絶叫함에 따라 新曲 數十曲을 加하고
正訂 再發行하게 되니 앞으로 本書가 어린이 音樂에 더욱 多大한 貢獻

179

이 잇기를 바라는 바이다.

今回에 本書의 歌詞를 校正하여 주신 曺應天 博士와 金炯淑 先生의 揷畵와 柳詔 夫人의 贊助를 感謝하오며 直間接으로 도아주신 朴潤模 氏와 權容鎬 氏께 感謝를 들이는 바입니다.

農民生活社長 柳詔, 「再版에 際하야」, 昭和 十三年 十月 一日

③증보수정본

이 책을 또 맨드러 달나는 부탁을 지나간 三四年 동안 많이 받었으나 形便이 할 수 없어 그대로 오든 中 이번 이곳을 오게 되자 간절한 부탁들이 있어서 着手하게 되였다. 그러나 때가 때인 만큼 돈이 있대도 물건을 자유로이 또는 容易하게 求하기 어려운 것은 긴 말이 必要치 않을 것이다.

이제 이 책 가운대는 전에 것은 가급적 그대로 넣었으나 부득불 삭할 것은 삭하고 代身 새로 나온 곡조들을 (主로 少年에 發表되였든 것) 많이 넣었으며 특히 梨花 保育科에서 敎業으로 하였든 것을 많이 얻게 된 것을 기뻐한다.

姜信明, 「增補訂定版을 내여 보내면서」,
昭和 十五年 六月 十五日(二女 昇天 紀念日)

초판본에서는 『兒童歌謠曲選 三百曲』의 발간 주체와 목적, 발간 과정의 어려움, 작품의 출처 등을 밝혔다. 강신명은 1936년 평양신학교의 학생 신분으로 평양 서문밖교회의 유년부 담당 전도사를 맡을 당시 『兒童歌謠曲選 三百曲』을 발간했다. "學生의 뷘 주머니를 가지고 後援도 別로 없이 資料을 엇기"가 여의치 않았다는 진술은 강신명이 평양 지역에 머물며 선교활동을 했기에 경성, 대구 경북 지역을 중심으로 전개된 동요 운동과 연계하며 자료를 모으기에는 수월치 않았음을 짐작케 한다. 그래서인지 계성중학교 재학 당시 음악교사였던 작곡가 박태준, 선배 윤복진의 동요를 집중적으로 수록했다. 윤복진 작사·박태준 작곡으로 발간한 동요집 『중중떼떼중』과 『양양범벅궁』, 강신명이 발간한 『동요 구십구곡』과 『새서방새각시』를 중심으로, 당시 왕성하게 활동한 윤석중의 기출판 동요, 1920~30년대 신문 잡지에 발표한 동요까지 폭넓게 수록하려 했음을 밝히고 있다.

재판본에서는 강신명이 쓴 초판본의 머리말을 그대로 수록한 후 하단에는 농민생활사 사장 유소가 쓴 머리말을 추가해 놓았다. 초판본의 머리말은 동요곡집 자체의 발간 목적과 구성 방식에 대해 언급했으나 재판본의 머리말은 농민생활사 차원에서 초판본을 수정 재발행한 맥락을 밝히고 있다. 유소는 수년 전에 출간한 초판본이 매진되어 각계에서 재출간을 요청하게 되어 "新曲 數十曲을 加하고 正訂 再發行하게 되"었다고 밝히고 있다. 일제의 검열에 의해 초판본을 더이상 유통할 수 없었던 맥락이나 일부 곡이 삭제된 맥락은 직접 언급하지 않았다. 기존의 노래에 새 노래 22곡을 추가한 증보판이라 하지 않고 "正訂 再發行"이라 밝힌 것은, 검열을 회피하기 위해 일부 노래를 삭제해야 했으며 조응천이 "歌詞를 校正"한 사실을 간접적으로 밝히기 위함이었던 것으로 보인다. 초판본 수록곡의 일부를 덜어내고 문제가 되는 가사를 고쳐 쓰고 새 노래를 추가하는 방식으로 재판본을 낸 과정을 소상히 밝히고 있다. 재판본 발간 과정에서 박윤모, 권용호 등 여럿이 힘을 모았으며, "柳詔 夫人의 贊助"를 받았다고 따로 밝히는 방식으로 선교사인 본인의 아내까지 물심양면으로 도왔음을 밝히고 있다. 평양 지역의 기독교계 전체가 참여했음을 밝히는 방식으로, 재판본 발간 과정에서 강신명이 배제된 모양새를 취했다.

증보수정본에 새로 추가한 머리말은 다시 강신명이 썼다. "이 책을 또 맨드러 달나는 부탁을 지나간 三四年 동안 많이 받았으나 形便이 할 수 없어 그대로 오든 中 이번 이곳을 오게 되자 간절한 부탁들이 있어서 着手하게" 되었다고 밝혔다. 1940년 시점에서 지나간 삼사년 동안이라는 것은 1936~1939년을 뜻한다. 1936년 초판본을 발간한 이래 책에 대한 수요가 지속적으로 있었음에도 "形便이 할 수 없"었다는 것은 1936년의 초판본 그대로 발간하기 어려운 상황이었음을, "이번 이곳을 오게 되"었다는 것은 평양신학교에서 휴가를 얻어 1940년 12월까지 8개월간 동경신학교에 머물게 된 것을 뜻한다. 증보수정본을 만들면서 "전에 것은 가급적 그대로 넣었으나 부득불 삭할 것은 삭"했다는 것은 재판본에서 삭제한 노래를 가능한 한 복원하되, 그럼에도 여전히 삭제해야만 했던 작품이 있었음을 강조한 것이다. "代身 새로 나온 곡조들을 (主로 少年에 發表되였든 것) 많이 넣었으며 특히 梨花 保育科에서 敎業으로 하였든 것을 많이 얻게 된 것을 기뻐한다"고 써놓음으로써 초판본에 수록한 원곡을 되살리는 동시에 새 곡을 추가하였음을 밝히고, 이 책이 어린이를 지도하는 교사에게 도움이 되기를, 어린이들이 천성을 지키며 사는 데 밑거름이 되기를 바라는 마음을 전했다. 이처럼 판본 세 종의 머리말을 통해, 초판본의 인쇄 및 발행인을 교체하고 일부 노래를 삭제하는 방식으로 재판본을 발행해야 했던 정황, 출판 지역을 평양에서 동경으로 바꿔 증보수정본을 발간하면서도 삭제할 노래가 있었음을 밝혔다. 머리말에서 밝힌 진술은 『아동가요곡선 삼백곡』의 세 종의 판본에 다음과 같은 방식으로 구현됐다.

〈표 1〉 판본별 분류 기준 및 수록곡 수

	초판본		재판본		증보수정본	
발행 년도	1936년		1938년		1940년	
발행지	평양		평양		동경	
분류 항목	6항목		6항목		7항목	
분류	주일학교편 봄철 노래들 여름철 노래들 가을철 노래들 겨울철 노래들 노래잡채편	90곡 46곡 47곡 44곡 28곡 78곡(83)[14]	주일학교 봄철 노래들 여름철 노래들 가을철 노래들 겨울철 노래들 혼잡편	86곡 48곡 49곡 43곡 29곡 26곡	주일학교편[15] 유치원편 봄 노래편 여름 노래편 가을 노래 겨울 노래편 비빔잡채편	101곡 28곡 62곡 81곡 52곡 32곡 43곡
총	목차 333곡 (본문 338곡)		281 (중복곡 제외 280곡)		399곡	
	총 439(중복곡 제외)[16]					

---

14 목차에는 없는데 본문에는 배치한 노래가 5곡이다.
15 초판본과 달리, 같은 제목의 노래을 한데 모아서 일련번호를 붙여 놓았다.
16 연구 과정에서 입수한 증보수정본은 148쪽부터 누락되어 있기에, 이곳에 수록된 27곡의 악보와 가사를 확인하지 못했다. 『아동가요곡선 삼백곡』은 판본마다 제목을 바꾼 경우가 많기에, 누락된 부분의 가사를 확인하게 되면 전체 수록곡은 439곡 이하로 줄어들 가능성이 있다.

초판본과 재판본은 수록곡을 6범주로, 증보수정본은 7범주로 나
눴다. 증보수정본에서는 이전 판본의 여름 편과 노래잡채 편(혼잡편)
에 수록한 노래 중 일부를 뽑아 유치원 편으로 재배치하여 7범주로
세분화하고, 동일한 제목의 노래를 한데 모아 일련번호를 매기는 방
식으로 정교화 작업을 해 놓았다. 주일학교 편에는 주일학교에 온 어
린이가 부를 종교용, 행사용 노래를 배치하고, 봄 · 여름 · 가을 · 겨
울 편에는 1920~30년대에 통용된 동요를 계절별로 배치했으며, 계
절별로 분류하기 애매한 노래는 노래잡채편(혼잡편 · 비빔잡채편)에 배
치했다.

초판본의 목차에는 333곡을 제시했으나 본문에는 목차에 없는 노
래 5곡을 추가하여 338곡을 수록했다. 재판본에는 초판본에 있던 81
곡을 삭제하고 초판본에 있던 257곡(초판본 · 재판본 수록 3곡, 초판본 · 재판
본 · 증보수정본 수록 254곡), 재판본 신출곡 23곡(재판본 신출곡 22곡, 재판본 · 증
보수정본 수록 1곡)을 포함한 281곡을 수록했다. 수록한 노래는 총 281곡
이지만 중복 수록곡[17]을 제외하면 실제 수록된 노래는 280곡이다. 증
보수정본에는 재판본에서 삭제한 66곡을 추가하고 기존의 255곡(재
판본 · 증보수정본 수록 1곡, 초판본 · 재판본 · 증보수정본 수록 254곡)과 신곡 78곡
을 추가하여 총 399곡을 수록했다. 목차에는 399곡을 제시했으나 본
문에는 147면까지 372곡만 수록돼 있다. 148면부터 수록돼야 할 27
곡은 악보가 없다. 동경에 머물던 강신명이 본문을 미완의 상태로
마무리한 것으로 보인다. 강신명 목사가 소유하고 있던 원본을 소장

---

17 〈재판본 13. 생일축하가(3)〉는 〈재판본 85. 생일축하가〉와 동일곡이다. 이 노래는
〈초판본 59. 생일축하가(7)〉와 동일하다.

한 홍정수 선생님에 의하면, 증보 수정본의 보관상태는 좋은 편이고 낙장의 흔적은 없다고 한다. 증보수정본은 편찬자인 강신명이 스스로 등사하되 정식 출간은 하지 않은 것으로 보인다. 미완으로 마무리 했기에 맨 뒤의 판권지 역시 존재하지 않는다. 각 판본별로 들고나는 노래 수를 정리하면 다음과 같다.

〈표 2〉 판본별 수록곡의 변화

*'초' : 초판본, '재' : 재판본, '증' : 증보수정본

	①초 유일곡	②초·증 수록곡	③재 삭제곡	④초·재 수록곡	⑤재·증 수록곡	⑥초·재·증 수록곡	⑦재 신출곡	⑧증 신출곡
주일	2	10	12	2		76	8	15
유치원								9
봄		3	3			43	5	12
여름	1	3	4	1	1	42	5	21
가을		2	2			42		5
겨울						28	1	1
잡채	12	48	60			23	3	15
합	15곡 (4%)	66곡 (20%)	81곡 (24%)	3곡 (0.8%)	1곡 (0.2%)	254곡 (74%)	22곡 (7%)	78곡 (24%)

초판본에는 333곡(338곡), 재판본에는 281곡(280곡), 증보수정본에는 399곡을 수록했다. 세 종의 판본에 수록한 노래는 총 439곡이다. 중복곡을 제외한 숫자다. 초판본 338곡 중 ① 초판본에만 수록한 노래는 15곡이고, ② 재판본에서 삭제했다가 증보수정본에 재수록한 곡은 66곡이다. ③ 이 둘을 합친 81곡을 재판본에서 삭제했다. 재판본 삭제곡을 통해 일제가 규정한 '불온성'을 의식하며 자체 삭제한 노래의 특징을 살필 수 있다. ④ 초·재판본에 수록한 곡은 3곡이고 ⑤

재·증보수정본에 수록한 곡은 1곡이며 ⑥ 초·재·증보수정본에
모두 수록한 곡은 254곡이다. 이들 258곡은 일제강점기의 검열 정책
과 무관한, 불온의 범주에 들지 않은 노래라 볼 수 있다. ⑦ 재판본의
신출곡은 22곡이고 ⑧ 증보수정본의 신출곡은 78곡이다. 재판본 신
출곡은 초판본에서 검열로 인해 삭제한 곡을 임시 대체한 노래로, 이
후 증보수정본에는 수록하지 않았다. 재판 신출곡 중 증보수정본에
도 수록한 노래는 1곡에 불과하다. 재판 신출곡을 거둬내고 증보수
정본에 새 노래를 추가한 이유에 주목할 필요가 있다.

3. 판본별 수록곡의 특징

이 장에서는 초판본 유일곡을 분석하여 당시 일제가 규정한 불
온 창가의 내포를 살피고자 한다. 당시 『아동가요곡집 삼백곡』에
대해 「민족주의 운동 사건 검거표」[18]에서는 "불온 창가"라고만 규
정했을 뿐 구체적인 노래를 적시하지는 않았다. 『아동가요곡집 삼
백곡』을 편찬한 강신명이 벌금형을 받게 되자 농민생활사 측은 일
제의 검열에 거슬릴 만한 내용을 자체적으로 삭제하여 재판본을
발간한다. 별도의 삭제, 압수, 몰수, 폐간 등의 조치가 없었음에도
농민생활사 측이 일제가 규정한 불온성을 상상하며 해당 노래를
삭제한 것이다. 따라서 1936년 평양에서 발간한 초판본 유일곡과

---

18 국사편찬위원회, 「국내에서의 독립운동자료」, 『한국독립운동사』 5권, 국사편찬
위원회, 488쪽.

1940년 동경에서 발간한 증보수정본 복구곡의 차이에 주목하면, 식민지 조선의 평양 지역과 제국의 수도 동경 지역의 차이가 '불온' 의 해석에 끼친 영향을 밝힐 수 있을 것이다. 이를 통해 일제가 규정하고 조선인이 상상하며 재구성한 불온의 일시성·자의성·불안정성을 드러내고자 한다.

3.1. 재판본 삭제곡의 불온성

초판본에 수록한 후 재판본과 증보수정본에서 삭제한 15곡은 다음과 같다. 곡의 순서는 『아동가요곡선 삼백곡』의 수록 순서에 따랐다.

초판본 유일곡		
주일	2	조선의 꽃, 기농소년가
여름	1	공백(지워짐)
잡채	12	어머니, 비밀, 호랑이의 생일, 둥둥둥, 정직한 나무꾼, 보건 체조가 (악곡만), 무도곡, 소년가, 자수가, 우리의 우슴, 메리야, 닭알

재판본에서 삭제한 〈조선의 꽃〉은 우리의 조상이 "반만년 사러"오고, 우리가 자라는 곳이 조선임을 밝힌다.

> 1. 조선은 우리가 자라는 곧 반만년 사러온 조선이라네
>
> 2. 부르기 좋아라 조선이라고 뜻은 더 좋다네 아츰이라네
>
> 3. 향내를 펼치세 이 강산에 하늘서 주님은 나려 보시네
>
> 4. 우리는 두 손에 복음을 들고 주님만 따라서 나아가세
>
> 5. 눌린 자 알는 자 우리의 동무 이 향내 이 사랑 전하야 주세

후렴. 동무야 우리는 조선의 꽃 이대로 나가면 하늘꽃 되리

이승원 가, 구왕삼 곡 〈조선의 꽃〉

아침이라는 뜻을 지닌 조선 땅에 비록 지금은 "눌린 자 앓는 자"가
존재하나 주님은 이들에게 복음을 내릴 것이며, 억압을 받고 병들어
신음하더라도 하나님이라는 구심점을 따라 복음을 펼치면, "조선의
꽃"인 우리는 장차 "하늘꽃"이 될 것이라는 희망을 전하고 있다. 조
선, 반만년이라는 단어 외에는 그리 문제될 게 없어 보임에도 "조선
의 꽃"이라는 제목의 상징성 때문인지, 재판에서 삭제되고 증보수정
본에서도 복구되지 않았다.

1. 지구 동쪽 금수강산 삼천리조선 옛적부터 땅을 파서 살든 이 범을
　천대만대 누린 것은 기농소년회 만세반석 굳은 터에 높이 세우세
　뼈속까지 저린 정신 이 땅에 쏟아 태산도 녹으리니 골고다의 피
　흘러라 이 맘에 넘쳐라 이 땅에 만세만세 불너라 기농소년회

2. 밤낮으로 쉬지 안는 동해의 물결 이 땅아 굳어라고 소리치누나
　광이 메고 달려라 이 땅의 아들 십자가의 붉은 빛은 우리의 희망
　쓰러진 오막사리 가마귀 우는 낡아지는 동리라고 낙심 마러라
　동쪽 하늘 해빛살노 기운 주시는 하나님이 우리 뒤에 힘을 쓰신다

유재기 말 〈기농소년가〉

〈기농소년가〉는 "옛적부터 땅을 파서 살"며 "천대만대 누"려온

"금수강산 삼천리 조선"에 "기농소년회"를 세우자는 내용이다. 기농소년회를 중심으로 한 집단적 움직임을 바탕으로 만세를 부를 날이 오기를 희망하는 내용이다. "쓰러진 오막사리 낡아지는 동리"라는 정확한 현실 인식 속에서 "낙심" 말고 "광이 메고 달리라"는 적극적 행동을 독려하고 있다. 젊은이가 될 소년들이 현실에 주저앉거나 위축되지 않도록 "하나님이 우리 뒤에 힘을 쓰신다"는 믿음과 희망 속에서 소년들이 긍정의 기운을 품고 실천하기를 촉구하는 노래다. 그 중심에 존재하는 하나님은 종교적 의미에 국한되지 않고 식민지 현실의 역사적 구심점 역할을 하고 있다.

> 1. 아름다운 무궁화 동산 안에서 활발하게 뛰여노는 우리 소년들
>   무럭무럭 자라며 곱게 자라서 우리 앞혜 온 사업을 일우어 보자
> 2. 우리 우슴 소리에 꿈은 꽃 피고 우리 눈물 방울에는 푸른 싹 나서
>   쓸쓸하고 황막한 우리 동산을 향내 나고 생기 잇게 꿈이어 보자
>
> 〈소년가〉

〈소년가〉는 무궁화 동산에서 뛰노는 소년이 성장하여, 현재의 황막한 동산을 생기있게 만들자고 청유하는 내용이다. 반만년 살아온 조선 땅에서, 기농소년회를 중심으로 온 사업을 펼치며 미래의 꿈과 꽃을 피우자는 성장과 생성의 기운을 전달하는 노래다. 〈우리의 우슴〉은 "우리의 눈물이 떠러질 때마다 또다시 소생하는 이천만"의 삶을 무궁화에 빗대고 민족적 정통성을 "이천만의 고려족"으로까지 소급하여 역사성을 강조하고 있다. 이와 같은 유구한 역사적 토대 위

189

에 새 삶의 토대를 세우자는 내용이다.

이 외에 〈둥둥둥〉은 아기를 업고 노동을 하는 여성의 고된 삶을 노래하고 〈어머니〉 〈메리야〉는 사별한 어머니에 대한 그리움을 노래했다. 〈호랑이의 생일〉은 각색 짐승들의 특징을 나열한 노래이고 〈정직한 나무꾼〉은 금도끼 은도끼 설화로 만든 노래다. 〈비밀〉은 설레는 비밀을 〈무도곡〉은 숲속 놀이를, 〈닭알〉은 알을 낳는 닭의 모습을 묘사한 노래고 〈자장 노래〉 〈자수가〉는 자장가이고 〈보건 체조가〉는 가사 없이 악곡만 수록돼 있다.

재판에서 삭제한 곡은 조선의 역사와 미래를 노래하고 이 땅을 끌고 갈 주체가 농촌의 아들임을 강조하며 하나님, 기농소년회를 구심점으로 함께 하자는 내용이다. 가난한 상태에 머물며 시간을 허송하거나 타향에 사는 서러움, 사별의 슬픔에 머물지 말 것을 강조한다. 미래에 대한 낙관과 희망을 이야기하거나 비극적 현실을 드러낸 노래를 삭제하고, '조선' '우리 동포' '이 땅 사람' '무궁화 삼천리' '이천만 고려족' '암흑의 장막이 걷힌 찬란한 금수강산'이라는 단어가 들어간 노래도 삭제했다. 이러한 내용이 일제가 규정한 불온의 내포에 해당할 것이라 상상하며 재판본에서 삭제한 것이다. 식민지 현실을 환기하지 않는 자장가, 전래 동요, 동심, 장난, 사물의 특징, 자연 현상을 노래한 곡도 일부 삭제했다.

3.2. 증보수정본 복구곡의 허용성

재판본 삭제곡 중 증보수정본에서 복구한 66곡은 다음과 같다.

증보수정본 복간곡		
주일	10	교가 4, 아이들의 동무, 당신의 아이, 우승가 4, 농촌가, 절제운동가, 금주가, 구락부 노래, 저 별을 보라, 왕이 오셨다
봄	3	우리 아기의 노래[←조선 아기의 노래], 어린이 노래[←조선 어린이 노래], 애기 일꾼
여름	3	우리 아가야[←조선 아가야], 제비 남매, 분수
가을	2	세월아 가지 마라, 중중 떼떼중
잡채	48	대낮에 생긴 일, 골목대장, 오뚝이, 시계, 돌맹이, 농촌의 아들, 교문 밖에서, 참새야, 꿀돼지, 한말한글, 물망초의 그늘, 물새, 새떼, 흐르는 시내, 애굽의 밤, 소년 행진곡, 금수강산, 남매 고별곡, 자장가, 적은 배, 단추, 눈 먼 생쥐, 농촌 소년가, 자장가, 어린 동무, 고뿔 든 애기, Snail game, 열 적은 아이, 목수의 노래, 금사조, 우습세다 하하하, 유치원 아이, 참대배, 방앗간에 불 붙는다, 유성, 내가 물고기가 된다면, 좋은 날, 보건 체조가, 수노리, 물 깃는 처녀, 별나라, 자장 노래, 두 아가, 오늘도 무덤에서, 방울 소리, 술래잡기 노래, 송편, 밝앙 조히 착착 파란 조히 착착

강신명은 〈절제운동가〉〈금주가〉를 증보수정본에서 복구하며 가사의 일부를 교체한다. 수정한 가사에는 ( ) 표시까지 해 놓았다. 참고할 수 있도록 초판본의 원 가사는 [←] 안에 밝혀 둔다.

1. 꿈을 깨여라 동포여 지금이 어느 때라 술 먹나

   개인과 민족 멸망케 하는 자 그 일음 알콜이라

2. 입에 더러운 담배를 웨 대리 용단하라 형제여

   몸과 정신을 마비케 하는 것 담배란 독약이라

후. 술잔을 깨쳐라 담배대를 떨쳐바리라

(우리 동포들의)[←이천만 사람의] 살 길은 절제운동 만만세

양주동 · El Nathan 〈절제운동가〉

3. 예로부터 일제히 사업하는 자 술을 먹고 성공한 사람 없도다

(우리)[←조선] 사회 구하는 길이 있으니 여보시오 동포여 금주합
세다

박태준 사 · 곡 〈금주가〉

초판본의 "이천만 사람"을 "우리 동포들"로, "조선"은 "우리"로
수정했다. 원곡과 다르게 바꾼 단어에 ( ) 표시까지 해 놓음으로써 이
부분의 가사를 바꾸었음을 환기하고 있다. 이천만과 조선으로 특정
되는 식민 조선의 특수성을 거세하고 "우리 동포들"과 "우리"라는
보통 명사의 범칭으로 교체하여 누구든 금주 금연을 해야 한다는 일
반적 내용으로 바꿨다. 금주 금연을 해야 하는 식민지 조선의 특수
성, 금주 금연이 지닌 반일 정서와의 연결 고리를 삭제한 것이다. "절
제운동은 기독교의 사회적 책임을 제고시키며 경제력 향상과 정신
적 각성을 꾀한 점에서 민족주의계에서 유행한 실력양성운동의 연
장선상"[19]에서 "농촌운동으로, 청년운동으로, 기독교의 사회운동으
로 확대 전개되었"[20]기 때문에, 식민지 조선에서 절제운동이 지니는
특수성을 지운 것이다. 앞의 두 곡 외에는 가사가 바뀐 부분에 ( ) 표
시를 해 놓지 않았다.

---

19 윤은순, 「1920~30년대 기독교 절제운동의 논리와 양상－금주 금연운동을 중심
    으로」, 『한국민족운동사연구』 59, 한국민족운동사학회, 2009, 134쪽. 당시 절제
    운동은 기독교인이 사회적 책임을 실천하는 일로 전개한 것으로, 개인 및 민족의
    정신 개조, 폐습 타파를 목적으로 한 윤리실천 운동이었다. 민족이 어려움을 겪는
    것은 허욕, 부절제 등의 도덕적 · 정신적 타락이 작용한 것이므로 그것을 해결하
    는 것이 국가와 민족이 융성하는 길이라고 여겼다. 159~160쪽.
20 윤은순, 앞의 글, 128쪽.

이 나라[←조선의] 애기 일군들　　　박소농 · 강신명 〈애기 일군〉

화려한[←삼천리] 강산에 자라는 우리　鄭□□ · 현제명 〈보건 체조가〉

사람들의[←이 땅 사람] 큰일을 위해　이성주 · 탁창신 〈구락부 노래〉

　고유명사 "조선" 대신 보통명사 "이 나라"로, 조선 땅을 환기하는 "삼천리" 대신 일반적인 형용사 "화려한"으로, "이 땅 사람"이라는 구체적 지정 대신 "사람들"이라는 보통 명사로 교체하여 조선의 특수성을 거세했다. 가사만 교체한 것이 아니라 노래 제목도 바꿨다. 초판본의 〈조선 아기의 노래〉는 〈우리 아기의 노래〉로, 〈조선 아가야〉는 〈우리 아가야〉로, 〈조선 어린이 노래〉는 〈어린이 노래〉로 수정했다. 가사와 마찬가지로 제목에서도 "조선"을 "우리"로 수정하거나 삭제했다.

꽃피는 이 강산[←삼천리] 방방곡곡

이 귀여운[←조선의] 아가야 우리 아가야

손과 손을 잡고서 손과 손을 잡고서

꽃피는 동산에 봄마중을 갈가나

얼사얼사 좋구나 앞날의 세계[←조선]는

우리의 것 얼사얼사 좋구나 저얼시구 좋구나

　　　　　　　남궁랑 · 권태호 〈우리[←조선] 아기의 노래〉

　조선의 아가들이 손을 잡고 봄마중 가고 "앞날의 조선은 우리의 것"이라며 미래에 대한 긍정과 희망을 표현한 노래에서 "삼천리"는

"이 강산"으로, "조선의"는 "귀여운"으로, "조선"은 "세계"로 교체했다. 초판본에 명시한 조선이라는 단어, 조선에 대한 은유적 표현, 삼천만이 환기하는 조선의 인구수 등을 보통명사로 교체하여 조선적 특수성을 삭제했다. 〈조선 어린이 노래〉는 제목만 〈어린이 노래〉로 바꾸고 가사는 그대로 뒀다. "방실방실 자라" "포들포들 살 오"르고 "반들반들 샛별눈"을 지닌 어린이들이 "동편나라"의 "메마른 땅"에 "새날을 올려주"는 주체로 성장하기 바라는 노래인데, "마른" "어둔" "길 잃은"과 같이 조선의 암울한 상황을 환기하는 가사는 그대로 둔 채 제목만 수정했기에, 목차만 훑어보면 일반적인 어린이 노래처럼 보인다.

이로 보건대, 금주 금연 등의 절제 운동 때문에 『아동가요곡선 삼백곡』 초판본을 문제 삼은 것은 표면적 빌미였던 듯하다. 이러한 맥락을 파악하고 있었기에 농민생활사 측은 증보수정본을 발간하면서 금주 금연 관련 절제가를 복원하되, 조선을 환기하는 단어만 보통명사로 교체하여 재판의 출간 승인을 받을 수 있었다. 이는 일제가 규정한 불온의 방점이 식민지 조선의 특수성을 드러내는 데 있었음을 드러낸다. 그런데 복원한 노래 중에는 조선의 지명을 노출한 곡도 일부 보인다.

> 1. 동해물과 백두산이 마르고 달토록
>   하나님이 보호하사 우리 학교 만세
> 2. 우리학교 교장 되신 구세주 예수의
>   귀한 음성 듣는 대로 주를 따라 가세

3. 마귀 권세 깨트리고 승전가 부를 때

　　하나님의 크신 권능 찬송하리로다

후렴. 기름지고 아름다운[←무궁화 삼천리] 화려한 강산에

　　우리[地名] 유년 주일학교 영원토록 만세

〈교가 4〉

　　재판본에서 삭제한 곡을 증보수정본으로 복원할 때, 조선을 환기
한 단어를 보통명사로 대체한 것과 달리 〈교가 4〉에서는 애국가 가사
인 "동해물과 백두산이 마르고 달토록 하나님이 보호하사 우리 학교
만세"라는 구문을 그대로 쓰되, "나라"만 "학교"로 교체했다. 애국가
가사는 그대로 살려놓고 초판본 후렴구의 "무궁화 삼천리"만 증보
수정본에서 "기름지고 아름다운"으로 교체했다. 목차에는 〈교가〉 시
리즈에 일련번호를 달아 놓았기에 가사를 일일이 확인해야만 조선
이라는 단어를 찾을 수 있게 해 놓았다.

　　이처럼 증보수정본에서 복원한 노래는 식민지인의 가난과 설움
을 토로하고, 아이들이 건강하게 자라 새 시대를 열 것을 바라며 예
수를 구심점으로 새 삶을 꿈꾸는 내용이다. "월사금이 없어서 학교
문밖에 나 혼자" 선 채 눈물 흘리고(《교문 밖에서》), "타향에 살며 설음
받는 불상한 우리"이지만 "광채 찬란한 저 별을"(《저 별을 보라》) 보며
희망을 품고, 지금은 비록 "가난하믈 몸 약하믈 없이 역여도" "나발
불고 북 울리며 거러 나가"(《소년 행진곡》)자며 희망의 꿈꾸는 노래를 복
원했다. 이와 함께 "옛날에 자랑하든 찬란한 문화"가 "이즈러진"(《애
굽의 밤》) 애굽의 역사를 제시함으로써, 역사의 흥망성쇠를 깨닫게 했

다. 암울한 현실에서 맞을 밝은 미래에 대한 상상과 찬란한 과거의
문명이 흔적조차 없이 사라진 허망함을 모두 제시하여, 미래를 맞을
다양한 가능성을 열어놓는 방식으로 증보수정본을 구성했다.

　이때 구심점으로 작용하는 것이 예수다. 예수는 "우리"(《아이들의 동
무》, 《당신의 아이》)가 공동체 의식을 형성하며 "삼천리의 동산"에서 "밭
도 갈고 논도 풀어 오곡백과를 풍성하게 심고 매고 거두"(《농촌가》)는
미래를 꿈꿀 수 있게 해준다. 이러한 꿈을 꾸고 실현할 주체는 미래
세대임을 여러 차례 환기한다. "배달의 어린 동무"(《금수강산》)가 "이
땅을 끌고 갈 농촌의 아들"(《농촌 소년가》, 《농촌의 아들》)로 성장하여 "아침
부터 저녁 때까지 쉬지 않고 기쁨으로 일"(《목수의 노래》)하는 노동의 소
중함을 깨닫기 바란다. 뿐만 아니라 "어머니 날 보고 꾸지람 마소 옷
고름 뗀 것이 그리 죄 되오"(《골목대장》)라며 어린이의 당찬 모습을 직
접 화법으로 생동감 있게 드러내고 "부뜨막에 긁어논 누룽겡이를 꿀
꿀꿀 들락날락 다 먹고 도망"(《꿀돼지》)가는 욕심쟁이 오빠의 모습을
익살스레 묘사하여 어린이의 해맑음을 표현하고, 일상에서 쓰는 말
과 글의 이름이 한말과 한글임을 알려주고(《한말한글》) 가감승제의 셈
법과 측량법을 익히게 하고(《열 적은 아이》, 《수 노래》), 세상과 자연과 사물
의 이치를 깨닫고 일상 세태와 풍속을 접할 수 있도록 유희요, 원무
곡, 자장가 등을 다수 복원했다.

　증보수정본에서는 금주 금연 등의 절제가를 복원하되 조선, 삼천
리, 이천만이라는 단어는 우리라는 보통 명사로 교체했다. 때문에
사전 출판 허가를 받아 『아동가요곡집 삼백곡』 재판본을 교회 주일
학교 교재로 활용할 수 있었다. 조선을 환기하는 노래를 수록하여

노래책 자체를 활용하지 못하는 것보다, 일제가 문제 삼을 법한 단어를 삭제하여 주일학교에서 노래책을 활용하는 것이 낫다고 판단한 것이다. 노래의 내용보다는 어린이들이 주일학교에 모여 함께 노래 부르는 행위에 의미를 부여한 것이다. 노래는 어린이에게 기독교의 교리, 계몽적 · 교육적 내용을 전파하기 수월한 매체였기 때문이다.

3.3. 재판본 · 증보수정본 신출곡의 일반적 보편성

재판본 신출곡은 22곡, 증보수정본 신출곡은 78곡이다. 재판본 신출곡 중 증보수정본에도 수록한 곡은 〈저 바다〉 1곡이다.

재판본 신출곡			증보수정본 신출곡	
범주	곡수		곡수	작품명
주일	8	예수 내 친구, 개회 찬미, 쌘타크로쓰, 강생한 날, 이 몸을 들이자, 성탄 행진, 예수의 거룩한 일흠, 주의 진노를 면하겠네	15	어대던지 성탄일, 감사하세, 성탄노래, 예수 탄일, 구주 탄일, 아이들아 찬송하라, 작은 목자, 예수같이 되기 원함, 더워도 배우세, 예수 나시든 날 밤, 기쁜 종, 주를 찬양, 기도, 우승가, 잘 가시요
봄	5	즐거운 봄, 봄, 아침, 빨앙 비 파랑비, 봄	12	봄 나들이, 산 넘어온 송아지, 봄노래, 봄빛, 꽃, 꽃초롱, 좋은 아침, 봄동산, 봄을 주신 하나님, 봄비, 봄노래, 참새 학교
여름	5	소낙비, 물새 발자국, 물작난, 배젓기, 힌구름	21	자장가, 여름비, 빗방울, 동무야 같이 놀자, 애기별, 병아리, 등댓불, 아카시아, 물오리, 당초밭, 한송이 월계, 까치, 산으로 바다로, 참새, 목장의 저녁, 유월, 조히배, 숨기내기, 숨바꼭질, 돌아라, The Rain on the Roof

가을			5	귀뜨리, 망향가, 자장노래, 자장노래, 구월산 총각의 노래
겨울	1	바람아 불지 마라	1	외딴집
잡채	3	어린 병정, 달, 셈 없는 개	15	애기 신문, 아가, 샘, 우리 아가, 어머님의 젖, 연기야, 새앙쥐, 공패, 기쁜 종, 수선사, 새해, 저녁피리, 기차, 예배당종
유치원			9	유치원가, 유치원가, 우리 유치원, **뺑글뺑글 돌아라**, **뿡뿡**, **뽁뽁 병아리**, 참새 형제, 시계, 우리 아기 행진곡
재판본 · 증보수정본 신출곡				
여름	1	저 바다		

　　재판본의 주일학교 편에 새로 수록한 노래는 예수가 내 친구이기에 두려움 없이 안심하며 찬양하고(〈예수 내 친구〉, 〈예수의 거룩한 이름〉), 인간을 위해 피 흘린 예수에게 내 몸을 드리고(〈이 몸을 들이자〉), 예수의 피를 받은 자는 주의 진노를 면하는(〈주의 진로를 면하겠네〉) 내용이거나 성탄을 축하하는(〈산타클로스〉, 〈강생한 날〉, 〈성탄행진〉) 내용이다. 예수의 삶을 기억하며 현세에서의 삶을 위로받는 종교적 내용이 대부분으로, 현실과 직접적 관련을 맺는 단어나 상황은 노출하지 않았다. 그 외의 편에 수록한 동요는 각 계절에 상응하는 자연, 사물의 특징을 드러낸 내용이 대부분이다. 사계절과 자연, 사물, 동물 등의 소재가 반복적으로 나타난다. 이러한 방식으로 재판의 인쇄 및 발간을 담당한 이가 박윤삼이다. 그는 초판본에는 〈벧을레헴〉 〈교가2〉 〈생일축하3〉 3곡만 작곡해서 수록했으나 재판본에서는 주일학교 편 외에도 봄, 여름, 겨울 편에 작사(2편) 작곡(7편)한 노래를 수록하는 방식으로 초판본 삭제곡의 빈자리를 메웠다. 재판본에 추가한 박윤삼의 노래는 강

신명이 증보수정본을 발간하며 제외했다. 재판본은 교회 주일학교에서 활용할 목적으로 강신명을 제외한 교회 관계자들이 주도적으로 발간한 것임을 확인할 수 있는 대목이다.

재판본 신출곡에 나타난 특징은 증보수정본에도 유사하게 나타난다. 예수의 탄생(《예수 탄생》, 〈구주 탄일〉, 〈아이들아 찬송하라〉 등), 성탄 축하곡(《어대든지 성탄일》, 〈성탄노래〉 등), 하나님의 은혜에 대한 감사(《감사하세》), 여름성경학교 노래(《더워도 배우세》)를 비롯한 각종 의식용 노래(《기도》, 〈잘 가시요〉)가 대부분이다. 주일학교 진행 순서에 맞는 곡들을 여러 편 제공하여 취사선택하게 해 놓았다.[21] 주일학교 편 외에서도 재판본에서와 같이 사계절로 구분하여 식물과 사물의 특징을 드러내거나 숨바꼭질 등의 놀이를 소개하거나 자장가를 추가했다.

재판과 증보수정판의 신출곡에는 조선을 환기하는 단어가 일절 없다. 제국과 식민지의 구분 없이, 종교 생활을 하는 이라면, 주일학교를 다니는 어린이라면 누구나 부를 수 있는 가사로 노래를 만들었다. 식민지 조선의 특수성을 거세하고 어린이가 부를 노래의 일반성을 강화하는 방향으로 가사를 추가했다. 계절의 순환 속에서 마주치는 자연과 사물에 대한 내용을 수록하되, 근본을 탐구하기보다는 현상 자체를 수용하는 수준에 머물게 했다. 자연의 변화 속에서 보편적으로 감지할 수 있는 사물의 특징을 드러낸 노래는 일제가 규정한 불온성의 범주에 들지 않는다고 판단한 것이다.

특이한 점은 재판본과 증보수정본의 신출곡이 유사한 성격을 지

21　홍정수, 『한국교회음악사』, 가온음, 2021, 177쪽.

님에도, 재판 신출곡 22곡을 삭제하고 증보수정본에 78곡의 신출곡
을 대거 수록한 점이다. 재판본 신출곡의 내용이 시의성이 떨어지는
것도 아니고 증보수정본의 내용이 새롭거나 독창적인 것도 아님에
도 1곡을 제외하고 모두 교체했다. 앞서 밝혔듯, 검열을 피하기 위해
발간한 재판본의 흔적을 지우기 위한 것으로 추정된다. 재판본 신출
곡 중 증보수정판에 유일하게 수록된 〈저 바다〉는 고기잡이 배를 타
고 나가 돌아오지 않는 언니에 대한 그리움과 바다에 대한 원망을 드
러낸 노래다. 이 노래만을 증보수정본에 재수록하여 바닷가 마을 사
람들의 삶의 세목을 드러냈다. 이 외에는 인간사의 세목이나, 시공간
의 특수성을 드러낸 노래는 없다.

4. 식민지 조선의 불온성

서북 지역은 기독교의 교세가 전국적으로 가장 강한 곳이었다. 특
히 선천은 1911년 105인 사건의 발단이 되고 1919년 3 · 1운동 때 평
안도 지역을 선도할 정도로 항일운동이 활발했다.[22] 이곳에서 기독
교계의 각 단체[23]는 절제운동을 전개했다. 1928년 평양을 중심으로

---

22 105인 사건으로 기소된 인사 중 23명이 선천 출신이었을 정도로 주도적이었다.
    송재원, 「3 · 1운동 이후 일제의 서북지방 기독교 통제와 '선천사건'」 『한국기독
    교와 역사』 33호, 한국기독교역사학회, 2020.9, 133-144쪽.
23 기독교 민족주의자들은 대한제국 시절 YMCA와 신민회를 중심으로 나타나기
    시작했는데, 105인 사건과 3 · 1운동 이후 흥업구락부를 중심으로 뭉친 이승만
    계열과 수양동우회로 모인 안창호 계열로 나뉘어 이승만 계열은 주로 YMCA 농
    촌사업을, 안창호 계열은 장로교회 농촌운동을 전개하며 1920년대 후반부터

활동한 금주단연동맹이 기관지 『절제생활』을 발행하고 1932년에는 평양신학교에서 조선기독교 절제운동회를 만들었다.[24] 조선인의 음주 흡연이 일제의 조세 수입[25]을 늘리면서 농촌의 궁핍을 가중시켰기 때문이다. 한 달에 60전이 드는 자녀 교육비[26]조차 내지 못하는 상황에 이르자 기독교계를 중심으로 절제 운동을 전개했고, 『아동가요곡선 삼백곡』에도 관련 노래를 수록하여 성인부터 어린이에 이르기까지 절제 생활을 내면화하도록 유도했다. 이러한 움직임을 예의 주시하던 일제는 절제 운동과 관련된 기독교 각 단체의 일련의 활동을 불온한 것으로 규정했다. 「국내에서의 독립운동자료」에 그 구체적 내용이 적시돼 있다.

> 宣川邑 所在 基督靑年勉勵會 平北聯合會竝 宣川基督靑年會 等 基督敎系 各種 團體에서는 本年 六月 舊端午節을 利用하여 禁酒禁煙運動 實施에 當하여 不穩 宣傳 삐라를 無許可 出版하고 또 許可 없이 不穩 唱歌를 印刷 頒布한 외 六月 二八日 朱德均은 同友會 事件의 檢擧를 不服하여 宣川邑內 日本人 經營 松竹食堂 入口에 「大韓獨立萬歲 宣川有志一同」 云云이라고 不穩한 落書를 하여 公安을 害한 者이다.[27]

1930년대에 걸쳐 한국기독교의 농촌운동을 주도했다. 강성호, 「식민지 조선의 기독교, 국가주의를 받아들이다」, 『주간경향』 1245호, 2017.9.26.

24　1930년대의 주세 수입이 전체 조세 수입 중 30%에 이를 차지할 정도였다. 윤은순, 「1920~30년대 기독교 절제운동의 논리와 양상-금주금연운동을 중심으로」, 『한국민족운동사연구』 59, 한국민족운동사학회, 2009, 149쪽.

25　김영미, 「식민지 시기 주세업 관련 잡지를 통해 본 조선주조협회의 활동양상과 성격」, 『한일관계사연구』 71, 한일관계사학회, 2021, 376~391쪽.

26　이대위, 「조선교회와 절제운동」, 『종교시보』 3권 5호, 1934.5, 9쪽.

27　국사편찬위원회, 「국내에서의 독립운동자료」, 『한국독립운동사』 5권, 국사편찬

일제는 기독교의 여러 단체가 절제 운동을 위해 제작한 삐라를 무허가 출판한 사실과 함께 『아동가요곡선 삼백곡』을 당국의 허락 없이 인쇄 반포한 것을 문제 삼았다. 당시 출판법에 의하면, 원고에 출판허가원을 첨부하여 도를 경유하여 도서과에 제출하여 출판 전 검열을 받아야 했는데[28] 『아동가요곡집 삼백곡』을 발간할 때 이를 따르지 않은 것을 문제 삼았다. 교회에서 프린트해서 쓰는 찬양곡까지 인쇄물로 간주하고 출판법 위반으로 취체하던 상황에서 벌어진 일이다. 주일학교 어린이를 위해 만든 동요선집까지 '불온'으로 규정하고 출판법 위반으로 강신명을 정주지청에 송치하여 벌금 30원을 선고한다.[29]

불온 창가라는 규정은 선천 지역의 반일 운동, 기독교의 절제 운동과 『아동가요곡집 삼백곡』을 한데 엮은 데서 비롯됐다. 불온 창가라는 판단의 근거가 『아동가요곡집 삼백곡』의 수록곡 자체에서 나온 것이라고 보기는 어렵다. 『아동가요곡집 삼백곡』 관련 검열 기사 및 요지를 『조선출판경찰월보』 등의 검열 자료에서 발견하기 어려운 점이 이를 뒷받침한다. 강신명의 진술에 따르면, 일제는 『아동가요곡선 삼백곡』에 수록된 〈조선 아기의 노래〉가 어린이와 청년들에게 일치단결하여 독립을 목표로 전진하자는 내용이라고 해석하여 간접적인 독립운동으로 규정[30]했다고 하는데 이러한 진술 외에는 삭

위원회, 488쪽.
28 정근식 · 최경희, 「도서과의 설치와 일제 식민지출판경찰의 체계화, 1926~1929」, 『한국문학연구』 30, 동국대학교 한국문학연구소, 2006, 120쪽.
29 강신명, 「수양동우회 사건」, 『저작집 2』, 기독교문사, 1987, 572쪽.
30 강신명, 같은 곳.

제곡에 대한 일제의 검열 관련 문서를 찾기 어렵다.

『아동가요곡집 삼백곡』의 삭제곡은 검열 당국의 지침에 의해 삭제된 것이 아니었다. 불온 창가라는 일제의 외적 규정 속에서『아동가요곡집 삼백곡』의 발간자들이 내부 검열을 통해 일부 노래를 자발적으로 삭제한 것이다. 삭제한 곡에는 공통적으로 조선을 환기하는 단어가 있었다. 조선인에게 조국을 환기하는 단어가 일제에게는 불온한 것으로, 반일의 상징으로 읽히리라 판단하고 관련 단어를 자체 삭제하는 방식으로, 평양 지역의 기독교계 관련자들이『아동가요곡선 삼백곡』재판본을 발간한다.

재판본의 발간 주체는 조선예수교장로회 총회 농촌부의 기관지를 발간한 농민생활사였다.[31] 관계자 일동은 주일학교에서 당장 활용할 텍스트가 필요했기에 수록곡의 일부를 삭제하고, 인쇄, 편집, 발행인을 교체하는 방식의 우회로를 택했다. 일제가 규정한 불온성의 내포를 거둬내고 반일 혐의가 짙은 초판본의 발행인 윤산온을 제외해야『아동가요곡선 삼백곡』을 유년주일학교에서 활용할 수 있었기 때문이다.

『아동가요곡선 삼백곡』은 교회 주일학교를 운영하기 위한 지속적인 수요 속에서 재판본을 발간했다. 출판법에 위배되거나 반일 운동에 저촉된다는 혐의를 받지 않기 위해 일부 노래를 넣고 빼고 가사를

31　평양의 농민생활사는 조선예수교장로회 총회 농촌부의 기관지인『농민생활』(1929~1945)을 발간했다. 첫 발행인은 윤산온(George Shannon McCune), 1936~1938년까지는 모의리(E. MMowrye), 1938~1941년까지는 유소(D. N. Lutz)였다. 박태일, 「1930년대 평양 지역문학과 『농민생활』-북한 지역문학사 연구 4」, 『영주어문』 29, 영주어문학회, 2015, 275~290쪽.

바꾸는 방식으로 자체 검열을 했다. 별다른 검열 지침이 없었음에도
『아동가요곡선 삼백곡』 초판본 수록곡의 24%를 삭제한 데에는, 노
래책을 교본으로 활용하며 주일학교를 운영해야 했던, 일부 노래를
거둬내더라도 교회에 나온 어린이들과 함께 하는 것이 더 중요했던
미국인 선교사들의 현실적 판단이 작용했다.

　식민지 시기 발간한 동요선집 중, 초판본 수록곡의 24%를 삭제하
면서까지 재판본을 발간한 사례는 찾기 어렵다. 삭제곡을 복구한 경
우도 드물다. 1929 · 1933년 홍난파가 발간한 『조선동요백곡집』은
검열에 걸려 삭제된 곡이 없고, 1929년 조선동요연구협회가 발간한
『조선동요선집』은 180편 중 2편이 검열에 의해 삭제됐으나 재판본
은 발간하지 않았다. 전국에 흩어져 있던 조선동요연구협회 편집인
들 간의 물리적 응집력, 출판 비용, 동요선집에 대한 일반의 수요 등
이 적었기 때문에, 단 두 곡을 복구하기 위해 재판본을 발간하기는
쉽지 않았던 듯하다. 사전 검열을 받고 검열에 걸린 두 편은 목차에
만 제목을 제시하고 본문은 여백으로 처리하는 방식으로[32] 1권을 발
행하는 데 그쳤기에 삭제곡의 내용 역시 확인하기 어렵다.

　『조선동요선집』에서 본문이 삭제된 두 곡은 안병선의 「파랑새」와
주요한의 「종소리」다. 『조선출판경찰월보』의 기사 요지에 따르면
"靑ノ鳥", "作者 朱 翰"의 "鐘ノ聲"[33]이 삭제된 이유는 치안 문제 때문

32　강영미, 『조선동요연구협회의 동요운동 연구」, 『동방학지』 193, 연세대학교 국
　　학연구원, 2020, 189쪽.
33　『朝鮮出版警察月報』 31호의 54~55쪽에는 "朝鮮新童謠選集 「第一輯」 全 童謠 諺漢
　　文 六.三.一九 削除 平南 金基柱" 항목의 記事要旨에 제목 "鐘ノ聲", "作者 朱 翰"이라
　　고 표기하고 일본어로 번역한 시를 수록해 놓았다.

이었다. 안병선의 「파랑새」에서는 어머니를 잃고 혼자 우는 새와 동
일시한 화자가, 백성이 살 곳이 어디인지, 누구의 나라인지 알 수 없
는 곳, 인간의 슬픔을 도깨비가 동정하는 곳을 "무서운 나라"라고 서
술하는 내용이고, 주요한의 「종소리」는 새해의 종소리가 들리지 않
는 현실을 "빨간 하늘"로 은유하고, 어린 친구들이 손을 모아 종을
쳐서 이천만 조선인의 가슴에 울려야 한다고 당부하는 내용이다.[34]
삭제 처분을 당한 동요는 식민지 조선의 부정적 현실을 은유적, 상징
적으로 처리한 내용을 담았다.

　이처럼 조선총독부의 검열로 인해 삭제된 동요는 『조선출판경찰
월보』의 기사 요지를 확인하는 경로를 거치고, 일본어로 번역된 내
용을 조선어로 재번역하는 과정을 거쳐야만 원문을 확인할 수 있다.
반면 『아동가요곡집 삼백곡』은 초판본에 수록한 노래를 재판본에서
삭제하고, 재판본에서 삭제한 노래를 증보수정본에서 되살리는 일
련의 재귀적 과정을 확인할 수 있다.

34　두 편의 인용문은 문한별, 「개작과 검열의 사회·문화사 세미나 3 : 『조선출판경
　찰월보』 수록 문학작품 검열의 양상」(세미나 발표지), 20~21쪽에서 확인할 수 있
　다. 이 발표문에서는 일본어로 번역해 놓은 『조선출판경찰월보』의 자료를 조선
　어로 다시 번역해 놓았다. "어머니를 잃고 혼자 우는 작은 새 한 마리./해는 서쪽
　산에 기울고 나무 위에서./어머니를 갖고 싶다./민처(民處)는 어디 누구의 나라./
　뿔 2개 달린 도깨비가/동정하며 우는 무서운 나라. 「청도」", "새해에는 종이 울리
　지 않는다. 왜 울리지 않는가/ 슬퍼서 우는가. 부서졌는가/종의 파수꾼이 죽은 후
　로는 울리지 않는다./새해에 종을 울리려 생각하면/어린 친구는 모두 모여 손을
　모으자./빨간 하늘을 향해 외칠 때는/20,000,000 가슴마다 울리지 않는다"(울리
　지 않는다는 '울려가리'를 잘못 번역한 것임). 류덕제는 주요한의 「종소리」가 『아
　이생활』 58호(1931.1)에 수록돼 있음을 밝히고 3연을 인용해 놓았다. 류덕제, 「김
　기주의 『조선신동요선집』 연구」, 『아동청소년문학연구』, 한국아동청소년문학
　학회, 2018, 175쪽.

5. 결론

이 연구에서는 강신명이 편찬한 『아동가요곡선 삼백곡』의 세 종의 판본을 비교하여 일제의 검열을 우회하기 위해 일부 노래를 삭제하고 다시 수록하는 일련의 과정을 살폈다. 일제가 규정한 '불온 창가'의 내포를 상상하며 미국인 선교사와 교회 관련자가 초판본의 24%를 삭제하는 과정, 식민지 평양에서 제국의 동경으로 지역을 옮겨 편찬자인 강신명이 직접 삭제곡의 81%를 되살리는 과정은 1936~1940년까지의 시차, 미국인과 조선인이라는 국적의 차이, 식민과 제국이라는 공간의 차이, 아동가요 운동을 전개하는 지향의 차이가 '불온'의 해석에 영향을 끼치고 있음을 드러낸다.

식민지 시기 검열로 인해 삭제된 작품 중 원본을 확보하기 어려운 경우가 많은 데 비해, 『아동가요곡선 삼백곡』은 세 종의 판본을 비교하는 방식을 통해 원곡, 삭제곡, 복구곡의 실체를 확인할 수 있고, 삭제곡을 되살리는 과정에서 수정한 부분까지 확인할 수 있는 보기 드문 텍스트다. 또한 당시의 검열 지침에 의해 특정 곡이 삭제된 것이 아니라, 불온 창가라는 외적 규정 속에서 기독교계 관련자들이 문제가 될 만한 곡을 자발적으로 삭제한 점에서, 제국 일본이 규정하고 조선인이 상상한 검열의 내포를 짐작할 수 있는 텍스트이기도 하다. 기독교계에서 주일학교용 교본으로 발간했음에도 전체 수록곡의 73%가 일반 동요이기에 1930년대 중후반 평양 지역에서 유통·향유한 동요 목록을 확인할 수 있는 텍스트이기도 하다.

『아동가요곡집 삼백곡』은 식민지 시기 평양 지역에서 전개한 기독교계 동요 운동의 특성을 밝힐 수 있는 자료이자, 대구 경북 지역을 중심으로 전개한 동요 운동과의 변별성을 밝힐 수 있는 자료다. 윤복진, 신고송 등의 월북 작가의 동요를 다수 수록한 점에서 분단 후 북한 아동가요의 정전화 과정과 연계하여 사고할 지점도 제공한다. 또한 1970~80년대 남한의 노래 운동에 참여한 크리스챤 아카데미, 한국기독교장로회 청년회전국연합회 등의 기독교계 청년단체의 움직임을 통시적으로 살필 수 있는 시발점이자, 기독교계의 초창기 노래운동의 특징을 살필 수 있는 단서가 되기도 한다. 이에 대해서는 후속 연구를 통해 밝히고자 한다.

개작과 검열의 사회 · 문화사 (1)

제5장

'신체제 역사소설'에 나타난
개작과 검열

「좌평성충」, 『백마강』을 중심으로

김영애(고려대학교)

1. 문제제기

해방 직후 김동인은 한 회고록에서, 자신이 발표한 작품 중 3분의 1 정도를 검열로 인해 잃어버렸다고 고백했다.[1] 이는 식민지시기 검열의 심각성 문제를 창작자의 관점에서 단적으로 표현한 것으로, 당시 검열의 수준을 짐작할 수 있는 내용이다. 국가와 자본 등 제도적 차원의 검열에 지속적으로 노출된 작가들의 상황과, 제도적 차원의 검열이 결국 자기검열로 이어질 수밖에 없는 창작 환경 등은 작가들의 창작의식에 지대한 영향을 미쳤다. 김동인의 회고가 다소 과장된

---

1 김동인, 「지난 시절의 출판물 검열」, 『해동공론』, 1946. 12.

측면이 있다 하더라도 이를 통해 식민지시기 검열의 가혹함을 연상하는 것은 그리 어려운 일이 아니다. 또한 검열로 인한 창작의 위축이나 왜곡 현상은 김동인이라는 개별 작가의 차원을 넘어 동시대 모든 작가가 경험해야 했던 보편적인 사건이다.

 본고의 목적은 식민지 말기 김동인의 '신체제 역사소설'에 나타난 개작 및 검열의 양상과 의미를 밝히는 데 있다. 이를 위해 작품 속에 드러난 노골적인 친일 메시지를 분석하는 차원을 넘어, 텍스트에 작동하는 검열의 문제를 찾고 그 구체적인 방식과 양상을 분석하고자 한다. 특히 국가적이고 제도적인 차원의 외부 검열뿐만 아니라, 이와 강한 인과관계를 지닐 수밖에 없는 자기검열의 차원까지 아울러 김동인의 '신체제 역사소설'에 내재된 검열의 작동 방식과 의미에 대해 고찰하고자 한다. 이를 위해 식민지시기 김동인의 대표적인 친일소설로 평가되는 『백마강』과 그 원작 격인 「좌평성충」을 비교 분석하여 개작과 검열의 양상을 추출하고 그 의미를 논구하고자 한다. 원작 「좌평성충」의 서사가 『백마강』으로 확장·변주되는 과정에서 내외적인 검열이 작동했다고 보는 것이 본고의 문제의식이며, 두 텍스트의 비교 분석을 통해 개작과 검열의 상관성을 고찰하는 것이 본고의 주된 목적이다.

 김동인의 역사소설에 대한 평가는 작품의 발표 시기와 주제에 따라 다양하게 이루어졌다. 친일문학으로 꼽히는 작품이 있는가 하면, 역사적 인물의 통속화로 평가되는 작품, 일명 '고구려 정통론'을 내세워 민족주의를 강조했다고 평가되는 작품도 있다. 그 중 본고에서 논의할 대상은 식민지 말기를 중심으로 친일 논란을 불러일으킨 『백

마강』이다. 『백마강』은 『성암의 길』과 더불어 김동인의 친일 행적을
거론할 때 그 전거로 인용되거나 호명되어 온 작품이다. 그러나 개작
이나 검열의 차원에서 분석된 경우는 별로 없었다. 한수영, 허병식,
이재용, 김경미, 박수빈 등의 연구에서 『백마강』을 신체제 역사소설
의 일부로 그 문학사적 의미를 언급했으나, 이 또한 김동인의 친일
행적과 해방기 자기반성으로 이어지는 맥락의 분석에서 크게 벗어
나지 못한 것으로 판단된다.[2]

　본고는 『백마강』의 서사가 1935년에 김동인이 발표한 단편소설
「좌평성충」과 깊은 연관성을 지닌다고 보고, 두 작품을 개작의 관점
에서 분석하고자 한다. 아울러 두 작품의 차이를 검열의 관점으로
분석해 원작이 어떤 과정을 거쳐 '신체제 역사소설'로 변모했는가를
고찰해보고자 한다. 「좌평성충」과 『백마강』을 원작과 개작의 관계
로 볼 수 있는가에 관해서는 논란이 있을 수 있다. 다만 본고는 두 작
품의 서사적 동질성과 연속성을 토대로 이들을 넓은 의미에서 개작
의 차원으로 고려할 수 있다고 판단했다. 「좌평성충」은 단편이고
『백마강』은 장편인데, 전자의 서사를 확장한 것이 후자이다. 이러한
서사적 연관성과 연속성 면에서 두 텍스트를 개작의 관점으로 분석
할 수 있으리라 판단된다. 『백마강』이 연재되었던 1941년-1942년 사

2　한수영, 「고대사 복원의 이데올로기와 친일문학 인식의 지평 - 김동인의 『백마
　강』을 중심으로」, 『실천문학』65, 실천문학사, 2002; 허병식, 「폐허의 고도와 창조
　된 신도(新都)」, 『한국문학연구』36, 한국문학연구소, 2009; 이재용, 「이광수와 김
　동인의 역사소설 연구」, 인하대 박사논문, 2013; 김경미, 「북중국 전선 체험과 역
　사 내러티브의 '만주' 형상화 - 식민지 후반기 김동인 역사소설을 중심으로」, 『어
　문학』125, 한국어문학회, 2014; 박수빈, 「일제말기 친일문학의 내적논리와 회고
　의 전략: 이광수, 김동인, 채만식을 중심으로」, 고려대 박사논문, 2019.

이 조선 문단은 소위 '국민문학', '국책문학' 등으로 대표되는 어용문학에 지배당했다. 강력한 문화 통제의 수단으로 일본은 조선어와 조선 문화 전반에 걸친 포괄적인 통제와 금지를 시행했다. 김동인의 '신체제 역사소설'의 창작 과정에는 이와 같은 시대적 요구가 노골적으로 전경화되어 있다. 이러한 시대적 맥락을 고려했을 때 원작 「좌평성충」이 '신체제 역사소설' 『백마강』으로 확장, 변모해나가는 과정에 내외적인 차원의 검열이 어떻게 작동했는가를 분석하는 것이 본고의 주된 목적이다.

'신체제 역사소설의 신기원'을 만들자는 창작의도를 표방한 『백마강』은 자기검열의 힘이 강하게 작동한 경우라 할 수 있다. 작가가 작품의 창작의도를 명시적으로 밝힌 것과 별개로, 식민지 말기 조선 문인의 한글 소설 창작 배경에는 표면적으로 작동하는 외적 검열 외에 작가의 심리적인 차원에서 작동하는 내부 검열이 공존할 수밖에 없다. 실제로 김동인은 1944년 『매일신보』에 고구려 영웅 을지문덕을 소재로 한 역사소설 「분토의 주인」을 게재할 당시 일제 당국의 검열이 있었고 이로 인해 작품 연재가 중단된 사실을 해방 후에 밝힌바 있다. 본고는 김동인이 식민지 말기에 창작한 작품 중 대표적인 친일 소설로 평가되는 『백마강』과 그 전작으로 볼 수 있는 「좌평성충」을 중심으로 개작 및 검열의 양상과 의미를 고찰하고자 한다.[3]

---

3 대상 텍스트는 1935년 7월 『월간야담』에 발표된 「좌평성충」, 1941년 7월 24일부터 1942년 1월 30일까지 『매일신보』에 발표된 『백마강』과 단행본 『백마강』(홍우출판사, 1964) 등이다. 잡지, 신문 자료를 기본으로 하되 필요한 경우 전집, 단행본 자료 등을 추가적으로 분석할 것이다.

2. 「좌평성충」과 『백마강』의 거리

「좌평성충」은 1935년 7월 김동인이 『월간야담』에 발표한 단편 역사소설로, 백제 의자왕 시대 재상 성충(成忠)의 충의를 그린 작품이다. 의자왕은 집권 초기 "하늘 아래 이 임군을 당할 자"가 없을 정도로 강력하고 어진 군주였으나, 집권 10년이 지나면서 점차 "국사를 잊고 오로지 주색에만 잠겨" 지낸다. 게다가 신라는 당나라와 연합해 호시탐탐 백제를 침략할 기회만을 엿보고 있는 형국이다. 국운이 위태로운 지경에 이르지 성충은 왕에게 수차례 정사를 돌볼 것을 간언하나, 의자왕은 이를 무시한다. 성충의 지속적인 간언이 못마땅한 의자왕은 그를 옥에 가두고, 성충은 혈서로 왕에게 전쟁에 대비해 계백 장군에게 하명할 것과 국사를 돌볼 것을 마지막으로 당부한다. 의자왕은 성충의 혈서마저 무시하고, 계백은 감옥에서 죽은 성충의 시체를 발견한다. 의자왕의 실정과 이로 인한 국정 혼란, 충신 성충의 간언과 죽음 등이 「좌평성충」의 주요 서사이다.

「좌평성충」의 서사적 확장이라 할 수 있는 『백마강』은 그로부터 6년이 지난 1941년 7월 24일부터 1942년 1월 30일까지 『매일신보』에 158회 연재한 작품이다.[4] 연재가 끝나고 1944년 남창서관에서 단행본으로 출간되었다. 『매일신보』 연재본과 단행본의 차이는 소설의

---

4 1942년 1월 30일자로 연재가 종료된 『백마강』은 이후 단행본으로 출간되면서 뒷이야기가 일부 추가되었고, 『매일신보』 마지막 연재분에 종료를 의미하는 표지가 없다는 점에서 『매일신보』 연재본은 미완이라 할 수 있다. 송하춘의 『한국현대장편소설사전』(고려대출판부, 2013, 184-185쪽)에는 이 작품이 연재 완료된 것이라고 표기했으나 이는 오류이다.

결말 부분에 집중된다. "이 형제를 축복하는 듯 어듸선지 다드밋소리가 장단 맞추어 울려 왔다."로 끝나는 『매일신보』 연재본에 13, 14장이 추가되어 단행본으로 출간되었다. 나당 연합군과 백제 일본 연합군의 전투, 수세에 몰린 백제군을 돕기 위해 복신과 왕자 풍이 일본 원정군을 끌고 주류성으로 진입하는 내용이 단행본에 추가된 뒷이야기이다. 단행본의 결말은 백제의 패망이 아니라 부활을 이야기하고 있다. 또 단행본으로 출간되면서 원문 일부가 삭제되거나 수정되기도 했다. 봉니수의 약혼자 성사골에 대한 서사의 삭제, 의자왕의 성적 학대에 관한 표현의 완화와 수정 등이 『매일신보』 연재본과 단행본의 서사적 차이이다.[5] 단편에서 장편으로 서사적 지평을 확장하면서 김동인은 다음과 같이 창작의도를 밝히고 있다.

> 백제의 문화는 야마도(大和)에까지 미쳐 오늘의 대일본제국을 이룩하는 초석이 되었다. 오늘날 같은 천황의 아래 '대동아' 건설의 마치를 두르는 반도인의 조선(祖先)의 한 갈래인 백제 사람과 내지인의 조선(祖先)인 야마도 사람은 그 당년(지금부터 一千三百 년 전)에도 서로 가깝게 지나기를 같은 나라이나 일반이었다. (중략) 이 소설에서는 바야흐로 쓰러지려는 국가를 어떻게든 붙들어보려는 몇몇 백제 충혼과 및 딴 나라일망정 서로 친근히 사귀던 나라의 위국(危局)에 동정하여 목숨을 아끼지 않고 협력한 몇몇 야마도 사람의 아름답고도 감격할 행위를 줄거리로 하고 비련(悲戀)에 우는 백제와 야마도의

---

5 박수빈, 앞의 논문, 134-136쪽.

소녀를 배(配)하여 한 이야기를 꾸며 보려는 것이다.[6]

　'作者의 말' 속에는 전작 「좌평성충」에 대한 언급이 등장하지 않는다. 작가 스스로 새로운 내용과 양식의 역사소설을 선보이겠다는 포부를 밝힌 이상 과거에 썼던 작품을 손보아 다시 썼다는 점을 굳이 언급할 필요가 없었기 때문일 것이다. 『백마강』은 전작의 인물 구성이나 서사구조를 확장해 복신, 봉니수, 집기, 소가, 오리메 등 여러 인물이 성충의 죽음 이후 백제 멸망을 막기 위해 고군분투하는 내용을 새롭게 추가했다. 특히 계백이 이끄는 군사가 황산벌에서 나당 연합군에게 패하자 복신이 왜국 원정군을 이끌고 와 끝까지 저항한다는 설정이 서사의 후반부에 배치됨으로써 작가가 밝힌 창작의도를 충실히 구현하고 있다. 「좌평성충」과 『백마강』의 서사적 차이는 창작의도의 차이에서 비롯된 결과로 볼 수 있다.

　식민지 말기 김동인은 조선 총독부 관변단체 '조선문인협회'에 발기인으로 이름을 올리고, 1941년 11월 '내선작가 간담회'에도 참여해 본격적인 친일행보를 시작한다. 『백마강』은 백제 멸망 이후 일본군이 백제부흥군을 보내 패망한 '백촌강 전투(백강 전투)'를 하나의 소재로 다룬 소설로, 백제를 소위 '내선일체의 성지'로 규정하려는 김동인의 인식이 강하게 투영되어 있다. 1941년 일본은 내선일체의 성지로 백제의 도읍 부여를 선정해 이곳에 부여신궁을 건립하기 시작하고 많은 문인들을 공사에 동원하기도 했다. 백제라는 고대 국가와 제국 일본의 접

6　김동인, 「作者의 말」, 『매일신보』, 1941.7.23.

점을 찾고, 그로부터 내선일체라는 제국의 아젠다를 합리화할 수 있는
명분을 찾은 것이다. 실제로 백촌강 전투는 나당 연합군에게 패한 백
제 잔류 세력이 일본에 구원군을 요청해 저항했으나 패배한 사건이다.
이후 수많은 백제 유민들이 일본으로 망명한 것으로 알려져 있다.

『삼국사기』의 내용 가운데 백제의 멸망 및 부흥운동에 관한 기록
을 보면『백마강』의 서사가 백제 멸망 과정 및 부흥운동을 둘러싼 실
제 역사와 상당히 유사함을 알 수 있다. 특히 흑치상지, 복신, 도침,
부여 풍 등 대부분의 등장인물이 실존 인물이라는 점과 일본군의 원
정으로 백제부흥군이 나당 연합군에 저항했다는 점 등은『백마강』
의 서사와 대동소이하다.『일본서기』에도 이와 유사한 기록이 등장
한다. 김동인이『백마강』집필에『삼국사기』,『일본서기』등을 참조
했다는 언급을 상기하면, 결국 그는 역사적 기록을 바탕으로 내선일
체를 옹호하는 소설을 창작한 셈이다. 즉 이 작품의 서사적 골격과
주요 등장인물 등은 대부분 역사적 기록을 토대로 삼은 것이다.

그러나 실제 역사와『백마강』의 설정이 완전히 일치하는 것은 아
니다. 이 작품에는 실존 인물뿐만 아니라 가공의 인물 봉니수, 소가,
오리메 등이 등장한다. 이들은 사건 진행에 있어 핵심적인 역할을 맡
고 있다. 즉 허구적 인물의 개입을 통해 주요 사건을 펼쳐나가고 있
다는 점에서 실제 역사 못지않게 허구적 내용의 비중이 큰 것이다.
대표적으로 봉니수라는 인물은 복신의 딸, 의자왕의 오촌조카딸, 풍
왕자의 육촌누이 등으로 설정되어 있다. 작가는 그녀가 왕실의 혈통
임을 강조하는 한편, 그녀가 일본과 매우 친밀한 관계임을 반복적으
로 부각시킨다. 그녀는 일본 유학생으로 후일 백제에 일본 원정군을

끌어들이는 데 중요한 역할을 하며, 백제인의 민족성을 비판하는 일본인 '소가'를 사랑한다. 즉 봉니수는 백제와 일본을 연결하는 핵심적인 접점의 역할을 하는 인물이다. 봉니수의 일본 유학, 일본인 소가에 대한 연정 등의 에피소드는 김동인이 『백마강』을 통해 궁극적으로 표출하고자 한 창작의도를 상징적으로 보여준다. 김동인은 실존 인물이 아닌 가공의 인물을 통해 작품의 주제의식을 드러내는 방식을 채택한 것이다.

「좌평성충」은 백제 의자왕의 실정과 재상 성충의 충의를 강조한 작품으로, 『백마강』의 서사적 골격과 거의 유사하다. 다만 『백마강』은 「좌평성충」의 결말 이후 서사를 확장해나가면서 전작과는 다른 주제의식을 제시한다. 성충의 죽음 이후부터 나당 연합군에 의한 백제의 몰락 과정, 계백 장군의 패배와 의자왕의 항복, 왜국 원정군의 개입 등이 추가된다. 이를 테면 『백마강』은 1935년에 발표한 「좌평성충」을 확장하고 여기에 '내선일체'를 옹호하는 요소를 개입시켜 장편소설로 완성한 것이라 볼 수 있다. 두 작품의 서사적 연관성을 토대로 텍스트에 나타난 검열의 문제를 살피는 작업은 개작과 검열의 관련 양상을 구체적으로 확인할 수 있는 방법이다.

비슷한 시기에 발표한 다른 작품들과의 비교를 통해 「좌평성충」과 『백마강』의 위치를 유추할 수 있다. 가령 『백마강』과 발표 시기상 인접한 작품으로 「분토의 주인」, 『성암의 길』 등이 검토 대상이 될 수 있다. 이들은 1941년부터 1944년 사이에 순차적으로 발표되었다. 이 가운데 『성암의 길』은 일본 천황에 대한 충성을 맹세하고 스스로를 일본의 신민으로 인식하는 역사의식을 드러냄으로써 당시

217

일제에 의한 황국신민화 정책을 선전한 작품으로 평가된다.[7]『성암의 길』은 1944년 8월부터 12월까지『조광』에 4회 연재 중단된 작품으로, 고구려 영웅 을지문덕을 소재로 한 역사소설「분토의 주인」이 연재된 바로 다음 달부터 연재가 시작되었다.「분토의 주인」이 1944년 7월『조광』에 1회 게재된 후 바로 연재가 중단되자, 그 뒤를 이은 작품이 황국신민화 정책을 노골적으로 선전한『성암의 길』인 것이다. 이는 식민지 말기 일본의 군국주의 정책이 대내외적으로 절정에 이른 시기 김동인의 문학적 행보를 단적으로 보여주는 현상이다.

「분토의 주인」은 시기상으로 보아『백마강』의 뒤,『성암의 길』의 바로 앞에 놓이는 작품이다.『백마강』,『성암의 길』이 '신체제에 적응하는 역사소설'로, 친일적인 요소를 드러낸 작품으로 평가되는 데 비해 그 사이에 놓인「분토의 주인」은 총독부의 검열로 연재가 중단된 경우에 해당한다. 창작시기가 유사한 세 작품에 대한 평가가 극명하게 갈리는 것이다. 이를 단순화하면『백마강』,『성암의 길』을 친일적인 작품으로,「분토의 주인」을 반일 혹은 신체제에 적응하는 역사소설의 예외적인 작품으로 규정할 수도 있다.『백마강』이 백제 말기 의자왕이 일본군의 힘을 빌려 신라와 당나라 연합군을 물리친 내용을 중심 서사로 삼은 것과 달리,「분토의 주인」은 수나라의 침략에 대응하는 고구려 장수 을지문덕을 주인공으로 하는 영웅적 서사를 기반으로 삼았다.

식민지 말기에 총독부 기관지『매일신보』에 꾸준히 작품을 발표했다는 사실, 발표한 작품들의 주제나 서사를 모두 친일적인 것으로

---

7 같은 책, 252쪽.

일반화할 수 없다는 점 등은 이 시기 김동인 소설에 대한 좀 더 섬세한 해석과 접근을 요한다. 적극적인 친일과 검열로 인한 연재 중단이라는 상극의 상황을 이 시기의 김동인 소설에서 발견할 수 있기 때문이다. 조선어 신문과 잡지 등 문학작품의 주요 게재 지면이었던 매체들 대부분이 1930년대 말부터 강제 폐간되어가던 상황에서 『매일신보』는 거의 유일하게 한글로 된 작품을 게재할 수 있는 곳이기도 했다. 이 작품은 김동인의 다른 장편들과 달리 1941년 7월 24일부터 1942년 1월 30일까지 『매일신보』에 158회 연재 완료되었다. 김동인의 장편소설 중 연재가 한 차례의 중단 없이 계속 이어져 완료된 경우는 매우 드문데, 『백마강』이 그 중 하나이다.

다만 김동인은, 많은 문인들이 절필을 선언했던 시기에 총독부 기관지 에 장편소설을 연재한 사정에 대해, "가난한 문사들이 생활의 약간의 보조라도 얻기 위하여" 한 것일 뿐이라고 밝혔다.[8] 전업작가가 생활고를 해결하기 위한 목적으로 친일적인 성향의 작품을 『매일신보』에 연재했다는 것이다. 게다가 이전 김동인의 술회를 보면 그가 조선 총독부 기관지로서의 『매일신보』와 다른 민간신문을 특별히 구별하거나 선호하는 경향이 드러나지 않는다는 점을 발견할 수 있다. 김동인은 조선 총독부 기관지로서 『매일신보』에 소설을 발표

---

8 김동인, 「상구고독(孀嫗孤獨) 현(現) 민간신문(民間新聞)-한 문예가(文藝家)가 본 민간신문(民間新聞)의 죄악(罪惡)」, 『개벽』, 1935.3. "XX신보에 쓰는 사람은 비교적 이름 있고 또한 XX신보도 신문이니만치 널리 '아모가 XX신보에 글을 쓰거니' 알게 되겠으니 이 사람들에게 뽀이컬하면 민중이 알아보기 쉬우니 따라서 효과가 많고"라는 직설적인 화법으로 김동인은 매일신보에 원고를 게재하는 문사들을 두둔하고 이들에 가해진 민간신문들의 차별과 횡포를 강하게 비판하고 있다.

하는 일이 지니는 정치적인 의미나 해석을 크게 염두에 두지 않았을 뿐만 아니라, 민간신문과『매일신보』의 위상 차이에 대해서도 그다지 신경을 쓰지 않았거나 애써 무시했던 것으로 보인다.

「좌평성충」은 미완의 작품이 아니다. 김동인은 자신이 과거에 발표했으나 완성하지 못한 작품들을 후에 다시 쓴 작가로도 유명하다. 특히 해방기 외부 검열의 힘이 상대적으로 약화된 시기에 그는 과거 작품들의 개작 및 재창작에 몰두했다. 왜 김동인은 1935년에 발표한 완성작을 손보아 장편의 형태로 다시 발표했을까? 아마도 그가 「좌평성충」 속 역사적 모티프에서 식민지 말기적 상황에 대입할 만한 요소를 찾았기 때문일 것이다. 예를 들면, 작가는 성충이 죽고 더욱 위기에 빠진 백제의 국운을 회복하고 외세의 침략으로부터 민족을 수호해야하는 상황과 식민지 말기 우리 민족이 처한 상황을 동일시 하는 방식으로 '신체제 역사소설'의 방향성을 설정했다. 성충의 죽음으로 끝난 「좌평성충」의 뒷이야기, 곧 백제 망국사의 정점에 놓인 이야기를 서술하되, 거기에 허구적 요소를 대폭 추가함으로써 검열을 피하고 작가적 위상을 공고히 하고자 했음을 짐작하는 것은 그리 어려운 일이 아니다.

3. '신체제 역사소설'의 역사성과 허구성

『백마강』의 서사는 의자왕의 실정과 그로 인한 백제의 몰락 과정에 집중되어 있다. 이는 「좌평성충」의 서사적 골격과 크게 다르지 않

다. 그런데 역사적인 인물이 아니라 허구적인 인물에 의해 주요 서
사가 구현된다는 점이 두 작품의 결정적인 차이를 만들었다. 이 차이
는 백제 멸망의 과정에 일본을 전면적으로 등장시키고, 나아가 백제
인과 일본인을 결합하는 형태로 형상화된다. 백제와 일본은 매우 친
밀했던 과거를 공유하고 있으며, 「좌평성충」에는 전혀 등장하지 않
았던 친일적인 요소가 『백마강』에 이르러 대폭 늘어난 배경 또한 이
러한 인식과 맥락으로부터 나온 것이다. 김동인은 식민지 말기 역사
소설의 창작과 발표 과정에서 작동한 검열의 압력을 허구적 요소를
통해 돌파하고자 했다. 백제 멸망의 역사가 갑작스럽게 제국을 미화
하는 수단으로 활용된 것이다.

백제와 일본의 관계는 실제 역사에서도 그 유래가 깊다. 「좌평성
충」에는 전혀 등장하지 않았던 친일적인 요소가 갑자기 『백마강』에
전격적으로 등장하는 이유도 백제와 일본의 오랜 유대관계라는 토
대로부터 나왔을 것이다. 실제로 「좌평성충」에는 일본과 관련된 어
떤 내용도 등장하지 않는다. 의자왕, 성충, 계백 등을 중심으로 왕실
의 문제를 해결하여 국운을 바로잡으려는 유교적인 내용이 「좌평성
충」의 전부라 할 수 있다. 그런데 6년 뒤 『백마강』으로 오면 양상은
많이 달라진다. 백제의 선진 문물을 배우려는 일본인들이 백제로 유
학을 많이 왔다는 사실, 양국 간 문화적인 교류가 활발했다는 사실,
신라와 당나라의 협공으로 위기에 처한 백제의 유일한 지원군이 일
본이었다는 인식, 일본은 강력한 무력을 지닌 나라지만 문화적으로
는 열등한 국가라는 인식, 백제인과 일본인의 결혼 등으로 두 나라의
국가적 분립을 민족적인 차원에서 따질 수 없다는 인식[9] 등이 『백마

강』에 구현된 김동인의 역사관이다. 특히 백제와 일본의 유대관계를 강조한 결과 도달한 지점은 두 나라의 '국가적 분립'을 따질 수 없다는 인식이다. 즉 백제와 일본은 오랜 역사적 관계를 바탕으로 하고 있으며, 따라서 두 나라를 근대적 기준으로는 분리하기 어렵다는 것이다. 이것이 그가 식민지 말기에 백제 멸망사를 다시 쓰려는 궁극적인 의도이자, 일본이 내세운 내선일체론의 핵심 내용이다.

『백마강』의 연재와 비슷한 시기에 이광수도 백제와 일본 고대사의 접점에 대해 그와 유사한 발언을 한 바 있다.

> 그러나 내선(內鮮) 양민족은 피를 함께 한 민족이다. 2천 년 전에는 한 민족이었으며, 그 후에도 1천2백 년 전 경에 백제로부터 일본에 건너간 백제의 자손들이 내지 기옥(기옥)의 고려촌에서 일본인과 결혼하여 그 후손은 혼혈한 완전한 일본인이 되었으며, 8천백만이나 산(算)하게 된다. 그리고 더욱 황송한 말씀이나 황실에도 2차나 조선의 피가 섞이셨던 것이다. 이 말은 총독부에서 해도 좋다 해서 나는 기쁜 마음으로 근기하는 바인데 (하략)[10]

식민지 말기 내선일체와 동원론은 고대사의 복원을 통해 효율적인 식민 통치를 가능케 하기 위한 도구로 활용되었다. 한수영은 김동인의 『백마강』에서 시도한 고대사 복원의 의도가 궁극적으로 내선일체론의 내면화에 있었다고 보았다. 그는 『백마강』의 큰 줄거리는

---

9 이재용, 앞의 논문, 140-141쪽.
10 이광수, 「신체제하의 예술의 방향」, 『삼천리』, 1941.1.

대부분 사서(史書)에 기록된 역사적 사실에 근거를 두고 있으며, 김동인이 『삼국사기』의 기록을 토대로 백제와 일본의 선린관계를 서사의 주축으로 삼았으리라 짐작했다. 또한 그는 일본 중심의 모든 동화정책을 정당화하는 근본적인 원리의 차원에서 '반(反) 중국'의 논리가 형상화되어 있다고 보았다. 조선과 일본이 하나임을 설득하기 위해서는, 한반도가 중국 중심으로 세계를 인식하기 이전의 시 공간을 복구해야만 했고, 소설은 비주체적인 신라가 당을 끌어들여 한반도의 다른 나라를 무너뜨린 시점을 그 결정적인 계기로 파악한다. 작품의 서사가 사서(史書)가 전하는 그 후의 결말을 잇지 않고 일본 원정군의 도착 장면에서 멈춘 이유도 여기에서 비롯된다.[11]

> 내 진정으로 말하자면, 나는 이 「그다라」라는 나라이 도대체 그다지 마음에 안 들어. 내가 미까도의 분부를 받고, 또 내 아버님의 분부도 받아 이 나라에 몸을 바친 이상에야 신명을 다해 섬기겠지만, 「정」으로 말하자면 마음에 안 드는 데가 많아. 첫째 왜 이 나라 사람에겐 기백(氣魄)이 부족하냐 말일세. 같은 동명제(東明帝)를 조상으로 한 두 나라가 고구려와 백제의 기백이 왜 그다지도 다르냐 말일세. 고구려의 기백이야말로 야마도 사람인 내게는 심령에 푹 맞는단 말이지. 같은 조상의 피를 물려받아 가지고 그다라는 왜 고구려 같은 자존심과 굳센 맛이 없는가. 내 이 나라에 벼슬을 한 지 일년 반에 좀 똑똑히 알아두어야겠기에 이 나라 역사를 좀 뒤적거려 보았네. 보면서

---

11 한수영, 「고대사 복원의 이데올로기와 친일문학 인식의 지평 — 김동인의 『백마강』을 중심으로」, 『실천문학』65, 실천문학사, 2002, 192-198쪽.

느낀 바이 왜 이 나라는 이렇고 저 나라는 저런가고. 내가 이 나라 큰
길지께 받은 책무- 또 춘부께 부탁하신 일이 이 나라 청소년들에게
사군(事君)도(道)를 가르쳐 달라는 게 아닌가. 급기 임무에 당하고 보
니 사군도보다 報國道 아니 尊國道를 먼저 알아야겠어. 이 나라이 얼
마나 위대하고 훌륭한 나라인지 이 나라를 위대하다고 생각하고서
야 비로소 이러이러한 일은 내 나라의 수치라는 걸 알 게 아닌가. 대
체 내 나라를 존경할 줄을 모른단 말이야. 야마도인인 내게는 온 이
런 마음이 들 수도 있나 생각되리만치.(『백마강』,『매일신보』, 1941.12.9.)

인용문은 일본 야마도인 '소가(牛爾)'의 비판이다. 그 핵심은 백제
백성들의 애국심의 부족에 있다. '소가'는 부여 거주 일본인의 집단
거류지인 '야마도부'의 부 책임자이자 의자왕으로부터 벼슬을 받은
신하이다. 소가는 실존 인물이 아닌 허구적 인물로, 일본인이면서 백
제와 관계가 깊은 존재로 설정된다. 허구적 인물인 소가의 입을 빌려
백제 백성들의 애국심 부족을 비판하는 방식을 채택함으로써 우회
적으로 조선인들의 민족성을 비판하려는 작가의 의도가 엿보인다.
비교 대상은 고구려이다. '동명제'를 조상으로 하는 두 나라의 기백
차이가 애국심의 차이로 귀결된다는 해석은 결국 백제에 대한 고구
려의 우위론, 삼국 역사 중 고구려 정통론 등으로 구체화되었다. 실
제 고구려 정통론을 내세운 역사소설 창작을 통해 김동인은 이러한
역사의식을 반복적으로 표출하기도 했다. 앞서 언급한 「분토의 주인」
과 그 개작 「분토」, 그리고 『을지문덕』으로 이어지는 고구려 서사,
『아기네』와 『서라벌』 등에서 중점적으로 다룬 고구려 역사의 시정

과 복원은 오랫동안 김동인이 몰두해왔던 역사소설의 화두 중 하나
였다.

또 다른 허구적 인물 '봉니수'는 복신의 딸, 의자왕의 오촌조카, 풍
왕자의 육촌누이 등으로 설정되어 있다. 작가는 그녀가 왕실의 혈통
임을 강조하는 한편, 그녀가 일본과 매우 친밀한 관계임을 반복적으
로 부각시킨다. 그녀는 일본 유학생으로 후일 백제에 일본 원정군을
끌어들이는 데 중요한 역할을 하며, 백제인의 민족성을 비판하는 일
본인 '소가'를 사랑한다. 즉 봉니수는 백제와 일본을 연결하는 핵심
적인 접점 역할을 하는 인물이다. 봉니수의 일본 유학, 일본인 소가
에 대한 연정 등의 에피소드는 김동인이 『백마강』을 통해 궁극적으
로 표출하고자 한 창작의도를 상징적으로 보여준다. 일본인 '오리
메'는 야마도 임금의 5촌 조카딸로, 공부를 하기 위해 백제로 유학을
온 인물로 설정된다. 봉니수와 오리메는 두 민족의 역사적 친연성을
상징적으로 보여주는 허구적 인물이라고 할 수 있다.

그러나 허구적 인물 설정에 의존하여 백제와 일본의 관계를 의도
적으로 규정하려는 작가의 시도는 바로 그 허구성 때문에 문제에 봉
착할 수밖에 없다. 이 허구성에 김동인이 무엇보다 집착한 것은 역사
적 사실의 문학적 재구성 차원을 넘어 하나의 지배 이데올로기를 만
들려는 목적의식이 실제 역사와 충돌하고 있기 때문이다. 이는 백제
사를 토대로 한 '제국의 발굴'[12]과 밀접한 관련을 지닌다. 1939년 3월
시작된 부여신궁 건립을 전후로 백제사를 문학적으로 복원하려는

---

12 허병식, 앞의 논문, 84쪽.

시도는 당대 국책에 부응하는 방식, 백제와 제국의 연결고리를 현재화하려는 의도를 노골적으로 드러냈다.

백제는 나당 연합군에 패하고 멸망했으나, 『백마강』의 서사적 결말은 일본 원정군에 대한 백제인들의 기대와 환호로 끝난다. 역사소설은 대개 역사적 사실과 현재적 상상의 융합을 통해 특정한 메시지를 전달하는 데 목적을 둔다. 그러나 현재적 상상의 창조적 속성이 역사적 사실성과 충돌을 일으킬 경우 '역사 왜곡'이라는 논란의 대상이 되기도 한다. 「좌평성충」이 역사적 사실의 충실한 재현에 가깝다면, 『백마강』은 검열에 의해 굴절된 현재적 상상의 과잉에 가깝다. 『백마강』에서 드러나는 현재적 상상의 속성은 소설의 허구성이라는 장치를 도구로 삼아 작가의 욕망을 구현하는 데 집중된다. 이때 작가의 욕망은 검열의 칼날로부터 비켜나 살아남는 것이다. 역사적 사실로부터 소재를 취하되, 이를 현재적 상상의 욕망에 맞게 허구적으로 재구성하는 것이 『백마강』의 서사적 전략이라 할 수 있다.

김동인은 해방 이후 '사담 전문가'라 자칭하며 자신을 새로운 역사소설 창작의 적임자로 공언하기도 했다. 그만큼 역사소설이라는 장르와 역사에 대한 작가의 이해와 관심이 남달랐음을 표현한 것이라 할 수 있다. 실제로 해방기 김동인은 역사적 사실의 고증에 집착하면서, 식민지 시기 역사 왜곡이 극심했음을 강하게 비판하고, 이를 제대로 시정하고 복원해야 한다고 주장했다. 이러한 비판과 주장은 그가 집필한 『서라벌』, 『을지문덕』 등을 통해 구체화되기도 했다. 그런데 해방 직전에 발표한 『백마강』의 경우는 사정이 다르다. 김동인은 "백제를 배경으로 신체제에 적응하여 역사소설의 신기원을 만들"고자 하는 목적에 따라『백마강』을 썼다고 밝혔다. 여기서 밝힌 '백제를 배경으로 신체제에 적응하는' 방법은 결국 백제라는 역사적 시공간을 제국의 역사적 시공간과 공유하거나 동일시하는 것이다. 그가 명명한 '신체제 역사소설'이란 결국 식민지와 제국의 역사적 접점을 찾고, 이를 형상화하여 식민지와 제국을 병합하는 문화적 수단이다.

「좌평성충」의 서사적 세계에 전혀 등장하지 않았던 제국의 자취를 역사적 고증과 허구적 상상이라는 방법을 통해 전면에 등장시킨 것이 『백마강』이다. 특히 허구적 인물을 창조하고 이들로 하여금 서사의 중요 국면에 결정적인 역할을 하도록 설정하거나, 백제와 일본의 접점을 애써 강조하도록 유도하는 방식으로 내선일체의 문학적 전범을 만들고자 했다는 점이『백마강』의 서사적 핵심이자 전작과의 가장 큰 차이이다. 여기에는 김동인의 문학적, 정치적 야심과 더불어 식민지 말기 대부분의 작가들이 경험했던 검열의 문제가 깊이 관련되어 있다.

4. 검열의 내면화를 통한 역사의 재구성

조선 총독부에 의해 출판물의 탄압이 체계화되기 시작한 것은 1926년 4월 조선 총독부 경무국 산하 도서과가 신설된 이후부터이다. 총독부 도서과는 이때부터 본격적으로 신문과 잡지, 단행본, 영화 등에 대한 포괄적인 검열을 진행했다.[13] 1930년대 중반 이후 일본

---

13 문한별, 「일제강점기 초기 교과서 검열을 통해서 본 사상 통제의 양상 — 대정 4년 (1915년) 조선총독부『교과용도서일람』을 중심으로」,『Journal of Korean Culture』

에 의해 한층 더 강화된 검열은 작가들의 창작의식에도 강한 영향력
을 발휘해 그들 스스로 검열을 내면화하기에 이른다. 비단 김동인뿐
만 아니라 이 시기에 작품활동을 했던 대다수의 작가들이 창작과정
에서 외부 검열을 의식해 글을 쓰고 지웠다. 이때 외부 검열은 자기
검열과 깊은 인과관계를 지닌다. 이광수 또한 창작과정에서의 검열
문제에 대해 "경무국이 허할만한 재료를 골라서" 소설을 썼다고 밝
히기도 했다.[14] 작가들은 작품을 삭제당하거나 압수당하지 않기 위
해 자기검열을 강화하거나 절필 등의 방법으로 창작활동을 중단하
는 수밖에 없었다. 김동인은 절필이 아니라 자기검열을 강화하는 방
식으로 창작활동을 지속해나갔다. 김동인을 포함해 많은 작가들이
일제의 탄압이 노골적으로 강화되기 시작한 1930년대 중후반 이후
적극적으로 역사소설이나 사담류 창작으로 선회한 이유도 이 때문
이다.

1939년 김동인은 '황군위문조선문단사절'의 일원으로 박영희, 임
학수와 함께 북지전선 견학 및 위문을 다녀왔으나 건강상의 이유로
총독부가 요구한 결과물을 내놓지 못해 엄청난 부채감에 시달렸
다.[15] 1944년에는 총독부 검열로 「분토의 주인」의 연재를 중단 당하
기도 했다. 「분토의 주인」이 검열로 중단된 직후 김동인은 일본 역사

44, 한국어문학국제학술포럼, 2019, 217쪽.

14 이광수, 「여의 작가적 태도」, 『동광』, 1931. 4.

15 김동인은 「작품과 제재 문제」(『매일신보』, 1941.3.29)라는 글에서 '황군위문조
선문단사절'의 임무가 "皇軍의 無雙한 忠勇과 獻身의 勞苦를 내 눈으로 직접 보고
듣고 그것을 (歸城後에) 文으로 만들어서 朝鮮同胞에게 보고하는 것"이라고 언급
했다.

에서 소재를 취한 친일 소설『성암의 길』을 연재했다. 식민지 말기 절필이 아닌 자기검열을 강화하는 형태의 창작활동을 선택한 까닭에 대다수의 작가들과 마찬가지로 김동인 역시 제국의 문화정책을 선동하고 찬양하는 내용의 작품을 발표하기에 이른다.『백마강』을 이러한 상황적 맥락과 분리해 해석할 경우 그것은 작가 스스로 천명한 바와 같이 신체제 역사소설의 모범이 되겠지만, 상황적 맥락을 고려해 해석할 경우 그 의미는 그다지 단순하지 않다. 가령, 전작「좌평성충」과의 비교, 천황불경죄로 인한 구속[16], 검열로 인한 연재 중단의 경험 등을 함께 고려할 때『백마강』은 궁극적으로 검열의 문제와 깊은 관련성을 지닌 작품인 것이다.

1941년에『매일신보』에 소설을 연재했다는 사실 자체도 상당히 정치적인 행위임에 분명하다. 더욱이 백제 역사를 통해 일제의 신체제 문학을 발전시키자는 창작의도를 노골적으로 밝힘으로써 김동인의 행위는 문학적인 차원을 넘어 지극히 정치적인 성격을 지닌다. 서사적 차원에서는 왜국 원정군이 백제 부흥 운동에 적극적으로 참여한 역사적 사실을 토대로 백제와 일본의 관계를 강조 · 미화하거나 백제의 국민성을 비하하고 일본의 국민성을 찬양하는 등「좌평성충」에 등장하지 않았던 친일적인 요소를 대폭 추가했다. 개별 작품 자체만으로 볼 때『백마강』은 친일문학이라는 비판으로부터 자유로울 수 없다. 그러나 작가와 작품이 놓인 상황적 맥락을 토대로 평가

---

16 『친일인명사전』에 등재된 내용에 따르면, 김동인은 1942년 1월 삼천리사에서 박계주, 최인화와 잡담을 나누다 천황을 '그 같은 자'라 칭했다는 이유로 그해 7월에 징역 8개월을 선고받아 복역했다. 친일인명사전편찬위원회,『친일인명사전』, 민족문제연구소, 2009, 309쪽.

하자면, 그것은 외부 검열의 강화 및 그와 직접적인 인과관계를 가진, 혹독한 자기검열의 결과이다. 상황 논리에 따라 친일 행위에 면죄부를 주어야 한다는 것이 아니라, 문학작품을 개별 작가들이 놓였던 상황적 맥락과 함께 고려할 필요가 있다는 것이다.

「좌평성충」에서 『백마강』에 이르는 기간은 실제로 가장 가혹한 검열의 시대라 칭할 만큼 총체적인 차원에서 비판적 담론 생산이 철저히 차단된 시기이다. 김동인이 「좌평성충」에서 제국의 흔적을 지운 이유와 『백마강』에서 그것을 복원한 이유는 검열과 직접적으로 관련되어 있다. 물론 검열을 이유로 특정 작가의 훼절 행위가 모두 정당화될 수는 없다. 다만 식민지 말기 김동인의 문학적 행보를 온당하게 평가하기 위해서는 개별 작품이 지닌 의미나 작가에 의해 공표된 의도만을 근거로 삼아서는 곤란하다. 이 시기 김동인의 행적을 단순화하거나 단정하기에는 그 문학적 굴곡이 크기 때문이다. 앞서 언급한 「분토의 주인」의 연재 중단도 이 시기 김동인 문학의 굴곡을 보여주는 한 징후가 될 수 있다. 더불어 검열 당국의 비일관적인 태도, 검열 기준의 모호성이나 자의성은 작가들의 창작의식을 극도로 위축시키고 궁극적으로 자기검열을 강화하는 방향으로 유도하는 결정적인 원인이 되었다.

흥미로운 것은, 김동인이 시도한 백제 역사의 복원이 궁극적으로 내선일체 이데올로기를 공고히 할 역사적 근거를 제시했다는 점이다. 김동인은 『삼국사기』, 『일본서기』 등의 사료에 담긴 백제 역사에 관한 기록을 참고하여 「좌평성충」과 『백마강』을 썼을 것이다. 그러나 동일한 사료를 참조하여 문학적으로 재구성했음에도 불구하고 두 작품의 서사적 차이는 적지 않다. 이 차이는 「좌평성충」에서 배제했던 역사적 사실을 『백마강』에 이르러 복원하거나 추가함으로써 만들어졌다. 『백마강』에 관한 기존 논의는 대부분 전작 「좌평성충」과의 연관성을 고려하지 않았기에 작가가 표방한 창작의도와 목적을 별 다른 의심 없이 수용하는 방식으로 이루어졌다. 전작과의 연관성을 고려할 경우 『백마강』에 대한 해석은 달라질 수 있다. 개작을 통한 텍스트의 확장 과정에서 검열 당국의 구미에 맞는 역사적 사실을 전면화하는 전략을 사용함으로써 김동인은 작품을 중단 없이 연재할 수 있었다.

김동인은 여기에 허구적 요소를 적절히 더해 과거 백제와 일본의 우호관계를 미화하고 그 전통을 계승할 것을 강조하여 '신체제 역사소설'의 모범적인 사례로써 『백마강』을 선보이고자 했다. 실제 역사와 허구적 요소를 섞어 양국 간 우호관계의 전통을 상징적으로 보여줄 수 있을 만한 인물과 사건을 과감히 내세워 사실성과 상상성을 동시에 구현하고자 한 것이다. 내선일체 역사소설로 검열 당국의 감시를 피하는 동시에 작가로서의 입지를 다지는 것이 김동인의 의도였고, 이를 위해 새로운 창작이 아닌 개작이라는 방법으로 새로운 역사소설의 가능성을 실험했다. 『백마강』은 제국과 식민지의 역사적 접점을 문학적으로 형상화하여 식민지를 제국에 동화시키는 문화적 수단으로서의 역할을 담당한 작품, 역사적 사실과 허구적 요소를 적절히 혼합하되 검열을 우회할 수 있는 방법을 채택함으로써 자신이 내세운 창작의도를 충실히 반영한 작품으로 평가할 수 있다.

고대사 복원에 대한 김동인의 욕망은 해방 이후 다른 양상으로 전
개되었다. 해방기 김동인의 관심은 『서라벌』(1947), 『을지문덕』(1948)
등 고구려 역사의 복원으로 옮겨갔다. 두 작품은 모두 장편으로 기획
되었으나 완성되지 못했다. 이들은 공통적으로 허구적 요소보다는
사실성에 기반해 있다. 이는 『백마강』에서 시도한 '신체제 역사소설'
의 성격과 구별되는 특징이다. 고조선에서 삼국으로 이어지는 국가
형성과 확장 과정을 문학적으로 재구성하면서 김동인은 특히 고구
려 역사의 복원과 시정(是正)을 강조했다. 그는 과거 특정 세력에 의해
왜곡되고 축소된 고구려 역사에 대한 온전한 복원이 새로운 국가 건
설이라는 민족적 과제 완수에 무엇보다 중요하다고 주장하면서 이
를 형상화한 작품들을 차례로 발표했다. 그가 발표한 고구려 서사에
는 일본에 의해 지속되었던 고구려 역사 왜곡에 대한 직설적인 비판
이 등장한다. 『백마강』에서 백제 역사라는 소재를 통해 내선일체론
을 선전하는 한편, 『서라벌』과 『을지문덕』 연작(1944년 「분토의 주인」,
1946년 「분토」, 1948년 『을지문덕』)에서는 고구려 역사를 소재로 삼아 민족
사의 온전한 정립을 강조했다.

5. 『백마강』에 나타난 개작과 검열의 양상

강진호는 문학 연구에서 '개작'의 정의가 모호하게 통용됨을 지적
하고, 그 의미를 좀 더 포괄적으로 규정할 필요성을 제기했다. 그는
작품에 대한 부분적인 퇴고, 전면적인 수정이나 재창작 모두 개작의

범주에 해당한다고 보았다.[17] 본고는 김동인의 「좌평성충」과 『백마강』을, 개작과 검열의 인과관계라는 측면에서 분석하고, 그 차이가 의미하는 바가 무엇인지를 고찰하는 데 목적을 두었다. 전술한 바와 같이 두 작품을 원작과 개작의 관계로 볼 수 있는가에 대해서는 논란의 여지가 있을 수 있다. 그러나 개작의 의미를 포괄적으로 규정할 때 『백마강』을 원작을 대폭 수정하고 확장한 개작으로 간주할 수 있다. 원작 「좌평성충」의 서사가 『백마강』으로 확장·변주되는 과정에서 내외적인 검열이 작동했다고 보는 것이 본고의 문제의식이며, 두 텍스트의 비교 분석을 통해 개작과 검열의 상관성을 고찰하는 것이 본고의 주된 목적이다.

본고는 『백마강』의 서사가 1935년에 김동인이 발표한 단편소설 「좌평성충」과 깊은 연관성을 지닌다고 보고, 두 작품을 개작의 관점에서 분석했다. 아울러 두 작품의 차이를 검열의 관점으로 분석해 원작이 어떤 과정을 거쳐 '신체제 역사소설'로 변모했는가를 고찰했다. 「좌평성충」은 단편이고 『백마강』은 장편인데, 전자의 서사를 확장·변주한 것이 후자이다. 이러한 서사적 연관성과 연속성 면에서 두 텍스트를 개작의 관점으로 분석할 수 있다. 『백마강』이 연재되었던 1941년-1942년 사이 조선 문단은 소위 '국민문학', '국책문학' 등으로 대표되는 어용문학에 지배당했다. 강력한 문화 통제의 수단으로 일본은 조선어와 조선 문화 전반에 걸친 포괄적인 통제와 금지를 시행했다. 김동인의 '신체제 역사소설'의 창작 과정에는 이와 같은

---

17 강진호, 「퇴고와 개작—이태준의 경우」, 『현대소설연구』68, 한국현대소설학회, 2017, 254-258쪽.

시대적 요구가 노골적으로 전경화되어 있다. 이러한 시대적 맥락을 고려했을 때 원작 「좌평성충」이 '신체제 역사소설'『백마강』으로 확장, 변모해나가는 과정에 내외적인 차원의 검열이 어떻게 작동했는가를 분석하는 것이 본고의 주요 내용이다.

　「좌평성충」은 완성작이며, 따라서 김동인이 과거에 발표했으나 완성하지 못한 작품들을 후에 다시 쓴 경우와는 다르다. 특히 해방기 외부 검열의 힘이 상대적으로 약화된 시기에 그는 과거 작품들의 개작 및 재창작에 몰두했다. 김동인이 1935년에 발표한 완성작을 손보아 장편의 형태로 다시 발표한 이유는, 그가 「좌평성충」속 역사적 모티프에서 식민지 말기 상황에 대입할 만한 요소를 찾았기 때문일 것이다. 예를 들면, 작가는 성충이 죽고 더욱 위기에 빠진 백제의 국운을 회복하고 외세의 침략으로부터 민족을 수호해야하는 상황과 식민지 말기 우리 민족이 처한 상황을 동일시하는 방식으로 '신체제 역사소설'의 방향성을 설정했다. 성충의 죽음으로 끝난 「좌평성충」의 뒷이야기, 곧 백제 망국사의 정점에 놓인 이야기를 서술하되 거기에 허구적 요소를 대폭 추가함으로써 검열을 피하고 작가적 위상을 공고히 하고자 했던 것이 작가의 의도임을 짐작할 수 있다.

　「좌평성충」에서『백마강』에 이르는 기간은 실제로 가혹한 검열의 시대라 칭할 만큼 총체적인 차원에서 비판적 담론 생산이 철저히 차단된 시기이다. 김동인이 「좌평성충」에서 제국의 흔적을 지운 이유와『백마강』에서 그것을 복원한 이유는 검열과 직접적으로 관련되어 있다. 물론 검열을 이유로 특정 작가의 훼절 행위가 모두 정당화될 수는 없다. 다만 식민지 말기 김동인의 문학적 행보를 온당하게

평가하기 위해서는 개별 작품이 지닌 의미나 작가에 의해 공표된 의
도만을 근거로 삼아서는 곤란하다. 이 시기 김동인의 행적을 단순화
하거나 단정하기에는 그 문학적 굴곡이 크기 때문이다. 앞서 언급한
「분토의 주인」의 연재 중단도 이 시기 김동인 문학의 굴곡을 보여주
는 한 징후가 될 수 있다. 더불어 검열 당국의 비일관적인 태도, 검열
기준의 모호성이나 자의성은 작가들의 창작의식을 극도로 위축시
키고 궁극적으로 자기검열을 강화하는 방향으로 유도하는 결정적
인 원인이 되었다.

　김동인이 시도한 백제 역사의 복원은 궁극적으로 내선일체 이데
올로기를 공고히 할 역사적 근거를 제시했다는 점에서 문제적이다.
김동인은『삼국사기』,『일본서기』등의 사료에 담긴 백제 역사에 관
한 기록을 참고하여 「좌평성충」과『백마강』을 썼다. 그러나 동일한
사료를 참조하여 문학적으로 재구성했음에도 불구하고 두 작품의
서사적 차이는 적지 않다. 이 차이는 「좌평성충」에서 배제했던 역사
적 사실을『백마강』에 이르러 복원하거나 추가함으로써 만들어졌
다.『백마강』에 관한 기존 논의는 대부분 전작 「좌평성충」과의 연관
성을 고려하지 않았기에 작가가 표방한 창작의도와 목적을 별 다른
의심 없이 수용하는 방식으로 이루어졌다. 전작과의 연관성을 고려
할 경우『백마강』에 대한 해석은 달라질 수 있다. 개작을 통한 텍스
트의 확장 과정에서 검열 당국의 구미에 맞는 역사적 사실을 전면화
하는 전략을 사용함으로써 김동인은 작품을 중단 없이 연재할 수 있
었다.

　김동인은 역사적 사실에 허구적 요소를 더해 과거 백제와 일본의

우호관계를 미화하고 그 전통을 계승할 것을 강조하여 '신체제 역사소설'의 모범적인 사례를 창조하고자 했다. 그는 양국 간 우호관계의 전통을 상징적으로 보여줄 수 있을 만한 인물과 사건을 과감히 내세워 사실성과 상상성을 동시에 구현하고자 했다. 내선일체 역사소설로 검열 당국의 감시를 피하는 동시에 작가로서의 입지를 다지는 것이 김동인의 의도였고, 이를 위해 새로운 창작이 아닌 개작이라는 방법으로 새로운 역사소설의 가능성을 실험했다. 『백마강』은 제국과 식민지의 역사적 접점을 문학적으로 형상화하여 식민지를 제국에 동화시키는 문화적 수단으로서의 역할을 담당한 작품, 역사적 사실과 허구적 요소를 적절히 혼합하되 검열을 우회할 수 있는 방법을 채택함으로써 자신이 내세운 창작의도를 충실히 반영한 작품으로 평가할 수 있다.

제6장

윤석중 문학의
미적 검열과 개작

1930년대 작품을 중심으로

장영미(성신여자대학교)

1. 들어가며

　본 연구는 윤석중의 1930년대 작품집을 대상으로 원작과 비교 분석하여 개작 양상을 살피고, 이를 기반으로 그의 문학적 특징과 의미를 재정립하는 것이 목적이다. 윤석중은 1924년 『신소년』에 「봄」이 입선되어 등단한 이후, 『어린이』(1925년)에 「오뚝이」를 발표하면서 본격적인 활동을 한다. 등단 초기부터 글재주를 인정받으면서 동요/동시, 동화시, 아동극 등 창작뿐 아니라 아동문화운동가로서 활약한 인물로 한국 아동문학사에서 빼놓을 수 없다. 1920년대 등단하여 2003년 타계하기 전까지 양산한 수많은 작품과 활동은 양적/질적인 의미를 담지하고 있다. 특히, 윤석중은 1920년대 애상적인 동요와 동시가 주를 이루던 시기에 새로운 변화를 위해 다각도로 모색한다. 그는 당시 전통적인 우리 전래동요의 가락에서부터 일본의 7·5조 동요, 서구 시인에게 보이는 자유시를 비롯해 '동화시'라는 새로운 형태의 장르를 개척하였다. 시 형식에 관한 지속적인 실험정신과 노력은 한국 동요/동시사에 기여한 바가 크다. 즉, 당시의 상투적인 정형률을 고집하지 않고, 새로운 운율과 느낌을 주기 위해 지속적으로 개작을 한다. 이러한 개작은 한편으로 자기검열, 즉 미적 완성도를 높이기 위한 것이면서 다른 한편으로 한국 동요/동시사의 발전에 영향을 미친 것이라 할 수 있다.

이처럼 윤석중은 많은 작품을 개작하면서 작품의 완성도는 물론 한국 동요/동시사에 변화와 발전을 기하였음에도 불구하고 개작에 관한 연구는 전무한 실정이다. 특히, 윤석중의 작품을 분석 대상으로 삼은 연구 대부분이 원본을 대상으로 하지 않고 전집으로 출간된 텍스트로 하여 작품 본연의 의미가 왜곡되고 있다. 가령, 「방패연」은 동일 제목으로 수차례 여러 지면(《중외일보》와 《동아일보》, 32년판 동요집, 39년 동요선 등)에 발표하면서 개작하는데 내용상 의미가 변한다. 「방패연」 외에도 많은 텍스트에서 원작과 개작의 변화가 발견됨에도 불구하고, 원본이 아닌 전집을 대상으로 연구하여 작품의 의미를 제대로 평가하지 못하고 있다. 따라서 윤석중 작품의 원본과 개작 비교 연구는 한 개인의 문학적 특징 발견을 넘어서서 한국 동요/동시사에서도 중요한 의미를 지닐 것이다.

주지하다시피, 윤석중은 한국의 동요/동시사에 타의 추종을 불허할 만큼 중요한 위치를 점하는 시인이다. 그는 1920년대 초반 근대아

동문학 태동기부터 2000년대 초반 작고 직전까지 오랜 시간 아동문
학의 길을 걸어왔다. 80여 년 동안 생산한 수많은 작품은 윤석중이
라는 한 개인의 것으로 그치는 것이 아니라 우리나라 동요/동시사의
궤적을 가늠할 수 있다. 이런 측면에서 윤석중의 동요/동시 연구는
다른 작가에 비해 비교적 많은 관심을 받아온 것이 사실이다. 하지만
오랜 시간 동안 배태된 양적/질적 업적에 비견하면 아직 충분히 이
루어지지 않고 있다. 그동안의 연구를 살펴보면, '반복과 대구'를 중
심으로 한 정형동요라는 형식에 초점을 맞춘 것과 '동심과 현실성'
을 중심으로 한 내용에 초점을 맞추고 있는 것이 많다.[1] 기존 연구에
서 주목할 수 있는 것은 김제곤과 노원호, 노경수이다. 김제곤은 윤
석중 연구에 지속적인 관심을 갖고 있는 연구자로, 양적으로 축적된
연구는 질적인 성과를 이루고 있다고 할 수 있다. 특히, 윤석중 문학
이 지니는 핵심인 도시, 유년, 명랑성이라는 세 가지 키워드를 사회
현실 방기가 아니라, 오늘의 어린이 독자와 소통할 수 있는 요소로
보고 연구한 결과물은 시인과 작품을 재평가한 경우라서 주목하게
된다.[2] 또한 노원호는 윤석중 동요/동시의 발전과정을 중심으로 동

---

1 김수경, 「근대 창작 동요의 수용과 동심의 재구성」, 『청람어문교육』40집, 청람어
   문교육학회, 2009.
   김수라, 「윤석중 문학 연구」, 한국교원대학교 대학원 석사논문, 2005.
   김순아, 「윤석중 동시 연구」, 전남대학교 대학원 석사논문, 2005.
   김용희, 「윤석중 동요 연구의 두 가지 과제」, 『한국아동문학연구』10호, 한국아동
   문학학회, 2004
   문선희, 「윤석중 동요동시 연구」, 경희대학교 대학원 석사논문, 1997.
   이명옥, 「윤석중 동요 연구」, 조선대학교 대학원 석사논문, 2013.
   진선희, 「석동 윤석중의 동시 연구 : 슬픈 웃음과 낙천적 전망」, 『한국어문교육』
   15집, 한국어문교육연구소, 2006.
2 김제곤, 「윤석중 동시에 대한 재인식」, 『한국학연구』20집, 인하대 한국학연구소,
   2009, 141-166쪽.

심과 시적 정서 혹은 시적 변용 등을 연구하여 윤석중 작품의 미덕을
구체적으로 밝히고 있다. 윤석중 동요/동시에서 동심은 여타의 작가
들과 차별화된 지점을 짚고 있다는 점에서 눈여겨볼 연구이다.[3] 노
경수 역시 작품이 배태되는 데 있어서 간과할 수 없는 환경적인 요
소, 즉 윤석중의 가계사를 중심으로 하여 작가와 작품을 연동하여 분
석한 것이 의미있다.[4] 이러한 기존 연구는 본고의 참조점이 될 수 있
을 것이다. 하지만 기존 연구에서 윤석중이 다양한 작품을 여러 차례
개작한 것과 달리 그에 대한 연구는 찾아보기 어렵다. 특히 대개의
연구들이 1988년 출간된 『윤석중 전집』을 참고하는 데 그치고 있다.
물론 작가의 전집은 작품 전체를 읽고 파악할 수 있는 이점이 있다.
하지만, 전집에 수록된 작품은 연대별로 구성된 것이 아니라 주제별
로 편집이 되어 있다는 점에서 1차 자료로서 한계가 있다. 특히,『윤
석중 전집』은 원작이 아닌 개작한 최종본 형태로 실려 있기 때문에
발표 당시의 작품과 차이가 나는 경우가 여럿 발견된다.[5] 즉,『윤석
중 전집』을 대상으로 하여 연구한다면 명료한 분석이 어렵고 작품
을 정확히 평가할 수 없다는 문제가 따른다. 따라서 본고는 한국 최
초의 동요집과 한국 최초의 동요선 등 윤석중이 1930년대 발간한
작품집을 대상으로 그것을 원작과 비교하여 개작된 양상을 연구하
기로 한다.

---

3 노원호, 「윤석중 연구」, 한국외국어대학교 대학원 석사논문, 1991. 「윤석중론 : 명
   쾌한 동심의식과 시적 정서」,『한국아동문학 작가 작품론 전편』, 서문당, 1991.
4 노경수, 「윤석중 연구」, 단국대학교 대학원 박사논문, 2008.
5 김제곤, 「윤석중 문학을 돌아보다」,『아동문학평론』35, 아동문학평론사, 2010
   (12), 25쪽.

윤석중은 '모든 것이 시가 될 수 있다고 생각한 시인'이다. 1920·
30년대 당대의 민요풍과 정형률에서 벗어나기 위해 일상의 소재를
통해 다양한 실험을 하고 새로운 시풍을 만들고자 하였다. 이 과정에
서 개작은 필수적인 도구였다. 본 연구는 윤석중의 1930년대 작품을
대상으로 개작 양상을 살펴, 그가 오늘날 동요/동시사에 미친 영향
을 재평가하고자 한다. 이는 한 개인의 연구를 넘어서 한국 아동문학
의 동요/동시사를 재정립하는 것이 될 수 있다.

2. 실험정신을 통한 시 세계 확장과 탈주(脫走)

윤석중은 1930년대 세 권의 동요/동시집을 출간한다. 한국 최초의
동요집 『윤석중 동요집』(1932)과 한국 최초의 동시집 『잃어버린 댕기』
(1933), 『윤석중 동요선』(1939)[6]을 펴내면서 동요 시인으로서의 이름을
확고히 다진다. 그에 따르면, 『윤석중 동요집』은 아홉 해 어린 시절
을 다 바치고, 출간을 위해 서울 안 책사를 다 들러서 낸 동요집이다.
이 동요집은 자연 속 어린이와 현실 속 어린이의 슬픔을 노래했고,
어린이들의 눈물을 닦아주려고 즐거운 노래로 엮은 것이라고 한다.
이러한 작품 특색으로 인해 윤석중은 천사주의, 동심주의, 낙천주의
로 몰리기도 하였다[7]. 곧 이어서 발간한 『잃어버린 댕기』는 35편의
동시를 엮은 것으로, 동요도 시(詩)라야 되겠다는 생각에서 동시집이

---

6 이후 작품집 명칭 대신 32년판, 33년판, 39년판으로 칭한다.
7 윤석중, 『어린이와 한평생』, 범양출판사, 1985, 133쪽.

라 붙인다. 이 두 권은 동요집/동시집이라고 뚜렷하게 구분 짓는데, 노래처럼 지은 시가 동요이고, 시처럼 지은 노래가 동시[8]라는 시인의 의견이 반영된 것이다. 이후 39년에 펴낸 동요선은 이전의 두 권과 다른 지면에 발표된 작품을 중심으로 엮은 것이다. 여기서 한 가지 주목하게 되는 것은 윤석중이 1930년대 작품집을 출간하면서 개작하면서 작품의 완성도를 높이거나 시적 변모를 가한 것이다. 제목을 비롯해 의성어와 의태어, 시어, 후렴구 삭제 혹은 추가 등을 통해 또다른 감각/느낌, 시의 전체적인 맥락과 분위기 조화 등 다양하게 실험하고 개작한다. 이런 측면에서 윤석중의 작품을 단순히 동심주의 혹은 낙천주의로만 특징 짓기에는 연구의 한계가 따른다. 물론 윤석중 작품에는 1920~30년대 여타 아동문학가들에게서 보이는 슬픈 정서나 감상주의 경향은 잘 나타나지 않는다. 당시 어두운 현실을 반영하지 않고 그 반대로 밝고 명랑한 어조로 노래하는 경우가 많다. 때문에 많은 논자들이 윤석중의 작품 경향을 낙천주의라고 지목한 것 역시 부정할 수 없다. 그러나 윤석중 문학을 낙천주의, 동심주의라는 단일한 색깔로 규정하기에는 그의 문학적 특징을 협소화 시키는 결과를 초래할 뿐이다. 앞에서 언급하였듯이 그는 동일 작품을 거듭 개작하면서 작품의 밀도를 높인다. 즉, 윤석중은 시대적 흐름에 습합하는 작가가 아니라 도전적인 작가정신으로 창작활동을 한 작가라 할 수 있다. 다음에서 윤석중의 작품을 대상으로 구체적으로 어떠한 작품을 어떻게 개작하였는지 살펴보기로 한다.

---

8 윤석중, 위의 책, 142쪽.

먼저, 의성어와 의태어 개작을 발견할 수 있다. 「언니 심부름」은 32년 『윤석중 동요집』에 수록하기 전에 〈동아일보〉(1930.9.29.)에 발표한 작품이다. 이 작품은 동맹 파업을 하고 나온 언니가 어린 화자에게 광고를 돌리라고 심부름을 시키는 내용이다. 동일한 내용이지만 〈동아일보〉에서 소리를 알리는 의성어는 32년판 동요집에서는 삭제한다. '딸랑, 딸랑' 방울 소리는 한편으로 동맹 파업을 알린다는 효과를 주기도 하지만, 다른 한편으로 딸랑거림의 반복은 가벼움으로 작용하여 동맹 파업이라는 중엄한 사안을 반감시킬 수 있기 때문에 삭제한 것으로 보인다. 즉, 윤석중은 시어/소재의 무게감에 따라 의성어를 활용하였다. 이는 「비누풍선」에서도 발견된다. 「비누풍선」은 『신가정』(34년 2권 5호)에 발표한 작품으로 1939년 작품집에 수록하면서 개작한다.

> 비누풍선 날리자/후, 후, 후,//올려라 올려라/높이높이 올려라//하늘
> 꼭대기 올라가/무지개다리 놓아라//후, 후, 후,/비누풍선 날리자.//
> 「비누풍선」 전문(『신가정』, 34년 2권 5호)

> 비누풍선 날리자,/동, 동, 동,//하늘꼭대기 올라가/무지개다리 놓아
> 라.//비누풍선 날리자,/동, 동, 동.// 「비누풍선」 전문(『윤석중 동요선』,
> 1939, 56쪽)

이 작품은 『신가정』에 유치원 동요라고 명기한 것으로 보아 유치원생이 대상이다. 비누풍선 놀이를 하는 내용으로, 표면상 크게 달

라진 것이 없다. 그러나 『신가정』에서는 비누풍선을 부는 모습을 중심으로 하였다면, 39년판에는 비누풍선이 동그란 형태를 띄며 날아가는 모습을 중심으로 하여 놀이의 즐거움을 극대화하고 있다. 그리고 이 작품은 재수록하면서 유치원생이라는 대상 연령을 고려하여 2연을 삭제하여 짧게 그리고 있으며, 처음과 달리 마지막 연의 행을 도치시켜 하늘 높이 날아가는 모습을 떠올리도록 하고 있다. 이처럼 윤석중은 의성어와 의태어를 통해 의미를 감각적으로 구체화시켜 시의 재미를 주고 시적 감동을 느낄 수 있도록 하고 있다. 그리고, 시어를 개작하거나 연 삭제 혹은 추가한 것을 발견할 수 있다. 「밤굽기」는 〈동아일보〉에 발표한 것을 32년판에 수록한다.

> 밤 세톨을 굽다가 제가다타고/울긴울긴 왜울어 누가어잿나/아가리 딱딱 벌려라 열무김치 들어간다//깜둥이밤 삼형제를 제가만들고/울긴울긴 왜울어 누가 때렷나/아가리 딱딱 벌려라 열무김치 들어간다//애기낫잠 깨기전에 할머니더러/세톨만 더 달라지 울긴왜울어/아가리 딱딱 벌려라 열무김치 들어간다// 「밤굽기」 전문(〈동아일보〉, 1930.2.2.)

> 밤 세톨을 굽다가 제가다타고/울긴울긴 왜울어 누가어잿나//깜둥이밤 삼형제를 제가만들고/울긴울긴 왜울어 누가 때렷나//애기낫잠 깨기전에 할머니더러/세톨만 더 달라지 울긴왜울어//그래두 또 우누나 에그저런 못난이/아가리딱딱 벌려라 열무김치 들어간다.//「밤굽기」 전문(『윤석중 동요집』, 1932, 60쪽)

이 작품은 밤을 구울 때 나는 소리를 우는 모습을 그린 내용이다. 불 위에서 딱딱 소리를 내며 타는 밤을 마치 아이가 우는 모습으로 상상하여 익살스럽게 그리고 있다. 그러나 〈동아일보〉에 발표한 각 연의 마지막 행 '아가리 딱딱 벌려라 열무김치 들어간다'는 내용은 어린이에게 전달하기에는 과격한 의미이다. 작가는 이런 것을 고려하려 32년판에서는 마지막 연에만 남겨두고 그 외에는 삭제하였다. 그리고 이 작품은 39년판에서 제목을 달리하고 마지막 연의 과격한 표현을 삭제하였으며, 각 연의 끝 행을 '~어쨌나'로 통일하면서 작품의 밀도를 높이고 있다.[9] 인용문과 각주에서 확인할 수 있듯이, 동일한 작품을 계속 개작하면서 작품의 완성도를 높이고 있다.

윤석중은 1920년대 대두된 창작 동요운동의 제1세대로서 문학 활동을 시작하지만, 동시대 다른 동요시인들과 뚜렷하게 구별되는 점을 지니고 있다. 그는 당시 유행하던 애상적인 분위기에 안주하지 않고 생기발랄한 동심을 구현하는 데 앞장섰다. 이는 「방패연」에서 알 수 있다. 이 작품은 〈중외일보〉에 발표한 것을 32년판에서 개작한다. 아버지가 집을 떠나시기 전 만들어준 방패연을 보면서 그리운 아버지를 슬픔으로만 그리고 있지 않다. 펄럭이는 연을 마치 춤추는 것처럼, 즉 반어법으로 묘사하고 있다. 다음에서 〈중외일보〉 발표작과 32년판 개작을 보자.

---

9 밤 세톨을 굽다가 제가 다 타고,/울긴울긴 왜울어/누가 어쨌나.//깜둥이 밤 삼형제를/제가 만들고,/울긴울긴 왜 울어/누가 어쨌나.//아기 낮잠 깨기 전에/할머니더러/세톨만 더 달라지/울긴 왜울어//「밤 세톨을 굽다가」 전문(『윤석중 동요선』, 1939)

팔랑팔랑 방패연 우리오빠연/아버지가 주고가신 연이랍니다/우리남
매 잠재우고 길떠나시며/만드러 주고가신 연이랍니다//간들간들 방
패연아 춤좀추어라/새파란 한울에서 춤좀추어라/간밤에 길떠나신
우리아버지/지금은 어디만큼 가섯슬ㅅ가요//웃ㅅ둑웃ㅅ둑 와연아 춤
좀추어라/아버지좀 보시게 춤좀추어라/혼자혼자 길떠나신 우리아버
지/북쪽의 새벽길이 길은찾겠네//방패연 전문(〈중외일보〉, 28.11.10.)

팔랑팔랑 방패연 우리오빠연/길떠나신 아버지가 접어주신연./우리
남매 남겨놓고 서울가시며/우지마라 달래면서 접어주신연.//연아연
아 방패연아 춤좀추어라/길가시는 아버지좀 구경하시게./고개고개
넘다가 네가노는걸/담배한대 피여물고 바라보시게.//방패연 전문
(『윤석중 동요집』, 1932, 66쪽)

「방패연」은 〈중외일보〉에서는 3연으로 하였던 것을 32년판에서는
2연으로 축소하면서 내용도 달리하였다. 의미가 반복되는 것을 삭
제하면서 전체적으로 시 내용이 그림으로 그려지도록 하였다. 길 떠
난 아버지를 그리워하는 어린 화자의 심경을 슬프지만, 비애에 젖는
대신 밝고 씩씩하게 헤쳐나가는 적극적인 모습으로 그리고 있다. 또
한 「고향길」에서도 유사한 내용을 담고 있다. 이 작품은 〈중외일보〉
에 발표한 것을 개작하여 32년판에 수록한다.

기럭이 기럭기럭 처량한 소리/달 밖에 고향길을 날아갑니다.//가도
가도 한이 없는 고향의 밤길/달님도 가만히 달하옵니다.//마른 가지

우수수 닙덧는소리/나의 것는 발소리도 무섭습니다//「고향길」 전문
(《중외일보》, 27.7.31.)

기러기떼 기럭기럭 처량한소리/혼자걷는 고향길은 멀기도해요.//가
도가도 호젓한 옛고향길을/둥근달님 가만가만 따라오지만,//마른가
지 바수수수 잎떳는소리/내가걷는 발소리도 무섭습니다.// 「고향길」
전문(『윤석중 동요집』, 1932, 102쪽)

인용문에서 볼 수 있듯이, 《중외일보》에서는 기러기가 고향으로
날아가는 길이 끝이 없다는 심경이 드러나는 반면, 32년판에서는 1
연과 2연을 개작하여 대구를 이루고 있다. 즉, 《중외일보》에서 고향
으로 가는 길에 중심이 기러기였던 것을 32년판에서는 사람을 중심
으로 하여 주체를 이동하고 있다. 개작을 하면서 전체적인 분위기의
조화를 이룬 것으로 보인다. 사실 누구에게나 고향은 마음으로 그리
워하는 곳이다. 이러한 고향길은 한편으로는 혼자가는 밤길이라 무
섭지만 다른 한편으로는 마음의 안식처 위안을 주는 포근한 곳이기
에 호젓함으로 하여 그 정경을 그리고 있다. 이처럼 윤석중은 이전
에 발표한 것을 32년판에 시어를 달리하면서 작품을 새롭게 하였다.
　다음으로 후렴구를 삭제한 경우를 찾아볼 수 있다. 윤석중의 그리
움의 근원은 어머니이다. 세 살 때 어머니를 여읜 윤석중은 어머니에
대한 강한 그리움을 갖고 있다. 어머니를 그리는 그의 작품의 화자는
언제나 어리광을 부리고픈 아이, 어머니 품에서 잠들고 싶은 아이,
즉 윤석중 자신으로 나타나 있기도 하고 아기를 재우는 자상한 어머

니, 희생적인 어머니이기도 하다.[10] 어머니를 표현한 작품으로는 「엄마 목소리」, 「엄마손」, 「엄마 생각」 등 많은 작품이 있는데, 「엄마 목소리」는 33년판에 수록한 것을 39년판에서 개작한다. 이때 다정한 어머니의 모습을 그리기 위해 4연을 삭제한다. 삭제된 4연은 엄마가 아이에게 다정하게 말하던 것과 달리 거지가 와서 동냥을 달라고 하자 신경질적인 말투로 쫓아버린다. 그런 엄마를 보고 아이는 흉하다고 말하는 대목이 그것이다. 「엄마 목소리」는 어린이의 고운 심성을 엿볼 수 있는 시이기도 하다. 또한 『신가정』에 발표한 「잠깰때」는 39년판에서 5연을 삭제하여 수록한다. 삭제한 5연은 아기가 잠에서 깨면서 이불을 걷어차고 일어나서 엄마에게 밥을 달라고 하는 내용이다. 39년판에서 5연을 삭제하여 아이가 평온하게 자는 것으로 끝을 맺는다.

이처럼, 윤석중은 개작을 하면서 자신만의 작품 세계를 구축한다. 의성어 의태어를 활용하여 사물을 직접 지칭하지 않고 간접적으로 표현함으로써 시에서 느낄 수 있는 다양한 묘미와 분위기를 자아내 독자의 흥미와 관심을 끌고 있다. 또한 시어 개작과 연의 삭제와 추가 등을 통해 작품의 밀도를 높인다. 전체적인 맥락과 분위기 등과 조화를 이룰 수 있도록 시어를 개작하고, 어린이에게 적합하지 않은 과격한 의미와 내용을 삭제하면서 어린이의 마음을 헤아리고 있다. 어른의 눈으로 세계를 바라보는 것이 아니라 생기발랄한 동심의 눈으로 세계/대상을 바라보면서 작품의 완성도를 위해 노력을 기하고

---

10 김수라, 「윤석중 문학연구」, 한국교원대학교 대학원 석사논문, 2005, 34쪽.

있다. 이러한 측면에서 윤석중을 동심주의, 낙천주의 등으로만 특징 짓기에 한계가 따른다고 할 수 있다. 그의 작품이 지속적으로 어떻게 변화와 발전을 거듭하였는지를 살피는 것이 필요한 지점이기도 하다. 결국, 윤석중의 1930년대 작품은 다양한 실험정신을 통해 당대의 시 세계를 확장하고 탈주(脫走)하는 것이라 할 수 있다.

3. 미적 검열과 시대적 고통의 은유

윤석중의 첫 동요집은 초기 작품 특성을 살필 수 있다. 당시 3·4조, 7·5조 등의 정형률을 가지고 반복법을 통해 리듬을 살리고, 대구법을 이용해 외형적 묘미를 살리고 음악적인 효과를 얻는 것이다. 이는 한편으로 노래로 불리는 동요의 특성을 고려하여 창작된 것이면서 다른 한편으로 당시 어두운 우리 민족적 환경을 염두에 두고 어린이들에게 기쁨과 희망을 음악적 요소를 장치한 것으로 해석할 수 있다. 이러한 작품 특성은 이후 1년 만에 두 번째 시집 『잃어버린 댕기』를 내면서 달라진다. 윤석중은 이 시집의 부제를 윤석중 제일 동시집이라 하여, 동요에서 동시로 변화를 꾀하려는 자신의 창작 태도를 드러내었다. 『잃어버린 댕기』는 윤석중의 동요 작품과 아울러 역요시(번역시) 10편을 싣고 있어 주목된다.[11] 이러한 번역시 소개는 한국 동시의 폭과 깊이를 넓히는데 큰 역할을 하게 된다. 무엇보다 윤

---

11 『잃어버린 댕기』에 「정답게」, 「먼지」, 「숨박국질」, 「종달새와 금붕어」, 「달밤」, 「그림자」, 「종이배」, 「동정」 등의 시를 번역하여 싣는다.

석중이 번역시를 소개한 것은 그가 동요에서 동시로의 전환 꾀한 데
일정정도 계기가 되었을 것이다. 번역시를 통해 자유 율격의 형식에
눈을 떴기 때문에 산문에 가까운 한국 최초의 '동화시'라는 양식을
선보인 것이라 할 수 있다. 결국 윤석중이 동요에서 동시로의 전환을
꾀한 배경에는 그가 시도한 번역시가 중요한 자리를 차지하고 있는
것이다. 결국 윤석중은 32년도에 출판한 동요집과 달리 33년도 동시
집에서 동요에서 동시로의 변화, 정형률에서 자유시를 산문과 운율
을 결합한 동화시라는 새로운 실험 등을 통해 변화를 도모한다. 또한
윤석중은 미적 완성도를 높이기 위해 제목을 개작하고 내용의 변화
를 준 것을 여러 작품에서 발견할 수 있다. 다음에서 이를 구체적으
로 살펴보자.

먼저, 〈조선일보〉에 발표한 「떠러진 애기별」은 39년에 「별똥」으로
제목을 변경하여 수록한다.[12] 이 작품은 제목 외에 본문에서 쉼표와
마침표 정도만 수정하고 내용을 그대로 하고 있다. 하지만 1932년에
발표한 「고사리나물」은 39년에 「고사리」로 제목을 바꿔서 발표하고

---

12 다음은 본문에서 언급되지 않은 작품 가운데 제목이 변경된 것이다.

변경된 작품 제목과 발표지
「우산」(〈중외일보〉, 27.8.26) ⇨ 「우산 셋이 나란히」(『윤석중 동요집』, 1932)
「집보는 아기 노래」(『어린이』, 28.12) ⇨ 「고초먹고 담배먹고」(〈동아일보〉, 30.2.22.) ⇨ 맴맴(『윤석중 동요집』, 1932)
「우리 애기 行進曲」(〈조선일보〉, 29.6.8.) ⇨ 「도리도리짝짝궁」(『윤석중 동요집』, 1932)
「낮에 나온 달님」(〈조선일보〉, 29.10.16.) ⇨ 「낮에 나온 반달」(『윤석중 동요집』, 1932)
「꿀꿀 꿀돼지」(〈동아일보〉, 30.3.17.) ⇨ 「꿀돼지」(『윤석중 동요집』, 1932)

대구와 호응을 위해 작품을 일부 수정한다. 가령, 32년 판에서는 고사리를 꺾으러 가자고 친구의 이름을 짧게 부르는데 반해, 39년판에서는 친구 이름을 길게 부르면서 생동감 있게 하고 있다. 32년판은 노래로 불리는 동요곡이라는 점을 염두에 두고 경쾌한 리듬감을 의식한 것으로 보인다. 또한 39년판에서는 1연과 2연의 대구와 호응을 이루는 것이 있다. 32년의 「모래城」은 39년에는 「무너지는 모래성」으로 제목으로 변경하였다. 시어와 문장을 부분 개작하는데, 2연과 3연에서 '탈삭탈삭'을 '타알삭탈삭'과 '깜박깜박'을 '까암박깜박'으로 하여 자수율을 맞추고 3연의 끝부분에 등불을 '들고들고'를 등불을 '들고 서서'로 개작하여 시의 재미와 경쾌한 리듬감을 주고 있다. 뿐만 아니라 32년판의 「산바람 강바람」은 제목을 39년판에서는 「바람」으로 변경하고, 연의 구분을 없애고 뒷부분을 개작한다.[13] 잠자는 뱃사공을 배에 태우고 가는 것은 위험이 따를 뿐 아니라 불성실해 보일 수 있기 때문에, 이를 뱃사공이 배를 젓다 자연을 만끽하며 여유를 갖는 것으로 변화를 준다. 이처럼, 윤석중은 종래의 정형 동요에서 외형율을 탈피하기도 하고 자유 동시로의 변화를 마련하면서 형식과 내용면에서 새로움을 추구하는 것으로 하여 미적 완성도를 높인다.

다음은 제목과 내용을 개작하면서 좀 더 주목할 작품을 발견할 수 있다. 윤석중은 『잃어버린 댕기』에서 동화시를 선보인다. 32년의

---

13 (……) 잠자는 뱃사공을/배에 태우고/저 혼자 나룻배를/저어간대요.//(산바람 강바람 부분, 1932, 95쪽) (……)사공이 노를 졌다/잠이 들어도,/저혼자 나룻배를/저어간대요.//(「바람」 부분, 『윤석중 동요선』, 1939, 39쪽)

「도깨비 열두 형제」는 그 중 하나로, 39년판에 「도깨비」로 제목을 변경하고 내용도 개작한다. 1920년대 동요 특징 중 하나는 전래동요의 해학성을 연결시켜 작품을 창작한다. 이렇게 본다면, 윤석중의 「도깨비 열두 형제」는 전래동화에서 소재를 얻고 당시의 시적 흐름을 따른 작품이라 할 수 있다. 새 집으로 이사 온 첫날, 화자는 비바람이 몰아치면 지붕을 때려 시끄러워 잠을 잘 수 없을 정도이다. 마을 사람들은 그것을 도깨비로 알고 있지만, 복숭아가 비바람에 맞아 지붕에 떨어진 것이다. 화자는 떨어진 복숭아 열두 개를 망태에 넣고 마을 사람들에게 자신이 도깨비를 잡았다고 하며 돌아다닌다는 이야기다. 이 작품은 도깨비를 소재로 하여 해학을 담고 재미를 준다. 32년판과 달리 39년판에서는 4연을 삭제하여 발표[14]하는데, 비 온 다음날, 뒷산에 가서 복숭아가 바람에 불려 떨어진 것을 알게 되는 내용으로 끝을 맺는다. 즉, 4연을 삭제하여 어린 독자에게 다음 이야기를 상상하게 만들고 있다.

그리고 1939년판의 「자장노래」는 이전에 〈동아일보〉에 발표한 「아가야 아장아장」을 개작한 것이다. 〈동아일보〉는 3연으로 발표하였지만, 39년판에서는 4연으로 추가하고 내용도 전체적으로 호응을 통해 자연스럽게 연결하고 있다. 두 작품을 비교해 보자.

---

14 다음은 삭제한 4연이다.
    내려가 세보니깐 모두 열두개./그 복숭아 열두개를 망태에 담어/동네 방네루 미구 댕기며 구경시켯죠./비 오는 밤이면은 도깨비가 무서워/꿈쩍 못하구 들어 앉엇던 동네 사람들한테/내가 잡은, 도깨비 열두형제를 끄내보엿죠./그 뒤로는 그 뒤로는,/우리 마을 겁쟁이 다 없어젓어요./물건너 민생원, 등넘어 허산달./인젠, 캉캄한 밤이라두 막 뽐내구 다니죠.//(『잃어버린 댕기』, 1933, 79쪽)

아가야 착한아기 잠잘자거라/잠안자고 칭얼칭얼 우는 애들은/키장 다리 호인들이 등에 업어간단다.//아가야 착한아기 잠잘자거라/길을 일흔잠자리도 풀닙에 안저/초저녁 바람결에 엄마꿈을 꾼단다.//아가 야 착한아기 잠잘자거라/해바라기 새악시도 맴을 돌다가/쪽도리를 쓴채로 간들간들 존단다.//「아가야 아장아장」 전문(《동아일보》, 30.2.16.)

아가야, 착한아기 잠잘자거라./초저녁 달을 보고 멍멍 집다가/무서 워 바두기도 밤이 들었다.//아가야, 착한아기 잠 잘 자거라./아무리 불어봐도 소리가 안나/심심해 나팔꽃도 잠이 들었다.//아가야, 착한 아기 잠 잘 자거라./모여서 소곤소곤 채송화들도/입들을 꼭 다물고 잠이 들었다.//아가야, 착한 아기 잠 잘 자거라./집 없는 잠자리도 풀 잎에 앉아/눈물이 글썽글썽 잠이 들었다.//「자장노래」 전문(『윤석중 동요선』, 1939, 78-79쪽)

윤석중은 1925년 『어린이』지에 「오뚜기」를 발표하면서, 자신의 작품에 슬픔이나 눈물 대신 즐거움과 희망을 담게 된 이유에 대해서 말하고 있다.

"현실이 참담할수록 필요한 것은 한숨과 눈물, 원망과 싸움이 아니 라 즐거움과 희망이라는 것을 그의 동시 속에 담아내고 싶었다고 말 한다. 비애, 가난, 억눌림, 시달림 속에서 우러나오는 눈물이 있어야 이것이 역사와 현실을 똑바로 볼 수 있는 바른 눈을 길러주는 수도 없지 않았으나 하루 스물네 시간을 나라 근심, 겨레 걱정에 잠기게

253

한다는 것은 어린 사람들에게 너무 가혹한 일이 아닐 수 없다."[15]

이러한 작가의 의도는 「달따러 가자」에서 발견된다. 「달따러 가자」
는 32년에 작품으로 이후 39년에 달로 제목을 변경하였다. 달을 딴다
는 것이 현실에서는 불가능한 일이지만, 보름달과 같은 환한 달빛으
로 모든 어려움과 괴로움을 씻어내고 싶은 마음이 간절한 것이다. 이
렇게 달을 따서 망태에 담아 불을 못 켜는 순이네 가져다주자는 따뜻
한 마음을 담은 시이다. 윤석중의 특장인 동화적 상상력과 동심을
발견할 수 있는 작품이기도 하다. 하지만 이 작품은 표면적인 내용
분석을 넘어서고 있다. 뿐만 아니라 32년에는 2연 16행이었는데, 39
년에는 4연 12행으로 형식과 내용을 개작한다. 특히, 32년의 2연을
39년에는 삭제하는데, 삭제한 2연을 보면 다음과 같다.

저 건너 순이네는/불을 못켜서/밤이면 바누질도/못한다더라./이애
들도 오너라/달을 따다가/순이엄마 방에다가/달아드리자.// 「달따
러 가자」 부분(『윤석중 동요집』, 1932, 71쪽)

여기서 2연의 삭제는 다른 작품과 달리 작품의 전체 맥락이나 완
성도보다는 시대적 환경에서 연동하여 이해할 필요가 있다. 처음 발
표한 30년대 초반과 달리 개작한 30년대 후반은 식민지적 상황이 점
점 더 악화된 시기다. 일본은 30년대 중후반, 중일전쟁으로 인해 물

---

15 윤석중, 앞의 책, 76쪽.

자 보급의 어려움을 겪는데 조선도 곤궁한 처지에 놓이게 된다. 정치적인 억압은 물론 경제적인 수탈로 인해 조선인들의 삶은 더욱 쪼들릴 수밖에 없었다. 따라서 「달 따러 가자」는 30년대 초반에 발표된 시기와 이후 시기를 염두에 두고 이해할 필요가 있다. 특히 윤석중은 처음 동요집을 내는 가운데, "일제의 검열로 인해 우리가 크거들랑 등 다섯 편은 조선총독부 검열에 걸려 '5편 약'이라고 적혀"[16]있다는 일화를 통해 이후에도 자기검열과 연결하여 이해할 필요가 있다. 이처럼 윤석중의 개작은 시대적 환경과 연결 지어 분석해야 할 작품이 발견되고 있다. 「신기려 장수」를 보자. 32년 동요집에 수록한 「신기려 장수」는 39년에 와서는 3연과 4연을 삭제한다. 다음은 삭제한 3연과 4연이다.

> 웬징을 그리 박느냐고/물어도 대답 아니하고,/『징이나 박어라 턱턱
> 턱/하나더 박어라 턱턱턱』//왜 왜 저리화가 낫을가요/세월이 없어
> 그러겠죠./『징이나 박어라 턱턱턱/하나더 박어라 턱턱턱』 // 「신기
> 려 장수」 부분(『윤석중 동요집』, 1932, 84쪽)

---

16 윤석중, 앞의 책, 133쪽. 윤석중 회고록을 통해 당시 일제의 검열 때문에 작가들의 작품 활동이 자유롭지 못한 것을 알 수 있다. 윤석중에 의하면, "그 당시엔 조선총독부에서 검열을 철저하게 했기 때문에 일본을 내지(內地)로, 일본인을 내지인(內地人)으로, 조선인은 반도인(半島人)으로 써야했다. (중략) 이를테면 '일본內地'라고 했다가 검열을 받고 나온 다음에 '內地'를 지워버리고 '일본'만 쓰는 식으로 했다. 때로는 일부러 親日대목을 집어넣었다가 나중에 빼 버리는 일도 있었다." 윤석중, 「평생을 동요만 지으며 살아온 아흔 살의 어린이 尹石重」, 『월간조선』, 조선일보사, 2000(1월). 그 외 윤석중의 회고록에는 일본인에게 글을 배우고 일본말을 쓰는 것에 회의를 품으면서 우리말로 글을 쓰기 위해 창작활동을 하게 되었다는 것을 비롯해 창씨개명에 얽힌 이야기 등 일제 시대를 겪었던 많은 이야기들이 나와 있다. 이러한 일화를 통해 윤석중이 겪은 식민지인의 고뇌를 엿볼 수 있다.

이 작품에서 주목하여야 할 것은 신발 깁는 사람이 징을 치는 표면적 행위 이면적 의미이다. 즉, '세월이 없다'는 것은 한편으로 무료하게 신발만 깁는 자신의 신세 한탄이면서 다른 한편으로 일제의 억압 속에서 자유로이 살지 못하는 조선인들의 처량한 상황을 표출하는 것이다. 따라서 윤석중은 일제의 행위에 대해서 직간접적으로 시대에 저항하고 있다. 그간 윤석중은 시대적 상황을 외면한 작가로 특징짓는 경우가 많았다. 윤석중은 1930년대 초기에 보여주었던 현실 감각과 과감한 실험정신은 일제 말기로 갈수록 약화된다. 그는 이른바 현실을 비판하는 자리에 있기보다 그곳에 안주하려 했으며, 생기 발랄한 동심의 세계를 그리는 데서 단지 귀엽고 아기자기한 아기의 세계를 어른의 눈으로 바라보는 쪽으로 퇴행한다.[17]는 것은 일정 정도 타당성이 있다. 하지만 「신기려 장수」처럼 시대적 환경에 대한 저항을 다양한 방식으로 표출하고 장치하는, 즉 작품의 이면을 들여다보면 윤석중의 작품 특징을 새롭게 포착할 수 있다.[18] 이러한 양상은 「九月山 달노리」(『소년』, 37년 5월호)에서 발견할 수 있다. 이 작품은 이후 「달놀이」로 제목을 바꾸고 『소년』지의 한자 표기를 한글로 바꾸면

---

17 김제곤, 앞의 논문, 30쪽.

18 윤석중의 작품 특징을 동심주의와 낙천주의로만 국한하기에는 협소하다고 여겨진다. 가령, 식민지 시기 일제의 약탈정책을 비판하는 「허수아비야」, 명절에도 쉬지 못하고 공장에서 일해야 하는 누나의 모습을 나타낸 「휘파람」, 일본인을 솔개미로 조선인을 병아리로 비유하며 식민지 조선의 현실을 날카롭게 그린 「솔개미」, 일본의 무력적인 힘을 바다로 비유하여 누나를 데려간 일본인에 대한 미움을 나타낸 「저 바다」, 자유를 앗아간 일제에 대한 미움을 담은 「조선아들 행진곡」, 조선말을 서용하면 벌금을 내고 따귀를 맞는다는 시대적 상황을 그린 「동요일기」 등이 있다. 이처럼 윤석중은 특히 식민지 시기 현실주의적 작품을 창작한다. 식민지 시기 작품을 대상으로 하여 연구한다면 윤석중 시의 경향과 특징을 좀더 새롭게 발견할 수 있을 것이다.

서 어린이들이 이해하기 쉽게 개작한다. 『소년』에서 구월산의 밝은
달을 따서 한 달 동안 달아두자는 소극적인 행동으로 그친 반면, 39년
에는 달을 따서 '우리 동네'라는 구체적인 장소를 명기하고 천년만
년 달아두자는 보다 적극적인 행위로 표현하고 있다. 그런데 이 작품
은 구월산이 갖는 상징적 의미에 주목하여야 할 것이다. 구월산은 여
러 설(說)이 있다. 그 중 하나로, 옛날에 단군이 수도를 평양에 정하였
다가 이곳 구월산에 옮기고 수천 년간 나라를 다스렸다고 전한다. 산
에는 단군에 관한 성적(聖蹟)이 곳곳에 있는데 단군이 있었다는 장당
경(藏唐京), 환인(桓因)·환웅(桓雄)·단군을 모시는 삼성사(三聖祠), 단군
이 올라가 나라의 지리를 살폈다는 단군대(檀君臺), 활쏘는 데 사용한
사궁석(射弓石) 등이 지금도 남아 있는[19] 신성스러운 곳이다. 이러한
의미를 바탕으로 이 작품을 읽으면 환하게 빛나는 달을 따서 즐거운
마음으로 살자는 정도로 읽힌다. 하지만 전면의 달놀이보다 후면의
구월산을 살피면, 시대적 상황에서 어린이들에게 무엇을 주려고 하
였는지를 포착할 수 있다. 따라서 윤석중은 나라 잃은 현실 속에서
자라나는 어린이들에게 무엇을 주어야 하는지를 보여주고 있다. 물
론 식민지 현실을 살아가는 보편적인 어린이 모습을 적실히 담아내
지 못한 것은 사실이다. 하지만 그것은 윤석중의 소극적인 현실 수
용, 창작 기법에서 기인한 것이라고 볼 수 있다. 즉, 그는 당시 비극적
현실을 슬픔으로 나타내기보다 웃음과 위안을 주는 방식으로 표현
하였기 때문이다. 그러나 앞에서 보았듯이 윤석중은 시대 상황을 염

---

19 위키백과 참조.

두에 두고 우회적인 방식을 취하고 있다. 즉, 윤석중은 민감한 사회·문화적 환경 속에서 미적검열을 통해 창작/개작하면서 자신만의 작품 세계를 구축하였다.

4. 결론

윤석중은 1920년대 등단하여 2003년 타계하기 전까지 수많은 작품을 남긴다. 20년대 등단 시기에는 방정환의 「형제별」, 한정동의 「따오기」, 윤극영의 「반달」, 이원수의 「고향의 봄」 등 감상적이고 애수에 찬 작품들이 주를 이루었지만, 윤석중은 자신만의 작품 세계를 구축해 나간다. 당시 3·4조, 7·5조 등의 정형률을 가지고 반복법을 통해 리듬을 살리고, 대구법을 이용해 외형적 묘미를 살려 여타 작가들과 차별화를 둔 작가이다. 이는 그가 새로운 실험정신을 기반으로 끊임없이 개작하면서 작품의 완성도를 높였기에 가능하였다. 실제 본문에서는 언급하지 못한 작품 외에도 윤석중은 동일 작품을 수차례 개작한 경우가 빈번하다. 물론 윤석중에 대한 평가는 엇갈린다. 윤석중이 해방 이후 편찬한 『초등국어교본』(1945~1946)에 5편의 동요/동시가 수록(「우산셋이 나란히」와 「맴맴」, 「갈대 마나님」, 「달따러 가자」, 「밤」 등)되면서 이후 정전이 되어 이후 아동문학사에 영향력을 행사한 것은 문제적이다.

하지만, 윤석중의 식민지 시기 암울한 시대적 환경에 빠져들지 않고 어린 독자들에게 굳건한 자세를 심어준 것은 부정적인 시각보다는 긍정적인 시각으로 접근할 수 있다. 즉, 그의 작품은 암울한 시대와 달리 외로움이나 슬픔의 정서가 거의 묻어 있지 않은 것을 보면 그의 긍정적인 삶의 자세와도 연결된다. 이것은 그의 작품의 가장 큰 특징 중의 하나이면서 윤석중의 작가정신을 엿 볼 수 있는 지점이다. 윤석중은 『어린이와 한평생』에서, "내 동요집에는 박해를 받는 겨레의 모습을 그린 것이 여기저기 보였다"[20]는 회고 역시 그의 작가정신과 어린이를 대하는 시선을 이해할 수 있는 대목이다. 그의 이러한 투철한 작가정신과 어린이에 대한 시선은 여러 작품에서 다양하게 개작하면서 우리의 동요/동시의 변화와 발전을 가능케 하였다.

지금까지 윤석중의 1930년대 출간한 작품집을 대상으로 여러 지면에 발표한 원본과 비교하면서 개작 양상을 살펴보았다. 여기서 발표작이 아니라 여러 지면이라고 하는 것은 윤석중은 동일 제목의 작품을 여러 곳에 발표하였는데, 실제 못 찾은 자료도 있기 때문에 발표작이라고 단정지을 수 없다는 점을 밝힌다. 이후 좀더 많은 노력을 기울여 윤석중 작품의 원본 복구와 개작 양상을 살필 것을 기약한다.

---

20 윤석중, 앞의 책, 136쪽.

개작과 검열의 사회 · 문화사 (1)

제7장

작가 김송의 자기검열과
일제강점기의 프롤레타리아 예술 활동

홍창수(고려대학교)

1. 문제 제기

이 글은 작가 김송의 반공시대의 자기 검열 문제와 일제강점기의 예술 활동 복원을 목적으로 한다. 김송은 1930년 자신의 창작 희곡 〈지옥〉을 공연한 이래 1949년에 희곡 〈눈 먼 희망의 씨〉를 발표하기까지 연수로는 약 20년 가까이 희곡 창작과 연극 활동을 전개하였다. 그러나 그가 극작 활동에 전념한 시기는 일제강점기다. 1940년대에 접어들면서 소설을 집필하기 시작하더니 해방 이후부터는 본격적으로 소설가로서의 정체성을 갖고 남은 생애를 소설 창작에 전념하였다. 작가이자 문학인으로서 그의 행적이 크게 주목을 받거나 아주 화려하지는 않지만, 그렇다고 해서 결코 적은 것이 아니다. 기존의

261

연구에 의하면, 그는 일제강점기에 두 권의 희곡집을 발간했고, 야담 전문지 『야담』을 인수하여 운영했으며, 해방 직후 문예지 『백민』 발간과 운영, 『자유문학』 주간과 1977년 초대 한국 소설가협회장 등의 활동을 펼쳤다고 한다. 특히 120여 편의 소설 발표 등은 그가 평생에 걸쳐 작가이자 문학인으로서 살았음을 보여준다 하겠다. 그의 이러한 행적은 점차 김송과 그의 문학세계에 대한 연구로 나타나기 시작하였고, 그가 작고한 1988년 이후에 뚜렷하게 나타나기 시작했다.

김송을 다룬 첫 번째 글은 1953년 조영암이 『한국대표작가전』에서 다룬 작가론이다. 학술 차원의 본격적인 연구는 아니다. 김송의 탄생부터 일제강점기와 해방, 6.25전쟁을 거쳐 1952년 6월 자유예술인연합 창립에 참여하기까지 작가이자 예술인으로서의 활동과 생애를 간략히 정리한 글이다.[1]

김송의 희곡 세계 전반을 다룬 논고는 유민영과 서연호가 대표적이다. 유민영은 "전통 구습과 일제수탈로부터의 해방"을 주조로 하고 있으면서도 "한 시대의 곤비를 멜로드라마라는 문학형식을 빌어 표출한 극작가에 불과"[2]하다고 평가한다. 아울러 "그가 문학사에서 부각되지 못하는 결정적 요인은 대중작가라는 것 외에도 감상적 현실인식 즉 현실도피적인 태도로 인해 치열한 작가정신과 현실극복의 역사의식의 결여 때문일 것"[3]이라고 부정적으로 평가한다.[4] 서연

---

1 조영암, 『한국대표작가전』, 수문관, 1953.
2 유민영, 한국현대희곡사, 새미, 1997, 266쪽.
3 유민영, 위의 책, 같은 쪽.
4 유민영, 「김송의 희곡」, 『연극평론』, 1980. 여름호. 30~40쪽.

호는 김송 희곡들의 대중극적인 성향을 지적하면서 김송을 임선규, 이서구, 서항석과 함께 1930년대의 대중극작가 계열에 위치시킨다.[5] 두 연구자는 일제강점기 김송이 회고록에서 밝힌 활동과 행적을 인정하면서도 그를 한국 희곡사에서 대중작가로 규정하고 있다.

김송 희곡을 다룬 작품론으로는 김명희와 최상민의 연구가 있다. 김명희는 김송의 〈滿月〉을 분석하였는데, 주인공 '농월'이 "민족의 암담한 처지를 병원에 입원한 환자로 비유"되고 있다는 점에서 저항적인 작품으로 파악한다.[6] 최상민은 〈앵무〉, 〈만월〉이 자아 각성 및 자유 추구의 관점에서 주체성이 확립되지 못한, 주체에 의한 근대 기획이 실패한 것이라고 보았다.[7]

희곡 연구가 주로 김송이 활동했던 일제강점기에 국한되는 것과는 달리, 소설 연구는 주로 해방기와 6.25전쟁 시기 김송의 활동과 소설에 관심이 모아졌다.[8] 희곡과 소설 연구의 이러한 차이는 작가의 중심 활동이 시기에 따라 장르별로 달라졌기 때문이다. 현재는 희곡

---

5 서연호, 『한국근대희곡사』, 고려대학교출판부, 1994, 234쪽.

6 김명희, 「1930년대 한국 희곡연구-인문평론을 중심으로」, 고려대 석사논문, 1986.

7 최상민, 「김송 희곡에 나타난 근대의식 고찰-〈앵무〉, 〈만월〉을 중심으로」, 『한민족어문학』, 44집, 한민족어문학회, 2004.6.

8 차희정, 「해방기 소설에 나타난 이주 '행위':김송의 작품을 중심으로」, 『현대소설연구』, 42권, 한국현대소설학회, 2009.
이상원, 「김송의 전중소설」, 『한국문학논총』 64, 한국문학회, 2013.
오태영, 「이데올로기 형식으로서의 서사-해방기 김송의 문학작품을 중심으로」, 『국제어문학회 학술대회 자료집 2015』, 권2호, 국제어문학회, 2015. 9.
오태영, 「해방기 민족문학이라는 이념과 인민대중의 호명-김송의 문학 활동을 중심으로」, 『인문총』, 서울대학교 인문학연구원, 2016.8.
김준현, 「〈백민〉/〈자유문학〉의 매체이념과 김송의 단편소설」, 『어문논집』, 민족어문학회, 2017.08.

과 소설, 작품론과 작가론 등 점차로 다양한 연구 관점과 방법론을 통해 김송과 그의 문학 세계가 조명되고 있는 추세다.

그런데 기존의 연구 성과들 중 객관적 사실에 입각하여 근본적으로 재고를 요구하는 부분이 있다. 바로 작가 김송의 생애다. 특히 그의 일제강점기 예술 활동이 그렇다. 작가 김송의 생애 중 일제강점기의 활동 부분은 사실에 입각하여 제대로 서술되고 규명되지 못하였다. 작가가 창조한 문학 작품은 작가의 의식세계와 문학 활동과 깊은 연관을 맺고 있다는 점에서, 김송의 생애를 객관적으로 조사하고 맥락을 파악하며 의미화하는 작업은 다른 연구에 선행하는 일차적인 중요성을 지닌다 하겠다. 그렇다면, 대체 김송의 생애는 어떻게 연구되었고 의미화되었는가?

김송의 생애 전체가 시기별로 체계화되어 정리, 연구된 시점은 작가가 작고한 이듬해인 1989년에야 비로소 이루어졌다.[9] 임무출은 김송의 생애를 6개의 시기로 구분하여 각 시기별 작가의 활동과 특징을 서술하면서 김송의 업적을 칭송하고 있다. 그는 주로 김송이 쓴 회고록 「자전적 문예 반세기」[10]를 근거로 삼아 연대별로 정리해나가면서 회고록에서 밝혀지지 않은 연도를 가능한 한 추정하면서 체계화를 시도하였다. 연구자가 말하는 김송 업적의 핵심은 다음과 같이 요약된다.

---

9 임무출, 「김송의 생애 연구」, 『영남어문학』, 제16집, 한민족어문학회, 1989.
10 김송의 「자전적 문예 반세기」는 글의 성격상 자서전, 자전 에세이, 또는 회고록에 해당된다고 본다. 어떤 명칭으로도 부합되나, 이 글에서는 자신의 과거를 회고하며 쓴 글이라는 점에서 '회고록'으로 통일한다.

1945년 해방 직후 한국 사회와 문단의 좌우익 분열의 시기에 김송은
『백민』지 발행인으로 유일하게 민족 진영을 대변하는 문예지를 발
간, 60여년간 문학예술에 정진, 1930년 22세에 희곡 지옥 연출, 소극
장 운동 전개하면서 일제에 항거, 27세 국경의 주장을 발표하며 문
단에 등단. 1941년 소설로 전향 『야담』에 〈석도의 유래〉를 발표하는
등 1988년 사망시까지 소설 작품만 120여 편을 남겼다.[11]

김송이 오직 조선어를 끝까지 지켜보겠다고 인수한 『야담』도 일제
로부터 전시체제로 바꾸고 일본어로 편집하라는 압력을 받고 자진
폐간했다.[12]

위의 인용에 의하면, 김송은 일제강점기 일제에 항거한 극작가이
자 연출가다. 김송은 1940년대에 접어들면서 일제의 탄압으로 경영
위기에 처한 『야담』 출판사를 인수해서 조선어를 지킨, 투철한 민족
의식을 지닌 출판인이다. 이 두 요소는 일제강점기의 김송을 반일 우
익 민족주의 의식이 투철한 작가이자 출판 문화인으로 만든다. 나아
가 이런 활동의 연장선상에서 해방 직후 그가 발간한 『백민』마저 우
익 민족주의를 대변한 문예지라는 평가가 부여됨으로써, 분단 이후
남한 국가 체제에서 김송은 반일 우익 민족주의 문학인으로 자리매
김 될 수 있었다.

임무출의 김송 생애 연구는 김송의 작고 후에 처음으로 김송의 문

---

11 임무출, 위의 논문, 2쪽.
12 임무출, 위의 논문, 14쪽.

학적 생애 전체를 추적하고 체계적으로 정리하고 평가했다는 점에
의의가 있다. 작가의 주변 지인들의 증언과 자료를 통해 불명확한 활
동 연도를 추정하는 등 객관성을 확보하려고 노력한 흔적들이 엿보
인다. 그런데도 이 연구의 가장 큰 문제점은 연구자가 작가 김송에
너무 밀착하여 생애를 정리했다는 점이다. 무엇보다도 연구자는 김
송이 1979년 12월에서 1980년 8월까지 발표한 「자전적 문예 반세기」
를 전적으로 신뢰하고, 그것을 바탕으로 생애를 정리하였다. 김송의
자전적 내용을 객관적인 사실로 받아들였을 뿐, 그 내용이 객관적인
사실인지 여부를 살펴보는 검증을 소홀히 하였다. 본론에서 구체적
으로 밝히겠지만, 특히 김송의 일제강점기 예술 활동에 관한 연구는
김송이 발표한 「자전적 문예 반세기」에 거의 전적으로 의존하고 있
고, 후대의 연구자들이 반복, 재생산하고 있다. 김송의 「자전적 문예
반세기」는 1979년 유신 말기에 씌어진 자서전적 에세이다. 철저한
반공시대의 자기 검열과 자기 미화의 기록이다. 김송은 반공 시대에
쓴 회고록을 통해 과거 일제강점기에 펼쳤던 사회주의 예술 활동을
은폐하고 모호하게 처리하고 날조하면서 자신을 은연중에 반일 우
익 민족주의 작가이자 문학인으로 둔갑시키고 있다. 이런 점에서 무
엇보다도 김송의 생애에 대한 연구는 김송의 회고록과 비판적인 거
리를 두어야 한다. 이 논고는 우선 김송이 「자전적 문예 반세기」에서
서술한 일제강점기의 활동들을 검토한다. 그리고 당시의 신문, 문예
지 등의 자료들을 가능한 한 모두 찾아서 김송이 어떠한 활동을 했
는지를 정리하고 객관적인 입장에서 김송의 일제강점기 예술 활동
을 살펴보려 한다. 아울러 이런 실증 작업은 저절로 작가의 회고록

내용에 대한 진위, 은폐, 축소, 과장 등 자기 검열과 날조의 문제를 객관적으로 파악할 수 있을 것이다.

2. 「자전적 문예 반세기」의 자기 검열과 왜곡

2.1. 극단 신흥극장의 날조

김송의 글 「자전적 문예 반세기」는 「신동아」에 1979년 12월부터 1980년 8월까지 아홉 차례에 걸쳐 연재되었다. 이 글은 작가가 고희를 기념하여 예술가로 살아온 과거의 인생을 총정리한 자서전적 성격을 띤 에세이다. 아홉 번으로 나누어 연재되긴 했으나, 이것은 시사 월간지의 사정에 따른 것일 뿐, 작가의 의도는 아니다. 작가는 총 22개의 장으로 나누어 집필하였는데, 이 글의 마지막 장의 말미에 '1979년 10월 끝'이라고 명기되어 있어 이 글 전체를 완료한 시점이 이 무렵임을 알 수 있다. 1927년 일본 동경으로 유학을 떠나던 시절을 다룬, 제1장 '방랑과 수학시대'부터 시작하여 한국소설가협회 회장을 거쳐 고희의 생일 무렵까지를 다룬 22장 '太陽에 감사하는 마음'에 이르기까지 한국 근현대사의 시련과 굴곡에 따라 예술가로서 감내하며 살아온 역정을 다루고 있다.

그런데 그의 회고록을 온전히 객관적인 사실로 받아들이거나 학술 연구의 기초 자료로 삼기에는 근본 문제가 발생한다. 기본적으로 자서전이나 회고록 등 자전적인 성격의 글들은 자기중심적으로 기술되기 때문이다. 글쓴이가 아무리 객관적인 자료를 근거로 사실을 기록한다고 하여도 자기를 중심으로 기술할 수밖에 없어서 주관적인 경험과 기억이 개입될 수밖에 없다. 글쓴이가 자신의 생애가 이 세계에 일정하게 의미 있는 것이었음을 전제하고 서술해나가는 것이기에 자기중심적인 텍스트다. 그렇다고는 하여도 완전히 주관적일 수는 없을 것이다. 객관성과 진실성이 담보될수록 그런 글은 권위와 가치가 더욱 빛을 발휘할 것이기 때문이다. 김송의 회고록 「자전적 문예 반세기」도 예외가 아니다.

그렇다면 김송은 「자전적 문예 반세기」에서 일제강점기의 예술 활동을 어떻게 서술하고 있는가? 김송이 가장 강조하고 있는 대목은 자신이 극단 신흥극장을 만들었고 극단의 대표였으며 자신이 창작한 〈지옥〉 공연이 임석경관에 의해 중단된 사건일 것이다. 이 외에도 〈지옥〉 공연이 문제가 되어 주인공 이규설과 함께 제주도 공연을 못가고 29일 유치장 신세를 졌다는 기록도 있다.[13] 김송이 직접 기술하고 있는, 1930년 5월 공연과 관련된 〈지옥〉 사건을 보자.

> 1930년 5월이었다. 金承一과 나는 아현동 이천석의 집에 신흥극장이란 간판을 걸었다. 새로이 일어나는 극단이란 뜻이다.
>
> 李千石은 마포일대를 주름잡는 오야붕(두목)으로 흥행사였다. 그는 신흥극장이란 이름에 끌려서 투자한다는 것이었다.
>
> 얼마후에 李炳逸(영화감독)과 그의 처가 가담하고 이어서 극작가 신

---

13 김송, 「자전적 문예 반세기②－유랑의 신극운동시대」, 신동아, 1980. 1. 316쪽.

고송과 영화배우 羅雄과 연극배우 李葉이도 가담했다. (중략)

모두 모여서 레파토리를 정하고 대본을 프린트했다. 대본이 완성되자 배역을 정하고 연습을 시작하였다.

신고송이 『슈푸레콜』 일장과 유진오의 『朴첨지』와 나의 『地獄』을 상연하기로 결정했다. 『슈푸레콜』은 신고송이 기획하고 또 연출했다. 유진오작 『朴첨지』는 金承一이 연출하고 나의 『地獄』은 내가 직접 연출했으며 또 신흥극장 대표자도 내가 되었다. (중략)

첫날 공연은 대성황이었다. 2층은 지식인들로 좌석이 메워졌고 아래층은 시민학생들로 입추의 여지가 없었다. 그중에는 안막과 최승희도 있었고, 임화, 박영희, 신석초 등도 참관했다. 安漠과 申石艸는 신흥극장의 전신인 학생소극장의 동인이었다. (중략)

그러나 우리들은 예정대로 『슈푸레콜』 『朴첨지』 『地獄』의 순서로 연극을 진행했다. 그런데 뜻밖에도 『지옥』을 개막하고 약 10분쯤 경과했을 때, 경찰이 호루라기를 불면서 무대로 뛰어올랐다.

"중지! 막을 내려라!"

"왜 중지시키오? 막을 내릴 수 없소!" 내가 말했다.[14]

〈지옥〉공연의 중단 사건은 당국의 검열과 횡포에 부당하게 당한 피식민 주체의 곤경과 일제의 탄압에 대한 항의의 이미지를 강하게 불러일으킨다. 게다가 김송이 희곡 〈지옥〉 창작의 계기가 된, 그의 억울한 유치장 경험 이야기와, 공연중지 당시 임석경관에게 항의한 대

---

14 김송, 「자전적 문예 반세기②ー유랑의 신극운동시대」, 신동아, 1980.1, 307~308쪽.

화 내용은 반일 반제의 민족주의적인 이미지를 상기시키기에 충분하다.

그런데 위의 인용문에서 거명된 예술가들, 즉 프롤레타리아 연극운동을 했던 김승일과 신고송, 소위 동반자 작가로 분류되던 유진오 작가의 존재와 활동에 대해 조금만 관심을 갖는다면, 또한 관객으로 참여한 카프 회원이었던 안막과 임화, 신석초를 떠올린다면, 김송이 자신의 희곡 〈지옥〉이 여러 다른 작품들과 함께 공연되었다고 주장하는 극단 신흥극장의 연극 행사가 범상치 않은 것임을 짐작할 수 있다.

김송은 이 글에서 극단 신흥극장 또는 신흥극장의 대표라는 언급을 여러 번 하고 있다.[15] 작가가 그만큼 명백한 사실처럼 언급을 하고 있기에 후대의 연구자들도 의심 없이 받아들인다. 그러나 이것은 명백히 사실을 왜곡하고 날조한 것이다. 자신을 영웅처럼 부각시키기 위해서 과거의 사실을 바탕으로 자신에게 이롭게, 새로 포장한 것이다. 김송이 자신의 생애를 정리하는 글을 쓰면서 주관적인 관점에 의해 자의적으로 선택과 배제, 축소와 과장, 왜곡과 변형을 마음대로 할 수 있다고는 해도, 공적인 영역에서 개최된 공식 행사나 그와 관련된 사실들마저 거짓으로 꾸몄다는 것은 보통 심각한 문제가 아닐 것이다. 그런데도 김송은 1930년 5월 자신이 김승일과 함께 극단

---

15 김송은 「자전적 문예 반세기」에서 두 차례나 더 '신흥극장'을 언급한다. "이같은 그들 나름의 규정을 내린 경찰은 신흥극장을 해산시켰다." 「자전적 문예 반세기 ②-유랑의 신극운동시대」, 신동아, 1980.1, 315쪽, "22세때 신흥극장이란 극단의 대표, 단장이 되었던 것", 「자전적 문예 반세기 ⑨-고희에 되새겨본 뜬구름 세월, 최종희」, 1980.8, 391쪽.

신흥극장을 만들었고 조선극장에서 〈슈푸레콜〉, 〈박첨지〉와 함께 창단 제1회공연으로 3일간 공연을 진행했으며, 그러다가 〈지옥〉 공연이 중지를 당하여 항의했다고 말한다.

그러나 신문 기사의 기록은 김송의 글과 사뭇 다르다. 당시에 발간된 신문들의 기사를 검색하였더니, 김송이 언급한 '조선극장'에서 창단 제1회 공연으로 올려진 〈슈푸레콜〉 〈박첨지〉 〈지옥〉의 공연은 공연 시점이 1930년 5월이 아니라 1932년 6월8~10일이다. 기본적으로 김송이 언급한 공연 시점과는 2년이 넘는 시차가 발생한다.

우선, 이 공연에 관해 1932년 6월 9일자 『매일신보』 신문에 실린 기사와 공연 광고를 보자. 이 날짜의 신문에는 해당 공연 기사와 공연 광고가 같이 실려 있다. 신문기사에는 공연일과 작품명만 소개되어 있는 데 반해, 신문 광고에는 좀더 구체적으로 공연작의 작가명과 입장료까지 구체적으로 적혀 있다. 그리고 신문 기사와 신문 광고의 또 다른 차이점으로는 신문 기사에는 〈메가폰 슈프레히콜〉이라는 작품명이 광고에는 〈메가폰〉으로 되어 있다. 또한 광고에는 신문 기사에 소개된 작품들보다 문예부(文藝部)가 안(案)을 내놓은 〈쌔여진 長恨夢〉이 추가로 소개되어 있다.

「신문 기사」

메가폰 劇團 第一回公演

昨八日부터 시내 조선극장(朝鮮劇場)에서 새로운 진용을 가지고 조직된 극단 「메가폰」의 第一回公演이 잇선는데 일반의 긔대가 만흐며 예제는 다음과 갓다 한다.

271

▲메가폰 슈프레히콜　　一場

▲朴첨지　　　　　　　一幕

▲護身術　　　　　　　一幕

▲地獄　　　　　　　　一幕三場

「신문 광고」

六月八日부터 三日間 特別大公演

劇團메가폰 第一回 公演

文藝部 作 메가폰　　　一場

文藝部案 째여진 長恨夢　一場

金形容 作 地獄　　　　一幕三場

愈鎭午 朴첨지　　　　一幕

宋影 護身術　　　　　一幕

階上 大人 五十錢 小人 三十錢

階下 大人 三十錢 小人 二十錢

朝鮮劇場[16]

　　이 기사는 김송이 언급한 대로 조선극장에서 창단 제1회 공연으로
3일 동안 〈슈프레콜〉 〈박첨지〉 〈지옥〉이 공연 된다는 내용을 담고 있
다. 그러나 매우 중요한 요소가 날조되어 있다. 이 공연은 김송이 만든
극단 신흥극장에 의해서 1930년 5월에 공연된 것이 아니라, 1932년

---

16 『매일신보』, 1932.6.9.

6월 8~10일 극단 메가폰에 의해 공연되었다. '신흥극장'이란 극단명이나 행사의 시기는 김송이 고희의 나이에 기억이 희미해졌거나 단순한 착오에서 붙여진 명칭이 아니다. 이미 언급했듯이 김송은 회고록의 여러 곳에서 '신흥극장'이란 명칭을 사용했고 자신이 그 극단의 대표로 있었다고 언급한다. 김송은 김승일과 만나 사사로이 극단을 만들고 흥행사 이천석의 투자를 받아 공연을 성사시킨 것으로 서술하고 있으나, 이것은 완전한 날조다.

그리고 김송이 신흥극장과 관계가 없다는 것도 확인된다. 김송이 알고 있었는지는 모르겠으나, 극단 신흥극장은 1930년 10월 일본 축지소극장에서 활동한 연출가 홍해성이 창단한 극단으로서 11월 11일 중국의 「전등신화」를 이기영이 번안한 작품 〈모란등기〉를 공연하였다.[17] 홍해성은 이미 1920년에 김우진, 조명희 등과 극예술협회를 만들었고, 1924년에 일본 쓰키지소극장(축지소극장)에서 7년간 배우 생활을 하고 귀국하여 조선 연극의 발전을 위해 뜻을 펼쳤다. 그는 신흥극장의 공연이 실패로 돌아간 이후 1931년 창립된 극예술연구회의 연출을 맡으면서 본격적인 연출 활동을 펼쳐 일제강점기를 대표하는 연출가가 되었다.[18] 김송이 극단 신흥극장을 창단하여 1930년 5월에 공연했다면, 홍해성이 같은 이름의 극단 신흥극장을 같은 해 11월에 창단하지도 않았을 것이다. 그리고 김송의 말대로 당시에 3일간 여러 작품을 공연할 정도의 행사 규모였다면, 홍해성이 몰랐을 리도 없었을 것이다. 김송이 창단했다는 극단 신흥극장은 스스로

---

17 『매일신보』, 1930.11.11.
18 안광희, 「홍해성 연구」, 단국대학교 대학원 석사논문, 1985.12, 40~74쪽 참고.

지어낸 실체가 없는 극단임이 분명하다. 또한 김승일이 김송과 함께 극단 신흥극장을 창단했거나 관여했다는 기록은 확인되지 않는다. 다만 이 무렵에 김승일이 〈혈항구(血港口)〉의 영화촬영을 위해 영화제 작소를 창립했다는 기록만이 확인된다.[19]

기록으로 보아, 김송이 지칭하는 극단 신흥극장은 극단 메가폰의 이름을 바꾸어 명명한 것이 틀림없다. 그렇다면 대체 김송이 숨기고 자 했던 극단 '메가폰'은 어떤 극단인가? 김송은 왜 자신의 작품을 발 표한 극단 '메가폰'의 이름을 '신흥극장'이라 거짓으로 작명하고 자 신이 대표라고 거짓 서술을 했던 것일까? 또한 메가폰의 존재나 자 신이 이 극단에서 발표한 사실을 숨기고 싶었다면, 메가폰의 공연 행 사 자체를 통째로 은폐할 것이지, 극단명과 대표임을 날조하면서도 정작 공연된 작품들을 그대로 적시하는 서술의 태도와 사고방식은 무엇인가?

2.2. 숨겨진 이름 '김형용'의 존재

이런 근본적인 질문에 답하기에 앞서, 위의 신문 기사를 통해 명확 히 확인할 수 있는 사실은 〈지옥〉을 쓴 작가의 이름이 현재 우리가 알 고 있는 이름 '김송'이 아니라 '김형용'이라는 점이다. 김송의 본명은 김금송(金金松)이다. 김형용은 김금송의 첫 예명이고 김송은 두 번째

19 "김승일, 임춘갑, 이철 등과 함께 시내 체부동 18번지에 설립소를 마련, 〈혈항구〉 라는 제목으로 6월 초 촬영에 들어가기 위해 남녀 배우들 모집한다.", 『중외일보』, 1930.5.9.

예명이다. 김송이 김형용과 동일 인물이라는 근거는 여럿 있다. 김송이 회고록에서 언급한 〈지옥〉의 작가는 인용된 신문 기사에서 보듯 '김형용'으로 나온다. 둘째, 1953년에 조영암이 저술한 『한국대표작가전』에서 이미 김송은 "메가폰 극단에 관여하면서 처음으로 희곡 〈지옥〉을 써서 연출까지 보면서 상연하였다"[20]고 밝히고 있다. 셋째, 김송은 「자전적 문예 반세기」에서 나운규와 윤봉춘을 만나고 '조선 키네마'에서 촬영을 따라 다녔다고 하는데, 당시의 신문 기사를 보면, 김형용이 나운규의 '조선키네마'에서 영화배우로 활동을 하였고 나운규와의 관계가 돈독했을 뿐만 아니라, 영화 시나리오 창작, 감독, 제작을 겸하기까지 했다는 기록이 있다. 이런 점에서 김송은 자신의 역사 서술에서 철저하게 일제강점기 '김형용'이란 예명으로 활동한 사실을 감추었다. 왜 그랬을까?

김형용이란 필명을 쓴 김송은 극단 메가폰과 어떤 관련이 있는 것인가? 관객으로 참여했다는 임화, 안막, 김남천 등과는 어떤 관계인가? 궁극적으로 김송은 일제강점기에 어떤 활동을 한 인물인가? 이렇게 계속 이어지는 질문들에 답하기 위해서는 김송의 자전적 에세이를 참고는 하되, 김송이 활동했던 당시의 신문과 문예지 등의 객관적인 자료들을 찾아 비교하면서 연대기적으로 그의 활동을 재구성을 하고 정리할 필요가 있다. 극단 메가폰은 1932년 6월 일제강점기 카프 산하에 있었던 프롤레타리아 극단이었다. 김송이 일제강점기의 공적이고 공식적인 공연 행사조차도 자신의 치적으로 날조하

---

20 조영암, 『한국대표작가전』, 광문사, 1958, 98쪽.

고 자신을 미화했다. 김송은 자신이 몸 담았던 프롤레타리아 연극 운동을 아예 부정하고 있기에 그의 「자전적 문예 반세기」는, 적어도 일제강점기의 시기에 관한 한, 객관성을 담보하기가 어렵다. 김송은 프롤레타리아 극단이었던 메가폰을 자기 역사 속에서 지우고 호출하지 않은 것은 비단 극단 메가폰이 문제가 되어 삭제한 것이 아니다. 김송은 일제강점기 프롤레타리아 연극운동과 연계되어 더 깊고 넓은 영역에 걸쳐 관계를 맺고 활동했고 프롤레타리아 예술운동에서 꽤 비중 있는 역할을 수행했다. 단순히 극단명과 대표직의 날조 문제만이 아니라, 작가가 회고록에서 첫 예명인 김형용과 김형용의 존재를 숨긴 이유가 이것과 연관이 있었을 것이다. 김송의 김형용 지우기는 남북 분단 이후 반공을 국시로 해온 남한 국가 체제에서 반일 성향의 우익 민족주의 작가로서 생존해나가기 위한 작가의 자기 검열이자 역사 지우기였다.

3. 일제강점기의 예술 활동

3.1. 은폐된 인물 김형용의 존재와 영화 활동

김송(김형용)을 언급한 일제강점기의 신문과 문예지 등의 자료들을 종합해보면, 그가 일본 유학 후 국내에 들어와 활동을 했던 첫 무대는 연극이 아니라 영화다. 그가 쓴 「자전적 문예 반세기」에서도 영화 작업에 참여한 이야기가 다뤄져 있다. 김송은 1927년 나운규 작 〈아

리랑〉의 주인공을 맡았던 배우 남궁운(예명 김태진)을 만나러 나운규가
있었던 조선키네마에 들렀다가 영화와 인연을 맺게 되었다고 한다.
촬영중이었던 〈금붕어〉와 다음 작품인 〈들쥐〉에 참여했지만,[21] 두 작
품 모두 흥행에 실패했다. 일본인 투자자 요도에 의해 조선키네마 간
판을 떼어버리고 나운규를 몰아냈고, 김송도 영화 작업에 더 이상 참
여하지 못하고 서로 작별하는 상황을 맞았다고 한다.[22]

그런데 조선키네마에서 김송의 역할이 모호하다. "나와 윤봉춘은
하는 일도 없이 조선키네마에서 먹고 자며 촬영반을 따라다녔다."[23]
고만 밝히고 있다. '하는 일도 없이'라는 말은 조선키네마에서 김송
의 일과 역할이 없었다는 의미이고, '촬영반을 따라다녔다'는 말은
영화 현장에서 촬영 작업 정도를 보조했다는 의미로 읽힌다. 이 대목
만 읽으면, 김송이 영화 쪽에 우연히 발을 들여 나운규가 있는 조선
키네마에서 현장 일을 잠깐 도와준, 일시적인 체험이었으리라 생각
되지만, 당시의 자료들이 전하는 내용은 상당히 다르다. 오히려 영
화 배우로 활동하며 영화 제작에도 깊이 관여했다.

撮影 中의「野鼠」――
「아리랑」「풍운아」 등에 의하야 조선영화계의 권위로 일반영화계
의 환영을 밧는 라운규(羅雲奎) 씨를 중심으로 한 조선키네마에서 현

---

21 작가의 말과는 달리 기록상에는 〈들쥐〉가 먼저 만들어졌고 그후에 〈금붕어〉가 만
    들어져 상영되었다.
22 김송,「자전적 문예 반세기①−뜬 구름처럼 흘러간 세월」, 신동아, 1979.12, 236~
    237쪽.
23 김송, 위의 글, 237쪽.

대극(現代劇) 들쥐(野鼠)(全八卷)를 십일부터 촬영중이라는데 출연하는 배우는 라운규 씨 외, 주삼손(朱三孫), 신일선(申一仙), 윤봉춘(尹逢春), 김보신(金寶信), 리경선(李慶善), 김형용(金形容) 씨 등이라는데 (이하 생략:인용자)[24]

촬영 개시한 야서 출연배우

긔보 = 조선키네마 뎨사회작품 들쥐(야서)는 지난 십일부터 시외 청량리를 촬영지로 촬영을 개시하얏다는데 원제 각색은 라운규군이요 감독은 김창선 라운규 양군이라 하며 촬영은 가등공평 리창용 량군이며 출연한 주요 배우들은 다음과 갓다더라

라운규 주삼손 신일선 윤봉춘 김보신 이경선 김형용[25]

次回 撮形은 [金붕어](全八卷)

(전략:인용자) 작품의 내용은 자세히 알수 업스나 풍문한 바에 의하면 박봉을 바다가며 단란한 가뎡을 일우고 잇는 어쩐 신혼 부부의 가뎡생활이 우연한 긔회로 인하야 파멸되엇다가 다시 원만한 해결을 보게 되기까지의 경로를 무르녹은 정 서로 표현될 것이라더라.[26]

新映畵 [금붕어] 解說 (全十一卷) 今日 封功('封切'의 오기: 인용자)

配役

---

24 「撮影 中의「野鼠」―」, 『중외일보』, 1927.3.12.
25 「촬영 개시한 야서 출연배우」, 『동아일보』, 1927.3.17.
26 「次回 撮形은 [金붕어](全八卷)」, 『중외일보』, 1927.04.20.

宋在勳(會社員) 羅雲奎, 金喜順(그의 妻) 金靜淑, 任洪烈(在勳의 友) 윤봉춘 (尹逢春), 任學實(洪烈의 妹) 申一仙, 李在一 鄭基鐸, 李在旭 朱三孫, 鄭斗 萬 李慶善, 俞柄民 金形容, 黃斗玄 洪明善 (이하 '해설' 생략: 인용자)[27]

1927년 3월 김송은 조선키네마와 인연을 맺고 〈들쥐(野鼠)〉와 〈금붕 어〉에 배우로 출연했다. 김송이 적어도 1930년 5월경까지는 나운규 의 작업에 참여했던 것으로 보인다. 1927년 9월, 나운규가 조선키네 마와의 문제로 탈퇴를 하였는데, 이때 김송도 다른 스탭 및 배우들과 함께 탈퇴하여 「라운규푸로덕슌」의 창립을 돕는다.[28] 이후 1929년까 지는 나운규와 영화 작업을 함께 한 기록은 없지만, 1930년 상반기 에는 다시 나운규와 행동을 같이 하거나 영화배우로서 참여한 기록 이 나온다.

1930년 1월 15일자 『매일신보』의 기사 「暴行俳優 五名 送局」에는 나운규를 포함하여 12명의 배우들이 1929년 망년회에서 찬영회(讚映 會)에 항의했는데, 찬영회의 기자 회원들을 찾아다니며 구타를 한 사 건이 소개된다.[29] 이 사건으로 7명은 도망치고 5명은 체포되어 검사 국으로 송치되는데, 송치된 배우들 중에는 김형용도 포함되어 있다. 당시의 사건은 이렇다. "전긔 십이명 외에 남녀 배우 수십 명은 작년

---

27 「新映畵 [금붕어] 解說 (全十一卷)」, 『중외일보』, 1927.07.6.
28 「조선키네마 탈퇴하야 나운규 촬영소 창설」, 『매일신보』, 1927.09.20. 탈퇴자 명 단; 총간사는 박정현, 나운규. 이경손, 주삼손, 이경선, 김형용, 박섭, 이금용, 홍개 명, 이창용, 이명우.
29 「폭행배우 오명송국」, 『매일신보』, 1930.1.15. 검사국으로 송치된 5명의 배우는 김형용, 김태진, 이원용, 홍개명, 나웅. 도망하여 종적을 감춘 7명은 나운규, 윤봉 춘, 이규설, 박운학, 한창섭, 이진권, 안경석.

십이월 삼십일 밤에 부내 서대문 정아성「기네다」에 모혀서 망년회를 개최하엿던 중 그 석상에서 얼마 전에 『중외일보』에 기재되엿던 조선영화 배우의 생활 내막이 배우를 모욕한 것이니 기사를 취소하도록 하고 또 중외, 동아, 『조선일보』 학예부 기자로 조직된 찬영회는 본릭의 목적은 배우를 지도함에 잇섯스나 그 실지에 잇서서는 배우에게 도로혀 해로움을 주는 것이니 산회하도록 요구하야 듯지 아니하면 직접 행동을 하자고 한 후에 단을 지여가지고 전기 찬영회원을 차저단이며 구타한 것이라더라." 영화 배우의 한 사람으로서 김송은 나운규를 비롯한 많은 영화인들과 함께 찬영회 기자들에 대한 불만을 직접 행동으로 표출하여 구속되는 사태를 겪었다.

이밖에도 김형용은 1930년 5월 31일 나운규의 작품 〈철인도(鐵人都)〉가 광주의 광주좌에서 개봉되자, 최남주, 리규설, 남궁운, 김명숙 등과 함께 작품에 대해 "계급적 립장에서 합평하엿는데 현실에 빗최여 론의"[30]하였다고 한다. 합평회에 배우 리규설, 남궁운 등이 있는 것으로 보아 김송은 단순히 나운규의 새 영화에 합평하러 참석한 것이 아니라, 개봉되는 작품 〈철인도(鐵人都)〉에 출연한 영화배우로서 주요 배우들과 함께 참석했던 것으로 보인다.

1927년부터 영화판에 발을 들여놓았던 김송은 1929년에는 단순히 영화에 출연하는 배우에 만족하지 않고 시나리오 작가, 감독, 제작자로서 1인3역을 할 만큼 욕심을 내어 영화에 전념한 것으로 보인다. 1929년 11월 11일 『조선일보』 기사를 보면, 김송은 함흥 운흥리

---

30 「광주에서 鐵人都 合評」, 『조선일보』, 1930.5.31.

에서 동북영화제작소를 설립하였고 첫 작품으로 〈광란(狂亂)〉이란 작품을 직접 쓰고 각색 및 감독을 맡아 촬영에 들어간다고 한다. 이후에 개봉되었는지 여부는 알 수 없으나 〈광란(狂亂)〉은 "조선사람의 현재 생활의 단편을 영화화한 것"이라 한다.

東北映畵製作所 狂亂撮影開始

新進 女優 等 網羅하야 咸興 一帶를 撮影場으로

지난 十一月十一日 함흥(咸興) 운흥리(雲興里)에 東北映畵製作所가 設立되엇는데 「광란(狂亂)」이란 영화를 첫 작품으로 제작한다는 바 조선사람의 현재 생활의 단편을 영화화한 것이라 하며 새로운 영화덕 형식으로 촬영한다는데 그 영화의 감독과 출연자는 아래와 갓다 한다 原作 脚色 監督 金形容 撮影 閔又洋 裝置 崔稷烈 出演 全斗玉 李貞淑 蘇春園 鶯巢香 崔日鎬[31]

1929년 겨울에 김송은 남궁운(김태진), 김창선과 함께 '이동영화제작단' 또는 '태양키네마'를 조직하고 제1회 영화인 「지지마라 순희야」의 배우로도 참여했다.[32] 남궁운은 당시 인기 영화배우로 이름을 날리고 있었고, 김송을 영화판으로 이끌어준 고향 선배다.[33] 김창선

---

31 「東北映畵製作所 狂亂撮影開始」, 『조선일보』, 1929.11.19.
32 3월 16일자 『조선일보』에는 태양키네마가 아닌, 이동영화제작단을 조직했다고 한다. 처음에는 이동영화제작단이라고 했다가 나중에 태양키네마로 이름을 바꾼 것으로 보인다.
33 임무출은 "고향에서 같이 놀았기 때문에 내것네것 없이 친한 사이였다."(임무출, 앞의 논문, 236쪽)는 내용을 근거로 '고향 친구'라고 간주한다. 그러나 김송은 1909년 생이고 남궁운은 1905년 생이어서 친구로 보기에는 나이 차이가 많다. 선

은 나운규와 함께 '조선키네마'에서 상영한 〈야서〉에서 각색·감독·총지휘를 맡을 정도로 영화 제작 과정을 잘 알고 있는 영화인이다.[34] 이 작품의 총지휘는 김창선이 맡았고, 감독은 남궁운이 맡았으며 김송은 배우로 참여하였다. 남궁운, 윤봉춘, 주삼손 등의 주요 배우들은 '조선키네마'에서 활동했던 배우들로서 이 작품에도 참여하였다.

> 移動映畵制作團 第一回 作品을 全南서 撮影中
> 『移動映畵制作團』에서는 第一回 作品으로 [지지마라 順姬야!]를 박기 爲하야 光州 木浦 一帶를 中心으로 映畵人 南宮雲 氏의 監督 下에 朝鮮人의 凄慘한 生活과 複雜한 性問題에 對한 葛藤 鬪爭을 撮影中이라 한다[35]

> 신영화 태양키네마 일회작품 [지지마라 순희야] 촬영근일완료
> 작년겨울 광주에서 남궁운 김창선 김형용 제씨가 조직한 [태양키네마] 제일회작품 李應鍾씨 원작 [지지마라 순희야]라는 영화를 지난 3월 초순부터 광주에서 촬영을 개시하엿다 이 영화는 광주 목포간과 호남 일대를 배경으로 조선사람의 참담한 생활과 성의 갈등을 폭로하고 새로운 길을 보여주는 영화라는데 (이하 생략)[36]

배나 지인으로 보는 것이 타당하리라 생각된다.

34 『중외일보』, 1927.4.9.
35 「移動映畵制作團 第一回 作品을 全南서 撮影中」, 『동아일보』, 1930.3.16.
36 「신영화 태양키네마 일회작품 [지지마라 순희야] 촬영근일완료」, 『매일신보』, 1930.3.28.

移動映畵制作團 北朝鮮을 背景으로 撮影 開始

이동영화제작단(移動映畵制作團)에서는 남선(南鮮) 디방을 배경하고 촬
영한다 함은 이미 보도한 바거니와 금번에는 북선일대를 배경하고
제일회 작품으로 리적효(李赤曉) 씨의 원작 〈지지마라 貞淑아〉와 김암
(金岩) 씨의 작품 〈誠姬의 半生〉도 촬영하고 잇는 □□□□□[37] 김창
선(金昌善), 각색에 남궁운(南宮雲), 감독 김오월(金五月), 출연은 김정숙
(金靜淑) 전두옥(金斗玉) 김영(金影) 외 제씨이며 우선 영흥(永興), 고원(高
原), 북청(北靑) 등지에서 촬영하리라 한다.[38]

그런데 이 영화를 제작한 제작사 및 김송의 활동과 관련하여 짚고
넘어갈 게 있다. 하나는 제작사 명칭의 전환이다. 1930년 3월 16일자
『동아일보』와 『조선일보』 기사에는 제작사 이름이 '이동영화제작
단'이었는데, 3월 28일자 『조선일보』와 『매일신보』의 기사에는 '태
양키네마'로 나온다. 그러나 4월 28일자 신문에는 새롭게 영화를 제
작하는데 주체가 '이동영화제작단'이다. 왜 중간에 태양키네마로 잠
시 바꾸었는지는 정확히 알 수 없지만, 이동영화제작단이란 명칭이
첫 기사와 마지막 기사에 사용되어 이 명칭이 이 제작사의 정체성이
나 특성과 깊은 관련이 있는 것으로 보인다. 제작사명 '태양키네마'
는 '조선키네마'처럼 민간 제작사의 인상을 풍기는데 반해, '이동영
화제작단'은 카프가 1931년에 연극 분야에서 만든 프롤레타리아극
단 '이동식소형극장'과 비슷한 유형으로 짐작된다. 둘다 '이동'의 의

---

37 일부 글자들이 보이지 않음.
38 「移動映畵制作團 北朝鮮을 背景으로 撮影 開始」, 『중외일보』, 1930.4.28.

미를 담고 있다. '이동식소형극장'은 예술운동의 볼셰비키화에 따른 프롤레타리아예술운동의 일환으로 전국을 '이동'하며 농민, 노동자를 대상으로 공연을 올리려는 것이다. 신문지상에는 남궁운, 김창선, 김송이 의기투합하여 영화제작사를 차리고 본격적인 첫 작업에 들어간 것으로 발표되고 있다. 그러나 겉보기완 달리, 이동영화제작단은 상위 조직, 즉 카프에 의해 움직이는 제작사임이 틀림없는 듯하다. 이동영화제작단의 카프와의 관련성은 작품의 소개 글과 제작진을 봐도 알 수 있다.

영화의 원작 [지지마라 순희야는 "조선사람의 참담한 생활과 성의 갈등을 폭로하고 새로운 길을 보여주는 영화"라고 한다. 식민지 조선의 궁핍상을 다룬 점도 카프의 정체성에 부합되지만, 이 작품을 쓴 이적효(이응종)는 일찍이 1922년 9월 사회주의 문예단체 염군사(焰群社) 결성에 참여했고 카프 회원임은 물론, 1926년 2월 경성청년회 집행위원, 1927년 월간잡지 『노동자』발간 준비 작업에 종사했다.[39] 더욱이 영화와 관련하여 1930년 4월 조선프롤레타리아예술동맹이 기술부를 신설하게 되자, 그는 영화부 위원으로 선출되어 활동하였다. 무엇보다도 이 제작단과 카프의 관련성은 남궁운과 김송이 이 제작사를 조직하기 직전의 행보에서 충분히 짐작할 수 있다. 남궁운과 김송은 이 영화의 제작 이전에 윤기정, 임화와 함께 '신흥영화예술가동맹'을 창립한 발기인이었다.[40]

---

39 강만길 · 성대경 엮음, 『한국사회주의운동인명사전』, 창작과비평사, 1996, 367쪽.
40 "(전략) 신흥영화예술가동맹을 조직하엿다는데 창립대회는 래십사일 토요하오 칠시반에 동회관에서 개최하리라고 하며 발긔인은 좌의 제씨라더라. 남궁운 김형용 윤효봉 林華(林和의 오기인 듯: 인용자)" 『조선에서 처음 생길 신흥영화예술

새로운 기세로 조직된 신흥영화예술가동맹

기관지, 映畵街를 발간하고 기술연구와 영화를 제작한다

지난십사일오후칠시반 동회관에서 창립대회 개최

선언(약)

강령

우리들 현단계에 잇서서 계급의식을 파악한 예술운동의 일부문인

영화운동으로써 --

1. 신흥영화이론의 확립

2. 엄정한 입장에서 모든 영화의 비평

3, 영화기술의 연마

4. 계급적 '이데오로기'를 파악한 영화인의 결성

5. 계급적 이해를 대표한 영화제작

--규약은 약--

중앙집행위원 김유영 나웅 임화 윤효봉

상무집행위원 김유영 백하로

부서

서무부 백하로, 촬영부 김유영, 연구부 나웅 석일랑, 출판부 윤효봉

최성아, 회원은 남궁운 외 수십명이라더라[41]

발기인으로 참여한 임화와 윤기정(윤효봉)도 그러하지만, "우리들 현단계에 잇서서 계급의식을 파악한 예술운동의 일부문"으로 표방

가동맹」,『조선일보』, 1929.12.12.

41 「새로운 기세로 조직된 신흥영화예술가동맹」,『조선일보』, 1929.12.17.

하는 이 동맹의 강령만 보아도 이 영화동맹의 배후에서 카프가 일정하게 영향력을 행사하고 있었음을 짐작할 수 있다. 당시의 카프 동경지부 위원들은 일본 동경에서 연극운동에 깊은 관심을 보였고, 기존의 문학운동을 넘어서서 연극과 영화 등 예술운동 전반으로 확대하려는 움직임을 보이고 있었다. 1930년 4월 카프는 중앙위원회에서 카프를 재조직하면서 예술운동을 관장하는 기술부를 신설했다. 그 기술부 아래에 문학부, 영화부, 연극부, 미술부, 음악부를 두면서 연극과 영화의 운동을 위한 조직과 실천에도 관심을 기울였다.[42] 이 무렵의 남궁운은 신흥영화예술가동맹의 발기인이자 회원이었고 이동영화제작단의 첫 작품에선 감독, 두 번째 작품에선 각색을 맡기로 하였으며, 조선프롤레타리아극장동맹에 속해 있었던 청복극장의 책임자들 중 한 명이었다.[43] 남궁운은 카프의 진보적인 연극과 영화 운동에 참여했는데, 1933년 카프 미술인 강호, 이상춘이 『영화부대』 발간을 빌미로 체포된 영화구락부 사건에 연루되어 투옥된다.[44]

당시의 기사를 보면, 이동영화제작단의 제작 기획은 좀 특이했다. 이동영화제작단은 처음에 남조선, 즉 목포나 광주를 배경으로 삼아 「지지마라 순희야」를 촬영하려 했고,[45] 두 번째로는 북조선, 즉 영

---

42 안막, 「朝鮮プロレタリア藝術運動略史」, 『사상월보』 제10호, 1932.1. 제10호, 182~
    183쪽. 또한 조선프롤레타리아예술단체협의회를 두어 산하에 조선프롤레타리
    아작가동맹, 조선프롤레타리아극장동맹, 조선프롤레타리아영화동맹을 두었
    다. 조선프롤레타리아극장동맹에는 서울의 청복극장, 평양의 마치극장, 개성의
    대중극장, 해주의 극장공장 등이 있다.
43 청복극장의 책임자는 김기진, 안막, 임화, 김남천, 이규설, 송영, 이귀례, 남궁운이
    었다. 안막, 「朝鮮プロレタリア藝術運動略史」, 『사상월보』, 제10호, 1932.1. 183쪽.
44 강옥희·이영미·이순진·이승희, 『식민지시대 대중예술인사전』, 2006.12, 74~77
    쪽 참고.

흥, 고원, 북청 등을 배경으로 삼아 「지지마라 정숙아」를 촬영하려
했다고 한다.[46] 「지지마라 순희야」와 「지지마라 정숙아」의 원작자
가 이적효인 것으로 보아 동일한 작품을 갖고서 각각 남조선과 북조
선의 상황을 배경 삼아 촬영하고 제작하려 했던 것이다. 하나의 원
작으로 두 개의 영화를 찍는 이러한 방식은 작품 부재와 창작의 빈
곤이라는 어려움을 타개해나갈 수 있는 기획, 제작 시스템이다. 제
작단 명칭에서의 '이동'의 의미가 전국을 이동하며 노동자, 농민에
게 상영해준다는 의미도 있겠지만, 하나의 원작을 여러 곳을 이동
하여 촬영하고 여러 편의 작품을 만든다는 기획의 의미도 함축되어
있다고 본다.

12월 14일 신흥영화예술동맹의 창립대회를 앞둔 1929년 12월 12일
의 기사에는 남궁운과 김형용이 발기인으로 발표되었으나, 정작 14일
창립대회를 개최한 지 3일 후의 기사를 보면, 발기인이었던 윤기정
과 임화는 중앙집행위원으로 남아 있는 데 반해 남궁운과 김형용은
빠져 있고 일반회원으로만 남아 있다.[47]

이 이유에 대해서는 명확히 밝히기 어려우나, 무엇보다도 조직 내
에서의 개인별 활동의 영역과 특성, 선호도에 따라 역할 분담이 이
뤄졌으리라 이해된다. 조직의 운영과 실무, 이론과 비평에 강한, 임

---

45 「신영화, 태양키네마 일회작품 「지지마라 순희야」」, 『매일신보』, 1930.3.28.

46 「이동영화제작단 북조선을 배경으로 촬영개시」, 『중외일보』, 1930.4.28.

47 "중앙집행위원 김유영 나웅 임화 윤효봉 / 상무집행위원 김유영 백하로 / 부서 -
서무부 백하로, 촬영부 김유영, 연구부 나웅 석일랑, 출판부 윤효봉 최성아, 회원
은 남궁운 외 수십명이라더라", 『조선일보』 1929.12.17. 기사에는 남궁운만 일반
회원으로 되어 있으나 그 외의 수십명 회원 중에 김형용이 있을 것이라 짐작된다.

화와 윤기정 등의 회원들이 조직과 집행부를 꾸리고, 영화 제작 등의
현장 실무를 남궁운과 김송은 일반회원으로 있으면서도 영화 제작
사를 조직하고 영화 작업을 진행하는 것이다.

　김송이 신흥영화예술가동맹 창립의 핵심 발기인으로 참여했고 이
동영화제작단을 조직하여 배우로 참여했다는 점은 김송의 새로운
활동 방향을 구체적으로 보여주는 것이다. 김송이 이전에는 민간이
운영하는 조선키네마에 참여하여 영화 배우로 활동한 것과는 차원
이 다르다. 1930년에 접어들면서 김송은 카프 조직과 관계를 맺으며
영화 활동을 하였다. 영화인으로서 김송은 월간영화잡지「대중영화」
의 집필자로도 참여하였다.[48]「대중영화」는 출판사 '대중영화사'에
서 "영화잡지 간행과 영화 도서 출판을 목덕"으로 조선에서 처음으
로 발행된 영화 잡지다. 적어도 1927년부터 1930년 초반까지의 김송
은 영화인 김형용이었다. 1930년 3월 17일자『중외일보』에 발표된
박완식이 쓴「朝鮮 映畵人 槪觀 (六)－各人에 對한 寸評」을 보면, 당시
영화계에서 활동했던 주요 영화인들, 강홍식, 김연실, 박경, 이경손,
신일선, 안종화 등 많은 영화인들의 근황이 언급되는데 김형용의 이
름도 같이 등장한다.[49]

　김송이 신흥영화예술가동맹 창립의 핵심 발기인이자 이동영화제
작단을 조직하고 제작 활동에 참여한 사실에서 주목할 점은 그와 카
프의 관계다. 현전하는 자료에 의하면, 김송은 1929년에 카프와 관

48　『중외일보』1930년 3월 8일자 기사에 나오는 집필자 명단은 다음과 같다. "남궁
　　운 김용찬 이승우 윤백남, 서상필, 백기해, 심훈, 이금용, 신혁, 한영우, 이경선, 박
　　적파, 김형용, 정홍교, 김파영, 윤봉춘, 서광제, 문일, 김영환, 박정현"
49　『중외일보』, 1930.3.17.

계를 맺고 프롤레타리아의 영화만이 아니라 연극 분야에서도 활동하였다. 김송은 이미 1927년도에 조선키네마에서 영화배우로서만이 아니라 영화 촬영 현장 작업을 경험한 적이 있고, 일본 유학시절에는 연극을 전공하였다. 그러기에 1930년 전후 카프 동경지부의 입장에서는 연극을 중심으로 영화 분야까지 프롤레타리아 예술운동을 확대해나가는 데 양쪽 다 현장 경험을 가진 김송의 존재가치를 크게 보았을 것이다. 그가 카프와 관계를 맺기 시작한 시기는 그가 식민지 조선에서 활동하기 이전인 일본 유학 시절로 소급된다.

3.2. 김송과 카프의 관계

김송의 회고록 「자전적 문예 반세기」를 잠깐 다시 언급하자. 김송은 「자전적 문예 반세기」를 총22개의 장으로 구분하여 각장마다 소제목을 붙여 기술하였다. 일본 유학을 꿈꾸고 동경에 갔던 19세부터 고희에 이르기까지 연대기별로 작가가 중요하다 싶은 이야기들을 엮어나갔다. 그런데 흥미로운 점들 중 하나는 일제강점기의 연극과 영화 활동들에는 연대가 불분명한 것들이 꽤 눈에 띈다는 것이다. 분명히 이야기의 흐름이 바뀌고 사건이 달라지는 데도 연대가 명확하지 않은 부분들이 많다. 이런 서술의 특성 때문에 김송의 생애를 처음 연구한 연구자 임무출은 "여러 가지 참고 도서와 주변 인물의 증언을 토대로 이루어졌으나 제일 어려운 것은 연도 추적이었다. 참고 도서마다 다르고, 김송 자신의 발표지(발표지)마다 다르게 주장하니, 이것의 진위(진위)를 확인하는 데 많은 시간과 노력이 필요했다."[50]고 할 정도다. 그러나 임무출은 김송의 「자전적 문예 반세기」가 한 치의 거짓이나 허구가 없는 진실의 기록임을 전제하고 연도의 진위를 파악하려 했기 때문에 연도 추정이 잘못된 경우도 있다.

「자전적 문예 반세기」에 의하면, 김송은 1927년 9월 일본 동경으로 돌아가 고원사(高圓寺)에 있는 합숙소에서 자취생활을 하며 공부를 하였고, 이듬해에 회원으로 참여하여 '학생소극장'을 조직했다고 한다.[51] 그러나 이 조직의 활동은 1929년 봄 이후로 보는 게 타당할 듯싶다. 이 조직에 참여했던 회원 중 한 사람이 배우 이귀례인데, 이귀례는 "동경에 잇는 그의 옵바 리북만씨에게 일구이구년 봄에 건너가서 조선푸로레타리아 예술동맹지부 연극반의 일"[52]을 하였다.

> 한편 安漠의 주동으로 조선 유학생들이 모여 學生小劇場을 조직했다. 申石艸, 韓在德, 金承一, 李貴禮, 鄭河普 등이 학생 소극장의 멤버였다. 모두 이상하게도 20세의 동갑나이였다.
>
> 우선 단막극을 번역하고 연구하고, 형편이 되면 공연을 하기로 의견이 좁혀졌다.
>
> 영국 작가의 〈日出〉, 독일작가의 〈荷車〉, 일본작가의 〈거지의 꿈〉 등을 선정하고, 번역한 후 대사연습을 시작했다.

---

50 임무출, 앞의 논문, 29쪽.
51 김송, 「자전적 문예 반세기②─유랑의 신극운동시대」, 신동아, 1980.1, 239쪽. 참고로 임무출은 김송의 일본 동경행이 1927년도 9월이고 학생소극장의 조직과 활동이 1928년도라고 추정한다.
52 『동아일보』, 1931.7.10.

安漠과 申石艸는 시를 습작하는 대학생이었고, 韓在德은 新聞學을 공부하는 학생, 鄭河普는 미술과학생, 金承一과 나는 예술과 학생이었다. 그리고 李貴禮는 사회운동가 李모의 동생이었다.[53]

이 회고록만 읽으면, '학생소극장' 조직과 활동은 모임의 명칭 그대로 여러 전공의 대학생들이 모여 외국 작가들의 희곡작품들을 읽고 대사 연습하는 정도로 보기 쉽다. 그러나 1929년이란 시기와 안막을 중심으로 참여한 사람들의 활동, 그리고 그들이 읽었다는 작품들을 들여다보면, 대학생들의 친목이나 취미는 말할 것도 없고, 단순히 희곡 공부하는 스터디 모임이 결코 아니다. 일본까지 유학을 가서 서로 다른 전공의 조선의 대학생들이 희곡을 읽고 대사연습을 할 리 만무하기 때문이다. 게다가 이후 그 합숙소에는 시인을 지망하는 권환과 일본제대학생 김모가 들어왔고 사회주의자 서인석이 병보석으로 들어와 지냈으며, 서인석의 도망으로 김송과 자치하던 다른 두 명이 형사들에게 체포되어 유치장 신세를 졌다고 한다.[54]

시인 지망생으로 소개된 안막과 권환이 누구인가? 주지하듯이 그들은 임화, 김남천 등과 함께 1927년 9월 카프 동경지부 발족 이후 예술운동의 볼셰비키화를 주장하며 프롤레타리아 예술운동을 펼쳐나갔던 카프의 이론가이자 예술운동가다. 당시에 카프 동경지부가 연극부를 두고 1927년 10월 29일 〈이계의 남〉 공연을 필두로 하여 지속적으로 공연을 올리려고 노력하였다. 1928년에 국내에서 김두용

---

53 김송, 「자전적 문예 반세기②─유랑의 신극운동시대」, 신동아, 1980.1, 240쪽.
54 김송, 「자전적 문예 반세기②─유랑의 신극운동시대」, 신동아, 1980.1, 239-242쪽.

의 〈조선〉을 공연하려다 중지 당했다. 또한 김송이 같이 공부했다고
하는 안막, 한재덕, 이귀례는 모두 '무산자사' 조직의 회원으로서 산
하에 '무산자극장'을 두어 연극운동을 도모하려 하였다.[55] 무산자사
는 조선 공산당 재건의 준비기관으로서 출판활동을 통한 선전선동
의 기능을 가졌다. 예술운동의 기관지였던 『무산자』는 재건당의 기
관지로 성격이 변화하였는데, 무산자사는 예술운동의 임무를 전위
의 당면임무인 노동계급에 기초한 볼셰비키적 전위당을 재조직하
는 데 필요한 선전선동이라고 설정하였다.[56]

이 모임에서 읽었다는 작품들 중 영국 작가의 〈일출〉과 독일 작가
의 〈하차〉는 어떤 작품들인가? 이 두 작품은 카프 동경지부에서 공연
했거나 공연하려다 취소를 당한 외국 번역극이다. 우선 영국 작가의
〈일출〉은 오기이고 〈월출〉이 맞다. 카프 동경지부 연극부는 1929년 2
월 17일 동경 부근의 삼다마노동조합 위안회에서 〈이계의 남〉과 함
께 영국의 그레고리 부인(Augusta Gregory)의 〈월출〉(The rising of the moon)
을 공연했다. 1928년 초부터 일어난 조선공산당 당원, 재일노총(재일
본조선노동총동맹), 청년동맹(재일본청년동맹) 등의 간부에 대한 대대적인
탄압이 카프 동경지부 연극부에도 영향을 미쳤고 극심한 검열 속에
서도 〈월출〉 등을 겨우 공연하였다고 한다.[57] 1929년 7월 이병찬, 안

---

55 이귀례는 잡지 『무산자』를 발간한 이북만의 여동생으로서 카프의 맹원이자 프
    롤레타리아 극단인 '무산자극장'에 소속되었고, 서울의 청복극장에서 만든 영화
    〈지하촌〉의 주연을 맡기도 했다. 한재덕은 1930년 『무산자』의 편집책임을 맡고,
    1945년 8월 평남 건준 선전부장, 1946년 2월 평남 문학예술동맹 서기장을 거쳐 같
    은해 7월에 공산당에 입당하여 북조선문학예술총동맹 서기장을 역임한다.
56 『카프문학운동연구』, 역사비평사, 1990. 61쪽.
57 金正明 編, 『朝鮮獨立運動』 IV, 原書房, 1966, 1035쪽, 안광희의 「조선프롤레타리아

막 등은 당시 일본에서 공연되었던 작품들, 루 멜튼의 〈탄갱부〉, 촌산 지의(村山知義)의 〈전선〉(〈폭력단기〉의 개제)과 함께 오토 뮐러의 〈하차〉를 국내에서 공연하려 했으나 각본 불허로 실패하였다.[58]

김송이 소속된 '학생소극장'은 단순히 조선유학생들의 희곡 공부 모임이 아니다. 당시 일본에서 연극 운동을 전개한 재일조선인연극 운동과 깊은 관련이 있다. 이 모임은 카프 동경지부 연극부일 가능성 이 매우 높고, 더욱이 김송이 언급한 인물들 중 안막, 한재덕, 이귀례 가 『무산자』사'에 있던 극단 『무산자』극장'과도 관련이 있으리라 본다. 김송이 모임에서 읽었다는 작품들 중 〈월출〉과 〈하차〉는 카프 동경지부 연극부에 의해 1929년에 실제로 공연된 작품들이다.

이때 김송이 이곳에서 열심히 읽은 책들은 율곡천 하천풍언 입센전 집 그밖의 유물론 등속이었다. 하천풍언은 그때 전 일본의 독서계를 풍미하던 당대의 인기 있는 기독교사회주의 운동자였고, 그는 자기 의 사회주의적인 이상과 목적을 달성하기 위하야 여러 가지 실천적 인 소설을 많이 썼고, 그것은 또한 당시의 일본 독서계에서 단연 베 스터 셀-라였다. '한알의 보리'란둥 '사선을 넘어서'란둥 하는 류의 것이었다. 당시 일본대학 예술과에는 지금은 모두 이북 공산정권의 중요한 정신적인 지주가 되어 있는 평론겸 소설가 김남천이며, 이북 만 등이 함께 단였고, 임화의 본처였던 이귀례가 잇해 훈가 삼년 후

연극 연구」(단국대학교 대학원 박사논문, 2000.12) 37쪽에서 재인용.
58 『예술운동』, 제2호, 이강렬, 『한국 사회주의연극운동사』, 동문선, 1992, 30~31쪽 재인용.

에 이 예술과에 들어왔다. 극예술협회에서 연출을 보던 김승일 이백
산 등과 모혀서 학생예술좌를 창립하야 몇 번인가 공연도 갖었다.[59]

조영암의 작가론에는 김송의 일제강점기 유학 생활과 관련된 대목
이 잠깐 나온다. 김송은 "율곡천 하천풍언 입센전집 그밖의 유물론 등
속"을 열심히 읽었다고 하여 당시에 유행했던 유물론을 학습한 것을
알 수 있다. 그는 이 책들 중에서 당시 일본의 베스트셀러였다는 기독
교 사회주의자 하천풍언의 책과 소설에 심취했던 것으로 보인다. 그리
고 일본대학교 예술학과에 김남천, 이북만, 이귀례가 다녔다고 밝힌다.
이런 여러 정황들로 볼 때 김송이 묵었던, 일본 고원사의 합숙소는
권환이나 사회주의자 서인석이 묵었다는 점에서 단순히 유학생들
의 자취집의 형태를 넘어서 사회주의 운동을 하던 유학생들의 아지
트 역할을 했을 것으로 추정된다. 무엇보다도 김송이 언급한 '학생
소극장'의 명칭은 사실로서 받아들이기 어려운 점들이 있다. 이것은
마치 김송이 극단 '메가폰'을 극단 '신흥극장'으로 날조한 것과 비슷
하게 평이하고 소박한 이름으로 읽힌다. 김송이 꾸며낸 '신흥극장'
이란 명칭은 그가 회고록에서 몇 차례에 걸쳐 강조한 내용, 즉 자신
이 기존 신파극 중심의 대중극을 타파하고 신극 운동을 위해 노력했
다는 점을 보여주기에 적합한 명칭이다. 이와 마찬가지로 '학생소극
장'이란 명칭도 사회주의 사상과 프롤레타리아 연극운동을 기반으
로 삼은 목표와 의도 자체를 제거한 채, 재일조선 유학생들이 모여

---

59 조영암, 『한국대표작가전』, 수문관, 1953, 96쪽.

희곡을 읽고 공연을 준비하는 조그만 모임 정도로 의미를 대폭 축소
시켜 평이하게 붙였을 가능성이 농후하다. 김송이 밝히고 있는 '학
생소극장' 회원의 면면만 봐도 범상치 않다. 나아가 '무산자사'와 관
련하여 조선 공산당을 재건하려는 목적의식이 강한 사회주의운동가
들일지도 모른다. 이런 인물들이 단순히 '학생소극장'이란 명칭을
썼으리라고는 생각되지 않는다.

그들이 학습한 독일작가의 〈하차〉는 어떤 작품인가? 번역극으로
서 프롤레타리아 극단들이 공연했던 주요 레퍼터리다. 이 작품은 큰
짐을 끌고 언덕을 못 올라가는 짐꾼이, 지나가는 사람들, 즉 귀부인,
경관, 교사, 교수, 중학생 등에게 도움을 청하는데, 그들은 현실을 망
각한 몽유병환자의 잠꼬대 같은 설교만 하였지만, 지나가는 조합의
노동자 두 명이 하차를 밀어줘서 언덕을 오를 수 있었다는 드라마
다.[60] 문제 해결의 계급적인 주역으로 조합 노동자를 강조한다. 이
희곡은 일종의 사상 학습서이면서 프롤레타리아 운동 단체가 공연
하려는 작품이었다. 따라서 김송이 말하는 소위 '학생소극장' 조직
은 단순히 희곡과 연극을 공부한 조선유학생들의 학습 모임이 아니
다. 무산자사에서 활동했던 안막, 이귀례, 한재덕 등의 이름으로 보
아 카프동경지부는 물론 무산자사와 깊은 관련을 맺고 있고, 프롤레
타리아 사상의 학습은 물론이거니와 좀더 거시적이고 장기적인 기
획 아래 향후 식민지 조선에서 프롤레타리아 연극 또는 예술 운동을
전개해나갈 준비 모임인 것으로 보인다.

---

60 「태서명작상연으로 기대만흔 보전연극 하차」, 『중앙일보』, 1932.12.8.

3.3. 김송의 프롤레타리아 연극 활동

이와 같이 김송이 자신의 과거 행적을 왜곡하거나 날조하는 진술이 여러 문제를 안고 있다면, 신문 등의 객관적인 자료를 통해 김송의 프롤레타리아 연극 활동을 살펴볼 필요가 있다. 결론을 먼저 말하자면, 김송은 1929년에 카프와 관련을 맺고 활동을 시작하였고, 적어도 기록상으로는 1932년 5월까지 카프 산하의 여러 프롤레타리아 극단들과 관계를 맺고 활동을 했다. 공연 검열과 중지 등 제국의 탄압을 받으며 활동을 해나갔고, 카프 해산 및 프롤레타리아 극단의 흥망과 운명을 같이 한 것으로 보인다. 김송의 연극 활동과 관련된 첫 신문 기사는 광주에서 1930년 4월 24~25월에 올려진 〈지옥〉 공연의 중지 기록이다.

> 〈지옥〉 상연중 경찰이 금지
> 전남 광주 실업청년구락부에서는 이십사오 양일간 「꼿장사」라는 사진과 남궁운 씨 등 동인제작영화단을 조직하여 광주인사들의 후원을 바다 「꼿장사」와 무대극 김형용 씨작 「지옥」이라는 것을 광주좌에서 공연하여 대성황을 이루든 바 임석경관이 중지시켜 해산하였다.(광주).[61]

이 신문 기사의 초점은 제목이 시사하듯, 김송의 〈지옥〉 공연 중지

---

61 「「지옥」 상연중 경찰이 금지」, 『조선일보』, 1930.5.1.

와 해산에 있겠지만, 〈지옥〉과 같이 기획되어 상영된 영화 〈꽃장사〉
와 동인제작영화단을 조직한 인물로 언급된 남궁운을 주목할 필요
가 있다. 특히 김송이 자신을 영화판에 이끌었던 고향 선배이자 영화
배우인 남궁운과 함께 참여했다는 점도 주목할 필요가 있다. 둘은 이
행사 이전에 신흥영화예술가동맹의 발기인이자 회원이었다. 이 행
사에서 연극 〈지옥〉과 함께 상영된 영화 〈꽃장사〉는 별다른 정보가
없어 짐작하기 어려우나, 남궁운 등이 조직한 동인제작영화단에서
만든 작품으로 보인다. 이 영화단의 배후에는 남궁운과 김송이 속해
있었던 신흥영화예술가동맹이나 카프의 산하에 있었던 조선영화예
술가동맹이 깊이 관련되어 있었을 것으로 짐작된다. 조선영화예술
가동맹이나 신흥영화예술가동맹의 주최[62]로 이 영화에 대한 합평회
가 진행되었는데, 합평회 참석 예정자의 명단에는 김기진, 박영희,
송영 등 기성 카프 회원들만이 아니라 윤기정, 김유영, 서광제 등의
신흥영화예술가동맹 회원들이 기록되어 있다. 〈꽃장사〉는 가난한 집
여주인공이 공장에서 일하다 쫓겨나 부자집 하인으로 갔다가 정조
를 유린당하고 꽃장사를 하게 된다는 내용을 담고 있다.[63] 이 합평회
에선 "쌀조아의 조고마한 暴露"[64]를 담은 영화로 평가하고 있다.

---

62 『조선일보』 1930.3.16에는 "조선영화예술가동맹 주최"라고 하면서도 신흥영화
예술가동맹이 합평회를 한다고 하나, 『조선일보』 1930.3.23에서는 "신흥영화예
술가동맹 주최"라고 밝히고 있다. 두 기사 모두 신흥영화예술가동맹이 합평회를
진행한 것으로 기사가 되어 있어 "신흥영화예술가동맹 주최"라고 볼 수 있지만,
김기진, 박영희, 송영 등의 카프 회원들이 참여 예정이어서 조선영화예술가동맹
이 주최하고 신흥영화예술가동맹이 주관하는 행사일 가능성도 있다.
63 「꽃장사〈회심곡〉 합평회」(상), 『조선일보』, 1930.3.23.
64 「꽃장사〈회심곡〉 합평회」(상), 『조선일보』, 1930.3.23.

공연이 중지되어 신문 기사에 알려지게 되었던, 김송의 공식적인 첫 작품 〈지옥〉은 단순히 개인 차원에서 희곡을 창작하고 공연했다가 검열에 걸려 중지된 작품의 의미에 국한되지 않는다. 이미 김송은 일본 유학시절부터 카프 동경지부 주요 성원들과 함께 사회주의 사상과 의식을 공유하고 프롤레타리아 예술운동의 일환으로 연극을 공부해왔다. 따라서 그 역시 카프 동경지부 성원들과 뜻을 같이 하며 연극과 영화 분야에서 프롤레타리아 예술운동을 전개했음이 확실하다. 1930년 4월 카프가 재조직되면서 산하에 기술부를 두고 연극과 영화를 통해 프롤레타리아 의식으로 대중을 아지프로화 하려는 방향과 흐름을 같이 한다. 1930년 4월 24~25일 양일간 벌어진 광주의 예술행사는 카프의 영향 아래에서 김송이 일본에서 카프 동경지부 연극부에 조직의 일원으로 참여하고 쌓아온 기량을 창작 희곡으로 처음 발표한 공식 행사다. 그가 1927년부터 남궁운과 함께 영화에도 참여하였기에 영화 〈꽃장사〉와 이 영화를 제작한 것으로 보이는 동인제작영화단의 작업에도 깊이 관여하고 참여했으리라 짐작된다.

그후 김송은 1931년 4월 서울의 청복극장 창립에도 이름을 올린다. 청복극장은 카프가 서울에다 처음으로 설립한 직계 극단인 셈인데, 카프 동경지부 성원이었던 임화, 안막, 김남천 만이 아니라, 영화배우 이규설과 김태진(남궁운), 카프 회원이자 무산자극장 소속이었던 여성 영화배우 이귀례 등도 참여한다.[65]

김송은 이동식소형극장에도 참여한다. 1931년 11월 하순에는 이

---

65 『동아일보』, 1931.4.21.

동식소형극장이 창립되었고 제1회 공연을 준비했다.[66] "그 조직 형태는 극히 소규모이며 서울에서 금월 하순경 모 극장에서 공연한 후 지방으로 내려가서 주로 공장, 농촌에 잇는 로동자 농민(勞動者 農民)을 상대하야 이동식으로 공연을 할 예정이라 한다." 그러나 1932년 1월 경으로 계획된 공연은 여러 사정으로 성사되지 못하고 마는데, 이때 김송과 김승일을 새로 영입하여 조직을 재건한다. 그 과정을 전하면 다음과 같다.

> 오래전부터 문제가 만튼 (이동식) 소형극장은 금년 초두(일월경)에 니르러 창립기념공연을 할랴 하엿스나 여러 가지 사정으로 활동치 못하고 이월경에 니르러 동북극장(함흥)에 잇든 김승일 김형용 군이 새로히 가입되엿스며 – 내부 조직 변경과 부서 개정 등을 행하는 동시에 그 활동방침도 활발하게 함과 따라 (약) 우익적 경향을 가진 분자를 청산하고 전위적 형태로써의 이동극장적 활동을 개시한 것이다. (중략) 우리는 무엇보담도 공연적 활동에 근본임무가 잇스며 크나큰 역사적 의의가 잇도록 할 것이다 그러나 –(약) 일반 대중이나 활동 담당자들의 경험 부족 조직의 불견실성 등 이 모-든 원인으로써 활동치 못함과 내종에는 조직까지 해산되여가는 등 상태에 잇섯다 또한 좌익적 인테리층 가운데서 이러한 특수한 조건을 잘 고찰치 못하고 실천방법도 전연 모르고 현실에 적합지 안은 이론(일본에 좌익극장 등 – 활동묘사)만으로써 실천하랴 하고 풍선가치 과장식히는 등

---

66 「이동식소형극장 창립=금월 하순경에 제일회공연=」, 『동아일보』, 1931.11.14.

이러한 현상은 우리의 전반(약)에 잇서서 도로혀 피해가 잇섯다고
하겟다 우리들은 실천활동과 함께 이론하야 효과가 잇도록 하여야
하겟다.[67]

추적양이 이동식소형극장의 지방순회공연을 마친 후의 소감을
적은 이 글은 기존 극단 운영의 여러 문제점들을 지적한다. 골자는
이동식소형극장을 창립하고 부서별로 조직을 갖추었으나 여러 여
건, 즉 경험 부족, 조직의 불견실성, 현실에 부적합한 이론 등 현장 경
험의 부족이 중요하게 작용하였다는 것이다. 이런 어려운 상황에서
김승일과 김송을 새로 영입했다는 점은 그들이 공연을 성사시킬 수
있는 인물들로서 그만큼 존재가치가 크다는 점을 방증한 것이라고
본다. 당시 함흥을 거점으로 하는 동북극장을 운영하고 있던 김송과
김승일은 일본대학교 예술학과에서 희곡과 연극을 제대로 공부한
유학생이자 프롤레타리아 연극운동을 실천하고 있는 연극인이었다.
무엇보다도 그들은 극단 운영과 현장 경험이 부족한 기존의 여러 문
제점들을 이겨나가는 데 실질적인 도움을 주었으리라 짐작된다. 이
동식소형극장은 김송과 김승일의 참여로 1932년 2월 초순경 서북조
선의 이동공연을 성사시킨다.[68]

이동식소형극장의 공연 연습 중에 김송을 비롯한 김승일과 추적

---

67 추적양, 「이동식소형극장운동-지방순회공연을 마치고」, 『조선일보』, 1932.5.6.
68 이동공연에서 "후쎌「街頭 行港」, 김두용 「乞人의 꿈」 추전우작 「國境의 밤」, 송영
「護身術」, 이효석 「多難期」, 석일량 「昨年」, 동 「우리들의 悲劇」, 유진오 「朴첨지」,
(이하략) 촌산지의 「바보 治療」를 선택하엿다. 슈푸룻히콜 등 부속물이 아울러
준비되엿다."고 한다.

양이 경찰에 소환되고 공연이 금지되는 사건이 벌어진다. 1932년 2월 초순경의 공연을 끝낸 후 3월 28일부터 개성의 개성좌에서 공연하기 위해 연습을 하던 중에 세 명이 경찰당국에 소환되었고 공연은 금지되었으며 전단지 3천매도 압수되었다고 한다.[69]

검열과 공연중지에도 김송은 1932년 6월 창립된 극단 메가폰의 창립 공연에도 참여한다. 앞에서 이미 밝혔듯이, 김송은 광주에서 이미 공연 금지된 자신의 작품 〈지옥〉을 들고 여러 작품들과 함께 공연에 임한다. 그렇다면, 극단 메가폰은 어떤 목표와 성격을 지닌 극단인가? 메가폰은 6월 창립 공연을 앞두고 극단의 슬로건과 조직을 소개한다.[70] 메가폰은 "재래의 연극 단체와 대립함과 동시에 근로대중의 리익을 위하야 연극행동을 하려는 새로운 극단"[71]을 표방한다. 그리고 이 극단의 서기국은 김형용, 추적양이, 각본부는 송영, 유진오, 김형용이, 연출부는 신찬(신고송), 추적양이 장치부에는 추적양, 이상춘이, 연기부는 나철이, 무대감독은 김승일이 맡고 있다.[72] 이전에 창립된 프롤레타리아 극단들이 그랬듯이, 메가폰 역시 창단 전부터 서기국에서 무대감독에 이르기까지 극단 업무들이 체계적으로 분장되어 있는 조직이다. 김송은 단지 자신의 희곡 〈지옥〉을 갖고 참여하는 정도가 아니라, 서기국 업무와 각본부 업무를 겸했다. 당시의 서기국이 일반적으로 극단 제작과 공연에 이르는 전 과정의 업무를 관장했다는 점에서 김송은 추적양과 함께 메가폰에서 비중있는 역할

69 「개성서 기대만튼 이동소극금지 / 준비중 돌연금지」, 『중앙일보』, 1932.3.3.
70 『동아일보』, 1932.5.28.
71 『동아일보』, 1932.5.28.
72 『동아일보』, 1932.5.28.

을 맡았던 것은 분명하다. 아마도 같은 해 2월에 성사시킨 이동식소형극장의 지방순회공연을 높게 평가하여 카프가 김송에게 서기국과 각본부를 겸하는 중책을 맡긴 것으로 보인다.

김송이 이 공연 행사에서 중책을 맡았다고는 해도, 자료가 말하듯이 극단 메가폰은 김송이 회고록에서 언급한 것처럼 자신이 김승일과 의기투합하여 사사로이 만든 개인 중심의 극단도 아니고, 극단 명칭이 신흥극장도 아니며, 김송이 극단 대표도 전혀 아니다.

극단 메가폰은 카프라는 조직이 예술운동의 볼셰비키화를 내세우면서 예술동맹 재조직과 노동계급에 기초한 당에 복무하는 아지프로 연극 운동의 성격을 지닌 프롤레타리아 연극 단체다. 김송을 언급한 연극 관련 자료들이 전하는 내용은 김송이 1930년부터 광주 실업청년구락부 주최의 공연 행사, 서울의 청복극장, 1932년 이동식소형극장과 함흥의 동북극장, 메가폰에 이르기까지 주로 프롤레타리아 극단들에서 활동했다는 사실이다. 제국의 검열과 공연중지, 자체의 여건 미비 등으로 공연이 성사되지 못하자 카프는 이에 굴하지 않고 계속 극단 이름을 바꿔가면서 새롭게 창립하고 프롤레타리아 극단을 존속시켜나가려고 노력하였다. 김송은 자신의 작품 〈지옥〉 공연이 중지되는 고통과 억울함을 당하면서도 카프에서 추진했던 연극운동에 참여하였고 1932년 극단 메가폰 행사에서는 서기국을 맡아 실무를 책임지는 역할까지 맡았다. 극단 메가폰은 공연이 중지되는 사태를 맞이하였지만, 이에 굴하지 않고 카프는 같은 해 8월에 다시 극단 신건설(新建設)을 결성한다.[73] 신건설은 창립 후 계속해서 공연을 계획하고 준비하였으나 제2회공연까지 성사시킨 후 소위

'신건설사 사건'으로 해체되어 프롤레타리아연극 운동만이 아니라, 카프까지 해산하게 된다.[74]

극단 신건설 창립 회원의 명단에는 김송의 이름이 빠져 있다. 아마도 김송은 극단 메가폰 공연에서 자신의 작품 〈지옥〉도 문제가 되었겠지만, 공연 전반의 운영과 진행도 맡은 서기국 책임자로서 카프에 의한 새로운 극단 창립에 바로 투입되기는 어려웠으리라 짐작된다. 서기국과 연출부를 같이 담당했던 추적양도 극단 신건설의 주요 참여자의 명단에는 없다.[75] 창단 이후에 극단 신건설이 1933년과 1934년, 여러 차례 기획했거나 성사시킨 공연의 참여자 명단에 계속 나타나지 않은 것으로 보아 이 시기에는 프롤레타리아 극단의 연극운동 전면에 나서서 활동하지 않은 것으로 보인다. 1934년 소위 '신건설사 사건'으로 카프가 해산당하는데, 경찰은 관련자 검거를 위해 대대적인 수사를 벌인다. "경성을 중심으로 북으로 평안북도 신의주와 진남포 평양 경기도 개성 함흥, 남으로 수원 등지까지 검거의 손을 뻗치게 되어 문사, 배우, 화가, 음악가, 연출자, 교원, 학생, 평론가, 신문긔자 등 남녀 칠십여명을 검거햐야 엄중한 취조를 하다가 사건관계가 희미한 픠의자는 추려서 석방하고 나머지 이십삼명만"[76] 공판에 회부했다고 한다. 함흥은 김송이 성장기를 보냈던 지역이고, 한

---

73 「푸로레극단 [신건설] 결성 9월에 초공연」, 『동아일보』, 1932.8.7.
74 극단 신건설의 창립부터 해산에 이르기까지의 과정은 안광희의 「조선프롤레리아 연극 연구」(단국대학교 대학원 박사논문, 2000.12)의 69~71쪽 참고.
75 "연기부 이정자, 이귀례, 함경숙, 박태양, 신영호, 안민, 미술부 이상춘, 강호, 문예부 송영, 권환, 연출부 신고송", 『동아일보』, 1932.8.7.
76 『조선중앙일보』, 1935.6.29.

때 자신의 연극과 영화, 창작 등의 예술 활동을 펼쳤던 거점이었다. 함흥까지 수사를 벌인 것으로 보아 최초의 70여 명의 검거자 명단에는 포함되었을 것으로 짐작된다. 그러나 여러 신문 기사에는 핵심 멤버인 23명의 명단만 나와 있는데, 김송, 즉 김형용이란 이름은 없다.

4. 맺음말

이 글은 작가 김송의 회고록 「자전적 문예 반세기」를 근본적으로 문제 삼았다. 1979년 유신 말기에 씌어진 이 회고록은 철저한 반공 시대의 자기 검열과 자기 미화의 기록이라고 보았다. 김송은 회고록을 통해 일제강점기에 펼쳤던 사회주의 예술 활동을 은폐하고 날조하면서 은연중에 반일 우익 민족주의 작가이자 문학인임을 강조하였다.

일제강점기의 자료들을 토대로 파악한 결과, 1920년대 후반부터 1930년대 초반, 김송은 김형용이란 예명으로 프롤레타리아 예술운동에 참여했던 작가이자 예술가였다. 주요 활동은 연극과 영화 분야인데, 그의 첫 예술 활동은 영화 분야에서 나타난다. 김송은 1927년 나운규의 조선키네마에서 제작한 두 편의 영화에서 조연급의 영화배우로 출연했고, 1929년에는 원작, 각색, 감독을 맡아 영화를 제작하는 동북영화제작소를 설립하기까지 하였다. 그가 참여하고 만든 영화는 식민지 조선의 궁핍한 현실을 소재로 삼은 것으로 짐작된다. 1929년에 들어서면서 김송은 임화, 김유정 등과 함께 '신흥영화제작동맹'의 발기인으로 참여했고 남궁운과 함께 이동영화제작단을 만들어 프롤레타리아영화 제작운동에 참여하였다.

김송의 주요 활동은 카프의 프롤레타리아 연극운동과 맥락을 같이한다. 그와 카프의 관계는 일본 유학시절부터 맺어졌던 것으로 짐작된다. 분명한 것은 1929년 경이 되면 그가 카프 동경지부 연극부에 참여하여 희곡과 공연 연습을 했다는 점이다. 이런 연습과 준비 과정은 동경에서의 공연과 귀국 후 식민지 조선에서의 프롤레타리아 연극운동으로 이어졌다. 예술학과에서 연극을 공부했던 김송은 카프의 동경지부 회원들이 이론과 비평에 선도적인 활동을 했던 것과 달리 연극과 영화의 현장에서 작품을 제작하면서 프롤레타리아 예술운동에 참여했던 것으로 짐작된다. 김송의 연극과 영화 현장에 대한 제작 체험과 지식은 1930년 카프가 새롭게 프롤레타리아 예술운동을 구체화하는 데 매우 소중했을 것이다. 김송의 이동식소형극장 재건과 서북 공연 성사에 기여한 것이나, 극단 메가폰의 서기국과 각본부 책임을 맡은 것은 이를 방증한다.

카프는 일본의 지속적인 탄압과 열악한 여건으로 말미암아 공연 중지와 극단 해산을 거듭하면서도 게릴라식으로 프롤레타리아 연극운동을 지속해나갔는데, 김송 역시 극단 청복극장, 극단 이동식소형극장, 함흥의 동북극장, 극단 메가폰에 이르기까지 카프 연극운동의 질곡과 시련을 함께 겪었다. 김송은 극단 메가폰에서 자신의 작품 〈지옥〉 공연이 중지된 이후 프롤레타리아 예술 활동 기록이 없는 것으로 보아 전면에 나서서 활동하지는 않은 것으로 보인다. 주지하듯이 소위 '극단 신건설사 사건'으로 1934년 5월 카프는 해산되어 식민지 조선에서의 모든 프롤레타리아 예술운동은 끝나고 만다.

본명이 김금송인 작가가 첫 예명인 김형용을 버리고 1935년 고향인 함흥에 돌아와 김송이란 두 번째 예명으로 창작에 전념하는 것은 결코 우연이 아니다. 김형용이란 이름으로 자신이 신념을 가지고 활동했던 카프 조직의 해산과 프롤레타리아 예술운동의 금지로 작가는 새로운 전기를 마련할 필요를 절실히 느꼈을 것이다. 그가 희곡 창작에 전념하면서 『신인문학』에 희곡들을 발표하면서 1939년과 1940년에 두 권의 희곡집을 발간했다는 사실만으로도 그의 창작에 대한 열정과 삶의 새로운 변화를 분명하게 알 수 있다. 물론 카프 조직에 몸 담고 있는 김송이 고향에 칩거해서 희곡 창작에 전념한다고 해도 그 작업이 녹록하지 않았으리라는 것은 충분히 짐작할 수 있다. 이미 자신의 대표작 〈지옥〉이 여러 차례 공연 중지 당한 사실을 경험한 그이기에 자신의 희곡이 지면에 발표된다는 것 또한 일제의 검열을 통과해야 한다는 부담감을 지니고 있었을 것이다.

김송은 일제강점기 카프의 일원으로서 프롤레타리아 예술 운동에 참여하며 치열하게 살았음에도 철저한 반공주의가 지배했던 유신 시대 말기에 발표한 회고록에 이 과거의 행적들을 담지 않았다. 오히려 부분적으로는 행적을 날조하여 반일우익 민족주의자로 미화될 수 있게 하였다. 김송의 회고록 「자전적 문예 반세기」에서의 자기 검열의 모습은 분명히 비판받아야 할 지점이라 생각된다. 그러나 그렇다고는 해도 김송이 애써 숨기고 지우려 했던 프롤레타리아 예술 행적의 내용까지 비판 받아야 하는 것은 전혀 아니다. 오히려 그가 1920년대 후반에서 카프 해산 이전까지 카프의 일원으로서 연극과 영화 분야에서 보여주었던 활약상은 식민지 조선에서의 프롤레타리아 연극과 영화의 운동사적인 측면에서 매우 의미 있다고 할 것이다. 카프의 동경지부 회원들이 주로 이론을 앞세우면서 창작과 비평 활동을 한 데 반하여, 김송은 조직이나 행정의 중책을 맡지 않았고 연극과 영화의 비평 활동을 거의 하지 않았다. 그는 연극과 영화의 제작 경험을 지녀 카프가 프롤레타리아 예술운동을 구체화하는 데 필요한 인물이었다. 그는 카프의 운동 방향에 맞추어 프롤레타리아 연극 공연이나 영화 제작의 현장에서 활동을 하며 작품들을 창조하였고, 공연 중지와 극단 해산 같은 제국의 탄압을 몸소 체험하면서도 계속 예술 활동을 전개했던 식민지 시대 카프의 현장 예술가였다.

개작과 검열의 사회 · 문화사 (1)

제8장

검열과 개작과 정본

이태준 소설의 검열과 개작

강진호(성신여자대학교)

1. 식민치하 작가의 조건

자신의 존재를 증명할 수 있는 것은 작품뿐이라는 점에서 작가가 자신의 작품을 개작하는 것은 당연한 일이다. 작가는 작품을 창작하지만 신과 같은 존재가 아니기 때문에 이미 발표한 작품이라도 계속해서 고치고, 더구나 시간의 경과와 함께 세계관이나 수사학이 변하면서 수정을 가하기도 한다. 개작을 통해 후행 텍스트는 선행 텍스트보다 질적으로 우월한 형태가 되고, 작가들은 그것을 정본으로 인정해주기를 희망한다. 그렇지만, '검열'에 따른 개작은 그와는 달리 후행 텍스트가 원본보다 질적으로 떨어지는 형태로 나타난다는 점에서 주목할 필요가 있다.

검열은 국가나 국가기구가 원하는 조건에 작품을 부합시키는 행위

를 말한다. 검열의 일반적인 형태는 국가권력이나 그와 관련된 기관
에 의해 행해지고, 작품이 간행되기 전에 사전검열의 형식으로 이루
어진다. 물론 출간된 작품은 사후적으로 수정이나 압수 명령이 내려
지기도 하며, 그럴 경우 작가나 출판사는 해당 요구를 수용하지 않을
수 없다. 일제강점기의 잡지와 신문 등에는 검열의 흔적들이 곳곳에
서 목격되는데, 특정 구절이 복자 처리되거나 삭제된 경우[×××혹은○○
行略 등]를 쉽게 볼 수 있고, 심한 경우는 원고가 압수되어 폐기되기도
하였다. 검열의 또 다른 형태는 자기검열이다. 자기검열은 작가가 국
가의 검열기준을 내면화한 뒤 거기에 맞춰 스스로를 단속하는 행위로,
검열을 어겼을 경우 받게 될 위협과 불이익의 공포 때문에 생기고, 그
두려움으로 인해 자신의 의사를 억압하거나 왜곡한다.

이태준 소설에는 이 검열에 따른 개작이 두루 목격된다. 이태준은
신문사 기자로 근무하면서 검열의 상황을 직접 겪었고, 또 신문과 잡
지에 작품을 발표하면서 검열을 당하기도 하였다. 그리고 신문에 작
품을 연재한 뒤 단행본으로 묶는 과정에서도 심한 검열을 받았다.
『성모』는 신문에 연재된 뒤 단행본으로 간행되는 과정에서 '불허가
출판물 목록'에 올라 출판이 불가능하였다. 신문에 연재될 당시의
『성모』[1]는 연애담이 서사의 중심이 되지만, 단행본으로 개작되면서
는 연애담이 생략되고 대신 주인공 순모가 아들을 사상적으로 바르
게 키우는 것으로 조정된다. 이 개작된 원고를 단행본으로 출간하기
위해 경무국 도서과에 납부했으나 "민족주의를 고취하고 기사 전반

---

1 이태준, 『성모』, 〈조선중앙일보〉, 1935.5.26.~1936.1.20.

에 걸쳐 불온서적이라고 인식됨"으로써 압수, 출간되지 못하였다.[2]

> 현의 아직까지의 작품세계는 비교적 신변적인 것이 아니었다. 신변
> 적인 것에 즐기어 한계를 둔 것은 아니다. 총독정책의 강박한 검열제
> 도 밑에서 그의 처녀작부터 검열관계로 잡지에는 싣지 못하고 납본
> 제(納本制, 먼저 인쇄하여 납본과 함께 돌라버리기 때문에 저이가 보아 심하다
> 고 인정하는 것은 인쇄물 전부를 압수하고, 압수하는 소란까지 일으킬 것이 아
> 닌 것은 발행인에게 경고만 주는 제도) 신문에, 편집자의 모험으로 발표되
> 었으며 그 작품은 그의 작품집에도 나와보지 못하는 운명이었다.[3]

검열이라는 환경 속에서 작품을 제대로 발표할 수 없었을 뿐만 아
니라 특정 방향으로 쓸 수밖에 없었다는 고백은 작가들이 처한 검열
의 상황을 단적으로 보여준다.

이런 현실에서 작가들은 자신의 의도를 드러내는 데 한계를 느끼
고 그것을 극복하기 위한 방법을 강구하는데,[4] 이태준의 경우는 그
것이 두 가지 형태로 나타난다. 하나는 작품의 내용에 대한 개작이
고, 둘은 검열과는 무관한 문체와 구성 등의 개작이다. 전자는 검열
을 의식하고 작품의 내용을 당국이 허용하는 범위로 제한하는 행위
이다. 공간(公刊)된 작품에서 시대 현실을 비판하거나 민족의식을 드

---

2 문한별,『검열, 실종된 작품과 문학사의 복원』, 고려대민족문화연구원, 2017, 198
   쪽.
3 이태준,「해방 전후」,『첫전투』, 1949.11, 27-28쪽.
4 이태준이 보여준 검열 우회 및 회피에 대해서는 한만수의『허용된 불온』수록「문
   인들의 검열 우회 유형」및「이태준의 '패강냉'에 나타난 검열 우회」참조.

러낼 수 없기에 표현의 수위를 낮추거나 제거하는 식으로 작품을 바
꾼 것이다. 후자는 당국의 검열이 상대적으로 소홀했던 표현의 측면
(미적인 측면)에서 작품을 고친 경우이다. 당국의 검열기준을 내면화하
고 그와는 무관한 지점에서 작품의 성취를 도모한 것이라는 점에서
이 역시 검열에 대한 대응의 하나였다. 이태준 초기작에서 보이는 개
작은 대체로 현실 비판의 수위를 낮추거나 제거한 전자의 형태이고,
중기 이후는 내용에는 손을 대지 않은 채 미적인 측면만을 수정한 후
자의 형태이다.

　이렇게 개작을 거친 작품들이 독자들에게 전달되는 관계로 우리가
접하는 작품들이 모두 작가의 문학적 특성을 담지한 것이라고 단언하
기는 힘들다. 검열에 따른 개작은 당국의 요구에 작품을 부합시키는
행위라는 점에서 일종의 공유된 정체성(shared identity)의 수용이고, (다
른 말로 하자면, 검열을 통과해야만 작품으로서 존립이 가능한 데, 그
것은 식민지 텍스트가 존재하기 위한 최소조건을 충족하는 것이다.)
미적인 탐구는 그 바탕 위에서 작가만의 고유한 특성을 발전시킨 것
이다. 이를테면, 이태준의 경우 검열에 따른 개작에서는 작가의 진정
성을 찾기 힘들고, 오히려 미적인 탐구에서 작가의 문학적 진실을 찾
을 수 있다. 일제의 검열로 인해 식민지 시대 우리 문학에는 사회 비판
이나 혁명이 존재하지 않는, 인간의 근원적 욕망이 거세되고 대신 미
적인 기교와 수사만이 두드러지는 모습이다. 물론 작품이란 내용과
형식의 합체이고, 그런 관계로 내용을 배제하고 형식에만 주목하는
것은 온당하지 못하다. 그렇지만 일제강점기 문학에서 리얼리즘이 상
대적으로 위축되고 심미적 특성이 두드러지는 것은 검열과 무관하지

않다는 점에서 이런 식의 구분이 무의미하지는 않다. 특히 작가의 진정성과 작품의 정본(定本) 문제를 고려할 때 이런 사실에 대한 숙고는 더욱 필요하다. 이런 생각에서 이글은 이태준 소설 전반의 개작 양상을 살피고, 작가의 정체성과 정본의 문제를 고민해 보고자 한다.

2. 검열과 허위적 정체성

이태준이 작품 활동을 본격적으로 한 1930년대 초반은 일제가 검열을 엄격하게 시행하던 때였다. 일제는 1926년 총독부 경무국 고등경찰과 산하에 도서과를 설치하고 조선의 모든 문화와 정신을 통제하였다. 총독부 산하 각 부서에서 개별적으로 진행하던 통제를 통한 탄압의 방식을 일원화한 뒤 체계화된 기준을 통해서 모든 언론과 출판을 관리하였다.[5] 이런 현실에서 이태준은 작품 활동을 시작하는데, 초기 작품은 등단 직후의 혈기를 보여주듯이 현실 비판의 정도가 강하고 직설적이다. 1930년대 초에 발표된 「고향」, 「아무 일도 없소」, 「봄」, 「실낙원 이야기」, 「슬픈 승리자」, 「꽃나무는 심어놓고」 등에는 현실에 대한 작가의 비판적 시선이 곳곳에 투사되어 있고, 그로 인해 작품은 복자와 삭제 표시로 얼룩져 작가의 의도가 잘 드러나지 않거나 파악하기 힘든 경우도 있다. 그래서 이들 작품은 이후 단행본에 수록되면서 수정되거나 개작되는데 그 개작은 단순한 복원이 아니

---

5 문한별, 앞의 논문, 191-192쪽.

라 비판의 수위를 낮추거나 내용을 교체하는 곧, 2차 검열을 의식하고 스스로를 통제하는, 그로 인해 일제가 허용하는 집단적 가치 속으로 들어간 형태이다.

「실낙원 이야기」에서 그런 사실을 확인할 수 있는데, 이 작품은 원래 『동방평론』(32)에 발표된 뒤 단편집 『달밤』(34)에 재수록되면서 적지않이 개작되었다. 원본은 검열로 인해 곳곳이 복자 처리되어 있는데, 단행본에서는 그 일부를 복원해서 바로잡았다. 또 원본 곳곳에서 목격된 일제에 대한 비판이 개작본에서는 감정적 언사를 배제하고 사실만을 건조하게 서술하는 식으로 바뀐다. 실제로 원본은, 「고향」의 김윤건처럼 동경에서 공부를 마치고 귀국한 화자가 궁벽한 촌에서 평범한 교사로 학생들을 가르치며 살고자 하는 내용이다. 낙후된 P촌을 낙원으로 만들기 위해 혼신의 힘을 다하는 화자는 일제 관헌의 방해로 결국 꿈을 포기하고 마을을 떠난다는 내용이다. 원본에는 이런 소박한 꿈마저 허용하지 않는 일제에 대한 반감과 부정의식이 구체적으로 표현되어 있다.

「실낙원 이야기」[6] (원본)	「실낙원 이야기」[7] (개작본)
① 그동안 ×××는 몇번 와서 …… 물어갓지만 ××××이 오기는 …××이 오기는 처음이다. 그는 나보기에는 퍽 무례스러윗다.(196쪽)	그동안 순사는 몇번 와서 ……물어갔지만 소장이 오기는 … 경관이 오기는 처음이었다. 그는 나 보기에는 좀 무례스러웠다.(181-2쪽)
② 「그런 말이 어듸잇나? ××이 다른 책을 보는 것은 …」(197쪽)	「그런 말이 어디 있나? 우리가 다른 책을 보는 것은… 」(182쪽)

6 이태준, 「실낙원 이야기」, 『동방평론』, 1932.7.
7 이태준, 『달밤』, 한성도서, 1934.7.

③ 그는 이전에 ××이 와서 뭇든 것보다 (197쪽)	그는 이전에 다른 사람이 와서 묻던 것보다 …(182쪽)
④ … 자기 딸애 형제와 또 다른 ××××네 아이까지 다섯아이를 불러왓다.(197쪽)	… 자기 딸애 형제와 또 이웃집 애들까지 다섯 아이를 불러왔다.(183쪽)
⑤ 너는 상식이 없는 사람이다. 술이란 것은 … 그것은 ××과 백성의 사이를 … (197-8쪽)	너는 상식이 없는 사람이야. 술이란 것은 … 그것은 경관과 백성의 사이를 … (184쪽)
⑥「… 책임은 선량한 시골 청년들한테 씨우란 말이지…」 그는 ××를 꾸미는 것처럼 … 198쪽)	「… 책임은 선량한 시골 청년들에게 씨운단 말이지…」 그는 조서를 꾸미는 것처럼 … (185쪽)
⑦「강선생? ××생활을 어떠게 생각하시요?」…「… ××이 되시오 어떻소?」(198쪽)	「강선생? 우리네 생활을 어떠게 생각하시오?」…「… 경관이 되시오 어떻소?」(185쪽)
⑧ 두어 시간이나 물속에 위험한 것만 막고 돌아와 옷을 갈아입고 거리로 나섯을때다 …… ×××××이 다른 ××들과 함께 긴 장화를 신고 날도다 밝엇는데 등을 들고 헐떡거리고 지금 물로 나가는 길이엇다. 그는 소리질럿다. (199쪽)	두어 시간이나 물속에서 떨다가 돌아와 옷을 갈아입고 거리로 나섰을 때다 …… 소장이 다른 두 순사와 긴 장화를 신고 날도 다 밝었는데 등을 들고 헐떡거리고 지금 물로 나가는 길이엇다. 그는 다시 나에게 소리질렀다. (188쪽)

복자 처리된 원본의 단어들이 개작본에서는 "순사, 소장, 경관, 조서" 등으로 복원된 것을 볼 수 있다. 그렇지만, 네 글자(××××) 혹은 여섯 글자(××××××) 등은 문맥과는 전혀 무관한 단어로 대체되고, 일제 순사에 대한 부정적인 말투와 용어는 단순한 지시어로 교체되어 있다. 원본에는 일제에 대한 비판적 태도가 직설적으로 나타나고 화자도 일제의 정책에 동의하지 않는 용기 있는 모습이어서 '실낙원 이야기'라는 제목은 실낙원이 아니라 지옥을 상징하는 역설로 기능한다. 그렇지만 개작본에서는 그런 내용을 삭제하거나 순치시킴으로써 비판적 의도를 제거하였고, 그로 인해 화자의 소박한 꿈이 왜 실현될 수 없었는지 그 이유조차 모호하게 만들어 놓았다.

「코스모스 이야기」는 『이화(梨花)』(4집)[8]에 발표된 뒤 『달밤』에 재수록되면서 대폭 개작된 작품이다. 한 여성이 계급적으로 각성해가는 과정을 서술한 이 작품은 검열을 통과하기 쉽지 않았을 내용이다. 일제가 강력하게 통제했던 것이 사회주의나 민족의식 고취, 일제의 정책 비판 등이었던 점을 감안하자면 한 여성이 계급의식을 갖게 되는 과정을 그린 이 작품이 간행된 것은 다소 뜻밖이다. 일제는 각급 학교에서 간행되는 교지 또한 엄격하게 통제해서 쉽게 출간을 허용하지 않았다.[9] 『이화』 창간호(1929.2)는 '압박과 불평등에서 벗어난 프랑스 및 미국 혁명 소개와 졸업하는 학생들은 불합리한 교육제도의 모순과 치욕을 인내하고 승리를 얻었음을 기술'했다는 이유로 '불허가 차압 및 삭제' 처분을 받았고,[10] 3집은 '조선의 현재 상황에서 우리 역사와 국어를 제대로 교육받지 못하는 교육현실을 비판'했다는 이유로 기사가 '불허가 차압 및 삭제'[11] 처분을 받았다. 「코스모스 이야기」가 수록된 4집에 대해서는 특별한 기록이 없는 것으로 보아 부분적인 삭제(四行略 등)를 조건으로 출간될 수 있었던 것으로

---

8 『梨花』(제4호), 1932.10, 138-145쪽.

9 『이화』, 『연희』, 『중앙』, 『숭실 활천』, 『휘문』, 『문우』 등에 수록된 상당수의 글이 검열로 삭제되거나 간행되지 못하였다. 『조선출판경찰 월보』(경성지방법원검사국문서), http://db.history.go.kr/item/level.do?itemId=had 참조.

10 『이화』 창간호는 검열로 적잖은 고초를 거친 뒤에 간행되었다. 1928년 학생회가 문학부 사업으로 회지 발행을 결의하고 교수·동창·재학생들의 원고를 수집하여 총독부 도서과에 출판허가를 신청했으나 허가를 내주지 않고 그 내용이 불온하다 하여 압수당하고 말았다. 책임자들은 수차례 총독부를 찾아가서 사정하고 애쓴 끝에, 당국의 요구대로 원고를 수정 삭제하고, 끝까지 문제가 된 원고는 아예 버리는 고충을 겪은 후에야 겨우 출판허가를 받았다. 자세한 것은 최덕교의 『한국잡지백년 3』(현암사, 2004) 참조.

11 『조선출판경찰월보』(29호), 앞의 문서.

보인다.

8면 분량의 「코스모스 이야기」의 내용은 다음과 같다. 외모가 아름답고 심덕이 착한 최명옥이 시집을 뛰쳐나오게 된 사연, 곧 가난한 친구 현정자와 그 오빠 현홍구로 인해 계급적 현실에 눈뜨고 각성하는 것이 작품의 요지이다. 최명옥은 현정자의 궁핍한 생활을 목격하면서 사회·경제적 모순을 깨닫는다. 특히 결혼 후 목격한 행랑 자식의 급작스러운 죽음은 그런 인식을 한층 더 강화시킨다. 한약 한첩 지어먹게 해달라는 행랑어멈에게 전혀 도움을 주지 못한 명옥은 다음날 그 행랑 자식이 죽어 나가는 것을 목격한다. 이 일을 계기로 육체만을 탐하는 결혼생활에 대한 회의가 깊어지고 대신 마음속으로 존경해 오던 현홍구에 대한 그리움이 한층 깊어진다. 그해 가을 명옥은 화단에서 꽃을 피우지 못한 채 키만 우뚝한 코스모스를 발견하고 겉만 화려한 자신의 신세를 떠올리며 "마츰내 모-든 것을 내버"리고 집을 나온다. 주변에서는 모두 손가락질을 하지만 명옥은 새와 같은 자유로움을 느끼고, 그리워하던 현홍구를 수소문해서 만난다. 현홍구만은 훌륭하게 되었으리라 믿었으나 전과 다름없이 초라한 상태였고, 더구나 얼마 후 경찰에 잡혀서 투옥된 뒤에는 위장병으로 유명을 달리한다. 이런 일들을 겪으면서 명옥은 "현홍구이 운명, 이 사회의 운명을 지배한 것은 사람이다. 사람의 짓이다."라는 깨달음을 얻는다는 내용이다. 마지막 장면에서 '四行略'이 명기된 것으로 보아 깨달음의 내용이 검열로 삭제된 것으로 짐작된다.

「코스모스 이야기」(『이화』)(원본)	「코스모스 이야기」(『달밤』) (개작본)
1) 명옥은 현홍구의 남루한 모양을 보고 자기 어빠나 자기 남편의 신세처럼 슬퍼하엿다. 현홍구에게 훌륭한 직업과 지위를 주지 안는 사회가 한없이 원망스러윗다. 　그나마 현홍구는 그 다음날 다시 만날 기회도 없이 경찰에 발견되어 잡히여 갓다. 또 그나마 노여나올 날의 희망조차 끊어지고 말엇으니 몸이 약한 현홍구는 옥에 드러간지 녁 달만에 위ㅅ병으로 죽고 말엇다. 　명옥의 슬픔은 컷다. 명옥의 눈앞은 캄캄하게 어두엇다. 그러나 빛은 어두움 속에서 나타나는 것이엇다. 　여기서, 이 암흑과 슬픔의 절정에서 명옥은 넘어지지 안엇다. 오히려 멀리 서광을 느끼엇다. 큰 용기를 얻고 손을 높이 들고 일어섯다. 　「현홍구에게 훌륭한 직업과 지위를 주지 아은 것은 이 사회가 아니다. 이 사회 역시 현홍구와 똑같은 운명에 잇다. 이 운명을 지배하는 자는 누구냐? 하느님이냐?」 　명옥은 힘 잇게 머리를 흔들엇다. 　「아니다! 하느님은 똑같이 복되게 살도록 마련해 주섯다. 현홍구의 운명, 이 사회의 운명을 지배한 자는 하느님의 자비까지 유린한 자다. 그는 무엇인가? 귀신인가?」 　명옥은 한참 생각하엿다. 그리고 소리첫다. 「현홍구의 운명, 이 사회의 운명을 지배한 것은 사람이다. 사람의 짓이다.(四行略) 」 　명옥은 큰 용기를 얻엇다. 시집을 벗어나서는 새와 같이 날아날듯한 경쾌를 느끼엇으나 이번에는 바위를 들고 산을 떠들고 일어서는 기중기(起重機)와 같은 거대한 저력(底力)을 느낀 것이다. 　명옥은 유쾌하엿다. 새로운 정렬에 꽃송이처럼 불타는 그의 아름다운 얼골은 명랑한 가을바람에 기ㅅ발 같이 빛나며 형무소로 임자 없는 현홍구의 시체를 맡으러 갓다. (145쪽)	삭제

　얌전했던 명옥이 사랑하는 사람의 죽음을 계기로 사회 현실에 맞서 저항할 것을 결심하는 대목이다. 현실의 실상을 깨닫고 각성해가는 인물의 성격을 통해서 사회 문제를 타개하려는 의지를 구체화한 것이다. 개작본에서는 이 대목 전체를 삭제함으로써 작품의 초점을 한 여성의 인간적 성숙 과정으로 변경해 놓았다.[12] 일제가 사회주의

와 사상운동 등을 적극적으로 차단했다는 점을 고려하자면 이러한 개작은 일제가 요구하는 공동의 가치에 작품을 순치시킨 것으로 이해할 수밖에 없다.

「고향」은 이 시기에 간행된 단행본 어디에도 수록되어 있지 않다. 〈동아일보〉 1931년 4월 21일에서 29일까지 발표된 이 작품은, 동경 유학을 마치고 서울로 돌아오는 김윤건의 이야기를 다룬 자전적 소설로, 식민지 시기에 출간된 이태준의 8개 단편집[13] 어디에서도 볼 수 없다. 작품은 "형설의 공"을 이루고 귀국 길에 오른 윤건이 조선의 참담한 현실을 목격하고 "폭풍우 같은 울분"에 사로잡혀 난동을 부린다는 내용이다. 귀국 선상에서 만난 조선인 형사의 위압적인 취조와 조선인 인부들의 초라한 행색, 좋은 곳에 취직했다고 거들먹거리는 동료 학생, 부산에 도착해서 겪는 일본 형사의 강압적인 취조와 그런 현실에 무감각한 조선 사람들을 지켜보면서 윤건은 격한 분노에 사로잡힌다. 일자리를 구하는 과정에서는 과거 동맹휴교사건 때 스파이질을 했던 동료들은 모두 좋은 곳에 취직했지만, 정의를 부르짖던 친구들은 이미 오래전에 감옥에 들어갔다. 신간회를 찾아갔지만 폐쇄된 채 문이 잠겨 있었고, 잡지사와 신문사를 찾아 일자리를 알아보지만 어디서도 환영받지 못한다. 그런 현실을 목격하면서 윤건은 사은회를 열고 있는 학생들에게 분풀이를 하듯이 행패를 부리

---

12 민충환, 「'코스모스 이야기' 소고」, 『이태준소설의 이해』, 백산출판사, 1992. 참조.
13 8권의 단편집은 『달밤』(한성도서, 1934), 『가마귀』(한성도서, 1937), 『이태준 단편선』(박문출판사, 1937), 『이태준 단편집』(학예사, 1941), 『돌다리』(박문서관, 1943), 『해방전후』(조선문학사, 1947), 『복덕방』(을유문화사, 1947), 일본어로 된 『복덕방』(일본사, 1941)이다.

고 '관청의 신세'를 진다는 내용이다. 윤건을 통해서 제시된 당대 현실은 마치 「만세전」의 이인화가 동경에서 서울로 돌아오면서 목격한 황량한 묘지와도 같다. 그런데 현실을 카메라처럼 관찰하기만 했던 이인화와는 달리 김윤건은 현실에 분노하고 반발하는 등 한층 적극적인 모습이다. 이런 내용의 작품을 개작한다면, 「오몽녀」의 개작에서처럼[14] 일제를 비판하는 내용은 대부분 사라질 것이고, 그렇다고 그것을 다른 내용으로 대체하기도 힘들었을 것이다. 그런 관계로 이태준은 이 작품을 어떤 선집에도 수록하지 않고 방치한 것으로 보인다.

「고향」이 발표될 수 있었던 것은 「오몽녀」의 경우처럼 신문지법을 적절하게 활용한 때문이다. 「오몽녀」는 『조선문단』의 현상공모에 당선되었지만 거기에 실리지 않고 〈시대일보〉에 발표되었다. 『조선문단』은 '출판법'의 저촉을 받았고, 따라서 작품을 원고 상태로 검열 당국에 제출해야 했다. 그런 검열을 피하기 위해 먼저 인쇄를 한 뒤 납본하는 '신문지법'을 이용함으로써 작품은 〈시대일보〉에 발표될 수 있었는데,[15] 「고향」 역시 신문지법에 의거해서 먼저 인쇄한 뒤에 사후적으로 납본을 했고, 그래서 부분적으로 삭제를 당한 뒤 발표

---

14 「오몽녀」의 개작에 대해서는 강진호의 「퇴고와 개작; 이태준의 경우」(『현대소설연구』, 2017.12) 참조.

15 당시 「출판법」에 따르면, "문서·도화를 출판코자 하는 때는 저작자 또는 그 상속자와 발행자가 도장을 찍은 고본(稿本)을 지방장관을 경유하여 내부대신에게 허가를 신청해야 한다"고 규정하여, 원고의 사전검열과 사후 납본을 의무화하였다. 「신문지법」에서는 신문지는 매회 발행에 앞서 내부 및 그 관할 관청에 각 2부를 납부해야 한다는 규정이어서, 인용문에서 언급한 것처럼, 원고를 먼저 인쇄한 뒤 사후에 검열을 받는 형태였다.

될 수 있었던 것이다. 만일 이런 내용의 작품을 단행본에 수록하기 위해 개작한다면, 「오몽녀」의 경우처럼 일제와 식민 현실을 비판하는 내용은 대부분 사라졌을 것이다.

검열을 의식한 개작의 또 다른 사례는 「영월영감」이다. 「영월영감」은 1939년 2~3월 『문장』지에 발표되었다가 1943년의 『돌다리』에 재수록되었다. 두 작품을 비교해 보면 크게 세 곳에서 개작되었다.

「영월영감」[16] (원본)	「영월영감」[17] (개작본)
① (…) 세도가 정상시가 아닌 때에 득세(得勢)하는 것은 소인잡배의 무리라 하고, 읍에 한번 가는 일이 없이 온전히 출입을 끊었다가 기미년 일에 사오년 동안 옥사생활을 거친 후로는, 심경에 큰 변화를 일으킨 듯, 논을 팔고, 밭을 팔고, 가대와 종중(宗中)의 위토(位土)까지를 잡혀 쓰면서 한동안 경향각지로 출입이 잦았었다. (94쪽)	①-1 심경에 큰 변화를 일으킨 듯 논을 팔고 밭을 팔고 가대와 종중(宗中)의 위토(位土)까지를 잡혀 쓰면서 한동안 경향각지로 출입이 잦았었다. (50쪽)
② (…) 그러나 이마와 눈시울에 잘고 굵은 주름들은 너머나 탄력을 잃었다. 더구나 머리와 수염이 반이 넘어 흰 것을 뵙고는, 성익은, 이 분도 시대의 운명을 어쩌기는커녕 자기 자신이 그 운명 속에 휩쓸리고 마는 것이 아닌가 하는 서글픔이 가슴이 뿌지지하게 느껴왔다. (94쪽)	②-1 (…) 그러나 이마와 눈시울에 잘고 굵은 주름들은 너머나 탄력을 잃었다. 더구나 머리와 수염이 반이 넘어 흰 것을 뵙고는, 성익은 가슴이 뿌지지했다. (51쪽)
③ 「막연이겠지… 힘없이 무슨 일을 허나? 홍경래두 돈을 만들어 뿌리지 않었어? 금같은 힘이 어딧나? 금캐기야 조선 같이 좋은데가 어딧나? 누구나 발견할 권리가 있어, 누구나 출원하면 캐게 해, 국고보조까지 있어 남 다 허는 걸 왜 구경만 허구 앉었어?」 (99-100쪽)	③-1 「막연이겠지 … 힘없이 무슨 일을 허나? 금 같은 힘이 어딧나? 금캐기야 조선 같이 좋은 데가 어딧나? 누구나 발견할 권리가 있어, 누구나 출원하면 캐게 해, 국고보조까지 있어, 남 다 허는 걸 왜 구경만 허구 앉었어?」 (59-60쪽)

16 이태준, 「영월영감」, 『문장』, 1939.2-3.
17 이태준, 『돌다리』, 1943.12.

개작된 『돌다리』 수록본에서는 주인공 영월영감이 왜 금광에 뛰어들었는지 그 이유를 알 수 없다. 영월영감이 '심경에 큰 변화를 일으킨 듯' 논을 팔고 밭을 팔고 심지어 가대와 종중까지 잡혀 쓰면서 경향 각지로 출입을 한 이유가 무엇인지, 어떠한 심경의 변화를 겪었는지? 그런 사실에는 무심한 채 작품은 그저 금광을 찾아다니다 죽음에 이른 한 인물의 일화만을 보여줄 뿐이다.

그런데, 원본에는 모호했던 부분들이 명료하게 제시되어 있다. ① 에서 볼 수 있듯이, 금광을 찾아다니는 영월 영감의 행위는 뭔가의 큰 대의명분에서 비롯되었다. 기미독립운동에 참가했다가 사오 년간 투옥되었고, 그것을 거친 후에는 "심경에 큰 변화를 일으"켜 "경향 각지로 출입"이 잦았는데, 그것은 "돈을 만들어" 홍경래와 같은 큰일을 하겠다는 믿음에서였다. 독립운동을 하기 위해서는 돈이 필요하고, 그 돈을 마련하기 위해서 금광에 뛰어들었던 것. 홍경래라는 상징은 그런 사실을 시사해준다. 주지하듯이, 홍경래(1771~1812)는 조선 말기에 세도정권의 부패와 지역 차별에 대한 반감에서 조선왕조의 전복을 목표로 반란을 일으켰던 인물이다. 평안도의 가산을 근거지로 봉기를 위한 재원을 마련함과 동시에 광산 개발을 명분으로 사람들을 모집하여 봉건 왕정에 반대하는 반란을 일으킨 혁명적 인물이었다.[18] 이런 홍경래의 행적을 염두에 두자면 영월영감이 금광에 빠져든 것은 개인의 영달이 아니라 무언가 '큰일'을 염두에 둔 것임을 알 수 있다. 단행본에서는 이해할 수 없었던 영월 영감의 행동

---

18 홍경래의 역사적 의미에 대해서는 권내현의 「홍경래, 왕조에 도전한 평민 지식인」(『내일을 여는 역사』21, 내일을여는역사재단, 2005.9) 참조.

이 한층 명료해진 셈이다. 하지만 그런 내용을 단행본에 수록하기는 힘들었고[19] 그래서 1943년의 단행본에서는 그것을 삭제하고 영월영감의 행적을 모호하게 처리한 것이다.

이상의 작품들에서 볼 수 있는 개작은 작품의 향상이 아니라 개악으로 나타난다. 사회 비판적인 내용이나 민족의식이 제거되거나 순치되고, 심지어 작가의 의도마저 모호하게 처리되었다. 그런 내용들은 '치안 유지'나 '풍속 괴란' 등에 해당하기에 삭제하거나 순치한 것인데, 이는 역설적으로 이태준이 일제치하의 현실에 대해 깊이 인식하고 그것을 바로잡고자 하는 실천적 의지를 갖고 있었다는 것을 방증한다. 물론 작품이 사회 구조적인 개혁과 집단적 투쟁을 근간으로 하는 카프(KAPF) 계열 소설과는 구별되지만, 현실을 비판하고 바로잡으려는 의지는 그에 못지않다는 것을 알 수 있다.

3. 검열의 내면화와 심미적 개작

이태준이 1930년대 중반 이후의 단행본에서 목격되는 개작은 앞의 경우와는 사뭇 다른 형태로 나타난다. 이 시기의 개작은 검열을 내면화한 상태, 곧 검열의 현실을 인정한 상태에서 자신의 문학적

---

19 「영월영감」의 원본이 '기미년'과 '홍경래'를 삽입했음에도 검열을 통과할 수 있었던 것을 한만수는 상호텍스트성의 활용이라고 말한다. '기미년'과 '홍경래'를 지나치듯 간단하게 언급함으로써, 곧 두 단어를 상당히 떨어진 곳에 배치하는 '나눠쓰기'를 함으로써 검열관이 그 의미를 눈치채지 못하게 했다는 것이다. (한만수의 앞의 책 317쪽)

지향을 성실하게 실천한 형국이다. 자신의 의도대로 작품을 창작할
수 없고 또 작품이 출판되더라도 검열을 받아야 하는 이중검열의 상
황에서 이태준은 검열의 기준을 내면화한 채 그와는 무관한 미적인
영역에 관심을 집중한다. 검열을 통과해야만 작품으로 존립할 수 있
었기에, 그것을 전제한 상태에서 식민권력의 통제가 미치지 못하는
문장과 표현의 영역으로 관심을 돌린 것이다. (물론 이런 행위는 검
열을 돌파한 것이 아니라 회피한 것으로 볼 수도 있지만, 검열을 뚫
을 수 없는 상황에서 그것과 무관하거나 무력화시킬 수 있는 영역을
찾아서 행동한 것이라는 점에서 검열에 대한 대응으로 볼 수 있다.
검열을 통과한 텍스트가 모두 일제에 순응하고 협력한 것이 아니듯
이, 사상과 내용으로 일제에 맞선 것만을 저항으로 볼 수는 없는 까
닭이다.) 그것을 통해서 일제가 요구하는 사회적 가치와 규율에서
벗어나 자기 고유의 정체성을 만들고자 한 것이다. 그것은 우선 소설
양식에 대한 탐구로 나타난다.

　이태준에게 있어서 현대소설은 고소설과는 근본적으로 다른 것
이었다. 낭송조와 상투어로 된 것이 고소설이라면 현대소설은 작가
의 개성과 문체로 표현된 예술적 창조물이다. 그것을 만들기 위해서
문장이라든가 인물 혹은 사건 등을 '자기의 감각'대로 표현해야 하
고,[20] 그러기 위해 부단히 고치고 바로잡아야 한다. "어떤 것은 문장
을, 어떤 것은 사건을, 어떤 것은 제목까지 붉은 작대기를 그어 집어
던지었다가 이틀, 사흘씩 고쳐보았다. 그러나 하나도 만족하게 고쳐

20　이태준, 「제5강 퇴고의 이론과 실제」, 『문장강화』, 박문서관, 1948, 211-226쪽.

진 것은 아니었다. 자꾸 고치자! 나는 여간해선 자기가 만족할 수 있
는 작품을 내어놔 보지 못할 것을 깨달었고, 그 대신 기회만 있으면
평생을 두고 고칠 것을 결심하였다."[21] 이러한 개작을 통해서 '예술
의 본연성'이 획득된다고 이태준은 생각하였다.[22] 「어둠」에서 목격
되는 개작은 그런 견지에서 이루어진다.

「어둠」[23] (원본)	「우암노인」[24] (개작본)
① 「사람이 죽는날 죽드라도 이러케 사는 가 싶은 날이 있어야지…」하고 노인은 말년에 이르러 인간의 희열을 새로 한번 느끼었다. 그러나 이 한가지의 밝은 희열은 여러 가지의 어둠의 그늘을 가지고 왔다.(48쪽)	「사람이 죽는날 죽드라도 이렇게 사는 가 싶은 날이 있어야…」 노인은 말년에 이르러 인간락을 새로 한번 느끼었다. 그러나 이 한가지의 밝은 사실은 여러 가지의 어두운 그늘을 가지고 왔다.(22쪽)
② 「저 즘성! 어떠케 사귀누!」 시커멓게 생긴 무슨 그림자는 한거름 덥석 자기 앞으로 다거서는 것 같었다.(49쪽)	「저 짐생!」 시커멓게 생긴 무슨 그림자는 한거름 덥석 앞으로 다거서는 것 같었다.(25쪽)

이 작품은 원래 「어둠」으로 발표되었다가 단행본에 수록되면서 「
우암노인」으로 개제된 것으로, 내용보다는 문장과 표현을 바로잡는
데 개작의 초점이 있다. "인간(人間)의 희열(喜悅)"을 "인간락(人間樂)"으
로, "밝은 희열"을 "밝은 사실"로 바꾸어 군더더기를 없애고 문장을

21 이태준, 「서」, 『달밤』, 한성도서주식회사, 1934, 1-2쪽.
22 1920년대 후반기 이래 이른바 해외문학파나 구인회 작가들이 문단의 전면에 부
    상한 것은 검열이 강화된 현실과 무관하지 않다. 당시 신문과 잡지 등은 "사상적
    위험을 갖지 않는 인물"이면서 동시에 "명망이 있는 작가"를 통해 당국과의 갈등
    을 피하고자 했다. 그것이 정치와는 거리를 두고 문학 활동을 해온 이들 해외문학
    파나 구인회 부류에게 유리한 환경으로 작용해서 대거 문단에 진입하는 계기가
    되었다. 이태준이 이전과는 다른 방향의 작품을 창작하고 또 심미적 개작에 주력
    한 것은 이런 흐름과 일정하게 연결되어 있다. 당시 문단 상황에 대해서는 백철의
    「사조 중심으로 본 33년도 문학계」((조선일보), 1933, 12.19) 참조.
23 이태준, 「어둠」, 『개벽』, 1934.11.
24 이태준, 『가마귀』, 1937.8.

정확하게 처리하였다. 문맥에 맞는 정확한 용어로 조정한 것인데, 특히 '희열'을 '사실'로 바꾼 것은 '밝은 희열'이 '여러 가지의 어둠의 그늘'을 갖고 있는 것이 아니라 앞의 문장 곧, '말년에 이르러 인간의 희열을 새로 한번 느낀 것'을 지시해야 정확한 표현이 되기 때문에 그에 맞게 조정한 것이다. ②에서도 문장을 간결하고 정확성을 높이기 위해서 '어떠케 사귀누'하는 말을 생략하여 군더더기를 없앴고, 또 '자기 앞으로'에서 '자기'를 삭제함으로써 불필요한 말의 남용을 제거하였다. 「손거부」에서도 그런 식의 개작을 볼 수 있다.

「손거부」[25](원본)	「손거부」[26](개작본)
①그 다음붙어 손서방은 일이 없건 우리집에 자주 들렀다.(220쪽)	그 다음부터 손서방은 일이 있건 없건 우리집에 자주 들렀다.(48쪽)
②한번은 손에 피를 철철 흘리면서 올라왔다. 「웬일유?」(221쪽)	한번은 손에 피를 뚝뚝 흘리면서 올라왔다. 「아, 웬일유?」(51쪽)
③ 손서방은 회차리라기보다 몽둥이에 가까운 나무가지로 아들을 다라 못나게 두손을 묶어쥐고 등덜미를 내려패였다. 그리는데 이에 어디선지 만삭이 가까운 듯 그의 안해가 무거운 거름을 비칠거리며 달려들었다.(221쪽)	목에 피ㅅ대가 일어선 손서방은 회차리라기보다 몽둥이에 가까운 나무로 아들을 못다라나게 두손을 묶어 쥐고 등덜미를 내려 패였다. 그러는데 이내 어디선지 태중이라고 만삭에 가까운 듯한 그의 안해가 무거운 거름을 비칠거리며 달려들었다.(52쪽)
④「그래두 …」 「그눔은 글을 잘해서 국녹을 좀 먹게 됐으면 좋겠읍니다.」 「국녹? 그럼 녹자루 합시다. 복녹자 손녹성이라 거참 괜찮우」 「녹성이 … 좋겠죠. 그럼 삼자에 녹성이라 또써넣어야겠읍죠.」 「그렇죠. 인구수도 하나 늘구요.」(222쪽)	「그래두 …」 그는 잠간 먼산을 쳐다보더니 「이 눔은 글을 잘해서 국녹을 좀 먹게 됐으면 좋겠읍니다.」 하였다. 「국녹? 그럼 녹자루 합시다. 복-녹자가 있으니, 손녹성이라 거 참 괜찮우」 「녹셍이 … 좋겠읍죠. 손녹생이라 … 불르기두 십상 좋은뎁쇼 … 그럼 삼자에 녹성이라구 또 써넣어야겠읍죠.」 「그립시다. 인구수도 하나 또 늘구?」(53쪽)

여기서도 내용보다는 문장과 표현을 다듬고 조정하였다. ①에서
는 "일이 없건"을 "일이 있건 없건"으로 바꾸었고, ②에서는 "철철"
을 "뚝뚝"으로 바꾸었다. '철철'은 '많은 액체가 넘쳐흐르는 모양'을
뜻하지만, '뚝뚝'은 '큰 물체나 물방울 따위가 잇따라 아래로 떨어지
는 소리 또는 그 모양'을 의미한다는 점에서 '뚝뚝'이 보다 상황에 적
합하다. ③에서는 "목에 피ㅅ대가 일어선"이라는 말을 덧붙임으로써
한층 더 사실적이고 실감나게 인물의 행위를 묘사했고, ③에서는 문
패를 써달라는 손거부의 행위를 구체적으로 묘사함으로써 인물의
성격을 한층 생동감 있게 만들었다. 이러한 개작은 1934년 이후의
단행본에서 두루 목격되는데 가령, 「삼월」, 「바다」, 「장마」, 「철로」,
「가마귀」, 「패강냉」, 「사냥」 등이 그런 사례들이다.[27] 여기서 볼 수
있는 개작은 이태준이 「퇴고의 이론과 실제」에서 제시한 6가지 기준
을 구체적으로 적용한 것이다. 곧, 첫째 정확한 용어의 사용, 둘째 모
순과 오해될 데가 있나 없나, 셋째 인상이 선명한가 불선명한가, 넷
째 될 수 있는 대로 줄이자, 다섯째 처음의 것(처음의 생각과 처음의 신선)
이 있나 없나, 여섯째 이 표현에 만족할 수 있나 없나이다.[28] 이런 기
준에 비추자면 이태준에게 있어서 퇴고란 단순한 개필이 아니라 자
신의 미의식과 가치를 구현하는 심미화 작업이자 동시에 새로운 정
체성의 주형 과정인 것을 알 수 있다.

이런 심미적 개작은 「꽃나무는 심어놓고」에서처럼 작품의 '구성'

25 이태준, 「손거부」, 『신동아』, 1935.11.
26 이태준, 『가마귀』, 1937.8.
27 이들 작품의 개작에 대해서는 민충환의 『이태준 연구』(깊은샘, 1988)의 III부 참조.
28 이태준, 앞의 책, 219-226쪽.

까지 조정하는 것으로 나타난다. 「꽃나무는 심어놓고」는 주인공 방서방이 일제의 농업정책으로 오랫동안 정들어 살던 고향에서 더 이상 살 수 없게 되자 서울로 이주하고, 일자리를 찾지만 구하지 못하고 가족마저 해체된다는 내용이다. 방서방은 상경한 뒤 다리 밑에 움을 틀고 일자리를 찾아 나서지만 구하지 못하고, 아내는 구걸을 나섰다가 길을 잃고 거간꾼 노파에게 걸려들어 가족과 헤어지며, 어린 딸은 추위와 굶주림으로 죽음에 이른다. 화창한 봄날 방서방은 술집에서 가출한 아내를 우연히 만나지만 자신의 초췌한 몰골에 자격지심을 느끼고 뛰어나오며, 아내는 남편을 쫓아나오지만 만나지 못한다는 이야기이다.

인용된 부분은 술집에서 아내를 만나서 자격지심을 느끼고 술집을 뛰어나오는 방서방과 그를 쫓아 나서는 아내의 모습을 제시한 작품의 마지막 대목이다. 개작에서는 이 부분을 삭제하고 방서방의 우울한 심사를 제시하는 것으로 마무리된다. 원본은 일제의 기만적 농업정책과 그로 인한 방서방 일가의 유랑과 몰락이 중심 서사를 이루고, 거기에다 부부간의 오해와 생이별이라는 부(副)서사가 덧붙여져 있다. 이야기의 초점이 분산되어 작가의 의도가 혼란스럽게 나타나는데, 개작본에서는 부서사를 삭제함으로써 초점을 하나로 모으고 주제를 통일시켰다. 여기서 볼 수 있는 개작은 퇴고의 기준에서 제시한 '모순과 오해될 데가 있나 없나', '인상이 선명한가 불선명한가'인 것을 알 수 있다. 이런 식의 개작은 이태준이 1930년대 중반 이후의 작품에서 두루 목격되는 문학적 정체성 찾기의 과정이고, 이런 노력으로 이태준은 '단편 양식을 확립한 작가'라는 평을 듣게 되는 것이다.

「꽃나무는 심어놓고」[29] (원본)	「꽃나무는 심어 놓고」[30] (개작본)
1)「에라 저녁먹이는 생각해 무얼하느냐 다른 집 술맛도 한번보리라」 하고 웃줄렁하여 지나다 말고 드러선 것이 바로 이 술집이엇다. 「뭐!」 방서방은 지게를 벗어 밖에 놓고 술청에 한거름 드러서다 말고 주츰하엿다. 「저년이!」 그는 눈이 번적하여 술청에 앉은 주모를 바라보앗다. 주모는 시아버니의 상복을 벗어던지고 분홍저고리를 입은 것밖에는 조곰도 눈에 선데가 없는 정순의 에미, 자기의 안해엿다. 처음엔 그는 분함에 격하여 두 주먹을 부르르 떨고 섯을 뿐이엇으나 그 주모마자 방서방의 모양을 발견하고 「으앗」 소리를 치며 술국이를 내여던질 때 그때는 방서방은 일즉 생각지 못햇든 자격지심이 불숙 일어낫든 것이다. 「지금 내 꼴이 얼마나 초췌하냐 그러나 나도 사나이다. 저 따위 계집년에게 나의 곤궁한 모양만 보히고 섯을 까닭은 없다.」 그는 선 듯 물러서 나오고 말엇다. 김씨는 술청에서 그냥 나려 뛸 재조는 없었다. 다시 방으로 드러가서 마루로 나가서 마당으로 나려가서 안부억을 거쳐서 뒤깐 앞을 지나서 술청 앞으로 나왓을 때는 정순의 아범은 간데가 없엇다. 「인제 그 사람 어디 갓소?」 「나갑디가」 문밖에 나와 보나 보히지 안엇다. 「정순이 아버지―」 하고 악을 써 부르기를 몇차례 햇으나 지나가든 사람만 구경할 뿐 남편의 모양, 정순이는 어쩌고 혼자 도라다니는 그 쓸쓸한 남편의 모양은 깨여난 꿈처럼 사라지고 말엇다. 김씨는 세상이 앗득하여 그대로 길우에 주저앉고 말엇다. 그리고 가슴을 치며 울엇다. 그까짓 생리별은 아모것도 아니엿다. 백옥같은 제 마음을 남편이 오해하는 것이 기막히엿고 꿈결처럼이나마 딸 정순이까지 보지 못한 것이 가슴을 쪼기는 애닯음이엇다. (178-179쪽)	그러나 술만 깨이면 역시 세상은 견딜 수 없이 슬픈 세상이엇다. 「정칠 놈의 세상 같으니!」 하고 아무대나 주저앉어 다리를 뻗고 울고 싶었다.(137쪽)

29 이태준, 「꽃나무는 심어놓고」, 『신동아』, 1933.3.
30 이태준, 『달밤』, 1934.7.

4. 체제 순응과 생존을 위한 개작

이태준의 해방 후의 개작은 식민지 시대와는 정반대로 시대와 정치 현실에 적극 부응하는 자기검열의 산물이라는 데 특징이 있다. 해방과 함께 이태준은 정치 현실에 뛰어들어 좌익의 문화건설중앙협의회에 참여하고 문학가동맹의 부위원장을 맡았으며, 조선공산당 기관지 〈현대일보〉의 주간을 역임하였다. 1946년 2월에는 민주주의 민족전선 문화부장이 되고, 8월 초에는 월북하여 방소문화사절단의 일원으로 소련을 다녀왔다. 과거의 소극적인 처세에서 벗어나 좌익의 문학관을 내면화하고, 문장과 심미성을 중시했던 스타일리스트에서 벗어나 당의 정책과 이념에 복무하는 일꾼으로 변신한 것이다. 그런 입장에서 이태준은 과거 자신의 행적을 점검하지 않을 수 없게 되고, 그 결과 자전적 성격의 『사상의 월야』를 비롯한 「해방 전후」와 「밤길」 등을 좌익의 입장으로 개작한다.[31] 이 개작은 과거를 부정하는 형국이지만, 개작의 기준이 북한의 이념과 가치라는 점에서 또 다른 차원의 공유된 정체성의 수용으로 볼 수 있다.

「해방 전후」 개작에서 과거 부정과 자기 정당화의 구체적 사례를 볼 수 있다. 이 작품은 해방기의 현실에서 공산주의자로 변신하는 과정을 사실적으로 그렸다는 점에서 높이 평가되지만, 좌익문단의 지도급 인물이 된 시점에서는 문제가 적지 않았다. 우선 주인공의 성격이 시대 흐름을 꿰뚫고 선도하는 지혜를 갖고 있지 못하다. 작가의

---

31 해방 후 이태준 작품의 개작에 대해서는 김흥식(2012), 김지영(2016), 강유진(2011), 배개화(2012, 2015), 강진호(2019) 참조.

대리인인 '현'은 매사에 소극적이고 해방에 대해서도 낙관하지 못한다. 향리로 내려와 낚시로 소일하며 막연히 미래를 꿈꾸는 것이나 해방 후 격동하는 현실에서 좌익을 비판하고 거리를 두는 모습은 공산주의자가 된 현실에서는 용납하기 힘든 행태들이다. 게다가 현은 민중들을 '얼빠진 인물'로 보는 반민중적인 태도를 거침없이 내보였다. 좌익에 환호하는 민중들의 열망을 헤아리지 못했고 장차 전개될 미래에 대해서도 낙관하지 못하였다. 더욱 심각한 것은 김일성의 영웅적 행적에 대해 무지할 뿐만 아니라 미국과 소련 등의 국제 정세에 대해서도 알지 못한다. 북한 문단을 선도해야 할 입장에서 보자면 이런 대목들은 용납할 수 없고, 그것을 바로잡기 위해서 이태준은 개작이라는 정치적 행위를 단행한 것이다.

「해방 전후」의 개작은 우선 주체의 시각과 태도의 조정으로 나타난다. 1946년의 원본은 민주주의 민족국가의 건설이라는 정치적 현안에 공감하는 모습이지만, 1949년판은 공산주의자로 변신한 이후의 모습이다. 원본의 "무슨 사상가도, 주의자도, 무슨 전과자도 아니었다."는 고백적 서술에서 암시된 '현'의 중립적 태도가 개작본에서는 모두 삭제되고 대신 해방 후 자신의 입장이 좌익과 동일하다는 것으로 개작된다. 그리고 일제 치하에서 살기 위해 소극적이나마 협력하지 않을 수 없었다고 했던 원본은 1949년 판에서는 모두 삭제된다. "살어 견디자!"는 생각에서 문인대회에 참가하지 않을 수 없었지만 그 이상의 친일은 하지 않았다는 것. 그리고 자신의 작품이 신변적이라는 주변의 견해에 대해서 반박한다. 일제의 검열제도로 인해 불가피하게 신변적인 작품을 썼다는 이전의 내용에 덧붙여 그것은 조선

사람들의 생활을 충실하게 묘사한 조선문학이며, 일제의 조선말살 정책에 맞서 "조선말과 조선글을 한 자라도 하루라도 더 쓰자"는 의도에서 비롯된 행동이었다고 주장한다.

「해방 전후」[32] (원본)	「해방 전후」[33] (개작본)
현의 아직까지의 작품세계는 대개 신변적인 것이 많았다. 신변적인 것에 즐기어 한계를 둔 것은 아니나 계급보다 민족의 비애에 더 솔직했던 그는 계급에 편향했던 좌익엔 차라리 반감이었고 그렇다고 일제의 조선민족정책에 정면충돌로 나서기에는 현만이 아니라 조선 문학의 진용 전체가 너무나 미약했고 너무나 국제적으로 고립해 있었다. 가끔 품속에 서린 현실자로서의 고민이 불끈거리지 않았음은 아니나, 가혹한 검열제도 밑에서는 오직 인종(忍從)하지 않을 수 없었고 따라 체관(諦觀)의 세계로밖에는 열릴 길이 없었던 것이다. (15쪽)	현의 아직까지의 작품세계는 비교적 신변적인 것이 아니었다. 신변적인 것에 즐기어 한계를 둔 것은 아니다. 총독정책의 강박한 검열제도 밑에서 그의 처녀작부터 검열관계로 잡지에는 싣지 못하고 납본제(納本制, 먼저 인쇄하여 납본과 함께 골라버리기 때문에 저희가 보아 심하다고 인정하는 것은 인쇄물 전부를 압수하고, 압수하는 소란까지 일으킬 것이 아닌 것은 발행인에게 경고만 주는 제도) 신문에, 편집자의 모험으로 발표되었으며 그 작품은 그의 작품집에도 나와보지 못하는 운명이었다. 쓸 수 있는 한계 내에서…… . 이것은 절로 신변인물 신변사건이라 하더라도 이 한 조선사람들이요 조선사람들의 생활인 바엔, 충실히만 표현하면 조선문학일 수 있으이라 믿었고, 놈들의 조선말, 조선글, 조선 성명에까지 말살 정책이 노골화하면서부터 일부 조선문인들에게 있어서는 이미 조선문학이기보다 '조선말과 조선글을 한자라도 하루라도 더 쓰자'는 운동으로의 시요 소설을 쓰지 않을 수 없었던 것이다. 경향성이라면 황민화운동에 협력하는 친일적인 경향, 내용은 물론, 형식에까지 일본말로 써서 모국어 말살정책에 협력하고 나서는 배족적 경향 외에는 있을 수 없는 때와 이런 경향성과는 침묵으로 싸우며 조선민족에게 읽히어 해롭지만 않은 내용이면 조선말로 발표할 수 있는 지면이 존속하는 날까지는 한 마디의 조선말, 한 자의 조선글이라도 더 써내는 것이 차라리 일부 작가들의 은근한 경향이기도 했던 것이다. (27-29쪽)

여기서 신변소설의 창작은 일제의 혹독한 검열제도 하에서는 불가피했고, 조선말과 글을 지키는 최소한의 저항이었다고 주장한다. 일제에 순응하는 행위가 '조선어로 창작하는 행위'로 의미화되면서 정당성을 부여받는 형국이다. 그런 견지에서 해방을 대하는 민중들의 태도가 개작본에서는 적극적인 것으로 조정된다. 하늘과 태양과 구름과 곡식들이 "소리 지르고 날뛰고 싶"다는, 민중들이 해방 소식을 접하고 적극적으로 반응하는 능동적 주체로 재구성된 것이다. 같은 맥락에서 좌익에 대해 "불순하고 경망해 보"이고 심지어 "민족상쟁 자멸의 파탄을 일으키지 않을까" 하는 우려를 표명했던 장면 또한 완전히 삭제된다. 좌익 데모가 종로를 지날 때 '문협'이 그것을 열광적으로 환호하고 행렬 위로 소련기를 뿌리는 대목, 그리고 그 일이 일어난 며칠 뒤에 있었던 '드림 사건' 등이 삭제됨으로써 좌익에 대한 비판적 시선은 모두 사라지고 대신 좌익의 정확한 정세 분석과 행동이 긍정적으로 의미화되는 것이다.

이런 개작을 통해서 작가는 해방 후 자신의 변화가 훼절이 아니라 '발전'이라고 주장한다. 해방 전에 자기 주변에는 소극적인 처세가들만 있어서 해방 후의 행적이 변한 것으로 보였을지 모르지만, 해방된 현실에서 의연히 처세만 하고 일하지 않는 데는 반대라는 것, 조선 사람이 "행복한 길"이라면 "물불 속이라도 무릅쓰고 나가야" 한다는 주장이다. 여기에 따르자면 1949년 판본에서는 원본에서 목격되던 '현'의 진솔하고 성찰적인 모습은 사라진다. 공산당의

---

32 이태준, 「해방 전후」, 『문학』, 1946.8.
33 이태준, 「해방 전후」, 『첫전투』, 1949.11.

정세관을 내면화하고 그 지향에 반하는 존재로 미군과 이승만을 규정한 뒤 적극 대응하는, 당의 정책을 전파하고 실천하는 일꾼으로 변신한 것이다.

이런 식의 개작은 「밤길」에서도 확인된다. 「밤길」은 1940년 『문장』지에 발표된 단편으로, 1949년의 『첫전투』에 재수록되면서 대폭 개작되었다. 흥미로운 점은 재수록 작품 말미에 "이 작품은 해방 이전 것이나 그때는 검열불통과로 단편집에서 빠졌기 때문에 이번 단편집에서 수록함"이라고 첨언한 대목이다. 검열로 인해 단편집에서 빠졌기 때문에 재수록한다는 것인데, 실제로 일제 치하에서 간행된 단행본에는 「장마」가 수록되어 있지 않다. 작가의 말대로 '검열 불통과'로 단편집에서 빠졌고 그것을 해방 후 단편집에 수록한 것으로 볼 수도 있지만 내용을 자세히 살피면 그런 주장이 사실에 부합하지 않는다는 것을 알 수 있다. 이태준은 검열에 대해서 누구보다도 민감했고 또 검열을 피하기 위해 다양한 방법을 구사하기도 했다는 점에서, 「밤길」 원문을 검열에 걸리지 않는 수준에서 발표했고, 그것도 전쟁의 시대인 1940년의 시점에서, 그것을 해방 후에 그대로 재수록했다고 보는 게 타당하다. 그런 사실은 1949년의 개작이 당시 북한의 문예 정책[34]에 맞는 내용으로 조정된 것이라는 데서 근

---

34 북한에서는 1946년 10월 북조선예술총연맹이 결성되면서 문학예술은 당 사상의 안내자이자 종합적 지도기관으로서의 역할을 담당하게 된다. 당시 북조선문예총의 창작 범위는 주로 해방의 은인 소련 군대와 전체 소련 인민에 대한 친선, 조선 민족의 영명한 지도자 김일성 장군에 대한 민족적 감격, 토지개혁을 위시한 여러 민주개혁을 형상화하는 데 모아졌었다. 민전의 선전부장 및 상임위원을 맡고 북조선문화사절단의 일원으로 소련을 다녀온 이태준은 이 창작 가이드라인을 적극 실천해야 하는 입장이었다.

거를 찾을 수 있다.

　1949년판 「밤길」은 계급적 적대감과 노동자적 연대의식이 상대적
으로 강조되어 개작된다. 원문은 자식들을 버리고 도망간 아내에 대
한 원망이 작품의 중심을 이루지만, 개작본에서는 가진 자들에 대한
적대감으로 그것이 대체되어 있다.

「밤길」[35] (원본 및 『해방전후』 수록본)	「밤길」[36] (개작본)
① 권서방은 집도, 권속도 없이 떠돌아다니는 홀아비지만, 황서방은 서울서 나려왔다. 수표다리께 뉘집 행랑사리나마 안해도 자식도 있다. 계집애는 큰게 둘이지만, 아들로는 첫아이를 올에 얻었다. 황서방은 돈을 뫄야겠다는 생각이 딸애들 때와 달리 부쩍 났다. 어떻게 돈십원이나 마련되면 가을부터는 군밤장사라도 해볼 예산으로, 주인 나리헌테 사정사정해서 처자식만 맡겨놓고 인천으로 나려온 것이다.(『문장』, 36쪽)	권서방은 집도 권속도 없이 떠돌아 다니는 호래비지만 황서방은 그렇지않다. 서울 수표다리께 뉘집 행랑살이나마 안해도 자식도 있다. 계집애는 큰 게 둘이지만 아들로는 올에 첫아들로 얻었다. 황서방은 돈을 모아야 되겠다는 욕망이 딸애들 때와 달리 부쩍 났다. 어떻게 돈十원이나 마련되면 가을부터는 군밤장사라도 해볼 예산으로 주인 나리헌테 사정사정으로 처자식을 굶기지만 말어 달라고 애원하고 인천으로 나려온 것이다. 새벽같이 일어나 들어가 三간대청의 걸레질로부터 빨래 다듬이 진일 마른일 도맡어 하는 안해는 물론이요 나릿님의 술 심부럼 도련님의 주전부리 심부럼에 제동 생 보아줄 새도 없는 딸년들도 결코 공으로 먹는 밥이 아니건만 나릿님은 행랑에서 따로 밥을 짓지 않는 날은 종일 심기가 편안치 않었다. 　(오 떻하면 자식들에게나마 눈칫밥을 안 먹여보나?) 　황서방은 큰 뜻을 품고 인천으로 한몫 미천을 장만하기 위해 나려온 것이다. (215-6쪽)

35　이태준, 「밤길」, 『문장』(1940), 『해방전후』(1947)
36　이태준, 「밤길」, 『첫전투』, 1949.11.

| ②「거, 황서방 땡이로구려!」
하는데 밖에서 비맞는 지우산소리가 난다.(38쪽) | 「거 황서방 땡이로구랴!」
하고 권서방은 이마에 핏줄이 일어서 움푹한 눈을 욕심스럽게 껌벅거리며 황서방을 바라보았다. 황서방은 눈도 코도 자랑스럽게 벌신거리드니
「거 권서방두 젊은 거 하나 구해보지 그래?」
한다.
「구허면야 사람 없겠수? 돈이 없지…」
「돈 없다구 평생 홀아비루 마출테야?」
「세상이 그렇게 되먹은 걸 뽀죽헌 수 있수? 돈 있는 놈은 계집을 두럼으로 차구 살지만…」
「어디 차구 사는 제계집뿐인가? 돈만 지니면 간테마다 계집이지!」
「그리게 그런 생각험 일두 허구 싶지 않다니까. 밤낮 벌어야 제한입 풀칠허기가 힘드니 무슨 내다뵈는게 잇어야 한해?」
「그래두 벌어야지!」
「흥 개처럼 벌어 정승같이 먹으랬대지만 것두 괜한 소리여! 개처럼 벌어서 개같이 먹을 수나 있는 세상인 줄 알어?」
하는데 밖에서 비 맞는 지우산 소리가 난다.(219-220쪽) |

네 명이나 되는 처자식을 위해서 어떻게든 돈을 모으지 않을 수 없다는 생각에서, 집주인에게 처자식을 맡기고 인천으로 돈벌이를 왔다는 내용이 개작본에서는 공짜로 밥을 먹일 수 없다는 주인나리의 탐욕스럽고 몰인정한 모습으로 바뀐다. 거기다가 ②에서처럼 권서방과 황서방의 대화를 통해서 빈부에 따른 성(性)의 불평등한 분배 문제가 언급된다. 원본에서는 14살이나 연하인 아내와 함께 사는 황서방을 부러워하는 권서방의 모습이 그려지지만, 개작본에서는 돈이 없기 때문에 평생 홀아비로 살아야 하고, 돈 있는 사람들은 "계집을 두럼으로 차구" 산다는 것을 불평하는 내용으로 조정된다.

이런 조정을 바탕으로 다음 부분에서는 황서방이 겪는 계급적 적대감이 표현된다. 죽어가는 아이를 팽개치듯이 떠넘기는 주인의 행패, 돈이 없다는 이유로 치료를 거부하는 의원의 모습 등이 서술되면서 가진 자들의 몰염치와 탐욕이 이들을 사지로 내몬 이유로 암시된다. 이를테면 가진 자들의 탐욕이 구체적으로 제시되면서 작품은 원본과는 완전히 다른 작품으로 탈바꿈한 것이다.

「밤길」(원본)	「밤길」(개작본)
③ 캄캄해졌다. 초를 사울 돈도 없다. 아이의 얼굴이 희끄므레할뿐 눈도 똑똑히 보이지 않는다. 비소리에 실날같은 숨소리는 있는지, 없는지 분별할 도리가 없다. 「이 사람?」 모기를 따리노라고 연성 종아리를 철석거리던 권서방이 을리지 않는 점잔은 목소리를 내인다. 「생각허니 말일세… 집쥔이 여태 알진 못해두…」 「집쥔?」 「그랴… 아무래두 살릴 순 없잖나?」 「애 말이지?」 「글세」 「어쩌란 말야?」 「남 새집… 들기두 전에 안됐지 뭐야?」 「흥! 별년의 소리 다 듣겠네! 자넨 오지랍두 정치겐 넓네」 「넓잖음 어쩌나?」 「그럼 죽는앨 끌구 이 우중에 어디루 나가야 옳아?」 「글세 황서방은 노염부터 날줄두 알어 그렇지만 사필귀정으로 남의 일두 생각해 줘야허느니…」 「자넨 이누므집서 뭐 행랑사리나 언어헐가구 그러나?」	밤은 캄캄해졌다. 초를 사울 돈도 없다. 아이의 얼굴이 희끄므레할 뿐 눈도 똑똑히 보이지 않는다. 비는 퍼부어 실날같은 숨소리조차 있는지 없어 졌는지 분별할 수 없다. 큰년 두애는 그래도 애비 옆이라고 마음을 놓고 가마니뙤기 위에서 모기가 덥비는 것도 모르고 초저녁부터 잠이 들었다. 비 맞은 옷들이라 풀 숨내가 누룩이나 뜨는 방처럼 시크므레하다. 아이는 또 비리치근한 것을 꼴각 꼴각 게운다. 성냥을 그어 대로 들여다 보는데 밖에서 전짓(電池)불이 번쩍거리었다. 집주인이 암기와만 덮은 지붕이라 등이 달어 새은 데를 보려 온 것이었다. 집주인의 자전차에 다는 저짓불은 방마다 천정을 비치며 구석구석 둘러보았다. 황서방과 권서방은 「아직 이방은 새지 않습니다」 하며 문을 막았으나 주인의 전짓불은 방안으로 들어왔고 방 천정만 비친 것이 아니라 방바닥의 황서방의 식구들이 늘비한 것도 비치고야 말었다. 더욱 포대기 안에 쌔인 갓난 것이 숨을 모두고 있는 흉한 광경에 이르러서는 주인은 「아이그머니!」 소리를 질렀다. 주인은 비가 새여 그방 한간이 온통 허물어졌기로 이다지 놀라지는 않었을 것이요 아다지는 흉쬬를 느끼지는 않었을 것이다.

「예에끼 사람! 자네믄 그래 방두 뀌미기
전에 길 닦아 놓니까 뭐부터 지나가더라구
남의 자식부터 축어나감 좋겠나? 말은 바른
대루…」

「자넴 또 자네자식임 그래 이 우중에 끌
구 나가겠나?」

하고 황서방은 버럭 소리를 질렀다.

(중략)

황서방은 아이를 안고 한손으로 지우산
을 받고 나서고, 그 뒤로 권서방이 헛간을
가리었던 가마니를 떼여 둘르고 삽을 메고
나섰다.(150-153쪽)

「이놈아 차라리 이 집 꾸미기 전에 불을
질러라. 남 새집 짓구 들기두 전에 이게 무
슨 구진일이냐 네가 내집과 무슨 원한이 있
느냐? 냉큼 못 끌구 나가느냐?」

황서방은 결국 애걸복걸하여 큰애 둘만
이집 속에서 날을 밝히게 하고 죽어가는 애
는 품에 끼고 어두운 밤거리에 나서고 말었
다.

「황서방?」

「……」

「황서방?」

황서방은 지우산에 비 퍼붓는 소리에 얼
른 알어듣지 못하였다. 권서방이 헛간을 가
리웠던 가마니 짝을 등에 두르고 삽을 끌고
따라나선 것이다. (228-9쪽)

---

④ 「내 이년을 그예 찾아 한구뎅이에 처
박구 말테여…」

「허! 이럼 뭘허나?」

「으흐흐… 이리구 삶 뭘허는 게여? 목석
만도 못한 애비지 뭐여? 저것 원술 누가 갚
어…… 이년을 내 젖퉁일 썩뚝 짤러다 묻어
줄에다.」

「황서방 진정해요」

「노래두……」

「아, 딸년들은 또 어떻게 되라구?」

『……』

황서방은 그만 길가운데 철벅 주저앉어
버린다.

하늘은 그저 먹장이요 비소리 속에 개구
리와 맹꽁이 소리뿐이다. (156쪽)

「내 이년을 그예 찾어 한구뎅이에 처박
구 말테여」

「허! 이럼 뭘허는 거유? 한 구뎅이에 처박
을 푼수면 두 집주인놈들부터 의워놈들부
터 처박아야 허우!」

「으흐흐… 이리구 살어서…… 」

황서방은 길바닥에 철벅 주저앉었다.

――一九四0년 六월――

(이 작품은 해방이전 것이나 그때는 걸렬
불통과로 단편집에서 빠졌기 때문에 이번
단편집에 수록함. 작가)

(235쪽)

이와 같이 개작본에서는 원본에서 볼 수 없었던 계급의식이 상대
적으로 두드러진다.

그런데, 개작된 작품은 원본에 비해 작품의 초점이 분산되고 또
주장이 작위스러운 것을 볼 수 있다. 문장을 다듬고 시점을 조정하고
인물의 성격을 강조했던 이전의 개작과는 전혀 다른 모습이다. 그렇
기 때문에 이런 식의 개작은 '검열 불통과로 빠졌던 것'을 채워 넣은

것이 아니라 북한에서의 현실적 필요에 의해 스스로를 검열하고 개
작한 것이라 할 수 있다. 북한 문단을 주도하는 지도급 인물로서 이
태준은 이제 북한의 집단적 가치와 정책을 작품으로 실천해야 하고,
그런 자기검열에서 이렇듯 과거의 작품을 다시 쓴 것이다. (그런 점
에서 이 부류의 개작은 '개인적 특성의 제거와 당정책의 수용' 곧, 부
르주아 문학의 부정과 사회주의 문학의 수용으로 정리할 수 있다.
이제 소설가 '이태준'이라는 고유명은 더 이상 의미를 갖지 못하고,
대신 얼마나 충실한 당의 선전일꾼이 되는가만이 문제가 된다.) 이
들 작품에서는 더 이상 자신의 신념과 북한의 정책에 대한 회의를 찾
을 수 없다. 이태준은 당의 기사가 되었고, 그런 처지에서 자신의 과
거를 검열하고 새롭게 정체성을 부여하는, 생존을 위한 개작을 단행
한 것이다.

5. 개작과 작품의 정본

한 작가의 정체성은 작품만으로 규정되는 것은 아니다. 작가로서
의 정체성은 개인이라는 사회적 존재의 근본 귀속 곧, 특정 사회 구
성원으로서의 자격을 전제로 작가적 특성이 더해짐으로써 만들어
진다. 일제강점기에서 사회 구성원의 자격은 검열의 형태로 규제되
었고, 그 규제를 통과해야만 작가로 공인되어 활동할 수 있었다. 식
민지 검열은 일본 국가정책의 산물이고 그렇기 때문에 제국 일본이
조선에서 만들고자 했던 사회 체제와 밀접하게 관계를 갖는다. 일제

의 출판법과 신문지법은 다양한 차원에서 식민지 텍스트의 존재 방식에 개입하여 식민지에서 생산되는 텍스트들은 모두 검열을 통해서 제도권 안으로 포섭되었다. 1930년대 일제의 검열이 강화되면서 작가들이 작품 발표를 포기하거나 대폭 개작하는 등의 반검열적 행동을 일삼았던 것은 일제가 피식민지인으로서의 자격을 강화한 데 따른 것이다. 이태준이 검열을 수용하고 작품을 고쳤던 것은 국가적 요구에 스스로 부응한 것이지만, 그 결과는 삭제와 조정의 몰개성적 서사로 귀결된 것이다.

이태준이 정치 현실과는 차원을 달리해서 작품의 미적인 측면을 천착한 것은 한편으로는 작가로 성숙해가는 과정으로 볼 수 있다. 초기와 중기 그리고 해방 후의 개작은 그런 사실로 이해할 수 있다. 『달밤』에 수록된 초기작에서 목격되는 개작은 검열이라는 외적 강제에 의한 서사 내용의 변경이다. 일제에 대한 비판이나 민족주의적 내용은 검열로 인해 수록될 수 없었던 까닭에 삭제하거나 순치하는 등의 조정을 보였는데, 이는 일제가 허용하는 공유된 정체성을 수용하는, 작가로서의 존재 조건을 마련하는 행위였다. 이후 중기 작품에서 목격되는 문장과 표현 방식의 조정은 검열을 회피하고 작가로서의 입지를 구축하는 과정이다. 미적 근대성에 주목하고 그것을 문장과 표현과 구성 등을 통해 추구함으로써 이태준만의 고유한 정체성을 만들고자 한 것이다.

그런데 이 일련의 과정이 종국에는 문학에 대한 편향을 빚어냈다는 것을 기억할 필요가 있다. 내용과 형식은 서로 분리될 수 없고 상호 규정적이지만, 검열은 작품의 내용을 일정한 범위로 제한한 것이

라는 점에서 기형적이다. 서사란 본질적으로 현실을 반영하고 구성
하는 양식이지만, 검열은 그것을 제대로 작동하지 못하도록 방해하
였다. 이태준 초기작에서 볼 수 있는 리얼리즘적 특성과 중기 이후의
미적인 탐구가 결합했더라면 이태준 문학은 한층 더 발전된 형태로
남았을 것이다. 월북 후의 작품 역시 동일하게 말할 수 있다. 월북 후
의 개작은 일제강점기와는 정반대로 이루어졌다. 식민치하에서는
일제의 공유된 정체성을 수용하고 그와는 다른 미적인 차원에서 작
가적 정체성을 만들었다면, 북한의 지도급 인물이 된 이후에는 북한
의 이념과 가치를 자기검열의 기준으로 내면화하고 거기에 비추어
과거의 작품을 개작하였다. 북한의 문예정책에 맞도록 소극적인 인
물을 적극적으로, 개인의 비극을 계급의 비극으로, 동료애를 계급적
연대의식으로 변경하는 등의 조정을 꾀한 것이다. 그렇다면, 이태준
의 문학적 정체성은 초기작의 경우는 신문과 잡지에 발표된 원문에
서, 중기 이후는 단편집에 수록된 개작본에서, 그리고 해방 후의 작
품은 개작본보다는 원본에서 찾을 수 있을 것이다. 원본과 다양한 형
태로 존재하는 개작본 중에서 작가의 사상과 감정을 온전하게 담고
있고 또 미적으로 충실한 텍스트를 정본으로 삼아 문학 전집을 구성
한다면, 정본은 마땅히 이들 작품이 되어야 할 것이다.

개작과 검열의 사회 · 문화사 (1)

제3부

근대 교과서의 검열과 통제

제1장

근대 국어과 교과서의 검정과 검열

『국어독본』(1907)과『조선어독본』(1911)을 중심으로

강진호(성신여자대학교)

1. 문화 침탈과 교과서

국가가 문화적 동질성을 강조하기 위해 사용하는 수법은 종족의 문화적 특성을 전경화하고 다른 종족 구성원의 문화적 특질을 억압하는 것이다. 그 과정에서 정치적·문화적 헤게모니를 잡은 종족은 다른 민족 구성원을 억압하며, 헤게모니를 잡지 못한 나머지 종족들은 그 사회에서 정치·경제·문화적으로 피지배 집단을 형성한다. 여기서 종족 차별주의가 발생하는데 이는 다른 종족에 대한 멸시와 함께 종족 우월주의로 드러난다. 종족 우월주의는 흔히 보편적 가치 주장에 연결되고 그것은 다른 종족의 정복과 지배를 정당화하는 구실이 된다. 종족 우월/차별주의는 식민지이거나 식민지였던 곳에서

특히 두드러지고 그 현상이 첨예하게 나타난다. 식민지에서는 원주민 종족이 무력에 의해 정복민 문화에 통합됨으로써 원주민과 정복자 간의 갈등이 다른 근대 국가들의 경우보다 심하다.[1] 이런 사실은 일제의 조선 침탈과정에서 목격되는데, 구체적으로는 교과서 검정과 검열을 통해서 확인할 수 있다.

일제는 을사늑약(1905)의 체결로 조선의 외교권을 박탈하고 통감부를 설치한 뒤 조선의 정치와 사회와 문화 등 제반 분야에서 주도권을 행사하였다. 제1차 한일협약에 의거해서 조선 정부에 일인 학정참여관을 파견한 뒤 교육에 관한 일체의 사항을 자문하고 간섭하였다. 최초의 일본인 학정참여관은 1905년 2월에 고용된 시데하라(幣原坦)였는데, 그는 교육에 관한 일체를 자문하면서 일본어를 필수과목으로 개설하였다. 1906년 6월에는 미츠치(三土忠造)가 학정참여관으로 부임하면서 교육에 대한 간섭을 더욱 노골화하여 학부 직원 중에서 과반수를 일본인으로 채웠고, 그중에서 교과서 편집 및 검정위원회는 12명 중 11명을 일본인으로 구성했다. 이들은 '교과용 도서검정 규정'(1908)[2] 등에 의거하여 조선의 교육을 감독하면서 차별주의적 정책을 구체화하였다. 그렇게 해서 수신서 4책, 국어독본 8책, 한문독본 4책, 도화임본 4책, 이과서 2책, 습자첩 4책, 일어독본 8책, 산술서 4책(교사용) 등이 간행되었다.[3] 여기서 주목하는 『보통학교학도용 국어독본』 8책(1909)은 그렇게 만들어진 대한제국의 국정 교과서이다.

---

1 베네딕트 앤더슨, 윤형숙 역, 『상상의 공동체』, 나남출판, 2002, 115-6쪽.
2 「부령(部令)」, 『관보』 부록, 융희 이년 구월 일일. 한국역사정보통합시스템 참조 (http://www.koreanhistory.or.kr/)
3 『한국교육』, 학부, 융희 3년 9월(1909.9), 12쪽.

일제가 교과서 편찬에 공을 들인 것은 교과서가 일본의 정책과 이념을 전파하고 홍보하는 유력한 수단이었던 까닭이다. 교과서는 학생들이 학습 내용을 쉽게 배울 수 있도록 편찬된 도서이고, 교과(教科)가 지닌 지식과 경험의 체계를 간명하게 편집해 놓은 학습 자료집이다. 그런데 그 자료는 단순한 지식의 모음이 아니라 정권이 지향하는 가치와 이념이 집약된 사회 활동의 규범이다. 대한제국은 문명개화와 자주독립을 위한 인재 양성에 교육정책의 근간을 두었고, 그 일환으로 교과서를 편찬하였다. 하지만 교과서 편찬과 제작이 일인에 의해 주도됨으로써 본래의 취지는 상당 부분 왜곡되거나 굴절된다. 조선을 병합하기 직전의 상황에서 일본은 조선 정부의 교육 취지를 수용하면서도 한편으로는 검정(檢定)을 내세워 교과서 내용에 적극 개입하였다. 검정 기준을 제시하고, 그 기준에 맞는 경우에만 출판을 허용함으로써 사실상 교과서의 내용을 감독하고 통제하였다. 그런 관계로 『보통학교학도용 국어독본』은 대한제국의 국정 교과서임에도 불구하고 실상은 통감부의 통제를 받는 검정 교과서가 되어, 일본의 역사와 이념을 교재의 한 부분에 포함하는 독특한 모습을 갖는다.[4] 하지만 그럼에도 불구하고 이 교과서에는 일본에 대한 조선의 문화적 우월성이 전경화되는 등의 전통적 위계가 구현된 것을 볼 수 있다.

그런데, 『보통학교학도용 국어독본』은 1910년 8월 22일 한일합방에 관한 조약이 체결되면서 더 이상 존립하지 못한다. '국어독본'이

---

4 이 책의 편찬과 제작 과정 및 특성에 대해서는 강진호의 『국어 교과서의 탄생』(글누림, 2017) 참조.

'조선어독본'으로 이름이 바뀌었듯이, 일본어가 국어가 되고 우리 한글은 한갓 지방어로 전락함으로써, 대한제국의 가치와 이념은 현실적인 의미를 상실한다. 조선을 정복한 일제는 조선에 대한 정형화 작업[5]을 확고하고 구체적으로 시행해서「조선교육령」(1911)을 공포하는 등 사회와 교육 전반에 걸쳐 동화작업을 실시한다. 전문 30조로 된「조선교육령」은 일본어 보급과 충량한 국민 양성, 실업교육 장려 등으로 요약된다. 이 교육령에 의거하여 보통학교에서 전문학교에 이르기까지 학제가 마련되고, 한층 체계적이고 전면적으로 식민 교육이 시행되었다. 조선총독부의「교수상의 주의병 자구정정표」[6]는 이 법령에 의거해서 임시로 마련된 검열의 기준으로 총독부의 정치적 지향과 이념이 구체화되어 있다. 검열이란 국가나 국가 기구가 원하는 조건에 교과서의 내용을 부합시키는 행위로, 교과서가 간행되기 이전에 사전검열의 형태로 이루어진다는 점에서, 이 정정표는 교과서 제작의 기준이었다. 조선총독부 간행의『보통학교학도용 조선어독본』(1911)은 검열을 통과한 교과서로, 국체를 비롯한 역사와 지리 등의 내용이 완전히 바뀌어 있다. 그 결과『보통학교학도용 국어독본』에서 목격되었던 조선과 일본의 위계는 전복되고 대신 일본의 문화적 특질이 우월한 지위로 전경화되어 나타난다.

그동안 교과서 검정과 검열에 대해서는 거의 논의가 없었다. 일제 강점기 검열에 관한 제도적 연구뿐만 아니라 잡지와 신문을 대상으

5　정형화(stereotype)란 식민지 상황에서 지배 민족이 피지배 민족을 자기중심적 시선과 담론으로 고착화시키는 행위를 말한다.『문화의 위치』(호미 바바, 나병철 역, 소명출판, 2002, 146쪽) 참조.
6　「敎授上의 注意幷 字句 訂正表」, 〈매일신보〉, 1911, 2.22.

로 한 검열 양상과 과정, 검열 결과 등의 행정 절차를 분석한 연구가
그동안 검열 연구의 대부분을 차지하였다.[7] 교육 분야의 검열 연구
로[8] 주목을 끄는 것은 김소영의 논문이다. 김소영은 대한제국 시절
교과서 검정 청원본을 발굴하여 '교과용도서검정규정'이 교과서 검
정과 심사에 적용된 구체적 양상을 밝혀 놓았다. 교과서 검정제도가
성립된 이후 실제 검정이 이뤄졌던『보통학수신서(普通學修身書)』의 검
정 청원본을 분석해서 검정 과정과 검열의 양상을 고찰한 뒤 교과서
검정과 검열을 통해서 통감부가 조선의 교육을 어떤 방향으로 통제
했는가를 밝혔다. 전민호는 통감부에 의해 주도된 조선의 교육정책
을 교육행정 분야와 교육기관의 직원과 교원의 배치를 중심으로 고
찰하였다. 일제의 조선 교육침략은 갑오혁명을 전후한 시기에 시작
되었다고 볼 수 있지만, 실제로는 러일전쟁에서 승리한 후인 1905년
2월에 학정참여관으로 시데하라를 고용되면서부터 본격화되었다는
것. 문한별은 일제강점 초기 조선총독부 발행의『교과용도서일람』
(1915년)을 활용하여 교과서 검열의 양상을 구체적으로 살폈다. 이들
논문의 성과를 수용하면서 본 연구는 그 대상을 대한제국과 일제강

---

7 검열에 대한 대표적인 연구성과는 다음과 같다. 검열연구회『식민지시기 검열과
   한국문화』(동국대학교출판부, 2010), 검열연구회의『식민지검열』(소명출판, 2001),
   정진석의『극비 조선총독부의 언론검열과 탄-일본의 침략과 열강세력의 언론
   통제』(커뮤니케이션북스, 2014), 정근식 외,『검열의 제국-문화의 통제와 재생
   산』(푸른역사, 2016), 검열연구회,『식민지 검열 : 제도·텍스크·실천』(소명출
   판, 2011) 등
8 김소영의「근대 한국의 교과서 검정제도 성립과 수신 교과서 검정」(『사림』(68),
   수선사학회, 2019.4), 전민호의「학교령기 통감부의 교육정책 연구」(『한국학연
   구』43, 고려대 한국학연구소, 2012.12), 문한별의「일제강점기 초기 교과서 검열
   을 통해서 본 사상 통제의 양상」(『Journal of Korean Culture』44, 2019) 참조.

점기의 '국어과' 교과서로 한정한다. 여기서 주목하는 것은 국어과
에 해당하는 『보통학교학도용 국어독본』(1909)과 『보통학교학도용
조선어독본』(1911)이다. 『보통학교학도용 국어독본』은 대한제국 시
절 일인 학정참정관이 교육 실무를 총괄하면서 '검정'한 교과서이
고, 『보통학교학도용 조선어독본』은 강제병합 직후 조선총독부에서
'검열'한 교과서이다. 두 교과서를 통해 '검정'과 '검열'의 형태로 시
행된 식민지 차별화정책과 그 특성을 살펴보기로 한다.

2. 검정과 차별주의 ; 『보통학교학도용 국어독본』

『보통학교학도용 국어독본』(1909)은 '국어'라는 말에서 짐작되듯
이, 대한제국의 주권이 유지되던 시기에 간행되어 근대 민족국가로
발돋움하려는 제국의 의지와 지향을 담고 있다. 외세가 밀물처럼 몰
려오는 구한말의 상황에서 무엇보다 중요한 것은 '자국 정신의 함
양'이고, 그것은 곧 '국어, 역사, 지지'를 주종으로 해서[9] 가능하다.
그래서 교재에는 과거의 위대한 인물과 역사가 소환되고 조선의 지
리가 상세하게 설명되며, 그것을 바탕으로 국가와 국민의 정체성을
구성하고 민족의 나아갈 바를 제시하였다. 그렇지만 교과서 편찬을
일인 학정참여관이 주도한 관계로 교재 곳곳에는 이런 지향과 상충
되는 일제 식민주의가 자리를 잡는다.

---

9 「학교의 정신은 교과서에 在홈」, 『희죠신문』, 1908. 5. 13.

「교과용 도서검정 규정」에 의하면 교과서를 발행하기 위해서는 도서를 학부대신에게 제출해서 허가를 득해야 한다. "도서를 발행 ᄒ든지 又ᄂᆫ 발행코져 ᄒᄂᆫ 자ᄂᆫ 其검정을 학부대신에게 청원홈을 得홈. 외국에서 발행ᄒᆫ 도서ᄂᆫ 발행자가 本규정에 依ᄒ야 其검정을 학부대신에게 청원홈을 得ᄒ되 此경우에ᄂᆫ 한국 내에 대리인을 置 홈이 可홈"[10]이라고 규정하여 검정을 통과해야만 교재가 될 수 있 었다.

당시 교과서 '검정'은 크게 정치적 · 사회적 · 교육적 세 방면에서 시행되었다.[11] 정치적 방면에서는 한국과 일본 간의 관계 및 친교를 저애(沮碍)하는가, 한국의 질서와 안녕을 해하고 국리와 민복을 무시 하는 내용이 있는가, 애국심을 고취함이 있는가, 배일사상을 고취하 는 기사가 있는가 등을 기준으로 하였다. 사회적 방면에서는 음잡(淫 雜)하고 풍속을 괴란케 하는가, 사회주의와 사회평화를 해하는 기사 가 있는가, 미신에 관한 기사가 있는가 등이며, 교육적 방면은 기사 (記事) 사항에 오류가 있는가, 정도와 분량 및 재료가 교과서의 목적에 적당한가, 편술 방법이 적당한가 등이었다. 여기서 세 번째는 교육공 학의 측면에서 일반적으로 고려되는 사항이라는 점에서 크게 문제 될 것은 없지만, 첫 번째와 두 번째는 이 교과서가 대한제국의 가치 와 이념을 담은 교재라는 점을 감안하자면 납득하기 어렵다. 특히 정

---

10 「학부령 제16호 교과용 도서검정 규정」, 『관보』 제4098호, 융희2년(1908), 9.1. 한국사데이터베이스(http://db.history.go.kr/) 참조.
11 「학부의 교과서검정 방법」, 『황성신문』, 1910. 3.3. "敎科書檢定方法 學部에서ᄂᆫ 再昨年에 敎科用圖書檢定規程을 頒佈ᄒᆫ 以來로 大槪如左ᄒᆫ 方法으로 請願圖書를 審査ᄒᆫ다더라."

치적 측면에서 '애국과 민족의식을 고취함이 있는가'라는 항목은 조선 교과서를 검정하는 기준으로는 도저히 수긍하기 힘들다. 편찬의 주도권을 일인 학정참여관이 갖고 있었기에 이런 검정 규정이 삽입된 것으로 짐작되지만, 실상은 "노예교육을 作코즈" 하는 침략적 의도로밖에 이해할 수 없다.[12] 그래서 『보통학교학도용 국어독본』은 대한제국의 이념과 가치를 담은 국정 교과서임에도 불구하고 일제의 침략적 의도에 의해 조율되는 친일 교과서가 된다.

하지만 일제의 검정에도 불구하고 『보통학교학도용 국어독본』은 조선의 국정 교과서라는 점에서 근대국가로 나가기 위한 정부의 의지가 교재의 근간이 된 것을 볼 수 있다. 그런 사실은 수록된 단원의 대부분이 계몽적 논설이나 설명문이라는 사실과 관계되는데, 가령 『국어독본』에서 우선 주목되는 것은 민족주의적 특성이다. 그것은 교재 전반에 산재한 고조선에서 삼국시대에 대한 서술이나 세종대왕과 성종 등 인덕으로 인민을 사랑한 성군에 대한 소개에서 드러난다. 「고대 조선」에서는 태백산의 신단수 아래로 내려와서 탁월한 지혜와 덕성으로 왕이 된 시조(始祖) '단군'이 언급되고, 「삼국의 시기」

---

12 그런 사실은 당시에도 신랄한 비판의 대상이 되었다. 검정 규정은 "노예교육을 作코즈 흠"이라는 것.
"학부에셔 사립학교령과 공히 교과용도서 검정규정을 발포흔 이래로 기교과서 검정의 내용을 문흔즉 (중략) 二) 만일 교과서 중에 애국, 독립, 자쥬, 의협 등 字 혹 句가 유흐면 일절 무효로 認흐는 사가 빈번흐다 흐니 (중략) 최가경흐며 最可怖흘 자는 애국, 독립, 자쥬, 의협 등 자 혹 구를 讓言케 흠이 시라 차호 학부 관리아 차호 학부 관리아 국민을 교육흐는 제일의가 하이뇨 흐면 즉 국민으로 흐야금 국을 애흐며 의협을 做코 흐고즈 흠이니 <u>만일 차 애국 의협 等語를 讓흐면 차는 노예교육을 作코즈 흠이로다</u> 차호 학부 관리여 노예를 驅흐야 국민을 做치 못흘지언뎡 츰아 국민을 구흐야 노예를 做코자 흐나뇨" (「학부 교과서 검정 방법」, 《황성신문》, 1910. 3.3) (밑줄 인용자)

에서는 (고)조선이 망한 후 고구려 · 백제 · 신라가 일어나서 전국을 삼분했다는 사실과 함께 각국의 시조가 소개된다. 「명군의 영단」에서는 풍속을 퇴폐케 함이 막심하다는 이유로 무녀를 내친 세종대왕과 성종대왕의 일화가 소개되고, 「문덕대승」에서는 고구려 을지문덕 장군의 일화가 제시된다. 「수당의 내침」에서는, 수양제가 고구려를 병탄코자 하여 대군을 이끌고 침공하였으나 을지문덕이 대파하였고, 당태종이 또 신라와 백제와 함께 고구려를 협공하였지만 패퇴해 돌아갔다는 내용이다. 「지나의 관계」는 그 결론 격의 글로, 고구려를 비롯한 삼국이 지나와 밀접한 관계를 가져서 봉책을 받거나 납공을 언약하는 등 속국과 같은 관계를 맺었지만, 사실은 약속을 거의 지키지 않기 때문에 "독립의 태도"를 견지했다고 말한다. 이를 종합하자면, 조선은 중국의 부단한 침략을 받았지만 용감하게 대응하여 자주국의 면모를 지켜왔다는 것으로 정리할 수 있다.

이런 시각에서 조선의 산수와 지리에 대한 의미화 작업이 행해진다. 지리에 관한 서술은 『보통학교학도용 국어독본』에서 큰 비중으로 제시된 「한국 지세」, 「한성」, 「한국 해안」, 「함경도」와 같은 단원에서 구체적으로 목격된다. 여기서 확인되는 조선의 환경과 지리에 관한 설명은 국토의 지리적 독자성을 부각해서 민족적 정체성을 만들고 자긍심을 고취하려는 의도로 이해할 수 있다. '지도'란 공간에 가해지는 권력의 힘을 상상할 수 있도록 하는 매개라는 점에서, 한편으로는 권력의 다른 이름이기도 하다. 공간을 가시적인 사실로 위치시키는 지도가 어떻게 해서 이데올로기의 전략적인 차원으로 규정되는가의 문제는 인류가 발생한 이후 끊이지 않고 반복되어 왔고, 특

히 근대계몽기 서양 문물의 유입과 국토 상실의 위기에 처한 상황에
서, 지도의 상상력은 19세기 영토적 주권·국경·국권·국가의 개
념과 결합되면서 이 시기의 중요한 담론이 되었었다.[13] 그런 점에서
『국어독본』곳곳에서 목격되는 영토에 대한 담론들은 "국민의 애국
성을 발포하여"[14] 근대국가로 나가려는 조선의 의지를 천명한 것이
라 할 수 있다.

그런데, 편찬과 검정에 일인이 적극적으로 개입한 관계로 일본의
문화적 특성이 언급되고 조선에 대한 차별적 시선이 곳곳에 투사되
어 있다. 조선과 일본의 역사와 관계를 언급한 단원들에서 그것을
확인할 수 있다.

---

13 홍순애, 「'강한 다시쓰기', 그 지도의 권력과 환상 사이」, 『문예연구』, 문예연구사,
    2010.여름, 11-14쪽.
14 「학교의 정신은 교과서에 재홈」, 『희죠신문』, 1908.5.14. 이 글에서 '지지'를 교과
    서에 수록하는 이유를 짐작할 수 있다. "또한 지지로 말할지라도 사람마다 자기
    고향을 타향보다 더 사랑하는 것은 동서양을 물론하고 인정의 일반이라. 그런 고
    로 구미 제국에서 말하기를 사람마다 자기 고향 사랑하는 마음을 미루어 남의 나
    라보다 자기 나라 사랑하는 마음을 생기게 하는 것은 곳 지리상 관계라. 가령 우리
    나라로 말하여도 금강산, 지리산, 묘향산 같은 명산이나 오대강 같은 강산에 이르
    러 옛 사적을 생각하고 산천의 가려함을 돌아보면 자연 남의 산천보다 사랑하는
    마음이 날 것이오. 또한 청천강에 을지문덕의 수양제 승천한 고적과 안주성에 강
    감찬의 거란이 승첩한 고적과 두만강에 윤문숙의 여진 승전한 고적과 한산도에
    이충무의 일병을 승전한 고적과 기타 누대성곽 명승유적을 상상하면 자연 비창
    강개한 회포가 일어나 애국의 사상이 감발함은 사람의 상정이라. 이러하므로 교
    과 중에 역사, 지지의 감정이 가장 신속하다 하나니, (하략)"

〈표 1〉『보통학교학도용 국어독본』의 조선과 일본 소재 단원

권수	단원	내용
1	제31과(한국, 일본, 청국 국기)	한국, 일본, 청국 국기 소개
2	제8과 가(家)	조선, 일본, 청국의 가옥 비교
	제14과 우체국	동경에서 조선으로 편지를 보내는 방법
4	4과 한국 지세	대한국 지세 설명(동해를 '일본해'로 명기)
	5과 한국 해안	동서남 해안의 특성 설명
5	7과 삼한	삼한과 일본의 빈번한 교류와 귀화자
6	2과 삼국과 일본	삼국시대의 일본과의 빈번한 교류, 귀화자 증가, 고관 임명자도 있음.
	10과 유교와 불교	왕인이 일본에 유교를 전파, 백제 문화가 우월함을 입증
	24과 백제, 고구려의 쇠망	백제의 왕이 교사음일하고 국정을 돌보지 않음
8	제4과 만주	청일전쟁과 러일전쟁 이후 일본이 차지한 만주지역을 설명
	13과 고려가 망함	태조 고황제가 인심을 얻어 고려를 전복하고 왕이 되어 조선이라 개칭하고 한양에 국도를 정함
	17과 통감부	통감과 통감부 설치 이유 설명
	제23과 세계의 강국	일본이 세계 강국이 되어 일청 · 일로 양 전역에 승리, 세계 육강국에 병렬

1권에서는 한국과 일본과 청국의 국기가 소개되고, 2권의 「가(家)」에서는 세 나라의 가옥이 비교되며, 「우체통」에서는 일본 동경에 있는 친구가 조선의 나에게 편지를 보내는 방법이 제시된다. 4권의 「한국 지세」와 「한국 해안」에서는 대한제국의 지세와 해안이 소개되면서 동쪽에는 일본해가 있다는 것이 언급된다. 5권의 「삼한」에서는 삼한은 국경이 일본과 근접함으로 인민의 교류가 빈번하였고 피차에 상호 귀화한 사람이 적지 않았다는 것, 가령 진한의 왕자 일창이 왕위를 아우에게 양하고 일본에 귀화하였는데, 옥과 경과 칼과 창 등

을 갖고 갔다고 한다. 이런 내용을 언급하면서 삼한과 일본은 유사한 바가 많다는 것을 말한다. 그런데, 흥미로운 것은 일본에 비해 삼한이 인지가 발달했다고 암시된 점이다. 6권의 「삼국과 일본」에서는 그런 내용이 소상하게 서술된다. 삼국시대에 이르러 일본과 교통이 빈번하여 피차간에 서로 귀화한 자가 점차 증가했고, 그중에는 고위 관료로 임용된 자도 적지 않았다. 특히 일본에 도움을 청한 가야를 도와서 신라의 침략을 물리치고 나라 이름을 '임나'라 칭하였다는 것을 언급함으로써 고대부터 일본이 조선에 영향력을 행사했다는 것을 시사한다. 이른바 식민사관의 정수라 할 수 있는 '임나일본부설(任那日本府說)'을 중심에 배치해 놓은 것이다.[15] 그렇지만 이 단원에서도 "당시에 아국은 문학공예 등이 조기 발달ᄒ고 일본은 오히려 유치ᄒᆞᆷ으로써 아국의 학자와 장공 등이 다수히 일본에 도항ᄒ여 피국의 문화를 계발"했다는 것을 말한다. 왕인이 일본에서 논어와 천자문을 전하니, 이에 일본에 한학이 시전(始傳)하였다는 내용이다.

　백제의 使者가 일본에 이른 딕. 일본 황제가 그 사자의 박학다문ᄒᆞᆷ을 보고 무러 글ᄋᆞ딕 경의 나라에 경보다 우승ᄒ 학자ㅣ 잇ᄂ뇨. 사자ㅣ

---

15 『국어독본』 6권, 2과 3-7쪽 참조. 임나일본부설에 대해서는 의견이 분분하지만, 한일역사공동연구위원회에 의하면 임나일본부는 존재 자체가 없었다는 데 의견을 같이하고 있다. (「한·일 역사공동위 결론, 일'임나일본부설 근거없다'」, 《세계일보》, 2008.12.21.) 『국어독본』은 먼 옛날부터 일본은 한반도의 일부를 통치했다는 사실을 환기하고, 일본의 조선 침략이 결코 우연이 아니라는 것을 시사한다. 한국사의 전개 과정이 고대부터 외세의 간섭과 압제 속에서 이루어졌다는 타율성이론으로, 일제가 한국 침략을 역사적으로 정당화하기 위해 조작해 낸 식민사관의 하나이다.

대답ᄒ되 왕인이라 ᄒᄂᆞᆫ 박사 ㅣ 잇스니 아국의 제일되ᄂᆞᆫ 학자 ㅣ 니라.
於是에 일본이 사절을 파견ᄒᄋᆞ야 왕인을 예빙ᄒᄂᆞ니. 왕인이 일본에 이
르러 論語와밋 千字文을 전ᄒᄋᆞ니. 어시호 일본에 한학이 始傳ᄒᄋᆞ다.[16]

「유교와 불교」에서도 왕인이 일본에 건너가서 유교를 전파하는
등 삼국의 문화가 발달했다고 언급된다. 이런 내용에 비추자면, 『보
통학교학도용 국어독본』은 일본에 대한 자주성과 함께 민족적 우월
성을 유지한 대한제국의 국정 교과서로서의 면모를 갖고 있음을 알
수 있다.

그렇지만 「백제, 고구려의 쇠망」 등의 단원에서는 삼국의 부패와
타락이 쇠망의 원인이라는 것을 서술하여 우리 역사를 식민사관으
로 보고 있음을 알 수 있다. 곧, 백제의 왕들은 태반이 교사음일(驕奢淫
佚)해서 나라 일을 돌보지 않았고, 그런 관계로 백제는 의자왕 집권기
에, 고구려는 고장왕 재임 시기에 각각 당군과 나당 연합군에 투항해
서 망했다는 것. 「고려가 망함」에서는 교만하고 방자한 승려 편조가
신돈으로 개명하고 국가의 질서를 문란케 했고, 이에 태조 고황제가
인심을 얻어 평정한 뒤 국호를 조선이라 개칭하고 한양에 도읍을 정
했다는 것. 8권에서는 이 교과서가 마치 일본 교과서인 양 일본의 영
토적 야욕과 함께 세계열강으로 도약하고자 하는 열망이 서술된다.
「만주」에서는 청일전쟁과 러일전쟁 이후 일본이 차지한 만주지역을
설명하고 있고, 「통감부」에서는 러일전쟁 이후 경성에 통감을 두었

---

16 『보통학교학도용 국어독본』(권육), 대일본도서주식회사, 융희 3년(1909) 삼판,
6쪽.

고, 통감은 "한국정치를 개선하고 교육이 보급하고, 농상공업을 발달케 하여써 한국 인민의 안녕 행복을 쐬"하며, 또 통감부가 설치된 이후 한국은 여러 면에서 점차 발전하여 조만간 면목을 일신할 것[17]이라고 언급한다. 23과의 「세계의 강국」에서는 "유독 일본이 일즉이 구미의 문화를 모방ㅎ야 교육을 성히 ㅎ고 농상공업의 발달에 주의 ㅎ얏슴으로써 국력이 강대ㅎ야 일청 일로 양전역에 승첩을 쵯ㅎ고 금야에 세계 육강국에 병렬ㅎ얏"[18]다는 것을 말한다. 이를테면, 우리의 역사는 분열과 갈등, 당쟁과 전쟁이 점철된 지리멸렬한 망국사라는 주장이다.

이런 내용과 함께『국어독본』곳곳에는 조선에 대한 폄하와 차별의 시선이 투사된다. '이과와 수신'을 소재로 한 글들은 사물의 원리를 설명하는 글과 개인들의 행동과 처세를 알려주는 글로 되어 있다. 어미가 알을 따뜻하게 품고 있어야 새끼가 부화하듯이, 씨앗은 비와 이슬을 맞고 햇볕을 받아야 싹이 돋는다는 내용이나(「초목생장」), 공기는 모양도 없고 색깔도 없고 시야에 보이지도 않으며 또한 손으로 만질 수도 없지만 이 세상에 충만해 있다는 내용(「공기」), 날아다니는 새에는 여러 종류가 있다는 사실(「조류」) 등은 모두 그러한 취지로 수록된 단원들이다. 여기에다가 「홍수」, 「연습 공효」, 「피부의 양생」, 「신선한 공기」, 「타인의 악사」 등과 같이 이전의 불결하고 불합리한 생활방식을 버리고 합리적인 생활을 해야 한다는 등의 단원들이 추가

---

17 앞의 책, 6쪽.
18 『보통학교학도용 국어독본』(권팔), 대일본도서주식회사, 융희 3년(1909) 재판, 43-44쪽.

된다. 「연습 공효」에서는 무슨 일이든지 성심으로 하면 안 되는 일이 없다는 것을 사례로 보여주며, 「홍수」에서는 옛날에는 산에 나무가 무성해서 오늘날과 같은 홍수는 없었으나 최근에는 비가 조금만 와도 홍수가 난다는 것, 그래서 나무를 심어야 한다는 내용이다. 「신선한 공기」에서는 건강한 생활을 위해서는 자주 맑은 공기를 들여야 한다는 점을, 「피부의 양생」에서는 몸을 청결하게 하지 않으면 더러워지고 병이 발생하기 때문에 자주 목욕을 하고 몸을 청결하게 유지해야 한다는 사실을 언급한다.

이런 단원들은 한결같이 조선의 생활과 환경이 전근대적인 수준에서 벗어나지 못했다는 사실을 전제한다. 조선은 전근대적인 무지와 야만의 상태에 있고, 거기서 하루빨리 탈피하는 것이 시대적 과제이자 일제가 감당해야 하는 책무라는 주장이다. 대한제국의 국정 교과서가 일제의 '검정'이라는 프리즘을 통과하면서 이렇듯 굴절된 것이다.

3. 검열과 문화적 동질성 ; 『증정 보통학교학도용 조선어독본』

1910년 8월 '한일합방에 관한 조약'이 체결되면서 우리의 역사는 공식적으로는 공백 상태로 들어간다. '국어독본'이 '조선어독본'으로 새롭게 명명되었듯이, 일본어가 공식어가 되고 우리 한글은 일개 지역어로 격하된다. 조선을 정복한 일제는 한층 확고하게 조선에 대한 정형화 작업을 실시해서 일본어의 보급과 충량한 제국 신민의 양성을 목적으로 하는 '조선교육령'을 공포하는 등 사회 전반에 걸쳐

서 조정을 시도한다. 조선총독부는 국권 침탈일 바로 다음날부터 기
관지인 조선총독부 관보를 통해 조선 국내외의 신문, 잡지, 단행본
류에 대한 대대적인 압수를 공시한다.[19] 명치 43년 11월 19일자로 공
시된 언론과 출판물에 대한 압수와 발매금지 조치의 근거는 '총감부
령 12조'와 '신문지규칙 13조'에 의한 것이고, 구체적으로는 매체들
이 조선 내부의 치안을 방해한다는 명분이었다. 그런데, 교과서의
경우는 새로 교재를 제작할 시간적 여유가 없었던 관계로 기존의 교
과서를 수정·개편해서 사용하는데, 이 과정에서 교과서에 대한 정
정표가 배포되고 문제가 되는 대목을 검게 색칠해서 삭제하는 등의
검열이 행해진다. 기존의 교과서는 "불량흔 교과서"가 되어 "개판
정정"되어야 했고, 그런 관계로 학무국에서는 "구학부 편찬 보통학
교용 교과서와 구학부 검정及 인가의 교과용 도서에 관ᄒᄂᆫ 교수상
의 주의幷 자구정정표를 左와 如히 제정 반포"한다. 그 내용은 "한국
합병의 사실, 축제일에 관한 건, 신제도의 大要 등 우선 교수함을 요
하는 것은 반다시 주의를 기울여 교수해야 하고, 종래의 일어는 국
어로 하고, 국어는 조선어로 조치하고, 일어독본, 국어독본과 같은
명칭은 고쳐야 하고, 또 기존의 명칭 중에서 '대한', '본국' 등의 문자
를 사용할 수 없다"는 것이다. 이를테면, 한국이 강제병합되었기에
거기에 맞는 국호와 국어, 축제일, 용어 등을 정정하라는 내용이다.

---

19 『조선총독부 관보』(제69호)(명치43년 11월 19일)에는 '조선총독부경무총감부
  고시제72호'에 의거해 압수된 교과서 54종의 목록이 제시된다. 『초등 대한역사』
  (정인호), 『보통학교 동국역사』(현채), 『신정 동국역사』(원영의 유근), 『최신 초
  등소학』(정인호), 『고등소학독본』(휘문의숙편집국), 『초등소학』(국민교육회),
  『국민소학독본』((불명), 『소학 한문독본』(원영의) 등.

一 구학부 편찬 급 검정의 도서는 물론이어니와 구학부로셔 사용 인가를 與흔 도서도 십분 其내용을 심사흔 者이라도 금회 조선은 대일본제국의 일부분이 된 故로 금후에 조선에 在흔 청년 及 아동의 학수흘 교과서는 기내용이 頗히 부적당흔 者ㅣ 有흠에 至흔지라. 然이나 수에 遽히 차등 다수흔 도서중 교재의 부적당흔 도서를 수정 개판흠은 용이흔 事이 안임으로써, 선 此右 도서 중 교재의 부적당흔 者와 又는 語句의 적절치 못흔 자에 就ᄒ야 주의서 及 정정표를 製ᄒ야 교수자의 참고에 資ᄒ노니 관공 사립을 불문ᄒ고 何학교에셔던지 의당히 此에 의거ᄒ야 교수흘지라.

二 교수자는 주의서 中의 각주의 사항을 숙독흔 후, 其취지를 불오ᄒ도록, 신중히 교수흘지며 又 정정표에 依ᄒ야 학도 각자의 교과서를 적의흔 방법으로써 정정 교수흘지니라 (중략)

四 주의서 中에 如흔 사항 내, 한국 합병의 사실, 축제일에 관흔 건, 신제도의 大要 등 위선 교수흠을 要흠으로 因ᄒ는 자는, 반다시 주의를 여흔 당해과에 불한ᄒ고, 적의흔 시기에 繰上 우는 조하ᄒ야 교수흠도 무방ᄒ니라 (중략)

六 囊에 구학부로셔 발흔 通牒에 의ᄒ야, 종래의 일어는 국어로 ᄒ고, 국어는 조선어로 ᄒ야 조처흘 사로 정ᄒ게 되얏슴으로, 일어독본, 국어독본과 여흔 명칭은 차를 개흘 필요가 有ᄒ고, 又 학부검정 及 인가의 허도중 기명칭에 '대한', '본국' 등의 문자를 用흠은 불가ᄒ다 ᄒ나, 여사흔 명칭상의 정정은 수에 잠시 此를 寬假ᄒ노라.[20]

---

20 「교수상의 주의 ＃ 자구정정표」, 〈매일신보〉, 1911.2.22.

이런 검열 지침이 적용된 관계로 1911년의『보통학교학도용 조선어독본』은 1907년의『보통학교학도용 국어독본』을 그대로 차용했음에도 불구하고 국호와 지명과 역사 부분에서 전면적인 조정이 이루어진다. "조선은 대일본제국의 일부분"이기 때문에 연호는 '융희에서 메이지'로, 축제일은 '일본의 축제일'로 바꾸고, '일장기'가 국기임을 교육해야 한다. 1907년판과 1911년판의 목차를 비교해보면, 그런 원칙이 교과서 제작에 그대로 적용된 것을 볼 수 있다.

〈표 2〉『국어독본』과『조선어독본』의 단원 비교

권수	『국어독본』(1907)	『조선어독본』(1911)	비고
2		19과 기원절(紀元節)	추가
3	3과 영조대왕 인덕		삭제
		4과 병자위문	추가
		5과 위문회신	추가
	18과 개국기원절		삭제
		20과 천장절(天長節)	추가
4	4과 한국지세	4과 조선의 지세	제목 조정
	5과 한국해안	5과 조선의 해안	제목 조정
	13과 문덕대승(文德大勝)		삭제
	14과 아국의 북경	13과 조선의 북경	제목 조정
	15과 한성	15과 경성	제목 조정
	16과 건원절(乾元節)		삭제
5	1과 고대 조선		삭제
	7과 삼한(三韓)		삭제
	9과 정치의 기관	7과 조선총독부 급 소속 관서	제목·내용 조정
	12과 삼국의 시기(始起)		삭제
	22과 지나의 관계		삭제

6	1과 명군의 영단		삭제
	2과 삼국과 일본		삭제
	10과 유교와 불교		삭제
	17과 수당의 내침(來侵)		삭제
	24과 백제, 고구려의 쇠망		삭제
7	확인 불가		
8	1과 미술공예의 발달		삭제
	2과 표의(漂衣)		삭제
	3과 청국(淸國)	2과 지나(支那)	제목 조정
	13과 고려가 망함		삭제
	17과 통감부		삭제

〈표 2〉에서 알 수 있듯이, 『국어독본』에 있던 17개 단원이 삭제되고, 6개 단원의 제목이 조정되었으며, 4개 단원이 추가되었다. 삭제된 단원은 「영조대왕 인덕」과 「개국기원절」 「문덕 대승」 등 조선의 성군과 국경일, 중국과의 외교 관련 단원들인데, 이 단원들을 삭제함으로써 일제는 조선의 역사와 문화를 억압하고 대신 일본의 문화적 특성을 전경화하였다. 앞에서 살핀 대로 「영조대왕 인덕」이나 「삼국과 일본」, 「유교와 불교」 등은 모두 조선의 역대 성군과 명장, 시조 단군, 삼국의 정치 등 우리의 민족사와 관계된 내용이다. 영조대왕은 지극히 인덕하신 성군으로 인민을 아들처럼 사랑했고, 을지문덕은 중국의 침략을 지혜와 용기로 물리쳤으며, 중국과는 주종의 관계가 아니라 대등한 관계였다. 그리고 우리나라의 문학과 공예가 발달해서 일본에 전해주는 등 삼국의 문화가 일본보다 발달했다는 내용이다. 이런 단원들을 모두 삭제함으로써 조선의 역사와 문화는 억압·배제되고 대신 일본의 우월성이 전경화된다.

『보통학교학도용 조선어독본』에 추가된 단원은 「기원절」, 「병자위문」과 「위문회신」, 「천장절」이다. 「병자위문」과 「병자회신」은 서간문의 사례를 보여주기 위한 실용적 의도에서 추가된 것으로 보이지만, 나머지 둘은 교재 전반의 가치와 이념을 조정한 것이라는 점에서 중요하다. 이 조정은 일본의 정치·문화적 특성을 전경화하고 조선의 그것을 배제하는 형태로 나타난다. 앞장에서 살핀 『보통학교학도용 국어독본』을 통해서 문화적 통합을 시도했다면, 『보통학교학도용 조선어독본』을 통해서는 정치적 통합을 시행한 것이다.

> 이월십일일은 기원절이니 금상천황폐하의 선조되옵시는 신무천황
> 씌옵셔 즉위ᄒ옵신 날이라.
> 신무천황은 황조제신의 業을 이으사 나라ᄅ 평정ᄒ옵시고 제일대
> 천황이 되옵신지라. 그럼으로 그 즉위ᄒ옵신 날은 우리 국민이 永히
> 기념ᄒᆯ 큰 경일이니라.
> 이날은 궐내에서ᄂ 천황폐하씌옵셔 親祭ᄅ 행ᄒ옵시고 중요ᄒᆫ 문
> 무관은 예궐진하ᄒ며 백성은 집마다 국기ᄅ 세워서 경축ᄒᄂ 뜻을
> 表ᄒ고 각학교에셔ᄂ 축하식을 行ᄒ야 국운이 창성ᄒᆷ을 봉축ᄒᄂ
> 니라.[21]

> 팔월 삼십일일은 금상 천황폐하씌셔 탄강ᄒ옵신 嘉辰이니 천장절
> 이라 칭ᄒᄂ니라. 차일에 동경에셔ᄂ 문무관의 중요ᄒᆫ 者ᄂ 예궐진

21 「제십구과 기원절」, 『조선어독본 2』, 1911, 41-43쪽.

하ᄒ고 폐하씌옵셔ᄂᆫ 육군 관병식을 행ᄒ시며 ᄯᅩ 황족, 백관, 외국 사신 등을 궁중에 명소ᄒ사 사연ᄋ옵시ᄂᆫ니라. 무릇 제국의 신민은 何지방에 在흠을 불문ᄒ고 각호에 국기ᄅᆯ 게양ᄒ야 경축의 意ᄅᆯ 표ᄒᄂ니 벽취흔 촌락이라도 국기가 번번ᄒ야 욱일에 조영흠을 불견ᄒᆯ 處이 無ᄒ고 인민은 抃慶ᄒ야 성대의 서기가 천지에 충일ᄒ더라. 특히 학교에셔ᄂᆫ 엄숙흔 축하식을 거행ᄒᄂᆫ 정례이니 학도ᄂᆫ 성의 성심으로써 성수의 만세ᄅᆯ 봉축ᄒᆯ지니라.[22]

이 두 단원은 일제의 강제병합에 따른 국조(國祖)와 국호를 변경한 것으로, 『보통학교학도용 국어독본』의 「개국기원절」과 「건원절」을 대체한 것이다. 「개국기원절」은 태조 고황제가 즉위하여 나라의 기초를 세운 날이고, 「건원절」은 대한제국 황제의 탄생을 기념하는 날이었다. 이들 단원을 삭제하고 일본의 초대 천황인 신무천황의 즉위를 기념하고 현 천황의 생일을 축하하는 「기원절」과 「천장절」을 넣음으로써 조선은 사라지고 일본이 그 자리를 차지한 것이다. 여기서 천황은 단순한 왕이 아니라 천황제 이데올로기를 내포한 것으로 이해할 수 있다. 천황제란 천황이 온 우주를 통솔한다는 일본 중심의 천하관으로, 세계의 중심은 일본이고 그 주변국들은 신하와 다름없는 번국(藩國)에 지나지 않는다는 주장이다. 그런 견해가 일찍이 『일본서기』에서 한반도의 역사를 일본 중심으로 왜곡하고 임나일본부설과 같은 허구적 주장을 조작해낸 것이다. 그리고 그것이 토요토미

---

22 「천장절」, 『조선어독본 3』, 1911, 59-60쪽.

히데요시에게 이어져 직접적인 침략주의로 나타나고, 메이지 정부와 소화 정권 때에는 대동아공영권으로 이어졌다. 도요토미는 명나라를 쳐서 천황을 북경에 살게 하고 자신은 상해 부근에 살 것이며 인도까지도 정벌하겠다고 호언했다고 하는데, 그런 계획의 근저에 놓인 것이 바로 '천황이 우주를 지배한다'는 팔굉일우(八紘一宇) 사상이다.[23] 『조선어독본』에서 「기원절」과 「천장절」을 삽입한 것은 조선에 일본 중심의 천하관을 적용하고 궁극적으로 그것을 종교와 철학으로 신봉하라는 요구로 해석할 수 있다. 여기에 이르면 조선은 이제 더 이상 독립국이 아니고, 왕조의 시조 역시 태조 이성계가 아니라 신무천황이 된다. 조선의 장구한 역사와 유업은 사라지고 대신 천황을 주체로 한 새로운 역사가 쓰여지고 있는 것이다.

국체와 이념의 조정과 함께 『국어독본』에는 국토에 대한 새로운 도상화가 나타난다. 당시 일제는 일본 열도와 대만과 조선, 화태(樺太, 사할린), 관동주 등 광대한 지역을 영토로 편입한 상태였다.[24] 한국은 더 이상 독립국가가 아니고 일본의 일개 지방이 되었기에 '한국'이라는 말은 더 이상 존재할 수 없다. 그래서 '한국 해안'은 '조선의 해안'으로, '한성'은 '경성'으로, '아국의 북경'은 '조선의 북경'으로 제목이 변경된다. 이러한 변경은 단순한 재(再)명명이 아니라 일종의 새로운 지도 만들기 곧, 변화된 국권의 확인과 영토의 도상화로 이해할 수 있다. 경술국치라는 폭력적 수단에 의해 조선의 영토가 다른 이름으로 호명되는 과정은 새로운 지도 만들기이고, 궁극적으로 새

---

23 장팔현, 「'천황이 우주를 지배한다'는 일본의 침략사상」, 『말』 226호, 2005.4.
24 「금상천황폐하와 황후폐하」, 『보통학교 조선어급한문독본』(3), 1917, 2쪽.

롭게 제국의 권위를 과시하고 국가의 리얼리티를 현실화하는 행동
이다.[25]

> 조선은 대일본제국의 一部니 천황의 명을 봉ㅎ야 조선총독이 此를
> 관할ㅎㄴ니라.
> 조선총독이 정무를 行ㅎㄴ 관아를 조선총독부라 일으니 其內에 관
> 방 及 내무부, 도지부, 농상공부, 사법부의 사부를 置ㅎ고 중추원, 철
> 도국, 체신국, 임시토지조사국, 재판소, 의원 등이 부속ㅎ니라. (중
> 략) 조선에 십삼도를 置ㅎ니 各도장관은 조선총독의 命을 受ㅎ야 관
> 내의 행정을 장리ㅎ고 其 관아를 도청이라 칭ㅎㄴ니 각도의 명칭과
> 도청의 소재지ㄴ 如左ㅎ니라.[26]

　조선은 이제 '대일본제국의 일부'이고 '천황의 명을 봉ㅎ야 조선
총독이 此를 관할ㅎ'는 곳이 되었다. 그래서 「경성」(4권 14과)에서는
'대한제국 황제폐하의 어도였던 경성'은 '총독부의 소재지인 경성'
이 되고, 수도 '서울'에는 '일제의 군사령부'가 위용을 과시하며, 경
성은 더 이상 조선 최고의 도시가 아니라 '아국의 도회 중 제7위에
거(居)'하는 도시로 자리바꿈한다. 이러한 조정을 통해 일제는 조선
을 일본의 한 지역으로 편입하고 조선 사람들을 자신들에게 복속하
는 새로운 국민으로 호명한 것이다.

25　와키바야시 미키오, 정선태 역, 『지도의 상상력』, 산처럼, 2006, 31쪽.
26　「제칠과 조선총독부급 소속관서」, 『보통학교학도용 조선어독본』 5권, 14-15쪽.

4. 검정과 검열의 흔적

　검열제도는 1906년 통감부가 설치되면서 시작되어 일제가 무너질 때까지 무소불위의 권력을 행사했는데, 특히 심각한 것은 교육 분야였다. 통감부가 설치된 이후 일제는 조선의 외교와 내정을 모두 장악하여 식민지화 프로세스를 진행했고, 그것을 효과적으로 수행하기 위해 「사립학교령」과 「교과용 도서검정 규정」, 「출판법」 등을 제정·반포하였다. 이들 제도가 시행되면서 신문과 잡지와 교과서 등은 폐간되거나 압수되는 등의 탄압을 받았다. 당시 많은 선각들이 학교를 건립하고 학생을 모집하여 교육을 실시하고자 했지만 일제의 통제로 적절한 교과서를 구할 수 없었다. 학교는 인재를 양성하는 기관이고, '교과서는 그 학교의 정신을 만드는 그릇'[27]이지만, 검열 과정에서 '교과서 중에 애국, 독립, 자주, 의협 등 글자 혹은 구절이 있으면 일절 무효'가 되면서 결국은 '국민을 노예로 만드는 교육'[28]이 되고 만 것이다. 『보통학교학도용 국어독본』(1909)이 교과서로서의 역할에 제한적이었던 것은 '검정'을 내세워 교과의 내용이 이렇듯 식민주의에 의해 조정된 데 있다. 『보통학교학도용 국어독본』을 통해서 일제는 외견상 조선의 민족주의를 허용하는 듯하면서도 한편으로는 그것을 일제를 중심으로 위계화하고 문화적 통합을 시도한 것이다. 그런데 1910년 강제병합과 함께 『보통학교학도용 국어독본』이 『보통학교학도용 조선어독본』으로 바뀌면서 위계적 서열은

27　「학교의 정신은 교과서에 재흠」, 『희죠신문』, 1908. 5. 13.
28　「교육 주무자에게 告함」, 〈대한매일신보〉, 융희 3년(1909), 1. 30.

완전히 전복된다. 제1차 조선교육령에 의거해 "충량한 국민을 양성" 하기 위해 "시세와 민도에 적합한 교육"을 추진하면서, 조선은 일본 처럼 근대화되지 않았고 또 정치적 자각도 미숙하다는 이유로 일본 에서와는 다른 차별적 교육을 시행하였다. 「교수상의 주의병 자구 정정표」를 만들어 각종 교과서를 검열하면서 조선의 민족주의를 억압하고 일본에 동조하는 충량한 국민을 양성하고자 했고, 그래서 1911년판『보통학교학도용 조선어독본』에는 조선의 역사와 인물이 삭제되고 대신 일본의 천황이 그 중심을 차지한다. 대한제국 정부가 과거의 역사와 인물을 호명해서 민족과 국민의 이미지를 만들어냈 듯이, 제국의 신민을 창출하기 위해 일본의 역사와 인물을 호명한 것이다. 그런 점에서『보통학교학도용 국어독본』과『보통학교학도 용 조선어독본』은 '검정과 검열'의 형태로 강제된 식민지화 프로세 스의 초기 과정을 생생하게 보여주는 고발과 증언의 자료인 셈이다.

개작과 검열의 사회 · 문화사 (1)

제2장

통감부 시기 교과서 검정제도와
독본교과서 검정 청원본 분석

김소영(건국대학교)

1. 머리말

갑오개혁 시기 조선정부는 교육개혁의 일환으로 서구 및 일본의
근대적 학제를 도입하여 소학교, 중학교, 고등학교, 전문학교, 사범
학교 등 각급 학교를 설립하고 학교에서 사용할 교과서를 편찬하기
시작했다. 학부는 소학교학도용으로 1895년 『국민소학독본』과 『소
학독본』을, 이듬해에는 『신정심상소학』을 편찬했다.[1] 이들 독본교과
서는 기본적으로 독서, 습자, 작문 등 국어과 교육을 위한 교재였지
만 내용상으로는 수신, 역사, 지리, 과학 등 다양한 내용을 포함했다.
교과목마다 교과서를 편찬할 여건이 아직 형성되지 않았던 상황에

---

1 강진호, 「전통교육과 '국어' 교과서의 형성―『소학독본』(1895)을 중심으로―」, 『상
    허학보』 41, 2014, 96~97쪽.

서 독본교과서는 국어뿐만 아니라 다양한 과목의 소학교육을 위한 기본 교재였다고 볼 수 있다.[2]

학부가 1908년 편찬한 『보통학교학도용 국어독본』은 강제병합 직후 간행된 『보통학교학도용 조선어독본』(1911)의 저본이 되었다.[3] 사찬 국어교과서로는 『초등소학』(국민교육회, 1906), 『고등소학독본』(휘문의숙, 1906, 1907), 『최신 초등소학』(정인호, 1908) 등이 편찬되었다. 이 세 교과서는 1908년 「교과용도서검정규정」과 1909년 「출판법」이 반포된 후 사용이 금지되었다. 반면 현채가 저술한 『신찬초등소학』은 검정을 통과하고 1909년 출판되었다. 이 책은 강제 병합 이후 6권 중 1, 2, 3권이 '구학부편찬 보통학교학도용 교과서 및 구학부 검정 및 인가 교과용도서에 관한 교수상 주의할 자국 정정표'에 의해 단어, 문장, 삽화가 일부 수정되어 1913년까지 민간 편찬 국어교과서로 계속 사용되었다.[4]

근대 독본교과서에 대한 기존 연구들은 주로 언급한 교과서들을 중심으로 각 교과서의 서지적 사항과 교과서 기술 내용을 분석했다. 특히 독본이 기본적으로 국어과 교육을 위한 교과서였다는 점에서 국어교육학, 국문학 분야에서 교과서 구성, 제재, 기술 내용, 서사 분석을 중심으로 한 연구가 활발히 이루어져 왔으며,[5] 동시기 학부 편

2 서양의 'Reader'가 일본에서 '독본'으로 번역되어 사용되기 시작했으며, 한국에도 수용된 것으로 짐작된다. 'Reader'가 읽을거리를 의미하며, 일본에서 '독본' 역시 국어교과서 또는 넓은 의미의 교과서를 의미한다(강진호, 위의 논문, 2014, 102~103쪽).
3 박민영, 「개화기 교과서 『신찬초등소학』 연구」, 『아시아문화연구』 32, 2013, 101쪽.
4 친일반민족행위진상규명위원회, 『친일반민족행위진상규명 보고서 Ⅲ-3』, 2009, 241쪽.

찬 또는 민간 편찬 독본교과서와 일본의 독본교과서를 비교, 검토하는 연구도 이루어졌다.[6]

언급한 바와 같이 사찬 독본교과서들은 일선 학교에서 교재로 사용되었지만 1908년 「교과용도서검정규정」, 1909년 「출판법」 반포 이후 사용이 금지된 경우가 대부분이다. 기존 연구는 「교과용도서 검정규정」에서 밝힌 검정 절차와 기준, 그리고 검정 실시 후 사용이 금지된 독본교과서의 내용을 분석하여 통감부의 교육 및 교과서 정책이 한국의 민족교육을 막으려는데 있었다는 점을 밝혔다. 그런데 이러한 연구들은 자료적 제약으로 인해 교과서 검정 절차와 검정 기준이 실제 교과서 검정에 어떻게 적용되었는지를 분석하는데 이르지 못했다. 식민지 시기의 경우 교과서 검정 청원본을 비롯해 풍부한 검열 원본 자료가 존재하지만 통감부 시기의 경우 검열 흔적과 과정이 남아 있는 교과서, 신문, 잡지 등의 자료를 거의 찾아볼 수 없기 때문이다.[7]

그런데 근래 통감부 시기 교과서 검정 청원본 자료가 발굴되면서 교과서 검정과 검열 연구에 새로운 전기를 맞이하게 되었다.[8] 본 연구는 기존 독본교과서들 외에 새롭게 발굴된 『초등학독본』과 『유치독본』이라는 두 종의 독본교과서를 분석하려 한다.[9] 두 교과서 모두

---

5   송명진, 「개화기 독본과 근대 서사의 형성」, 『국어국문학』 160, 2012.

6   김혜련, 「국정 국어 교과서의 정치학-『보통학교 학도용 국어독본』(학부 편찬, 1907)을 중심으로」, 『반교어문연구』 35, 2013.

7   문한별, 「일제강점기 초기 교과서 검열을 통해서 본 사상 통제의 양상」, 『Journal of Korean Culture』 44, 2019.

8   김소영, 「근대 한국의 교과서 검정 제도 성립과 수신교과서 검정」, 『사림』 68, 2019.

9   『초등학독본』과 『유치독본』 검정 청원본 자료는 모두 2003년 유길준 후손들이

출판본이 아닌 1908년 「교과용도서검정규정」 반포 이후 학부에 교과서 검정을 청원했던 검정 청원본이다. 당시 출판 발행된 교과서 목록에 이 두 교과서가 포함되어 있지 않은 것으로 보아 학부에 검정을 청원했으나 검정을 통과하지 못하고 청원본 상태로만 남아 있었던 것으로 추측된다. 이들 검정 청원본을 분석한다면 학부, 실질적으로 통감부가 실시한 교과서검정제가 실제 교과서 검정 과정에서 어떻게 적용되었는지를 밝힐 수 있으며, 교과서 검정제도를 통해 통감부가 한국의 교육을 어떤 방향으로 통제하려 했는지를 확인할 수 있을 것이다. 이를 위해 먼저『초등학독본』과『유치독본』 검정 청원본의 기본적 서지사항과 검정 과정을 살필 수 있는 기록들을 정리한다. 다음으로 교과서 구성과 원문 기술 내용, 사열원이 수기로 작성한 수정, 삭제, 보완 요구 등을 중점적으로 분석하고자 한다.

2. 『초등학독본』과 『유치독본』 검정 청원본 구성과 내용

2.1. 독본교과서 편찬과 검정 청원

『초등학독본』과『유치독본』 검정 청원본은 유길준이 소장하고 있던 자료들 중에 포함되어 있다. 유길준은 1907년 11월 '國民皆士'를 위한 국민교육을 보급하는 것을 목적으로 흥사단을 설립하고 부단

───

고려대학교 박물관에 기증한 '유길준 관련 신자료'에 포함되어 있다(최덕수 외, 『근대 한국의 개혁 구성과 유길준』, 고려대학교출판문화원, 2015, 32~34쪽).

장직을 맡았다. 흥사단의 주요 활동은 근대학교를 설립하고 교과서를 편찬하는 것이었으며,[10] 유길준은 단체를 실질적으로 이끌었던 인물로서 흥사단 또는 흥사단 관련 인물들이 저술, 편찬했던 여러 교과서의 검정 청원본을 소장하고 있었던 것으로 보인다. 소장 자료 중에는『초등학독본』과『유치독본』외에도『보통학수신서』,『초등학농업대요』등 주로 초등교육용 교과서의 검정 청원본이 포함되어 있다.[11]

 『초등학독본』검정 청원본의 표지 안쪽에는 아래 〈표1〉과 같이 청원서가 부착되어 있다. 이 청원서에 의하면 교과서 검정을 청원한 날짜는 1909년(융희3년) 1월 25일로, 1908년 9월 1일「교과용도서검정규정(이하 검정규정)」이 반포된 후 교과서 저자 또는 편찬 주체가 출판을 위해 학부에 검정을 청원했다는 것을 보여준다. 통감부는 한국민들의 '애국심', '민족의식'을 고취하는 교육이 확산되는 것을 막기 위해 1908년 8월「사립학교령」, 같은 해 9월 1일「검정규정」을 반포하여 교육 및 교과서를 통제하려고 했다.「검정규정」은 교과서 검정 목적과 검정 절차 등을 밝히고 있는데,『초등학독본』과『유치독본』검정 청원본에 부착된 청원서도「검정규정」에서 제시한 청원서 양식에 따른 것이었다. 이 청원서에는 원서접수 날짜를 비롯해 도서의 명칭, 책수 및 정가, 목적하는 학교 및 학과의 종류, 용도의 구별, 판수 및 발행년월일, 저역자 성명, 발행자 성명, 사열원 등을 기재하도록

---

10 『황성신문』1907년 12월 1일「흥사단설립」.
11 김소영,「'보호국' 시기 교과서 검정과 검열」,『유길준의 지 - 인, 상상과 경험의 근대』, 고려대학교출판문화원, 2018, 225~226쪽.

되어 있다.[12]

『초등학독본』은 총 4책 12권으로 구성된 초등학교 국어과 학생용 교과서로, 당시 초등교육은 1906년 「보통학교령」에 의해 5~6년 과정에서 4년제 과정으로 바뀌었으므로 각 학년마다 1책씩 총 4책으로 구성했던 것이다. 책의 저자는 박정동으로 기록되어 있는데, 그는 흥사단 편집부장이자 교남교육회 도서부장으로 있으면서 초등학 학도용 수신교과서를 비롯해 지리, 역사, 과학 등 다양한 교과목의 교과서를 저술한 바 있다. 그가 저술한 교과서들 중 『초등수신』(1909, 동문관), 『초등대동역사』(1909, 동문사), 『개정신찬이화학』(1910, 광학서포), 『초등본국지리』(1909, 동문관), 『초등본국약사』(1909, 동문관) 등은 검정을 통과하고 일선 학교에서 교과서로 활용되었다. 박정동이 저술한 다른 교과서들과 달리 『초등학독본』은 학부 검정을 통과하지 못했던 것으로 추측된다. 발행자는 동문관장 홍기주로 되어 있다. 동문관은 흥사단 부설 출판사이며 책임자였던 홍기주는 흥사단에서 설립한 융희학교의 교감으로 재직하기도 했다.[13]

본 청원서에서 가장 주목되는 점은 실제 검정을 담당했던 사열원의 이름이 기재되어 있어 교과서 검정 주체를 파악할 수 있다는 것이다.

---

12 『구한국관보』1908년 9월 1일, 학부령 제16호 「교과용도서검정규정」.
13 국사편찬위원회, 『대한제국관원이력서』, 탐구당, 1972.

〈표 1〉『초등학독본』 검정청원서

願書接受	隆熙三年 一月二十五日
圖書의名稱	初等學讀本
冊數及定價	一帙四柵壹萬部 一圜
目的ㅎㄴ學徒並學科의種類	私立學校初等敎育 國語科
用途의區別	學徒用
版數及發行年月日	(공란)
著譯者姓名	中部壽洞興士團編輯部長 朴晶東
發行者姓名	中部壽洞同文館長 洪箕周
查閱員	上田(主査), 上村, 李琮夏[14]
決定	隆熙 年 月 日[15]

먼저 사열원 우에다[上田]는 학부 편집국 편집관이었던 우에다 슌이치로[上田駿一郞]였다. 그는 1908년 11월에 한국정부 학부 촉탁으로 초빙되어 학부 편집관으로 활동했고, 강제병합 이후에는 조선총독부 촉탁으로 임명되어 경성고등보통학교 교유 겸 조선총독부 편수관으로 활동했다. 1918년 7월부터 조선총독부 편집관 겸 일본인교원양성소 강사, 1921년 조선총독부 시학관으로 근무했다.[16] 또 다른 일본인 사열원 우에무라[上村]는 학부 사무관이자 번역관을 겸직하고 있던 우에무라 마사키[上邨正己, 上村正己]로 보인다.[17] 우에무라는 뒤에서 살펴볼『유치독본』의 검정에도 사열원으로 참여했다.

---

14 원문 글자가 희미해 판독하기 어려우나 이종하(李琮夏)로 보인다. 이름이 삭제된 것으로 보아 한국인 사열원으로 검정에 참여하려 했다가 취소된 것으로 보인다.
15 원문에 미기재.
16 정근식, 「구한말 일본인의 조선어교육과 통역경찰의 형성」, 『한국문학연구』 32, 2007, 44~45쪽.
17 최혜주, 「小田省吾의 교과서 편찬활동과 조선사 인식」, 『동북아역사논총』 27, 2010, 285쪽.

또 한 명의 사열원 이름은 글자가 명확하지 않으나 이종하(李琮夏)로 보이는데, 이름 위에 줄이 그어져 있어 일본인 사열원과 함께 검정에 참여하려 했다가 최종적으로는 빠진 것으로 추측된다. 이종하는 1909년 7월 현재 학부 직원 목록에 학부 편집국 주사로 이름이 올라 있다.[18] 그는 『대동학회보』에 여러 편의 글을 실었고, 『漢文新讀本』이라는 보통학교 학도용 한문교과서를 저술했다.[19] 『한문신독본』은 「검정규정」이 반포된 이후 1909년 12월 24일 검정에 통과하여 1910년 2월 광덕서관(廣德書館)과 유일서관(唯一書館)에서 발행되었다. 교과서 인쇄소는 동문관으로 표기되어 있고, 주소는 京城中部壽洞興土團內라고 적혀 있다.[20] 동문관은 언급한 바와 같이 흥사단 부속 출판사 겸 인쇄소였으므로 『한문신독본』의 저자인 이종하도 흥사단 회원이거나 관련 인물이었을 가능성이 있으며, 교과서 사열에서 최종적으로 배제된 이유도 흥사단과 관계가 있는 인물이었기 때문으로 보인다.

청원본 본문에는 사열원이 수정 또는 삭제를 요구하는 이유와 재기술할 내용을 여백에 적거나 띠지로 부착했다. 이러한 수정 또는 삭제 요구에는 청원서에 기재되어 있는 사열원의 이름이 아닌 '오다[小田]'라는 직인이 찍혀 있다. '오다'는 학부 편집국 서기관이었던 오다 쇼고[小田省吾]였다.[21] 오다는 1908년 11월 미쓰지 주조[三土忠

---

18 전민호, 앞의 논문, 2012, 503~505쪽.
19 『한문신독본』은 4권 1책으로 인쇄본이며, 권1은 102과, 권2는 66과, 권3은 41과, 권4는 40과로 구성되어 있다. 교열은 여규형이 담당했다.
20 이종하, 『한문신독본』, 1910, 광덕서관·유일서관.
21 오다 쇼고는 도쿄제국대학 사학과를 졸업하고 1899년 나가노현 사범학교 촉탁교원이 되어 교육 활동을 시작했다. 이후 야마구치현 하기중학[萩中學] 교유, 도쿠시마현 사범학교장, 나라현 우네비중학[畝傍中學]교장, 第一高等學校 敎授를

造]의 후임으로 도한하여 학부 서기관에 임명되었고, 보통학교 교과
서 편찬 사업을 담당했다. 1910년 10월에는 조선총독부 편집과장이
되었다. 그는 총독부가 제1차 조선교육령과 제2차 조선교육령을 반
포하고 식민교육을 위한 새로운 교과서를 편찬하는데 주도적인 역
할을 담당했다. 또 경성제국대학 설립을 준비하고 그 곳에서 교수로
재직하며 조선사를 강의하는 한편 조선사 관련 학회와 조선사편수
회 활동을 통해 식민사관을 형성한 인물이기도 했다.[22] 교과서 편찬
과 관련된 오다 쇼고의 활동은 통감부 시기부터 시작된 교과서 검정
및 검열 체제가 식민지시기로 연속되었음을 보여준다. 또 표면상
「검정규정」을 반포하고 검정을 실시한 주체는 대한제국의 학부였지
만 실제 검정 과정에 참여하여 교과서 인가 여부를 결정하는 것은 일
본인 사열원이었다는 사실도 확인할 수 있다.

『유치독본』도 흥사단에서 편찬한 독본교과서로, 저자는 박정동,
발행자는 홍기주였다. 검정을 담당한 사열원은 일본인 오다(小田)와
우에무라(上村) 그리고 한국인 현헌(玄櫶)으로, 앞서 『초등학독본』과
마찬가지로 일본인 사열원이 검정 전반을 책임지고 한국인 사열원
은 한국어에 능숙치 못한 일본인 사열원을 보조하는 역할을 담당했
던 것으로 보인다.[23] 오다와 우에무라는 앞서 살펴본 바와 같이『초
등학독본』의 사열원이기도 했던 오다 쇼고와 우에무라 마사키였
다.[24] 유일한 한국인 사열원이었던 현헌의 이력을 살펴보면 1905년

역임하였다.
22 최혜주, 앞의 논문, 2010, 279~293쪽.
23 최혜주, 앞의 논문, 2010, 279~293쪽.
24 최혜주, 앞의 논문, 2010, 285쪽.

1월 관립일어학교를 졸업하고 1905년 2월 외국어학교 부교관이 되었다. 또 1906년 8월에는 島根縣立商業學校 한국어 교사로 초빙되었고, 1907년 관립한성고등여학교 교수가 되었다. 그리고 1907년 8월 학부 번역관, 1909년 3월 학부 편집관으로 재직했다.[25] 따라서 1909년 1월『유치독본』의 검정 청원이 이루어졌을 당시 현헌은 학부 편집관으로서 일본인 사열원들과 함께 검정에 참여했던 것이다.

〈표 2〉『유치독본』검정청원서

願書接受		隆熙三年 一月二十五日
圖書의名稱		幼穉讀本
冊數及定價		一帙三冊壹 四十八錢
目的하는學徒並學科의種類		私立學校 初等敎育 國語科
用途의區別		學徒用
版數及發行年月日		(공란)
著譯者姓名		中部壽洞興士團編輯部長 朴晶東
發行者姓名		中部壽洞文館長 洪箕周
査閱員		小田(主査), 上村, 玄檍
決定	(공란)	隆熙 年 月 日[26]

『유치독본』의 "목적하는 학도와 학과(學科)의 종류"도『초등학독본』과 마찬가지로 사립초등학교 학도용, 국어과목으로 기재되어 있다.

25　1911년 1월 官立漢城高等女學校 敎諭, 같은 해 11월 京城高等普通學校 敎諭 겸 京城女子高等普通學校 敎諭를 역임했다. 1921년 2월 總督府 視學官이 되어 學務局에서 근무하고, 같은 해 7월 朝鮮總督府 編修官을 겸했으며, 1931년 江原道 參與官으로 승진했다가 1934년 3월 관직에서 물러났다. 같은 해 4월 朝鮮總督府 中樞院 參議에 임명되어 1935년에 이른다.

26　원문에 미기재.

흥사단이 동시에 두 종의 초등학교 학도용 국어교과서를 편찬하여 검정을 청원한 이유는 명확하지 않지만 두 교과서의 명칭, 구성, 내용 등을 살펴보면 초등 국어교육을 수준별로 실시하려는 의도로 추측된다. 즉『유치독본』은 '초등'이 아닌 '유치'라는 명칭에서『초등학독본』의 교수대상보다 더 낮은 연령층의 학생들 혹은 더 낮은 단계의 국어교습자를 위한 교과서로 편찬되었던 것으로 보인다. 뒤에서 살펴볼『유치독본』의 구성과 내용 역시 이러한 추측을 뒷받침한다.『유치독본』은 권1에서 한글의 자음과 모음, 그리고 초성, 중성, 종성을 읽고 쓰는 것을 학습하고, 권2에서부터 한글 단어, 어휘를 익히도록 구성했다.『초등학독본』은 한글을 익히는 과정이 따로 없었으므로 먼저『유치독본』으로 기초적인 한글을 익힌 후『초등학독본』을 사용할 수 있도록 두 종류의 독본교과서를 동시에 편찬했던 것으로 보인다.

갑오개혁 시기 반포된「소학교령」에서는 심상과에서 독서, 작문, 습자 등을 교수하도록 정하고,[27] 이어「소학교교칙대강」을 반포하여 독서, 습자, 작문을 교수하기 위해 수신, 지리, 역사. 이과, 기타 일용 생활에 필요한 것을 교과서에 기술해야 한다고 명시했다.[28]

'국어' 교육이 실시되면서 독본은 소학교의 독서, 작문, 습자를, 그리고 보통학교에서 국어로 통합된 국어과 교육을 위해 편찬된 교과서였다.[29]

---

27 『구한국관보』, 1895년 7월 19일, 칙령 제145호「소학교령」.
28 『구한국관보』, 1895년 8월 15일, 학부령 제3호「소학교교칙대강」.
29 1906년 8월,「보통학교령」이 반포되면서 5년에서 6년제였던 소학교는 4년제 보통학교로 개편되면서 국어과의 경우 독서, 작문, 습자를 교수하던 것을 '국어'로 통합하여 교수하는 것으로 변경되었다(『구한국관보』, 1906년 9월 4일, 학부령 제27호「보통학교령」;『구한국관보』, 1906년 8월 27일, 학부령 제23호「보통학교령 시행규칙」).

그런데 독본의 제재와 내용을 살펴보면 국어교육을 위한 교과서인 동시에 학생들에게 덕성과 윤리를 함양하는 수신교육, 근대적 인간으로서 익혀야 할 기본 지식과 정보를 제공하는 교재의 역할을 담당했음을 알 수 있다.[30] 『초등학독본』과 『유치독본』도 기본적으로 초등학교 학생들에게 독서, 작문, 습자를 교수하기 위한 국어과 교과서였다. 동시에 교과서의 제재와 내용을 살펴보면 학생들에게 유교 윤리를 비롯해 근대적 인간으로서 지녀야 할 윤리, 도덕, 지식, 정보 등을 함양할 목적으로 편찬되었다는 것을 확인할 수 있다.

두 교과서의 검정 청원본에는 저자와 발행자가 사열원이 제기한 '문제점'을 수정하고 보완하여 검정을 통과하려는 노력을 기울였던 흔적을 찾아볼 수 있다. 하지만 이러한 노력에도 불구하고 교과서로 허가를 받지 못하고 출판되지 못했다. 『초등학독본』과 『유치독본』이 교과서로 출판되지 못하고 검정 청원본으로만 남게 된 이유를 검토하기 위해 먼저 청원본 원문 중 사열원들이 수정 또는 삭제를 요구한 내용 혹은 표현이 무엇이었는지를 살펴보아야 할 것이다. 또 사열원들이 수정 또는 삭제를 요구한 이유와 기준을 검토하고, 사열원의 요구를 교과서 편찬자 또는 출판사에서 어떻게 수용했는지도 함께 분석할 필요가 있다.

2.2. 『초등학독본』의 구성과 내용

『초등학독본』은 총 12권 4책으로 4년 과정이었던 보통학교 교육

---

30 김혜련, 「근대 '국어' 교과의 개념 형성 연구」, 『한국언어문화』53, 2014, 163~167쪽.

과정에 맞춰 한 학년당 1책의 교과서를 활용하도록 구성되었다. 따라서 1책은 보통학교 1학년, 2책은 2학년, 3책은 3학년, 4책은 4학년 학생을 위한 교과서로 볼 수 있다. 각 책은 다시 3권으로 구성되어 있는데, 이는 보통학교의 학제가 한 학년 3학기제로 운영되었기 때문으로 학기 당 한 권씩을 사용하도록 한 것이다.

먼저 1책은 권1부터 권3까지로 구성되어 있다. 권1은 순한글로 기술되어 있고, 단원명, 제재, 수정 혹은 삭제 요구 여부는 아래 〈표3〉과 같다.

〈표 3〉 『초등학독본』 권 1 목차

과	단원명	제재	수정 및 삭제
1	건원절	수신	부분 수정 및 부분 삭제
2	줄다리기	일상생활	부분 수정
3	둥근달	이과	없음
4	범과 거울	설화	없음
5	입은 하나	이과	없음
6	밑글 읽기	수신	부분 수정
7	어른의 상급	일상생활	없음
8	부엉이와 비둘기(1)	설화	없음
9	부엉이와 비둘기(2)	설화	없음
10	꽃 심기	일상생활	없음
11	누에 1	이과	없음
12	누에 2	이과	부분 수정
13	삼각산노래	지리	전체 삭제
14	각시놀음에 소꿉질	일상생활	없음
15	매미	이과	부분 수정
16	곡식	이과	없음
17	나귀와 여우	설화	없음

권1에서 사열원이 수정과 삭제를 요구한 첫 번째 기술은 제1과 '건원절'이었다. 건원절은 대한제국 황제, 즉 융희황제 순종의 탄신일을 일컫는 것이었다. 고종황제의 탄신일을 만수성절로 칭하며 경축하였는데, 1907년 8월 고종이 강제 퇴위당하고 태황제가 된 이후에도 만수성절은 여전히 고종의 탄신일을 칭하고, 새로운 황제인 순종의 탄신일을 건원절로 칭하게 되었다.[31] 순종황제의 탄신일은 음력 2월 8일로, 1908년에는 음력 2월 8일에 해당하는 3월 10일에 건원절 경축 행사가 행해졌다. 그러나 1908년 7월 궁중과 국가 기념일을 모두 양력을 사용하도록 하면서 건원절은 다시 양력 3월 25일로 정해졌다.[32] 교과서에서는 건원절을 3월 25일이라고 기술하여 건원절이 양력 3월 25일로 개정된 상황을 반영하고, 건원절에 집집마다 태극기를 게양한 모습, 관리들의 폐현례, 민간과 학교에서 행해진 경축식 모습을 묘사했다.[33] 사열원은 교과서 기술 가운데 건원절 '경축가'를 삭제하라고 요구했다. 교과서에 기술된 '경축가'가 '공식적'인 경축가가 아닌 '사찬가'라는 이유에서였다.

사열원이 지적한 바와 같이 건원절을 기념하는 '공식적인' 경축가가 있었는지는 확실하지 않다. 교과서에 실린 '경축가' 외에도 『대한매일신보』 1910년 3월 25일자에는 건원절을 기념하는 또 다른 경축가가 게재되어 있는데, 지은이는 경축생(慶祝生)으로 되어 있다. 신문에 게재된 경축가의 내용은 교과서의 '경축가'와 다르다.[34] 이 외에

---

31 이정희, 「대한제국기 건원절 경축 행사의 설행 양상」, 『한국음악사학보』 45, 2010, 33~34쪽.
32 『순종실록』 융희2년 7월 22일.
33 『초등학독본』 권1, 「제1과 건원절」.

도 학교 학생들과 일반인들이 건원절을 기념하는 경축가를 제창했다는 기록이 여러 차례 등장하지만 내용은 각기 달라 공식적인 경축가가 정해져 있었던 것은 아니었던 것으로 보인다. 그럼에도 사열원이 교과서에 기술된 '경축가'를 삭제하라고 지시한 것은 '사찬가'여서가 아니라 군주에 대한 충성심을 일깨우는 내용이었기 때문이었다. 사열원은 경축가뿐만 아니라 충군의식을 고취할 만한 다른 단원의 내용들도 모두 삭제하거나 수정할 것을 지시했다.

제13과 '삼각산 노래'는 수도인 한양의 주산인 삼각산과 한양을 둘러싼 주요 산, 그리고 백두산과 금강산 등 명산들에 대해 "독립기상 웅장"하고, "불굴정신 견고"하다고 묘사했다. 사열원은 전체 내용을 삭제할 것을 지시했다.[35] 본문 전체를 삭제해야 하는 이유는 제시되어 있지 않지만 '독립'이라는 용어 사용이 문제가 되었던 것으로 보인다.

권2는 권1과 마찬가지로 순한글로 기술되어 있으며 총 18과로 구성되었다.

사열원은 제4과 '학동가'에서 "임금에게 충성이오 아들되여 효도로다 자주독립 나라사랑 자나깨나 이 마음을"이라는 구절을 삭제하고, "집에 가면 복습하고 가업 도와 사친하세"로 수정하도록 지시했다.[36] 수정을 요구하는 이유를 제시하지는 않았지만 권1에서 건원절 경축가를 삭제하도록 지시했던 것과 마찬가지로 군주에 대한 충군

34 『대한매일신보』 1909년 3월 12일.
35 『초등학독본』 권1, 「제13과 삼각산노래」.
36 『초등학독본』 권2, 「제4과 학동가」.

의식을 언급하고, '자주독립', '나라사랑'을 학생들에게 강조하는 내용에 대해 수정을 요구했던 것이다.

<표 4> 『초등학독본』 권2 목차

과	단원명	제재	수정 및 삭제
1	언약 지키는 아해 1	수신	없음
2	언약 지키는 아해 2	수신	없음
3	재목	일상생활	없음
4	학동가	수신	일부 삭제
5	제비의 집	이과	일부 수정
6	매화나무	일상생활	없음
7	뱃놀이	일상생활	일부 삭제, 일부 수정
8	통상항구	지리	일부 수정
9	꽃구경에 청한 편지	일상생활	없음
10	윗 편지에 대한 답장	일상생활	없음
11	차	이과	일부 삭제
12	소 뜯기며 글읽기	수신	없음
13	몸의 더운 기운	일상생활	없음
14	기러기	수신	일부 수정
15	등잔불 1	이과	없음
16	등잔불 2	이과	없음
17	군함 1	수신	전체 삭제
18	군함 2	수신	전체 삭제

권2에서 수정 또는 삭제 요구가 많았던 기술은 '군사'와 관련된 것이었다. 예를 들어 제7과 '뱃놀이'에서는 "그러하다 우리가 자란 뒤는 군함을 타고 해군 노릇도 할지며"라는 구절을 삭제할 것을 요구했다.[37]

---

37 『초등학독본』 권2, 「제7과 뱃놀이」.

제14과 '기러기'에서도 "남녘으로 오는도다 보아라 저 가는 모양이 병대의 행진같이 늘어섰는데 우는 소리를 들어보니 기럭, 기럭, 저의 이름을 제가 부르는도다"를 "남녘으로 오나니 제비와 반대로 추운 곳을 좋아하는 까닭이니라. 제비와 기러기같은 새를 후조(候鳥)라 이르느니라. 기러기 가는 모양이 길게 열을 지어 선도자가 있어 인도하여 기럭 기럭 울면서 날아다니느니라"로 수정하도록 요구했다.[38]

제17과와 제18과 '군함 1,2'에서는 군함의 용도와 역사를 설명하며 거북선과 이순신 장군을 언급했다. 하지만 임진왜란이나 이순신 장군이 일본의 침략에 맞서 승리한 사실을 기술하지 않은 채 세계 최초로 쇠로 된 군함을 건조했다는 것만 언급했다.[39] 사열원은 이 두 과를 전체 삭제하도록 지시했지만 이유를 밝히지 않았다.

권3은 단원명이 없이 제일, 제이, 제삼 등으로만 목차가 표기되어 있다. 앞서 권1과 권2는 순한글로 기술되었지만 권3부터는 각 과의 주요 어휘를 한자로 표기하여 학생들이 본문 내용과 함께 한자어를 익힐 수 있도록 구성했다.

각 과의 주제는 임금, 선생과 학교, 가족, 충군, 방위, 달, 금강산, 나무와 꽃 등이었다. 먼저 제1과에서는 '군(君)', '국(國)', '부(父)', '가(家)'라는 한자를 익히는 것을 학습목표로 설정하고 본문에서는 군부일체를 언급하며 충과 효, 특히 충군의식을 강조했다.[40] 충효는 유교에서 가장 기본적이고 중요한 윤리적 덕목으로 전근대는 물론 근대

---

38 『초등학독본』 권2, 「제14과 기러기」.
39 『초등학독본』 권2, 「제17과 군함 1」, 「제18과 군함 2」.
40 『초등학독본』 권3, 「제1」.

에 접어들어서도 여전히 사회의 기본 질서를 지탱하는 중요한 덕목으로 간주되었다. 하지만 사열원은 효뿐만 아니라 충군의식을 강조하는 제1과 전체 내용을 삭제하도록 지시했다. 이어지는 제2과에서도 선생님의 역할과 군사부일체에 대해 기술하자 사열원은 "선생이 가로시되 나라에는 임금이 계시고 집에는 아비가 계시니 임금은 나라의 하늘이시고 아비는 집의 하늘이시니라"라는 구절과,[41] 이어지는 제4과의 '충군가'를 전체 삭제하도록 지시했다.[42]

〈표 5〉『초등학독본』 권3 목차

과	단원명(주제)	제재	수정 및 삭제
1	없음(군주)	수신	전체 삭제
2	없음(스승과 학교)	수신	부분 삭제, 부분 수정
3	없음(가족)	수신	부분 수정
4	없음(충군)	수신	전체 삭제
5	없음(방위)	이과	없음
6	없음(달)	이과	없음
7	없음(금강산)	지리	없음
8	없음(나무와 꽃)	이과	부분 수정

2책은 2학년 학생용으로 권4부터 권6까지 총 3권으로 역시 3학기에 한 권씩 사용하도록 구성되었다. 권4의 목차에서도 단원명은 표기되어 있지 않으며, 본문 기술에서는 일부 표현에 대해 사열원이 자구 수정을 요구하는 경우가 있었지만 부분 혹은 전체를 삭제하라는 지시는 없었다.

41 『초등학독본』 권3, 「제2」.
42 『초등학독본』 권3, 「제4」.

〈표 6〉『초등학독본』권4 목차

과	단원명(주제)	제재	수정 및 삭제
1	없음(문익점과 목화)	설화	없음
2	없음(물의 순환)	이과	없음
3	없음(사계절과 책력)	이과	없음
4	없음(소와 말)	이과	없음
5	없음(직업)	수신	부분 수정
6	없음(직업)	수신	없음
7	없음(화륜거)	이과	없음
8	없음(화륜거)	일상생활	부분 수정
9	없음(코끼리)	이과	부분 수정
10	없음(코끼리)	이과	없음

권5의 목차도 아래에서 제시한 바와 같이 단원명은 표기되어 있지 않으며, 수신, 일상생활, 자연지식, 설화 등 다양한 제재와 주제에 관한 내용을 기술했다.

〈표 7〉『초등학독본』권5 목차

과	단원명(주제)	제재	수정 및 삭제
1	없음(공익과 사익)	수신	단원 이동, 부분 수정
2	없음(음식)	일상생활	없음
3	없음(편지)	일상생활	없음
4	없음(미신)	일상생활	없음
5	없음(고을)	일상생활	부분 수정
6	없음(일기)	일상생활	부분 수정
7	없음(길이)	이과	없음
8	없음(참새)	설화	전체 삭제
9	없음(참새)	설화	전체 삭제
10	없음(버섯)	일상생활	없음
11	없음(농법)	일상생활	없음
12	없음(광물학)	이과	부분 수정
13	없음(도량형)	이과	부분 수정

먼저 제1과에서는 공익과 사익을 주제로 다루었는데, 사열원은 그 내용이 "너무 고상함"으로 4책, 즉 4학년 학도용 교과서로 옮길 것을 지시했다. 또 이와 별도로 기술 내용 중 공익에 관해서는 좀 더 구체적인 예시를 기술하라고 요구하며 재기술할 내용을 제시했다.[43] 제5과에서는 학생들이 거주하는 고을에 관한 기술에서 "우리집이 이러한 좋은 시골에 있어 부모형제가 한 집안에 잘 사니 이는 다 우리 임금의 덕택이니라. 우리 임금이 우리 시골 사람을 위하여 착한 군수를 보내시고 착한 순사를 두게 하시니 군수는…"이라고 하여 군주의 선정을 칭송하자 이를 "이는 다 우리 시골을 다스리는 군수 순사 등의 덕택이니라. 우리 시골의 군수를 착한 사람이니…"로 수정하게 했다.[44]

권6부터는 목차와 단원명이 다시 표기되고, 본문은 순한글이 아닌 국한문혼용체로 작성되었다.

〈표 8〉『초등학독본』 권6 목차

과	단원명	제재	수정 및 삭제
1	국문	일상생활	부분 삭제
2	개국기원절	수신	부분 삭제
3	주야	이과	부분 수정
4	인의 직업	수신	부분 수정
5	兎龜의 내기	수신	없음
6	칠요일	일상생활	부분 수정

---

43 『초등학독본』 권5, 「제1」.
44 『초등학독본』 권5, 「제5」.

　제1과 '국문'에서는 국문이 "천하의 좋은 글이니 우리는 이러한 좋은 글자를 배워 일인도 무식한 자가 없게 된 연후에야 우리나라의 문명한 운을 가히 열지며 부강한 업을 가히 이룰지라"라는 구절을 삭제하도록 했다.[45] 제2과 '개국기원절'에서도 "경축가를 노래하고 즐거이 놀아보세"라는 구절에 대해 앞서 건원절의 경축가를 삭제하라고 한 이유와 마찬가지로 "사찬가를 式日歌로 함은 불가하니 삭제할 것"을 지시했다.[46] 제4과 "인의 직업"은 학생들에게 학업에 전념하는 것이 학생의 본분임을 강조하고 학업에 열중해야 졸업 후 어떤 직업을 갖더라도 그것이 국가의 문명화와 부강에 기여할 수 있음을 강조하는 내용이었다. 하지만 사열원은 이러한 내용을 학생들에게 공부에 열중해야 하는 목적은 졸업 후 직업을 얻기 위해서며, 직업을 구하고 근면해야 개인과 국가도 모두 번성할 수 있다는 것으로 재기술하게 했다.[47]

　3책은 3학년 학생용으로 권7에서 권9까지 3권으로 구성되었다. 먼저 권7의 목차와 단원명은 아래 〈표 9〉와 같다.

〈표 9〉 『초등학독본』 권7 목차

과	단원명	제재	수정 및 삭제
1	我國의大江	지리	부분 수정
2	軍人	수신	전체 삭제
3	무지개	이과	부분 수정
4	人身	이과	없음

45 『초등학독본』 권6, 「제1과 국문」.
46 『초등학독본』 권6, 「제2과 개국기원절」.
47 『초등학독본』 권6, 「제4과 인의 직업」.

5	石炭	이과	부분 수정
6	猿	이과	없음
7	錦衣의 부끄러움	수신	없음
8	술먹지 마는 일	수신	없음
9	皮膚養生	일상생활	부분 수정
10	航海談 1	수신	없음
11	航海談 2	수신	부분 수정

권7은 총 11개 단원으로 구성되어 있는데, 사열원은 그 가운데 6개 과의 본문에서 수정과 삭제를 요구했다. 특히 제2과 '군인'의 경우는 전체를 삭제하게 했다.[48] 일제는 1907년 '한일신협약(정미조약)'의 부속 밀약으로 '한일협약규정실행에 관한 각서'를 교환하고 이를 근거로 대한제국의 군대를 강제 해산시켰다.[49] 더 이상 대한제국의 군대가 존재하지 않는 상황에서 일본인 사열원은 군인, 군대, 군함 등 대한제국의 군대, 군비 등과 관련된 내용이나 표현을 교과서에 기술하지 못하도록 했던 것이다.

다음으로 권8은 목차 단원명에서 알 수 있듯이 학생들에게 대한제국의 현상을 일깨우고 '애국심'과 '충군의식'을 고취할 만한 주제와 내용이 주를 이루고 있었다. 따라서 사열원은 총 14과 중 11개 과를 전체 삭제하거나 전체 수정하여 재기술할 것을 지시했다.

---

48 『초등학독본』 권7, 「제2과 군인」.
49 『日本外交文書』 제40권 1책, #530, 1907년 7월 24일, "日韓協約ニ關スル文書送付ノ件".

〈표 10〉 『초등학독본』 권8 목차

과	단원명	제재	수정 및 삭제
1	我國	수신	전체 삭제
2	愛國歌	수신	전체 삭제
3	우리임금	수신	전체 수정
4	愛君歌	수신	전체 삭제
5	君民同祖	수신	전체 삭제
6	皇太子殿下의 日本留學 1	수신	전체 삭제
7	皇太子殿下의 日本留學 2	수신	전체 삭제
8	皇太子殿下의 日本留學 3	수신	전체 삭제
9	皇太子殿下의 日本留學 4	수신	전체 삭제
10	勸學歌	수신	전체 삭제
11	글읽는 法	일상생활	없음
12	虎	이과	없음
13	運動會請牒	일상생활	없음
14	運動家	일상생활	부분 삭제, 부분 수정

제1과 '아국'에서는 단군으로부터 기원하여 기자조선, 삼국, 통일
신라, 고려로 이어지던 천명이 조선조, 대한제국에 이르러 "동방의
독립한 대국"이 되었다고 설명했다. 또 자연환경이 뛰어나고 인민은
인종적으로 우수하며, 충성과 효도를 근본 윤리로 삼고 신과 의를 숭
상하니 대한제국이 세계에서 가장 즐거운 나라라고 기술했다.[50] 또
제2과 '애국가'에서는 단군, 태조, 을지문덕, 이순신과 같이 나라를
세우고 지키며 빛낸 위인들을 칭송하며 국가가 일개 집안보다 귀하
고 중요하다는 것을 강조하고 남의 아래에 놓이지 않고 부강하도록
힘쓸 것을 권하는 내용을 기술했다.[51] 사열원은 제1과와 제2과 모두

---

50 『초등학독본』 권8, 「제1과 我國」.
51 『초등학독본』 권8, 「제2과 愛國歌」.

삭제를 지시했다.

제3과 '우리임금'은 원문 전체를 다음과 같이 '개작'하도록 했다.

> 우리 임금은 높으시기 하늘같으시고 사랑스럽기 어버이같으시니
> 넓으신 덕이 덮지 아니심 이 없고 백성 보시기를 아들같이 하셔 겨
> 울날이 추운 때는 가난한 백성이 주리고 차지나 아니한가 생각하
> 시며 여름날에 더운 날이 불같은즉 농사하는 사람이 더위에 병들
> 까 염려하심으로 백성되는 우리는 평안하여도 우리 임금은 괴로우
> 시고 또 우리는 즐거워도 우리 임금은 근심하시는지라. 금의가 편
> 치 못하시며 옥식이 감치 아니하셔 주야장천 한결같은 마음 이 일
> 도 백성을 위하시고 저 일도 백성을 위하심에 학교를 베푸셔서 문
> 명한 도에 인도하여 각기 그 업을 힘쓰게 하시고 법률을 정하셔서
> 생명과 재산을 보호하여 그 생활을 이루게 하시니 우리 무리가 이
> 세상에 나서 우리 성인 임금의 백성되었은즉 천하에 가장 복 많은
> 사람이로다(원문)

> 우리 임금께옵서는 융희원년에 보령(寶齡) 삼십사로 즉위하셔 유신
> 의 정치를 행하실 새 법제를 개헌하시고 일본으로 더불어 친밀한
> 관계를 체정(締定)하여 평화와 문명의 진운(進運)을 도모하시며 실업
> 에 가장 용의하셔 친경양잠하시며 황태자전하를 일본에 유학케 하
> 셔 학(學)을 장려하시며, 또 법률을 정하셔 인민의 생명과 재산을 보
> 호케 하여 그 생활을 이루게 하옵시니 우리 백성이 평안히 생활함
> 은 다 우리 임금의 덕택이니라. 고로 우리 백성은 각기 직업에 면려

하고 국태민안케 하여서 우리 임금의 성의를 체(體)할지니라(수정 제 시문)[52]

사열원은 이어지는 제4과 '애군가'[53]와 제5과 '군민동조(君民同祖)'를 전체 삭제하도록 했다. '군민동조'는 군주와 국민을 모두 태조고황제 의 후손이자 일가로 설정했다. 일가 중에서 황실은 국민의 대종가이 며, 임금은 종가의 어른이므로 국민은 종가를 문명부강하게 하고, 종 손인 군주에게 절대적인 복종과 충성을 다해야 한다는 내용이었다.[54]

제6과부터 제9과까지는 모두 "황태자전하의 일본유학"에 관한 기 술로, 황제에 대한 충군의식을 고취하는 것과 마찬가지로 다음 왕위 에 오를 황태자에 대한 칭송과 충성을 다짐하는 내용이었다. 또 이토 히로부미와 이완용의 주도로 황태자가 일본 유학을 결정하게 되었 다는 것과 일본으로 유학가기 직전 소학교 교과서를 편찬하고 있는 흥사단에 격려금을 하사하며 교육 사업을 독려했다는 사실을 기술 했다. 사열원은 황태자의 유학을 기술한 4개 과를 모두 삭제하도록 했다.[55] 제10과 '권학가'에서도 앞서 황태자가 일본으로 유학하게 된 경위가 교육의 중요성 때문이라는 점을 환기시키며 다시 한 번 소학 교육을 중심으로 한 교육 실시의 중요성을 강조했다. 그리고 이러한 교육을 통해 충효를 갖추고 일가와 국가를 위한 인재로 성장할 것을

---

52 『초등학독본』 권8, 「제3과 우리임금」.
53 『초등학독본』 권8, 「제4과 애군가」.
54 『초등학독본』 권8, 「제5과 군민동조」.
55 『초등학독본』 권8, 「제6과 皇太子殿下의 日本留學 1」, 「제7과 皇太子殿下의 日本留學 2」, 「제8과 皇太子殿下의 日本留學 3」, 「제9과 皇太子殿下의 日本留學 4」.

권하고 있다. 사열원은 제10과도 삭제하도록 지시했다.[56]

권9는 총 7개 과로 구성되었고, 각 단원명은 아래와 같다.

<표 11> 『초등학독본』 권9 목차

과	단원명	제재	수정 및 삭제
1	漢陽城	지리	부분 수정
2	李公文源의 어린 슬기	설화	없음
3	鷄狗豚	설화	부분 수정
4	高句麗의 棄子山 1	역사	전체 삭제
5	高句麗의 棄子山 2	역사	전체 삭제
6	和樂한 집 1	수신	없음
7	和樂한 집 2	수신	부분 수정

제1과 '한양성'은 조선 그리고 대한제국의 수도였던 한양에 대해 설명한 것이었는데, 사열원은 한양내 주요 산의 위치나 방위의 오류, 즉 사실 오류를 수정할 것을 요구했다.[57] 제4과와 제5과는 "고구려의 기자산"이라는 제목으로 고구려가 중국의 수나라, 당나라와의 전쟁에서도 승리할 수 있었던 이유가 고구려인들의 무예와 용맹함에 있었다는 내용이다. 특히 고구려에는 전쟁 중에 도망하여 돌아온 자제를 집에 들이지 않고 산으로 내쫓는 풍습이 있을 정도로 군주와 국가에 대해 절대적으로 충성하는 풍속이 있었다고 기술하여, '충군애국'을 강조했다. 사열원은 이 두 과를 모두 삭제하도록 지시했다.[58]

---

56 『초등학독본』 권8, 「제10과 권학가」.
57 『초등학독본』 권9, 「제1과 漢陽城」.
58 『초등학독본』 권9, 「제4과 高句麗의 棄子山 1」, 「제4과 高句麗의 棄子山 2」.

마지막 4책은 4학년 학생용으로 권10부터 권12까지 총 3권으로 구성되었다.

<표 12> 『초등학독본』 권10 목차

과	단원명	제재	수정 및 삭제
1	地圓	이과	없음
2	獨立自營	수신	부분 수정, 부분 삭제
3	姜邯贊	역사	부분 삭제
4	免雷勤學	수신	없음
5	水의 去處	이과	없음
6	陸軍演習	수신	전체 삭제
7	國旗歌	수신	전체 삭제
8	趙重峰先生의 어린 효도	설화	없음
9	鄭壽童의 奇談	설화	없음

먼저 권10의 제2과 '독립자영'에서는 사열원이 '독립'을 삭제하고 "제목을 '자영'으로 고칠 것"을 지시하고, 기술 내용에서도 많은 부분을 삭제하거나 수정하여 재기술할 것을 요구했다. 예를 들어 "이는 스스로 그 사람 되는 권리를 버리고 남의 노예 되기를 달게 여김"이라는 구절을 "이는 진실로 사람 되어 금수만도 못한다 이를지로다"로 수정하게 했는데, '권리', '노예'와 같이 일본의 '보호국'이 된 상황에서 한국의 현상과 '국권'을 연상시키는 단어를 포함하고 있었기 때문이었다. 마찬가지로 "이 말씀을 마음에 새기고 너의 사는 노릇은 네가 스스로 할지어다. 독립하는 사람이라야 독립하는 나라를 지키고 자영하는 백성이라야 자주하는 나라를 보전하나니라"는 구절을 "그러하나 사람의 사회는 각기 고립하여 생활하지 못하나니 우

리의 식물은 농가에서 나며, 우리의 의복은 장인이 짜서 상고(商賈)가
판매함과 같이 사회에는 여러 가지 직업이 있어서 상뢰하고 상조하
여 사회의 행복에 협력할지니 고로 아무 직업도 아니하며 또 직업에
게으른 사람은 사회에 일호도 도움이 없을뿐 아니라 타인으로 노력
을 도비(徒費)케 함과 같으니 어찌 사회에 대하여 부끄럽지 아니하리
오"로 수정하게 했다.[59] 사열원은 '독립', '자영', '자주' 등의 용어가
있는 문장을 모두 수정하게 하여 사용하지 못하도록 했던 것이다.

　제3과 '강감찬'에서도 고려시대 명장 강감찬 장군의 활약상과 함
께 "학도들아 마땅히 학문을 힘써서 사람마다 강감찬 되어 단군 4천
년 국가의 신성한 독립을 보전할지니라"[60]라고 하여 학생들에게 '독
립' 의지를 고취시키려 하자 삭제하도록 했다. 제6과 '육군연습'은
국가간에 권리와 이익을 놓고 군사적으로 충돌할 경우를 대비하여
육군을 양성해야 하며, 학생들이 학교에서 체조운동을 하는 것도 체
력단련이자 군사훈련의 일환이라고 기술하자 전체 삭제하도록 했
다.[61] 사열원은 앞서 살펴본 권7의 제2과 '군인'을 비롯하여 교과서
전체에서 '군사'와 관련된 내용이나 표현이 나올 경우 수정 혹은 삭
제하도록 지시했다. 다음 제7과 '국기가'는 대한제국의 상징이라고
할 수 있는 태극기를 찬송하는 내용으로 마찬가지로 삭제할 것을 요
구했다.[62]

---

59 『초등학독본』 권10, 「제2과 獨立自營」.
60 『초등학독본』 권10, 「제3과 강감찬」.
61 『초등학독본』 권10, 「제6과 육군연습」.
62 『초등학독본』 권10, 「제7과 국기가」.

〈표 13〉『초등학독본』 권11 목차

과	단원명	제재	수정 및 삭제
1	外國人과의 交際 1	수신	전체 수정
2	外國人과의 交際 2	수신	전체 수정
3	外國人과의 交際 3	수신	전체 수정, 앞의 과에 합병
4	時間을 어기지 마음	수신	없음
5	鯨	이과	부분 수정
6	衛生	수신	부분 수정
7	燐火	이과	전체 수정
8	高麗古商話	설화	없음
9	魯鈍한 兒孩의 成功	설화	없음
10	腐柿	설화	없음

　권11은 총 10개 단원으로 구성되었다. 먼저 제1과에서 제3과까지
는 모두 "외국인과의 교제"라는 제목으로 1876년 개항 이후, 특히
1880년대 초반 근대적 조약 체결로 기존의 중국, 일본을 비롯해 서
구 국가들과 인적, 물적 교류가 활발해진 상황을 설명했다. 외국과의
교류가 활발해지면서 중국, 일본, 영국, 법국, 덕국, 아국, 미국 등 세
계 여러 나라의 외국인들이 한국에서 살게 되었는데, 이는 모두 한국
의 황제의 덕택과 정부의 정치, 법률이 그들의 생명과 재산을 보호
해 줄 것이라고 믿기 때문이라는 것이다. 이와 같이 외국과의 교류가
활발해진 상황에서 한국민들은 개개인이 아닌 대한제국의 국민으로
서 자기정체성과 대표성을 가지고 행동해야 하며, 과거와 같이 외국
인을 함부로 배척해서는 안 되며 그들에게 인류애를 보여줘야 한다
고 설명했다. 하지만 "사람의 권리에 이르러는 일보라도 외국인에게
사양치 말고 굳이 지킴이 가하니 만일 사람이 저의 권리를 지키지 못

하면 나라의 권리도 지키지 못하나니라"고 하여 외국과의 교류, 국
제관계도 중요하지만 개인과 국가의 권리를 지키는 것은 조금도 양
보할 수 없으며 굳건히 지켜야 한다고 강조했다.[63] 사열원은 이 세
단원을 두 단원으로 재구성하고 내용을 재기술하도록 지시했다. 청
원본 원문에서는 일본을 포함하여 여러 국가들과의 관계에서 한국
민이 대한제국에 대한 귀속성과 정체성을 가지고 대응할 것을 강조
했다. 반면 사열원이 제시한 수정문은 일본과 한국의 특수한 관계,
양국의 친교를 강조하는 내용이었다.

마지막 권12는 역사, 일상생활, 설화, 이과 등의 제재를 다루었다.
제1과 '고대편발인', 제2과 '시계'에서 사실 오류를 부분적으로 수정
하는 것 외에 다른 수정이나 삭제 지시는 없었다.

〈표 14〉『초등학독본』 권12 목차

과	단원명	제재	수정 및 삭제
1	古代編髮人	역사	부분 수정
2	時計	일상생활	부분 수정
3	松禁大臣의 先見	설화	없음
4	風	이과	없음
5	李公穆의 氣槪	설화	없음
6	徐先生敬德의 窮理	설화	없음
7	王太	설화	없음

---

63 『초등학독본』 권11, 「제1과 外國人과의 交際 1」, 「제2과 外國人과의 交際 2」, 「제3
과 外國人과의 交際 3」.

2.3.『유치독본』의 구성과 내용

『유치독본』검정 청원본에는『초등학독본』과 마찬가지로 삭제, 수정 요구가 표기되어 있고, 그 위에는 대부분 사열원의 도장이 찍혀 있다. 원문의 내용 수정이나 삭제를 요구할 경우 그 이유, 수정 방향 또는 재기술할 내용을 본문에 직접 표기하거나 또는 띠지에 작성하여 부착했다. 수정 요구 사항은 오탈자나 맞춤법, 표기 방식의 변경 등과 같이 단순 수정 요구가 대부분을 차지하고 있지만 기술 내용을 부분적 혹은 전체적으로 수정하라거나 삭제를 요구하는 경우도 적지 않았다.『초등학독본』과 달리『유치독본』은 각 권의 목차와 단원명을 제시하지 않은 채 본문 내용을 기술하거나 권3의 경우에 목차를 구성했지만 각 단원의 제목을 명시하지 않았다. 또 권1과 권2는 특정 주제에 대한 내용 기술이 아니라 학생들이 습자와 독해를 익히도록 한글 익히기, 단어, 짧은 문장 등으로 구성되어 있어 각 단원의 제재, 주제 등을 명확히 파악하는 것이 쉽지 않다.

먼저『유치독본』권1은 별도의 목차나 단원명이 없이 한글의 자음과 모음, 그리고 초성, 중성, 종성을 읽고 쓰는 것을 학습하도록 구성되었다. 그런데 사열원은『유치독본』의 한글 독음법이 기존부터 사용해 왔던『훈몽자회』의 한글 독음법과 다르다는 점을 문제로 지적했다.[64]『훈몽자회』는 1527년 최세진이 한자 학습을 위해 편찬한 책이었다. 그런데 저자는 한자를 익히기 위해 '언문'을 먼저 배워야 한

---

64 『유치독본』권1.

다는 점을 강조하면서 '언문' 학습 방법을 상세히 밝혔다. 『훈몽자
회』에는 한글 자모자의 명칭이 제일 처음으로 등장하고 자모자 결합
에 의한 음절자 형성의 원리가 실려 있다.[65]

갑오개혁 이후부터 '국문' 즉 한글 사용이 본격화되면서 1910년까
지 편찬된 국어과 교과서 중에는 한글 익힘 자료가 포함된 교재가
등장했다. 『신정심상소학』(학부, 1897), 『초등소학』(국민교육회, 1906), 『보
통학교학도용 국어독본』(학부, 1907), 『최신초등소학』(정인호, 1908), 『신
찬초등소학』(현채, 1909) 등은 한글을 익히기 위한 과정이 포함되어 있
는 교재였다.[66] 이들 독본, 또는 소학 교과서에서 제시한 한글 독음
법, 즉 한글 자모자 명칭과 음절자 형성법 등의 한글 학습법은 『훈몽
자회』에서 제시한 것과 유사했다.[67] 즉 대부분의 교재가 『훈몽자회』
의 자모의 제시 순서나 '가, 갸, 거, 겨'식 음절 제시 등 한글을 교육시
키는 방식이 비슷했다.[68] 그런데 『유치독본』은 지금까지 여타의 한
글 익히기 교재들과 다른 방식으로 한글 독음을 제시했고, 사열원은
이 점을 지적했던 것이다. 또 사열원은 "이하 각 과의 용어중에 此例
를 依치 하니함은 何故오 "例, 옷, 쏘, 쏫는데, 쒸는고나, 쌈 등이 有하
니 일정케 함이 如何한지"라고 하여 한글을 읽고 쓰는 연습을 하도
록 제시한 예제에 일관성이 없고 문제가 있다고 지적했다.[69]

---

65 최영환, 「『훈몽자회』의 한글 지도 방법 연구」, 『독서연구』51, 2019, 131쪽.
66 박치범, 「개화기 독본의 한글 깨치기 학습 자료에 관한 연구」, 『독서연구』37,
    2015, 128~135쪽.
67 박치범, 위의 논문, 2015, 138쪽.
68 최영환, 앞의 논문, 2019, 145~146쪽.
69 『유치독본』권1.

권2는 권1에서 자모와 철자 익히기를 학습한 후 단어와 짧은 문장을 제시하여 익히도록 구성했다. 사열원은 교과서에 제시된 단어의 맞춤법을 수정하도록 요구한 경우가 많았다. 예를 들어 마차를 마챠로, 버리를 보리로, 아아를 아우로, 콕기리를 코기리로, 아래아를 쓴 경우 ㅏ, ㅡ로 수정하도록 했다. 구래를 굴네로 수정하도록 요구하기도 했는데, 이는 현재의 맞춤법과 다른 경우이다. 맞춤법이 통일되지 않은 상황에서 맞춤법과 관련된 수정 요구 사항이 많았던 것이다. 또 기술된 내용과 관련된 삽화를 요구하기도 했다.[70] 또 "책상앞에 책은 펴 놓고"를 "책상 위에 책은 펴 놓고"와 같이 어색한 문장을 수정하도록 요구하거나 내용상의 문제를 지적하며 전체를 삭제할 것을 지시했다. 또 단어를 익히기 위한 예문이 적절하지 않다는 이유로 재기술을 요구한 경우도 있었다. 교과서 편찬자는 사열원이 삭제를 지시한 교과서 원문에 종이를 덧붙여 삭제한다는 뜻을 표하기도 했다.

권3은 목차에서 총 64개 단원을 제시하고 있지만 권1, 권2와 마찬가지로 각 단원의 제목이나 주제를 표기하지 않았다. 각 단원의 내용은 앞의 권1과 권2에서 학습한 글자와 단어를 바탕으로 본격적으로 한글 독해하는 법을 익히는 동시에 내용을 토대로 초등과정에서 필요한 상식과 교훈을 익힐 수 있도록 구성되었다. 사열원은 권3에서도 맞춤법이나 단어의 예문이 적절하지 않다는 이유를 들어 수정이나 재기술을 지시했다. 제1과(원문에는 '하나'로만 표시됨)에서 "어린놈이

---

70 『유치독본』 권2.

아침에 일찍이 일어나서..."라고 기술된 본문에 띠지를 붙여 "차권 중에 「어린놈이, 놈아」, 라 하는 등의 용어를 적의히 수정"할 것을 요구했다. '놈'을 대신하여 가상 인물의 이름을 정하여 행위 주체로 기술할 것을 요구했다.[71]

또 정확한 사실에 근거하지 못한 기술을 삭제하거나 더 상세히 기술할 것을 지시하기도 했다. 예를 들어 제5과에서는 "그 동네 아이들이 나뭇가지를 꺾지 아니하여 그 동산에 심은 나무가 저렇게 잘 되었다."를 "그 동네 아이들이 나뭇가지를 꺾지 아니하여 그 동산에 심은 나무가 저렇게 잘 되었으니 내에는 맑은 물이 항상 흘리며 갑자기 큰 물이 나는 일이 없게 되니라"로 상세 기술하도록 했다.[72]

제33과 학교에서 배워야 할 것을 기술한 부분에서는 "셋째는 사람이 나라를 위하는 일이오"를 "사람이 부지런히 노동하는 일이오"로, "넷째는 사람이 공부를 잘하는 일이오"는 "사람이 규율을 잘 지키는 일이러라"로 수정을 요구했다.[73] 또 제35과에서 "놈이가 집에 와서 그 아버지에 말씀하되 선생은 학교의 아버지며, 임금님은 나라의 아버지시니 다 집의 아버지와 같다 하거늘 아버지가 가로되 네 말씀이 옳다 그 마음을 잊지 마라 하더라"는 내용은 재기술을 통해 "놈이가 집에 와서 그 아버지에게 말씀하되 선생은 사람이 규율을 바르게 해야 한다 하시니 규율이 무엇이오니까. 아버지가 가로되 규율을 바르다 함은 기거음식과 학교에 다니는 것을 시간을 어기지 말며 방안에

---

71 『유치독본』 권3, 「제1과」.
72 『유치독본』 권3, 「제5과」.
73 『유치독본』 권3, 「제33과」.

세간과 물품, 서책같은 것을 정제하여 놓고 또 각각 자기 하는 일을 실없이 버리지 말지니 이러한 것이 다 큰 규율이라 어려서부터 익혀야 하나니라"로 수정할 것을 지시했다.[74] 제33과와 제35과의 내용은 학생들에게 학교에서 배우고 지켜야 할 규율과 군사부일체라는 유교윤리를 통해 국가와 군주의 존재를 인식시키는 것이었다. 사열원은 국가와 군주가 아닌 노동과 규율을 강조하는 내용으로 대체하도록 지시했다.

제54과는 경복궁과 광화문에 대한 설명으로 "광화문은 대궐문이다. 그 대궐은 경복궁이니 우리 임금님의 집이니라. 창덕궁도 대궐이니 그 문은 돈화문이라. 그 집도 또한 우리 임금님의 집이라"는 기술에 대해 "광화문은 대궐문이다. 그 대궐은 경복궁이니 전일에 우리 임금님께옵서 그 대궐에 계옵시더니라 즉금은 우리 임금님께옵서 창덕궁이라 하는 대궐에 계옵시니 그 대궐문은 돈화문이니라"로 재기술할 것을 지시했다.[75] 경복궁은 조선의 정궁이었으나 1592년 임진왜란으로 인해 전소되어 270년간 폐허상태였다. 이후 1865년에 재건되어 고종이 머무르며 다시 정궁이 되었다. 1897년 아관파천했던 고종은 경복궁이 아닌 경운궁(현 덕수궁)으로 환궁하여 1907년 황위를 황태자에게 물려준 후에도 태상황으로 계속 머물렀다. 새로 즉위한 순종은 창덕궁으로 거처를 옮겼다. 따라서 사열원은 이러한 사실을 명확하게 기술하도록 요구했던 것이다.

제57과에서는 "운동장에 나아가서 활발하게 체조하세 번호 하나,

---

74 『유치독본』권3, 「제35과」.
75 『유치독본』권3, 「제54과」.

둘, 셋, 넷, 다섯, 선생의 구령, 앞으로, 뒤로, 돌아, 우편, 좌편, 이러하게 병정의 조련처럼 우리도 자라면 병정이니 어렸을 때에 체조는 자란 후에 병정될 공부로다"를 "운동장에 나아가서 활발하게 체조하세. 학교에서는 운동을 잘 하고 집에 가서는 마당도 쓸고 집일도 하고 또 들에도 나아가서 활발하게 놀아 아무쪼록 신체를 노동하지 아니하면 못 쓰느니라"로 수정하라고 지시했다.[76] 원문에서 학생들의 체조의 목적을 군사훈련과 연관 시켜 기술하자 사열원은 노동하는 신체를 만들기 위한 것으로 재기술하게 했던 것이다.

제63과도 "언니가 가로되 저것 보아라. 아마 군함인가보다. 놈이가 물으되 군함이 무엇이오. 언니가 대답하되 군함은 싸움에 쓰는 배이니 그런고로 매우 견고하게 짓고 물김의 힘으로 움직이나니라"라고 기술하고, 제64과에서도 "놈이가 가로되 장사의 배도 물김으로 쓰지오. 그러한데 무엇이 달라서 그러하나. 언니가 가로되 너는 저기 오는 저 배를 보아라. 기를 높이 달고 물결을 베이며 떠들어 오는 모양이 용맹치 아니하냐. 그 갑판 위에 놓인 대포를 보아라. 한 번 놓으면 부서지지 아니하는 것이 없나니. 그러한 고로 나라 지키기는 군함 아니면 어려우니라"라고 기술했다. 사열원은 제63과와 제64과의 기술을 합하고 일부를 삭제하여 "언니가 가로되 놈아 저것 보아라. 아마 외국 큰 상선인가보다. 놈이가 묻되 상선이 무엇이오. 언니 대답하되 상선은 각국 물산을 운전하고 또 사람을 싣고 대양을 건너다니나니 외국 무역은 이 상선을 가지고 행하며 또 우리나라 해변연안

---

76 『유치독본』 권3. 「제57과」.

으로 다니는 작은 기선도 있으니 이러한 배는 다 육지에 기차 다니는 법과 같으니라. 이러하게 외국 선함의 출입하는 항구를 개항장이라 하느니라"로 수정하라고 요구했다.[77] 군함, 대포와 같이 군사와 관련 된 단어가 포함된 원문을 수정하게 한 것이다.

『유치독본』 검정 청원본에서 주목되는 또 한 가지는 두 차례의 검 정이 이루어진 흔적이 남아 있다는 것이다. 홍사단 부단장이자 실질 적으로 교과서 편찬을 주도했던 유길준은 『유치독본』을 학부에 검 정 청원했으나 인허를 받지 못했고 다시 재청했던 것으로 보인다.[78] 이러한 사실을 반영하는 듯 『유치독본』 검정 청원본 원문에는 사열 원의 수정 요구가 기재되어 있고, 다시 그 위에 수정 사항을 반영한 또 하나의 본문이 띠지로 부착되어 있다. 그리고 수정한 본문 위에 다시 사열원의 수정 요구가 적혀 있다. 하지만 두 차례에 걸친 수정 과 검정에도 불구하고 『유치독본』은 교과서로 출판되지 못했던 것 이다. 유길준 소장 자료 중에는 『유치독본』의 검정 청원본 외에 또 한 질의 『유치독본』(이하 수정본)이 포함되어 있는데 청원본과 달리 수 정본에는 "검정 청원"이라는 표기가 없다. 또 수정본 권1의 경우 청 원본의 권1이 아닌 권2에 해당하는 내용이 기술되어 있다. 사열원이 문제를 제기했던 한글의 자음과 모음, 그리고 단어를 읽고 쓰는 법 을 학습하기 위한 권1을 전체 삭제하고, 검정 청원본의 권2에 해당하 는 것을 권1로, 그리고 청원본 권3을 수정본의 권2로 재구성했던 것 이다. 교과서 본문은 사열원이 수정 또는 삭제하라고 했던 요구가 반

---

77 『유치독본』 권3. 「제63과」, 「64과」.
78 『皇城新聞』 1908년 7월 23일자 雜報 「不許檢定」.

영되어 내용이 재기술되었고, 삽화를 위해 여백으로 남겨뒀던 곳에
는 내용과 관련된 삽화가 부착되어 있다. 이 수정본을 통해 『유치독
본』의 저자 또는 편찬자가 사열원의 수정, 삭제 요구를 반영하여 수
정본을 작성했으며, 검정을 재청원하려 준비했음을 알 수 있다.

3. 독본교과서 검정과 교육 통제

　이상에서 살펴본 바와 같이 『초등학독본』과 『유치독본』 검정 청
원본에는 상당한 분량의 사열원의 수정 또는 삭제 지시가 기록되어
있으며, 이를 통해 학부가 『검정규정』을 반포한 후부터 실제 검정
절차를 거쳐 교과서 사용을 인가하거나 혹은 불허했다는 사실을 확
인할 수 있다. 그런데 『검정규정』의 내용을 살펴보면 학부의 검정을
받아야 교과서로 사용할 수 있다는 것과 검정 청원 및 인가 절차에
대해서만 언급할 뿐 어떤 기준을 가지고 검정을 실시하여 인가 혹은
불허를 결정하는지 자세한 규정을 제시하지 않았다.[79]

　학부는 『검정규정』을 반포한 후 교과서 검정을 실행하기 위한 세
부 기준, 내규를 마련했다. 학부의 검정내규에 따르면 먼저 교과서
를 학도용과 교원용으로 구분하여 검정을 실시했다. 학도용의 경우
교과서 분량, 교과 목적과 학생의 지식 정도에 부합하는 내용, 형식
과 구성, 제재의 선택, 제본 품질 등을 검열했다. "어구, 용어, 사실,

79　김소영, 「근대 한국의 교과서 검정 제도 성립과 수신교과서 검정」, 『사림』 68, 2019,
　　298~299쪽.

이론 등에 관하여 착오가 없음을 요하며, 특히 지리, 이과, 산술 등 知
的 과목에는 가장 주의한다. 수신은 물론하고 국어, 한문, 역사 등도
他科에 비하여 특히 일상에 자제 덕성의 함양을 유의함인즉 어구 用
字가 편벽 기교에 흐르지 않음을 요"한다고 하여 교과서에 사용된
용어, 표현, 내용에 문제가 있는지를 검토했다.[80] 교원용 교재의 경
우 이러한 기준에 더하여 "주석, 부연, 응용, 주의 등 사항을 가하여
교수상 유감이 없게 함을 요함으로 학원학도용 도서에 비하여 그 분
량이 매우 많고 기술이 매우 자세하더라도 용인"한다는 정책을 취
했다.[81]

학부는 또 검정 기준을 내용상 크게 정치적 방면, 사회적 방면, 교
육적 방면으로 구분하고, 기술 내용이 "한일관계와 두 나라의 친한
교정을 방해하고 또 비방하는 일이 없는지", "기교하고 편협하여 나
라를 근심하는 마음을 고동하는 일이 없는지", "일본을 배척하는 사
상을 고동하고 또 본국사람으로 하여금 일인과 다른 나라사람을 대
하여 악감정을 품게 하는 기록이나 말이 없는지"를 검열했다.[82]

학부는 검정 기준을 실제 교과서 검정에 적용한 결과 수신, 역사,
독본(국어), 한문교과서의 경우 정치적 방면에서 문제가 많다고 지적
했다. 문제가 된 정치적 기술은 첫째, 대한제국의 현상을 통론하는
것, 둘째, 과격한 문자로 자주독립을 말하고 국권을 만회해야 한다
는 주장, 셋째, 외국의 사례를 들어 대한제국의 장래를 경고하는 것,

80 『황성신문』 1908년 12월 26, 27일자 「교과용도서검정에 관한 주의」.
81 『황성신문』 1908년 12월 26, 27일자 「교과용도서검정에 관한 주의」.
82 『대한매일신보』, 1909년 3월 13일 별보 「교과서 검정의 조사」.

넷째, 타국에 의뢰하는 것이 불가하다고 풍자하는 것, 다섯째, 일본 및 기타 외국과 관계가 있는 사담(史談)을 과장하여 일본 기타 외국에 대한 적개심을 일으키는 것, 여섯째, 비분한 문자로 근래의 국사를 서술하여 한일국교를 저해하는 것, 일곱째, 본국의 고유한 언어, 풍속, 습관을 유지하고 외국을 모방하는 것이 불가하다고 주장하여 배외사상을 창도하는 것, 여덟째, 국가론과 의무론을 들어 불온한 언설을 하는 것, 마지막으로 애국심을 고취하는 것 등이었다.[83]

또 검정 후의 절차에 대해서는 다음과 같이 규정했다. 첫째, 수정이 필요하지 않고 검정을 허가할 경우나 또는 검정을 불허할 경우에는 청원자에게 지령한다. 둘째, 수정을 한 이후에 검정을 허가할 경우에는 먼저 청원자 혹은 그 대리인을 소환하여 그 수정할 章句 사항을 지시한다. 단 이 경우에는 학부에서 지정한 기간 내에 수정을 해야 한다는 것이다. 이 외에 검정 청원자의 편의를 위해 도서의 원고본도 청원을 받아들이지만 만일 해당 도서로 검정 허가를 받았을 때에는 인쇄제책을 한 후 간행본 2부를 먼저 학부에 제출하고, 사열한 후 지령을 기다려야 한다는 것이다. 만일 지령을 기다리지 않고 처음부터 많은 책을 제작 간행했다가 검정 결과 문제가 있어 전부 수정하게 되면 시간적 금전적 손실이 크므로 주의할 것을 요구했다.[84] 또 학부는 한국의 교육 수준이 아직 낮아 교과용도서도 완전한 것이 거의 없다고 평가하며, 학부가 신중하게 검정을 진행하고 있음에도 교과서 편저자들이 이를 깨닫지 못하고 교과서를 저술, 편찬하여 청원

---

83 『기호흥학회월보』 12, 1909년 7월, 「교과서의 내용에 관한 조사」, 39쪽.
84 『황성신문』 1908년 12월 26, 27일자 「교과용도서검정에 관한 주의」.

만 하면 검정을 통과할 것으로 믿는 것은 잘못된 것이라고 지적하기도 했다.[85]

『초등학독본』과 『유치독본』도 이와 같은 학부의 검정 절차, 기준, 그리고 내규에 따라 검정을 실시했다. 그런데 실제 교과서 검정 과정에서는 학부의 검정 기준과 함께 사열원 개개인의 판단이나 기준도 검정에 적용될 수 있다. 즉 사열원의 성향이나 가치관에 따라 유사한 용어, 표현, 내용에 대해 허용 혹은 문제를 삼는 경우가 발생할 수 있다.[86] 따라서 학부의 교과서 검정 기준이나 내규와 함께 실제 검정 과정에서 사열원이 어떤 기준이나 판단을 적용했는지, 검정을 통해 궁극적으로 통제하고자 했던 교육 내용이 무엇이었는지를 살펴볼 필요가 있다.

분석한 바와 같이 『초등학독본』의 기술을 제재로 분류할 경우 가장 많은 것은 수신이었다. 수신 관련 단원은 전체 130개 과 중 45개 과로 약 35%정도를 차지하고, 45개 과 중 사열원이 수정이나 삭제를 요구한 단원은 34개 과로 약 75%였다. 수신 다음으로 많은 제재는 이과적 제재로 25%인 33개 과이며, 사열원은 그 중 약 39%인 13개 과에 대해 수정이나 삭제를 지시했다. 일상생활을 다룬 단원은 19%인 25개 과이고, 그 중 40%인 10개 과에 대해 수정 또는 삭제 요구가 있었다. 설화는 14%인 18개 과로 그 중 3개 과에 수정 요구가 기재되어 있다. 역사적 제재는 4개 과 모두에서, 그리고 지리는 5개 과 중 4개 과에서 삭제와 수정 요구가 등장했다. 전체적으로는 총 130개 과

85 『황성신문』 1908년 12월 13일, 「저작자의 주의」.
86 정근식, 「식민지검열과 '검열표준'」, 『검열의 제국』, 푸른역사, 2016, 89~92쪽.

중 52%인 68개 과에 대해 수정이나 삭제를 하라는 사열원의 지시가 있었다. 제재상으로 본다면 수신, 이과, 일상생활 순으로 사열원의 수정과 삭제 지시가 많았다는 것을 알 수 있다.

사열원이 수정 혹은 삭제를 요구하는 이유와 수정 방향을 밝히기 위해서는 제재상의 분류뿐만 아니라 각 기술의 주제, 표현, 용어에 따라 살펴볼 필요가 있다. 먼저 제재상 가장 많은 비중을 차지하는 수신의 경우 충군, 애국, 군사 관련, 국가, 독립 등의 주제를 다룬 단원이나 표현, 용어가 포함된 기술에 대해 빠짐없이 수정 또는 삭제 지시가 있었다. 또 일상생활 제재의 경우 학생들의 학교생활, 체육활동, 편지쓰기, 유희 등이 주제였지만 충군, 군사, 국가와 관련된 용어나 표현이 포함되었을 경우 수정이나 삭제를 요구했다.

두 번째로 수정과 삭제 지시가 많았던 이과의 경우는 특정 주제와 관련된 표현이나 용어 사용에 대해서가 아니라 과학적 사실의 오류나 부정확한 설명에서 수정을 요구하는 경우가 대부분이었다. 예를 들어 권11의 제7과 '인화'의 경우 흔히 도깨비불이라고 부르는 인화의 원리를 과학적으로 설명하는 내용이나 사열원은 "본과의 서술이 사실에 相違하는 점이 적지 않으므로 고칠 것"을 요구했다.[87] 제5과 '고래'에서도 고래가 "바다에 在하여 외형은 魚와 같은 고로 물고기 겨레에 부친다 하나..."라는 설명을 "海에 있으나 물고기가 아니오 海獸의 일종이니라"로 수정할 것과 "그 토하는 거품은 향기가 많아 향의 종류 중에는 제일 귀한 자라. 항해하는 사람이 만일 이를 얻은

---

87 『초등학독본』권11, 「제7과 燐火」.

즉 만금의 부를 이룬다 하나니라"를 "우리나라 동해에서는 고래를
많이 産하니 年年히 포획하는 것도 또한 적지 아니하나니라"로 수정하
라고 요구했다.[88] 수정을 요구하는 이유를 구체적으로 밝히지 않았
지만 사열원이 제시한 수정 내용을 볼 때 좀 더 객관적이고 일반적인
사실을 기술하도록 요구했던 것으로 보인다. 이처럼 과학적 사실,
이과적 제재의 경우 사실 오류를 수정하도록 요구하거나 재기술할
내용을 제시하는 경우가 대부분이었다.

수신, 지리, 역사. 이과, 일용생활과 관련된 다양한 주제와 구체적
인 내용을 기술한『초등학독본』과 달리『유치독본』은 한글 습자와
기본적 독해를 익히는 교재로서 한글 독음법, 단어, 문장 등을 학습
하도록 구성되었다. 따라서 사열원의 수정 또는 삭제 요구는 특정 주
제와 관련된 것보다 교과서의 구성이나 기존의 한글 익힘 교재와 다
른 내용을 지적하는 것이 대부분이었다. 물론『유치독본』에서도 국
가, 군주, 군사와 관련된 표현이나 용어가 사용된 경우 사열원은 예
외 없이 수정이나 삭제를 지시했다.

이처럼 교과서 청원본에 기록된 수정, 삭제 요구와 이유를 다시 학
부가 제시한 세 가지 검정 기준에 따라 살펴보면『초등학독본』은 정
치적 방면에서 가장 많은 '문제점'이 지적되었다. 또 기재사항의 오
류, 교과서 내용의 정도, 분량 및 재료 선택의 적절성, 편술의 방법 등
을 확인하는 교육적 방면의 기준에서도 수정과 삭제 요구가 있었
다.[89] 반면『유치독본』에서는 정치적 기준에서 표현이나 용어를 문

88 『초등학독본』권11,「제5과 고래」.
89 『대한매일신보』1909년 3월 13, 14일「교과서검정조사의 착안처」.

제 삼는 경우도 있었지만 주로 교육적 방면에서 수정 혹은 삭제 요구가 많았다. 음외하거나 풍속을 어지럽히는 내용이나 사회주의와 기타 사회평화를 해치는 내용, 황당무계한 미신 등이 기술되었는지를 확인하는 사회적 방면에서는 두 교과서 모두 '문제'로 지적된 부분은 없었다.

학부는 교육적 방면의 문제는 교과서 저술 경험이 부족하여 발생한 것이므로 수정을 지시하는 등 관대하게 처리할 수 있지만 사회적 방면과 정치적 방면은 엄격히 통제하는 것이 필요하다는 입장이었다. 특히 "정치적 교과서"는 교과서의 본질을 몰각한 위험한 교과서임에도 교육 일선에서 사용되고 있는 경우가 많아 그 결과가 국가를 위해 우려스럽다고 주장했다. 학부의 "정치적 교과서"에 대한 우려와 검정 방침은 『초등학독본』에도 적용되어 검정을 통과하지 못했던 것으로 추측된다. 『유치독본』은 정치적 방면보다는 교육적 방면의 검정 기준에서 더 많은 문제가 지적되었지만 사열원이 수정과 삭제를 지시한 표현과 용어 중에는 정치적 기준이 적용된 예도 적지 않다.

한국지식인들은 이러한 학부의 검정 절차와 기준에 대해 부정적인 입장이었다. 먼저 검정 절차상의 문제에 대해 교과서 검정을 청원한 후 검정결과가 나오기까지 많은 시간을 소비하여 저작자, 출판자로 하여금 교과서 출판 의욕을 상실하게 만든다고 비난했다. 검정 절차상의 문제보다 더 반발한 것은 교과서에 '애국', '독립', '자주', '의협' 등의 글자나 어구가 있으면 검정을 무효로 한다는 것이었다. 『대한매일신보』는 학부의 교과서 정책이 국민으로 하여금 애국심을 갖

게 하는 교육이 아니라 노예를 만드는 교육을 하기 위한 것이라고 비난했다.[90]

근대 서구는 물론 조선, 청, 일본과 같은 동아시아 국가들은 근대 국가를 건설할 주체이자 구성원인 '국민' 형성과 통합을 교육 목표로 설정하고 교육 전반을 국가에서 통제하려 했다. 특히 교육 내용을 직접적으로 통제할 수 있는 교과서 편찬에 정부가 적극적으로 개입하고자 교과서 내용을 일정한 기준에 맞춰 심의한 후 교과서로 인가하는 교과서 검인정제나 혹은 정부가 직접 편찬, 발행한 교과서를 사용하도록 하는 국정제를 실시했다. 19세기 말 일본, 중국, 그리고 조선 정부도 모두 교육 통제 정책의 일환으로 교과서 검정제와 국정제를 실시했지만 각각의 검정 기준과 통제하려는 내용, 목표는 차이가 있었다.[91]

한국에서 교과서 검정제는 한국민에 의한 민족교육을 통제하고 식민교육을 추구했던 통감부에 의해 수립, 실시되기 시작했으므로 검정 기준과 통제하려는 내용면에서 일본의 교과서 검정과는 다른 양상을 보였다.[92] 즉 교과서 검정제와 국정제를 병행했던 일본의 경우 독본을 비롯하여 수신, 역사교과서와 같이 '국민' 형성과 깊은 관련이 있는 교과서의 경우 학생들에게 '충군애국심'과 같은 국가의식을 함양할 수 있는 내용으로 편찬한다는 방침을 세웠다. 반면 한국에서는 『초등학독본』과 『유치독본』 검정 청원본에서 확인한 바와 같

---

90 『대한매일신보』 1909년 1월 30일 「교육주무자에게 고함」.

91 김소영, 앞의 논문, 2019, 301~306쪽.

92 김소영, 앞의 논문, 2019, 301~306쪽.

이 학생들에게 '충군애국심'을 고취하여 국가의식, 민족의식을 형성하는 내용을 통제하는 것이 교과서 검정의 기준이 되었던 것이다.

4. 맺음말

　통감부는 1908년 「교과용도서검정규정」을 반포하여 교과서 검정제를 실시하기 시작했다. 교과서 검정제가 실시된 후 학부 편찬 교과서 외에 민간에서 편찬한 교과서는 모두 검정 절차를 거쳐 허가를 받은 후에야 교과서로 출판, 사용될 수 있었다. 『초등학독본』과 『유치독본』은 검정제 실시 이후 학부에 검정 청원을 한 교과서들이지만 출판본을 찾을 수 없고, 학부의 출판 교과서 목록에도 나와 있지 않은 것으로 보아 검정을 통과하지 못했던 것으로 보인다. 본 연구에서는 두 교과서의 검정 청원본을 분석함으로써 다음과 같은 점을 확인할 수 있었다. 먼저 1908년 9월 학부에서 반포한 「교과용도서검정규정」에 따라 실제 교과서 검정이 이루어졌다는 사실이다. 다음으로 실제 교과서 검정을 담당한 주체가 학부의 일본인 사열원이었으며, 이들 중에는 오다 쇼고와 같이 식민지 시기까지 교과서 편찬 등 조선 교육 정책을 담당한 경우도 있어 일본의 식민교육정책이 통감부 시기부터 식민지 시기까지 연속선상에 있었다는 사실을 확인할 수 있다.

　또 『초등학독본』과 『유치독본』 검정 청원본에 기록된 사열원의 수정, 삭제 요구와 수정 제시문을 통해 교과서를 검정하는 기준과 검정 기준을 실제로 교과서 검정에서 어떻게 적용했는지를 파악했다. 『초등학독본』의 경우 제재상 사열원이 가장 많은 수정과 삭제를 요구했던 것은 수신이었고, 다음으로는 이과, 일상생활, 설화 순으로 사열원의 수정과 삭제 지시가 많았다. 사열원의 수정과 삭제 요구가 있었던 교과서 기술을 다시 주제, 용어, 표현에 따라 살펴보면 충군, 애국, 군사, 국가, 독립 등의 주제를 다룬 단원이나 표현, 용어가 포함된 기술에 대해 빠짐없이 수정 또는 삭제 요구가 있었음을 알 수 있다. 『유치독본』은 한글 독음법, 단어, 문장 등을 학습하도록 구성한 한글 익힘 교재 성격의 교과서였다. 따라서 『초등학독본』과 달리 특정 주제와 관련된 것보다 교과서 구성이나 기존의 한글 익힘 교재와 다른 내용을 지적하고 수정이나 삭제를 요구하는 경우가 대부분이었다. 하지만 사열원은 『유치독본』에서도 국가, 군주, 군사와 관련된 표현이나 용어에 대해서는 수정이나 삭제를 지시했다. 그 외에 특정 주제와 관련된 표현이나 용어 사용에 대해서가 아니라 과학적 사실, 이과적 제재의 경우 사실 오류나 부정확한 설명에서 수정을 요구하는 경우도 있었다.

이와 같은 사열원의 수정, 삭제 요구와 이유를 학부가 제시한 세 가지 검정 기준에 따라 다시 살펴보면 『초등학독본』과 『유치독본』은 각각 정치적 방면과 교육적 방면에서 많은 '문제점'이 지적되었다. 학부는 교육적 기준, 즉 단순한 사실 오류나 기술 내용의 수준, 분량 등과 같은 문제에 대해서는 수정을 지시하여 보완하게 한다는 방침이었지만 충군애국심, 국가의식, 민족의식을 고취할 만한 내용에 대해서는 정치적 방면의 기준에서 문제가 있는 교과서, 즉 "정치적 교과서"로 규정하여 엄격하게 통제한다는 방침을 세웠다. 『초등학 독본』과 『유치독본』도 이러한 검정 기준에 따라 검정을 실시한 후 교과서 사용이 불허되었던 것으로 보인다.

비슷한 시기 일본과 청에서는 교과서 검정제 또는 국정제를 실시 하여 반정부적, 반민족적 사상을 막고, '충군애국심'을 형성하는 것 을 목적으로 교과서 내용을 통제하려 했다. 반면 한국에서는 『초등 학독본』과 『유치독본』 검정 청원본에서 확인한 바와 같이 학생들에 게 '충군애국심'을 고취하여 국가의식, 민족의식을 형성하는 내용을 통제하는 것이 교과서 검정의 기준이 되었던 것이다. 한국 교육자, 지식인들 중에는 교과서 검정제도 자체에 대해서는 교과서의 내용 을 균일하게 하고 질을 담보하기 위한 교육정책의 일환으로 받아들 이는 경우도 있었다. 하지만 오랜 시일이 소요되고 지난한 검정 절차 와 애국심과 민족의식을 형성하는 교육 내용을 통제하려는 검정 기 준을 비판했다.

제3장

일제강점기 초기 교과서
검열을 통해서 본 사상 통제의 양상

대정 4년(1915년) 조선총독부 『교과용도서일람』을 중심으로

문한별(선문대학교)

1. 문제제기

1910년 8월 29일 국권이 제국 일본에 의해 침탈된 이후 조선이 식민 통치 체제 아래에 놓이게 되었다는 것은 주지의 사실이다. 제국 일본은 조선을 식민지화 한 후 빠른 속도로 조선 내의 여론을 통제하기 위하여 다각도의 사상 통제 정책을 진행하였는데, 문건 상으로 가장 두드러지게 확인되는 것은 언론과 출판물에 대한 차압 및 출판 금지 조치였다.

조선총독부는 국권 침탈일 바로 다음날부터 기관지인 『조선총독부관보』를 통해 조선 국내외의 신문, 잡지, 단행본류에 대한 대대적인 압수 사실을 공시한다. 1910년 8월 30일에는 조선경무총감부 고시 제34호와 제36호, 제37호를 통해 각종 신문에 대한 압수 및 발매 금지 조치를 공시하였다. 제34호에는 8월 21일에서 23일까지 주로 일본에서 발행된 신문들의 조선 내 이입을 금지하고 이미 발행된 것들에 대해서는 압수 조치를 내렸으며, 제36호에는 8월 20일부터 24일 사이에 발행된 신문들을, 제37호에는 23일부터 25일 사이의 것들에 대해 동일한 조치를 내렸다. 국권상실일 바로 다음날부터 공시된 이 같은 언론 출판물에 대한 압수 및 발매금지 조치의 근거는 총감부령 12조와 신문지규칙 13조에 의한 것이며, 각 근거는 매체들이 모두 조선 내의 치안을 방해한다는 명분이었다.

8월 30일자 『조선총독부관보』에 수록된 압수 및 발매 금지조치를 당한 신문의 수는 42종에 달하였으며, 그 종류도 『대판조일신문(大阪朝日新聞)』, 『구주일일신문(九州日日新聞)』등 일본 내에서 발행된 신문에 집중되었다. 이 신문들은 모두 신문지규칙에 적용을 받아서 행정 처분을 받았는데, 신문지규칙은 조선 외의 국가나 지역에서 발행된 신문 잡지류에 적용되는 것이며, 조선 내에서 발행되는 모든 신문이나 출판물들은 이보다 강화된 신문지법(1907)이나 출판법(1909)에 통제를 받아야 했다. 간행 시 담당 관청에 발행 후 일정 기간 이내에 납본을 제출하고 신고하면 되는 일본 내 언론들에 비해 식민지 조선에서는 간행 허가를 받기 위해 검열을 위한 납본을 우선 제출해야 하는 허가 제였으며, 이를 통과하지 못하면 출판 자체가 원천적으로 봉쇄된다는 근본적인 차이가 이 두 법제 사이에는 존재했다.

『조선총독부관보』에서 처음으로 확인되는 신문지법과 출판법의 적용 사례는 1910년 9월 6일자에 고시된 신문 목록에서 확인된다. 총

감부경무총감부 고시 제43호에는 미국 하와이에서 발행된『신한국
보(新韓國報)』[1] 107, 108호가 신문지법 34조에 의거해서 치안 방해를 혐
의로 발매반포 금지 조치가 내려졌음이 확인된다.

　조선 내에서 간행된 단행본에 대한 발매반포 금지 및 압수와 관련
한 최초의 기록은 1910년 11월 19일자『조선총독부관보』의 조선총독
부 경무총감부고시 제72호에서 확인된다. 여기에는 출판법 제12조와
16조에 의거해서 안녕질서 방해 혐의로 행정 처분을 당한 단행본 51
종의 목록이 수록되어있는데, 여기에 본고가 강점기 초기 교과서 검
열 양상을 살펴보기 위해 주목한 중요한 출판물들의 목록이 확인된다.

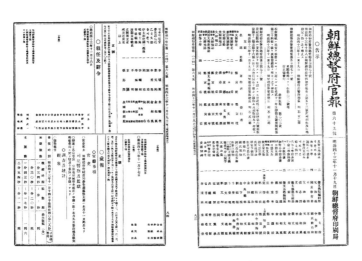

〈그림 1〉 1910년 11월 19일자『조선총독부관보』

1　국민회(國民會) 하와이 지방총회에서 간행한 한글신문이다. 1909.2.12~13.8.6.
　총 250회가 발행. 영문 제호명은 The United Korean News이다.

〈그림 2〉 조선총독부 『교과용도서일람』표지, 발매반포금지도서 목록

위에 제시한 〈그림 1〉은 1910년 11월 19일자 『조선총독부관보』에 수록된 발매금지 및 압수 도서 목록이며, 〈그림 2〉는 1915년 12월에 개정된 조선총독부에서 발행한 『교과용도서일람』이다. 이 두 그림을 비교하는 이유는 다음과 같다. 첫째, 『조선총독부관보』에 발매금지 목록으로 행정처분 고시된 목록이 조선총독부에서 식민지 교육 정책과 교과서 검정을 진행하는 과정에서 구분한 발매금지도서 목록에 동일하게 수록되어있다는 점이다.

이는 물론 1910년 강점 초에 단행본에 대해 검열을 통한 사상 통제의 일환으로 압수 및 발매금지된 도서들이 1915년 교과서용 도서의 선정과 관련하여 확인을 위해 재차 수록되었기 때문이다. 그러나 주목할 점은 『조선총독부관보』에 출판법에 의해 검열되어 행정처분을 받은 도서 목록이 모두 공시되지는 않았다는 데에 있다. 앞서서 언급한 것처럼 관보에는 54종의 발매금지 행정처분 목록이 수록되었는데, 『교과용도서일람』(1915)에 이 54종은 모두 수록되어있으나 추가로 63종이나 되는 안녕질서 방해에 의한 발매 금지 조치를 당한 도서 목록은 관보에는 없으며 이 자료에 추가로 수록되어있다. 즉 관보에 고시되지 않은 수많은 단행본들이 같은 시기 출판법 등에 의해 사상 검열을 당했고, 금지 조치를 당했던 것을 이 자료를 통해 확인할 수 있는 것이다.

둘째, 총독부가 간행한 『교과용도서일람』에는 발매금지 조치를 당한 117종의 도서뿐만 아니라 77종의 "검정무효 및 검정불허가 교과용 도서"와 163종의 "불인가 교과용 도서" 목록이 수록되어있다는 점이다. 검정무효와 불허가 조치는 뒤에서 자세하게 다루겠지만 국권상실 이전부터 사용되고 있었던 교과서들에 대하여 총독부가 검정을 취소하거나 불허가 행정처분을 내린 것이며, 불인가 도서는 기존의 사립학교들에서 교과서용으로 사용하던 것을 검정 체제를 도입하면서 인가 취소를 한 것이다.

이 같은 자료들은 제국 일본이 조선을 식민지화 하면서 식민 통치를 위하여 조선의 교육을 통제하기 위한 일환으로 진행된 일련의 행위들을 확인하게 하는 것이다. 총독부에 의한 제1차 교육령은 1911년 8월 23일에 반포, 시행되었으며, 강점 35년 동안 4차례에 걸쳐 수정 및 개정되어 적용되었다. 제1차 교육령은 제국이 조선인을 식민지민으로 키우기 위해 식민 교육의 토대를 만들기 위한 목적으로 만들어졌으며, 본고에서 살펴보고자 하는 『교과용도서일람』은 이 같은 목적이 실행된 결과를 직접 확인하게 하는 자료인 것이다.

현재 식민지 시기 교과서와 교육령에 대한 연구는 교육학 분야 및 역사학 분야에서 상당 부분 진척되어있다[2]. 그러나 주로 단위 교과

---

2 송숙정, 「일제강점기 조선총독부 발행 국어(일본어)독본에 관한 서지학적 고찰」, 『일본어학연구』 53, 한국일본어학회, 2018.12, 45-61쪽; 김순전, 「근대 한일 초등

의 변천과 통제 양상이 연구되었고[3], 교육령과 같은 거시적인 정책에만 연구가 집중된 것이 사실이다. 본고는 이 같은 연구 상황에서 강점 초기 교과용 도서에 대한 통제 정책과 검열을 통한 사상 탄압의 양상을 살펴봄으로써 제국 일본의 식민지 사상 통제의 일면인 출판 검열에서 교육용 도서들이 탄압을 통해 어떤 처분을 받았으며, 언론 및 출판 검열의 흐름 속에서 이 자료들이 갖는 의의는 무엇인가를 구체적으로 살펴보고자 한다.

교과서와 문학 연구 - '국민교화'와 '문학과 사회의 관계'를 중심으로 - 」, 『일본어문학』 77, 한국일본어문학회, 2018.06, 3-32쪽; 박제홍, 「4년제 보통학교를 통한 일제의 동화와 차별교육 - 조선총독부 편찬 4년제 보통학교 교과서를 중심으로 - 」, 『일본어교육』 83, 한국일본어교육학회, 2018.03, 167-187쪽; 유철・김순전, 「일제강점초기 초등지리 교육 고찰 - 조선총독부편찬 일본어・지리교과서를 중심으로 - 」, 『일본문화학보』 76, 한국일본문화학회, 2018.02, 5-25쪽; 손석영, 「일제의 '대동아사' 구상과 역사교육 - 〈동아 및 세계〉 과목과 교과서『중등역사 1』을 중심으로 - 」, 『역사교육연구』 29, 한국역사교육학회, 2017.11, 175-210쪽; 허재영, 「일제 강점기 농민독본의 국어교육사적 의미」, 『어문학』 137, 한국어문학회, 2017.09, 169-198쪽; 허재영, 「일제 강점기 조선학에 대한 관심과 제4차 교육령기의 조선적인 교과서 연구」, 『한국민족문화』 62, 한국민족문화연구소, 2017.02, 187-213쪽; 도면회, 「일제 강점기 일본인과 한국인의 '한국 근대사' 서술」, 『사림』 60, 수선사학회, 2017.04, 67-101쪽; 구난희, 「일제하 천황인식 형성과 역사 교과서의 천황서술 - 1930년대 이후 역사교과서를 중심으로」, 역사교육연구 12, 한국역사교육학회, 2010.12, 75-114쪽.

3 근대전환기부터 일제강점기 사이의 교과서의 변천 양상에 대해서는 아래에 제시하는 강진호, 김준현, 구자황의 일련의 연구를 참조하길 바란다. 강진호, 「'국어' 교과서의 형성과 일제 식민주의 - 『국어독본』(1907)과 『조선어독본』(1911)을 중심으로 - 」, 『현대소설연구』 46, 한국현대소설학회, 2011.04, 65-100쪽; 강진호, 「'조선어독본'과 일제의 문화정치 - 제4차 교육령기 〈보통학교 조선어독본〉의 경우 - 」, 『상허학보』 29, 상허학회, 2010.06, 115-148쪽; 김준현, 「근대적 문종 인식으로서의 '논설'의 성립 : 근대 초기 국어(조선어) 교과서 및 독본을 중심으로」, 『동악어문학』 68, 동악어문학회, 2016.08, 37-66쪽; 구자황, 「근대 계몽기 교과서의 생산과 흐름 - 『新訂尋常小學』(1896)의 경우 - 」, 『한민족어문학』 65, 한민족어문학회, 2013.12, 501-538쪽.

2. 일제강점 초기 출판 검열과 교과서의 관계

현재 식민지 조선의 언론과 출판 검열에 대한 자료들은 대부분 1920년대 중반 이후에 집중[4]되어있다. 이는 조선총독부 경무국 산하에 도서과가 설치된 1926년 4월 이후 출판경찰들이 검열 업무를 전담하였고, 이 시기부터 본격적으로 체계화된 검열 문건들이 생산되었기 때문으로 보인다. 『조선출판경찰월보』(1928.09~1938.12, 월간, 전123호)로 대표되는 이 같은 비밀 사상 통제 문건들과 내역들은 현재 1920년대 이전의 것들은 앞에서 살펴본 『조선총독부관보』 등이나 『신문지요람』(1925)에서 일부 확인될 뿐이기 때문에 그 존재에서부터 실체에 이르기까지 연구[5]의 일정한 한계로 치부되었다.

그러나 1910년 8월 29일 바로 다음날부터 진행된 제국 일본의 치밀한 식민지 언론 통제는 자료가 아직 발굴되지 않았을 뿐, 존재하지 않거나 사상 탄압을 하지 않았다는 증거는 될 수 없다. 이런 관점에서 대정 4년 12월에 간행된 『교과용도서일람』은 사상 통제를 살펴보는 직간접적인 자료로서 의미가 있다. 이 자료는 다음과 같이 구성되어 있다.

---

4 『이수입 불온인쇄물 기사개요(1926.06~27.09)』, 『불온소년소녀독물역문(1926. 10~27.10)』, 『언문소년소녀 독물의 내용과 분류(1927.12~28.8)』, 『불허가출판물병 삭제기사 개요역문(1927.08~28.08)』 등.
5 정근식 외, 『검열의 제국 : 문화의 통제와 재생산』, 푸른역사, 2016; 문한별, 『검열, 실종된 작품과 문학사의 복원』, 고려대학교 민족문화연구원, 2017; 한만수, 『허용된 불온 : 식민지시기 검열과 한국문학』, 소명출판, 2015. 기타 자세한 검열 연구에 대해서는 정근식, 이혜령, 박헌호, 문한별 등의 연구를 참조하기 바란다.

目次

1) 朝鮮總督府編纂敎科用圖書

2) 朝鮮總督府檢定敎科用圖書

3) 檢定無效及檢定不許可敎科用圖書

4) 朝鮮總督府認可敎科用圖書

5) 不認可敎科用圖書

      附. 發賣頒布禁止圖書

        朝鮮總督府出版敎科用圖書發賣規程

        朝鮮總督府出版敎科用圖書發賣人一覽

        敎科用圖書檢定規程[6]

전 89페이지 분량의 이 자료에는 조선총독부가 1915년 당시 교과
서용으로 검정 허가한 도서의 목록과 이에 반하는 것에 대한 목록이
교차로 수록되어있으며, 자료의 부록으로는 발매와 검정 규정이 함
께 수록되어있어서 당시의 교과서가 어떤 제도 하에서 생산 보급되
었는가를 확인할 수 있다.

이 자료가 주목되는 이유는 앞에서 언급한 것처럼 1920년대 이전
에는 일부만 확인되었던 출판물 검열과 행정처분에 대한 기록이 수
록되어있다는 점이며, 강점기 초기 교과서들에 대한 사상 통제의 흐
름을 구체적으로 확인할 수 있다는 점이다. 그렇다면 이 자료에 수록
된 교과용 도서 발매 및 검정 규정과 출판법은 어떤 관련성과 특징이

---

6 朝鮮總督府, 『敎科用圖書一覽』, 大正 四年 十二月 改訂 第九版, 이하 이 자료의 인용
은 페이지 수만 본문에 표기하도록 한다.

있는지를 다음 절에서 구체적으로 살펴보도록 한다.

2.1. 출판법과 교과용 도서 발매규정

대한제국 시기 일본의 강요에 의해 이완용 내각이 제정 공포한 출판법(1909)은 전 16조로 되어있으며, 출판물과 간행에 대한 일반 규정과 사상 통제와 검열을 가능하게 하는 규정이 포함되어있다. 『교과용도서일람』(1915)의 발매반포금지 도서 목록의 앞에는 다음과 같이 표기되어있다.

> 좌기도서는 출판법 제12조 급 제16조에 의후야 발매반포를 금지흔
> 것인즉 이로 하여금 학교서든지 결단코 차를 사용홈이 불가홈(49쪽)

이 문구에서 등장하는 출판법 제12조와 제16조는 다음과 같은 내용을 담고 있다.

> 第十二條. 外國에셔 發行흔 文書圖畵와 又는 外國人이 內國에셔 發行흔 文書圖畵로 安寧秩序를 妨害ᄒ거나 又는 風俗을 壞亂홈으로 認ᄒ는 時는 內部大臣은 其文書圖畵를 內國에셔 發賣 又는 頒布홈을 禁止ᄒ고 其印本을 押收홈을 得홈
> 第十六條. 內部大臣은 本法施行前 旣히 出版 著作物로 安寧秩序를 妨害ᄒ거느 又는 風俗을 壞亂홀 虞가 有홈으로 認흔 境遇에는 其發賣又는 頒布를 禁止ᄒ고 及該刻版 印本을 押收홈을 得홈

두 인용문에서 등장하는 출판법 제12조와 16조의 핵심은 "안녕질서를 방해하거나 또는 풍속을 괴란하"는 출판물을 발매금지하고 압수한다는 것이다. 일제강점기 출판 검열 제도에 대해 정리한 정근식의 연구에 의하면 "1925년 조선총독부 경무국 고등경찰과장인 다나카 다오(田中武雄)가 1925년 일본 후쿠오카에서 열린 외사경찰강습회에서 강연한 내용을 출간한『조선사정』"[7]부터 구체적인 검열 표준을 추정할 수 있는 내용이 등장하는 것으로 확인된다.

그러나 1925년 이후부터 표준화되기 시작한 검열 기준은 강점기 초기인 1910년대에는 그 실체를 구체적으로 확인하기 어렵고 "안녕질서 방해"와 "풍속괴란"이라는 포괄적인 형태로만 적용되었다. 물론 정근식의 추정[8]처럼 1917년을 전후로 검열 표준이 만들어졌을 것으로 보이지만 확인되지 않고 있는 것이다. 그렇기에 현재로서는 1910년대에 검열을 통해 통제를 받았던 출판물에 대한 사유는 행정처분을 받은 출판물의 성격을 보고 추정하는 것이 합당하다.

『교과용도서일람』(1915)의 도서 발매규정과 이 문건에 명시된 내용들은 그런 의미에서 아직 확인되지 않는 1910년대의 검열 표준을 유추하는 데에 유용한 2차 자료로서 기능할 수 있다. 이 자료에 수록된

---

7 정근식,「식민지검열과 '검열표' - 일본, 대만과의 비교를 통하여」,『대동문화연구』79, 성균관대학교 대동문화연구원, 2012.09, 15-16쪽. 여기에서 언급된 검열 기준은 "'조선민족독립사상을 고취선하거나 조선민족독립운동을 선동할 우려가 있는 기사', '배일사상을 선하거나 배일운동을 선동할 우려가 있는 기사', '사회주의를 선하거나 사회명을 선동할 우려가 있는 기사', '기타 치안문란의 우려가 있는 기사', '풍속괴란의 우려가 있는 기사'"의 5가지 유형으로 구분된다.
8 정근식, 같은 논문, 14-15쪽.

도서 발매규정[9] 가운데 검열과 관련이 있는 사항은 다음과 같다.

> 제13조 조선총독이 <u>필요로 인호는 씨는 검정흔 도서의 수정을 명령</u>
> <u>홈이 유흠</u>
>
> 제14조 좌의 각호의 하나에 해당흔 씨는 조선총독은 도서의 검정을
> 취소홈이 유흠
>
> 1. 제8조, 제9조, 제12조 제1항의 규정에 위반홀 씨
>
> 2. 제13조의 명령에 종치 아니홀 씨
>
> 3. 검정도서로 조선총독부에 납부흔 도서에 비해 지질, 인쇄 또는
> 제본상 악흔 것을 발매홀 씨
>
> 4. 그 <u>내용이 교과용에 부적당케 된 씨</u>
>
> 제15조 도서의 검정을 취소흔 씨는 조선총독부관보에 차를 공고홈
>
> 제16조 검정을 부득흔 도서 또는 검정의 효력을 실흔 도서에 조선총독
> 부검정제기 차에 류흔 문자를 기재호야 발행흔 자는 <u>오십원 이하의</u>
> <u>벌금에 처흠 사실을 지호고 수택반매흔 자 역시 동일홈</u>(81-88쪽)

이 법령의 제14조 1항에 있는 8, 9, 12조는 교과용 도서의 신고 의무와 관련한 것이어서 검열과는 크게 관련이 없지만, 14조 4항의 경우에는 "안녕질서 방해"와 "풍속괴란"이라는 명분이 적용될 때 "교과용에 부적당"한 출판물로 판정되기 때문에 직접적인 연관이 있다고 볼 수 있다. 특히 대한제국 시절부터 사용되고 있던 교과서들의

---

9 조선총독부출판교과용도서발매규정(朝鮮總督府出版敎科用圖書發賣規程)(명치 45년, 1912년 5월 27일, 조선총독부령 제110호).

경우 식민지 상황에 반하는 내용을 담고 있고, 국권상실 전에 애국계 몽적인 목적을 위하여 만들어진 경우도 있기 때문에 이 같은 규정은 매우 자의적이면서도 절대적인 규정이었을 것으로 추정된다.

특히 조선총독이 이 같은 사상 통제를 위한 목적으로 제13조의 경 우처럼 도서의 내용을 '수정'하기를 요구할 수도 있고, 제14조, 16조 처럼 검정을 취소하거나 벌금형에 처할 수도 있다는 사실은 기존의 교과서들에 대한 검열이 직접적인 행정처분으로 연결되었을 개연성 을 보여주는 것이다.

2.2. 허가제와 교과서 검정제도 사이의 이중 검열

식민지 조선에서의 발간되는 출판물은 앞서서 언급한 바와 같이 허가제를 기본으로 하였다. 이를 규정한 출판법(1909) 제2조와 5조는 다음과 같다.

> 第二條 文書圖畵 出版코져ᄒᄂᆞᆫ 時ᄂᆞᆫ 著作者 又ᄂᆞᆫ 其相續者 及 發行者
> 가 連印ᄒᆞ야 稿本을 添ᄒᆞ야 地方長官(漢城府에셔ᄂᆞᆫ 警視摠監으로홈)을
> 經由ᄒᆞ야 <u>內部大臣에게 許可ᄅᆞᆯ 申請홈</u>이 可홈
> 第五條 第二條의 許可ᄅᆞᆯ 得ᄒᆞ야 文書와 圖畵ᄅᆞᆯ <u>出版홀 時에ᄂᆞᆫ 卽時 製
> 本 二部ᄅᆞᆯ 內部 에 納付홈</u>이 可홈

출판물을 발행하기 위해서는 우선 내무대신에게 허가를 받아야 하고, 허가를 얻은 뒤 출판하기 위해서는 다시 관청에 납본을 제출하

는 것이 의무였다. 이에 비해 일본 내의 출판물들은 신고제가 기본이었고, 보통 신고 후 2주 후까지 출판한 도서를 관청에 납본으로 제출하면 되는 것이었다. 식민지 조선에서의 허가제는 결국 납본을 제출하고 이를 검열 받는 과정에서 허가를 상실할 수도 있고 발매반포 금지 조치를 당하기도 하였던 것이다.

물론 이 같은 검열과 행정처분의 일련의 과정이 일원화되기 시작한 것은 앞에서 지적한 바와 같이 1920년대 중반 이후 경무국 산하 도서과가 설치된 이후부터이다. 출판물 검열이 일원화되기 전에는 각 지방청 등에서 자체적으로 검열과 행정처분을 내렸던 것으로 보인다. 예를 들어『조선총독부관보』1910년 9월 7일자에는 "강원도경무부고시 제3호"로 총감부령 12호와 신문지규칙 13조에 의하여 "치안방해"를 이유로 발매반포 금지가 된 수십 종의 신문들의 목록이 고시되어있으며, 바로 다음날의 고시에는 "평안북도경무부고시 제6호"로 동일한 이유로 발매반포 금지가 된 신문 2종이 올라와있기 때문이다.

출판물에 대한 검열이 다중화 되어있다는 것은 용도에 따라 재차 검열이 이루어지는 문제점을 안고 있는 것이기도 하다. 특히 교과서류 가운데 일반 출판물을 각종 사립학교에서 교과서로 사용하는 경우 출판법에 의한 납본 과정에서의 검열과 교과서 검정 과정에서의 검열이라는 이중 검열에 놓여있을 수밖에 없었고, 이 과정에서 식민지 통치에 문제가 될 만한 것들은 모두 검정 취소, 불인가, 사용 금지 조치를 당해야 했다.

『교과용도서일람』(1915)에 명시된 "검정무효급검정불허가 교과용

도서", "불인가 교과용 도서", "발매반포 금지 도서" 항의 앞에는 각
각 다음과 같은 규정이 붙어있다.

① 검정무효급검정불허가교과용도서

검정무효급불허가의 도서는 교과용도서검정규정에 의ᄒ야 검정
무효 또는 불허가로 한 것인즉 차를 사용홈을 부득홈. ●인을 부ᄒ
것만 한정하여 조선총독의 인가를 수ᄒ야 차를 사용홈을 득홈(9쪽)

② 불인가교과용도서

좌기도서는 사립학교용교과서로 불인가로 ᄒ 것인즉 학교에셔
던지 결단코 차를 사용함이 불가홈

또 차들 도서중에는 구학부시대에셔 사용홈을 인가ᄒ얏스나 시
세변혁의 결과 불인 가로 ᄒ 것을 고홈(챠종 도서에는 ●을 부홈)

(주의)

●인의 도서는 일즉 인가를 수ᄒ 학교에셔만 현금시간차를 사용
홈을 득하나 그 도서를 사용ᄒ는 학교에셔는 본일람소재의 조선
총독부편찬 또는 검정의 교과용도서중에셔 적당ᄒ 것을 선택ᄒ
고 편찬또는 검정도서가 없는 씌는 인가도서중에셔 적당ᄒ 것을
선택ᄒ야 차를 변경홈이 가홈 또 변경ᄒ 경우에는 사용신고는 사
용인가원의 청원 절차를 태치아니 홈이 가홈(35-36쪽)

③ 발매반포금지도서

좌기도서는 출판법 제12조급 제16조에 의ᄒ야 발매반포를 금지
ᄒ 것인즉 이로 하여금 학교에셔든지 결단코 차를 사용홈이 불가
홈(49쪽)

『교과용도서일람』(1915)에 수록된 인가 도서 이외의 검정무효, 불허가, 불인가, 금지 도서들은 그 정도에 따라 3가지 형태로 구분되어 관리된 것으로 보인다. 먼저 "검정무효급 검정불허가 교과용도서"는 모두 1910년 8월 29일 이전에 초판 발매된 것들로 대한제국 시기에 각급 학교에서 교과서로 사용되던 것들이다. 전체 77종의 도서 목록이 수록되어있고, 검정 무효가 53종, 검정불허가가 24종이며, 제목 옆에 ●인이 찍혀서 재검정을 통해 사용할 수 있는 가능성을 열어둔 것은 16종이다.

"불인가교과용도서"는 두 가지의 성격을 지닌 도서들이 수록되어 있다. 그 하나는 대한제국시기부터 1915년 이전까지 각급 사립학교에서 사용되던 책들이며, 다른 하나는 구학부 시대에 사용 인가를 받았으나 현 시점에서는 불인가 처분을 받은 것들이다. 전체 163종의 도서 목록이 수록되어있으며, 이 목록에 붙은 ●인은 현재는 임시로 사용할 수 있으나 조속한 시일 내에 총독부 검정 교과서로 교체해야 하는 것들이다. 이는 7종에 불과하며, 이외의 것들은 모두 "결단코 차를 사용"하는 것이 "불가함"을 밝히고 있다.

"발매반포금지도서"는 앞 절에서 언급한 바와 같이 출판법에 의해 "결단코 차를 사용홈이 불가"한 도서들이다. 여기에는 ●인은 붙어있지 않으며 117종의 도서들이 출판법에 의해 발매반포 금지 및 차압 조치를 당했으며, 교과서 발매규정에 의해 교과서로도 사용될 수 없도록 제한되었다.

그렇다면 이 같은 도서들의 목록에는 각각 어떤 것들이 포함되어 있으며, 그 성격들은 각각 어떠한가. 다음 장에서는 이를 구체적으로 살펴보고, 어떤 도서들이 교과서 검정 및 출판 허가 과정에서 통제되었는가를 도서의 분야별 성격을 중심으로 추적해보기로 한다.

3. 강점 초기 교과서 검열의 양상

3.1. 검정 무효와 검정불허가 교과서

『교과용도서일람』(1915)의 이 항목에 수록된 교과서의 수는 77종이며, 이 가운데 검정 무효 처분을 받은 도서는 53종이며, 불허가는 24종, 재검정 처분은 16종이다. 먼저 검정 무효 처분을 받은 도서들은 그 성격상, 수신서와 독본, 국어 교과 관련 도서, 역사와 지리 도서, 수학 및 이학, 생물학 도서 등으로 구분될 수 있다. 먼저 가장 많은 비중을 차지하고 있는 수신서와 역사서는 다음과 같은 것들이 대표적으로 검정 무효 처분을 받았다.

〈표 1〉 검정 무효 수신서 및 역사서

no	도서명	책수	저자	발행자	발행년월일	비고
001	고등소학수신서 高等小學修身書	1	휘문의숙 편집부	휘문관	융희 원년 8월 31일 초판 1907년 융희 2년 6월 20일 재판 1908년	검정 무효
002	중등수신교과서 中等修身教科書	2	휘문의숙 편집부	휘문관	광무 10년 9월 25일 초판 1906년 융희 2년 6월 1일(상권 15일) 재판 1908년	검정 무효

003	초등수신 初等修身	1	박정동 朴晶東	김태옥 金泰玉	융희 3년 7월 12일 1909년	검정 무효
004	보통교과수신서 普通教科修身書	1	민대식 閔大植	민대식 閔大植	융희 4년 4월 5일 1910년	검정 무효
005	초등수신교과서 初等修身教科書	1	안종화 安鍾和	김상만 金相萬	융희 4년 6월 10일 1910년	검정 무효
006	보통교과 국민의범 普通教科 國民儀範	1	진희성 陳熙星	한응리 韓應履	융희 2년 8월 10일 1908년	검정 불허가
007	초등소학수신서 初等小學修身書	1	유근 柳瑾	김상만 金相萬	융희 2년 5월 30일 1908년	검정 불허가
008	보통학수신서 普通學修身書	4	박정동 朴晶東	홍기주 洪箕周	융희 3년 1월 30일 1909년	검정 불허가
009	초등만국지리대요 初等萬國地理大要	1	안종화 安鍾和	휘문관	융희 3년 2월 22일 1909년	검정 무효
010	초등대한지리 初等大韓地理	1	안종화 安鍾和	안태영 安泰瑩	융희 4년 3월 15일 1910년	검정 무효
011	초등외국지리 初等外國地理	1	유옥겸 俞鈺兼	유옥겸 俞鈺兼	융희 4년 8월 27일 1910년	검정 무효
012	동양사교과서 東洋史教科書	1	유옥겸 俞鈺兼	유옥겸 俞鈺兼	융희 2년 8월 10일 1908년	검정 무효
013	초등대동역사 初等大東歷史	1	박정동 朴晶東	김태옥 金泰玉	융희 3년 8월 12일 1909년	검정 무효
014	초등본국략사 初等本國略史	2	박정동 朴晶東	김상천 金相天	융희 3년 11월 15일 1909년	검정 무효
015	초등본국역사 初等本國歷史	1	안종화 安鍾和	안태영 安泰瑩	융희 3년 12월 10일 1909년	검정 무효
016	서양사교과서 西洋史教科書	1	유옥겸 俞鈺兼	유진태 俞鎭泰	융희 4년 3월 30일 1910년	검정 무효
017	신찬초등역사 新撰初等歷史	3	유근 柳瑾	안태영 安泰瑩	융희 4년 4월 7일 1910년	검정 무효
018	최신고등 대한지지 最新高等 大韓地誌	1	정인호 鄭寅琥	정인호 鄭寅琥	융희 3년 1월 5일 1909년	검정 불허가
019	최신초등 대한지지 最新初等 大韓地誌	1	정인호 鄭寅琥	정인호 鄭寅琥	융희 3년 1월 5일 1909년	검정 불허가
020	초등대한역사 初等大韓歷史	1	정인호 鄭寅琥	정인호 鄭寅琥	융희 2년 7월 1908년	검정 불허가

021	대동역사략 大東歷史略	1	유성준 俞星濬	조승모 趙承模	융희 2년 4월 1908년	검정 불허가
022	신정 중등만국신지지 新訂 中等萬國新地誌	2	김홍경 金鴻卿	김상만 金相萬	융희 원년 11월 10일 1907년	검정 불허가
023	동양사교과서 東洋史教科書	1	유옥겸 俞鈺兼	유옥겸 俞鈺兼	융희 2년 8월 10일 발행 1908년	검정 불허가
024	초등 만국지리대요 初等 萬國地理大要	1	안종화 安鍾和	휘문관	융희 3년 2월 22일 1909년	검정 불허가

　수신서는 현재로 보면 도덕이나 윤리 교과서의 성격을 갖는 것으로 볼 수 있는데, 저작자의 성격에 따라 유교적인 내용을 다루기도 하고, 근대 국가와 국민의 관계를 다루기도 하였다. 역사나 지리서는 근본적으로 국가 개념을 바탕으로 하고 있기 때문에 식민 지배 상황에서 제국의 입장에서는 당연히 대한제국에 대한 국체를 인정하지 않았으므로 가장 먼저 검정 무효 처분을 받았을 것으로 추정된다. 이 목록에 사유가 첨부되어있지 않아서 제목과 서지로만 유추해야 하는 한계가 있으나 수신서의 경우 조선의 국체를 바탕으로 한 전통적인 국가관이 반영되었든 근대적인 시각이 반영되었든 간에 국권을 침탈한 입장에서는 식민지 조선인들이 자신들의 주체성과 정체성에 대해 자각하도록 만드는 어떠한 교과서도 인정할 수 없었을 것은 자명하다.

　이 목록에 수록된 도서들은 그렇기에 2종을 제외하고 75종이 모두 국권상실 이전에 초판본이 발간된 것이며, 제외된 2종[10]도 국권상실일 이후에 재판본 이상의 형태로 검정을 받는 과정에서 불허가나

10　현채,『개정 이학교과서』, 현채 발행, 1911년 9월 15일 재판; 임경재,『중등 생리위생학』, 임경재 발행, 1911년 2월 15일.

검정 무효 처분을 받은 것들이다.

특이한 것은 같은 목록에 재검정을 통해서 교과서로 사용이 가능한 것이 포함되어있다는 점이다. 이는 도서의 성격을 보면 쉽게 그 재검정이 허가된 이유를 유추할 수 있는데, 가령 『초등근세산술』, 『식물학』, 『중정 대수학교과서』, 『개정 이학교과서』, 『초등 동물학교과서』, 『최신 체조교과서』, 『개정 중등생리학교과서』, 『신찬실지 이화학교과서』 등이 그것들이어서, 수신서나 한글과 관련한 국어교과서, 지리나 역사 교과서와는 달리 식민지민에게 국가와 민족, 역사 등을 상기시키지 않는 선에서만 재검정이 허용되었음을 확인할 수 있다.

또한 검정 무효나 검정 불허가 교과서는 교과서 발매 규정상으로 볼 때 각기 성격에서 일부 차이가 난다. 무효의 경우 대한제국기의 검정을 총독부에서 인정하지 않는다는 사실을 선명하게 선언하는 성격이 강하며, 검정 불허가는 1910년 국권상실 이후에 이를 교과서용으로 허가하지 않는다는 시각이 담겨있는 것이기 때문이다.

이 첫 번째 목록은 앞에서 언급한 바와 같이 대부분 대한제국 시절부터 자국민을 근대적인 국가 아래에서 교육하기 위한 용도로 발행된 것들이 포함되어있었다. 그렇다면 두 번째 목록인 불인가 교과용 도서는 어떤 성격을 지니고 있는가. 다음 절에서 살펴보도록 한다.

3.2. 불인가교과서용 도서

『교과용도서일람』(1915)의 "불인가교과서용 도서" 항목에는 163종의 많은 도서들이 수록되어있으며, 모두 어떤 "학교에서던지 결

단코 차를 사용홈이 불가홈"이라 명시되어있다. 단 7종의 도서만 ●
인이 붙어있으며, 이는 "인가를 수혼 학교에셔만 현금시간 차를 사
용홈을 득하나", 향후 "본 일람 소재의 조선총독부편찬 또는 검정의
교과용 도서 중에서 적당혼 것을 선택하여" 교체해야 함을 전제하
고 있다.

이 항목은 앞 절에서 살펴본 "검정무효 및 검정불허가 교과용 도
서"와는 달리 분야가 세분화 되어 명시되어있는데, 이 분류 기준을
중심으로 비중을 살펴보면 다음과 같다.

〈표 2〉 불인가교과서용 도서의 분과별 종류와 비중

분류	수신	교육	가정	윤리	일본어[11]	조선어	한문	회화	지리	역사	산술	물리
종수	8	6	3	3	19	28	14	3	8	39	5	3
비중(%)	4.9	3.6	1.8	1.8	11.6	17.2	8.6	1.8	4.9	23.9	3.1	1.8
분류	위생	법률	경제	농업	상업	부기	창가	영어	기독교	잡서	계	
종수	1	2	3	4	3	1	2	3	2	3	163	
비중(%)	0.6	1.2	1.8	2.4	1.8	0.6	1.2	1.8	1.2	1.8	100	

검정 무효 및 검정불허가 도서의 경우 공식적인 강점 이전인 대한
제국 시대에 사용되었던 교과서들을 강점이 시작된 이후 무효 및 불
허가 처분을 내린 목록인 것에 비하여, 불인가 교과서들은 강점 이후

---

11 본 문건에는 '국어'로 표기되어있다.

에 본격적으로 총독부가 식민지 조선의 교육을 통제하기 위하여 인가를 취소한 경우에 해당한다. 주로 사립학교에서 사용하고 있던 교과서들을 총독부의 교육 정책에 맞추어 재편하는 과정에서 제외한 도서들이라고 보면 되는데, 그 분과별 비중을 보면 무효와 불인가 교과서에 비해 조선과 조선인의 정체성을 강화할 수 있는 것들을 의도적으로 배제한 흔적이 확인된다.

〈표 2〉를 보면 쉽게 확인되는 것처럼 불인가 행정 처분을 받은 것들 가운데 가장 많은 비중을 차지하고 있는 것은 역사 교과서류이며 전체 163종 가운데 39종 23.9%에 달한다. 조선어 교과서 역시 그 다음으로 많은 비중을 차지하고 있어서 28종 17.2%이며, 특이하게도 일본어 교과서가 19종 11.6%로 세 번째, 한문 교과서가 14종 8.6%로 그 다음을 차지하고 있다. 검정 무효 처분을 받은 도서의 분과별 비중에서 수신서와 지리, 역사, 국어, 한문 교과의 비중이 33종 42.9%였던 것에 비하면 불인가 도서 가운데 동일한 분과 교과서의 비중은 97종 59.5%로 급증하고 있음을 확인할 수 있다. 이는 가설대로 식민지 조선의 국체와 조선인의 정체성을 확인할 수 있는 주요 교과를 도태시키기 위한 총독부의 교육 정책의 반영 때문으로 볼 수 있다.

그렇다면 어떤 도서들이 대표적으로 불인가 처분을 받았는가. 먼저 가장 많은 비중을 차지한 역사 교과서들을 살펴보도록 한다.

〈표 2〉 불인가 교과서용 역사 도서 목록

no	도서명	책권	저역자	발행자	발행년월일	비고
01	초등 대한역사 初等 大韓歷史	1	정인호 鄭寅琥	정인호 鄭寅琥	융희 2년 7월 초판 1908년	역사
02	新訂東國歷史	2	원영의 元泳義 류근 柳瑾	휘문관 徽文館	광무 10년 12월 5일 초판 1906년	역사
03	보통교과 동국역사 普通敎科 東國歷史	2	현채 玄采	-	광무 3년 9월 초판 1899년	역사
04	중등교과 동국사략 中等敎科 東國史略	1 혹 2	현채 玄采	현채 玄采	광무 10년 6월 10일 초판 1906년 융희 원년 11월 24일 재판 1907년	역사
05	대동역사략 大東歷史略	1	유성준 俞星濬	박학서관 博學書館	융희 2년 4월 재판 1908년	역사
06	역사집략 歷史輯略	3	김택영 金澤榮		광무 9년 10월 초판 1905년	역사
07	동서양역사 東西洋歷史	2	현채 玄采	보성관 普成館	광무 11년 5월 12일 초판 1907년	역사
08	동국역대사략 東國歷代史略	3	-	-	-	역사
09	대동역사 大東歷史	4	정교 鄭喬	-	광무 10년 2월 중간 1906년	역사
10	만국사기 萬國史記	14	현채 玄采	-	광무 - 년 - 년 초판	역사
11	수정 중학역사교과서 修訂 中學歷史敎科書	2	유하장응 有賀長雄	삼성당 三省堂	상권 명치 35년 12월 25일 초판 1902년 명치 42년 3월 7일 8판 하권 1909년 명치 35년 12월 25일 초판 명치 42년 3월 8일 9판	역사
12	최근지나사 最近支那史	5	석촌정일 石村貞一 하야통지 河野通之	임 평차랑 林 平次郎	명치 32년 7월 27일 초판 1899년	역사

13	중등교과 서양역사 中等教科 西洋歷史	1	뢰천수웅 瀨川秀雄	부산방 富山房	명치 38년 12월 6일 초판 1905년 명치 39년 2월 17일 재판 1906년	역사
14	초등본국역사 初等本國歷史	1	류근 柳瑾	(徽文館 印刷)	융희 2년 4월 14일 초판 1907년	역사
15	정선만국사 精選萬國史	1	김상연 金祥演	-	광무 10년 9월 12일 초판 1906년	역사
16	중등만국사 中等萬國史	1	유승겸 俞承兼	-	-	역사
17	만국략사 萬國略史	1	-	(學部印刷)	-	역사
18	중등정교과정 서양역사 中等訂教科正 西洋歷史	-	뢰천수웅 瀨川秀雄	부산방 富山房	명치 41년 2월 10일 정정재판 1908년	역사
19	고등소학용 중국역사독본 高等小學用 中國歷史讀本	2	오증기 吳曾祺	상해상무인 서관 上海商務印 書館	선통 3년 閏월 5판 1911년	역사
20	중등 만국사 中等 萬國史	1	유승겸 俞承兼	남궁준 南宮濬	융희 3년 8월 30일 1909년	역사
21	신편서양사 新編西洋史	1	자전 양 磁田 良 관 영태랑 關 榮太郎	삼성당 三省堂	명치 43년 1월 9일 4판 1910년	역사
22	신정 중학국사교과서 新訂 中學國史教科書	2	유하장웅 有賀長雄	삼성당 三省堂	명치 45년 3월 16일 재판 1912년	역사
23	신정 동양사교과서 新定 東洋史教科書	1	상원척장 桑原隲藏	개성관 開成館	명치 45년 2월 24일 11판 1912년	역사
24	개정 동양역사 改訂 東洋歷史	1	신보반차 新保磐次	금항당 金港堂	명치 42년 2월 1일 5판 1909년	역사
25	초등교육 서양역사교과서 初等教育 西洋歷史教科書	1	판구 앙 阪口 昂	개성관 開成館	대정 3년 1월 7일 재판 1913년	역사

26	최신 일본사 最新 日本史	1	등강계평 藤岡繼平	육맹관 六盟館	명치 44년 6월 4일 9판 1911년	역사
27	최신 중학서양역사교과서 最新 中學西洋歷史教科書	1	유하장웅 有賀長雄	삼성당 三省堂	명치 44년 12월 1일 초판 1911년	역사
28	신편 외국역사교과서(을) (서양제국) 新編 外國歷史敎科書(乙) (西洋諸國)	1 (권3)	기전 양 磯田 良	삼성당 三省堂	명치 44년 10월 27일 초판 1911년	역사
29	심상소학일본역사 尋常小學日本歷史	2	문부성 文部省	문부성 文部省	명치 42년 11월 3일 개정 1909년	역사
30	라마사 부 의태리사 羅馬史 附 意太利史	1	현채 역 玄采 譯	현공렴 玄公廉	광무 11년 8월 1일 초판 1907년	역사
31	만국통감 萬國通鑑 附 圖 1	5	사공위루 謝公衛樓	-	-	역사
32	중등동양사 中等東洋史	1	유옥겸 俞鈺兼	-	-	역사
33	매이통사 邁爾通史	1	황좌정구 역 黃佐廷口 譯 장재신필 술 張在新筆 述	산서대학당 山西大學堂 역서원본 譯書院本	광서을사 3월 光緒乙巳 3월 1905년	역사
34	여자용 외국사교과서 女子用 外國史敎科書 (西洋篇)	1	봉안미조 峰岸米造	광풍관 光風館	명치 45년 2월 25일 재판 1912년	역사
35	신정 서양사교과서 新定 西洋史敎科書	1	기작원입 箕作元入	개성관 開成館	명치 44년 11월 27일 재판 1911년	역사
36	SANSEIDO HISTORIAL ATLAS	1	귀정충일 龜井忠一	삼성당 三省堂	명치 42년 4월 25일 3판 1909년	역사
37	중학역사교과서 (동양사지권) 中學歷史敎科書 (東洋史之卷)	1	소천은차랑 小川銀次郎	삼성당 三省堂	명치 43년 1월 27일 1910년	역사
38	신편서양사 新編西洋史	1	뢰천수웅 瀨川秀雄	부산방 富山房	명치 45년 2월 14일 1911년	역사

39	중학교육 동양사교과서 中學敎育 東洋史敎科書	1	상원척장 桑原隲藏	개성관 開成館	대정 3년 1월 7일 13판 1914년	역사

〈표 2〉를 보면 확인할 수 있는 것처럼 상당히 다양한 종류의 역사서들과 교과서들이 불인가 처분을 받았음을 알 수 있는데, 도서 가운데에는 조선에서 발행된 것은 물론이고 일본과 중국에서 발행되어 이 수입 되거나 번역된 책들도 확인된다. 무엇보다도 두드러지는 것은 '대동(大東)'이나 '동국(東國)', '본국(本國)'과 같이 조선의 국체가 반영된 교과서류는 이론 없이 불인가 처분을 받았다는 점이다. 또한 서양 및 동양사 등에 반영될 수 있는 독립국가로서의 '조선' 혹은 '대한제국'이 드러날 수 있는 도서들도 불인가 처분을 받은 것으로 보인다.[12]

대표적으로 유성준의 『대동역사략』이라는 도서는 대한국민교육회에서 1906년에 간행한 것으로 보통학교 학생들을 대상으로 단군조선부터 고려시대까지를 다루고 있으며, 원영의와 류근의 『신정동국역사』는 민족주의적 시각을 반영하여 단군조선부터 고려시대까지를 다루었고, 휘문의숙 학생들을 대상으로 편찬한 것으로 장지연의 서문이 붙어있다는 특징을 갖고 있다.

도서의 성격 때문에 불인가 처분을 받은 다른 분과의 교과서들 역

---

12 본고가 제시한 각종 도서들의 저작자와 서지, 검열 후 행정 처분을 받은 이유 등은 보다 세밀하게 밝히는 것이 마땅하지만 수백 권에 달하는 도서의 목록과 자료의 방대함으로 이 작업은 추후 연구를 통하여 각 분과별로 정밀하게 분석하여 재차 밝히는 것을 약속한다. 본고는 우선 시론적인 성격으로 강점 초기 교과서의 전체적인 검열 양상을 살펴보는 것을 1차적인 목표로 하였다.

시 유사한 특징을 지니고 있다. 지리학 궤도인『신정분도 대한제국 지도』, 『대한제국지도』, 『분도상밀 한국신지도』, 『대한여지도』등은 제목에서도 쉽게 확인되는 것처럼 '대한제국'과 '한국'이라는 조선의 독립 국체가 반영된 것이어서 불인가 처분을 받았으며, 지리 교과서인 1909년 정인호(鄭寅琥) 저작 겸 발행의『최신초등 대한지지』역시 동일한 성격을 가지고 있었기 때문이다.

검정 무효 및 검정불허가 출판물에 더하여 불인가 교과서용 도서들은 국권상실 이전 통감부의 압력부터 시작하여 본격적인 식민지교육을 장악한 조선총독부의 정책 방향을 보여준다는 점에서 주목할 만하다. 특히 조선총독부 산하 학무국에서 칙령 제229호로 조선교육령(1911.8.23)을 공포한 이후, 이 같은 방향성은 더욱 강화되었을 것으로 보인다. 조선교육령의 제1장 제2조에는 "교육은 교육에 관한 勅語(신하에게 타이르는 말)의 취지에 더하여, 충량한 국민을 육성하는 것을 본의로 한다."고 명시되어있어서 제국이 식민지 조선을 바라보는 시각은 물론 '충량한' 식민지민을 키우는 것을 목표로 하고 있다. 또한 같은 령 제3조에는 "교육은 시세와 민도에 적합하게 함"을 전제하고 있어서 내지와 식민지 사이의 차별적인 교육의 가능성을 암시적으로 제한하고 있기 때문에 이 같은 교과서에 대한 검열과 행정처분이 이루어진 것이다. 특히 '칙어'와 같은 표현은 김지혜·정호붕의 연구[13]에 따르면 "1890년에 반포된 일본 국가주의 교육의 이념을 집약한 것"이며 "일본 본국의 교육이념을 그대로 조선에 적용하는

---

13 김지혜·정호붕, 「일제강점기 교육령에 따른 교육확대과정과 학교 음악교육 정책 연구」, 『한국음악연구』 56, 한국국악학회, 2014.02, 66쪽.

것으로", "동화주의 정책"을 표방한 것으로 평가된다. 즉 1910년대 교과서의 검정 과정에서 이루어진 검열과 행정처분은 동화정책으로 포장된 차별과 탄압의 결과물인 것이다.

3.3. 발매반포 금지 도서

본고가 『교과용도서일람』(1915)을 교육정책 자료로서가 아닌 검열 자료로서 주목한 가장 큰 이유는 서론에서 밝힌 바와 같이 1920년대 중반 이전의 출판 검열과 행정 처분 내역이 구체적으로 확인되는 문건이 매우 희소하기 때문이다. 『조선총독부관보』에 수록된 발매금지 및 차압 등의 행정 처분 기록들은 주로 신문과 잡지류를 중심으로 공시되어있고, 단행본과 관련한 기록은 35년 간 매일 발행된 관보에 불과 4차례밖에 등장하지 않아서 그 실체를 확인하기가 어려웠다.

이 같은 상황 속에서 『교과용도서일람』(1915)의 부록에 수록된 발매 반포 금지 도서는 강점기 초기의 출판 검열의 양상을 살필 수 있다는 점에서 중요하다. 이 목록에는 전체 117종의 발매반포 금지 도서가 수록되어있으며, 이 가운데 『조선총독부관보』에 행정처분 내역이 공시된 것은 54종에 불과하고, 63종은 『교과용도서일람』을 통해 공식적인 검열 후 처분 내용이 처음 확인된다. 먼저 관보에 공시된 54종 가운데 창해자(滄海子)[14] 저작의 『양의사합전』[15]이 출판법에 의해 안녕질서 방해의 혐의로 발매반포 및 압수 조치를 당했다는 기록은 『조선총독부

---

14 독립운동가 이상설(1870~1917)의 필명이다.
15 대한제국 고문이었던 친일파 스티븐스를 저격한 장인환, 전명운 의사의 전기이다.

관보』1910년 9월 14일자 고시에서 확인되며, 정인호 발행의『초등 대
한역사』외 48종의 도서에 대한 출판법 위반에 관한 행정 처분 내역 고
시는 관보의 1910년 11월 19일에 수록되어있으며,『정치소설 서사건
국지』외 1종에 대해서는 관보 1911년 7월 13일자에 고시되어있다. 이
같은 내용은『조선총독부관보』를 통해 쉽게 확인이 되지만 나머지 63
종에 대한 것은 공식적인 문서에서 확인되지 않았던 것이다.

　그렇다면『교과용도서일람』(1915)의 부록에 수록된 66종의 출판법
위반 도서들은 어떤 것들인가. 아래에 목록을 제시한다.

〈표 3〉 발매반포 금지 도서

no	도서명	책수	저역자	발행자	발행년월일	비고
01	유년필독 幼年必讀	2	현채 玄采	현채 玄采	광무 11년 5월 5일 1907년	
02	유년필독석의 幼年必讀釋義	2	현채 玄采	현채 玄采	광무 11년 7월 30일 1907년	
03	중등교과 동국사략 中等教科 東國史略	2	현채 玄采	현채 玄采	광무 10년 6월 10일 초판 1906년 융희 원년 11월 24일 재판 1907년 융희 2년 7월 15일 3판 1908년	이상 명치 42년 5월 5일 금지 1909년
04	월남망국사 越南亡國史	1	현채 玄采	현채 玄采	광무 11년 5월 27일 1907년	
05	월남망국ᄉ (越南亡國史)	1	이상익 李相益	현공렴 玄公廉	융희 원년 11월 21일 1907년	
06	이십세기조선론 二十世紀朝鮮論	1	김대희 金大熙	최병옥 崔炳玉	융희 원년 9월 20일 1907년	
07	금수회의록 (禽獸會議錄)	1	안국선 安國善	황성서적업 조합 皇城書籍業 組合	융희 2년 2월 초판 1908년 융희 2년 5월 재판 1908년	
08	우순소리 (笑話)	1	윤치호 尹致昊	윤치호 尹致昊	융희 2년 7월 30일 1908년	

09	면암선생문집 勉菴先生文集	,4,9,1 2	최영조 崔永祚	최영조 崔永祚	미상	이상 명치 42년 7월 10일 금지 1909년
10	면암선생문집 부록 勉菴先生文集 附錄	1,2,3, 4	최영조 崔永祚	최영조 崔永祚	미상	
11	동국문헌보유 東國文獻補遺	권 1,2,3	이원 李源	이원 李源	미상	이상 명치 42년 10월 8일 금지 1909년
12	애국동맹단의문 愛國同盟團義文	1	미상	미상	명치 43년 7월 7일 1910년	이상 명치 43년 10월 26일 금지 1910년
13	찬미가 (讚美歌)	1	윤치호 尹致昊	김상만 金相萬	융희 2년 6월 25일 1908년	이상 명치 45년 2월 7일 금지 1912년
14	연설법방 演說法方	1	안국선 安國善	안국선 安國善	융희 원년 11월 1907년	이상 명치 45년 2월 13일 금지 1912년
15	독립정신 (獨立精神)	1	리승만	대동서관 大同書館	융희 4년 2월 1910년	이상 명치 45년 2월 15일 금지 1912년
16	한무광복 혁명군 漢武光復 革命軍	1	여침장병 餘枕章炳	신한서실 新漢書室	명치 44년 9월 1911년	이상 명치 45년 5월 1일 금지 1912년
17	신소설 애국부인전 新小說 愛國婦人傳	1	숭양산인 崇陽山人	김상만 金相萬	융희 원년 1월 3일 1907년	이상 명치 45년 6월 26일 금지 1912년
18	라란부인전 羅蘭婦人傳	1	대한매일신 보사 大韓每日申 報社	박문서관 博文書館	융희 2년 7월 1908년	
19	사회승람 (社會勝覽)	1	김병제 金丙濟	황천수 黃天秀	융희 2년 4월 1908년	이상 명치 45년 7월 1일 금지 1912년
20	동서양역사 東西洋歷史	1,2	현채 玄采	보성관 普成館	미상	이상 대정 원년 8월 9일 금지 1912년
21	몽배금태조 夢拜金太祖	1	박기정 朴箕貞	미상	미상	이상 대정 원년 10월 16일 금지 1912년

447

22	여자수신교과서 女子修身敎科書	1	노병선 盧炳善	노익형 盧益亨	융희 3년 2월 20일 1909년	이상 대정 원년 12월 12일 금지 1912년
23	경국미담 (經國美談)	상하	현공렴 玄公廉	현공렴 玄公廉	융희 2년 9월 1908년	이상 대정 2년 1월 27일 금지 1913년
24	유학자취 幼學字聚	1	윤치호 尹致昊	김상만 金相萬	융희 3년 1월 20일 1909년	이상 대정 2년 1월 29일 금지 1913년
25	수상 영웅루국사비 繡像 英雄淚國事悲	8	미상	계림냉혈생 鷄林冷血生	미상	이상 대정 2년 2월 10일 금지 1913년
26	일본사기 日本史記	1,2	현채 玄采	현채 玄采	융희 원년 12월 10일 1907년	이상 대정 2년 2월 28일 금지 1913년
27	회천기담 囘天奇談	1	현공렴 玄公廉	현공렴 玄公廉	융희 2년 6월 20일 1908년	
28	만국통감 오권 (萬國通鑑 五卷)	권5	안애리 安愛理	안애리 安愛理	대정 2년 2월 28일 1913년	
29	소의신편(인) 昭義新編(仁)	2	미상	미상	미상	이상 대정 2년 3월 31일 금지 1913년
30	소의신편(의) 昭義新編(義)	2	미상	미상	미상	
31	소의신편(예) 昭義新編(禮)	2	미상	미상	미상	
32	소의신편(지) 昭義新編(智)	2	미상	미상	미상	
33	소의신편(신) 昭義新編(信)	2	미상	미상	미상	
34	십구세기 구주문명진화론 十九世紀 歐洲文明進化論	1	이채우 李埰雨	이채우 李埰雨	융희 2년 4월 1908년	이상 대정 2년 5월 5일 금지 1913년
35	만국략사 萬國略史	2	미상	미상	미상	이상 대정 2년 5월 8일 금지 1913년
36	윤리학교과서 倫理學敎科書	2	신해영 申海永	미상	융희 2년 1월 15일	이상 대정 2년 5월 24일 금지 1913년

37	한국교회핍박 韓國教會逼迫	1	이승만 李承晩	한재명 韓在明	서력 1913년 4월	이상 대정 2년 5월 30일 금지 1913년
38	정치원론 政治原論	1	안국선 安國善	안국선 安國善	융희 원년 10월 1907년	이상 대정 2년 6월 3일 금지 1913년
39	비율빈전사 比律賓戰史	1	안국선 安國善	미상	광무 11년 7월 22일 1907년	이상 대정 2년 6월 5일 금지 1913년
40	중국혼 中國魂	2	양계초 梁啓超	장지연 張志淵	융희 2년 5월 1908년	이상 대정 2년 6월 10일 금지 1913년
41	법국혁신전사 法國革新戰史	1	삽강보 澁江保	황성신문사 皇城新聞社	광무 4년 6월 1900년	이상 대정 2년 6월 18일 금지 1913년
42	의태리독립사 意太利獨立史	1	김덕균 金德均	정희진 鄭喜鎭	광무 11년 5월 1907년	
43	국가학 國家學	1	나진 羅瑨 김상연 金祥演	미상	미상	이상 대정 2년 6월 19일 금지 1913년
44	신소설 자유종 新小說 自由鐘	1	이해조 李海朝	김상만 金相萬	융희 4년 7월 30일 1910년	이상 대정 2년 7월 3일 금지 1913년
45	상업범론 商業汎論	2	김대희 金大熙	미상	광무 11년 7월 12일	이상 대정 2년 7월 11일 금지 1913년
46	정학원론 政學原論	1	보성관 普成館	-	융희 2년 6월 22일 1908년	이상 대정 2년 7월 16일 금지 1913년
47	보로사국후례두익대왕ノ칠년전사 普魯士國厚禮斗益大王의 七年戰史	1	유길준 俞吉濬	김상만 金相萬	융희 2년 5월 10일 1908년	이상 대정 2년 7월 17일 금지 1913년
48	노동야학 勞働夜學	1	유길준 俞吉濬	유길준 俞吉濬	융희 3년 1월 10일 1909년	이상 대정 2년 7월 19일 금지 1913년
49	신정국문첩경 新訂國文捷徑	2	한승곤 韓承坤	김찬두 金燦斗	융희 2년 11월 1908년	
50	철세계 鐵世界	1	이해조 李海朝	고유상 高裕相	융희 2년 11월 20일	

51	동몽선습 童蒙先習	1	-	-	-	이상 대정 2년 8월 7일 금지 1913년
52	최신 동국사 最新 東國史	3	미상	미상	건국 4246년 8월 1913년	이상 대정 2년 9월 10일 금지 1913년
53	신찬창가집 新纂唱歌集	1	명동 야소교학교 明東 耶蘇教學校	명동 야소교학교 明東 耶蘇教學校	건국 4246년 3월 19일 1913년	이상 대정 2년 10월 8일 금지 1913년
54	국민개병설 國民皆兵說	1	미상	미상	건국 4244년 7월 1일 1911년	이상 대정 2년 11월 25일 금지 1913년
55	최도통 崔都統	1	미상	미상	건국 4245년 4월 15일 1912년	
56	국민독본 國民讀本	1	미상	미상	융희 3년 11월 1909년	
57	군인수지 軍人須知	1	미상	미상	건국 4213년 8월 1880년	
58	先生ナタ 英語ヲ學ブノ本	1	미상	미상	융희 2년 12월 2일 1908년	
59	역사집략 歷史輯略	3	김택영 金澤榮	미상	광무 9년 10월 1905년	이상 대정 3년 2월 19일 금지 1914년
60	백화 조선망국통사 白話 朝鮮亡國痛史	1	광황성성 光黃惺惺	미상	선통 3년 3월 1912년	이상 대정 3년 4월 10일 금지 1914년
61	초등역사 상 初等歷史 上	1	환흥 桓興	환흥 桓興	미상	이상 대정 3년 6월 8일 금지 1914년
62	흥무왕실기 興武王實記	2	미상	김호주 金昊柱	미상	이상 대정 3년 6월 29일 금지 1914년
63	김해김씨세보 金海金氏世譜	10	미상	김호주 金昊柱	미상	

〈표 3〉에 수록된 도서들 가운데 간접적으로나마 압수 처분이 확인되는 것은 1번부터 8번 사이의 도서들이다. 안국선의『금수회의록』을 포함한 8종의 도서가 압수되었던 것으로 보이는데, 이에 대한『황

성신문』의 기사는 다음과 같다.

> 警視廳에셔 昨日에 巡査를 각 書館에 派送ᄒ야 押收한 書籍類의 種類
> 가 女左하니 東國史略, 幼年必讀並釋義, 二十世紀朝鮮論, 越南亡國史,
> 禽獸會議錄, 우순소리 등이라더라[16]

이 기사를 살펴보면 〈표 3〉에 수록된 1~8번 사이의 도서가 압수 조치를 당했음이 확인되고 그 목록도 정확하게 일치되는데, 이 행정처분은 1909년 5월 5일에 검열 결과로서 발매반포 금지 되었고, 바로 그 다음날인 5월 6일에 곧바로 압수 조치가 진행되었음을 확인할 수 있는 것이다.

그러나 이 같이 관보 등에 공시의 방식이 아닌 간접적으로나마 신문 기사 등을 통하여 확인되는 도서의 목록은 많지 않다.『조선총독부관보』에 행정 처분 내역이 공시된 1911년 7월 13일의 목록에 대한 매일신보사가 번역 간행한『정치소설 서사건국지』와 김병현 저 노익형 발행의 동일 제목의 단행본을 제외한 이후의 것들은 지금까지 다른 공식적인 자료에서는 확인되지 않았던 것들이다.

〈표 3〉의 9번 이후의 목록에서 우선 주목되는 것은 1912년 2월부터 1914년 6월까지 검열에 의한 발매 반포 금지 조치가 빈번하게 반복하여 이루어졌다는 점이다. 본고가 살펴보고 있는『교과용도서일람』이 1915년 개정판인 것을 고려할 때, 단행본류만 보아도 2년 반이 채

---

16 『황성신문』, 1909.05.07.

되지 않는 기간 동안 55종에 달하는 책들이 출판법에 의해 안녕질서 방해라는 혐의로 금지와 압수 처분을 당해야 했다.

　이 목록에서 먼저 확인되는 것은 국권상실 이전 애국계몽을 목적으로 번역 소개되었던 역사전기류 작품들이 대부분 검열에 의해서 금지 조치를 당했다는 점이다. 1912년 6월 26일에 금지 처분을 받은 『신소설 애국부인전』, 『라란부인전』과 1913년 6월 5일에 처분된 『비율빈전사』, 같은 해 6월 18일에 처분된 『법국혁신전사』, 『의태리독립사』, 또 같은 해 7월 17일 처분의 『보로사국 후례두익대왕칠년전사』 등이 이 같은 성격의 글이다.

　이 단행본들은 1910년 11월 16일에 발매 반포 금지 조치를 당해 『조선총독부관보』 11월 19일자 고시에 수록된 『이태리건국삼걸전』, 『갈소자전』, 『화성돈전』, 『파란말년전사』, 『미국독립사』, 『애급근세사』 등과 함께 대표적인 애국계몽기의 역사전기소설들이었다. 주지하다시피 국권상실을 목전에 둔 상태에서 많은 지식인들이 애국을 강조하기 위해 적극적으로 소개한 각국의 독립 및 영웅의 이야기들이 강점 이후 출판법에 의해 대표적인 발매 금지와 압수의 대상이 된 것이다.

　또한 주목되는 것은 신소설 작가 이해조의 작품들이 검열에 의해 행정 처분을 받았다는 사실이 확인되는 점이다. 1913년 7월 3일에 금지 처분을 받은 그의 작품은 『신소설 자유종』이며, 같은 해 7월 19일에 번안소설인 『철세계』가 같은 처분을 받았다. 앞서 그가 번역한 『화성돈전』이 발매 금지 도서 목록에 함께 포함되어있다는 점을 보면 1910년부터 불과 몇 년 동안 이해조의 작품만 3편이나 발매 금지 조치를 당했던 것이다. 이는 익히 기존의 연구에서 밝혀진『자유종』의 애국계몽적 성격과『화성돈전』이 가진 역사계몽적 성격이 총독부의 입장에서 문제가 되었을 것으로 보이며, 번안작인『철세계』가 가진 근대문명 비판의 내용이 안녕질서를 방해한다는 이유가 되었을 것으로 추정된다.

이 외에도 이 목록에서 확인되는 역사 교과서류와 정치 및 경제학 서적, 한문 서적에 대한 구체적인 서지 추적은 앞으로 조금 더 면밀하게 그 검열 및 행정 처분 사유를 추적해야 할 것이다. 본고에서는 우선 자료를 소개하는 차원에서 마무리하고 추후 연구에서 보다 선명하게 추적하기로 한다.

4.『교과용도서일람』에서 확인되는 초기 출판 검열의 의미

본고는 일제강점기 초기 출판법에 의해 사상 통제를 목적으로 검열 후 발매 금지 및 압수 조치를 당한 도서들을『교과용도서일람』에 수록된 행정 처분 목록을 중심으로 살펴보고자 하였다. 앞서 언급한 것처럼 조선총독부가 본격적인 검열 문건을 체계화하여 생산하기 시작한 것은 1926년 4월 경무국 산하 도서과의 설치 이후이다.『조선출판경찰월보』(1928.9~1938.12)로 대표되는 이 문건에는 3천 건이 넘는 검열 기록들이 사유와 함께 수록되어 있다. 사유가 명시된 경우를 제외하고 이 문건에 목록과 통계 수치로만 제시된 것들을 포함하면 수만 건에 달하는 출판물들이 제국에 의해 검열 되었고, 본고에서 살펴본 문건에서 보이는 바와 같이 발매금지나 압수 처분은 물론 삭제 조치를 당해야만 했다.

중요한 것은 이 같은 강점기의 문건의 존재가 1920년대 중반부터 구체적으로 확인된다는 점이며, 그 이전의 것들은『조선총독부관보』나 일부 신문 기사를 통해서만이 직간접적으로만 확인되고 있었다는 사실이다. 그런 의미에서『교과용도서일람』과 같은 자료들은 강점 초기 검열의 실태와 언론과 출판에 대한 사상 탄압의 양상을 보다 구체적으로 보여주는 중요한 자료라 할 수 있다.

본고가 살펴본 결과 검열과 행정 처분에 대한 자료가 충분하게 확인되지 않았던 1910년대 초반에도 매월 발매 금지와 압수 조치가 진행되고 있었고 그 결과 조선인들이 읽을 수 없도록 차단된 출판물들은 수백 종 이상이 되었던 것으로 보인다. 다행이라고 하기에는 식민지 조선에 대한 사상 탄압의 기록이어서 아이러니하지만, 조선총독부는 이 같은『교과용도서일람』을 매해 정리하여 발행하였고, 여기에는 앞 장에서 살펴본 것처럼 검정 무효, 검정 불허가, 불인정, 발매반포 금지 도서들의 목록이 선명하게 수록되어있다. 앞으로의 연구에서 일제강점기 전반을 아우르는 출판물 검열에 대해 살펴보기 위해서는 이 같은 자료들에 대한 본격적인 해제와 서지 추적 작업, 출판법의 적용과 검열 사유에 대한 내용 분석 등이 진행되어야 할 것이다.

본고는 그런 의미에서 일종의 시론에 해당한다. 1920년대 이후에 집중되어있어서 체계화된 문건이 생산되었고, 이를 통해서 비교적 선명하게 제국 일본이 식민지 조선에 가한 사상 탄압과 통제의 실체들을 밝힐 수 있었던 연구에 덧입혀 일제강점기 전반의 출판 검열과 사상 탄압의 양상을 자료 중심으로 정리하여 총체적으로 파악해야 할 필요가 있는 것이다. 이에 대해서는 후속 연구를 통해서 구체적으로 밝히기로 한다.

개작과 검열의 사회 · 문화사 (1)

부록

『조선출판경찰월보』(1928.09–1938.12.) 수록 문학 작품 검열 목록

번호	출판물명	저자명	작품제목	발행인명	주소	처분일시	처분내역	근거	언어
001	연극(演劇) 창간호	미기재	희곡「도둑」	김귀영(金貴泳)	경성	1933년 3월 8일	불허가	미기재	조선문
002	호반(湖畔)의 비가(悲歌)	미기재	「호반의 비가」	고경상(高敬相)	경성부 관훈정 121번지	1938년 11월 14일	삭제	안녕금지	미기재
003	중앙일보(中央日報)	미기재	영화 각본「5.3 벽혈」	중앙일보사(中央日報社)	남경(南京)	1929년 4월 24일	차압	치안의 부	지나문
004	중앙일보(中央日報)	미기재	영화 각본「5.3 벽혈」	중앙일보사(中央日報社)	남경(南京)	1929년 4월 24일	차압	치안의 부	지나문
005	중앙일보(中央日報) 부록	미기재	영화 각본「5.3 벽혈」	중앙일보사(中央日報社)	남경(南京)	1929년 4월 26일	차압	치안의 부	지나문
006	중앙일보(中央日報)	미기재	영화 각본「5.3 벽혈」	중앙일보사	남경(南京)	1929년 5월 18일	차압	치안의 부	지나문
007	연극운동(演劇運動) 제2권 제4호	미기재		이상춘(李相春)	경성	1933년 2월 10일	불허가	미기재	조선문
008	신소년(新少年) 3월호	미기재	아동극「화전」	신명균(申明均)	경성(京城)	1930년 2월 14일	삭제	치안	언문
009	별나라 제6권 3호 추가	미기재	아동극「청소부」	안준식(安俊植)	경성	1931년 3월 28일	삭제	치안	언한문
010	영화극 오몽녀	나운규 외3명	영화극「오몽녀」	오케이 1968 제국축음기 주식회사	미기재	1937년 3월 23일	미기재	풍속괴란	미기재
011	별나라 제7권 제4호	미기재	동화극「홍길동」	별나라사	경성	1932년 4월 18일	불허가	치안의 부	조선문
012	(영화설명)해적 브랏트((映畵說明)海賊ブラット)	류인성(柳寅晟)	영화 설명「해적 브랏트」	오케이 1968 제국축음기 주식회사	미기재	1937년 3월 23일	미기재	치안	미기재
013	영화소설 아시아(亞細亞)의 대동란(大動亂)	미기재	「아시아의 폭풍」 일명「징기스칸의 후예」	한강(韓鋼)	경성	1931년 6월 20일	불허가	치안	언한문
014	소년조선(少年朝鮮) 10월호	미기재	신동화「참새의 수난」	최순정(崔順貞)	경성	1928년 10월 12일	삭제	미기재	언한문
015	소년문예(少年文藝) 제3호	미기재	동화「조선의 소년이여」	김형석(金亨錫)	신의주	1928년 11월 28일	삭제	치안	언한문
016	조선소년(朝鮮少年) 제3권 2호	미기재	동화「대사(大蛇)의 죽음」	박윤원(朴閏元)	의주군(義州郡)	1928년 12월 28일	불허가	치안	언한문

017	조선소년(朝鮮少年)	미기재	신동화「율서」	박윤원(朴潤元)	의주군(義州郡)	1929년 1월 23일	불허가	치안의 부	언한문
018	세계 동화 걸작 전집(世界童話傑作全集)	미기재	「300명의 용사」	고장환(高長煥)	경성(京城)	1929년 1월 15일	삭제	치안의 부	언한문
019	조선 동화선집(朝鮮童話選集)	미기재	「금붕어」	강의영(姜義永)	경성(京城)	1929년 5월 8일	삭제	치안	언한문
020	신소년(新少年)제7권 제7호	미기재	동화「마음이 고약한 원숭이」	신명균(申明均)	경성(京城)	1929년 6월 7일	삭제	치안의 부	언한문
021	별나라(星の國)제4권 제6호	미기재	동화「한 어부의 아들」	안준식(安俊植)	경성(京城)	1929년 7월 22일	삭제	치안의 부	언한문
022	반도소년(半島少年)제2호	미기재	동화「두꺼비와 난쟁이」	정이경(鄭利景)	경성(京城)	1929년 7월 27일	삭제	치안의 부	언한문
023	용천검(龍天劍)제9호	미기재	동화「여름날의 메뚜기와 개미」	오기선(吳基善)	경성(京城)	1929년 7월 30일	삭제	치안의 부	언한문
024	별나라(星ノ國)제5권 제2호	미기재	-	안준식(安俊植)	경성(京城)	1929년 12월 16일	불허가	치안의 부	언문
025	신소년(新少年)제3권 제7호	미기재	동화「흰개미의 공」	신명균(申明均)	경성(京城)	1931년 3월 13일	삭제	치안	언한문
026	별나라제7권 제4호	미기재	동화극「홍길동」	별나라사	경성(京城)	1932년 4월 18일	불허가	치안의 부	조선문
027	별나라제7권 제4호	미기재	동화「고양이가 본 세상」	안준주(安俊柱)	경성(京城)	1932년 5월 10일	불허가	치안의 부	조선문
028	별나라(星の國)제7권 제4호	미기재	동화「고양이가 본 세상」	안준주(安俊柱)	경성(京城)	1932년 5월 25일	불허가	치안의 부	조선문
029	신소년(新少年)제12권 제4호	미기재	장편동화「파랑새」	신명균(申明均)	경성	1934년 3월 15일	불허가	미기재	조선문
030	어린이의 생활(小供ノ生活)제9권 제7호	함대훈(咸大勳) 역/톨스토이 원작(トルストイ原作)	「조국과 국가에 대하여」(톨스토이)	반우거(班禹巨)	경성	1934년 7월 3일	차압	미기재	조선문
031	조선시단(朝鮮詩壇)창간호	미기재	「겻들」	황석우(黃錫禹)	경성(京城)	1928년 10월 4일	차압	미기재	언한문
032	조선시단(朝鮮詩壇)제2호	미기재	「고국이 그립다」	황석우(黃錫禹)	경성(京城)	1928년 10월 23일	삭제	미기재	언한문
033	조선시단(朝鮮詩壇)제3호	미기재	「농부의 원망」	황석우(黃錫禹)	경성(京城)	1928년 11월 17일	삭제	치안	언한문
034	조선소년(朝鮮少年)제3권 2호	미기재	소년시「벗들이여」, 「새로운 살길을 찾자」	박윤원(朴潤元)	의주군(義州郡)	1928년 12월 28일	불허가	치안	언한문
035	조선시단(朝鮮詩壇)제4호 추가분	미기재	「그 사람의 눈물」	황석우(黃錫禹)	경성(京城)	1928년 12월 10일	삭제	치안	언한문
036	조선시단(朝鮮詩壇)제4호	미기재	「신년의 행진곡」	황석우(黃錫禹)	경성(京城)	1928년 12월 10일	삭제	치안	언한문
037	조선소년(朝鮮少年)신년호	미기재	「압록강 철교는」	박윤원(朴潤元)	의주군(義州郡)	1928년 12월 15일	삭제	치안	언한문
038	조선동요선집(朝鮮童謠選集)	미기재	「청도」, 「종소리」	노익형(盧益亨)	경성(京城)	1929년 1월 9일	삭제	치안의 부	언문
039	『새 시단』 제3호(『新詩壇』第三號)	미기재	「황야에 내리는 봄비」	신명균(申明均)	경성(京城)	1929년 1월 24일	삭제	치안의 부	언한문

040	『조선시단』 제5호	미기재	「무궁화」	황석우 (黃錫禹)	경성(京城)	1929년 1월 28일	삭제	치안의 부	언한문
041	조선소년 영춘호 (朝鮮少年 迎春號)	미기재	「무엇을 먹고 살 수 있을까」 「신춘」	박윤원 (朴潤元)	의주군 (義州郡)	1929년 2월 7일	불허가	치안의 부	언한문
042	종달새 창간호	미기재	「자동차」	홍장복 (洪長福)	고양군 (高陽郡)	1929년 3월 1일	삭제	치안의 부	언한문
043	조선소년(朝鮮少年) 제3권 제6호	미기재	「새로운 곳으로」	박윤원 (朴潤元)	경성(京城)	1929년 4월 17일	삭제	치안	언한문
044	운작(雲雀)제2호	미기재	「기치」	홍장복 (洪長福)	경성(京城)	1929년 6월 1일	삭제	치안의 부	언한문
045	신인간(新人間) 제38호	미기재	「궁을가」	이돈화 (李敦化)	경성(京城)	1929년 7월 19일	삭제	치안의 부	언한문
046	안변시인집 (安邊詩人集)	미기재	「금어」	남응손 (南應孫)	안변군	1930년 1월 27일	삭제	치안의 부	언한문
047	소년세계(少年世界) 제2권 제2호	미기재	「평화의 노래」	이원규 (李元珪)	경성(京城)	1930년 1월 9일	삭제	치안의 부	언한문
048	대중공론(大衆公論) 제4호	미기재	시 「성냥」	신림 (申琳)	경성(京城)	1930년 2월 12일	삭제	치안	언문
049	조선주보(朝鮮週報) 제51호	미기재	「신아리랑곡」	서성업 (徐成業)	경성(京成)	1930년 3월 17일	삭제	치안의 부	언한문
050	나의 거문고	미기재	「애가」	김동명	원산	1930년 4월 22일	삭제	치안	언한문
051	『조선시단』 (朝鮮詩壇) 제7호	미기재	「어떤 젊은 노동자의 노래」	황석우	경성	1930년 4월 7일	삭제	치안	언한문
052	『신민만보』 (新民晚報)	미기재	「悲壯 蒼凉咏 안중근 一首」	신민만보사	봉천	1930년 6월 9일	차압	치안	지나문
053	『신소년(新少年)』 제8권 제6호	미기재	시 「과거의 이야기」	신명균	경성	1930.06.14	치안	삭제	언한문
054	『별나라』 제5권 제6호	미기재	「거머리」	안준식	경성	1930.06.11	치안	삭제	언한문
055	불별(ノルビョル) (火ノ星)	미기재	「겸(鎌)[낫]」, 「거머리」, 「더운 날」, 「비밀의 행리」	중앙인쇄관 (中央印刷館)	경성	1931년 3월 18일	차압	미기재	조선문
056	대조(大潮) 5호	미기재	「오라버니를 만나고 싶다」	전무길 (全武吉)	경성	1930년 7월 8일	삭제	치안의 부	언한문
057	농본(農本) 제1권 제3호	미기재	「의분」	장기원 (張基元)	대구	1930년 7월 2일	삭제	치안의 부	언한문
058	신인간(新人間) 제53호	미기재	「나는 반드시 나아간다」	이돈화 (李敦化)	경성	1930년 10월 24일	삭제	치안	언문
059	민성보(民聲報)	미기재	언문시 「조선은 우리 어머님」	민성보사	간도	1930년 12월 29일	차압	치안	선문
060	조선신동요선집 (朝鮮新童謠選集) 제1집 전(全)	미기재	「종소리」	김기계 (金基桂)	평남	1931년 3월 19일	삭제	치안	언한문
061	시집(詩集) 호외(號外)	미기재	「대지에 그리는 불의 그림」, 「젊은 음향」	박계홍 (朴桂弘)	경성	1931년 3월 5일	불허가	치안	언한문
062	이문당(以文堂) 제1권 제4호	미기재	시 「공장일지」	양재응 (梁在應)	경성	1931년 6월 26일	삭제	치안	언한문
063	별탑(星塔)	미기재	시 「그 나라 형제들은 우리를 부른다」	김용서 (金用瑞)	평북	1931년 6월 8일	불허가	치안	언한문
064	카프시인집 (カップ詩人集) 1책	미기재	-	신명균 (申明均)	경성	1931년 7월 10일	삭제	미기재	미기재

065	별(星) 제49호	미기재	「고국의 친우들에게」	박준호 (朴準鎬)	경성	1931년 7월 8일	삭제	미기재	미기재
066	민우(民友) 창간호	미기재	시 「어느 곳에」	정태은 (鄭泰銀)	경성	1931년 7월 4일	삭제	미기재	미기재
067	류의 적(柳 ノ 笛) 전(全)	미기재	「무궁화」, 「유랑군」	주요한 (朱耀翰)	경성	1931년 12월 26일	불허가	치안	언문
068	신진문예(新進文藝) 제1집	미기재	「봄」, 「말라버리다」	김희철 (金熙哲)	미기재	1932년 3월 1일	불허가	치안	조선문
069	집단(集團) 제1권 제 2호 추가	미기재	「농민조합의 노래」	임인식 (林仁植)	경성	1932년 2월 15일	불허가	치안	언문
070	소년세계(少年世界) 제3권 제6호	미기재	「싸우자」	이원규 (李元珪)	경성	1932년 5월 26일	불허가	치안의 부	조선문
071	신흥예술(新興藝 術)6월호 제2호	미기재	「웃고 싶어졌다」	문일 (文 一)	경성	1932년 5월 26일	불허가	치안의 부	조선문
072	비판(批判) 제6호 제3추가	미기재	「아버지여, 어머니여」	송봉우 (宋泰瑀)	경성	1932년 5월 13일	불허가	치안의 부	조선문
073	아등(我等) 제2권 제6호	미기재	「네가 죽어도」	아등사 (我等社)	경성	1932년 6월 6일	불허가	치안의 부	조선문
074	전선(全線) 창간호	미기재	「고수의 노래」	이재훈 (李在薰)	경성	1932년 7월 22일	불허가	치안의 부	조선문
075	조선소년(朝鮮少年) 제5권 제2호	미기재	「학교, 논밭, 자동차」	박완식 (朴完植)	평북도	1932년 8월 30일	불허가	치안의 부	조선문
076	삼천리 11월	미기재	「그 세상은 악한 세상」, 「광자의 노래」	김동환 (金東煥)	경성	1932년 10월 14일	불허가	치안	
077	계성(啓星) 제2호	미기재	「인생 지옥의 단면」, 「영원히 잠자는 나의 친구」	현거선 (玄居善)	대구	1932년 12월 14일	차압	미기재	조선문
078	자공등(子供等) 제1권 제2호	미기재	「시란」	박완식 (朴完植)	의주	1932년 12월 28일	불허가	미기재	조선문
079	(시지)서종(詩誌)曙 鍾 제2호	미기재	「이땅의 젊은이여」, 「흙을 파러 외출하자」	이부성 (李富成)	경성	1933년 3월 29일	불허가	미기재	조선문
080	신소년(新少年) 제11권 제4호	미기재	「바람아 불어줘라」, 「여동생」	신명균 (申明均)	경성	1933년 3월 3일	불허가	미기재	조선문
081	신생(新生) 제6권 제5호	김영재 (金永栽), 신 동욱 (申東旭)	「젊은 기사부터」	신생사	경성	1933년 5월 10일	차압	미기재	조선문
082	신계단(新階段) 1권 제10호 제1 추가	미기재	「순이에게 보내는 시」	유진희 (俞鎭熙)	경성	1933년 7월 1일	불허가		조선문
083	아유성(亞有声) 1권 제10호 제1 추가	미기재	「어린 농부」	지복문 (池福文)	충주	1933년 8월 16일	불허가		조선문
084	북향(北鄕) 제4호	미기재	「모순의 폭발」	불상 (不詳)	간도	1934년 4월 5일	차압	미기재	선문
085	무궤열차(無軌列車)	미기재	「무기수」	토민사 (土民社)	동경	1934년 8월 9일	차압	미기재	조선문
086	낙원(樂園) 제2집	미기재	시 「소의 통곡」	노기승 (盧基崇)	평양부 암정7	1936년 12월 24일	불허가	치안방해, 풍속괴란	미기재
087	중앙교우회보(中央 校友會報) 제10호	미기재	시 「가을의 마음」	현상윤 (玄相允)	경성부 가회 정 1-35	1936년 12월 7일	삭제	미기재	미기재

088	호남평론(湖南評論) 2월호	미기재	시「모래밭이요」	서광우(徐光雨)	경성부 명륜정 4-206	1937년 1월 27일	삭제	미기재	미기재
089	세월(歲月)	미기재	시「우리 오빠와 화로」	이정래(李晶來)	경성	1937년 3월 12일	불허가	치안	조선문
090	사해공론(四海公論) 5월호 부록 조선시집(朝鮮詩集)	미기재	「농중조」,「춘감」,「북악산에 오르라」,「한강 강가」,「염」,「이향」	김해진(金海鎭)	경성	1937년 5월 4일	불허가	치안방해	조선문
091	시집(詩集) 파초(芭蕉)	김동명(金東鳴)	「폭풍우」	미기재	미기재	1937년 7월	불허가	미기재	미기재
092	시(時)의 밤(夜)	미기재	「동면」,「별의 송가」	미기재	미기재	1937년 7월	불허가	미기재	미기재
093	조선문학(朝鮮文學) 제15집	미기재	「반려자」	미기재	미기재	1937년 8월	불허가	미기재	미기재
094	사해공론(四海公論) 제4권 제2호	미기재	시「곡식」,「고성을 방문하여」	김해진(金海鎭)	경성부 죽첨정 1정목 10	1938년 2월 2일	불허가	안녕금지	미기재
095	조선교육(朝鮮教育)	미기재	시「낭인의 정한」	송택원(宋澤元)	경성부 통의정 91번지 28	미기재	삭제	안녕금지	미기재
096	현대조선문학전집(시가집)(現代朝鮮文學全集(詩歌集))	미기재	「공포의 밤」	방응모(方應謨)	경성부 태평통 1정목 61	미기재	삭제	안녕금지	미기재
097	백파(白波) 제6집	미기재	「조선의 시인이여」,「끝없는 표랑」	류두응(劉斗應)	함흥부 춘일정 2정목 26	미기재	삭제	안녕금지	미기재
098	청색지(靑色紙)	미기재	시「단장」	구본웅(具本雄)	경성부 다옥정 72번지	1938년 7월 1일	삭제	안녕금지	미기재
099	영남춘추(嶺南春秋)	미기재	시「대우(待雨)」	신현수(申鉉壽)	경남 진주군 진주읍 398	1938년 8월 29일	삭제	안녕금지	미기재
100	시인춘추(時人春秋)	미기재	「귀로」,「종소리」	이인영(李仁永)	경성부 본정 4-5	1938년 9월 27일	삭제	안녕금지	
101	무심(無心)(시집(詩集))	미기재	-	김대봉(金大鳳)	경성부 돈암정	1938년 9월 21일	삭제	안녕금지	미기재
102	수차(水車)(시집(詩集))	미기재	「시상」,「눈먼 거지의 노래」,「이 강이 가슴」	이하윤(異河潤)	경성부 관수정 96번지	1938년 11월 30일	삭제	안녕금지	미기재
103	시건설(詩建設)	유치환 외	「생명의 봄(서)」,「인고」	김익부(金益富)	평안북도 자성군 중강면 중평현 558	1938년 11월 17일	삭제	안녕금지	미기재
104	용광로(鎔鑛爐)	미기재	「용광로」,「군중정류」	송무현(宋武鉉)	고양군 은평면	1928년 10월 3일	차압	미기재	언문
105	조선소년(朝鮮少年) 제2권 제8호	미기재	「친구의 죽음」	박윤원(朴潤元)	의주군(義州郡)	1928년 11월 20일	불허가	치안	언한문
106	새벗(新友) 제5권 1호 추가분	미기재	「맹세」	고병돈(高丙敦)	경성(京城)	1928년 12월 6일	삭제	치안	언한문
107	소년문예(少年文藝) 제5호	미기재	「비스토르(소설)」	김형석(金亨錫)	신의주(新義州)	1929년 2월 16일	삭제	치안	언한문
108	영원한 눈물	미기재	「영원한 눈물」	노익환(盧益煥)	경성(京城)	1929년 2월 25일	삭제	치안	언문
109	다정(多情)의 눈물	미기재	「다정의 눈물」	노익환(盧益煥)	경성(京城)	1929년 2월 26일	삭제	풍속	언문
110	중앙일보(中央日報) 소설민족혼	미기재	「소설민족혼」	중앙일보사	남경(南京)	1929년 2월 18일	차압	치안	지나문
111	조선소년 임시호(朝鮮少年臨時號)	일본교촌(一本橋村)	미기재	박윤원(朴潤元)	의주군(義州郡)	1929년 3월 8일	불허가	치안	언한문

112	장한의 청춘 (長恨의靑春)	미기재	「장한의 청춘」	송완식 (宋完植)	경성(京城)	1929년 3월 12일	불허가	치안	언한문
113	싸흠(喧嘩)	미기재	「흑수(黑手) (극)」	김영팔 (金永八)	경성(京城)	1929년 3월 9일	삭제	치안	언한문
114	경성잡필(京城雜筆) 제121호	미기재	「한단 영화의 꿈」 「어느 미망인」	송본 무정 (松本武正)	경성(京城)	1929년 3월 2일	차압	풍속	국문
115	세계명작 단편소설집 (世界名作短篇小說集)	미기재	「음매부(淫賣婦) (소설)」	노익환 (盧益煥)	경성(京城)	1929년 4월 2일	삭제	치안	언한문
116	문예공론(文藝公論) 창간호 추가	미기재	「내일(소설)」 「여명(소설)」	방인근 (方仁根)	경성(京城)	1929년 4월 20일	삭제	치안	언한문
117	반도소년(半島少年) 창간호	미기재	「내 친구 영칠이」	정이경 (鄭利景)	순천군 (順川郡)	1929년 5월 8일	불허가	치안	언한문
118	새벗 제5권 제8호	미기재	「효복(孝福)의 고백 (소설)」	고병돈 (高丙敦)	경성(京城)	1929년 6월 19일	삭제	치안	언한문
119	어린이 제7권 제6호 추가	미기재	「과자와 싸움 (소설)」	방정환 (方定煥)	경성(京城)	1929년 7월 8일	삭제	치안	언한문
120	신인간(新人間) 제39호	미기재	「도시행진곡」	이돈화 (李敦和)	경성(京城)	1929년 8월 22일	삭제	치안	언한문
121	인도(人道) 제3호	미기재	「방화(放火) (소설)」	김은동 (金殷東)	경성(京城)	1929년 8월 27일	삭제	치안	언한문
122	조선강단(朝鮮講壇) 제2호 추가	미기재	「K변호사(소설)」	신림 (申琳)	경성(京城)	1929년 11월 20일	삭제	치안	언한문
123	별나라(星ノ國) 제5권 제2호	미기재	「미기재」	안준식 (安俊植)	경성(京城)	1929년 12월 16일	불허가	치안	언문
124	명성황후실기 (明成皇后實記)	미기재	「명성황후실기」	강범형 (姜範馨)	경성(京城)	1930년 2월 25일	불허가	치안	언문
125	「소년세계」 (少年世界) 제5호	미기재	「어린이날 (소설)」	이원규	경성(京城)	1930년 4월 25일	삭제	치안	언한문
126	『대조(大潮)』 제4호 추가	미기재	「배회」	전무길	경성(京城)	1930년 6월 9일	삭제	치안	언한문
127	신소년(新少年) 제8호	미기재	「무서운 노래(소설)」	신명균 (申明均)	경성(京城)	1930년 7월 15일	삭제	치안	언한문
128	대조	미기재	「태양을 보면」	이병조	경성(京城)	1930년 08월 29일	삭제	치안	-
129	신소년(新少年) 제8권 제9호	미기재	「2인의 선생 (소설)」	신명균 (申明均)	경성(京城)	1930년 9월 2일	삭제	치안	언한문
130	군기(群旗) 제1권 제1호	미기재	「세 명」	양창준 (梁昌俊)	경성(京城)	1930년 10월 27일	삭제	치안	언문
131	임진록 (壬辰錄)	미기재	「임진록」	황한성 (黃翰性)	경성(京城)	1930년 12월 27일	불허가	치안	언한문
132	등대(燈臺) 신년호	미기재	「복수」	이영한 (李永漢)	평양	1930년 12월 2일	삭제	치안	언한문
133	별탑 제3집	미기재	「찢어진 상의」	강영환 (姜永煥)	신의주	1930년 12월 24일	삭제	치안	언한문
134	동아일보(東亞日報) 1930년 12월 6일	미기재	-	송진우 (宋鎭禹)	경성(京城)	1930년 12월 5일	차압	치안	언문
135	서해단편소설집 (曙海短篇小說集) 홍염(紅焰)	미기재	「홍염」	최학송 (崔鶴松)	경성(京城)	1931년 2월 21일	삭제	치안	언한문
136	신여성(新女性) 제6권 제10호 추가	미기재	「강제 귀착(歸着)」	차상찬 (車相瓚)	경성(京城)	1932년 9월 21일	불허가	치안	조선문

137	역사소설(歷史小說) 추산(秋山) 이항묵(李恒默)	미기재	「추산 이항묵」	박현실(朴玄實)	경성(京城)	1932년 9월 30일	불허가	치안	조선문
138	기독신보	미기재	「혁명(50)」 발사하는 탄환(2)	기독신보	경성(京城)	1932년 10월 19일	불허가	치안	-
139	숭실활천 12호	미기재	「농촌의 점경」	숭실학교 지육(智育)부	경성(京城)	1932년 10월 21일	불허가	치안	-
140	범죄공론(犯罪公論) 제3권 제5호	미기재	장편소설「미정(眉酊)」	동경문화공론사(東京文化公論社)	동경	1933년 4월 5일	차압	풍속	지나문
141	괴청년(怪靑年)	미기재	「괴청년」	방인근(方仁根)	경성(京城)	1934년 2월 5일	불허가	미기재	조선문
142	형상(形象)	미기재	「S의 아버지(소설)」	이동치(李東治)	경성(京城)	1934년 2월 23일	불허가	미기재	조선문
143	별나라(星の國) 제9권 제3호	미기재	「엽견(獵犬사냥개」	안준식(安俊植)	경성(京城)	1934년 3월 15일	불허가	미기재	조선문
144	(매일신보부록) 월간매일(每日申報附錄)月刊每日 1934년 6월 1일	정인택(鄭人澤)	「범죄 실험관(정인택) 난륜(亂倫)」	매일신보사	경성(京城)	1934년 5월 26일	차압	미기재	조선문
145	조선일보(朝鮮日報) 1934년 11월 21일	미기재	창작(創作)「생명(生命)(2)」	미기재	경성(京城)	1934년 11월 20일	삭제	미기재	미기재
146	천하기걸 허생과 홍총각(天下奇傑許生と洪總角)	미기재	「총홍각(洪總角)」	이원규(李元珪)	경성(京城)	1934년 11월 9일	불허가	미기재	조선문
147	조선일보(朝鮮日報) 1934년 12월 4일	미기재	「광인기(10)」	미기재	경성(京城)	1934년 12월 3일	삭제	미기재	미기재
148	동아일보(東亞日報) 1934년 12월 7일	강경애	「인간문제(人間問題)(106)」	미기재	경성(京城)	1934년 12월 6일	삭제	미기재	미기재
149	동아일보(東亞日報) 1934년 12월 14일	강경애	「인간문제(人間問題)(114)」	미기재	경성(京城)	1934년 12월 13일	삭제	미기재	미기재
150	동아일보(東亞日報) 1935년 1월 19일 석간	미기재	이민열차(2)	미기재	경성(京城)	1935년 1월 18일	삭제	미기재	미기재
151	조선일보(朝鮮日報) 1935년 2월 5일	김유정	소설「석립(7)(소낙비)」	조선일보사	경성(京城)	1935년 2월 4일	차압	미기재	조선문
152	소설 폭풍전야(暴風前夜)	함대훈	「폭풍전야」	함대훈(咸大勳)	경성(京城)	1935년 7월 9일	불허가	미기재	조선문
153	성모(聖母)	이태준	「성모」	이태준(李泰俊)	경성(京城)	1936년 4월 7일	불허가	미기재	조선문
154	엽기(獵奇) 속간 제3호 전 1책	미기재	1. 「정조위기 3곡선」 2. 「동정을 빼앗긴 미소년의 고백」 3. 「처녀를 빼앗긴 여성의 고백」 4. 「밤길을 혼자 걸어 처녀성을 빼앗긴 여성의 일생」 5. 「연인에게 허락받지 않은 처녀를 야성의 폭력 하에 ###」	고극(高克)	평남	1936년 4월 17일	불허가	풍속	조선문
155	동양실업(東洋實業) 제1권 제6호	미기재	「장한(長恨)의 월미도」	함효영(咸孝英)	경성부 남대문정 5정목 74번지	1936년 11월 28일	일부삭제 허가	미기재	미기재
156	비련소설 기생의눈물(悲戀小說 妓生の淚)	미기재	「기생의 눈물」	신태옥(申泰玉)	경성부 종로3정목 141	1937년 1월 12일	삭제	미기재	미기재

157	백광(白光) 제2집	미기재	「#이 내리는 밤과 그 여자」	전영택(田榮澤)	경성부 염리정 108	1937년 1월 21일	일부삭제 허가	미기재	미기재
158	천안삼거리(天安三巨里)	미기재	-	강의영(姜義永)	경성 종로2정목 84	1937년 2월 5일	삭제	미기재	미기재
159	대북신보(大北新報) 1937년 5월 24일	미기재		미기재	하얼빈	1937년 5월 24일	불허가	풍속	지나문
160	사랑은 눈물인가(戀ハ淚力)	미기재	「사랑은 눈물인가」	조준향(曹俊鄕)	경성(京城)	1937년 5월	불허가	풍속	미기재
161	조선문학(朝鮮文學) 7,8월 합호	미기재	「동경연애」	정영택(鄭英澤)	경성(京城)	1937년 6월	삭제	미기재	미기재
162	현대소설(現代小說) 봄을 맞이하며	미기재	「봄을 맞이하며」	미기재	미기재	1937년 6월	불허가	미기재	미기재
163	호남평론(湖南評論) 7월호	미기재	「기차」	호남평론사	미기재	1937년 6월	삭제	미기재	미기재
164	장편소설(長篇小說) 인생문답(人生問答) 전1책	미기재	「인생문답」	미기재	미기재	1937년 6월	불허가	미기재	미기재
165	인정소설(人情小說) 시들은 황국(黃菊)	미기재	「시들은 황국」	미기재	미기재	1937년 7월	불허가	미기재	미기재
166	천일약보(天一藥報)	미기재	소설「상해」	미기재	미기재	1937년 7월	삭제	미기재	미기재
167	현대조선문학전집 단편집(상) (現代朝鮮文學全集 短篇集, 上)	미기재	1.「동업자」 2.「노파」 3.「방황」	방응모(方應謨)	경성(京城)	1938년 2월 2일	불허가	치안	조선문
168	풍림(風林) 제7집 추가	미기재	「개와 고양이」 (단편소설)	김형(金馨)	경성부 가회정 170-4	미기재	미기재	풍속	미기재
169	파경(破鏡)	박화성(朴花城)·엄흥섭(嚴興燮)·한인택(韓仁澤)·이무영(李無影)·강경애(姜敬愛)·조벽암(趙碧巖)	-	엄흥섭(嚴興燮)	경성부 신교정 30	1938년 7월 8일	삭제	치안	미기재
170	신개지(新開地)	이기영(李箕永)	「신개지」	고경상(高敬相)	경성부 관훈정 121번지	1938년 9월 30일	삭제	치안	미기재
171	아리랑상(峠)	미기재	「아리랑상」	노익형(盧益亨)	경성부 종로 2가86	1938년 9월 15일	삭제	풍속	미기재
172	소설가 구보씨(小說家仇甫氏)의 일일(一日)	미기재	「소설가 구보씨의 일일」	김연만(金鍊萬)	경성부 서소문정 36	1938년 10월 6일	삭제	치안	미기재
173	호반(湖畔)의 비가(悲歌)	미기재	「호반의 비가」	고경상(高敬相)	경성부 관훈정 121번지	1938년 11월 14일	삭제	치안	미기재

자료에 정보가 표기되지 않은 경우 '미기재'로 표기함
일본어 자료를 번역한 것이므로 원 언어와 작품명과는 일정한 차이가 존재할 수 있음

해방 이전 개작 · 검열 연구 목록

1. 국내 단행본

검열연구회, 『식민지 검열, 제도 · 텍스트 · 실천』, 소명출판, 2011.

김영애, 『판본과 해적판의 사회 · 문화사』, 역락, 2017.

권명아, 『음란과 혁명−풍기문란의 계보와 정념의 정치학』, 책세상, 2013.

남석순, 『근대소설의 형성과 출판의 수용미학』, 박이정, 2008.

동국대 한국문학연구소 편, 『식민지시기 검열과 한국문학』, 동국대출판부, 2010.

문한별, 『검열, 실종된 작품과 문학사의 복원』, 고려대 민족문화연구원, 2017.

이민주, 『제국과 검열−일제하 언론통제와 제국적 검열통제』, 소명출판, 2020.

정진석, 『언론총독부』, 커뮤니케이션북스, 2005.

정진석, 『극비 조선총독부의 언론 검열과 탄압』, 커뮤니케이션북스, 2007.

정진석 편, 『일제시대 민족지 압수기사모음(1, 2)』, LG상남언론재단, 1998.

정근식 외, 『검열의 제국: 문화의 통제와 재생산』, 푸른역사, 2016.

한기형, 『식민지 문역』, 성균관대출판부, 2019.

한기형 · 이혜령 편, 『미친 자의 칼 아래서(1,2)』, 소명출판, 2017.

한만수, 『허용된 불온』, 소명출판, 2015.

2. 국내 논문

강부원, 「총력전 시기 『每日新報』의 지면 구성과 매체 운용−學藝面을 중심으로」, 『대동문화연구』89, 대동문화연구원, 2015.

강영미, 「홍난파의 『조선동요백곡집』의 개사 양상 연구-초판본(1929·1933)과 개작본(1964)을 중심으로」, 『민족문화연구』91, 민족문화연구원, 2021.

강용훈, 「1930년대 개벽사 발간 잡지의 문예 담론과 식민지 조선의 매체 지형-『혜성』(1931~32), 『제일선』(1932~33), 속간 『개벽』(1934~35)을 중심으로」, 『비교문화연구』51, 비교문화연구소, 2018.

강유진, 「망각과 왜곡의 글쓰기를 통한 자기합리화 과정」, 『우리문학연구』(33), 우리문학회, 2011.

강진호, 「근대 국어과 교과서의 검정과 검열-『국어독본』(1907)과 『조선어독본』(1911)을 중심으로」, 『돈암어문학』39, 돈암어문학회, 2021.

_____, 「퇴고와 개작-이태준의 경우」, 『현대소설연구』68, 한국현대소설학회, 2017.

강현조, 「『귀의성』 판본 연구」, 『현대소설연구』35, 한국현대소설학회, 2007.

_____, 「『血의涙』 판본 연구: 형성과정 및 계보에 대한 비판적 고찰을 중심으로」, 『현대문학의 연구』31, 한국문학연구학회, 2007.

_____, 「이해조 소설의 텍스트 변화 양상 연구-『제국신문』 연재 원문과 단행본의 비교를 중심으로」, 『한국근대문학연구』17(1), 한국근대문학회, 2016.

강혜경, 「일제말기 조선방송협회를 통해 살펴본 방송통제」, 『한국민족운동사연구』69, 한국민족운동사학회, 2011.

구난희, 「일제하 천황인식 형성과 역사 교과서의 천황 서술-1930년대 이후 역사교과서를 중심으로」, 『역사교육연구』12, 한국역사교육학회, 2010.

구장률, 「근대계몽기 소설과 검열제도의 상관성」, 『현대문학의 연구』26, 한국문학연구학회, 2005.

권명아, 「풍속 통제와 일상에 대한 국가 관리-풍속 통제와 검열의 관계를 중심으로」, 『민족문학사연구』33, 민족문학사연구소, 2007.

권은, 「『천변풍경』의 세 개의 판본과 박태원의 창작과정에 대한 고찰」, 『구보학보』17, 구보학회, 2017.

김경수, 「일제의 문학작품 검열의 실제-1920년대 압수소설 세 편을 중심으로」, 『서강인문논총』39, 서강대 인문과학연구소, 2014.

김광식, 「우스다 잔운(薄田斬雲)과 한국설화집『조선총화』에 대한 연구」, 『동화와 번역』20, 동화와번역연구소, 2010.

_____, 「조선총독부 학무국 '전설 동화 조사' 보고서를 활용한『조선동화집』의 개작 양상 고찰」, 『고전문학연구』48, 한국고전문학회, 2015.

_____, 「1920년대 일본어 조선동화집의 개작 양상-『조선동화집』(1924)과의 관련 양상을 중심으로」, 『열상고전연구』48, 열상고전연구회, 2015.

_____, 「나카무라 료헤이(中村亮平)『조선전설집』의 개작 양상 고찰」, 『열상고전연구』55, 열상고전연구회, 2017.

김광식 · 이시준, 「나카무라 료헤이(中村亮平)와『조선동화집』고찰-선행 설화집의 영향을 중심으로」, 『日本語文學』57, 한국일본어문학회, 2013.

_____, 「다나카 우메키치와 조선총독부편『조선동화집(朝鮮童話集)』고찰」, 『일본어문학』61, 일본어문학회, 2013.

김금동, 「나치의 영화정책이 식민지 조선영화에 미친 영향 (1) -나치의 영화정책을 통한 영화자본과 영화인력의 통제방식」, 『독어독문학』56, 한국독어독문학회, 2015.

김기란, 「한국 근대 계몽기 신연극 형성 과정 연구: 연극성을 중심으로」, 연세대학교 박사논문, 2004.

김기태, 「일본 근대 저작권사상이 한국 저작권 법제에 미친 영향: 출판권을 중심으로」, 『한국출판학연구』37, 한국출판학회, 2011.

김도경, 「식민지 검열과 대중잡지『별건곤』의 불온성」, 『어문학』130, 한국어문학회, 2015.

김동권, 「함세덕 희곡의 개작과 그 의미-「當代 놀부傳」을 대상으로」, 『겨레어문학』23 · 24, 건국대국어국문학연구회, 1999.

김동환, 「법과 자기 검열-치안유지법과 전향소설」, 『한국현대문학연구』43, 한국현대문학회, 2014.

김동희, 「정지용의 일본어 시 개작과『성』에 실린 종교시」, 『한국근대문학연구』, 한국근대문학회, 2016.

김려실, 「일제강점기 아동영화와 내선일체 이데올로기」, 『현대문학의 연구』30, 한국문학연구학회, 2006.

김민수 · 김정화, 「검열에 의한 이기영 장편소설『신개지』의 의미 변화」, 『어문론집』83, 중앙어문학회, 2020.

김병길, 「한설야의 『황혼』 개작본 연구」, 『국어국문학』132, 국어국문학회, 2003.

김복희, 「정치로서의 작품 창작의 한 전형: 김동리 등단작 「山火」(1936) 개작 양상을 중심으로」, 『Journal of korean Culture』38, 한국어문학국제학술 포럼, 2017.

김서은 · 김순전, 「일제강점기 〈초등교과서〉에 서사된 영화 考察 – 조선총독 부 편찬〈일본어 교과서〉를 中心으로」, 『일어일문학』48, 대한일어일문 학회, 2010.

김성연, 「한성도서주식회사 출간 번역 전기물 연구 – 출판 정황을 중심으로」, 『상허학보』30, 상허학회, 2010.

김성철, 「육당문고 소장 조선광문회본 고소설에서 드러나는 초창기 검열 양상 과 검열 우회의 징후」, 『고전과 해석』16, 고전문학한문학연구학회, 2014.

김소연, 「김동리 「무녀도」의 개작에 나타나는 작가의식 연구」, 『인문연구』62, 인문과학연구소 2011.

김소영, 「근대 한국의 교과서 검정 제도 성립과 수신교과서 검정」, 『사림』68, 2019.

_____, 「통감부시기 교과서 검정제도와 독본교과서 검정 청원본 분석」, 『한국 근현대사연구』93, 한국근현대사학회, 2020.

김순전, 「근대 한일 초등교과서와 문학 연구 – '국민교화'와 '문학과 사회의 관 계'를 중심으로」, 『일본어문학』77, 한국일본어문학회, 2018.

김순주, 「'영화 시장'으로서 식민지 조선: 1920년대 경성(京城)의 조선인 극장 가와 일본인 극장가를 중심으로」, 『한국문화인류학』47(1), 한국문화인 류학회, 2014.

김영애, 「이기영 소설의 개제 양상과 그 의미」, 『한국문학이론과 비평』58, 한국 문학이론과 비평학회, 2013.

_____, 「『태평천하』의 개제 양상 및 해적판 연구」, 『어문논집』69, 민족어문학 회, 2013.

_____, 「『전도양양』의 개작 연구」, 『우리어문연구』49, 우리어문학회, 2014.

_____, 「'삼국 서사'의 개작과 변주 – 김동인의 『아기네』와 『서라벌』을 중심 으로」, 『Journal of Korean Culture』47, 한국어문학국제학술포럼, 2019.

_____, 「『수양대군』의 개작 양상과 의미」, 『국제어문』86, 국제어문학회, 2020.

_____, 「『일년』의 검열과 개작」, 『현대소설연구』79, 한국현대소설학회, 2020.

_____, 「「좌평성충」, 『백마강』의 개작과 검열 양상」, 『우리어문연구』66, 우리어문학회, 2020.

_____, 「이무영 소설『향가』의 개작과 검열 연구」, 『현대소설연구』82, 한국현대소설학회, 2021.

김인섭, 「육필 원고를 통해본 윤동주 시의 개작 양상」, 『한국근대문학연구』28, 한국근대문학회, 2013.

김재영, 「회고를 통해 보는 총력전 시기 일제의 사상관리」, 『한국문학연구』33, 한국문학연구소, 2007.

김정화 · 문한별, 「김유정 소설 「소낙비」의 검열과 복원」, 『국어국문학』193, 국어국문학회, 2020.

_____, 「『조선출판경찰월보』 출판검열 통계표에 드러난 출판 시장의 변동과 통제 양상」, 『우리어문연구』68, 우리어문학회, 2020.

_____, 「출판 검열 심화기 아동 잡지의 특징과 검열 양상-『조선소년』과『소년조선』의 대비적 고찰을 중심으로」, 『국제어문』87, 국제어문학회, 2020.

_____, 「일제강점기 대중잡지『삼천리』를 통해 본 검열의 흐름과 매체의 생존 전략」, 『Journal of korean Culture』52, 한국어문학국제학술포럼, 2021.

김종수, 「일제강점기 경성의 출판문화 동향과 문학서적의 근대적 위상-한성도서주식회사의 활동을 중심으로」, 『서울학연구』35, 서울시립대학교 서울학연구소, 2009.

_____, 「일제 식민지 출판시장에서 이광수의 위상」, 『한국문화』50, 서울대학교 규장각한국학연구원, 2010.

_____, 「'불온성'에 대응한 소설적 모색-송영의 후기 소설 연구」, 『한국문학이론과 비평』24(1), 한국문학이론과비평학회, 2020.

김주현, 「보다 완전한 판본을 위하여-텍스트의 검열과 복원 고찰」, 『국어국문학』186, 국어국문학회, 2019.

김지녀, 「김종삼 재수록 시에 나타난 개작의 양상과 그 의미」, 『人文學硏究』31, 인문학연구소, 2019.

김지영, 「고쳐 쓴 식민 기억과 잊혀진 텍스트, 냉전의 두 가지 징후」, 『상허학보』(46), 상허학회, 2016.

김지혜·정호붕, 「일제강점기 교육령에 따른 교육확대과정과 학교 음악교육 정책 연구」, 『한국음악연구』56, 한국국악학회, 2014.

김창록, 「일제강점기 언론출판법제」, 『한국문학연구』30, 동국대학교 한국문학연구소, 2006.

김철 외, 「『무정』의 계보-『무정』의 정본 확정을 위한 판본의 비교 연구」, 『민족문학사연구』20, 민족문학사연구소, 2002.

김혜련, 「국정 국어 교과서의 정치학-『보통학교 학도용 국어독본』(학부 편찬, 1907)을 중심으로」, 『반교어문연구』35, 반교어문학회, 2013.

남석순, 「1910년대 신소설의 저작권 연구: 저작권의 혼란과 매매 관행의 원인을 중심으로」, 『동양학』43, 단국대학교 동양학연구소, 2008.

다카하시 아즈사, 「김사량의 조선어 작품 「지기미」와 일본어 작품 「벌레」의 개작 과정에 관한 고찰-조선인 이주 노동자 집단 거주지를 둘러싼 표현의 차이」, 『구보학보』22, 구보학회, 2019.

_____, 「식민지 조선인 작가의 창작이 생성된 장(場)이란?-창작 언어, 발표 매체, 교류」, 『동방학지』195, 국학연구원, 2021.

류동규, 「채만식의 『어머니』 개작과 식민지 전사(前史)의 재구성」, 『어문학』120, 한국어문학회, 2013.

류정월, 「근대전래동화의 두 가지 문학적 지향-방정환과 주요섭의 전래동화 개작을 중심으로」, 『한국고전연구』40, 한국고전연구회, 2018.

류진희, 「식민지 검열장의 형성과 그 안의 밖-『朝鮮出版警察月報』에 있어 '支那'라는 메타 범주」, 『대동문화연구』72, 대동문화연구원, 2010.

문옥배, 「일제강점기 음악 통제에 관한 연구」, 『음악학』13, 한국음악학회, 2006.

문종필, 「임화 시 개작 연구」, 중앙대 석사논문, 2011.

문한별, 「『조선총독부금지단행본목록』과 『조선출판경찰월보』의 대비적 고찰」, 『국제어문』57, 국제어문학회, 2013.

_____, 「『조선출판경찰월보』를 통해서 고찰한 일제강점기 단행본 소설 출판 검열의 양상」, 『한국문학이론과비평』58, 한국문학이론과비평학회, 2013.

_____, 「신자료를 통해서 살펴본 일제강점기 출판 검열의 단면－『불허가출판물 병 삭제기사 개요역문(不許可出版物竝削除記事概要譯文)』을 중심으로」, 『한국언어문학』86, 한국언어문학회, 2013.

_____, 「일제강점기 번역 소설의 단행본 출간과 검열 양상－『조선출판경찰월보』 수록 단행본 목록과의 비교 고찰을 중심으로」, 『비평문학』47, 한국비평문학회, 2013.

_____, 「일제강점기 아동 출판물의 관리 체계와 검열 양상－『불온소년소녀독물역문(不穩少年少女讀物譯文)』과 『언문소년소녀독물의 내용과 분류(諺文少年少女讀物の內容と分類)』를 중심으로」, 『한국문학이론과 비평』17(3), 한국문학이론과비평학회, 2013.

_____, 「공판기록으로 살펴본 일제강점기 후반독자들의 자발적 문예운동이 가진 특징과 의의－문예창작과 항일운동과의 관계성을 중심으로」, 『한국언어문학』90, 한국언어문학회, 2014.

_____, 「일제강점기 후반 수원고등농림학교 한글연구회 사건 공판 기록을 통해서 살펴본 한글 문학 텍스트와 검열의 관계」, 『국제어문』62, 국제어문학회, 2014.

_____, 「일제강점기 영화와 출판 검열의 연동과 변화 양상」, 『한국언어문학』92, 한국언어문학회, 2015.

_____, 「일제강점기 신문 연재소설의 이중 검열 양상－함대훈 장편소설『폭풍전야』를 중심으로」, 『국어국문학』174, 국어국문학회, 2016.

_____, 「이중 검열에 의한 이태준 장편소설『성모』의 의미 변화」, 『우리문학연구』49, 우리문학회, 2016.

_____, 「일본 내무성 경보국 발행『금지단행본목록』에 수록된 조선 및 조선인 관련 도서의 의미」, 『Journal of korean Culture』36, 한국어문학국제학술포럼, 2017.

_____, 「『조선출판경찰월보』에 수록된 납본 도서의 시기별 변화 양상과 의미－1, 2차 납본 도서의 성격 변화를 중심으로」, 『어문논집』79, 민족어문학회, 2017.

_____, 「일제강점기 대만의 사상 검열에 끼친 식민지 조선의 영향력:『대만출판경찰보』의 출판 검열 자료를 중심으로」, 『Journal of korean Culture』40, 한국어문학국제학술포럼, 2018.

_____, 「일제강점기 초기 교과서 검열을 통해서 본 사상 통제의 양상-대정4년(1915년) 조선총독부 『교과용도서일람』을 중심으로」, 『Journal of Korean Culture』44, 한국어문학국제학술포럼, 2019.

_____, 「『조선출판경찰월보』 수록 아동 서사물의 검열 양상과 의미」, 『우리어문연구』64, 우리어문학회, 2019.

_____, 「일제강점기 도서과의 소설 검열과 작가들의 대응 방식-출판 검열 체계화기(1926-1938) 검열 자료를 중심으로」, 『현대소설연구』79, 한국현대소설학회, 2020.

문한별·엄진주, 「일제강점기 조선과 대만의 영화검열 비교 연구」, 『우리문학연구』47, 우리문학회, 2015.

문한별·조영렬, 「『언문소년소녀독물의 내용과 분류 (諺文少年少女讀物の內容と分類)』(1927.12-1928.08)를 통해 살펴본 아동출판물 검열 기준과 사례의 성격」, 『구보학보』25, 구보학회, 2020.

_____, 「일제강점기 문학 검열의 자의성과 적용 양상-아동 문학 검열의 방향성을 중심으로」, 『Journal of Korean Culture』48, 한국어문학국제학술포럼, 2020.

박광현, 「검열관 니시무라 신타로에 관한 고찰」, 『한문국문학연구』32, 동국대한국문학연구소, 2007.

박금숙, 「강소천 동화의 서지 및 개작 연구」, 고려대학교 박사논문, 2015.

_____, 「피천득 초기 동시의 개작과 그 의미」, 『아동청소년문학연구』19, 한국아동청소년문학학회, 2017.

박금숙·홍창수, 「강소천 동요 및 동시의 개작 양상 연구」, 『한국아동문학연구』25호, 한국아동문학학회, 2013.

박명옥, 「백석의 동화시 개작 연구-「지게게네 네 형제」와 「집게네 네 형제」를 중심으로」, 『비평문학』45, 한국비평문학회, 2012.

박상준, 「『천변풍경』의 개작에 따른 작품 효과의 변화-연재본과 단행본의 비교」, 『현대문학의 연구』45, 한국문학연구학회, 2011.

박선희, 「김말봉의 『佳人의 市場』 개작과 여성운동」, 『우리말글』54, 우리말글학회, 2012.

박순애 「조선총독부의 대중문화정책-대중가요를 중심으로」, 『한중인문학회 국제학술대회 자료집』, 한중인문학회, 2011.

박영식, 「이기영의 장편소설『땅』의 개작 양상 연구 - 원작본과 1차 개작본을 중심으로」, 『어문학』96, 한국어문학회, 2007.

_____, 「이인직의 「혈의 누」 개작 양상 소고」, 『어문학』105, 한국어문학회, 2009.

박용규, 「식민지시기 문인기자들의 글쓰기와 검열」, 『한국문학연구』29집, 동국대 한국문학연구소, 2005.

_____, 「황순원 소설의 개작과정 연구」, 서울대학교 박사논문, 2005.

박정희, 「『만세전』개작의 의미 고찰 - '수선사판'『만세전』(1948)을 중심으로」, 『한국현대문학연구』31, 한국현대문학회, 2010.

박종찬, 「윤동주 시 판본 비교 연구 - 「자필시고전집」 및 재판본을 중심으로」, 연세대 석사논문, 2003.

박헌호, 「'검열연구'의 여정과 가능성」, 『한국학연구』51, 한국학연구소, 2018.

박헌호 · 손성준, 「한국 근대문학 검열연구의 통계적 접근을 위한 시론 - 『조선출판경찰월보』와 식민지 조선의 구텐베르크 은하계」, 『외국문학연구』38, 외국문학연구소, 2010.

박현수, 「「묘지」에서 「만세전」으로의 개작과 그 의미」, 『상허학보』19, 상허학회, 2007.

_____, 「1920년대 전반기 미디어와 문학의 교차 - 필화사건, '문예특집', '문인회'를 중심으로」, 『민족문학사연구』74, 민족문학사연구소, 2020.

방효순, 「일제시대 민간 서적발행활동의 구조적 특성에 관한 연구」, 이화여대 박사논문, 2001.

_____, 「일제시대 저작권제도의 정착과정에 대한 연구」, 『서지학연구』21, 한국서지학회, 2001.

배개화, 「1930년대 말 치안유지법을 통해 본 조선 문학 - 조선문예부흥사 사건과 조선 문학자들」, 『한국현대문학연구』28, 한국현대문학회, 2009.

배상미, 「민족주의와 국제주의의 모순을 넘어서 - 『조선출판경찰월보』소재 재일조선인 삐라 연구」, 『구보학보』20, 구보학회, 2018.

배홍철, 「한국 1920년대, 나체화를 둘러싼 예술과 외설의 사회적 의미」, 『한국학』36(4), 한국학중앙연구원, 2013.

브라이언 이시즈, 「식민지 조선에서 좋은 사업이었던 영화검열 - 할리우드 제1차 황금기(1926 - 1936)의 부당이득 취하기」, 『한국문학연구』30, 동국대학교 한국문학연구소, 2006.

서재길, 「〈집 없는 천사〉와 식민지 영화검열」, 『한림일본학』27, 한림대학교 일
　　본학연구소, 2006.

서정자, 「강경애의 『인간문제』 신문연재 검열 삭제 자료 발굴」, 『여성문학연
　　구』44, 한국여성문학학회, 2018.

서혜은, 「이해조 〈구의산〉의 〈조생원전〉 개작 양상 연구」, 『어문학』113, 한국어
　　문학회, 2011.

손석영, 「일제의 '대동아사' 구상과 역사교육 -〈동아 및 세계〉 과목과 교과서
　　『중등역사 1』을 중심으로」, 『역사교육연구』29, 한국역사교육학회,
　　2017.

손성준, 「식민지 번역장과 검열-조명희의 『그 전날 밤』 번역을 중심으로」, 『반
　　교어문연구』39, 반교어문학회, 2015.

＿＿＿, 「'여류' 앤솔로지의 다시쓰기, 그 이중의 검열회로-『女流短篇傑作集』
　　(1939) 연구」, 『코기토』81, 인문학연구소, 2017.

＿＿＿, 「번역문학의 재생(再生)과 반(反)검열의 앤솔로지-『태서명작단편집
　　(泰西名作短篇集)』(1924) 연구」, 『현대문학의 연구』66, 한국문학연구
　　학회, 2018.

손지연, 「식민지 조선에서의 검열의 사상과 방법-검열 자료집 구축 과정을 통
　　하여」, 『한국문학연구』32, 한국문학연구소, 2007.

송명진, 「개화기 독본과 근대 서사의 형성」, 『국어국문학』160, 국어국문학회,
　　2012.

송민호, 「대한제국시대 출판법의 제정과 출판검열의 법-문자적 기원」, 『한국
　　현대문학연구』43, 한국현대문학회, 2014.

＿＿＿, 「일제강점기 미디어로서의 강연회의 형성과 불온한 지식의 탄생」, 『한
　　국학연구』32, 한국학연구소, 2014.

송석원, 「조선에서의 제국 일본의 출판경찰과 간행물의 행정처분에 관한 연구
　　」, 『일본연구』53, 일본연구소, 2012.

송숙정, 「일제강점기 조선총독부 발행 국어(일본어)독본에 관한 서지학적 고
　　찰」, 『일본어학연구』53, 한국일본어학회, 2018.

신지영, 「신체적 담론공간을 둘러싼 사건성-1920년대 연설 · 강연會에서
　　1930년대 좌담會로」, 『상허학보』27, 상허학회, 2009.

심수경, 「근대 일본과 조선의 음반 검열 양상－일본의 『出版警察報』와 조선의 『朝鮮出版警察月報』를 중심으로」, 『일어일문학연구』108, 한국일어일문학회, 2019.

안서현, 「현진건 『지새는 안개』의 개작 과정 고찰－새 자료 『조선일보』 연재 『曉霧』 판본과 기존 판본의 비교를 중심으로」, 『한국현대문학연구』33, 한국현대문학회, 2011.

엄국현, 「식민지시대 검열제도와 〈님의 침묵〉의 수사학」, 『한국문학논총』51, 한국문학회, 2009.

엄진주, 「1930년대 식민지 조선에서의 중국 소설 검열 연구－蔣光慈 소설 〈압록강에서(鴨綠江上)〉를 중심으로」, 『한중인문학연구』61, 한중인문학회, 2018.

엄진주 · 문한별, 「일제강점기 조선과 대만의 음반 검열 대비 연구」, 『현대문학이론연구』63, 현대문학이론학회, 2015.

오윤선, 「〈옥중화〉를 통해 본 '이해조 개작 판소리'의 양상과 그 의미」, 『판소리연구』21, 판소리학회, 2006.

우시지마 요시미 · 문한별, 「1920년대 중반 조선총독부의 검열 문건 연구－『이수입 불온인쇄물기사개요』를 중심으로」, 『어문론집』72, 중앙어문학회, 2017.

유석환, 「문학 범주 형성의 제도사적 이해를 위한 시론－출판사 · 서점의 판매도서목록을 중심으로」, 『현대문학의 연구』57, 한국문학연구학회, 2015.

유인혁, 「채만식의 『어머니』 개작에 나타난 남성주체의 (반)성장」, 『인문논총』73(4), 인문학연구원, 2016.

유임하, 「최서해의 개작과 검열」, 『현대소설연구』82, 한국현대소설학회, 2021.

유정수, 「일제시대 역사극 연구」, 이화여대 석사논문, 2005.

유철 · 김순전, 「일제강점초기 초등지리 교육 고찰－조선총독부편찬 일본어 · 지리교과서를 중심으로」, 『일본문화학보』76, 한국일본문화학회, 2018.

윤덕영, 「1930년대 『동아일보』 계열의 정세인식 변화와 배경－체제 비판에서 체제 굴종으로」, 『사학연구』108, 한국사학회, 2012.

윤일수, 「박영호의 국민연극 연구」, 『한민족어문학』52, 한민족어문학회, 2008.

이경수, 「일제 강점기 필화 문학 연구의 범주 설정 문제」, 『비교한국학』15, 국제비교한국학회, 2007.

이경재, 「한설야 소설의 개작 양상 연구」, 『민족문학사연구』32, 민족문학사연
　　구소, 2006.

＿＿＿, 「한설야 단편소설의 개작 양상 연구 – 외국인 표상의 변화를 중심으로
　　」, 『한중인문학연구』28, 한중인문학회, 2009.

이금선, 「"식민지 검열"이 텍스트 변화양상에 끼친 영향 – 이광수의 영창서관
　　판『삼봉이네 집』의 개작을 중심으로」, 『사이間SAI』7권, 국제한국문학
　　문화학회, 2009.

이민영, 「프로연극운동의 방향 전환, 극단 신건설」, 『민족문학사연구』59, 민족
　　문학사연구소, 2015.

이민희, 「김유정 개작 「홍길동전」(1935) 연구」, 『인문학연구』45, 인문학연구
　　원, 2013.

이민주, 「일제시기 조선어 민간신문의 검열에 대한 연구」, 서울대학교 박사논
　　문, 2010.

＿＿＿, 「검열의 '흔적지우기'를 통해 살펴본 1930년대 식민지 신문검열의 작
　　동양상」, 『한국언론학보』61, 한국언론학회, 2017.

이상경, 「『조선출판경찰월보』에 나타난 문학작품 검열 양상 연구」, 『한국근대
　　문학연구』17, 한국근대문학회, 2008.

＿＿＿, 「이태준의 「농군」과 장혁주의 『개간』을 통해서 본 일제 말기 작품의 독
　　법과 검열」, 『현대소설연구』43, 한국현대소설학회, 2010.

＿＿＿, 「'기획소설'과 생산소설 그리고 검열 – 이기영 장편소설 『대지(大地)
　　의 아들』론」, 『현대소설연구』62, 한국현대소설학회, 2016.

＿＿＿, 「제국의 전쟁과 식민지의 전쟁문학 – 조선총독부의 기획 번역 히노 아
　　시헤이(火野葦平)의 『보리와 병정(兵丁)』을 중심으로」, 『한국현대문학
　　연구』58, 한국현대문학회, 2019.

이승현, 「일제강점기 송영 희곡에 나타난 극전략 연구」, 경북대 석사논문,
　　2005.

＿＿＿, 「불온한 존재로서의 작가와 그 주체화 욕망의 충돌」, 『국어국문학』
　　181, 국어국문학회, 2017.

이승희, 「식민지시대 연극의 검열과 통속의 정치」, 『대동문화연구』59, 성균관
　　대학교 대동문화연구원, 2007.

_____,「식민지시대 흥행(장)「취체규칙」의 문화전략과 역사적 추이」,『상허학보』29, 상허학회, 2010.

_____,「식민지조선 흥행시장의 병리학과 검열체제」,『상허학보』35, 상허학회, 2012.

이재연 · 정유경,「국문학 내 문학사회학과 멀리서 읽기-새로운 검열연구를 위한 길마중」,『대동문화연구』111, 대동문화연구원, 2020.

이정석,「일제강점기 '출판법' 등에 의한 아동문학 탄압 그리고 항거」,『한국아동문학연구』36, 한국아동문학학회, 2019.

이종호,「출판 신체제의 성립과 조선 문단의 사정」,『사이間SAI』6, 국제한국문학문화학회, 2009.

_____,「검열의 相轉移, '친일문학'이라는 프로세스」,『대동문화연구』84, 대동문화연구원, 2013.

이준희,「일제시대 음반검열 연구」,『한국문화』39, 규장각한국학연구원, 2007.

이지선,「중일전쟁 전후 일본의 음반검열에 관한 연구」,『한국문화』39, 규장각한국학연구원, 2007.

_____,「제국 일본과 식민지 조선의 음악정책-국민가의 제정과 전개양상을 중심으로」,『일본연구』29, 일본연구소, 2010.

이행미,「이광수의『사랑의 다각형』재고-신문연재본과 단행본의 비교를 중심으로」,『한국학연구』55, 한국학연구소, 2019.

이형식,「경성일보 · 매일신보 사장 시절(1914.8-1918.6)의 아베 미쓰이에(阿部充家)」,『사총』87, 역사연구소, 2016.

이혜령,「식민지 검열과 "식민지-제국" 표상-『조선출판경찰월보』의 다섯 가지 통계표가 말해주는 것」,『대동문화연구』72, 대동문화연구원, 2010.

_____,「검열의 미메시스-염상섭의『광분』을 통해서 본 식민지 예술장의 초(超)규칙과 섹슈얼리티」,『민족문학사연구』51, 민족문학사연구소, 2013.

_____,「식민지 섹슈얼리티와 검열-'도색(桃色)'과 '적색', 두 가지 레드 문화의 식민지적 정체성」,『동방학지』164, 국학연구원, 2013.

_____,「지배와 언어: 식민지 검열의 케이스」,『반교어문연구』44, 반교어문학회, 2016.

이화진,「식민지기 영화 검열의 전개와 지향」,『한국문학연구』35, 동국대학교 한국문학연구소, 2008.

이희정, 「식민지 시기 글쓰기의 전략과 『개벽』-「조선문화의 기본 조사」를 중심으로, 『한중인문학연구』31, 한중인문학회, 2010.

임기현, 「이무영의 친일소설과 일본어 사용 문제-『향가』를 중심으로」, 『비교문학』47, 한국비교문학회, 2009.

_____, 「이무영 국책소설의 성격-『靑瓦の家』와 『鄕歌』를 중심으로」, 『한국언어문학』83, 한국언어문학회, 2012.

임유경, 「'불온'(不穩)과 통치성-식민지 시기 '불온'의 문화정치」, 『대동문화연구』90, 대동문화연구원, 2015.

장신, 「조선총독부 학무국 편집과와 교과서 편찬」, 『역사문제연구』16, 역사문제연구소, 2006.

____, 「1920년대 조선의 언론출판관계법 개정 논의와 '조선출판물령'」, 『한국문화』47, 규장각한국학연구원, 2009.

____, 「한국강점 전후 일제의 출판통제와 '51종 20만권 분서(焚書) 사건'의 진상」, 『역사와 현실』80, 한국역사연구회, 2011.

____, 「1910년대 재조선 일본인의 출판활동 연구」, 『일본학』35, 일본학연구소, 2012.

장영미, 「윤석중 동요/동시 개작 양상 연구-1930년대 작품집을 중심으로」, 『동화와 번역』41, 동화와번역연구소, 2021.

장유정, 「일제강점기 한국 대중가요 연구-유성기 음반 자료를 중심으로」, 서울대학교 박사논문, 2004.

전민호, 「학교령기 통감부의 교육정책 연구-학부 및 학부산하 기관의 교·직원 배치를 중심으로」, 『한국학연구』43, 한국학연구소, 2012.

전승주, 「『천변풍경』의 개작 과정 연구」, 『민족문학사연구』45, 민족문학사연구소, 2011.

_____, 「『삼대』 개작 연구-판본 대조를 중심으로」, 『세계문학비교연구』48, 세계문학비교학회, 2014.

전용호, 「백철 문학사의 판본 연구」, 『민족문화연구』41, 고려대학교 민족문화연구원, 2004.

정근식, 「일제하 검열기구와 검열관의 변동」, 『대동문화연구』51, 대동문화연구원, 2005.

_____, 「구한말 일본인의 조선어교육과 통역경찰의 형성」, 『한국문학연구』

32, 동국대학교 한국문학연구소, 2007.

_____, 「식민지검열과 '검열표준' - 일본, 대만과의 비교를 통하여」, 『대동문화연구』79, 대동문화연구원, 2012.

_____, 「식민지 전시체제하에서의 검열과 선전, 그리고 동원」, 『상허학보』38, 상허학회, 2013.

정근식 · 최경희, 「도서과의 설치와 일제 식민지출판경찰의 체계화, 1926-1929」, 『한국문학연구』30, 동국대학교 한국문학연구소, 2006.

정영효, 「김기림 초기시의 범주와 「태양의 풍속」이 가진 문제들-발표작과 수록작 사이의 차이를 중심으로」, 『한국학연구』40, 한국학연구소, 2012.

정형민, 「1920-30년대 총독부의 미술검열」, 『한국문화』40, 규장각한국학연구소, 2012.

정홍섭, 「원본비평을 통해 본 『탁류』의 텍스트 문제」, 『우리어문연구』36, 우리어문학회, 2010.

조영렬 · 문한별, 「일제하 출판 검열 자료 『불온소년소녀독물역문(不穩少年少女讀物譯文)』(1927.11) 연구」, 『현대문학이론연구』77, 현대문학이론학회, 2019.

조은애, 「전시체제기 『매일신보』 연재소설 연구- 매체 전략과 문화적 선전 · 동원 기능을 중심으로」, 『반교어문연구』39, 반교어문학회, 2015.

진순애, 「이상의 글쓰기 전략과 자기검열」, 『비평문학』56, 한국비평문학회, 2015.

차혜영, 「1930년대~1940년대 '식민지 이중언어문학장' - 국가와 시장을 둘러싼 언어선택과 문학제도의 재편에 관한 고찰」, 『상허학보』39, 상허학회, 2013.

채호석, 「검열과 문학장-1930년대 후반 한국문학에서의 검열과 문학장의 관계 양상」, 『외국문학연구』27, 외국문학연구소, 2007.

최미선, 「일제 강점기 어린이문학 매체에 행해진 검열 실제와 문화 억압 양상 연구」, 『한국아동문학연구』40(1), 한국아동문학학회, 2021.

최수일, 「1930년대 미디어 검열에 대한 독법(讀法)의 문제-『조광』의 '非文字表象(목차, 표지, 화보, 광고)'을 중심으로」, 『민족문학사연구』51, 민족문학사연구소, 2013.

_____, 「『중앙』과 검열의 문제-굴신(屈伸): 타협과 저항 사이에서」, 『민족문

학사연구』63, 민족문학사연구소, 2017.

_____, 「잡지『신동아』와 검열의 역학 – 검열 현황과 검열의 명시(明示)」, 『한 국학연구』57, 한국학연구소, 2020.

최유찬, 「채만식 장편소설의 신문 잡지 연재본과 단행본 비교」, 『한국학연구』 47, 고려대학교 한국학연구소, 2013.

최현주, 「신소설『長恨夢』연구 – 개작의 방식과 서사적 변이를 중심으로」, 『국 어교육』107, 한국어교육학회, 2002.

최혜주, 「小田省吾의 교과서 편찬활동과 조선사 인식」, 『동북아역사논총』27, 동북아역사재단, 2010.

하상일, 「심훈의 「杭州遊記」와 시조 창작의 전략」, 『비평문학』61, 한국비평문 학회, 2016.

한기형, 「문화정치기 검열체제와 식민지 미디어」, 『대동문화연구』51, 대동문 화연구원, 2005.

_____, 「식민지 검열정책과 사회주의 관련 잡지의 정치 역학 – 『개벽』과『조 선지광』의 역사적 위상 분석과 관련하여」, 『한국문학연구』30, 한국문 학연구소, 2006.

_____, 「식민지 검열장의 성격과 근대 텍스트」, 『민족문학사연구』34, 민족문 학사학회, 2007.

_____, 「근대시가의 '불온성'과 식민지 검열 – 『諺文新聞の詩歌』(1931)의 분 석」, 『상허학보』25, 상허학회, 2009.

_____, 「3·1운동: '법정서사'의 탈환 – 피검열 주체의 반식민 정치전략」, 『민 족문학사연구』40, 민족문학사연구소, 2009.

_____, 「'법역(法域)'과 '문역(文域)' – 제국 내부의 표현력 차이와 출판시장」, 『민족문학사연구』44, 민족문학사연구소, 2010.

_____, 「'불온문서'의 창출과 식민지출판경찰」, 『대동문화연구』72, 대동문화 연구원, 2010.

_____, 「선전과 시장 – '문예대중화론'과 식민지 검열의 교착」, 『대동문화연 구』79, 대동문화연구원, 2012.

_____, 「식민지검열의 한문자료 통제 – 조선총독부 도서과 간행물의 검토」, 『 민족문화』40, 한국고전번역원, 2012.

_____, 「'이중출판시장'과 식민지 검열 – '토착성'이란 문제의식의 제기」, 『민

족문학사연구』57, 민족문학사연구소, 2015.

한만수, 「일제시대 문학검열 연구를 위하여」, 『배달말』27, 배달말학회, 2000.

_____, 「식민지시대 출판자본을 통한 문학검열에 대하여」, 『국어국문학』131, 국어국문학회, 2002.

_____, 「식민시대 문학검열로 나타난 복자(覆字)의 유형에 대하여」, 『국어국문학』136, 국어국문학회, 2004.

_____, 「식민시대 문학검열에 의한 복자(覆字)의 복원에 대하여」, 『상허학보』14, 상허학회, 2005.

_____, 「식민지 시기 교정쇄 검열제도에 대하여」, 『한국문학연구』28, 한국문학연구소, 2005.

_____, 「식민지 시기 검열과 1930년대 장애우 인물 소설」, 『한국문학연구』29, 한국문학연구소, 2005.

_____, 「일제 식민지시기 문학검열과 원본 확정」, 『대동문화연구』51, 대동문화연구원, 2005.

_____, 「강경애 「소금」의 복자 복원과 검열우회로서의 '나눠쓰기'」, 『한국문학연구』31, 한국문학연구소, 2006.

_____, 「1930년대 검열기준의 구성원리와 작동기제」, 『한국어문학연구』47, 한국어문학연구학회, 2006.

_____, 「1930년대 '향토'의 발견과 검열 우회」, 『한국문학이론과 비평』10(1), 한국문학이론과비평학회, 2006.

_____, 「식민지 문학검열과 비교연구의 필요성」, 『비교문학』41, 한국비교문학회, 2007.

_____, 「식민지시기 검열의 드러냄과 숨김」, 『배달말』41, 배달말학회, 2007.

_____, 「식민지 시기 근대기술(철도, 통신)과 인쇄물 검열」, 『한국문학연구』32, 한국문학연구소, 2007.

_____, 「이태준의 「패강냉」에 나타난 검열우회에 대하여」, 『상허학보』19, 상허학회, 2007.

_____, 「1930년대 문인들의 검열우회 유형」, 『한국문화』39, 규장각한국학연구소, 2007.

_____, 「만주침공 이후의 검열과 민간신문 문예면의 증면, 1929-1936」, 『한국문학연구』37, 한국문학연구소, 2009.

_____, 「「만세전」에 나타난 감시와 검열」, 『한국문학연구』 40, 한국문학연구소, 2011.

한상철, 「저항과 검열의 시대, 제국의 금서(禁書)들1−김억의 『해파리의 노래』와 우치노 겐지의 『흙담에 그리다(土墻に描く)』를 중심으로」, 『비평문학』 77, 한국비평문학회, 2020.

함태영, 「『혈의 루』 제2차 개작 연구−새 자료 동양서원본 『牧丹峰』을 중심으로」, 『대동문화연구』 57, 대동문화연구원, 2007.

허민, 「『삼천리』 편집후기의 텍스트성과 '대안적 공론장'으로서의 대중잡지」, 『민족문학사연구』 50, 민족문학사연구소, 2012.

홍성표, 「연희전문학교의 학생자치단체와 간행물」, 『동방학지』 184, 국학연구원, 2018.

홍순애, 「'강한 다시쓰기', 그 지도의 권력과 환상 사이」, 『문예연구』, 문예연구사, 2010.여름.

홍창수, 「작가 김송의 자기검열과 일제강점기의 예술 활동−「자전적 문예 반세기」의 왜곡과 프롤레타리아 예술 활동의 복원을 중심으로」, 『현대소설연구』 79, 한국현대소설학회, 2020.

3. 국외 단행본

에마뉘엘 피에라, 권지현 역, 『검열에 관한 검은 책』, 알마, 2012.

제임스 C. 스콧, 전상인 역, 『지배, 그리고 저항의 예술−은닉대본』, 후마니타스, 2020.

| 초출일람 |

제2부 검열과 개작의 작용과 반작용

|제1장| 문한별, 「일제강점기 도서과의 소설 검열과 작가들의 대응 방식－출판검열 체계화기(1926-1938) 검열 자료를 중심으로」, 『현대소설연구』79, 한국현대소설학회, 2020.

|제2장| 유임하, 「최서해의 개작과 검열」, 『현대소설연구』82, 한국현대소설학회, 2021.

|제3장| 김준현, 「카프 해산 이후 문인들의 검열인식」, 『현대소설연구』83, 한국현대소설학회, 2021.

|제4장| 강영미, 「식민 권력의 통제, 우회 전략으로서의 개작－『아동가요곡선 삼백곡』을 중심으로」, 『대동문화연구』115, 대동문화연구원, 2021.

|제5장| 김영애, 「『좌평성충』, 『백마강』의 개작과 검열 양상」, 『우리어문연구』66, 우리어문학회, 2020.

|제6장| 장영미, 「윤석중 동요/동시 개작 양상 연구－1930년대 작품집을 중심으로」, 『동화와 번역』41, 동화와번역연구소, 2021.

|제7장| 홍창수, 「작가 김송의 자기검열과 일제강점기의 예술 활동－「자전적 문예 반세기」의 왜곡과 프롤레타리아 예술 활동의 복원을 중심으로」, 『현대소설연구』79, 한국현대소설학회, 2020.

|제8장| 강진호, 「검열과 개작과 정본－이태준 소설의 검열과 개작」, 『인문과학연구』44, 성신여자대학교 인문과학연구소, 2021.

제3부 근대 교과서의 검열과 통제

|제1장| 강진호, 「근대 국어과 교과서의 검정과 검열－『국어독본』(1907)과 『조선어독본』(1911)을 중심으로」, 『돈암어문학』39, 돈암어문학회, 2021.

|제2장| 김소영, 「통감부 시기 교과서 검정제도와 독본교과서 검정 청원본 분석」, 『한국근현대사연구』93, 한국근현대사학회, 2020.

|제3장| 문한별, 「일제강점기 초기 교과서 검열을 통해서 본 사상 통제의 양상－대정 4년(1915년) 조선총독부 『교과용도서일람』을 중심으로」, 『Journal of Korean Culture』44, 한국어문학국제학술포럼, 2019.

저 자 약 력

김영애   고려대학교 한국어문교육연구소 연구교수

강영미   고려대학교 민족문화연구원 연구교수

강진호   성신여자대학교 국어국문학과 교수

김소영   건국대학교 글로컬캠퍼스 교수

김준현   서울사이버대학교 웹문예창작학과 교수

문한별   선문대학교 국어국문학과 교수

유임하   한국체육대학교 교양교직과정부 교수

장영미   성신여자대학교 교양교육대학 강사

홍창수   고려대학교 문화창의학부 교수